KB136025

유 러키 도그

You Lucky Dog
유 러키 도그

줄리아 런던 장편소설
이은선 옮김

황금시간
Golden Time

*《유 러키 도그》에 쏟아진 찬사들 *

"남녀 간의 불꽃 튀는 끌림, 개인적인 고민, 가족 간의 정을 이야기하는 곳곳마다 작가의 충만한 감정이 느껴진다. 유머러스하면서도 진지한 여주인공의 매력은 덤."
　_〈퍼블리셔스 위클리〉

"책장이 술술 넘어가는 로맨틱 코미디. 엉뚱한 등장인물, 묘한 우연의 일치, 말랑말랑한 순간과 황당한 사건들로 독자들의 웃음보를 자극한다."
　_〈셀프 어웨어니스〉

"폭소가 터졌다가도 눈시울이 시큰해지며, 뭔가 하나씩 삐끗할 때마다 두 주인공을 응원하게 된다. 올여름을 함께할 소설로 이보다 더 좋을 수는 없다."
　_〈프레시 픽션〉

"깔깔대며 웃게 만드는 매력이 뿜뿜이다."
　_〈우먼스 월드〉

"줄리아 런던의 이 유쾌하고 달콤한 로맨스 소설은 우연히 반려견이 뒤바뀐 사건으로 시작돼 서로 전혀 다른 반려견을 키우는 두 견주의 풋풋한 러브스토리로 끝난다. 고양이 집사인 독자라도 이 스토리의 매력은 거부하지 못할 것이다."
　_〈팝슈거〉

"줄리아 런던은 인간과 반려견 간의 특별한 유대감을 찬양하되 인생의 좀 더 진지한 과제에 대해서도 고민하는 이 유쾌한 러브스토리를 통해, 남녀 간의 중독적인 티키타카와 짜릿한 케미스트리의 대가다운 솜씨를 유감없이 발휘하고 있다."
　_〈북리스트〉

"감동적이고 열정적인 로맨틱 코미디. 여유롭고 경쾌하게 이야기를 풀어나가는 런던 특유의 스타일 덕분에 맥스와 칼리의 매력이 한층 부각되고, 모든 등장인물에게 나름의 관점과 개성이 부여된다."
　_〈북페이지〉

♦

내 인생에 결정적인 역할을 한 개들에게 애정을 담아서 이 책을 바친다.

펑킨, 니블스, 페퍼, 주니어, 주니어-주니어(JJ), 베시, 에밋, 어그,
샘, 새디, 시시, 찰리, 휴고, 모드, 소니 그리고 무스.

◊

· 텍사스주 오스틴의 어느 날 ·

여기는 시내 중심부. 야망이라고는 약에 쓰려고 해도 없는 어떤 남자가(비디오게임을 얼마나 많이 하는지를 보면 알 수 있다) 일주일에 세 번씩 맡아서 산책시키는 반려견들을 한데 모으고 있다. 모두 합해서 일곱 마리다. 바셋하운드 두 마리, 래브라도 한 마리, 혈통이 의심스러운 중형견 두 마리, 비글 믹스 한 마리, 속도를 맞추지 못해 애를 먹는 닥스훈트 한 마리다. 이름이 브랜트인 이 남자는 10년 된 사륜구동 자동차 뒷자리에 개들을 태우고 레이디 버드 호숫가로 이동해 녀석들에게 목줄을 채우고, 엄청나게 붐비는 버틀러 자전거 길에서 개들을 산책시켰다. 브랜트가 이 길을 좋아하는 이유는 다른 개들도 많고 대형견들이 수영을 할 수 있는 곳도 있기 때문이다(닥스훈트는 물을 무서워하지만). 그리고 플러거 인도교 바로 아래에서 마리화나를 팔아 일주일 생활비를 벌 수도 있기 때문이다.

지난번에 산책을 나왔을 때 브랜트의 영업장 근처를 얼쩡거리는 낯선 얼굴이 두어 번 보이더니 오늘은 그 남자가 그에게로 어슬렁어슬렁 다가온다. 브랜트가 무슨 일이냐고 묻자 남자가 말한다. "친구를 찾으려고 이 동네에 왔어요." 브랜트는 이 말이 무슨 뜻인지 자기가 알아야 할 것만 같아서 오히려 더 묻기가 꺼려진다. "그렇군요." 하지만 잠시 후 찜찜한 생각이 떠오르자 뒤로 한 걸음 물러나 묻는다. "어떤 친구요?"

"상황에 따라 다르죠." 남자는 말한다. "어떤 거 가지고 있어요?"

아. 그런 친구. 그래도 브랜트는 여전히 살짝 당황스러워한다. 그는 슈퍼마켓이 아니고 사람들은 대개 자기가 어떤 물건을 원하는지 알고 있기 때문이다. 하지만 긴장을 푼다. 좀 전에 마리화나를 한 모금 빨고 온 데다 여기는 오스틴이고, 여기에서는 다들 마리화나를 피우고, 다들 남의 일에는 신경을 끄기 때문인데……

그런데 알고 보니 이 남자만 예외다. 남자는 경찰이다. 브랜트는 제법 두둑하게 매상을 올리고 개와 마리화나가 등장하는 우스갯소리까지 한 다음에야 그의 정체를 파악한다. 그때가 되자 경찰차 두 대가 달려오고 개들이 짖기 시작하고 남자가 미란다 원칙을 읽어준다. "아, 진짜, 이러지 맙시다." 브랜트는 그에게 수갑을 채우는 경관에게 투덜거린다. "이 개들 집에 데려가달라고 친구한테 전화 한 통은 하게 해줘야죠."

웨스트 오스틴의 구시가지인 태리타운의 바로 동쪽에서는

한 여자가 오일 교체가 시급한 파란색 세단을 몰고, 훨씬 넓은 집 뒤에 숨겨진 아담한 별채를 향해 자갈이 깔린 진입로를 쏜살같이 달린다. 예전에는 이 별채가 마차 차고였다가, 마녀 집단 아니면 히피 집단 아니면 배우 매튜 매커너히의 거처로 쓰였지만—말하는 사람에 따라 달라진다—지금은 캘리포니아에서 살다가 이 부지를 매입한 부부가 매끈하고 세련된 도시형 주택으로 개조해 눈 돌아가는 월세를 챙긴다.

칼리는 차가 막혀서 고생하고 난 뒤라 화장실이 아주 급하다. 열쇠를 꽂아놓은 채 문을 박차고 들어가 터질 것 같은 토트백을 현관에 던진다. 풍성한 소매가 달려 희한하지만 패셔너블한 랩어라운드 점프슈트를 벗으려고 낑낑대다가 갑자기 모든 동작을 멈추고 거실을 빤히 쳐다본다. 그녀는 자신의 눈앞에 펼쳐진 광경을 이해하지 못한다. 개가 소파 위에 앉아 있는 상황이 눈앞에 보이지만 뇌에서 받아들이지 못한다. 그녀가 개를 키우지 않아서가 아니다. 개를 키우는 건 맞다. 그녀가 바셋하운드를 키우지 않아서가 아니다. 바셋하운드를 키운다. 하지만 저 바셋하운드는 그녀의 개가 아니다.

저 녀석은 그녀의 바셋하운드를 사칭하는 사기꾼이다.

칼리가 키우는 바셋하운드와 전혀 다른 그 사기꾼은 일말의 양심의 가책도 없이, 그녀의 소파 위에서 꼬리로 열심히 소파 바닥을 때려가며 비싼 쿠션을 씹어먹고 있다.

그 개의 정체는 미스터리지만 그 순간 칼리는 불가피한 결단을 내린다. 그녀는 생리현상을 해결하기 위해 달려간다.

　몇 시간 뒤에 그 여자의 집에서 두어 블록 거리에 있는 어느 녹음이 우거진 거리에서, 현대화와 대저택화의 폭격을 꿋꿋이 견딘 웨스트 오스틴의 또 다른 오래된 집에서 어느 대학교수가 술을 몇 잔 같이 마신 다른 대학교수를 두 팔로 끌어안고 옆문을 박차고 들어온다. 술에 취해서 정신이 몽롱하지만, 그래도 키우는 개가 부엌 뒷문 앞에서 벽과 벽이 만나는 모서리에 머리를 처박고 있다는 건 알아차린다. 녀석이 사료 그릇에 입도 대지 않았고 제일 좋아하는 씹는 장난감이─뿔이 두 개 다 없어진 긴뿔소─방 저쪽에서 나뒹굴고 있는 것도 알아차린다. 평소에는 시끄럽고 애교 많던 개가 그러다니 이상하지만, 맥스는 자기가 늦게 퇴근해서 녀석이 삐쳤나 보다고 생각한다. 뭐, 어쩔. 그는 풀타임으로 학생들을 가르치고 두 개의 대형 연구 프로젝트를 진행하는 데다 아버지와 남동생까지 챙기고 있으니 가끔은 가려운 데를 긁어주어야 한다.

1

눈 앞에 펼쳐진 광경을 뇌에서 이해하지 못하다니 이렇게 희한한 현상이 있을까. 맞닥뜨린 순간에는 그게 어떤 의미인지 파악이 안 되는 그런 경우도 아니다. 예를 들면 어머니가 꼭두새벽에 반쯤 벗은 몸으로 키득거리며 옆집에서 나오는 걸 봤다든지, 상사를 도와 구조조정을 하고 나서 이제는 자기 차례라는 걸 모른 채 해고 통지서가 담긴 봉투를 받아들고 해맑게 웃었다든지 하는, 그런 경우가 아니란 말이다.

아니다, 이건 달랐다. 꼭 특이한 뇌졸중이 살짝 온 것 같은데, 머리가 아프거나 심장이 두근거리지는 않았다. 칼리는 어느 한군데도 불편한 곳이 없었다. 그럼에도 소파에 대자로 앉아 있는 개가 그녀의 반려견과 똑같이 생겼는데도 어떻게 그녀의 반려견이 아닐 수 있는지 이해가 되지 않았다.

이 아이는 그녀의 반려견처럼 검은색과 갈색이 섞인 몸뚱이에 듬성듬성 흰색 점이 있고, 귀는 길게 늘어졌으며, 발이 큼지막하고 땡그란 눈이 즐거워 보이는 동시에 슬퍼 보이는 바셋하운드다.

13

"너는 내 개가 아니야." 칼리는 사기꾼에게 통보했다. "백스터 어디 갔니?"

그 개는 자기가 망가뜨린 쿠션을 꼬리로 즐겁게 때릴 뿐 아무 대답이 없었다.

사실 엄밀히 말하면 백스터도 칼리의 개는 아니었다. 언니 미아의 개였다. 하지만 다시 엄밀히 말하면 언니의 개도 아니었다. 원래는 어머니가 언니의 아이들 중 한 명에게 생일선물로 주려고 했던 개인데, 어머니가 일을 벌이면 언제나 그렇듯 중간에 꼬이고 말았다. 얘기하자면 길고 복잡하지만 따지고 보면 칼리의 온 가족이 원래 복잡하고 지저분하게 얽히고설켜 있었고, 아무튼 그렇게 해서 그녀와 백스터가 한집에서 살게 된 것이었다.

칼리는 개를 맡기 싫었다. 그녀는 눈코 뜰 새 없이 바빴다. 그리고 뉴욕에 취직이 되기만 하면 당장 그리로 이사할 작정이었다. 개를 키우려면 애정과 관심과 먹을거리가 필요한데, 칼리에게는 그중 아무것도 없었다. 그럼에도 불구하고 언니가 눈물을 글썽이며, 기운 없이 부엌 타일 바닥에 엎드려 있는 개를 무슨 밀가루 부대처럼 칼리의 발치까지 밀어서 떠넘긴 이후로 그녀와 백스터는 그럭저럭 잘 지내고 있었다. 칼리가 맨 처음 어렴풋이 느낀 바셋하운드의 특징이 그것이었다. 협조를 잘 하지 않는 경향이 있다는 것.

하지만 칼리가 녀석을 딱하게 여기고 거둔 이유는 언니 집에서 벌어지고 있는 난장판에서 녀석을 구출하기 위해서였다. 백스터도 칼리의 배려를 고마워하는 눈치였다. 칼리는 개를 키워본 적이 없었기 때문에 침대와 물그릇 외에도 《새로 생긴 최고의 친구, 어떻게 관리하고 사료를 주면 좋을까》, 뭐 이런 가이드북도 한 권 샀다. 그녀는 그 책을 처음부터 끝까지 정독했고, 이 기쁨을 공유할 사람은 없었지만 서로 알고 지낸 한 달이라는 기간에 백스터가 그녀의 근사한 크림색 웨스트엘름 소파에 한 번도 올라가지 않았다는 데 기뻐했다. 그는 부엌 뒷문 근처 모퉁이를 좋아했다. 자기가 아무도 보지 못하면 아무도 자기를 보지 못한다고 생각하기라도 하는 듯 벽에 머리를 처박고 있는 것을 좋아했다. 칼리는 그래도 다 보인다고 차마 말할 수가 없었다.

백스터는 그녀의 손바닥만 한 뒷마당도 마음에 들어 하는 눈치였다. 그런가 하면 잠을 엄청 많이 잤고 큼지막한 뼈를 씹는 것도 좋아했다. 가끔 밖으로 나가서 그의 눈에만 보이는 뭔가를 향해 짖었다가 임무를 완수하면 총총히 들어오곤 했다. 가끔 칼리가 커피 테이블 옆 바닥에 책상다리를 하고 앉아서 좋아하는 팟캐스트 〈왕언니 팬티〉를 듣고 있으면 백스터가 와서 얼굴을 돌린 채 그녀의 다리 위에 앉곤 했다. 칼리는 〈왕언니 팬티〉 진행자 메건 먼로가 뭣 같은 삶을 헤쳐나가는 방법을 전수하고 그녀에게 모든 걸 가질 수 있다고 설득하는 동안 멍하니 그의 등을 쓰다듬곤 했다. 메건은 그녀에게 자기 본연의 모습을 포기하지 않아도 완벽한 남자친구(그러자면 먼저 남자를 만나야 하겠지만)와 완벽한 집(그러자면 월세를 감당할 수 있어야 하겠지만)과 완벽한 직장(그러자면 먼저 취직을 해야겠지만)을 가질 수 있다고 했다. 완벽하게 엉망진창인 현재 상황을 감안했을 때 칼리는 옆에서 꾸벅꾸벅 조는 백스터와 함께 모든 방송을 듣고 가끔 메모까지 해야 할 필요성을 느꼈다.

그렇다. 그들은 완벽한 비즈니스 관계를 유지했고 백스터는 쿠션을 먹기는커녕 한 번도 자기 영역에서 벗어나 소파 위로 올라간 적이 없었다. 그래서 백스터가 이 사기꾼보다 훨씬 더 바람직했다.

"누가 날 골탕 먹이는 건지도 몰라." 칼리는 이런 장난을 칠 만한 친구가 누가 있는지 곰곰이 따져보았다. 하지만 친한 친구들은—얼마 전에 결혼한 새댁이라 절대 시간을 낼 수 없는 칼마와 야간 근무하는 간호사라 항상 비몽사몽인 리디아—그 정도로 유머 감각이 뛰어나지 않았다. 친구들을 디스하는 건 아니지만.

남의 집에 잘못 들어온 걸까? 화장실이 급했고 이 주변 집들이 비슷하게 생기긴 했다. 핸드백 안에서 헤엄치고 있는 열쇠를 찾느라 핸드백의 시커먼 구멍만 쳐다보며 달려 들어오긴 했다. 그녀는 얼른 거실을 훑어보았다. 벽난로를 빙 두른 붙박이 책꽂이, 오돌토돌한 광폭 소나무 바닥, 옅은 파란색 러그, 크림색 소파 그리고 꽃무늬 안락의자.

집은 분명 칼리의 집이 맞았다. 하지만 개는 분명 그녀의 개가 아니었다.

문제의 그 개는 그녀가 사태를 파악할 때까지 기다리는 게 지겨워졌는지 짧막한 다리를 딛고 소파에서 일어나 잠깐 동작을 멈추었다가 미끄러져 내려와 쿵 하는 소리와 함께 착지하고는 당당하게 다가와 그녀의 다리 냄새를 맡고 구두를 핥았다.

"저기, 네가 누구고 어쩌다 이 집에 들어오게 됐는지 모르겠지만 나는 백스터를 돌려받고 싶은데." 칼리는 그의 긴 귀 뒤쪽을 긁어주려고 허리를 숙였다.

개는 귀를 내어주고는 앉아서 그녀에게 다시 생각할 여유를 허락하며 꼬리로 바닥을 힘차게 때렸다. 얼마 전까지만 해도 쿠션 안에 들어 있었던 하얀색 솜뭉치가 이리저리 날렸다.

"엄청 귀엽긴 하지만 너를 키울 수는 없어. 네가 집으로 가줬으면 좋겠어. 너 누구니? 너 왜 이름표 안 달고 있어?"

개는 꼬리를 더욱 힘차게 흔들었다. 바닥으로 납작 엎드리더니 벌러덩 드러누워 긁어달라고 배를 보였다. 그 순간 칼리는 이 아이가 백스터가 아니라는 것을 두 눈으로 똑똑히 확인했다. 이 아이는 암컷이었다.

"좋아, 이 상황을 해결해야겠다." 칼리는 개의 머리를 향해 손가락으로 동그라미를 그리며 말했다. "엉뚱한 바셋하운드가 뻔질나게 이 집에 등장하기 전에." 하지만 이런 참사가 벌어졌음에도 그녀는 손을 뻗어 개의 배를 긁어주며 그녀도 얼마든지 따뜻한 주인일 수 있음을 보여주었다.

안에 들어 있던 소지품을 일부 토해내고 현관에 놓여 있던 뚱뚱한 핸드백에서 문자가 왔음을 알리는 경쾌한 소리가 들렸다. "여기 가만히 있어." 그녀는 개에게 말했다.

두말하면 잔소리지만 그 개는 칼리의 말을 듣지 않았다. 벌떡 일어나 원래부터 여기 살았던 것처럼 부엌으로 쪼르르 달려가더니 백스터의 그릇에 담긴 물을 벌컥벌컥 요란하게 핥아 마셨다.

칼리가 같이 촬영 하나 하자고 억지로 승낙을 받아낸 사진작가 필이 보낸 문자였다. 내용은 간단했다. 다섯 시에 만나요.

다섯 시에 만나자고? 첫째, 다섯 시는 누굴 만나기에 가장 부적합한 시간대였다. 그리고 둘째, 촬영 날짜는 내일이었다. 화요일이었다. 잠깐…… 칼리는 손목시계를 확인했다. 젠장. 오늘이 화요일이었다.

늦지 말아요. 그는 이렇게 덧붙였다.

"이미 늦었어! 하루쯤 늦었다고!" 칼리는 휴대전화에 대고 외쳤다.

칼리와 필은 댈워스, 바틀 앤드 시먼스(DBS)라는 대형 광고회사에서 같이 일하던 사이였다. 필은 거기서 아트 크리에이터로 일하다 조직 개편 때 역시 정리 해고당했다. 하지만 능력이 있고 발이 넓다 보니 금세 인물과 웨딩 사진 전문 작가로 변신해 자리를 잡았다. 칼리가 이걸 아는 이유는 필뿐 아니라

같이 잘린 다른 몇몇 직원들과 가끔 만나 술을 마시면서 이 부당한 상황에 대해 성토대회를 열기 때문이었다. (메건은 이 말을 들으면 못마땅하게 여길 것이다. 불평이나 *자기 연민*에 바칠 시간 있으면 *새로운 현실을 구축하는 데 쓰라며.* 하지만 칼리는 새로운 현실을 구축하느라 여전히 고군분투하고 있었고 그러는 동안 가끔 징징거릴 작정이었다.)

무려 두 명의 고객을 거느린 조그마한 1인 마케팅 및 PR 업체가 칼리의 새로운 현실이었다. 그 두 명은 번듯한 회사에 정식으로 취직할 때까지 임시로 맡은 고객이었다. 안타깝게도 잠깐 쉬는 동안 그녀에게 일을 맡긴 임시 고객들은 예산을 펑펑 쓰는 그런 부류가 아니라 사는 게 팍팍했다. 칼리는 필이 그녀를 딱하게 여긴다는 것을 알았기 때문에 그걸 이용해 엄청난 부탁을 했다. 이것 역시 〈왕언니 팬티〉를 통해 알게 된 비법이었다.

어떻게 날짜를 헷갈릴 수가 있었을까? 오늘이 어떻게 화요일일 수 있을까? 월요일인 줄 알았건만. 월요일은 어디로 사라진 걸까? 어떻게 월요일을 모르고 지나칠 수 있었을까? 주중, 주말 할 것 없이 날마다 일을 하는 사람이라면 충분히 그럴 수도 있겠지만……. 리디아와 얼마 전에 대화를 나누었을 때 그녀는 칼리에게 스케줄 관리에 문제가 있다고 했다. "너는 날이면 날마다 일만 하잖아." 리디아는 이렇게 투덜거렸다.

잠깐, 화요일은 아르바이트생이 백스터를 산책시키는 날이

기도 했다. "설마." 그녀가 중얼거렸을 때 사기꾼 개가 부엌에서 터벅터벅 걸어나왔다. 턱에서 물이 뚝뚝 떨어져 나무 바닥에 자국이 남았다.

불가능한 일이긴 했지만 스튜디오에서 다섯 시에 보자고 필에게 답장을 보내고 쭈그리고 앉아 핸드백에 주섬주섬 소지품을 다시 담기 시작했다. 그녀에게는 완수해야 하는 일정이 있었다. 지켜야 하는 마감이 있었다. 젊은 패션 디자이너의 컬렉션을 소개하는 이번 사진은 〈쿠튀르〉라는 잡지사의 막강한 크리에이티브 디렉터 라모나 맥닐에게 보낼 예정이었다. 〈쿠튀르〉는 업계 최고의 패션 잡지였고, 그녀의 고객인 빅터 앨런 같은 사람에게는 성배나 다름없었다.

칼리에게도 마찬가지였다. 칼리는 그 잡지사의 두 군데 공석에 입사 지원서를 제출해놓았다. 하나는 마케팅과 홍보 팀이었고, 다른 하나는 크리에이티브 팀이었다. 그녀는 지원 결과를 기다리는 동안 빅터를 홍보하는 데 전력을 다하는 중이었다. 그녀가 생각하기에는 그를 고객으로 영입한 것이 엄청난 성과였다.

이렇게 중요한 촬영을 앞둔 판국에 사기꾼 개에게 정신이 팔릴 수는 없었다. 그녀는 핸드백을 어깨에 메고 현관 앞에 걸어둔 목줄을 낚아채며 개를 찾으러 달려갔다.

그 바셋하운드는 엄청 비싼 칼리의 구두 한 짝을 앞발 사이에 두고 화장실에 있었다. 칼리는 놀라서 비명을 질렀다. 구두를 향해 달려드는 그녀를 보고 개는 꼬리를 흔들었다. "너 미쳤어? 죽으려고 작정한 거야?" 그녀는 말하며 구두를 세면대 위로 던졌다. "가자. 너도 데리고 가야겠다. 너 혼자 여기 둘 수는 없겠어. 그나저나 너 소파 쿠션 값 물어줘야 하는 거 잊지 마." 그녀는 개에게 목줄을 채우며 말했다. "그것도 비싼 쿠션이거든. 내가 회사에 다닐 때 산 거라." 그녀는 개의 머리를 쓰다듬고 등을 잠깐 어루만졌다. "네가 이 집을 다 먹어치우기 전에 데리고 나가야겠다."

개는 신이 나서 꼬리를 흔들며 종종걸음으로 칼리를 따라나섰다. "이 사태의 책임자가 누군지 알아? 브랜트야, 예전에 너 산책시켜줬던 사람." 그녀는 현관문을 열었다. "참고로 얘기하자면 그 인간은 죽은 목숨이야. 그러니까 알아둬, 너는 다음 주에 레이디 버드 호숫가를 산책하지 못할 수도 있어. 내가 백스터를 돌려받자마자 그 인간을 죽여버릴 거니까." 개가 숭배하는 눈빛으로 그녀를 올려다보았다. "기분 나쁘게 듣지는 말아줘, 깜찍아."

꼬리를 흔드는 것을 보니 이 아이는 전혀 기분 나쁘게 듣지 않은 모양이었다.

칼리는 깨발랄 아가씨를 뒷자리에 태우고 스튜디오로 이동하며 도착하면 예의를 갖추도록 교육했다. 그녀의 고객인 젊고 주목할 만한 패션 디자이너 빅터 앨런은 요즘 들어 색다르고 알록달록한 염색을 시도하는 중이었고, 가끔 핼러윈 의상인가 싶은 옷을 입고 있을 때도 있었다.

"그러니까 절대 짖지 마." 칼리는 말했다. "고객이 달랑 둘뿐인데 그중 한 명을 잃으면 감당할 수 없으니까. 알겠니?" 그녀는 백미러를 들여다보았지만 보이는 것이라고는 개의 뒷모습과 미친 듯이 흔들어대는 꼬리뿐이었다. 깜찍이는 창밖으로 고개를 내밀고 있었다.

"내가 빅터를 신예 디자이너 쇼케이스에 무사히 안착시키기만 하면 그는 패션업계에서 엄청난 거물이 될 거야. 그래, 내가 이런 황당한 옷을 입고 있는 것도 그 때문이지." 그녀는 막힌 길을 뚫고 조금씩 이동하며 설명했다. "그러니까 이러쿵저러쿵하지 마."

깜찍이가 앞으로 돌진해 그녀의 얼굴을 핥았다. "그래, 알았어." 그녀는 개를 뒤로 밀어내고 침 범벅이 된 뺨을 닦았다. "이런 일이 벌어지다니 아직도 믿기지가 않아. 하루 종일 일이 꼬이더니 개마저……." 그녀는 한숨을 쉬었다. "아무튼 이왕 이렇게 된 거 어쩔 수 없지. 메건도 이야기하다시피 이런 데 연연할 시간 없어, 해결책을 고민해야지." 그녀는 개가 잘 알아들었는지 확인하느라 백미러를 흘끗 들여다보았다. 깜찍이는 이제 뒷자리 한가운데에 앉아 있었다. 혀를 한쪽 입가로 내밀고서 헉헉대며 한마디도 듣지 못한 것처럼 앞 유리창만 빤히 쳐다보고 있었다.

하긴 칼리가 듣기에도 설득력이 없었다.

신호등이 초록색으로 바뀌었지만 앞을 막아선 차량 행렬은 움직이지 않았다. 칼리는 브랜트에게 전화를 걸어달라고 차에 지시를 내렸다. 그의 음성사서함으로 연결됐다. 그가 저지른 사고의 규모로 봤을 때 놀랄 만한 일도 아니었다.

"브랜트! 칼리 케네디예요. 기운 없는 바셋하운드 키우는 사람. 아니 그런데 오늘 내 집에 명랑한 바셋하운드를 데려다 놓았더라고요? 내가 키우던 기운 없는 바셋하운드 돌려받고 싶어요! 어떻게 그런 실수를 저지를 수가 있어요? 백스터 지금 어디 있어요? 이 개 주인은 누구예요? 당장 전화해줘요!"

칼리는 전화를 끊고, 개를 산책시키는 일을 하는 브랜트라는 작자를 어떻게 생각하는지 중얼거렸다. 차량 행렬이 움직이기 시작하자 그녀는 냉큼 액셀러레이터를 밟았다. 뒷자리에서는 깜찍이가 두 좌석 사이 틈새에 코를 박고 요란하게 킁킁거렸다. 그러다 뭔가가 눈에 들어오자 창문 앞으로 달려가 나지막이 으르렁거리며 명랑하게 왈왈 짖었다.

스튜디오에 도착하자 칼리는 핸드백과 목줄을 잡고 안으로 달려 들어갔다.

그녀가 어떤 광경을 예상했는지는 모르겠지만…… 빅터와 필이 서성거리고 모델들은 안절부절못하는 그런 광경이었을까? 하지만 아니었다. 빅터는 무지개 색으로 머리를 염색하고 손으로 색칠한 청바지를 입고서, 휴대전화에 시선을 고정한 채 플라스틱 의자에 앉아 있는 두 명의 모델 주변을 스케이트로 천천히 움직이고 있었다. 필은 길거리에서 주워온 것처럼 보이는 너덜너덜한 흙색 소파 위에 대자로 누워 있었다.

"나 왔어요!" 칼리는 영국 해협을 헤엄쳐서 건너오기라도 한 것처럼 이렇게 외쳤다.

"왔어요?" 필은 천천히 몸을 일으켜 앉았다. 하품을 했다.

빅터는 달리다 말고 스케이트보드를 돌려 칼리를 마주 보았다. 그녀를 위아래로 훑어보고는 고개를 저었다. "이 옷은 그런 식으로 입으면 안 돼요." 빅터는 스케이트보드에서 폴짝 뛰어내려 성큼성큼 그녀에게로 다가왔다. 그녀에게 T자 모양으로 팔을 벌리게 하고 입고 있는 괴상한 랩어라운드 점프슈트 비슷한 옷을 이리저리 잡아당겼다.

칼리는 스물여덟 살이고 빅터는 스무 살이지만 나이 차가 훨씬 크게 느껴질 때도 있었다. 그는 인생의 많은 면에 관해 아직 어리고 뭘 모르는 나이였다. 유일한 예외가 패션이라 그 방면에서는 어린 왕처럼 최전선에서 유행을 선도하는 능력을 발휘했다. 그는 독창적인 천재였고 그건 과장이 아니었다.

"안녕, 백스." 빅터가 그의 운동화를 킁킁거리며 지대한 관심을 보이는 바셋하운드에게 말을 건넸다.

"얘 백스터 아니에요." 칼리는 빅터가 그녀의 몸을 잡고 등이 보이도록 휙 돌리는 동안 말했다. 그녀는 엉키지 않게 잡고 있던 목줄을 놓아야 했다.

빅터는 콧방귀를 뀌었다. "뭐가 아니에요. 내가 보기에는 백스 맞는구먼."

"웃긴 게, 이 개는 백스터처럼 생겼지만……." 칼리는 말했다.

빅터가 두 손을 그녀의 허리에 얹고 다시 돌렸다.

"백스터가 아니에요. 개를 산책시키는 사람이 헷갈려서……."

"아니, 사진 촬영할 거예요, 아니면 계속 개 이야기할 거예요?" 필이 물으며 멀대 같은 몸을 소파에서 일으켰다.

"알겠어요." 빅터가 대답하고 뒤로 물러나 그녀를 잠깐 살피고는 마음에 든다는 뜻에서 고개를 끄덕였다. "하지만 저기, 나배가 고픈데."

칼리는 그 뒤로 다른 말이 이어지길 기다렸지만 빅터가 하려는 말은 그게 전부인 듯했다.

"그래서, 뭐 먹고 싶은데요?" 필이 물었다.

빅터는 어깨를 으쓱했다. "왓어버거 어때요?"

"나도 찬성." 필이 말했다.

빅터는 모델들 쪽으로 고개를 돌렸다. "숙녀분들 생각은 어떠십니까?"

"감자튀김이요." 둘 중 한 명이 휴대전화에 코를 박은 채 말했다. 다른 한 명은 두 개 주문하라는 뜻에서 손가락 두 개를 들어 보였다.

"아니…… 그러니까 지금 먹겠다고요?" 칼리는 한자리에 모인 다양한 패션 종사자를 돌아보며 물었다.

"맞아요." 필이 말했다.

"나더러 30분만 시간 낼 수 있다고 했잖아요." 칼리는 지적했다. "더는 1분도 안 된다고."

"왓어버거 사다 주면 한 시간 내줄게요." 그러면서 필은 쭈그리고 앉아 깜찍이를 쓰다듬었다.

"카알리." 빅터는 그녀의 이름이 방금 생각났다는 듯 종종 이런 식으로 그녀를 부르곤 했다. "나 지금 배고파서 죽을 것 같아요."

그녀에게 오는 길에 사다 달라고 할 수는 없었을까? 필이 비는 시간을 내어주고 있는데, 꼭 다들 모일 때까지 기다렸다가 햄버거를 먹고 싶다고 선포해야 했을까? 머리를 무지개 색으로 염색한 빅터는 이런 식으로 그녀를 열받게 만들었다. 그는 어마어마하게 독창적이지만 충동적인 십 대처럼 굴었다.

가끔 칼리는 그가 무슨 수로 여기까지 왔는지 궁금해질 때가 있었다. 빅터는 오스틴이 낳은 기적이었다. 그는 여덟 살 때부터 집 안의 놀이방에서 옷을 디자인했다. 열다섯 살에는 구찌 청소년 디자인 팀에서 활동했다. 열여덟 살에는 〈프로젝트 런웨이〉의 최연소 우승자가 되었다. 그가 유명한 탤런트를 위해 디자인한 레드 카펫 드레스는 전국적으로 엄청난 관심을 받았다. 하지만 그런 관심에는 대가가 따랐으니…… 빅터는 유명세에 제대로 대처하지 못했다. 그는 내슈빌의 술집에서 미성년 신분으로 음주를 하다가 적발됐다. 남의 몸매를 평가하는 것으로 오인받을 소지가 다분한 발언도 했다. 기자가 왜 그런 행동을 저질렀느냐고 물으면 한 대 맞고 싶으냐는 식으로 대응했다. 참석해야 하는 자리에 펑크를 내고, 주기로 약속한 디자인을 주지 않았다. 그러더니 그냥 잠수해버렸다.

이제 스무 살이 된 빅터는 컴백할 준비를 마쳤다. 2월의 뉴욕 패션 위크를 앞두고 열리는 신예 디자이너 쇼케이스에서 처음으로 그의 단독 쇼가 개최될 예정이었다. 초청받은 디자이너만 참가할 수 있는 행사인데, 빅터는 작품이 워낙 폭발적인 인기였기 때문에 그 자리에 초대됐다.

다들 빅터가 일찌감치 성공을 거두었으니 홍보 담당자가 있을 줄 알았다. 그에게 방향을 제시할 사람이 있을 줄 알았다. 하지만 칼리가 등장하기 전까지 그에게는 그런 사람이 없었다.

칼리는 아직 DBS에서 근무하던 시절에 사우스 콩그레스 애비뉴에 설치됐던 팝업 매장을 통해 빅터의 작품을 만났다. 그의 미적 감각이 아주 기발하다는 생각이 들어 호기심에 인터넷에서 검색해보았다. 그때 그가 패션계 외부에서 어떤 기행을 저질렀는지 알게 됐다. "와우." 그녀는 어느 비 오는 날 저녁에 구글 검색 결과를 정독하며 중얼거렸다. "제대로 말아먹었구먼."

빅터의 팝업 매장을 구경한 뒤 얼마 안 있어 칼리는 회사에서 잘렸다. 처음에는 충격을 받았다. 그런 다음에는 어마어마하게 화가 났다. 그런 다음에는 상심의 몇 단계를 건너뛰어 본때를 보여주고 말겠다고 결심하는 단계로 직행했다. 예전에 룸메이트였던 나오미 버로스의 응원 덕분이었다.

칼리는 나오미의 강요에 못 이겨 비행기를 타고 뉴욕으로 건너가 두어 주 동안 그녀와 함께 지냈다. "우울해하면 안 돼." 나오미는 충고했다. "짓밟혀서 너덜너덜해진 성냥팔이 소녀처럼 걸어 다니면 안 돼. 관점을 바꿔야 해. 너에게 필요한 건 속도의 변화, 공간의 변화야."

칼리는 반박해봐야 소용없다는 걸 알았다. 나오미는 남들에게 지시를 내려야 직성이 풀리는 성격이었다. 대형 문학 에이전시에서 어시스턴트로 근무하는 그녀가 주장하길 작가들과 일을 하다 보면 보스 기질이 생길 수밖에 없다고 했다. 한번은 그녀가 칼리에게 이런 말을 한 적이 있었다. "얼마나 웃긴지 알아? 그렇게 엄청난 작품을 써내는 사람들이 스케줄 하나 정리를 못 해. 손을 잡고 데리고 다녀야 한다니까?"

칼리는 그게 무슨 소린지 정확하게는 알 수 없었지만 나오미는 자기 일을 사랑했고, 출판사 파티며 출간 기념회에 대해 종알거렸고, 사람들 손을 잡고 데리고 다니는 걸 잘했다. 그래서 칼리는 나오미가 충고한 대로 뉴욕을 찾아갔다.

뉴욕은 짧게 몇 번 출장을 다녀온 게 전부라 맨해튼에서 나오미와 그녀의 룸메이트들과 함께 지내보기 전까지는 뉴욕에 실질적으로 다녀왔다고 볼 수가 없었다. 그 눈부시게 아름다웠던 2주 동안 칼리는 그 어느 때보다 열심히 살고, 열심히 파티를 즐기고, 열심히 자고, 진심으로 웃었다. 마치 〈섹스 앤 더 시티〉의 주인공이 된 듯한 기분이었다. 그녀가 바로 캐리 브래드쇼였다! 음, 어쩌면 미란다에 더 가깝겠지만…… 아무튼.

나오미와 그녀의 룸메이트들은 매일 저녁 놀러 나갔고, 매일 저녁 남자들과 어울려 추파를 던지며 시시덕거렸다. 칼리는 평생 그렇게 많은 신랑감을 만난 적이 없었다. 나오미와 친구들은 식당을 방으로 개조한 방 세 개짜리 아파트에 끼여 살아도 개의치 않는 눈치였다. 칼리는 2주 내내 나오미와 한 침대를 썼다.

하지만 그만한 가치가 있었다. 나오미를 따라 어느 으리으리한 호텔에서 열린 출간 기념회에 갔을 때는 복권에 당첨된 심정이었다. 스트랜드 서점에서 열린 어느 유명한 작가의 사인회에 갔을 때는 엄청 국제적인 인물이 된 듯한 기분이 들었다. 나오미의 근무 시간에는 그녀 혼자 온갖 관광지와 미술관, 박물관을 섭렵했고 심지어 리츠 칼튼에서 30달러짜리 칵테일도 마셨다.

나오미의 말이 맞았다. 칼리는 환경에 변화를 줄 필요가 있었다. 그녀의 삶을 오스틴에 국한한 게 패착이었다는 생각이 들기 시작했다. 뉴욕에서는 무궁무진한 가능성이 그녀 앞에 펼쳐져 있었다. 비정상적인 가족 말고는 고향에 미련도 없었다. 그리고 솔직히 가족과 떨어져 지내면 모두에게 득이 될 것이었다.

그 2주간의 안식을 마치고 돌아왔을 때 칼리는 자신이 원하는 게 뭔지 파악할 수 있었다. 뉴욕에 취직해 온전히 혼자 살 것이다. 매일 저녁 나가서 놀고, 미술관과 박물관 구경을 다니고, 책을 많이 읽고, 작가 사인회와 전시회 오프닝 행사를 찾아다닐 것이다. 저녁은 외식이나 배달 음식으로 해결하고 집에 프라이팬 하나 없다며 직장 동료들과 깔깔댈 것이다. 운동으로 몸매를 관리하고 최신 유행으로 치장하고 다닐 것이다. 내가 쌩하니 지나가면 사람들이 걸음을 멈추고 쳐다보면서 저 아가씨는 누구냐고 궁금해하겠지?

칼리는 엄청난 낙관주의와 이렇게 될 수밖에 없다는 뻔뻔함으로 무장하고서 새로운 결심을 실천에 옮기기 시작했다. 다시 오스틴으로 돌아가 열심히 작업에 착수했을 때 〈왕언니 팬티〉를 발견했다. 예전 방송까지 모두 섭렵하자 뉴욕을 향한 열망은 점점 커져만 갔고, 능력을 갖춘 이 나이대의 가능성이 무한하게 느껴졌다.

안타깝게도 취업에는 운이 따라주지 않았다. 칼리는 알맞은 일자리를 찾느라 날마다 구인 광고를 샅샅이 뒤졌다. 그녀는 시시한 일도 얼마든지 할 용의가 있었다. 그 바닥에 발만 들여놓을 수 있다면 상관없었다. 하지만 발을 들여놓기 전까지 수입원이 필요할 것이었다. 메건이 말하길 절대 자기 능력을 무시하지 말라고 했다. 칼리는 취업에 도움이 될 만한 포트폴리오를 구축할 수도 있겠다는 생각이 들었다. 좀 더 많은 경험을 쌓아서 이력서에 추가하는 것이다. 그러자면 경험을 쌓는 차원에서 이 지역에서 고객을 두어 명 유치해…….

바로 그때 빅터의 이름이 퍼뜩 떠올랐다. 홍보와 마케팅 전문가가 필요한 사람이 있다면 바로 그 젊은 다이아몬드 원석이었다. 이렇게 해서 칼리는 〈왕언니 팬티〉에서 들은 조언과 투지로 무장하고, 빅터를 찾아내 자신에게 일을 맡기도록 설득하는 데 성공했다.

사실은 빅터의 어머니를 설득하는 데 성공했다.

준 앨런은 늘씬했고 깎아놓은 조각 같았다. 준은 늘 아들이 추구하는 패션과는 상극인 맞춤 정장을 고집했다. 변호사였지만 빅터의 능력이 꽃을 피우기 시작하자 일을 접고 그의 매니저로 나섰다. 빅터의 부모님은 이혼했고 아버지는 보카레이턴에서 살았다. 칼리가 느끼기에 빅터는 아버지와 거의 연락을 하지 않는 듯했다. 그가 자기 아버지를 두고 유일하게 한 말이 있다면 자기를 이해하지 못한다는 것이었다.

하지만 어머니는 빅터를 이해했고 칼리는 준을 설득해 빅터를 만난 자리에서 갈고닦은 논리를 펼쳤다. 빅터에게는 언론과 공적인 이미지를 관리하는 사람이 필요했다. 패션쇼를 홍보할 유능한 전문가가 필요했다. 그에게는 한마디로 칼리 케네디 홍보 대행사가 필요했고 칼리는 그 이유를 나열했다.

빅터는 긴 다리를 무심하게 벌리고 작업실 갈색 소파에 앉아 있었다. 제작 단계가 각기 다른 그의 작품들이 온 사방을 채우고 있었다. 그는 집게손가락으로 계속 야구모자를 빙글빙글 돌렸다. 가끔 딴 데 정신이 팔린 것처럼 보일 때도 있었다. 하지만 준은 그날 칼리가 한 모든 말을 귀담아들었다. 준은 빅터에게 도움이 필요하다는 데 동의했다. 칼리에게 기회를 주자고 자기 아들의 옆구리를 찔렀다.

빅터는 아무 대꾸도 하지 않았고 칼리는 솔직히 틀렸다고 생각했다. 그래도 최선을 다했다고 자부할 수 있었다. 최선을 다하면 그것으로 된 거라고 메건이 그녀의 귀에 대고 속삭였다. 그런데 빅터가 기지개를 켜는 것처럼 두 팔을 머리 위로 들더니 허리를 좀 더 꼿꼿하게 세우고서는 딱 하나를 물었다. "내 옷 입을 거예요?"

칼리의 심장이 신나게 두근거리기 시작했다. 그가 그녀의 말을 듣고 있었던 것이다. "지금 장난해요? 반드시 입고 말겠어요!"

칼리가 지금 빅터 앨런을 입고 있는 이유가 그 때문이었다. 그녀는 기회가 있을 때마다 그의 옷을 입었다. 빅터는 천재였다! 그는 어마어마하게 성공할 것이었다! 어디에서든 그를 홍보하는 것이 그녀의 역할이었다! 하지만…….

하지만.

그의 옷은 그녀의 스타일이 아니었다. 어우, 절대 아니었다.

그녀는 그의 미적 감각이 탁월하다고 생각했지만 그걸 실제로 입고 싶어 한 적은 없었다. 그는 아방가르드한 디자이너였다. 엄청난 어깨와 길고 긴 소매를 좋아하는, 뽕 맞은 벳시 존슨(유쾌하고 기발한 디자인으로 유명한 미국의 패션 디자이너—옮긴이)이었다. 그럼에도 불구하고 칼리는 그의 옷을 입었다. 그녀는 빅터를 위해 열심히 일했다.

칼리는 재능 있는 사람을 올바르게 세간에 알리자는 도전과제를 진심으로 사랑했고 빅터는 누가 봐도 분명한 도전과제였다. 그의 이미지를 세탁하느라 얼마나 오랜 시간 동안 진을 뺐는지 모른다. 그녀는 잡지 인터뷰와 블로그 홍보와 지역 방송 모닝 토크쇼 출연을 주선했다. 준을 설득해 웹사이트 구축에 투자하기로 하고 협상을 통해 일류 디자이너에게 헐값에 맡겼다. 수많은 유튜브 브이로거와 인스타그램 인플루언서에게 그를 소개하고 각종 매체에 얼마나 많은 홍보 자료를 송고했던지 그가 친자식처럼 느껴질 지경이었다. 여기에 화룡점정을 찍은 것이 그의 디자인을 널리 알리자는 라모나 맥닐의 초대장이었다.

쇼케이스까지 몇 주 안 남은 상황에서 빅터는 차세대를 책임질 위대한 디자이너로 선포됐다. *고마워요, 칼리 케네디!* 그녀는 쥐꼬리만 한 보수를 받으며 거의 혼자서 그의 이미지를 개선했고, 가뜩이나 빅터는 전혀 아무 도움이 되지 않았으니 자신이 거둔 성과에 자부심을 느꼈다. 하지만 같이 일한 지 몇 달이 지났어도 빅터는 여전히 홍보 담당자와 몸종을 구분할 줄 몰랐다.

"그래서…… 햄버거 사 올 거죠?" 빅터가 물었다.

"정말 내가 가서 햄버거를 사 왔으면 해요?" 이건 질문이라기보다 따지는 쪽에 가까웠다.

"배달시키면 되지 않아요?" 모델 하나가 의견을 내놓았다.

"아니야, 칼리가 다녀오면 돼요. 1~2킬로미터밖에 안 되는걸." 그러더니 빅터는 스케이트보드에 올라타 작업실을 이리저리 돌아다니기 시작했다. 깜찍이 눈에는 그게 엄청 신나 보이는지 짖으며 그를 따라 달리기 시작했다.

"나도 가서 햄버거를 사 오고 싶지만 개가 있어서 말이죠." 칼리는 미안하다는 듯이 얼굴을 찡그렸다. 깜찍이는 스케이트보드에 흥미를 잃고 목줄을 뒤로 늘어뜨린 채 간이 주방으로 종종걸음쳤다.

"백스는 우리랑 같이 있으면 돼요." 빅터가 대꾸하고 콘크리트 바닥을 쌩하니 가로질렀다.

"얘는 백스터 아니라니까." 칼리는 말했다. "자, 여러분. 이제 촬영 시작합니다. 필이 시간이 얼마 없다고 하니까……."

"사실 당신이 없어도 촬영은 얼마든지 가능해요." 필이 말하며 카메라를 들어 칼리를 찍었다. "내가 알아서 하면 되니까."

"얼른 다녀와요, 칼리." 빅터가 그녀의 옆을 쌩하니 지나치며 말했다. "먹을 게 없으면 집중을 못 하겠다고요!"

깜찍이가 간이 주방에서 다시 나왔다. 빅터가 스케이트보드를 타고 옆을 지나가자 다시 짖기 시작했다. 필이 휘파람을 불자 깜찍이는 코스를 바꿔 빅터의 앞으로 곧장 달려들었다. "후아." 빅터는 개와 충돌하기 직전에 스케이트보드에서 뛰어내리더니 보드를 발로 차서 손으로 집었다.

"잡았다." 필은 허리를 숙이고 깜찍이를 들어서 자기 무릎에 앉혔다. "애 뭐 먹여요? 무겁네."

"봤죠?" 빅터는 칼리를 보며 깜찍이를 향해 손을 흔들었다. "우리가 다 알아서 할 수 있다니까요."

칼리는 자기가 졌다 싶으면 바로 알아차렸다. "그래요, 알았어요. 나는 홍보 담당자지만 뭐, 어쨌거나."

30분 뒤에 칼리가 두 봉지 가득 햄버거를 들고 돌아오자 필이 사진을 보여주었다. 사진마다 바셋하운드가 있었다. 빅터의 디자인을 깜찍이와 한 컷에 담은 사진들이 사랑스러웠다.

사람들이 칼리가 사비를 털어서 사 온 음식을 먹는 동안 그녀는 브랜트에게 다시 전화했다. 여전히 그는 전화를 받지 않았다.

칼리는 사진을 잘 받는 자신의 진짜 반려견이 진심으로 걱정됐다. 백스터는 어디 있을까?

2

토바이어스 맥스웰 셰핑턴 3세 박사는 텍사스 대학교 신경과학과에서 종신 재직권을 노리고 있는 교수다. 과학 전공으로 박사 학위까지 받은 사람이면 기본적인 상식을 갖추지 않았을까 싶겠지만 사실 그렇지도 않은 것이, 만약 맥스에게 상식이라는 것이 있었다면 학과에서 중요한 프레젠테이션을 앞둔 전날 밤에 술을 마시지는 않았을 것이다. 맥주 두어 잔이라면 모를까 그 이상 마시면 반드시 인사불성이 되고, 대학생 시절에 라이트급이라는 별명을 얻게 된 이유도 그 때문이라는 사실을 기억하고 있었을 것이다. 그리고 같은 학과의 교수와 동침하는 것은 절대 좋은 생각이 못 된다는 것을 알았을 것이다.

이 모두가 즉흥적이고 충동적인 환송 파티 때문이었다. 개를 떠나보내는 파티 말이다.

맥스는 인간과 개의 유대관계가 애견인과 개의 옥시토신 분비와 도파민 수치 상승에 어떤 영향을 미치는지, 특히 개의 사회적 행동과 옥시토신 분비 체계의 관계가 자폐인의 동일한 관계를 이해하는 데 어떤 식으로 도움을 줄 수 있는지를 주제로 연구를 진행하는 중이었다. 길고 복잡했지만 자폐 연구에 많은 가능성을 부여할 수 있는 연구였다.

자신의 연구를 돕는 학부생들의 실험실을 감독하는 것도 맥스가 맡은 일의 일부였다. 개가 있었기 때문에 그의 실험실은 아주 인기가 많았다.

특히 맥스의 실험실에는 접촉하는 모든 사람의 도파민 수치를 자기 혼자서 높이는 노란색 바보 래브라도가 있었다. 클래런스는 서비스견으로서 재능이 없었고, 실험실에서 진행 중인 연구를 수행할 때 필요한 명령을 익히는 데 딱히 소질을 보이지도 않았다. 하지만 그 거대한 몸을 들어서 사람들 무릎 위에 앉고 쓰다듬어 달라고 요구하는 데에는 으뜸이었다.

화요일이 클래런스와 보내는 마지막 날이었다. 원래 오스틴 애견 연맹에서—ACC라고 불렸다—빌려온 아이였는데 얼마 전에 구조 단체로 입양이 됐기 때문이었다. 클래런스는 자기 운명이 달라졌다고 기뻐하는 눈치였지만—아니면 실험 대상자인 대학원생이 던져준 종이 뭉치 때문일 수도 있었다—실험실의 모든 사람은 가슴 아파했다.

맥스는 학생들과 실험 대상자로 자원한 두 명에게 다음 주에 다른 개가 올 거라고 설명했다. 그는 이미 ACC와 이야기를 마쳐놓았다. 다리가 세 개이고 이름이 '보니'인 오스트레일리안 셰퍼드였다.

ACC는 이 지역의 여러 반려견 구조 단체를 하나로 아우른

협회다. 구조 단체에서는 주인을 찾아주지 못한 개들을 ACC에 맡겼다. 그러면 ACC에서는 말동무나 치유견, 군인이나 법정에서 증언한 어린이나 자폐 청소년이나 의료 또는 요양기관의 반려견으로 훈련을 시도한다. ACC 훈련 프로그램에서 탈락한 개들은 입양 후보가 되지만, 새로운 주인을 만날 때까지 맥스가 진행하던 그런 프로젝트에 대여가 되기도 한다.

오스틴의 노른자 땅을 6만 제곱미터나 차지하고 있는 ACC에서는 큼지막하고 나이가 많은 참나무 아래에서 개들이 뛰어놀았다. 맥스는 남동생 제이미가 거기 취직했을 때 이 협회의 존재와 그들이 하는 일에 대해 알게 됐다. 제이미는 스물일곱 살이었고 자폐 스펙트럼 장애가 있었다. 사회적인 신호를 읽는 데 특히 어려움이 있고, 언어 소통에 한계가 있어서 취직에 많은 제한이 따랐다. 하지만 제이미는 다른 방식으로 자신을 표현할 줄 알았다. 예를 들어 그림만 해도 그랬다. 문외한인 맥스가 보기에 제이미는 익숙한 풍경과 사람들을 몽환적이고 부드러운 파스텔 색상으로 담아내는 훌륭한 인상파 화가였다. 제이미의 방과 아버지가 작업실로 개조한 일광욕실과 지하실에 그의 작품이 걸려 있었다. 맥스의 집에도 몇 점 걸려 있었다. 맥스는 동생의 작품을 좋아했다. 동생이 그린 풍경은 충분히 공감할 수 있고 익숙한 동시에 심란하리만치 멀게 느껴졌다.

하지만 제이미가 아무리 그림을 잘 그려도 말로 의사를 전달하지 못하고 사회 전반적으로 허용 가능한 범위 안에서 일정하게 행동하지 못하는 것을 상쇄하기에는 역부족이었다.

몇 년 전에 제이미의 담당의가 사회적인 상황에 대처하는 데 도움이 되는 행동 치료를 추천한 적이 있었다. 제이미는 사회에 적응하는 법을 배우는 와중에 ACC의 개들을 소개받았고 그들을 강박적으로 사랑하기에 이르렀다. 그 개들 모두를 알고 싶어 했다. 다양한 견종을 다룬 책을 주문해 모조리 독파했다. 온갖 크기의 개를 그림으로 그렸다.

맥스는 이 모든 것에 엄청난 흥미를 느꼈다. 그들의 어머니는 개 비듬 알레르기가 아주 심했기 때문에 집에서 개를 키울 수가 없었다. 그리고 맥스가 기억하기로 어렸을 때 제이미는 동물이 옆에 있으면 의심하고 불안해했다. 그런데 성인이 된 제이미가 애견 학교 방문으로 그렇게 달라진 걸 보면 맥스가 잘못 알고 있었던 것일 수도 있었다. 제이미는 원래 애정 표현을 하지 않았고 신체 접촉을 싫어했다. 하지만 개는 팔이나 무릎에 머리를 얹어도 상관하지 않는 눈치였다. 개가 자기 무릎 위로 기어 올라가면 끌어안아주었다. 개들은 제이미를 이해하는지 그가 불안해하거나 흥분하면 자기 몸을 그에게 갖다 댔다.

ACC에 파트타임 일자리가 생기자 맥스와 아버지가 제이미를 도와서 입사 지원서를 작성했다. 견사를 청소하고 개들을 산책시키고 사료를 주는 일이었다. 제이미는 단 하루도 결근한 적이 없었다.

맥스는 반려견이 있으면 제이미가 시설에서 살 수 있을지 궁금해지기 시작했다. 아버지는 제이미를 독립시킬 생각이 없었지만 맥스가 보기에 제이미는 시설에서 잘 지낼 수 있을 것 같았다. 그의 동생은 지능이 모자라지 않았고 어떤 면에서는 사실상 탁월했다. 추가적인 도움이 필요할 따름이었고 어쩌면 반려견이 해답이 될 수 있었다. 맥스는 미묘하게 달라진 동생의 태도가 느껴질 때마다—개에게는 기꺼이 자기 몸을 내주고 흥분했다가도 개가 있으면 금세 진정했다—특히 자폐증의 관점에서 바라본 개와 인간과 뇌 화학물질 간의 관계가 점점 더 궁금해졌다. 개가 사회적 중재자로 효과적인지, 스펙트럼 장애가 있는 성인을 돕는 여타의 방식과 어떻게 다른지 정성적, 정량적으로 연구한 자료가 많지 않았다.

그래서 그는 이런 궁금증을 연구 계획안으로 발전시켰다. 그의 학과에서는 연구에 찬성했다. ACC도 마찬가지였다. 맥스의 연구가 그들이 진행하는 특수 훈련에 도움이 될 수 있다면 기꺼이 개를 빌려주겠다고 했다.

맥스는 제이미의 사회 기술 습득 프로그램을 통해 연구에 참여할 의사가 있는 성인 스펙트럼 장애인을 두 명 찾을 수 있었다. 클래런스가 맨 처음 합류해 두 달 전부터 일주일 단위로 실험실을 순회하기 시작했다. 그러니까 간식을 받아먹으며 행복한 여정을 시작한 것이었다. ACC에서 맥스에게 보고한 바에 따르면 클래런스는 실험실에서 몰래 얻어먹은 간식 때문에 실험실 순회를 시작한 이래 몸무게가 2킬로그램 늘었다.

클래런스의 마지막 날인 어제, 학생들이 환송 파티를 열었다. 클래런스는 파티 거의 내내 잠을 잤다. 손님들 중에 알라나 프리드먼 박사도 있었다. 알라나는 맥스와 같은 과 교수였고 그의 실험실에서 청강해도 되느냐고 물었다. 그녀는 보라색 뿔테 안경을 꼈고, 짙은 밤색 머리를 뒷덜미에 대충 틀어서 묶었으며, 귀여운 과학도의 인상을 풍겼다. 알라나는 마약이 뇌에 미치는 영향을 주제로 인상적인 연구를 진행 중이었다. 맥스는 그녀의 연구를 훌륭하다고 생각한 데다 섹시한 미소도 마음에 들었기 때문에 그러라고 했다.

클래런스가 가정견으로서 새로운 삶을 시작하기 위해 ACC의 자원봉사자와 함께 연구실을 떠났을 때 학생들에게 같이 술 한잔 하자고 제안한 사람이 알라나였다. 예상할 수 있다시피 학생들이 대거 찬성했다. 처음에 맥스는 망설였다. 보고서 채점도 해야 하고 몇 가지 분석도 해야 했다. 하지만 아리따운 미녀와 시간을 보내는 것이 오랜만이었다. 재미있을 것 같았다.

어젯밤은 평소와 비슷한 분위기로 흘러갔고—한 잔이 두 잔이 되고 한 번의 스킨십이 점점 대담해졌다—맥스가 정신을 차려보니 어린애처럼 키득거리며 알라나와 함께 그의 집 옆문으로 들어서고 있었다.

맥스는 술에 취했고 흥분이 극에 달해서 헤이즐이 사료를 먹지 않은 걸 보고도 걱정하지 않았다. 자신이 너무 늦게 퇴근해서 화가 났나 보다고만 생각했다.

오늘 아침에 맥스와 알라나는 어색하게 작별 인사를 했다. 날이 밝고 보니 둘 다 자신의 선택에 의문이 생긴 것이었다. 맥스는 깨질 듯한 머리와 침침한 눈을 달래며 커피를 마시려고 부엌으로 들어갔다. 사각팬티 차림으로 다용도실을 지나며 "굿모닝, 헤이즐." 하고 인사했다. 그러면 그의 개는 토닥거림과 함께 간식을 받아먹으려고 소시지 같은 몸을 이끌고 발을 헛디디고 미끄러져 가며 신나게 달려왔었다. 그런데 오늘 아침에는 헤이즐이 꼼짝도 하지 않았다.

맥스는 걸음을 멈추었다. 헤이즐은 그가 간밤에 들어왔을 때 본 그 자리를 지키고 있었다. 뭔가가 이상했다. 어디 아픈가? 그는 한 걸음 후퇴해 행로를 바꿨다. 그가 다용도실로 들어가 가까이 다가가자 헤이즐은 자기 몸을 구석으로 욱여넣으려 했다. "헐."

맥스는 눈을 비볐다. 다시 한번 확인했다. 뭐야. 이 아이는 헤이즐이 아니었다.

맥스는 헤이즐이 아닌 바셋하운드 옆으로 조심스럽게 쭈그리고 앉았다. 이 아이는 그의 반려견과 색이 같았지만 무늬가 달랐고 이제 보니…… 수컷이었다.

맥스는 이게 어떻게 된 일인지 단박에 알아차렸다. 브랜트가 약에 취해서 엉뚱한 개를 데려다놓은 것이었다. 계속 약에 취해 지낸다는 걸 알면서도 소개를 받았다는 이유로 마리화나 중독자에게 개 산책을 맡기면 이런 사태가 벌어질 수 있다. 이 망할 놈의 브랜트. 소개해준 동네 주민이 일 하나는 확실하게 한다고 장담했건만! "네, 우리 집 개를 매일 산책시켜줘요. 그냥 개 산책시켜주는 걸로 먹고 사는 한물간 오스틴 히피예요."

그 말을 들었을 때 맥스는 백 퍼센트 납득했다. 그는 오스틴에서 나고 자랐기 때문에 히피라면 익숙했다. 사실 신경물리학과 학과장도 전기가 들어오지 않는 손바닥만 한 집에서 살았다. 그리고 헤이즐은 브랜트와 산책을 하고 온 날이면 즐겁고 피곤해하는 것 같았다.

그래도 이건 너무했다. 개를 산책시켜주는 걸로 먹고 산다는 자가 남의 집 개를 데려다놓으면 어쩌란 말인가.

"어이, 친구야, 괜찮아." 맥스는 중얼거리며 개의 머리를 쓰다듬으려고 했지만 녀석은 그러면 숨을 수 있다고 생각하는지 구석으로 점점 더 파고들었다. 그래서 맥스는 몸을 돌려 나란히 앉아서 개가 마침내 경계를 풀고 한숨을 쉬며 그의 다리에 머리를 기댈 때까지 조심스럽게 토닥여주었다.

"나도 알아." 맥스는 말했다. "나도 그런 날이 있었어. 솔직히 오늘이 그런 날이 될 조짐이 온 사방에서 느껴진다. 아무튼 너한테 이런 짓을 저지르다니 내 손으로 브랜트를 죽여놓을게."

개는 다시 한숨을 쉬며 맥스의 허벅지 위로 몸을 굴렸다.

"하지만 먼저 커피를 한 사발 마셔야겠어. 인지 기능을 동원해서 해결해야 하는 상황인데 내 인지 기능에 아직 발동이 전혀 걸리지 않았거든."

개는 감정이 가득 담긴 눈을 들어 맥스를 올려다보았다.

"내가 공짜로 충고 하나 해줄게. 옆에서 누가 아무리 꼬드겨도 폭탄주는 절대 마시지 마." 맥스는 개의 턱 아래를 긁어주고 몸을 일으켜 절실하게 필요하던 커피를 끓이러 부엌으로 들어갔다.

맥스는 커피를 몇 모금 마신 뒤 휴대전화를 찾아서 브랜트로부터 부재중 전화가 여러 번 왔겠거니, 다른 개를 데려다놔서 미안하다고 사과를 하고 또 하는 메시지가 여러 번 남겨져 있겠거니 생각하며 들여다보았다. 하지만 그런 사과는 남겨져 있지 않았다. 브랜트가 전화를 건 적도 없었다. 브랜트는 그의 전화를 받지도 않았고 음성사서함이 꽉 차서 메시지를 남길 수도 없었다.

아무래도 브랜트를 아주 잔인하게 죽여야겠다. 일과가 끝나자마자.

맥스는 옷을 갈아입었다. 그런 다음 개에게 사료를 먹이려고 했지만 녀석은 밥그릇을 거들떠보지도 않았다. 맥스는 하는 수없이 녀석에게 목줄을 채우고 가자고 했다. 녀석은 부엌 뒷문 근처 구석 자리에서 움직이길 거부했다. 하지만 맥스가 몇 번 잡아당기고 단호하게 명령을 내리자 결국 일어나 차에 올라탔다. 어쩔 수 없었다. 개를 집에 두고 출근할 수는 없었다. 브랜트에게서 연락이 오면 중간에 비는 시간에 슬쩍 나가서 이 녀석과 헤이즐을 맞바꾸어야 했다.

헤이즐은 도대체 어디 있을까? 어떤 날에도 100점 만점에 150점인, 말 잘 듣는 자기 개의 안부가 걱정됐다. 어떤 사람을 만났는지 몰라도 잘 돌봐주고 있기만을 바랄 따름이었다. 헤이즐은 도그 TV 보는 것을 좋아했고 앞발을 밖으로 내밀고 소파에 엎드려 있는 것을 좋아했다. 그 집에 소파가 없으면 당황할 것이다. 소파가 어디 있는지 찾아 헤매는 헤이즐이 그려지자 맥스의 눈가가 촉촉하게 젖었다.

그가 뒷자리 창문을 내려주자 녀석은 반색했다. 차가 움직이기 시작하자 녀석은 창밖으로 고개를 내밀고 긴 귀를 펄럭거렸다. 심지어 꼬리를 살짝 흔들기까지 했다.

맥스는 출근하는 길에 다시 한번 브랜트에게 전화했다. 개가 한쪽 구석에 둥지를 튼 교수실에서도 전화했다. 학생 면담 시간 중간에도 전화했다. 수업 사이 쉬는 시간에도, 보고서 채점을 하던 중간에도 전화했다.

일과가 끝날 무렵 맥스의 불안은 새로운 차원으로 발전했다. 그 개를 데리고 다녀야 할지 교수실에 그냥 두어야 할지 고민하느라 더 심란해졌다. 그는 후자를 선택했고 학과장들에게 연구 진행 상황을 보고하는 동안 바셋하운드 짖는 소리가 선명하게 들릴 때마다 움찔했다. 누가 들어도 그 소리에는 언짢아하는 기미가 역력했다. 맥스가 창턱에 올려놓은 플라스틱 뇌 모형 때문에 놀랐을 수도 있었다.

시간이 지날수록 헤이즐에게 무슨 일이 생긴 건 아닌지 점점 더 걱정스러워졌다. 심지어 브랜트의 안부까지 걱정스러워졌다. 이 인간은 도대체 어디 있는 걸까? 마리화나보다 더 센 약에 취해 어느 뒷골목에 널브러져 있는 그의 모습이 그려졌다.

게다가 브랜트가 이번 주말에 헤이즐을 맡아주기로 했었다. 주말 딱 이틀 동안 제이미를 데리고 시카고에서 열리는 대규모 도그 쇼를 보러 가기로 오래전부터 약속을 잡아놓았던 것이다. 그는 이 여행으로 두 마리 토끼를 잡을 수 있었다. 동생에게는 개의 낙원을 살짝 보여줄 수 있었고 제이미를 돌보느라 고생한 아버지에게는 꿀맛 같은 휴식을 선물할 수 있었다. 아버지는 그 주말 동안 친구들과 낚시를 가기로 약속을 잡아놓았다. 릴과 낚싯대까지 새로 장만했다.

이번 주말 여행에 상당한 돈과 노력을 들였는데, 브랜트가 약속한 대로 개를 맡아주지 않으면 지금보다 더 난감한 사태가 벌어질 수 있었다.

목요일인 다음 날 오후가 되도록 브랜트에게서는 연락이 없었고 맥스는 공황의 조짐을 느꼈다. 그는 평정심을 찾으려고 애를 썼다. 지금까지 공황장애를 일으킨 적이 없었으니 교감신경계가 고속 발진하더라도 부교감신경계에서 조만간 개입해 불안의 강도를 낮출 것이다.

하지만 브랜트나 헤이즐을 조만간 만나지 못하면 공황장애를 일으킬 수도 있겠는데, 솔직히 수소문할 시간이 거의 없었다. 지도 교수에게 연구 논문을 제출하고, 두 반의 시험지를 채점하고, 모친상을 당한 교수의 수업에도 대신 들어가야 했다. 하지만 헤이즐과 자기 반려견이 바뀐 사람이 혹시라도 헤이즐을 ACC에 맡겼을까 싶어 어제 퇴근길에 거기 들러보기는 했다.

개들이 야외에서 단체 놀이를 하고 있었다. 아무리 못해도 스무 마리는 되어 보이는 개들 가운에 일부는 유치원 놀이터에 드러누웠고 일부는 장난 아닌 추격전을 펼치고 있었다. 하지만 헤이즐은 없었다. 맥스가 마당을 지나가자 개들이 울타리로 달려와 인사를 건넸고 불독 한 마리만 놀이터 벤치를 포기하기 싫은지 꼼짝하지 않았다.

사무실로 찾아가니 머리를 분홍색으로 염색하고 팔에 문신을 잔뜩 새긴 젊은 여자가 말했다. "죄송하지만 이번 주에는 들어온 바셋이 없어요. 하지만 쿤 하운드 믹스는 있어요. 엄청 애교가 많아요. 하지만 근처에 가죽 부츠는 두지 마세요."

"고맙지만 내가 기르던 개를 찾는 중이라서요." 맥스는 말했다.

"꼭 찾으시길 바랄게요!"

목요일 아침이 밝았다. 맥스는 브랜트가 연락해 그와 헤이즐의 행방을 알릴지 모른다는 실낱같은 희망을 부여잡고서 그

개와 함께 다시 출근길에 올랐다. 하지만 이번에는 교수실에
두지 않고 강의실로 데려갔다. 학생들도 잘 대처하고 개도 더
즐거워할 거라고 판단했기 때문이었다. 처음에 개는 머리를 벽
에 처박고 한쪽 구석에서 꼼짝하지 않았다. 하지만 교실에 이
내 적응했고, 솔직히 아무리 의기소침한 바셋하운드라도 처음
맡는 냄새가 이렇게 많으면 모르는 체할 수가 없었다. 맥스가
학생들에게 신경계에 대해 가르치는 동안 그 개는 돌아다니며
제멋대로 배낭과 사타구니에 코를 들이밀었다. 학생들은 개를
보고 좋아했지만 수업 분위기가 산만해지기는 했다. 전후 상황
을 고려했을 때 맥스로서는 감수할 수 있는 부분이었다.

　하지만 오말리 학과장이 지나가다 들를 줄이야.

　교실을 돌아다니는 개를 본 순간 오말리의 얼굴이 일그러졌
다. 실험실이라면 모를까, 강당은 개가 있을 곳이 아니라고 생
각하는 듯했다. 오말리 학과장은 이런저런 문제로 미간을 찌
푸릴 때가 많았지만 맥스는 자신의 교실에서 학과장이 미간을
찌푸릴 일은 없길 바랐다. 올해 종신 재직 심사 후보가 그 혼
자가 아니라 경쟁자가 한 명 더 있다는 걸 얼마 전에 알게 됐으
니 더욱 그랬다. 둘 중에서 한 명만 학교 차원에서 심사를 받
을 수 있었다. 오말리의 평가가 결정에 반영된다는 것을 맥스
도 잘 알고 있었다.

　하지만 오래전부터 아주 열심히 준비했던 일임에도 불구하
고 종신 재직 심사는 이번 주 동안 그의 관심 밖이었다. 예방

접종 여부는 물론이고 이름조차 모르는 개를 계속 데리고 있을 수는 없었다. 개를 맡아줄 사람도 없는 데다 이렇게 촉박하게 찾을 수 있을 것 같지도 않았다.

학생들을 붙잡고 물어볼까 고민도 했었다. 하지만 이 신경과학자 지망생들을 보면 절반은 고민이 너무 많았고 나머지 절반은 땅딸막하고 요령이 없는 개를 맡길 수 있을 만큼 믿음직하지 않았기 때문에 안타깝지만 포기하는 수밖에 없었다.

맥스는 최후의 수단 삼아 주변에 주말 동안 이 개를 맡아줄 사람이 있는지 아버지에게 물어보기로 했다.

맥스는 수업을 마치고 퇴근하는 길에 개를 데리고 아버지의 집에 들렀다.

친구들 사이에서는 '토비'라고 불리는 토바이어스 셰핑턴 2세는 맥스의 집에서 모퉁이만 돌면 나오는 집에서 제이미와 함께 살았다. 그 집은 맥스가 어렸을 때 살던 곳이자 그의 조부모가 물려준 곳이었다. 많이 낡았지만 편안한 단층집이었고 입지가 좋았다. 입지가 하도 좋아서 해마다 몇 번씩 팔 생각이 없냐는 문의가 들어왔다. 맥스가 어렸을 때는 그 길 전체가 그 비슷하게 낡고 편안한 단층집들로 이루어졌었는데, 이제는 대부분 뭐가 추가됐거나 구조가 변경됐거나 철거돼 부지 크기에 맞지도 않는 집들이 지어졌다. 그런 집들이 옆에 있으니 셰핑턴 가족이 사는 집은 어린 여자아이와 그 아이가 기르는 조그맣고 까만 개와 함께 회오리바람에 실려 온 것처럼 보였다.

그의 아버지는 차고 문을 올려놓고 작업대 앞에 있었다. 맥스와 제이미가 어렸을 때 아버지는 날마다 양복을 입고 묵직한 서류 가방을 들고 성큼성큼 출근하곤 했다. 하지만 6년 전에 어머니가 심장마비로 갑작스럽게 세상을 떠나자 아버지는 투자 자문 일을 접었다. 이제는 야구모자를 쓰고 카고바지를 입고 다녔다.

아버지는 낚싯대를 벽에 일렬로 세워놓고, 작업대에 올려놓은 낚시 도구 상자 위로 허리를 숙이고 있었다.

"맥스 왔구나." 그는 노란색과 초록색 깃털 미끼를 들어 보였다. "어떠냐? 강가 조그만 편의점에서 샀는데."

"멋진데요?"

"다른 친구들 것도 좀 샀지. 낚시하러 갈 때는 살짝 경쟁하면 더 재밌거든. 그래서, 내일 언제쯤 제이미를 데리러 올 생각이냐?" 그는 미끼를 내려놓았다. "우리는 일찍 출발했으면 하는데."

"그게요…….." 맥스는 주머니에 손을 넣었다. "사소한 문제가 하나 생겼어요." 사실은 제법 엄청난 문제였다. "제가…….."
개가 산들바람에 날려서 차고 바닥을 구르는 비닐봉지를 보고 갑자기 짖는 바람에 그의 말이 끊겼다.

"헤이즐!" 그의 아버지가 엄하게 꾸짖었다. "그만 짖어라. 그냥 비닐봉지야."

"사소한 문제라는 게 바로 그거예요." 맥스는 말했다. "쟤가 헤이즐이 아니라는 거요."

그의 아버지는 웃음을 터뜨렸다. "하하. 이리 오렴, 헤이즐."

잔디 깎는 기계 옆에 서 있었던 그 개는 여전히 비닐봉지를 주시하며 맥스 뒤로 숨었다. 맥스는 쭈그리고 앉아 개의 등을 열심히 쓰다듬었다. 그 개는 당장 바닥에 드러누워 배를 보였다. "아." 그의 아버지가 말했다. "아니 이런. 분명 헤이즐인 줄 알았는데. 그럼 잠깐, 헤이즐은 어디 있는 거냐?"

"그게 바로 결정적인 문제죠." 맥스는 아버지에게 개가 서로 바뀌게 된 사연을 들려주었다. 그래서 개를 봐줄 사람이 필요하다는 부분으로 넘어가려던 찰나 현관문이 갑자기 열리면서 제이미가 걸어 나왔다. "도그 쇼." 그는 말하고 아래를 흘긋 쳐다보았다. "누구야?" 그가 개를 가리키며 물었다. 헤이즐이 아니라는 걸 한눈에 알아차린 것이었다.

제이미는 맥스와 키가 비슷하거나 아니면 조금 더 커서 187~188센티미터쯤 됐다. 맥스의 머리 색은 짙은 갈색인 반면 제이미는 금빛이 도는 갈색에 가까웠다. 이모는 그들에게 둘 다 엄마를 닮아서 눈이 초록색이라고 입버릇처럼 말했지만 그건 이모의 희망 사항이었고 맥스의 눈은 사실 회색이었다. 안타깝게도 엄마의 눈은 맥스의 기억 속에서 점점 희미해지고 있었다. "얘는 친구야." 맥스는 제이미에게 말했다.

제이미는 개를 쳐다봤다가 다시 맥스에게로 시선을 옮겼다. "가자." 그가 문을 가리키며 말했다.

"잠깐만……."

"가자, 가자, 가자, 가자." 제이미는 한 손을 퍼덕거리며 재촉했다.

"가거라." 그의 아버지가 말했다. "얘는 내가 보고 있으마…… 이름이 뭐랬지?"

"멍멍이요." 맥스가 말했다.

"도그 쇼!" 제이미가 개를 가리키며 외쳤다.

"알았어, 알았어." 맥스는 말하고 제이미를 따라 안으로 들어갔다.

그들은 부엌을 지나고, 벽마다 제이미의 그림이 걸려 있는 거실을 지나고, 새집과 분수대와 바람이 불면 움직이는 조각(이것 역시 제이미의 작품이었다)이 있는 파릇파릇한 뒷마당의 풍경을 지나 뒷마당이 내다보이는 제이미의 방으로 들어갔다.

제이미는 시카고 여행 준비를 어떻게 해놓았는지 보여주고 싶어 했다. 그는 깔끔하게 개어놓은 청바지 세 벌을 꺼내놓았다. 그 옆에는 빨아서 광을 낸 흰색 아디다스 운동화 두 켤레가 놓여 있었다. 똑같은 제품이었다. 개어놓은 검은색 티셔츠가 쌓여 있었고 네 장의 사각팬티는 모두 회색이었다. 침대 발치에는 그가 좋아하는 개 관련 도서가 있었다. 하나는 견종 백과사전, 또 하나는 애견 훈련법, 다른 하나는 애견 심리 분석이었다. 책 옆에는 펼쳐진 스케치북이 있었다. 제이미가 거기다 ACC의 야외로 나온 개들을 연필로 그려놓았다.

"잘 그렸네, 제이미." 맥스는 스케치북을 집어 들며 말했다.

"도그 쇼." 제이미가 그의 기억을 환기했다.

"맞아." 맥스가 말했다. "내일 출발할 거야." 그들은 어떻게 해서든 내일 비행기를 타고 시카고로 가서 중서부 지구 도그 쇼를 구경할 것이다. 제이미는 그날을 오래전부터 손꼽아 기다렸다. 맥스가 집에 들를 때마다 붙잡고 물었다. 그리고 아버지도 그 못지않게 낚시 여행을 기대하고 있었다.

맥스는 견종 백과사전을 들여다보는 제이미 곁을 잠깐 지키다 다시 차고로 나갔다. 멍멍이는 아버지의 작업대 아래로 기어 들어가 옆으로 누워서 잠깐 졸고 있었다.

"그래서 말인데요, 아빠, 주말 동안 이 개를 맡아줄 사람 어디 없을까요?" 맥스는 낮잠을 자는 바셋하운드를 가리키며 물었다.

"당장 생각나는 사람은 없지만 물어볼게." 아버지는 미끼를 살피며 말했다. "맥스, 내가 가지고 있던 그 빨간 꼬리 달린 미끼 기억나니? 찾지를 못하겠네. 그 미끼만 있으면 뭐든 못 잡을 게 없는데." 그는 그 미끼로 줄무늬 농어를 잡았을 때 이야기를 조금 장황하게 늘어놓았다.

그렇다, 맥스는 기댈 언덕이 없었다.

결국 그는 개 사료를 먹여야겠다는 핑계를 대고 집으로 돌아가 3일 동안 이 개를 누구에게 맡길 수 있을지 고민해보기로 했다. 그리고 그가 집을 비운 동안 기적적으로 헤이즐이 돌아오면 어떻게 해야 할지도.

맥스가 사는 곳도 오래전부터 그의 가족이 살던 집이었다. 원래는 고모네가 살던 곳인데, 몇 년 전에 고모부가 직장 동료를 선택하자 고모는 샌안토니오의 딸 곁으로 이사했다. 가족 중에 누구도 그 금싸라기 땅을 포기하길 원치 않았고 다들 맥스가 아버지와 제이미 근처에 살길 바랐다. 그래서 맥스가 시세보다 훨씬 싸게 고모에게 그 집을 넘겨받았다. 조교수 연봉으로는 시세대로 값을 쳐줄 수가 없었다. 그건 행운이었다. 이 집은 그에게 완벽했고 학교하고도 가까웠다.

맥스의 집은 아버지의 집과는 대조적으로 스페인 스타일에 가까웠고 여기저기 재미있는 곡선과 모서리가 있었다. 바닥은 살티요 타일과 나무였고 천장은 유행하는 스타일보다 낮았다. 멍멍이는 이 집에 적응한 눈치였다. 헤이즐이 좋아했던 자리를—소파와 침대—알아냈다. 하지만 여전히 사료를 거부했고 오늘은 사실상 아무것도 먹지 않았다. 맥스로서는 이유를 알 수가 없었다. 그는 녀석을 부엌으로 유인하려 했지만 멍멍이는 도그 TV 프로그램을 하나라도 놓칠까봐 걱정이라도 되는 듯 소파를 떠날 줄 몰랐다.

결국 그날 늦은 오후 그들의 종착지는 소파였다. 멍멍이는 친구들이 새파란 풀밭에서 뛰어노는 광경을 텔레비전으로 보았고 맥스는 연락처를 뒤지며 그를 이 난관에서 구원해줄 사람을 찾았다. 오래전부터 알고 지낸 친구들 몇 명에게 전화했지만 아무도 그의 설득에 넘어오지 않았다. "나도 웬만하면 도와주고 싶지만 오클라호마주립대학 대 텍사스 경기를 보러 가기로 했거든." 아니면 "나도 봐주고 싶어, 진짜야. 그런데 우리 집 개가 다른 개를 질색해서 말이야." 이런 식이었다.

맥스는 심지어 그의 어머니만큼 개 비듬 알레르기가 심한 진 이모에게까지 전화했다. "맥시, 내가 너희 형제를 위해서라면 뭐든 못 할 게 없다는 거 알지? 근데 이것만은 안 되겠다. 내 얼굴이 복어처럼 팅팅 부어서 일주일 동안 붓기가 가라앉지 않을 거야."

이제 남은 건 최후의 카드뿐이었고 그건 한심한 선택이었다. 그의 한심한 선택이란 다름 아닌 알라나 프리드먼이었다.

사실 맥스는 알라나와 잘 모르는 사이였다. 그녀가 그의 수업을 청강했을 때 말고는 학과 행사장에서 몇 번 만난 게 전부였다. 맥스가 아는 건 알라나의 논문이 미국 정부에서 실시한 중독 연구에 여러 번 인용됐다는 사실뿐이었다. 그녀는 귀엽게 생겼고 두 사람은 그날 밤에 아주 즐거운 시간을 보냈다. 아마도 알라나가 잔에 담긴 맥주를 쏟아가며 몸을 앞으로 숙이더니 "우리, 과학자 놀음은 집어치우고 오늘만큼은 재미있게 놀아봐요"라며 그에게 입을 맞춘 덕분이었을 것이다.

맥스의 심금을 울린 대목은 '과학자'를 운운한 점이었다. 그는 알라나가 어떤 뜻에서 그런 말을 했는지 알았고, 사실 지난 몇 년 동안 가볍게 만난 두어 명의 여자들에게 그 비슷한 소리

를 들은 적이 있었다. 그가 워낙 '과학자 타입'이라 감정 표현을
제대로 하지 않는다고 했다.

그가 뭐라고 대꾸할 수 있었을까? 그도 재밌게 놀아보고 싶
었다. 아주 재밌게 놀아보고 싶었다. 그러면 안 될 이유가 없
지 않은가.

하지만 다음 날 아침이 되자 묘한 상황이 연출됐다. 분위기
가 어색해졌고 맥스는 알라나가 너무 스스럼없이 대한 걸 후
회하고 있다는 인상을 받았다. 그리고 그 역시 그 행위 자체는
아주 좋았지만 술 기운이 남아서 정신이 몽롱했다.

"어젯밤에는 즐거웠어요." 알라나는 맥스를 등지고 브래지어
를 입으며 말했다. "하지만 여기서 더 발전하는 건…… 좋은 생
각이 아닌 것 같아요. 우리 둘이 같은 학과에 몸담고 있잖아요."

"음……." 맥스는 잠깐 멈추고 뭐라고 대답하면 좋을지 열
심히 고민했다. 늘 그렇듯 여자만 개입됐다 하면 생각하는 속
도가 심하게 느려졌다. 냉큼 맞장구를 쳐야 하는 건지, 그러면
그녀를 짝짝 취급하는 쓰레기로 전락하는 건지 알 수가 없었
다. 뇌를 연구하는 셰핑턴 박사의 엄청나게 부끄러운 비밀이
여기에 있었다. 그는 여자를 제대로 이해하지 못했다. 그는 여
자들에게 인기가 많지 않았다. 그는 빈말을 하지 못했고 주변
의 다른 모든 사람도 그와 비슷하게 빈말을 하지 않을 거라고
여겼다. 경험상 남자들은 대개 그랬다. 여자들은 가끔은 그랬
지만 가끔은 그렇지 않을 때도 있었기에, 그가 그 차이를 구분

해야 했다.

"내가 올해 종신 재직 심사를 받을 예정이라 할 일이 엄청 많거든요." 알라나가 머리 위로 셔츠를 입으며 덧붙였다. "그 심사에 집중해야 해요."

종신 재직 심사를 받을 예정이라고? 맥스는 그녀를 빤히 쳐다보며 그 말뜻을 이해하려고 애를 썼다. 그녀는 그의 시선을 느끼고 되물었다. "왜요? 몰랐어요?"

"아…… 네." 그는 손가락으로 머리칼을 쓸어 넘겼다. "나도 마찬가지거든요."

알라나는 헉하고 숨을 토했다. "당신도요?" 그녀의 목소리가 갑자기 높아졌다.

"네." 맥스는 말했다. "올해에는 지원자가 나 하나인 줄 알았는데."

"나도요!"

두 사람은 할 말을 잃었다.

먼저 정신을 차린 쪽은 알라나였다. "자, 그럼." 그녀가 허리춤에 손을 얹으며 말했다.

"자, 그럼?" 그는 그녀의 말을 따라 했다.

"아니 그러니까…… 다시는 이러면 안 되겠다고요." 알라나는 둘 사이를 손으로 가리켰다. "우리는 경쟁 관계잖아요."

"그렇죠." 맥스는 말했다. 거기까지는 그도 분명하게 이해할 수 있었다.

"그러니까."

"그러니까……?"

그녀는 짜증 섞인 한숨을 쉬었다. "이해를 못 하는 모양이네요?"

"아니에요, 이해했어요. 다시는 이러면 안 된다는 거. 우리는…… 우리는 과학자니까요." 맥스는 이 말을 내뱉자마자 속으로 자신을 질타했다. 이런 한심한 발언이 있을까. 정신의학과 신경과학을 공부하고 복잡한 개념을 소통할 줄 아는 남자가 일반적인 소통에는 이렇게 서투르다니 놀라울 따름이었다.

"네, 그렇죠." 알라나는 말하며 핸드백을 휙 들었다. "그런데…… 정말 몰랐어요?"

"정말 몰랐어요, 알라나." 드디어 그의 차례가 됐다고 생각한 지 몇 주 됐다는 말은 덧붙이지 않았다. 종신 재직권을 위해 열심히 노력했고 필요한 모든 조건도 맞춰놨는데, 개와 무관한 최신 중독 연구를 진행 중인 교수가 또 다른 후보인 줄 이제야 알게 됐다는 말도 덧붙이지 않았다.

"뭐…… 그래요." 알라나는 말했다. "서로 분명하게 확인했으면 됐죠."

그로서는 뭐 하나 분명해진 게 없었다. "서로 분명하게 확인했죠. 내가 집까지……."

"콜택시 부를게요." 그녀는 잠시도 기다리지 못해 안달을 내는 사람처럼 보였다.

두말하면 잔소리지만 맥스는 지난 2, 3일 동안 여러모로 당황스러운 일을 겪었고, 그녀에게 개를 맡아줄 수 있느냐고 묻는 건 그가 생각할 수 있는 한도 안에서 가장 한심한 짓이었다. 하지만 그녀는 독신이었고 가까운 데 살았고(그날 밤에 술집에서 나왔을 때 누구 집으로 갈 것인지를 놓고 잠깐 대화를 나누었다) 개를 좋아했다(구석에 처박혀 있는 멍멍이를 보고 그녀 스스로 밝힌 바였다). 어쩌면 이참에 그녀에게 미안했다는 말을 전할 수도 있을지 몰랐다. 뭐가 미안한지는 모르겠지만…… 아무튼 그는 사과할 작정이었다. 어쩌면 그들은 친구처럼 지낼 수도 있을지 몰랐다.

친구라니. 아, 이런, 그는 생각보다 더 절박한 상황이었다.

맥스는 술집에서 그녀가 그의 휴대전화에 입력한 연락처를 빤히 쳐다보며 그가 지금 얼마나 절박한 상황인지 가늠해보았다. 하지만 제이미가 여행 가방에 넣으려고 쌓아놓은 옷과 언제든 들추어보려고 나란히 정리해놓은 애견 관리 서적이 떠오르자 문득 그가 꼴통처럼 보이거나 말거나 상관없다는 생각이 들었다. 그에게는 선택의 여지가 없었다. 그의 엄지손가락이 조그만 전화 아이콘 위에서 맴돌았다.

하지만 망설여졌다. 바로 그때 멍멍이의 배에서 천둥소리가 났다.

맥스는 그녀의 번호를 화면에 띄워놓은 채 휴대전화를 내려놓았다. "가자, 친구야. 뭐 좀 먹자."

멍멍이는 대답 대신 앞발 사이에 머리를 묻었다.

맥스는 한숨을 쉬었다. 그는 일어나 부엌으로 들어갔다. 그릇에 사료를 조금 붓고, 냉장고에서 요전 날 저녁에 제이미와 함께 만들어 먹고 남은 맥 앤드 치즈를 꺼내 사료 위에 듬뿍 얹었다.

맥스는 멍멍이를 불렀지만 녀석은 소파에서 내려올 줄 몰랐다. 그는 멍하니 머리를 긁적이며 어떻게 하면 녀석을 부엌으로 끌고 가서 뭘 좀 먹일 수 있을지 고민하다가 누군가 문을 두드리는 소리를 듣고 화들짝 놀랐다. 정확히 말하면 문을 두드리는 게 아니라 때리는 것에 가까웠다. 손바닥으로 문을 때리는 소리였다. 그런 식으로 남의 집 문을 두드리다니 희한했다.

멍멍이가 고개를 들어 소리가 들리는 쪽으로 귀를 쫑긋 세웠다. 하지만 잠시 후에 다시 도그 TV 쪽으로 고개를 돌렸다.

누군지 모를 사람이 현관문을 다시 손으로 때렸다.

세상에 어떤 인간이 남의 집 문을 그런 식으로 두드릴까. 술이나 약에 취하지 않은 이상…… 브랜트! 그 개자식일 수밖에 없었다. 정신을 차린 그 머저리가 이 개를 데려가고 헤이즐을 돌려주려고 찾아온 모양이었다. 맥스는 거실로 가 사료 그릇을 소파 옆 바닥에 내려놓고, 브랜트에게 본때를 보여줄 준비를 하며 현관문 쪽으로 성큼성큼 걸어갔다.

3

맥스는 잔뜩 퍼부을 준비를 하며 문을 홱 열었지만…… 브
랜트가 헤이즐을 데리고 찾아온 게 아니었다. 방문객은 여자
였다. 그리고 개를 데리고 오지 않았다.

여자가 상당히 매력적이라 그는 조금 오랫동안 말문을 잃었
다. 매력적인 여자가 그의 집을 찾아오는 경우는 많지 않았다.
아니, 한 번도 없었다. 그는 잠깐 머리를 굴려야 했다. 이 여자
가 그의 집을 찾아온 이유가 무엇일지 가설을 몇 개 생각해내
야 했다. 하지만 안타깝게도 맥스는 그녀의 가슴과 등 위로 비
단처럼 흘러내린 까만 머리에 정신이 팔려서 머리를 제대로
굴릴 수가 없었다. 유별나게 파란 눈, 길고 숱이 많은 속눈썹,
완벽하게 일자로 자른 까만 앞머리. 하지만 그의 시선을 가장
사로잡은 부분은, 그의 머릿속을 배배 꼬이게 만든 것은 그녀
의 차림새였다.

저게 뭘까? 그는 평생 그런 옷은 본 적이 없었다. 원피스인
가? 바지인가? 그 옷은 어깨가 어마어마하게 컸고 소매는 그
녀의 팔에 비해 너무 길었다. 바짓가랑이는 너무 넓어서 남북

전쟁 이전의 드레스를 미래지향적으로 해석한 것처럼 보였다. 손은 보이지 않았고 사실상 소매를 걷어야 자기 핸드백에 손을 넣을 수 있었다.

"왜요? 하이패션 본 적 없어요?"

"네?" 그게 하이패션이라면 여러모로 의구심이 생겼다.

여자는 핸드백에서 손을 홱 잡아 뺐다. 손에 쪽지를 움켜쥐고 있었다.

이게 코스튬인가? 노래를 통해 메시지를 전하는 이벤트인가? 예전에 그의 과 프리들링턴 교수가 이런 이벤트를 받은 적이 있었다. 하지만 그때는 코스튬이 똥 모양 이모티콘이었다. 알고 보니 그 이벤트를 신청한 사람은 그의 아내였고 신청한 목적은 그와 이혼하겠다고 알리기 위해서였다. 이건 그런 이벤트가 아니었다. 그럼 뭘까?

여자는 쪽지에서 시선을 들었다. 미심쩍은 듯이 눈을 가늘게 떴다. "토바이어스 셰핑턴?"

돌아가신 할아버지 말고는 맥스를 그 이름으로 부른 사람은 없었다. 그리고 할아버지는 그렇게 비난조로 그 이름을 부르지 않았다. 맥스의 머릿속이 갑자기 전혀 다른 곳으로 방향을 틀었고 경악한 편도체가 변연계 신경 세포를 뜨겁게 달구기 시작했다. 이 여자가 나를 고발하러 온 걸까?

"토바이어스 셰핑턴?" 여자가 못 들었느냐는 듯이 좀 더 큰 소리로 물었다.

"아뇨. 아니, 네, 제가 토바이어스 셰핑턴이에요. 그런데 다들 맥스라고 불러요. 맥스 셰핑턴이라고요."

여자의 눈이 그를 위아래로 훑었다. "이름이 토바이어스인데 다들 맥스라고 부른다고요? 좋아요." 누굴 속이려고 하느냐는 말투였다.

그녀를 속이려고 꺼낸 말이 아니었다. 토바이어스라는 이름이 너무 딱딱해서 맥스로 불리는 쪽을 선택했을 따름이다. "내 중간 이름이에요. 됐어요?" 그는 머뭇거리며 되물었다. 예전에 그가 가르친 학생인가? 이런 여자를 가르쳤다면 그가 잊어버릴 리 없었다. 게다가 그는 예전에 가르친 학생에게 고발당할 만한 짓을 저지른 적이 없었다. 그가 알기로는 그랬다. 스스로 생각하기에 그는 그 누구에게도 고발당할 만한 짓을 저지른 적이 없었다. 그가 뭔가 불쾌한 짓을 저지르고 몰랐을 수도 있을까? 잠깐…… 이게 알라나와 연관이 있을 수도 있을까? 그녀는 이 집에 머물다 가던 날 아침에 잔뜩 짜증이 난 것처럼 보였었다. 하지만 그건 아닐 것이다. 자신을 고소하려는 여자의 의도를 잘못 해석할 만큼 둔하지는 않을 것이다. 그렇다면 이 여자가 그의 집 현관문 앞에서 이런 식으로 그를 쳐다보는 이유가 뭘까? "저기, 왜 그러시는지 모르겠지만 저한테 무슨 볼일이 있으신가요?"

"볼일이 있다마다요, 셰핑턴 씨. 여기……." 여자는 말을 하다 말고 갑자기 헉하고 숨을 토하더니 기뻐하며 눈을 반짝였다. 화들짝 놀랄 만큼 순식간에 벌어진 변화였다. "백스터!" 그녀는 외치고, 한쪽 소매로 맥스의 어깨를 때려가며 두 팔을 활짝 벌렸다.

맥스가 뒤를 돌아보니 멍멍이가 현관문 쪽으로 어기적어기적 걸어오고 있었다.

"오 마이 갓. 살아 있었구나!" 그녀는 외치며 무릎을 꿇고 앉아 괴상하게 생긴 소매로 멍멍이의 목을 감싸 안았다.

아, 이거였군. 그녀가 개를 찾으러 온 건 줄은 꿈에도 몰랐다. "그 녀석이 당신이 키우는 개인 모양이죠?" 그는 딱딱하게 물었다. 백스터는 행복해하며 꼬리로 그의 다리를 때렸다.

"내가 얼마나 걱정했는지 알아?" 여자는 개에게 말하며 녀석의 털에 얼굴을 묻었다. "어디 아픈 데는 없지, 백스터?" 멍멍이는 그녀의 뺨을 질펀하게 핥는 것으로 대답을 대신했다. 그녀는 양손으로 백스터의 옆구리를 격하게 문질렀지만 백스터는 그녀의 품에서 빠져나와 잽싸게 다시 안으로 들어갔다.

"흠." 맥스는 녀석이 멀어지는 것을 지켜보며 이렇게 말했다. "저렇게 활기찬 모습은 처음 보네요. 애가 계속 기운이 없었거든요."

"원래 문제가 좀 있었어요. 물론 이 깜찍한 쇼가 사태에 도움도 안 됐을 테고요."

"이 자리에서 분명히 밝히자면 그 쇼는 내가 벌인 게 아니에요." 맥스는 두 손을 들어 보이며 말했다. 그녀는 자리에서 일어나려고 했지만 소매에서 손을 빼지 못했다. "내가 도와줄까요?"

"아뇨, 괜찮아요. 하이패션을 감당하지 못하는 사람은 하이패션을 입으면 안 되는데."

맥스는 그녀가 입고 있는 옷이 무슨 패션인지 몰라도 '하이' 어쩌고 하는 대목에는 동의했다. 약에 취해 정신을 못 차리는 사람이 아닌 이상 그런 옷을 만들 리 없었다(영어로 high에 '약에 취하다'라는 뜻이 있다—옮긴이).

여자는 어찌어찌 자리에서 일어났고 일어난 뒤에도 그 엄청난 소매의 잘못된 부분을 바로잡느라 시간을 보낸 뒤에 이렇게 외쳤다. "저 아이를 찾았다니 믿기지 않아요!" 그러고는 그녀가 환하게 미소를 짓자 맥스는 매우 당황스러우면서도 매우 기뻤다. 첫째, 이제는 이러다 얼굴을 한 대 맞는 건 아닌가 걱정할 필요가 없었다. 그리고 둘째, 그녀가 정말 예뻤다. 그의 입장에서는 아리따운 아가씨가 자기 개를 찾으러 온 편이 좋았다. 브랜트의 상판대기보다 훨씬 보기가 좋았다.

맥스는 손을 내밀었다. "우리 처음부터 다시 시작할까요? 나는 맥스예요."

"안녕, 맥스. 나는 칼리예요. 아까는 미안했어요. 하지만 명단에 토바이어스라고 적혀 있었고 요즘 같은 세상에 누굴 믿을 수 있겠어요?" 그녀는 소매를 걷어붙이고 놀라우리만치 세게 그의 손을 잡더니 그의 눈을 똑바로 쳐다보며 두어 번 세게 흔들었다.

"안녕, 칼리. 멍멍이와 내 심정을 대변하자면 당신이 우릴 찾아줘서 정말 기뻐요. 그나저나 어떻게 우리를 찾았어요?"

"하, 그거야말로 얘기가 길죠." 그녀가 팔짱을 끼자 괴상한 소매가 그녀의 팔꿈치 안쪽으로 쭈글쭈글하게 접혔다. "지난 이틀 동안 브랜트 레이놀즈라는 인간을 찾아다녔거든요. 당신도 아는 인물이죠?"

"유감스럽게도요."

"그 인간이 지금 어디 있는지 알아요?"

"내가 알았으면 지금쯤 죽여놨을 거예요."

"아니, 농담이 아니라…… 한번 알아맞혀 봐요."

"음, 아마도……."

"유치장이요!" 그녀가 외치며 두 팔을 벌려 소매로 그의 어깨를 다시 쳤다. "지금 유치장에 있어요!"

유치장이라니. 하. 왠지 몰라도 그건 맥스가 생각지도 못했던 시나리오였다. 브랜트가 자살했거나 병원에 입원했을지 모른다고 생각한 적은 있지만…… 유치장은 아니었다. 하지만 브랜트가 아주 고결한 시민은 아니었으니 별로 놀랍지는 않았다. "무슨 일로요? 잠깐…… 내 개는 어디 있어요?"

"내가 데리고 있어요. 백스터는 어디 갔어요?" 그녀는 그를 지나 그의 집 안을 들여다보려고 하며 물었다.

"소파로 다시 갔나 봐요."

칼리는 파란 눈을 깜빡였다.

"도그 TV를 보고 있어요." 맥스는 엄지손가락으로 그의 어깨 너머를 가리켰다.

그녀는 웃음을 터뜨렸다. "설마요."

"진짜예요." 맥스는 어깨를 으쓱했다. "그 채널 좋아해요. 안 틀어줘 봤어요?"

"그런 채널이 있다는 얘기도 못 들어봤어요. 나는 텔레비전에 대해서 잘 모르거든요. 백스터하고 나는 텔레비전을 볼 시간이 없어요. 도그 TV가 뭐예요?"

맥스는 원래 텔레비전을 보지 않는다는 사람들을 몹시 의심하는 편이었다. 그들은 대개 세계 기근을 해결하거나 합리적인 보건 시스템을 구축하느라 세상 누구보다 바빠서 텔레비전이나 보고 있을 시간이 없다는 식이었다. "텔레비전을 보지 않는다고요?" 그는 미심쩍어하는 투로 물었다.

"네."

"전혀요?"

칼리는 고개를 끄덕였다. "너무 바빠서요."

흐음. "텔레비전은 있고요?" 그는 궁금해졌다.

그녀는 눈을 깜빡였다. 어깨를 살짝 으쓱했다. "있긴 해요. 하지만 보지는 않아요. 텔레비전을 보고 있을 시간이 없거든요." 그녀는 당연하다는 듯 고개를 저었다.

아하, 텔레비전을 보는군. 그것도 어쩌면 많이. "하지만 텔레비전을 보지 않으면…….”

"그래서, 도그 TV가 뭐예요?" 그가 완벽하게 논리적인 주장을 펼칠 겨를도 없이 그녀가 말허리를 잘랐다.

맥스는 으스대는 분위기를 한 방울 섞어서 미소를 지었다. "들어와요. 내가 보여줄게요."

그는 복도를 지나 거실로 그녀를 안내했다. 백스터가 다시 소파 위의 자기 자리로 올라가 열심히 앞발을 핥고 있었다. 텔레비전에서는 프렌치 불도그 두 마리가 벌판에서 즐겁게 뛰어놀고 있었다. 화면에 보이지 않는 곳에서 어린아이가 웃으며 어쩌다 한 번씩 개들에게 휘파람을 불거나 "사랑해."라고 속삭이거나 "이리 와!"라고 명랑하게 외쳤다.

칼리는 처음에는 자기 개를, 그다음에는 텔레비전을 쳐다보았다. "저거예요? 저게 도그 TV예요?"

"맞아요." 맥스는 딱 잘라 말했다. 이렇게 기본적인 것도 누리지 못했던 백스터가 가엾어졌다.

칼리는 그 사랑스러운 파란 눈을 그에게로 놀리고 눈썹을 팔자로 만들며 물었다. "농담이죠?"

"내 말을 오해하지는 말아줬으면 좋겠지만 그렇게 삐딱하게 볼 것 없어요. 누가 봐도 당신 개는 그 채널을 아주 재미있게 보고 있거든요." 맥스는 퍼질러 모드를 발동 중인 문제의 그 개를 가리키며 말했다.

"내가 삐딱하게 보고 있는 거 맞아요." 칼리는 동의하고 소매를 접었다. "왜냐하면 걔들은 텔레비전을 보지 않거든요. 그건 사기예요." 그녀는 자기 개를 돌아보고는 소매로 녀석을 가리켰다. "그리고 쟤 지금 소파 위에서 뭐 하고 있는 거예요?"

맥스는 질문의 뜻을 이해하지 못했다. 앞발 핥기를 마친 백스터는 이제 팔걸이에 머리를 얹고 소파에 누워 있었다. 개가 소파 위에서 뭘 하느냐고? 도그 TV도 모르고 소파에 대해서도 모르고. 어쩌면 그녀는 개에 대해서 잘 모르는 것일 수 있었다. "걔들은 높은 데 올라가는 걸 좋아……."

"아니에요." 칼리는 고개를 저었다.

"맞아요." 맥스는 살짝 짜증이 났다. "입증된 사실이에요. 전망대하고 비슷한 개념이죠."

그녀는 그를 빤히 쳐다보았다. "지금 같은 때에 내 앞에서 개의 습성에 대해서 설명하는 거예요?"

"왜요?" 그는 말했다. "아까 물어봤잖아요."

"누가 들어도 그건 진짜 궁금해서 물어본 게 아니었잖아요."

누가 들어도 그건 진짜로 궁금해서 물어본 거였다.

"백스터, 내려와." 칼리는 말했다. 백스터는 꿈쩍하지 않았다. "내려와, 백스터." 백스터는 그녀의 말을 들었다는 뜻에서 꼬리를 한두 번 내리쳤지만 꿈쩍하지 않았다. 편안해 보였다.

"맙소사, 내 개가 왜 이렇게 된 거예요? 소파 위에 올라가지 못하게 키웠는데!"

누가 들으면 맥스가 정말로 사악한 짓을 저지르기라도 한 줄 알 것이다. 예를 들면 그녀의 개를 쇠사슬로 나무에 묶어놓기라도 한 것 같은 말투였다. 자신의 반려견 훈육법을 살짝 비난하는 것처럼 느껴져서 그는 기분이 언짢아졌다. 그로 말할 것 같으면 개를 어떻게 다루어야 하는지 제대로 아는 사람이었다. "개가 소파 위에 올라가는 게 뭐 어때서요?" 그는 변론을 시작했다. "그리고 도그 TV를 보는 것도 뭐 어때서요? 나는 내 개의 행방을 알지도 못하는데, 당신 개를 잘 데리고 있었다고 변명을 해야 할 것 같은 압박감을 느껴야 하는 이유가 뭐죠? 소파 철학에 대해서라면 얼마든지 대화를 나눌 용의가 있어요. 하지만 먼저……."

"백스터, 소파에서 내려와!" 그녀는 다시 명령을 내렸다.

백스터는 이제야 그녀의 존재를 알아차린 것처럼 그녀에게로 시선을 돌렸다가 재미없어하며 다시 텔레비전 쪽으로 시선을 돌렸다.

그녀는 개를 소파에서 끌어 내리기라도 하려는 것처럼 앞으로 돌진했다. 그러다 걸음을 멈추고 놀라서 비명을 질렀는데 그 소리가 어찌나 요란하던지 맥스가 그 자리에 서 있지 않았다면 그녀가 실수로 벽난로용 쇠스랑을 들이받은 줄 알았을 것이다.

그녀는 백스터가 깨끗이 비운, 아니 거의 깨끗이 비웠다고 볼 수 있는 사료 그릇을 내려다보고 있었다. 그녀는 다시 헉하고 숨소리를 냈다가—이번에는 낑낑거리는 소리에 더 가까웠다—쭈그리고 앉아서 사료 그릇을 들여다보았다. "이거……
마카로니 앤드 치즈예요?" 그녀는 백스터가 그릇 여기저기에
남겨놓은 증거를 가리키며 거의 흐느끼다시피 했다.

맥스는 자기 밥그릇이라고 주장할까 고민하다가 현명하게
아무 말도 하지 않기로 했다.

칼리는 천천히 일어나 그를 노려보았다. "내 개한테 마카로
니 앤드 치즈를 먹였어요? 아니라고 잡아뗄 생각은 하지 말아
요. 시판 마카로니 앤드 치즈가 얼마나 비정상적인 주황색인
지 다 아니까."

그녀는 마치 남은 사료에서 독약을 발견하기라도 한 것 같
은 말투였다. 자기가 살인 시도를 밝혀낸 콜롬보 형사라도 되
는 줄 아는 말투였다. 맥스는 허리춤에 손을 얹었다. "확실하
게 짚고 넘어가고 싶어서 묻는 건데요…… 가장 큰 불만 사항
이 마카로니 앤드 치즈가 시판이었다는 거예요, 아니면 비정
상적인 주황색이라는 거예요?"

"내 불만 사항은 마카로니 앤드 치즈가 개한테 안 좋은 음식
이라는 거예요. 끔찍한 음식이라고요. 가이드북에 따르면 개
들은 신진대사 방식이 우리랑 전혀 다르다고 해요. 그리고 가
공식품은 누구에게도 좋지 않고요."

됐다, 참는 건 여기까지다. 맥스로서는 그녀가 무슨 가이드
북을 운운하는 건지 알 도리가 없었지만 그가 그녀의 개를 성
심성의껏 돌본 건 사실이었다. "맞아요, 칼리, 내가 마카로니

앤드 치즈를 줬어요. 왜 그랬느냐고요? 당신 개가 아무것도 먹질 않아서 그랬어요. 그런데 지금은 사료를 먹었네요, 마카로니 앤드 치즈 덕분에. 고맙다는 말은 사양할게요. 그리고 이제 괜찮다면 내 개는 어디 있는지 알고 싶은데요."

"사진 촬영장에 있어요." 그녀는 말하며 팔짱을 꼈다.

맥스가 하려고 했던 말들이 모두 날아가버렸다. '사진 촬영장'이라는 단어가 그의 머릿속에서 자기를 주목하라고 비상벨을 내리쳤기 때문이었다. "잠깐, 뭐라고요? 사진 촬영장이라뇨?"

"누가 그 아이 사진을 찍고 있다고요. 이제, 당신이 발끈하기 전으로 돌아가도 될까요?" 그녀는 한 손가락을 뱅글뱅글 돌리며 물었다.

"내가 발끈했다고요?"

"내가 제대로 이해한 게 맞는지 확인할게요. 당신이 퇴근하고 와보니 바셋하운드가 있었어요." 칼리는 손가락을 하나 들었다. "그런데 동물병원에 데려가서 칩을 읽지 않고 거실로 불러서 *저걸* 먹였어요." 그녀는 사료 그릇을 가리키며 이렇게 말하고 손가락을 하나 더 들었다. "그리고 저 아이는 소파에서 빈둥거리며 도그 TV를 봤고요." 그녀는 손가락을 두 개 더 들었다. "맞나요?"

"소파에서 빈둥거리면서 도그 TV를 본 건 하나로 쳐야죠." 맥스는 쏘아붙였다. "하지만 맞아요, 아주 정확하게 이해했어요. 당신은 내 개한테 뭘 먹이고 있었는지 물어봐도 될까요?"

"가이드북에 쓰여 있는 대로 유기농 캥거루 고기와 렌즈콩을 먹였죠!" 그녀는 자기 집에 찾아온 처음 보는 개에게는 그걸 먹이는 것이 불문율이라도 되는 듯 거의 고함을 지르다시피 했다. 게다가 유기농 캥거루 고기와 렌즈콩이라니 어처구니없을 만큼 트렌디하고 비싸게 느껴졌다. 그녀가 그의 개에게 못된 버릇을 들이고 있었다. 바로 이때 그녀가 어이없는 발언을 했다. "우리, 이러지 말고 다 같이 진정하기로 해요." 마치 이 안에서 흥분한 사람들을 다독이는 분별력 있는 인간은 자기뿐이라는 식이었다. 칼리가 두 팔을 내밀자 맥스는 진정하자는 제스처로 받아들였지만 소매가 그렇다보니 확실하지는 않았다. "나는 지금까지 벌어진 일들을 이해할 시간이 필요할 뿐이에요."

"지금까지 벌어진 일이 뭔가 하면 내가 당신 개를 편안하게 지낼 수 있게 돌보았다는 거예요. 그리고 솔직히 나는 당신 개가 껍데기를 깨고 나올 수 있게 도왔다고 생각해요. 저 아이는 의기소침한 개였어요." 맥스가 비난조로 백스터를 가리키자 녀석은 답례로 꼬리를 두어 번 내리치고 계속 자기 얼굴을 닦았다.

"왜 저 아이 칩을 읽지 않았어요? 내가 얼마나 걱정했는지 알아요?"

흠, 그 부분에 대해서라면 그는 할 말이 없었다. "미처 생각을 못 했어요. 됐어요?" 맥스는 두 팔을 위로 던졌다. 이건 자책하는 만국 공통의 제스처였다. "당신이 백스터의 성격이 괜찮아졌다고 투덜거리기 전에 물어볼게요. 내 개는 어디 있어요?"

"얘기했잖아요." 칼리는 이제 못마땅하다는 듯이 콧잔등을 찡그리고서 부엌 쪽을 쳐다보고 있었다. 뭐, 그가 살림의 대가가 아닌 건 맞는 말이었으니 맥스는 자리를 옮겨 그녀의 앞을 가로막았다. 그러자 그녀가 그를 올려다보았다. "사진 촬영 중이라고요."

"그러니까 사진 촬영 중이라는 게 정확히 무슨 말이냐고요."

"그 아이에게 중노동을 강요한 건 아니니까 그런 투로 말하지 말아요. 지금 사진작가가 그 아이의 사진을 찍고 있어요. 원래는 나도 거기 있어야 하는데 브랜트의 '친구'가……." 그녀는 허공에 대고 손가락으로 따옴표를 만들었다. "마침내 연락을 했더라고요. 그 사람들은 긴박감이라는 게 없나 봐요. 남의 집 개를 아무 데나 막 넣어놓고 전화를 받을 생각도 하지 않다니." 그녀는 몸을 옆으로 숙여 부엌을 다시 한번 쳐다보더니 손바닥을 자기 뺨에 대고 눌렀다. "전화를 안 받았다고 브랜트한테 뭐라고 할 수는 없겠죠, 유치장에 있으니까요. 모르겠어요, 솔직히 지금 너무 충격을 받아서 아무것도 모르겠어요."

맥스는 사진 촬영 중이라는 게 무슨 뜻인지 여전히 파악하지 못했다. 그리고 그녀는 브랜트가 누굴 죽이기라도 한 것처럼 말했다. "그자가 무슨 죄를 저질렀는데요?"

"네?" 그녀는 손을 내리고 그를 빤히 쳐다보았다. 그러더니 울상을 지었다. "아니, 내가 충격을 받은 이유는 행동거지가 나무랄 데 없었던 내 개가 무슨 짐승처럼 소파 위에 올라가고 거실에서 저녁을 먹기 때문이에요. 게다가 저 반다나!"

백스터는 분홍색 바탕에 노란색 오리가 그려진 헤이즐의 반다나를 매고 있었다.

"백스터는 반다나를 좋아하지 않아요." 그녀는 자기 개에게 끔찍한 일이라도 벌어진 것처럼 애절한 목소리로 말했다.

백스터가 꼬리로 소파를 때렸다.

"그래요, 좋아요." 맥스는 조바심을 내며 말했다. "그래서 어떻게 됐는지 차근차근 설명해줄래요? 내 개가 됐건 브랜트가 됐건…… 지금으로서는 상관없어요."

칼리는 원뿔 모양의 큼지막한 소매를 허리춤에 얹었다. "아, 좋아요, 얘기해줄게요. 하지만 먼저, 내가 사태를 파악하느라 시간이 얼마나 많이 들었는지 알아요? 시간이 남아돌아서 개 산책시키는 알바하는 약쟁이를 쫓아다닌 것도 아니에요. 나도 바쁜 사람이라고요. 아주 바쁜 사람."

어련하실까. 세계 평화와 동일 임금을 위해 로비를 벌이느라 바쁘시겠지. 그는 계속해보라는 뜻에서 손짓을 했다.

"아무튼 집에 들어가보니까 내 개를 사칭한 개가 소파 쿠션을 망가뜨려놓았고……." 그녀는 극적인 효과를 위해 하던 얘기를 멈추고 그를 노려보았다. 그가 쿠션을 망가뜨리도록 의도적으로 헤이즐을 훈련했다고 믿는 듯한 눈빛이었다.

맥스는 한쪽 손을 들었다. "소파 쿠션은 새것으로 사드릴게요." 헤이즐이 가끔 분리불안을 티 나게 표현하는 건 사실이다.

"고마워요." 칼리는 얄밉게 말했다. "싸구려 쿠션이 아니었거든요."

"알겠어요."

"아무튼 내가 여러 방면으로 조치를 취했어요. 먼저 칩을 스캔하려고 그 아이를 동물병원에 데려갔죠. 그럼 이 모든 사태를 당장 깔끔하게 정리할 수 있을 테니까요. 그랬는데 어떻게 됐는지 알아요?"

"아, 네." 그는 중얼거렸다.

"당신 개에는 칩이 없더라고요! 어떻게 칩을 심지 않을 수가 있어요?"

맥스는 양심의 가책을 느끼며 바닥을 흘끗 쳐다보았다. 진작부터 심으려고 했는데 시간이 없었다. 그 역시 바빴던 것이다. "아니, 그쪽 개는 목줄에 이름표가 없던데요." 맥스는 말했다. 마치 그거나 이거나 오십보백보라는 식이었다.

그녀는 다시 소매를 걷어붙였다. "맞아요, 없어요. 왜냐하면 칩을 심었으니까요."

"그래도 개인적으로 이름표를 추천합니다."

"그쪽 개도 이름표가 없던데요."

좋다, 이 게임은 그에게 승산이 없었다. 그는 개들이 소파 위로 올라와도 내버려두었고 입양한 첫날 칩을 심지 않았으며 백스터의 몸속에 칩이 있는지 체크할 생각도 하지 못했다. 그는 칩을 스캔해보라고 왜 일깨워주지 않았느냐고 나무라는 눈빛으로 문제의 그 개를 흘끗 쳐다보았다.

"그럼에도 불구하고." 칼리는 하던 얘기를 계속했다. "나는 포기하지 않았어요. 영안실에 전화를 돌리고, 병원에 전화를 돌리고. 그러다 마침내 그 바보가 유치장에 갇혀 있다는 걸 알게 됐죠. 경찰 조서를 복사해서 받았어요. 말이 나왔으니 말인데." 그녀는 손가락 하나를 들어 보이며 말했다. "경찰 조서 복사본 필요하면 나한테 물어봐요. 내가 받아 보는 법을 알아냈으니. 아무튼 브랜트가 펄거 인도교 아래에서 마리화나를 팔았더라고요." 그녀는 하던 얘기를 잠깐 멈추고 몸을 앞으로 숙이더니 근엄한 목소리로 말했다. "개를 산책시킬 때."

"와우."

"정말 심란하지 않아요? 나는 계속 상상해봐요. 그자가 우리 개를 산책시킨다고 데리고 나가서 스티비 레이 본(미국 블루스계에 한 획을 그은 전설적인 기타리스트. 텍사스주 오스틴 출신이다―옮긴이)의 그늘 안에 가게를 차리고 마리화나를 파는 광경을. 그런 다음 어떻게 했을까요? 그냥 어슬렁어슬렁 집으로 돌아갔을까요?"

칼리는 스스로 레이디 버드호가 있는 쪽이라고 짐작한 방향을 향해 손짓했지만 맥스가 보기에는 엉뚱한 방향을 가리키고 있었다. 그리고 스티비 레이 본은 죽었으니 오디토리엄 쇼어스에 건립된 그의 동상을 두고 한 말인가 싶었다. "그러게요." 맥스는 맞장구쳤다. "심란하네요. 브랜트가 불법 사업을 벌일 수 있을 만큼 영리했다니 솔직히 놀랐어요. 그렇게 야심만만해 보이지 않았는데."

"천 퍼센트 동의해요." 칼리는 말했다. "아무튼 브랜트는 며칠 동안 철창 신세를 지게 됐고 나는 그를 체포한 경관과 마침내 연락이 닿았죠. 그 경관이 브랜트가 친구한테 연락해 개를 맡길 수 있게 했다고 그랬어요. 통화 목록을 뒤져서 그 친구 연락처를 알려줬고요."

와우. 이제 보니 그녀가 정말로 탐정처럼 맹활약을 벌였다. 그는 그 사실을 인정하는 수밖에 없었고 자신은 그 절반조차 할 생각을 하지 않았다는 게 부끄러워졌다.

"그 사람 이름이 카이였어요."

"경관이요?"

"친구요. 이름이 카이고 브랜트의 요가 선생님이래요. 브랜트한테 요가를 가르치는."

"헐. 그것도 전혀 뜻밖이네요." 맥스는 생각에 잠긴 투로 말했다.

"이하동문이에요." 칼리는 고개를 끄덕였다.

"그래서 내 개는요?"

"거의 다 왔어요." 그녀는 부모가 조바심 내는 아이에게 씀 직한 말투로 이렇게 말했다. "그래서. 카이가 공원으로 찾아가 브랜트에게 개와 주인 명단을 건네받고 각 집으로 개를 배달 했죠. 그런데 그 와중에 백스터와 깜찍이를 헷갈린 거예요. 왜 냐하면, 당신은 눈치채지 못했을지 모르겠지만 둘이 아주 똑같 이 생겼으니까요."

"네?" 맥스는 무슨 말인지 이해해보려고 열심히 애를 쓰며 반문했다. 깜찍이는 도대체 누구란 말인가? "그래서 헤이즐은 어디 있는데요?"

"헤이즐?" 칼리는 앙증맞게 콧잔등을 찡그리며 억지로 미소 를 지었다. "기분 나쁘게 듣지는 말아줬으면 좋겠는데, 그쪽이 키우는 반려견의 그 매력적인 성격에는 깜찍이라는 이름이 더 어울릴 것 같지 않아요?"

깜찍이라니 폴댄서 이름 같다는 생각이 들었지만 그는 아무 말도 하지 않았다.

"아무튼 그 아이는 내 친구랑 사진 촬영장에 있어요. 그러 니까 내가 일단 백스터를 데려가고 촬영이 끝나면 그 아이 를……."

"그건 절대 안 되죠." 맥스는 당장 말했다. "그리고 사진 촬 영이라니 그게 뭐예요? 언뜻 듣기에는 애를 좀 착취하는 것 같 은데."

"아, 그럼요. 댁의 개를 스타로 만들어주는 거니까 착취죠.

나한테 고마워해야 해요."

그는 칼리가 입은 것과 비슷한 옷을 입고 있는 헤이즐을 상상하며 몸서리가 나려는 것을 참았다. "그 아이가 무사한지 확인하기도 전에, 뭔지 이해도 안 되는 일을 가지고 고마워할 생각은 없어요. 그 아이를 왜 데리고 오지 않은 거예요?"

"미쳤어요? 당신이 강아지 납치범이거나 아니면 다른 변태일 수도 있잖아요. 요즘은 아무리 조심해도 모자란다고요."

맥스는 경악하며 그녀를 바라보았다.

"아니, 안 그래도 내 개를 잃어버린 판국에 다른 개까지 잃어버릴 수는 없었다고요. 근데 웃긴 게, 백스터는 사실 내 개도 아니거든요. 아니, 내 개는 맞지만 엄밀히 따지자면……." 칼리는 말을 하다 말고 고개를 저었다. "됐어요. 그 길고 복잡한 얘기 늘어놓을 시간 없어요. 특히 나는요. 혹시 목줄 빌릴 수 있을까요?"

"안 돼요. 저 애 못 데려가요. 당신이 변태일 수도 있잖아요."

칼리는 콧방귀를 뀌었다. "그럴 리가요."

"이봐요, 상도덕 몰라요? 당신이 헤이즐을 데려와야 백스터를 내줄 거예요."

칼리는 미간을 찌푸렸다. 그의 제안이 못마땅한 것이었다. 그녀는 모든 감정을 그 예쁜 얼굴 위로 드러냈다. 하지만 그녀는 한참 동안 그를 살피더니 마침내 무뚝뚝하게 고개를 끄덕였다. "좋아요. 7시까지 올게요. 그때 집에 있는 게 좋을 거예

80

요. 내 개를 데리고 도망치지 말고."

"다시 한번 말하지만 난 강아지 납치범도 변태도 아니에요."

"네, 뭐, 강아지 납치범이나 변태들이 딱 그렇게 얘기하지 않겠어요?" 칼리는 그를 지나 소파 쪽으로 걸어갔다. 백스터가 그 위에서 꾸벅꾸벅 졸고 있었다. 그녀가 녀석의 머리를 쓰다듬으며 그 위로 허리를 숙이자 까만 머리가 어깨 위로 한 줄기 폭포처럼 쏟아졌다. "딱하기도 하지." 그녀는 다정하게 속삭였다.

"그 아이는 잘 지내고 있어요." 맥스는 기분 나쁘게 받아들이지 않으려고 애를 쓰며 말했다. "잘 지내는 정도가 아니에요. 훌륭하게 지내고 있죠."

"그래요, 규율 없이 지내는 게 훌륭한 거라면요." 칼리는 이렇게 말하며 현관문을 향해 걸어갔다. "괜찮아요, 나올 것 없어요, 토바이어스. 이따 다시 올게요."

"맥스라니까요." 그는 딱 잘라 말하며 그녀를 따라 문 앞으로 가서 그녀가 어마어마하게 높은 힐을 신고 자기 차를 향해 벽돌 계단을 아주 천천히, 어색하게 내려가는 것을 지켜보았다. 그녀가 후진으로 진입로를 빠져나가자 맥스는 문을 닫았다. 고개를 돌려보니 백스터가 어리둥절한 표정으로 그의 뒤에 앉아 있었다. "걱정 마, 다시 올 거야." 그가 말했다. "아마도." 그는 개 앞에 쭈그리고 앉았다. "네가 집으로 돌아가려나 보다, 친구. 그리고 헤이즐도 집으로 돌아오고."

백스터는 꼬리를 흔들었다.

맥스는 그의 개를 찾아서 마음이 놓였다. 칼리의 말이 맞았다. 헤이즐은 성격이 매력적이었고 그는 그 아이와 함께 보냈던 시간이 그리웠다. 그 아이가 무사하다는 것을 알았으니 이제는 긴장을 놓을 수 있었다. 하지만 앞으로 며칠에 대한 고민은 남았다.

백스터를 쳐다보고 있었을 때 그에게 어떤 생각 하나가 떠올랐다.

어이없는 생각이었다. 말도 안 되는 생각이었다. 사실 환상의 영역이었다. 하지만…… 헤이즐이 돌아오면 그들은 재회의 기쁨을 누릴 수 있겠지만 그러고 나서 3일 동안 헤이즐이 백스터와 함께 지내면 어떨까?

백스터가 코로 그의 팔을 쿡쿡 찌르며 예뻐해달라고 했다. 맥스는 멍하니 녀석의 머리를 긁었다. "정신병자라는 판정을 받을 수 있을 만큼 어이없는 생각이지. 사실 정신병자라는 판정을 받으려면 신경 통로에 어떤 기능 장애가 생기고 화학물질이 뇌 속으로 분비돼야 해. 두말하면 잔소리지만 정신과 의사에게 제대로 진단도 받아야 하고. 하지만 또라이 같은 발상에 가깝긴 하지."

알라나에게 부탁하는 것보다 더 또라이 같은 발상은 아니었다. 그는 이 여자를 알지도 못했고, 느낌상 특이하고 이래라저래라 하는 걸 좋아하며 상당히 감정적인 것 같았고, 그렇게 희한한 옷을 입고 다니는 걸 보면 컬트일 수도 있었다. 그녀가 그에게 호의를 베풀 수 있는 기회를 환영할 타입 같아 보이지도 않았다.

그렇다. 이건 최악으로 간주될 수도 있는 발상이었다.

하지만 여러 가설을 시험하는 것이 과학도의 임무였다. 만약 이상한 소매가 달린 옷을 입고 다니는 칼리에게 물어보면 어떨까? 그녀가 좋다고 할 수도 있지 않을까? 헤이즐이 이런 사건을 겪었음에도 불구하고 육체적으로나 정신적으로나 아무 문제가 없다면 이 황당한 발상이 성공을 거둘 수도 있지 않을까?

"아니." 그는 큰 소리로 말하고 자기 자신을 향해 콧방귀를 뀌었다. "바보같이 굴지 마, 셰핑턴."

백스터가 몸을 굴려서 똑바로 누웠다.

맥스는 배를 만져달라는 녀석의 말 없는 요구에 고분고분 응했다. "하지만…… 여기까지 너를 찾으러 올 만큼 너를 아끼잖아, 안 그래? 그리고 네 식단을 엄격하고 지나치게 챙기는 걸 보면 헤이즐한테 고양이 사료를 먹이지도 않을 테고. 게다가 겨우 3일이야. 한 달이나 평생도 아니고." 그는 자리에서 일어났다. "밑져야 본전이지 뭐. 최악의 사태라고 해봐야 그녀한테 거절당하는 것밖에 더 되겠어?"

백스터는 그에게 쏠렸던 관심이 끝난 걸 감지하고 뒤뚱뒤뚱 다시 소파로 올라갔다. "너, 묻는 말에 대답 안 할 거야?" 맥스는 말했다.

솔직히 칼리가 싫다고 하면 플랜 B로 넘어가면 됐다. 플랜 B는 알라나였다. 출발 예정일이 내일이었다. 애견 호텔에 자리가 있다고 한들 헤이즐을 맡길 만한 시간적 여유가 없었다. 양쪽 모두 별로 좋은 생각은 아니었지만 플랜 A가 그나마 나았다.

그럴 확률이 약 50퍼센트였다.

4

칼리가 토바이어스 셰핑턴의 집 앞으로 찾아갔을 때 심통이
나 있었던 건 사실이었다. 빅터 앨런의 디자인이 얼마나 말도
안 되게 불편한지 몸소 체험해가며 그녀처럼 개를 찾으려고
백방으로 알아본 사람이라면 누구라도 그렇지 않았을까?

게다가 창피한 건 말해 뭐할까.

그녀는 오늘 목캔디를 사러 편의점에 갔을 때 핸드백에 든
지갑을 집을 수가 없었다. 결국 뒤에서 짜증을 달래며 줄을 서
있던 공사판 인부 중 한 명이 1달러짜리 지폐 두어 장을 카운
터 위로 던졌다. 그뿐 아니라 오늘 하루 종일 스트레스를 너무
많이 받아서 트위터나 인스타그램이나 페이스북에 포스팅을
한 개도 하지 못했다. 홍보업계에 종사하는 사람이라면 그것
이 필수이거늘. 콘텐츠가 없어서 발등에 불이 떨어졌지만 이
런…… 이런 물건을 입고 있는 자신의 셀카를 찍어서 올릴 수
는 없었다.

아무래도 빅터의 옷을 입겠다는 전략을 수정해야겠다.

그렇다 하더라도 토바이어스 셰핑턴 씨에게 그렇게까지 땍

땍거릴 필요는 없었는데. 그 이름을 보고 나비넥타이를 맨 노인일 줄 알았다가 그렇게 젊은 남자가 문을 열어주었을 때 얼마나 놀랐는지 모른다. 게다가 그렇게 섹시한 위인일 줄이야. 그는 키가 컸고 야구선수처럼 몸이 좋았다. 속눈썹이 새까맸고 그 아래로 보이는 회색 눈이 매력적이었다.

하지만 그의 체격이 착시 현상일 수도 있는 것이, 마치 그가 데님 안에서 헤엄치는 형국이었기 때문이다. 흰색 티셔츠 위에 칼라가 달린 데님 셔츠에다 데님 팬츠를 입고 있었던 것이다. 차림새만 보면 개 문제를 논의하기 전에 잠깐 뒷마당으로 나가서 얼른 장작을 패고 오겠다고 양해를 구할 태세였다. 그 데님 셔츠 단을 내밀고 고개를 저으며 이 패션을 어떻게 하면 좋을지 고민하는 빅터의 모습이 그려지는 듯했다.

하지만 토바이어스 셰핑턴이 제대로 걷지도 못하는 퇴직자가 아니라 사지 멀쩡해 보이는 살아 숨 쉬는 잘생긴 남자라는 사실을 알게 됐을 때 그녀를 열받게 만든 또 한 가지 사실이 있다면 그가 백스터의 칩을 스캔할 생각을 하지 않았다는 것이었다. 그건 견주 매뉴얼의 첫 장에 나올 법한 기본이었다. 책임감 있는 견주 되기.

좋다, 뭐, 깜찍이를 돌려주러 갔을 때 사과하면 될 것이다. 아니면 그냥 넘어갈 수도 있고. 메건이 그랬다, 매번 미안해할 필요는 없다고. *여자들은 미안하다는 말을 너무 자주 해요. 남자들은 절대 하지 않는데.*

칼리는 움라우프 조각 공원 주차장에 차를 대고 필과 신부 들러리들을 찾으러 들어갔다. 그녀가 필에게 깜찍이를 맡긴 이유는 백스터를 찾으러 가기 위해서였다.

그녀는 그들을 금세 찾을 수 있었지만 필이 깜찍이에게 반짝이는 흰색 튀튀를 입힌 것을 보고, 맥스 셰핑턴의 데님 중독 패션을 보았을 때보다 더 당황했다. "저건 뭐예요?" 칼리는 그 불쾌한 옷을 가리키며 물었다.

"당신은 뭔데요?" 필은 칼리를 위아래로 훑어보며 말했다.

"그래요, 일리가 있는 질문이에요. 하지만 나는 알다시피 이런 옷을 입어달라고 요구하는 고객이 있잖아요. 당신의 핑계는 뭐예요?"

"나 역시 고객이 있어요." 필은 남녀가 입을 맞추는 동상을 사이에 두고 신부와 열두 명의 들러리들이 모여 있는 쪽을 턱으로 가리켰다. 들러리들은 동글동글한 서체로 '신부 들러리'라고 적혀 있는 까만색 티셔츠와 흰색 크롭 팬츠를 똑같이 맞춰 입었다. 한 명만 빼고 모두 금발이었다.

"이 강아지 너무 귀엽지 않아요?" 들러리 하나가 꺅꺅거렸다.

"맞아요." 칼리는 고개를 모로 꼬며 맞장구쳤다. 깜찍이는―아니, 데님 천국에서 들은 바로는 헤이즐―사랑스러운 강아지였고 솔직히 튀튀를 입혀놓으니 더욱 그랬다. 왜 아니겠는가? 그녀는 휴대전화를 꺼내 나중에 SNS에 올리려고 사진을 몇 장 찍었다. 이로써 오늘 두 가지 문제를 해결했다. 백스터 찾기와 포스팅할 만한 이야깃거리 찾기. 메건 먼로라면 덕분에 오늘이 어제보다 훌륭해졌지만 내일은 더 훌륭한 하루가 될 수 있다고 얘기했을 것이다.

"저놈을 신부 파티의 일부분인 것처럼 꾸며달라잖아요." 필이 설명했다.

"쟤 암컷이에요." 칼리는 말했다.

필은 카메라를 설치하며 콧방귀를 뀌었다. "암컷인데 이름을 백스터라고 지었다고요? 좋아요, 여러분, 좀 더 바짝 모여주세요. 한 분이 개를 잡아주시고요."

헤이즐은 분홍색 긴 혀를 한쪽 입가로 내밀고 그들 한가운데에 앉아서 즐겁게 포즈를 잡았다.

숨 막히는 갈색 눈동자와 헤이즐이라는 사진발 잘 받는 반려견을 소유한 데님 맨은 신기한 남자였다. 신기한 부분이 또 뭐가 있을지 궁금해졌다. 많을 것이다. 그의 모든 것이 신기할 것이다. 그는 아마 대체로 엉망진창일 것이다. 아니, 거실에서 사료를 먹이다니.

"좀 더 바짝 모이고 여길 봐주세요." 필이 머리 위로 손을 들며 지시를 내렸다.

솔직히 칼리는 카이에게 브랜트의 고객 명단을 받은 순간부터 토바이어스 셰핑턴 3세에게 앙심을 품고 있었다. 카이가 대학교 근처의 칙칙한 아파트에서 그녀에게 건넨, 집보다 더 칙칙한 종이에는 사람들의 이름과 주소와 견종이 적혀 있었다.

칼리는 명단을 훑어보았다.

알바레스 씨 - 비글.
태미 파첸코 - 2 핏볼/래브라도/흔한 잡종
몰리 데이비스 - 래브라도, 노란색.
저스틴 카마인 - 닥스훈트, 나이 많음.
칼리 케네디 - 바셋, 뚱뚱함.
토바이어스 셰핑턴 3세 - 바셋, 날씬함.

칼리는 백스터 대신 발끈했다. "내 개는 뚱뚱하지 않아요." 그녀는 카이에게 말했다. "골격이 큰 거지."

카이가 어깨를 으쓱하고 기침을 하자 갑자기 온 사방에 퀴퀴한 마리화나 냄새가 진동했다.

칼리는 셰핑턴의 집까지 가는 내내 브랜트의 명단을 곱씹었다. 그녀가 깜찍이에게 온갖 편의를 제공하는 동안 백스터는 잡초로 덮인 뒷마당으로 내쫓겨 혼자 방치됐거나 말거나⋯⋯. 브랜트가 백스터를 뚱뚱한 바셋이라고 생각했다니. 아닌 말로 헤이즐도 밥을 한 번도 거른 적이 없었다. 분명 그랬다.

셰핑턴 씨는 수염도 거뭇거뭇했다. 꼭 데님 전문점으로 달려가서 옷을 잔뜩 사 가지고 오느라 수염을 깎을 시간도 없었던 사람처럼 그랬다. 그리고 쓰고 있던 니트 모자는 15년 전에 바겐세일 때 장만해 그 뒤로 매일 쓰고 다닌 것처럼 보였다. 그는 문을 열었을 때 처음에는 어리둥절한 표정을 지었다가 그다음에는 놀란 표정을 지었다가 그다음에는 뻔뻔하게도 그녀를 위아래로 훑어보았다. 칼리는 그가 당황스럽다는 듯이 눈썹을 한데 모은 것을 보고, 오트 쿠튀르를 이해하지 못한다는 것을 단박에 알아차렸다. 그녀가 미래의 우주복처럼 생긴 이상한 옷을 입고 있긴 했지만 그래도 어지간하면 좋은 쪽으로 생각해줘야 하는 거 아닌가?

하긴 빅터 앨런의 옷을 입고 다니면 그 누구도 웬만해선 좋은 쪽으로 생각해주지 않았지만.

그래도 토바이어스 세핑턴 3세, 아니 맥스가 하늘에서 그의 집 마당으로 떨어진 커다란 은색 캡슐에서 걸어나온 사람 대하듯 그녀를 쳐다볼 필요가 있었을까? 그는 정말이지 귀여운 구석이 있었고 그녀는 정말이지 귀여운 남자를 만나면…….

"정신 차려요, 칼리!"

칼리는 펄쩍 뛰었다.

필이 그녀를 빤히 쳐다보고 있었다. "저 렌즈 좀 집어서 줄래요?" 그는 자기 카메라 가방 위에 놓여 있는 동그랗고 까만 물건을 가리키며 물었다.

칼리는 그걸 집어서 건네주었다. "파티 분위기 망쳐서 미안하지만 이제 그만 저 개 데리고 가야 해요. 백스터를 찾았거든요!"

"지금 무슨 소리 하는 거예요?" 필이 실눈을 뜨고 뷰파인더를 들여다보며 중얼거렸다.

칼리는 눈을 부라렸다. "튀튀는 그냥 바위 위에 둘까요?"

"아, 그건 제가 빌려준 거예요!" 신부가 말했다. "그 녀석이 소외감을 느낄까 봐서요."

어떻게 이 모든 사람이 저 아이가 수컷이 아니라는 걸 모를 수 있을까?

신부가 허리를 숙여서 헤이즐의 귀 뒤를 긁었다. "튀튀 가져도 돼요! 같이 촬영할 수 있게 해줘서 고마웠어요!"

"가자, 헤이즐!"

신부에게 완전히 넋이 팔려 있던 개는 자기 이름이 들리자 귀를 헬리콥터 날개처럼 펼치며 고개를 홱 돌렸고 그야말로 공중 부양을 했다. 귀와 박자를 맞춰서 튀튀를 펄럭이며 칼리에게 전속력으로 달려왔다. 이러다 칼리의 정강이를 들이받겠다 싶었을 때 오른쪽으로 갑작스럽게 방향을 틀더니 필의 카메라 가방 쪽으로 성큼성큼 달려가 냄새를 맡았다.

"여러분, 그대로 계세요!" 필이 외쳤다. 그는 카메라 가방을 낚아채 헤이즐에게는 비스킷을, 칼리에게는 목줄을 던졌다. "다음 주에 저 녀석 다시 빌릴 수 있어요? 오스틴 영화 축제 사진 찍을 건데."

"암컷이라니까요!" 칼리는 뾰루퉁한 목소리로 외쳤다. 그러다 문득 백스터도 이만큼 잘할 수 있을지 모른다는 생각이 들었다. "그러게요. 나중에 연락해요." 그녀는 헤이즐의 목에 목줄을 채우고 함께 주차장으로 나섰다.

"안녕히 가세요오오오!" 신부 일당이 뒤에서 한목소리로 외쳤다.

칼리는 대답 대신 머리 위로 손을 흔들었다.

헤이즐은 두 번의 시도 끝에 차에 올라타는 데 성공했다. 칼리는 튀튀를 벗길까 했다가 개들이 가구를 망가뜨리거나 규율을 어기지 않아도 그녀와 함께 재미있는 시간을 보낼 수 있다는 것을 토바이어스 세핑턴 3세에게 보여줄 수 있게 내버려두기로 했다.

잠시 후에 칼리와 헤이즐은 오스틴의 꽉 막힌 도로를 엉금엉금 기어서 강아지 맞교환의 대장정에 나섰다. 헤이즐은 창밖으로 고개를 내밀었다. 그 아이의 매력적인 미소를 보고 두어 운전자가 클랙슨을 눌렀다.

지금까지 그녀가 꽉 막힌 도로에 붙들려 있었던 시간이 얼마나 될까? 너무 많았다. 나오미는 어디든 걸어 다녔기 때문에 인생의 3분의 1을 도로에서 허비하지 않았다. 칼리는 휴대전화를 집어 나오미에게 전화를 걸었다.

나오미는 다섯 번째 신호에 전화를 받았다. "안녕!" 그녀가 명랑하게 외쳤다. 목소리가 엄청 울렸다.

"너는 지금 뭔가 재미있는 일을 하고 있다고 말해줘. 나는 오늘로 네 번째인가 도로에 발이 묶여 있거든." 칼리는 말했다.

"우리 여기 클럽이야!" 나오미가 전화기에 대고 외쳤다. "길

모퉁이 스타벅스에서 만난 남자랑 같이 왔어. 프라푸치노를 주문하려고 길게 줄을 섰다가 눈이 맞아서 그 사람도 친구들을 부르고 나도 친구들을 불렀어. 너도 이 클럽 와봐야 해, 칼리! 완전 짱이야!"

"나도 갔으면 좋겠다!" 칼리도 마주 소리를 질렀다.

"네가 취직이 돼서 뉴욕으로 오게 됐다는 전화면 좋겠는데." 나오미가 소음 속에서 외쳤다.

"나도 그런 거면 좋겠다! 아직은 좋은 소식이……."

"계속 알아보고 있는 거지?" 나오미가 얼른 말허리를 잘랐다. "계속 알아봐야 해."

"계속 알아보고 있어." 칼리는 나오미를 안심시켰다. 그녀는 남들이 느끼기에 성가실 정도로 계속 알아보고 있었다.

"와서 직접 뛰어다녀야지. 집 구할 때까지 나랑 탠디랑 줄리엣이랑 같이 살면 돼."

"몇 주 뒤에 신예 디자이너 쇼케이스가 있어서 갈 거야. 그때……."

"뭐라고? 안 들려! 칼리, 잠깐만." 웅얼웅얼하는 소리가 들리더니 나오미가 갑작스럽게 말했다. "설마. 설마!" 뒤를 이어 비명 소리가 들렸다. "나 샴페인 칵테일 진짜 좋아하는데!"

"나도 샴페인 칵테일 좋아하는데." 칼리는 아쉬워하며 말했다.

"칼리, 이만 끊어야겠다. 댄이 샴페인 칵테일 사 왔는데 맛

있거든. 그리고 얘는 귀여워…… 응.” 나오미는 웃음을 터뜨렸다. “방금 너 귀엽다고 했어. 칼리, 이만 끊어야겠다. 나중에 전화해!”

“안녕.” 칼리는 말했지만 나오미는 이미 전화를 끊은 뒤였다.

젠장. 칼리는 더 이상 클럽에 다니지 않았다. 카마와 리디아가 결혼을 하고 엉뚱한 시간에 근무하다 보니 같이 갈 멤버가 없었다. DBS에서 근무하던 시절에는 곳곳의 해피 아워를 공략했지만 독립을 하고 보니 예전 직장 동료들과의 관계가 시들해졌고 만날 기회도 점점 줄었다.

칼리는 튀튀를 입은 헤이즐의 궁둥이와 흔들리는 꼬리를 백미러로 흘긋 쳐다보았다. 그렇다면 지금이 바로 그 순간일까? 오늘 지금 이 시각이 그녀의 인생이 계획대로 흘러가지 않게 됐다고 시인하는 순간일까?

메건 먼로는 날마다 '#힘이되는말'을 트위터에 올려 삶이 그대에게 퍽큐를 날리거든 쌍퍽큐를 날리면 된다고 팔로워들에게 강조했다. 하지만 그게 말처럼 쉽지 않을 때도 있었다. 칼리는 지난 1년 동안 맨손으로 끙끙대며 그녀의 인생에 물길을 만들어 놓았지만 인생이 예상과 다르게 그 길로 흘러가지 않은 느낌이었다. 둑을 무너뜨리고 온 사방으로 흘러 이런저런 것들이 멀리 떠내려가고 있었다.

칼리는 조만간 서른 살이 될 것이다.

그녀가 열여섯 살 때 만든 인생 계획에 따르면—반짝이 스티커와 알록달록한 색연필로 장식한 그 스프링 공책을 아직 가지고 있었다—지금쯤 그녀는 성공을 거두고 어쩌면 결혼까지 했어야 했다. 뒷마당이 깊은 집에서 한두 마리의 개와 어쩌면 아이들과 함께 살고 있었어야 했다. 기후 보호나 인도주의적인 이민 정책처럼 중요한 대의명분을 위해 활동하는 자선 단체와 기관의 회원이라야 했고, 그러는 와중에 어느샌가 요리의 대가, 그리고 테니스 클럽에서는 너도나도 한 편이 되고 싶어 하는 복식 파트너로 변신해 있었어야 했다. 직업적인 면에서도 정점을 찍어 DBS에서도 고위 간부 감으로 거론되고 있어야 했다.

하지만 현실을 들여다보면 그렇게 열심히 노력했음에도 불구하고 작년에 조직 개편으로 회사에서 잘렸고, 6개월 사귄 남자친구는 다른 사람을 만나고 싶다고 했고—다른 사람 모두를 만나고 싶어 한 걸지 모르겠지만 아무튼 그중에 그녀는 없었다—부모님은 별거를 거쳐 이혼을 하며 장성한 아이들을 그 과정에 끌어들였고, 언니는 어린아이들과 툭하면 집을 비우는 남편 때문에 날마다 조금씩 무너져가고 있었다.

사실 칼리도 허우적거리기 시작했다. 빅터와 다른 고객 고든이 없었다면 그녀는 쓰레기를 뒤져가며 연명하고 있었을 것이다. 하지만 양쪽 모두 지출을 커버할 수 있을 만큼 보수가 많지 않았고, 빅터의 뒤치다꺼리를 하다 보면 가끔 풀타임 베이비시터로 일하는 것 같다는 생각이 들 때도 있었다. 뉴욕의 여러 회사에 제출한 입사 지원서가 블랙홀 안으로 빨려 들어가고 있는 것처럼 보였다.

곰곰이 생각해보면 칼리는 파란만장한 가족극에 휩쓸린 상태였고 더는 유지할 수 없는 방식의 삶을 살고 있었다. 모든 걸 날리기 직전이었고 그 스트레스에서 벗어나 단 하루만이라도 아무것도 하는 일 없이 보내보고 싶었다.

단 하루만이라도.

하루 종일 혼자서 잠옷 바람으로 침대에 누워 브라보와 HGTV와 홀마크 채널을 이리저리 돌리며—그녀도 할 게 아무것도 없으면 텔레비전을 봤다—큰 접시에 수북이 담긴 나초를 먹고 있으면, 누군가가 들어와 조용히 빨래를 하고 바닥을 닦고 화장실 청소를 한 다음 우렁각시처럼 가만히 사라져줬으면 좋겠다. 언제쯤 그런 시간을 누릴 수 있을까?

그녀의 인생은 거의 될 대로 되라는 식으로 흘러가고 있었다. 오늘만 해도 그녀에게는 계획이 있었다. 빅터의 작품을 소개해주었으면 하는 언론사 두 군데에 연락하기. 지난달에 회사 두 군데에 제출한 입사 지원서를 체크하고 최소 다시 두 군데에 추가로 지원서 접수하기. 고든이 출품할 만한 전시회 찾기. 아, 그리고 짬짬이 반려견 찾기. 하지만 혼자인 시간은 단 1분도 주어지지 않았다. 매시간 방해꾼이 등장했다.

잡지사와 통화하는 도중에 언니 미아가 호출을 했다. 한 번도 아니고 여러 번이라 칼리는 막판에 잡지사에 뭐라고 얘기했는지 기억이 나지 않을 만큼 집중력이 흐트러졌다. 결국 그녀는 언니의 전화를 받았을 때 퉁명스럽게 "왜?"라고 말했다.

"나한테 소리 지르지 마! 안 그래도 끔찍한 하루를 보내고 있는데 엄마가 연락이 안 돼, 칼리. 뭔가 끔찍한 일이 벌어진 건 아닌지 걱정이 돼서."

느낌상으로는 언니 집에 뭔가 끔찍한 일이 벌어진 것 같았다. 뒤에서 조카들이 비명을 지르는 소리가 들렸다. 언니와 형부 월은 초기에 자유 방임형 양육 스타일을 채택했다. 언니가 첫째를 임신했을 때 설명한 바에 따르면 그 말인즉, 아이들이 타고난 대로 행동하고 자랄 수 있도록 개입하지 않겠다는 뜻이었다. 미아는 결혼하고 아이를 낳기 전에 주 정부 교육부에서 근무했고 효과적인 양육의 기술에 대해 모든 논문을 섭렵했다. 하지만 어느 유난히 재수 없었던 토요일에 세 아이가 모두 옻 독이 오르자 미아는 그 이론들이 실생활에서는 효과가 없더라며 칼리에게 눈물로 실토했다. 안타깝게도 지니를 다시 병 속에 넣기는 쉽지 않았다.

"그게 무슨 소리야, 뭔가 끔찍한 일이 벌어지다니?" 칼리는 아이들이 지르는 비명에 묻히지 않게 큰 소리로 물었다. "엄마 집에 가봤어?" 그녀는 펜을 찾아서 핸드백을 뒤졌다.

"아니. 하지만 두 번 전화를 했는데 받지 않아. 어제저녁에 데이트가 있다고 했거든. 엄마가 DM에 걸려든 사람이랑 어떤 식으로 만나는지 너도 알지?"

칼리는 핸드백을 뒤지다 말고 멈췄다. 쉰여덟 살의 엄마와 DM에 걸려든 사람이라는 단어가 서로 매치가 되지 않았다. 게다가 엄마가 또 데이트를 했다고? 그렇다면 지난 석 달 동안 엄마가 데이트를 한 회수가 칼리의 1년 치를 합한 것보다 대여섯 번 더 많다는 뜻이었다. 아무리 생각해도 이건 너무했다.

"아니면 아빠랑 같이 있는데 우리한테 들키고 싶지 않은 걸 수도 있어."

"아빠라고? 언니, 뭐 잘못 먹었어? 엄마랑 아빠는 서로 증오하잖아. 엄마는 아무 일 없을 거야." 칼리는 짜증 섞인 투로 말했다. "잠깐만." 그녀는 미아를 통화 중 대기로 돌리고 엄마에게 전화를 걸었다.

엄마는 첫 번째 신호에 전화를 받았고 잠에 취해 정신없는 목소리였다. "엄마? 별일 없죠?"

"당연하지! 무슨 일이 있겠어?"

"언니가 엄마한테 전화했는데 안 받는다고 해서요. 언니가 걱정하고 있어요."

"아, 나 아무 일 없어, 칼리. 자느라 못 들었어, 그뿐이야. 지금 몇 시니?" 잠깐 정적이 흘렀다. "설마! 지금 열한 시야?" 그녀의 어머니는 고등학생처럼 키득거렸다. "어젯밤에 엄청 늦게 들어왔거든. 그게 무슨 뜻인지 너도 알지 모르겠다만."

그녀는 그게 무슨 뜻인지 알았고 시시콜콜한 정황은 알고 싶지 않았다. 단 하나도 알고 싶지 않았다. "알겠어요, 엄마. 별일 없다니…….”

“너희 젊은 세대 여자들이 선택한 이 새로운 의미의 성 해방이 정말 마음에 든다. 우리가 젊었을 때도 이런 게 있었으면 얼마나 좋았을까? 내가 너희 아빠한테도 얘기했지만 내가 지금 아는 걸 그때도 알았다면 너희 아빠랑 결혼하지 않았을지 몰라.”

“엄마!” 칼리는 얼른, 절박하게 외쳤다. “제발 부탁인데 성 해방 어쩌고 그러지 좀 말아요. 당황스럽고 조금 무서우니까. 아니, 그 남자들이랑 아는 사이도 아니잖아요.”

“그야 안다는 것의 정의에 따라 달라지지.” 그녀는 말하고 깔깔거렸다.

칼리는 긴장성 두통의 조짐이 느껴지자 차단하려고 콧잔등을 잡고 눌렀다. “제발 언니한테 전화해주실래요? 언니가 어떤 식인지 알잖아요.”

“너 지금 네 언니를 나무라는 거니? 걔 남편이 1년이면 절반을 나가 있고 걔는…….”

“이만 끊을게요.” 칼리는 말했다.

엄마와 이런 식으로 심란한 통화를 하고 났을 때 이번에는 아빠가 전화를 했다. 근무 중인 딸에게 전화해 잡담을 늘어놓으면 안 된다고 법으로 금지된 것도 아니지 않은가. “안녕, 우리 꿀단지! 어떻게 지내니? 미아네 개는 찾았어? 어쩌다 그렇게 된 거야, 문 열어놓고 나왔어?”

어쩌다 언니가 개를 잃어버렸다고 착각하게 됐을까. 하지만 칼리는 하던 일을 멈추고 바셋하운드가 서로 뒤바뀌게 된 복잡한 정황을 전부 설명할 생각이 없었기에 어떻게든 전화를 끊으려고 했다. 하지만 아빠는 원래 질문이 많은 성격이라 질문 폭탄을 퍼부었고 그녀는 결국 대부분의 전말을 설명하고야 말았다. 그러자 그가 말했다. "돈을 주고 사람을 사서 개 산책을 시키다니 이보다 더 21세기적인 일이 어디 있을까? 우리 어렸을 때는 자기 집 개는 직접 산책을 시켰는데."

"아빠, 여기서 중요한 건 그게 아니잖아요." 칼리는 한숨을 쉬며 말했다.

"아무튼 이런 사건이 있었다고 너희 엄마한테 꼭 알려라. 너희들 앞에서 엄마 흉을 보고 싶지는 않다만 이혼 전까지만 해도 개에는 별 관심도 없던 여자가 이제 와서 난데없이 오스틴 애견 연맹 홍보대사라니……."

"아빠? 이제 그만 끊어야겠어요." 칼리는 이혼한 뒤에 엄마가 저지른 만행을 주제로 일장 연설이 시작되기 전에 얼른 말했다.

"잠깐, 잠깐, 끊기 전에 이거 하나만 물어보자." 아빠가 말한다. "혹시 내가 보낸 정보 살펴봤니? 정말 괜찮은 기회야, 칼리." 그는 사우스 파드레섬의 공유 별장에 투자하면 뭐가 좋은지 영업용 멘트를 늘어놓기 시작했다.

이제 확실했다. 그녀의 부모님은 두 분 다 이혼을 기점으로 정상 궤도를 이탈했다.

"너를 부려 먹는 그 아이한테서 벗어나 그 바닷가에서 얼마나 자주 휴가를 즐길 수 있을지 생각해봐라." 아빠는 영업용 멘트를 이런 식으로 마무리했다.

"빅터는 어린애 아니에요." 칼리는 이런 식으로 변호를 시도하려다가 생각을 바꿨다. "아무튼 독창적인 천재에게는 젊은 나이가 얼마나 유리하게 작용하는지 장황하게 설명할 시간 없어요. 이제 정말 끊어야 해요."

아빠 전화를 끊고 간신히 이메일 한 통의 답장을 보냈을 때 다른 고객인 고든 로메로가 전화했다.

고든은 오스틴에서 석유와 토지 개발로 명성을 날린 유서 깊은 집안 출신이었다. 그는 일흔두 살의 나이에 어마어마한 재산을 물려받자 변호사 생활을 접고 취미생활에 본격적으로 뛰어들었다. 특히 손으로 조각한 예술품을 홍보하고 판매하는 데 관심이 많았다. 다만 그의 예술품은 그냥 큼지막하고 파격적으로 생긴 동그란 나무를 깎아서 아주 반질반질하게 광을 낸 것이었다.

빅터처럼 고든도 작품을 만드는 재주는 탁월하지만 그 작품을 세상에 소개하는 데에는 젬병이었다. 고든은 완벽한 원도 아니고 그렇다고 타원형도 아닌 목제 조각품이 미국에서 매우 시장성이 있다고 믿어 의심치 않았다. 딱 한 가지 문제점이 있다면 판로 개척을 위해 비상한 노력을 기울이지는 않는다는 것이었다. 고든은 그냥 잘될 거라고 기대했다. 솔직히 조금은 당연하게 여겼다.

칼리는 고든의 자신감을 반만이라도 닮고 싶었다. 아니, 안 된다는 말을 거의 들어본 적 없고 항상 자기 고집대로 살았던 노인의 자신감을 닮고 싶다고 해야 할까.

칼리에게 그를 소개하며 홍보를 하고 싶어 한다고 알려준 사람은 예전에 DBS에서 같이 일했던 동료였다. "우리가 맡기에는 너무 소소해서." 알렉시스는 이렇게 말했다. "네가 맡으면 어때? 지금 홍보 담당자를 찾고 있는데."

칼리는 미술계를 엄청나게 조사한 끝에 손으로 조각한 목제품 시장은 크지 않고 동그란 나무 조각의 수요는 전무하다는 결론을 내렸지만 그래도 아주 훌륭한 노출 기획안을 작성해 제출했다. 그러자 고든이 연락해 면접을 보겠다고 했다. 면접을 보는 자리에서 칼리는 또 다른 제안서와 이력서를 건넸지만 고든은 당장 그걸 한쪽 옆으로 치우고 이렇게 말했다. "당신이 할 수 있겠다 싶으면 기회를 주겠어요."

칼리는 화들짝 놀랐다. "그러세요?" 그녀는 살짝 기세등등해졌다. *해냈다.* 문제를 분석해 그가 거부할 수 없는 끝내주는 기획안을 작성했고, 메건이 예견한 것처럼 독창적이고 적극적인 태도로 이 일을 따냈다. 그녀는 이런 일에 능력이 있었다. 혼자서도 이런 성과를 거둘 수 있었다! 그녀는 왕언니 팬티로 무장한 드센 여자였고 뉴욕에서도 끝내주는 회사에 취직할 수 있을 것이었다. 이 남자, 이 예술가가 그녀의 능력을 알아보고 천재로 인정했으니 뉴욕에서도 그럴 사람이 있을 것이었다. "아주…… 잘 생각하셨어요!"

"네." 그는 손목을 튕기며 말했다. "지원자가 당신 한 명뿐인데 도움이 절실해서요. 당신에게 얼마든지 기회를 줄 용의가 있어요."

칼리는 기가 꺾였다. 어찌나 금세 바람이 빠졌던지 구멍 난 풍선처럼 근사한 그 집 서재를 이리저리 날아다니지 않은 게 신기할 정도였다.

그럼에도 불구하고 그녀는 포트폴리오 구축을 위해 그 일을 맡았다. 알고 보니 그 일은 생각했던 것보다 훨씬 엄청난 도전 과제였다. 우리 고든 선생이 사사건건 사후 트집을 잡았고 컴퓨터를 다루는 능력이 원시인 수준이었던 것이었다.

"이 빌어먹을 블로그는 도대체 어떻게 들어가는 거요?" 일전에는 그녀에게 전화로 이렇게 소리를 질렀다.

그에게 블로그를 개설해 현재 진행 중인 작업과 작품의 단계별 창작 과정을 소개하는 글을 매주 한 꼭지 정도 올리면 어떻겠느냐고 제안한 사람은 칼리였다. 사실 원래 제안한 곳은 인스타그램이었고 그녀가 생각하기에는 그쪽이 훨씬 운영하기가 수월했지만 그는 콧방귀를 뀌었다. "내가 팔로잉이나 찾는 십 대도 아니고."

팔로잉이 아니라 팔로워요. 그녀는 속으로 지적했다.

칼리가 의심했던 대로 고든이 블로그에 접속하려고 했을 때 아이디와 패스워드를 또다시 헷갈린 것이 원인이었다. 그가 컴퓨터와 과학에 대고 불경스러운 비난을 퍼붓기 시작하자 그녀는 수화기를 귀에서 멀찌감치 들고 있어야 했다. 칼리는 시간이 되는 대로 그의 집에 가서 문제를 처리하겠다고 약속했다. 아마 그녀는 간 김에 블로그에 올릴 글을 대신 작성할 테고, 늘 그랬듯이 그의 컴퓨터 옆에 아이디와 패스워드를 적은 포스트잇을 붙여놓고, 뚱한 표정을 짓고 다니는 땅딸막한 가정부 앨비라에게 그걸 치우지 말라고 통사정해야 할 것이다. 앨비라는 어찌나 기분 좋은 인물인지, 칼리가 찾아가면 그녀를 향해 툴툴거렸고 고든이 마실 것을 달라고 하면 그를 노려보았다.

"그래요, 알았어요." 칼리가 내일이나 모레 들르겠다고 하자 고든은 떨떠름하게 대답했다. "하지만 제발 정상적인 옷을 입고 오면 안 되겠소? 당신이 좋아하는 그 옷을 보면 동네 사람들이 유해 물질 청소반이 출동한 걸로 오해하기 십상이라 이 일대에서 집단 패닉을 일으킬 수 있어요."

"하. 하. 하." 칼리는 이렇게 받아쳤지만 그 말을 듣고 좀 편한 옷을 입고 싶다는 생각을 하긴 했었다.

지금도 그 생각이 들었다. 집이 코앞이었다. 이 말도 안 되는 하루 일정에 15분 정도 추가가 되려나? 그녀는 시계를 흘끗 확인했다. 이미 6시 15분이고 차량 행렬은 여전히 기어가고 있었다. 이 반려견 맞교환 작전이 그녀의 일정에 제대로 초를 치고 있었다.

칼리는 휴대전화를 집어서 고든에게 평범한 옷을 입고 내일 찾아가겠다고 문자를 보냈다. 그를 기다리게 만드는 건 싫었지만, 그녀는 개인 소지품이 담긴 상자를 들고 DBS에서 나와 자립한 이래 1년여 동안 너무 무리하고 있었다.

그럼에도 불구하고 칼리는 희망을 잃지 않았다. 정말 어쩔 수 없는 상황이 되기 전까지는 통장 잔고를 확인하지 않을 것이다.

메건도 항상 앞날을 생각하라고 했다.

5

맥스는 그녀에게 차인 건 아닌지 겁이 나기 시작했다. 그녀가 백스터보다 헤이즐이 낫다고 결론을 내렸을 수 있었다. 어느 누가 그녀를 비난할 수 있을까? 백스터도 훌륭하지만 헤이즐은 환상적인 반려견이었다. 그는 왜 칼리의 성을 물어보지 않았을까? 최소한 연락처라도 받아놓았어야 하는 건데. 왜 좀더 여러 가지를 물어보지 않았을까? 왜 그녀를 따라나서지 않았을까? 도대체 왜 그랬을까?

그는 그렇게 가끔 너무 순진무구해질 때가 있었다. 예쁜 눈에 너무 넋을 잃고 말았다. 장난감 가게에 간 일곱 살짜리처럼.

7시 30분이 되자 드디어 전조등 불빛이 집 앞 진입로 위로 쏟아졌다. 그는 성큼성큼 현관 앞으로 걸어가 문을 활짝 열고 그녀에게 따끔하게 한마디 할 준비를 했다. 하지만 칼리가 차에서 내린 순간 결심이 와르르 무너졌다. 그녀는 코스튬을 벗고 아주 딱 맞는 요가 팬츠와 지퍼형 후드 스웨터로 갈아입었다. 후드 스웨터 안에 받쳐 입은 티셔츠에는 '우리 때는 행성이 아홉 개였는데'라고 적혀 있었다. 비단 같은 까만 머리는 정수리에서 하나로 묶었는데, 그가 가장 놀란 부분은 그녀가 정상적으로 보일 뿐 아니라 몸매가 육감적이라는 것이었다. 이보다 더 좋을 수 없게 육감적이네. 그의 테스토스테론 수용체가 속삭였다.

오느라 시간이 오래 걸릴 만도 했겠다는 생각이 들었다. 입고 있던 그 장치를 벗으려면 팀 하나가 동원되어야 했을 수도 있었다.

칼리는 진입로에서 그를 향해 손을 흔들고는 차 뒷문을 열었다. 헤이즐이 도그 쇼에 참가한 강아지처럼 날렵하게 뛰어내려 현관문을 향해 질주했다.

"헤이즐!" 맥스는 외치며 한쪽 무릎을 꿇고 앉아 핫바닥 세례를 감당하고 헤이즐을 한참 동안 끌어안았다. "보고 싶었어, 꼬마 아가씨." 그는 헤이즐의 귀 뒤편을 긁으며 말했다. 그제야 헤이즐이 튀튀를 입고 있다는 정보가 그의 눈에 접수됐다. 그는 자리에서 일어나 진입로를 걸어오는 칼리를 향해 미간을 찌푸렸다.

칼리는 두 눈을 반짝이며 씩 웃었다. "귀엽죠?"

맥스가 떠올린 단어는 '귀엽다'가 아니었다. "음……."

"튀튀예요."

"나도 봤어요. 이거 무슨 장난인가요?"

"장난이요? 하! 그럴 리가요. 강아지용으로 만들어진 옷이 반다나 말고도 많거든요."

"그렇죠. 하지만 왜⋯⋯."

집 안 어딘가에서 백스터가 나지막이 으르렁거리는 소리를 내 두 사람을 깜짝 놀라게 했다. 뒤를 이어 백스터가 달려오는 소리가 들렸다. 그냥 달리는 게 아니라 전속력으로 질주하는 소리였다.

"백스터!" 칼리는 한쪽 무릎을 꿇고 앉아서 반려견의 격한 인사를 받을 준비를 했다. 하지만 백스터는 그녀가 아니라 헤이즐을 향해 달려갔다. 하도 빨리 달려가는 바람에 반질반질한 살티요 타일 바닥 위에서 속도를 늦추지 못하고 헤이즐을 들이받았다. 헤이즐은 그 우스꽝스러운 튀튀를 입은 채 백스터와 함께 마당으로 뛰쳐나가 서로 뒤엉켜서 뒹굴고 잔디밭에서 같이 달리기를 했다.

검은색과 갈색과 흰색으로 이루어진 털 뭉치 두 개가 서로 뒤엉켜서 뒹굴다 일어나 다시 달리는 것을 보고 칼리와 맥스는 놀라서 잠깐 동안 아무 말도 하지 못했다. "와우." 칼리가 중얼거렸다. "백스터의 다리에 터보 엔진이 달려 있는 줄 미처 몰랐어요."

"이하동문이요." 맥스가 말했다. "둘이 친구인가 봐요, 그렇죠?"

"그러게요. 저 아이에게 저런 식의⋯⋯ 감정이 있는 줄 미처 몰랐는데."

"다시 이하동문이요."

헤이즐은 한 바퀴를 돌고 나서 현관문을 향해 달렸고 백스터가 열심히 그 뒤를 쫓아갔다.

칼리와 맥스는 두 강아지와 부딪치기 직전에 옆으로 얼른 피했다. "궁금해서 그러는데요…… 저 튀튀는 어쩌다 입게 된 거예요?" 두 강아지가 그들 옆을 우당탕탕 지나 집 안으로 들어가는 것을 보며 맥스가 물었다.

"신부 들러리였거든요."

맥스의 시선이 강아지들에게서 칼리에게로 옮겨갔다가 그녀가 자기 머리칼을 쳐다보고 있는 것을 발견했다. "뭐였다고요?" 그는 니트 모자를 썼다가 벗으면서 머리칼이 삐쳤나 싶어 어색하게 정수리에 손을 얹었다.

"신부 들러리요. 웨딩 스튜디오 촬영이 있었거든요." 칼리의 시선이 그의 몸을 훑었다. 맥스는 아래를 내려다보았다. 그는 셔츠를 스웨터로 갈아입었고 콘택트렌즈를 빼고―맞는 도수로 처방이 됐는지 확인해보아야 했다―안경을 썼다.

칼리는 시선을 다시 들었고 입꼬리를 올리며 묘한 미소를 지었다.

뭐지? 내 몰골이 이상해 보이나? 얼굴에 피자 소스가 묻었나? "미안하지만…… 무슨 문제 있어요?"

"아뇨." 칼리는 입술을 굳게 다물더니 묶은 머리를 잡고 어깨 너머로 휙 넘겼다.

"그런데 왜 그런 눈빛으로 나를 쳐다봐요?" 맥스가 물었다.

"그런 눈빛이라뇨? 나는 당신을 보고 있지도 않은데요? 모든 게 완벽해요. 내 개를 찾았고 깜찍이를—미안해요, 헤이즐이요—난관에서 구출했고 또 맞아요, 아주 생산적인 하루를 보냈어요. 물어봐줘서 고마워요."

"다행이네요." 맥스는 그녀를 빤히 쳐다보며 말했다. "내가 그걸 물어봤던가요?"

"뭐." 칼리도 그를 빤히 쳐다보았다. "물어보려는 것처럼 보였거든요."

맥스로서는 정체를 알 수 없는 묘한 에너지가 그들을 감싸고 흐르는 느낌이었다. 하지만 맥스가 그 에너지의 정체를 파악할 겨를도 없이 그녀가 말했다. "이제 그만 음…… 내 개를 데리러 가야겠어요." 그녀는 집 안쪽을 가리켰다.

"맞아요." 그는 말하고 들어가자는 뜻에서 고개를 숙였다.

칼리는 그의 거실로 들어갔다. 헤이즐이 바닥에서 꼼짝하지 못하게 백스터의 목을 누르고 있는데, 칼리는 그런 줄도 모르는 눈치였다. 그녀는 후드 스웨터 주머니에 손을 넣고 그를 다시 흘끗 쳐다보았다. "집이 깜찍하네요. 아까 왔을 때는 몰랐는데. 나는 스페인 스타일 좋아해요. 요즘은 이 도시에 이런 스타일의 집이 많지 않죠. 그…… 테크노 재벌들 때문에." 그녀는 시선을 거두었다.

테크노 재벌. 그녀가 어떤 의미를 담아서 한 얘기였을까? 그가 어떤 뉘앙스나 사회적인 신호, 아니면 심지어 대화의 일부분을 놓친 걸까? 그가 제정신이 아닌 걸까 아니면 묘한 분위기로 흘러가고 있는 게 맞는 걸까? 그녀의 파란 눈은 사람을 끌어당기는 마력이 있었고, 어쩌면 그는 조금 오랫동안 끌려들어가는 바람에 뭔가 중요한 부분을 놓치고 쌩하니 지나가버렸을 수도 있었다. "그게…… 무슨 소린지 모르겠는데요." 맥스가 말했다.

"그 사람들이…… 집을 깡그리 사들여서 죄다 대저택으로 개조하고 있잖아요." 칼리는 머리칼을 귀 뒤로 넘겼다. 하지만 사실은 넘길 머리칼이 없었는데 그녀는 그걸 알아차리지도 못하는 눈치였다. 무슨 일이 벌어진 걸까? 아까까지만 해도 그녀는 백스터의 칩을 스캔하지 않았다고 그의 불알을 날려버릴 것처럼 굴었다. 그런데 지금은 마치 긴장한 것처럼 보였다. 그래서 그도 불편해졌고 그들이 서로 뚫어져라 바라보며 아주 어색하게 서 있는 동안 주변의 공기는 따뜻한 물에 넣은 드라이아이스처럼 뜨겁게 부글거렸다. 하지만 맥스는 그 어색한 대치 상황이 싫었기 때문에 그걸 끝내려고 묘한 분위기에 전혀 영향을 받지 않은 척 명랑한 목소리로 말을 걸었다. "아, 그나저나 소매가 없어졌네요?"

칼리는 한쪽 소매를 내려다보았다. 그러다 다시 그를 쳐다보았다. "네?"

"아, 그…… 아까 입고 왔던 그 소매 특이한 코스튬 말이에요." 그는 자기 팔을 가리켰다. "그거 무슨 코스튬이었어요?"

칼리는 입을 떡 벌렸다가 다물었다. 그들 사이에 걸려 있던 묘한 주문을 깨뜨리는 것이 그의 의도였다면 아주 대성공이었다. 그녀는 그보다 더 여성스러울 수 없는 분위기로 한쪽 골반에 체중을 실었고, 맥스는 그가 아주 무시무시하고 끔찍한 말실수를 했다는 것을 알아차렸다. 다만 무슨 수로 알아차렸고 어떤 말실수였는지는 알 수 없었다. "미안하지만." 그녀는 애써 대수롭지 않다는 듯이 말했다. "방금 코스튬이라고 했어요?"

"아…… 코스튬이 아니었나요?"

칼리는 팔짱을 꼈다. "아까 그 옷은 '오리지널' 빅터 앨런이었어요."

맥스는 그게 누구인지 아니면 뭔지 알 도리가 없었지만 그가 선을 건드려서 지뢰를 터뜨렸다는 것만큼은 분명하게 알수 있었다. "아. 나는 그런 줄도 모르고……."

"뉴욕이나 로스앤젤레스에서는 수천 달러에 팔리는 앙상블이라고요." 점점 열받아하는 말투였다.

맥스는 믿기지 않아서 본의 아니게 쿡 하고 웃음을 터뜨리고 말았다. "왜요?"

칼리는 헉하고 숨을 토했다. 눈을 동그랗게 떴다.

"알겠어요." 맥스는 말하고 한쪽 손을 들었다. "내가 세상과 담을 쌓고 사는 사람이라……."

"네, 맞네요!" 그녀는 고함을 지르는 동시에 숨을 토하는 것처럼 들리는 소리를 냈다. "도무지 어디에서부터 시작하면 좋을지도 모르겠어요! 아니, 누가 봐도 빅터 앨런이라는 이름은 들어본 적도 없는 눈치고……."

"맞아요……."

"하지만 그는 이 나라에서 가장 젊고 흥미진진한 패션 디자이너고 오스틴 출신이에요."

"멋지네요." 맥스는 말했다.

"〈프로젝트 런웨이〉 우승자고요."

그는 이상한 나라의 관광객이 된 듯한 기분이 들기 시작했다. "그런 줄 몰랐어요." 알아야 하는 부분인가? 패션 디자이너의 이름과 그들이 어떤 상을 받았는지 아는 게 요즘 유행인가? 그는 바보 모드가 발동해 그걸 불쑥 물어보는 사태를 방지하기 위해 주머니에 손을 넣고 주먹을 쥐었다.

"그게 뭔지도 모르는 모양이네요, 맞죠?"

그는 움찔했다. "미안해요, 모르겠어요."

"패션에 대해서는 아무것도 몰라요?"

그에게 상당히 근사해 보인다고 자평하는 가죽 재킷이 있기는 했다. "그냥 어떤 옷을 입으면 괜찮아 보이나, 그 정도만 아는 것 같아요." 맥스가 말했다. 하지만 그는 그 말을 내뱉자마자 그녀에게는 어떻게 들릴지 감지했고, 칼리의 표정을 보면 그의 짐작이 맞았다는 걸 알 수 있었다.

"당신이…… 코스튬이라고 부른 그 옷은 아방가르드 패션이에요. 하나의 작품이죠. 입었을 때 괜찮아 보이는 게 목적이 아니라 브랜드 인지도를 높이고 보는 사람의 생각을 자극하는 게 목적이고요. 빅터의 컬렉션 주제가 미래의 스페이스 디바예요."

맥스는 당황스러워졌다. 그는 뭐랑 뭐를 입으면 어울릴까하는 것 이상으로 옷에 대해 생각해본 적이 없었다. 그가 입는 옷의 브랜드 이름도 전혀 몰랐다. 그냥 바지와 셔츠를 입고 출근하는 게 전부였다.

"뭐, 놀랍지는 않네요." 칼리는 됐다는 듯이 손목을 퉁기며 말했다. "당신은 남자고 하니……." 그녀는 시선을 돌렸다.

신기하게도 그녀가 남자들을 혐오한다는 뉘앙스를 풍기는 동시에, 그를 남자로 지칭하는 것 자체가 선심을 쓰는 거라고 생각하는 듯한 말투였다. 그는 그 말투를 어떤 식으로 받아들여야 할지 알 수가 없었다. 그는 남자이긴 했지만 바보 머저리는 아니었다. 그는 과학자였다. 그게 아무 의미 없는 직업은 분명 아니었다. 패션 레이블을 알아야 하는 건 아니었다. "그래서요?" 그는 따져 물었다.

"아니…… 기분 나쁘게 들지는 말아줬으면 좋겠지만 남자들은 대부분 패션에 대해서 잘 모르더라고요. 적어도 내가 우연히 만난 남자들은요." 칼리는 그를 쓱 훑어보았다. 그로 말할 것 같으면 누가 봐도 우연히 만난 남자였다. "빅터 앨런 꼭 검색해봐요. 미치도록 재능 있는 디자이너예요."

'미치다'의 사전적 의미에 따르면 이럴 때 쓰이는 단어가 아니었지만 맥스는 그걸 짚고 넘어갈 정도로 어리석지는 않았다.

"내가 그 사람 홍보 담당자거든요. 그래서 그의 작품을 입고 다니는 거예요."

아하. 이로써 수수께끼가 해결됐다. 그렇다면 그녀가 그…… 예술 작품을…… 주야장천 입고 다녀야 하는 건지 궁금해졌다. 그런 거라면 조금 오버였다.

"왜요? 그 표정은 뭐죠?" 칼리는 그의 얼굴 쪽에 대고 한 손가락을 뱅뱅 돌리며 물었다.

"어떤 표정인데요?"

"한쪽 눈썹이 위로 솟구쳤어요."

"아니에요. 솟구치지 않았어요."

"맞아요. 솟구쳤어요. 당신이 무슨 생각하는지 알아요. 그 점프슈트를 보고 바보 같아 보인다고 했던 우리 형부랑 똑같은 생각을 하고 있는 거겠죠. 볼 때마다 열 번 중 아홉 번은 스웨트셔츠에 티셔츠를 입고 있는 남자가 그런 소리를 하더란 말이죠."

맥스는 놀라서 웃음을 터뜨렸다. "그게 점프슈트였어요? 와우…… 점프슈트였을 줄은 상상도 못 했는데."

"그래요, 알겠어요." 그녀는 이제 그에 대한 파악을 마쳤다는 듯이 고개를 끄덕였다. "이로써 내가 한 말이 입증이 됐네요. 당신은 전형적인 남자라는 거. 내가 회계나 당신이 하는

115

뭔지 모를 일을 이해하지 못하는 것처럼 나도 대부분의 사람이 오트 쿠튀르를 이해해주길 바라지 않아요. 하지만 내가 여기 이렇게 서서 당신 눈이 내가 처음에 생각했던 것과 달리 초록색이 아니라 사실은 회색이라는 걸 알 수 있듯이 하이패션은 예술이라는 걸 알아요."

"에?"

"휴." 칼리는 방금 이 대화 속으로 뛰어 들어온 사람처럼 이렇게 말하고는 허리춤에 손을 얹었다. "힘들었네요." 그녀는 볼 풍선을 불고 그를 지나 복도를 들여다보았다. "좋아요. 자, 이제 그 부분에 대해서도 얘기를 끝냈고 하니 내 개를 데리고……."

와장창 하는 소리가 두 사람의 귀청을 때렸다. 칼리가 펄쩍 뛰었다. "이게 무슨 소리예요?"

맥스가 앓는 소리를 냈다. "피자 때문에 난 소리인 것 같아요." 그는 부엌 쪽으로 고개를 돌렸다. "헤이즐, 네가 사고 친 게 아니길 바란다!"

부엌으로 들어가 보니 백스터는 용서를 빌 준비를 하며 아일랜드 식탁 저편에서 고개를 숙이고 있었다. 칼리가 돌아오지 않을지도 모른다는 생각에 백스터가 진심으로 걱정하기 시작했을 때, 회개할 줄 모르는 헤이즐은 맥스가 한쪽에 치워놓은 피자 조각을 우적우적 씹고 있었다. "이거 실화니?" 맥스는 두 반려견에게 따져 물었다. "어떻게 너희가 저렇게 높은 데 올라갈 수가 있었지? 그건 중력의 모든 법칙에 위배되는데?"

그는 조리대를 가리키며 묻더니, 허리를 숙여 헤이즐을 밀치고 피자 상자를 집어들었다. 짓이겨진 피자를 아일랜드 식탁에 놓고 피자 소스로 범벅이 된 자기 손가락을 쳐다봤다. 개들은 남은 피자를 빼앗겼지만 무시무시한 처벌은 따르지 않을 것임을 감지했는지 다시 맞붙어서 몸싸움을 벌이기 시작했다.

"으악, 어떡해."

맥스는 칼리의 말소리가 들린 쪽으로 홱 몸을 돌렸다. 그녀가 부엌으로 따라 들어와 바닥에 떨어져 있는 피자의 잔해를 보고 한 말이었다. "난장판이네요."

"난장판 정도가 아니죠." 맥스는 중얼거리면서 키친타월을 집었다.

"백스터가 이러는 거 한 번도 본 적 없거든요. 깜찍이랑 친구 사이 맞나 봐요."

"헤이즐이요." 그는 그녀의 기억을 환기하고 물을 틀어 손을 씻었다. "솔직히 헤이즐도 이러는 거 본 적 별로 없어요. 그 아이가 튀튀를 입은 것도 한 번도 본 적 없고요. 뜻은 고맙지만 벗길게요."

"그거 입으니까 귀여운데 꼭 그렇게 흥을 깨야겠다면……." 칼리는 뻔뻔하게 미소를 지었다.

"흥을 깨야겠어요." 맥스는 말했다. 반다나와 튀튀는 차원이 전혀 달랐다. 그는 수도꼭지를 잠그고 손을 닦았다. 그런 다음 몸싸움 중인 두 개 사이로 들어가 헤이즐의 엉덩이를 잡고 들어 올려 튀튀를 홱 벗겼다. 그는 프렌치 도어를 열고 바깥쪽 불을 켰다. "나가서 싸워, 너희 둘." 그는 명령을 내렸다.

두 녀석은 신이 나서 문밖으로 뛰쳐나갔다.

칼리는 문 앞에 서 있는 그의 옆으로 자리를 옮겨 마당을 내다보았다. 맥스는 작년에 조경에 조금 공을 들여 조그만 화덕을 만들고 화단에 불상을 들여놓았다. "멋지네요." 칼리가 말했다. "백스터가 아무것도 없는 남의 집 뒷마당에 묶여서 지내는 건 아닌가 걱정했는데." 그녀는 고개를 돌려 그를 바라보았다. "당신도 헤이즐 걱정했어요?"

"당연하죠. 하지만 헤이즐이 남의 집에서 너무 편안하게 지내면 어떡하나 그걸 더 걱정했던 것 같아요."

칼리는 그 말에 웃음을 터뜨렸고 맥스는 그 웃음소리를 듣고 깜짝 놀랐다. 너무 깜찍했던 것이다. 그녀가 워낙 씩씩대며 등장했었기 때문에 웃음을 터뜨릴 줄은, 가뜩이나 그런 웃음을 터뜨릴 줄은 짐작조차 하지 못했었다.

하지만 그녀의 얼굴에서 웃음소리만큼이나 갑작스럽게 웃음기가 살짝 사라졌고, 그녀는 또다시 맥스를 멋쩍게 만드는 그 묘한 눈빛으로 그를 바라보았다. 그는 그 눈빛이 마음에 들지 않았다. 그는 혹시나 싶어 손으로 뺨을 쓸었다.

칼리는 갑작스럽게 몸을 빙그르르 돌려 거실 쪽으로 걸음을 옮겼다. "이번에 값진 교훈을 터득한 것 같지 않아요?"

교훈? 무슨 교훈이지? "그래요?"

"그럼요! 개하고 엮이면 별 황당한 일이 벌어질 수 있다는 걸 알게 됐잖아요. 예를 들면 맥스라는 당신 이름만 해도 그래요. 브랜트는 당신 이름을 토바이어스 셰핑턴 3세라고 적었단 말이죠. 그걸 맥스라고 줄여 쓸 기회가 생기면 절대 놓치지 않을 인간인데."

"백 퍼센트 동의해요." 맥스는 말했다.

그녀가 미소를 짓자 그 묘한 기운이 또다시 그를 관통했다.

"이제 백스터 데리고 가야겠어요. 내일 정말, 정말 바쁜 하루가 예약돼 있거든요. 내일 어떤 사람 집으로 찾아가서 컴퓨터에 접속시켜줘야 해요. 그런 거사를 앞두고 있으니 푹 쉬어야죠."

"뭘 해줘야 한다고요?"

그녀는 자기 손목시계를 확인하며 고개를 저었다. "농담이에요. 뭐, 백 퍼센트 농담은 아니지만 길고 지루한 얘기라 아껴뒀다가 마음에 안 드는 사람 만나면 들려줄래요." 그녀는 고개를 들고 미소를 지었다. "다행인 줄 아세요."

이 말인즉 칼리가 그에게 호감을 느끼고 있다는 뜻일까? 지금쯤 부탁 하나만 들어달라고 얘기를 꺼내도 될까?

"아무튼 셰핑턴 씨, 벌써 일주일이 지났네요! 당신이랑 헤이즐은 부업으로 마리화나를 팔지 않는 새로운 개 산책 아르바이트생을 찾을 수 있길 바랄게요. 나는 당분간 개 산책 아르바이트생은 패스할까 싶어요. 신뢰에 엄청 심각한 타격을 입었어요." 그녀는 한 손을 요란하게 흔들며 절을 하고 프렌치 도어 앞으로 다가가 밖을 내다보았다. "어머나."

개들이 강아지용 밧줄을 물고 치열하게 줄다리기를 하고 있었다. "저 둘은 정말로 서로 좋아하나 봐요." 맥스가 말했다.

"솔직히 고백하자면…… 백스터는 나랑 지내기 시작한 이후로 엄청 우울해했었거든요."

"그래요? 여기서도 처음에는 의기소침하게 지냈지만 하루가 지나니까 기운을 차렸어요."

"왜요?" 그녀는 그를 슬쩍 올려다보았다. "당신이 강아지 조련사나 뭐 그런 거라도 돼요?"

"소파에 올라가도 내버려뒀거든요." 그는 미소를 지었다.

칼리는 콧방귀를 뀌었다. "덕분에 평생 그 버릇 못 고칠지 몰라요. 고마워요. 헤이즐도 엄청 즐거워하는 것처럼 보이네요. 정말 사람을 좋아하는 성격인가 봐요."

맥스는 백스터는 사람이 아니지 않으냐고 지적하고 싶은 충동이 일었지만 참았다. "백스터하고 같이 지낸 지 얼마나 됐어요?"

"몇 주요. 당신은 헤이즐하고 같이 지낸 지 얼마나 됐어요?"

"1년이 아직 안 됐어요." 그는 말했다. "그래도 당신은 헤이즐을 좋아하는 눈치네요?"

"*사랑하죠. 나는 모든 개를 사랑해요. 개가 최고예요.*"

"쿠션을 먹는 개라도요?"

칼리는 그를 보며 떨떠름한 미소를 지었다. "작정하고 그런 건 아니었을 거예요."

맥스는 그 말을 듣고 마음이 놓였다. 이제 어마어마하게 어처구니없는 부탁을 하려는 찰나라 그녀가 그의 개에게 앙심을 품고 있지 않다는 것이 중요했다. "쿠션 값은 내가 기꺼이 물어줄게요." 그는 한 손으로 머리를 쓸어 넘겼지만 눈썹 위로 몇 가닥이 쏟아졌다. 그는 긴장한 겁쟁이처럼 그걸 다시 쓸어 올리고 싶은 걸 꾹 참았지만, 문득 지금 하려는 부탁이 우스꽝스러울 정도로 어이없게 느껴졌다. 너무 어이없게 느껴져서 하마터면 포기할 뻔했다. 하지만 제이미의 얼굴이 머릿속을 스치고 지나갔다.

"칼리, 저기, 음……." 진정해, 이 친구야. "당신한테 부탁하고 싶은 게 있는데요." 자, 드디어 운을 뗐다.

그도 예상했다시피 칼리는 당장 의심스러워하며 미간을 찌푸렸다. "어째 예감이 안 좋은데요? 무슨 부탁이요?"

"설명하자면 이래요. 내가 내일 시카고에서 열리는 중서부 지구 도그 쇼에 동생을 데리고 가기로 했거든요. 동생을 위해 준비한 특별한 선물이고 오래전에 표를 사놨어요."

칼리는 아무 말도 하지 않았지만 미간의 주름이 더욱 깊어졌다.

"브랜트가 개를 맡아주기로 했고요."

121

"우에." 그녀는 콧잔등을 찡그렸다.

"그 계획은 완전히 물 건너갔죠." 그는 손을 한 번 휘둘렀다. "하지만 모든 게 막판에 벌어졌고 개도 바뀌었고, 그리고 또…… 급하게 헤이즐을 맡길 사람이 없어요."

칼리는 그를 빤히 쳐다봤다. 그녀의 사랑스러운 두 눈이 알겠다는 눈빛으로 바뀌었고 깊은 V자를 그리고 있었던 그녀의 눈썹이 이마로 솟구쳤다. "안 돼요."

"내 말 끝까지 들어봐요." 그는 애원했다.

"당신 개를 구해줬더니 나더러 걔를 데리고 있어달라고요? 나는 심지어 당신을 알지도 못해요. 당신 이름이 토바이어스가 아니라는 사실조차 아직 적응이 안 됐다고요."

"뭐, 토바이어스가 맞지만 맥스이기도 해요. 그리고 생각해보면 당신은 내 이름을 전부 알고……."

"나더러 이번 주말에 당신 개를 맡아달라고 하려는 건 아니죠? 정말로 그건 아니죠?"

"알아요." 그는 두 손을 들며 말했다. "당신은 이번 사태를 수습한 마당에 이런 부탁을 듣게 될 줄은 꿈에도 몰랐겠죠. 그리고 하늘에 대고 맹세하는데 나도 이렇게 난처한 상황이 아니면 절대 부탁할 일 없었을 거예요."

"말도 안 돼!" 그녀는 믿기지 않는다는 듯이 웃음을 터뜨렸다. 머리 꼭대기에 두 손을 얹고 뱅글뱅글 돌았다. "나더러 개를 맡아달라고요?"

"보수는 지급할게요." 맥스는 말했다. "그리고 원하면 이 집에서 지내도 돼요. 당연히 백스터랑 같이요."

"아니, 그럴 일은 없어요. 나는 부엌이 저런 상태인 집에서는 절대 있을 수 없어요." 그녀는 난장판이 되어버린 부엌을 가리켰다. "냉장고를 찾으려고 해도 수색 구조 작전을 펼쳐야 할 테니까요."

"인정해요." 그는 말했다. "이번 한 주 동안 일이 많았어서……." 그는 청소를 하지 못한 이유를 좀 더 구체적으로 설명하려다 관두기로 했다. "내가 다 치울……."

"맥스! 당신이 몰라서 그렇지 내가 도끼 살인마일 수도 있어요."

"아." 그는 자기도 모르게 빙긋 웃고 말았다. "당신은 도끼 살인마가 아니라는 걸 알겠어요."

"어떻게요?" 칼리는 따지고 들었다. "당신이 무슨 수로 그걸 알아요?"

"하이패션을 좋아하고 그걸 예술 작품이라고 부르는 사람은 자기 옷에 피를 묻히는 걸 질색할 것 같은 강한 예감이 들어요."

칼리는 잠깐 고민했다. "맞아요. 그래요, 좋아요, 나 도끼 살인마 아니에요. 하지만 무슨 말인지 알잖아요. 게다가 저녁 한 번 같이 먹지도 않은 사람한테 뭘 부탁하는 건 반칙 아니에요?"

"그런 규정이 있어요?" 맥스는 놀라며 물었다.

"없으면 만들어야 한다고 봐요. 나한테 이런 부탁을 하다니 믿기지가 않네."

"칼리, 나도 알아요. 도가 지나치다는 거." 그는 미안해하며 말했다. "거의 알지도 못하는 사이에 뻔뻔하고 불쾌한 부탁이죠. 다른 때 같으면 물어보지 않았겠지만 동생한테 워낙 중요한 일이고 아버지는 낚시를 하러……."

"왜 이래요. 나 말고 다른 사람이 없을 리 없잖아요. 어머니는요? 다른 형제는요? 친구는요? 어딘가에서 빈둥거리는 사람이 한두 명 있겠죠. 당신 얼굴도 잘생겼겠다, 부탁하면 들어줄 여자친구 없어요?"

잘생겼다고 칭찬을 들은 기쁨은 나중으로 미뤄야 할 것이었다. "어머니는 돌아가셨고, 이모는 개 비듬 알레르기가 있고, 아버지는 휴가가 절실해요. 왜냐하면 도그 쇼에 데리고 가려는 내 동생이 자폐증이 심해서 옆에 누가 항상 있어야 하거든요." 그는 성큼성큼 저편으로 걸어가 벽난로 선반 위에서 아버지와 제이미 사진을 집어 들었다. 그의 아버지는 개조한 올드카에 기대고 서서 웃고 있었다. 제이미는 정색을 하고 근처에 서서 옆쪽의 뭔가에 시선을 고정하고 있었다.

맥스는 칼리 쪽으로 사진을 내밀었다. 그녀는 사진을 쳐다보았다.

"우리 아버지는 휴가가 필요해요. 동생도 휴가가 필요하고요. 아주 오래전부터 계획했던 일인데 브랜트 때문에 전부 어

124

그러져버렸어요. 두 사람은 그 인간을 알지도 못하는데. 이 짧은 시간 동안 개를 맡아줄 사람이 있는지, 심지어 애견 호텔까지 백방으로 수소문했지만 찾질 못했어요."

칼리는 사진을 다시 한번 쳐다보았다.

맥스는 그녀에게 한 걸음 다가갔다. "제이미는 이미 가방을 다 싸놓았어요. 침대밑에 개 관련 책도 챙겨놓았고요. 개에 집착하거든요. 사실 동생이 반응을 보이는 상대가 개뿐이라 내가 애초에 헤이즐을 입양한 이유도 그것 때문이에요. 동생 곁에 항상 개를 두고 싶어서. 그런데 내가 어떻게 개 때문에 도그 쇼에 가지 못하게 됐다고 동생한테 얘기할 수 있겠어요? 너무 아이러니하잖아요."

"맙소사." 칼리는 천장에 대고 속삭였다. "정말 어이없게 아이러니하네."

"우리 동네 사람이 브랜트한테 두어 번 개를 맡겼는데 괜찮았다고 그랬거든요. 그래서 나도 그럴 줄 알았어요." 맥스는 한 걸음 더 다가갔다. "칼리, 내 동생만 아니면 당신한테 이런 부탁할 생각조차 하지 않았을 거예요. 저 둘을 봐요." 그는 프렌치 도어 쪽으로 다시 몸을 돌렸다. "누가 봐도 백스터는 헤이즐을 좋아하고 헤이즐도 백스터를 좋아하잖아요. 저 둘을 봐요."

칼리는 고개를 돌려서 밖을 내다보았다. 둘이 강아지처럼 뛰어놀고 있었다.

"잘 생각해봐요." 맥스가 나지막이 말했다. "백스터가 저렇게 즐거워하는 걸 본 적 있는지."

"너무하네요." 칼리는 힘없이 말했다. "본 적 없다는 거 알면서. 하지만 두 마리는 너무 많아요."

"식은 죽 먹기일 거예요. 둘이 서로 의지가 될 테고 그래서 말썽을 부리지도 않을 거예요. 없는 듯이 지낼 거예요."

칼리는 미심쩍어하는 표정을 지었다.

"당신은 누가 봐도 개를 좋아하는 사람이고 이제 헤이즐이랑 며칠 동안 같이 지냈잖아요. 누구 결혼식장에까지 데려갔고요."

"결혼식장에 데려간 건……."

"제이미는 개를 정말 좋아하고 이번 여행이 내 동생에게는 엄청 중요해요. 내 동생이 오스틴 애견 연맹에 취직했다는 얘기를 내가 했던가요? 꾸준히 다니기 시작한 첫 직장이에요. 내 동생은 말수가 없지만 직장에서는 말을 많이 할 필요가 없죠. 그 아이는 개들을 이해하고 개들은 그 아이를 이해하니까요."

칼리는 입을 꾹 다물고 생각에 잠긴 표정으로 창밖에서 뛰어노는 개들을 내다보았다.

"동생이 거기서 근무하기 시작한 뒤로 상태가 얼마나 좋아졌는지 몰라요. 출근하고 싶어서 매주 한 번씩 버스를 타기 시작했어요. 이전까지 사회생활이라고는 전혀 한 적이 없었는데 이제는 몇몇 동료들과 나가서 같이 아이스크림을 먹기도 해요. 아는 세계가 집과 ACC뿐이라 내가 이 행사장 표를 예매한 뒤부터 얼마나 손꼽아 기다렸는지 몰라요. 나를 만날 때마다 도그 쇼 얘기를 했어요. 이걸 봐요." 그는 벽난로 근처 벽으로 다가가 거기 걸려 있던 유화를 내렸다. 그걸 들고 와서 그녀에게 보여주었다. "제이미가 그린 거예요. 심지어 개를 그리기까지 하고 있어요."

"실력이 아주 좋네요." 그녀는 나지막이 말했다. 눈을 감고 긴 한숨을 토했다. "알겠어요." 그녀는 다시 눈을 떴다. "내가 어떻게 당신 동생을 실망시킬 수 있겠어요? 백스터도 그렇고. 헤이즐도 그렇고. 오 마이 갓." 그녀는 요란하게 고개를 뒤로 젖히며 말했다.

맥스는 그녀의 심정을 이해했지만 안도의 한숨을 내쉬지 않을 수 없었다. "정말 고마워요, 칼리. 내가 얼마나 고마워하고 있는지 당신은 절대 모를 거예요. 잽싸게 다녀올게요. 그리고 약속해요, 이 은혜는 꼭 갚을게요. 집을 비울 일이 생기면 말만 해요. 일주일이 됐든 한 달이 됐든 상관없어요. 백스터는 언제든 여기서 자기 집처럼 지내도 돼요."

칼리는 코웃음을 쳤다. "마카로니 앤드 치즈를 먹이고 소파에서 뒹굴도록 내버려두는 당신한테 내가 백스터를 맡길 것 같아요? 잘못 들인 버릇을 고치려면 한평생이 걸릴 텐데."

"정말 고마워요. 내가 이것 때문에 얼마나 스트레스를 받았는지 몰라요. 극단적인 조치를 취해야 하나, 그런 생각까지 했다니까요?"

"저기요, 맥스. 전혀 알지도 못하는 사람에게 개를 며칠 맡기는 것도 극단적인 조치예요."

"그렇긴 하지만…… 다른 대안에 비하면 감지덕지죠." 그는 씁쓸하게 웃음을 터뜨렸다. "저기…… 기분 나쁘게 생각하지는 말았으면 좋겠는데요." 맥스는 기도하는 듯이 손깍지를 꼈다. "당신은 좋은 사람이에요, 칼리……. 성이 어떻게 되죠?"

"케네디예요. 칼리 케네디 PR 대표요."

"당신은 좋은 사람이에요, 칼리 케네디 PR 대표. 내가 몇 가지 챙겨놓은 게 있거든요." 그는 말하고 부엌 옆 바닥에 놓여 있는 상자 쪽으로 걸어갔다. "헤이즐 물건이에요. 좋아하는 장난감, 간식." 그는 상자를 뒤적이며 말했다. "그리고 사료 잔뜩."

칼리는 황당해하는 표정으로 상자를 빤히 쳐다보았다. "진심으로 이게 해결책이 될 수 있길 바랐나 봐요?"

"맞아요." 맥스는 겨드랑이에 상자를 들고 뒷문 앞으로 가서 문을 열고 휘파람을 불었다. 개가 두 마리 모두 달려왔다.

"지금 쟤네들을 데리고 가라고요?" 그녀는 믿어지지 않는다는 듯이 물었다.

"오전 7시 비행기거든요. 이러는 편이 더 낫지 않을까 싶었는데. 아니면 내일 아침에 가는 길에 데려다줄까요?"

칼리가 두 손에 얼굴을 묻자 빨간색 매니큐어가 하얀 피부와 선명한 대조를 이루었다. "내가 어쩌다 이런 일에 말려들게 됐을까?" 그녀는 손을 떨구었다. "뭐, 좋아요. 하기로 했으니까 시작해보겠어요."

맥스는 미칠 듯한 안도감으로 가슴이 벅차올랐지만 정신병자처럼 웃음을 터뜨리지 않게 꾹 참고 현관문 쪽으로 걸음을 옮겼다. 그가 문을 열자 헤이즐이 그를 쌩하니 지나 판석이 깔린 진입로로 달려나갔다. 백스터가 그 뒤를 쫓아갔다. 씩 웃고 있는 것처럼 보였다.

맥스는 칼리가 차를 세워놓은 곳까지 따라가 뒷자리의 원단 두루마리와 동그랗게 깎은 것처럼 보이는 두 개의 나무 사이에 헤이즐의 물품을 실었다. 개들도 뒷자리에 태우고 그녀에게 휴대전화를 달라고 했다. "내 연락처를 입력할게요. 문제가 생기면 문자나 전화해줘요."

"재깍재깍 연락할 거예요."

맥스는 자신의 번호를 입력하고 통화 버튼을 눌러 그의 휴대전화에 그녀의 번호가 뜨게 했다. "꼭 보답할게요."

"내가 어디에 사는지 궁금하지도 않아요?" 칼리는 신기하다는 듯이 물었다. "내가 고속도로 옆에 세워둔 녹슨 버스에서 살 수도 있잖아요. 당신 개를 어떤 데인지 전혀 모르는 곳으로 보내는 셈이라고요."

"나도 녹슨 버스일 가능성에 대해 고민해봤는데, 우리 둘이 같은 사람에게 개 산책을 맡겼으니 그럴 가능성은 없다는 데 조심스럽게 한 표를 던지려고요. 이 근처에 살지 않을까 싶거든요."

"모팩 저편에 살아요." 칼리는 이 도시 서편을 남북으로 가르는 고속도로가 있는 쪽을 가리켰다.

"역시. 내가 시카고에서 돌아오면 어디로 찾아가면 되는지 알려줘요. 공항에서 문자 보낼게요."

그녀는 운전석 쪽 문을 열었다.

"칼리?"

칼리는 차에 타려다 말고 그를 돌아보았다.

맥스의 시선이 아무 이유 없이 그녀의 입술로 향했다. 잘 가라는 뜻에서 키스를 하고 싶다는 정신 나간 생각이 퍼뜩 고개를 들었다. 논리적인 생각들만 심겨 있는 그의 머릿속에서 잡초처럼 제멋대로 솟아난 생각이라 그는 잠시 흔들렸지만 그녀 옆으로 손을 뻗어 차 문을 좀 더 활짝 열었다. "고마워요. 정말로."

"알았으니까 그만해요. 기분이 이상해지려고 한다고요." 칼리는 차에 올라타 흥분해서 운전석과 조수석 사이 콘솔 박스 위로 올라간 두 마리의 개를 뒤로 밀쳤다. 그녀는 진입로를 후진하다 말고 열린 창밖으로 외쳤다. "당신 설득에 내가 넘어가다니 믿기지가 않아요!" 그러고는 쌩하니 대로로 질주했다.

맥스도 믿기지 않았다. 이로써 그는 며칠 만에 처음으로 안도의 한숨을 내쉴 수 있었다.

하지만 그 안도의 물결을 타고 집으로 돌아가는 동안에도 그녀에게 입을 맞추고 싶다는 잡초 같은 생각은 시들 줄을 몰랐다.

6

칼리는 집으로 돌아가는 동안 두 반려견에게 자기가 바보 같았다고 말했다. "잘생긴 남자가 부탁을 하면 이렇게 되더라. 너희 둘을 떠맡게 됐잖아. 아니, 솔직히 말해서 이 차에 타고 있는 모두가 알다시피 브랜트가 그런 부탁을 했다면 나는 면전에 대고 웃었을 거야."

두 반려견은 앞으로 튀어나와 동의한다는 뜻에서 그녀를 핥았다.

"그 동생 이야기가 결정타였어." 그녀는 중얼거리며 개들을 뒤로 밀쳤다. *기억할 것: 저 아이들을 묶어놓을 자동차용 하네스를 구입할 것. 아니, 두 개 말고 한 개만.* "그렇게 잘생긴 남자가 동생을 데리고 도그 쇼에 간다잖아. 그런 남자는 로맨스 소설에서도 볼 수 없는 거 아니니?"

그들은 집 앞에 도착했다. 칼리는 대문을 지나서 뒤편의 아담한 별채로 향하는 긴 진입로를 달렸다.

그녀는 앞 베란다와 빨간색 굴뚝이 있는 고풍스럽고 아담한 방 두 개짜리 이 집을 사랑했다. 입지도 마음에 들었다. 거의 도심 한복판이었다. 그녀는 매물로 나오기 몇 달 전부터 이 집에 눈독을 들였고 마침내 임대 팻말이 내걸리자마자 득달같이 대문을 두드렸다. 이 집은 도로와 거리를 두고 피칸 나무 아래에 숨어 있는 그녀의 피난처였다.

신이 난 개가 혀로 그녀의 뺨을 핥고 지나가자 칼리는 화들짝 놀라서 정신을 차렸다. 칼리는 한쪽 옆으로 피했다. "그만해, 헤이즐. 간지럽잖아." 헤이즐은 그녀의 귀에 대고 숨을 헐떡이다가 자기 창가로 돌아가 백스터를 명당에서 밀어냈다.

"가만히 앉아서 당하고 있지 마, 백스." 그녀는 자기 개에게 충고했다.

백스터는 자리에 가만히 앉는 것으로 응수했다.

칼리는 집을 향해 가던 도중에 집주인 콘래드 러서퍼드를 보았다. 그가 전조등 불빛이 비추는 자기 집 앞 진입로에 서 있었다. 그녀는 인사 대신 클랙슨을 눌렀다.

콘래드와 페트라 부부는 실리콘 밸리의 어느 하이테크 회사에서 근무하다가 몇 년 전에 퇴직하고 이곳으로 내려왔다. 콘래드라는 이름을 들으면 그 옛날 B급 추리소설에 나오는 동그란 모노클을 쓰고 다니는 탐정이 연상되지만 사실 그는 젊고 돈이 많은 힙스터였다. 예전에 그가 캘리포니아에서 어떤 일을 했었는지 설명하려고 한 적이 있었지만, 칼리는 그의 장황한 설명을 듣던 도중에 이탈리아로 잠깐 상상 여행을 다녀왔다. 무슨 일을 했건 간에 그때 번 돈으로 대저택 하나를 헐어 다른 집을 짓고 같은 부지에 있던 별채를 개조할 수 있었다. 칼리가 알기로 콘래드와 페트라가 요즘 하는 일은 허브와 토마토와 꽃을 키우고 틈만 나면 기후 변화를 언급하는 것뿐이었다.

칼리가 클랙슨을 누르자 콘래드는 움찔하며 허리를 펴더니 그녀를 향해 손을 흔들었다. 머리 위로 양손을 들고서 흔들었다. "나더러 차를 세우라고 하는 것 같네?" 칼리는 중얼거리고 속도를 늦추었다.

콘래드는 종아리 중간까지 내려오는 통 넓은 반바지를 입고 이마에 반다나를 묶고 있었다. 몇 달 전부터 기른 머리를 틀어서 정수리에 얹었다. 페트라는 예전에 댄서였다고 하더니 가끔 꼭두새벽에 마당에서 태양 경배를 하곤 했다. 어찌나 동작이 우아한지 단순한 요가 루틴인데도 공연 같았다. 콘래드와 페트라는 가끔 저녁을 같이 먹자고 칼리를 대저택으로 초대해 새싹 채소 위주의 풀떼기를 앞에 놓고 캘리포니아 이야기로 성찬을 베풀었다.

칼리가 차를 세웠음에도 콘래드가 조금 다급하게 다시 한번 손을 흔들었다. 그가 진입로를 천천히 달려오는데, 비쩍 마른 체형 때문에 다리가 너무 많아서 제대로 달리지 못하는 것처럼 보였다. "안녕하세요!" 그가 다다르자 칼리는 인사를 건넸다.

"만날 수 있어서 정말 다행이지 뭐예요." 그가 헉헉대며 말했다. 허리를 숙여서 두 손을 무릎에 얹고 쌕쌕거리며 숨을 돌렸다. 그녀는 개들도 인사할 수 있게 창문을 내렸다.

"헐." 콘래드는 손을 안으로 넣어서 두 아이를 다 쓰다듬었다. "지금 한 마리인데 내 눈에만 두 마리로 보이는 건 아니죠?" 그는 웃음을 터뜨렸다. 그는 두 아이를 계속 쓰다듬으며 말을 이었다. "저기, 월세 때문에 이야기를 좀 나누고 싶은데요."

화제가 개에서 갑자기 월세로 바뀌자 칼리는 가슴이 철렁 내려앉았다. "또요?"

"네, 그래야 할 것 같아요." 그는 조금 무심하게 어깨를 으쓱하며 말했다. "어차피 매달 계약하는 조건이잖아요."

그거야 칼리도 물론 알고 있었다. 그녀의 심장이 쿵쾅거리기 시작했다. 그가 하려는 말을 듣고 싶지 않았다. 월세 때문에 이야기를 좀 나누고 싶다는 집주인이 희소식을 들려줄 리 없었다. 안 그래도 지금 사는 게 아수라장인데…….

"월세를 올려야겠고 계약 기간을 1년으로 할 수도 있겠어요. 페드라는 2년 계약을 하고 싶어 하는데 아내의 생각대로 강행하는 게 좋을지 아직은 잘 모르겠네요."

그녀는 뇌세포들이 허둥지둥 대형을 갖추는 동안 입을 떡 벌리고 그를 쳐다보기만 하는 수밖에 없었다.

"그렇게 놀란 표정 짓지 말아요. 나도 어쩔 수 없어서 그러는 거니까."

"어째서요?" 심장이 목젖을 누르는 마당에 이렇게 목소리가 나오는 것 자체가 기적이었다.

"재산세가 올랐고 보건세도 내야 하고 해서……." 그는 다시 어깨를 으쓱하고는 개들을 향해 미소를 지으며 그중 한 아이에게 착한 강아지라고 했다.

"얼마나 올리시려고요?" 칼리는 가까스로 물었다.

"2백이요."

오, 주여! 운전대를 잡은 채로 기절하지 않은 게 그나마 다행이었다. 그녀는 그가 아마도, 아마도 한 달에 75달러쯤 더 뜯어가겠다고 하지 않을까 생각하고 있었다. "2백 달러요?" 그녀는 거의 속삭임에 가까운 목소리로 되물었다.

"그래도 시세보다 싼 거예요." 콘래드는 말했다. "4천 달러는 너끈히 받을 수 있는 집이니까 당신은 저렴하게 살고 있는 셈이에요, 칼리. 그리고 페드라하고 나는 당신이 좋거든요. 그래서 내쫓고 싶지 않아요."

내쫓고 싶지 않다고? 월세를 2백이나 올리고 1년 계약을 강요하는 것이 내쫓는 게 아니면 뭘까. 게다가 그들이 과연 모르고서 그런 소리를 하는지도 의심스러웠다.

"아! 호박 좀 줄까요? 그게 계속 자라고 있는 거 알아요? 여기서 기다려요, 내가 갖다줄게요." 콘래드는 몸을 돌려서 자기 집 앞 진입로를 다시 천천히 달려 올라갔다.

칼리는 운전석에 몸을 묻었다. 백스터가 주둥이로 그녀의 어깨를 쿡 찔렀다. "알아." 그녀는 중얼거렸다. "나도 무서워."

콘래드가 호박을 한아름 안고서 돌아왔다. 그녀는 호박을 받아서 조수석에 쌓으며 월세 문제는 잘 알겠다고 말했다. 그런 다음 별채를 향해 내달리자 호박이 조수석에서 바닥으로 굴러떨어졌다.

그녀는 그날 밤에 두 가지 이유로 잠을 설쳤다. 첫째는 두말하면 잔소리지만 월세 때문이었다. 둘째는 한밤중에 두 개가 침대 위로 기어 올라왔기 때문이었다. 처음에는 고맙고 위로가 되었지만 아침이 되자 두 아이가 대자로 퍼져서 그녀에게 남은 공간이 손바닥만큼밖에 되지 않았다.

칼리는 일어났을 때 목에 담이 왔고 망했다는 예감을 느꼈다. 개가 뒤바뀌었던 것도 모자라 아예 한 마리가 추가됐으니 어떻게 망하지 않을 수 있을까? 번듯한 직장도 없는 마당에 집주인이 월세를 2백 달러 올려달라고 하니 어떻게 망하지 않을 수 있을까? 일은 벌어질 수밖에 없다는 것이 우주의 법칙이었다.

그날 맨 처음 해야 하는 일은 고든을 블로그에 접속시키는 것이었다. 하지만 개를 산책시켜줄 사람도 없고—이제는 돈을 주고 맡길 형편도 안 됐다—한 쌍의 야수를 어디 맡길 데도 없었으니 데리고 가는 수밖에 없었다. 그녀는 고든의 집 앞 진입로에 주차하고 개를 차에서 내려 목련나무에 묶었다. 두 아이는 산들바람을 맞으며 나란히 누웠고, 그녀가 물그릇도 놓아주었으니 잠깐 나무 그늘에서 노닥거리는 데 전혀 문제가 없어 보였다.

고든은 외출하고 없었지만 살림을 하는 그 못된 앨비라는 집에 있었다. 앨비라는 개들을 보고 못마땅해했지만 칼리는 아무 말 없이 그냥 미소를 짓고 고든의 서재로 들어가 블로그에 로그인했다. 고든은 칼리의 도움을 받아가며 2주 전에 첫 글을 올린 후 새로 포스팅하지 않았다. 그러니까 그녀의 계획대로 착착 진행되고 있었던 것이다! 천만의 말씀. 그녀는 다섯 개 항목으로 작성한 홍보 제안서를 수정해야 할 판국이었다.

이후에 그녀는 개들을 데리고 몇 가지 자질구레한 일을 처리하러 다녔다. 도그 TV를 새로 신청하기는 했지만—솔직히 사람이 봐도 마음을 차분하게 가라앉히는 효과가 있었다—쿠션이 있는 집 안에 헤이즐을 두고 나오는 건 안 될 말씀이었다. 그녀가 몇 주 동안 본 텔레비전은 그게 전부였다.

언니가 또다시 울먹이는 목소리로 전화하자 칼리는 개들을 데리고 이번에는 그녀의 집으로 찾아갔다. 언니는 '핀 때문'이라며 다섯 살짜리 첫째를 들먹였다. "걔는 악마야, 칼리. 걔의 몸속에 사탄이 사는 게 분명해, 아니라고 하지 마."

"왜? 핀이 무슨 짓을 저질렀기에?"

"동생 곰 인형을 변기에 넣고 물을 내리려고 했어. 안 내려가니까 막대기로 쑤셔 넣었지 뭐야. 화장실이 물바다가 됐고 변기가 아마 못 쓰게 됐을 텐데, 윌이 전화해서 출장을 이틀 연장해야겠대. 이틀이나!"

미아는 스트레스에 잘 대처하지 못했다. 예전에 미아가 밀

138

리를 임신했을 때 칼리가 그녀에게 스트레스에 잘 대처하지 못하는 것 같다고 하자, 미아가 식탁을 가로질러 칼리의 목을 조를 듯이 군 적이 있었다. 그걸 보고 칼리는 내 말이 맞지 않느냐고 했다.

"너무 힘들어, 칼리. 오늘은 더 이상 아무것도 감당하지 못하겠어. 어떻게 하면 좋을까?" 미아는 전화기에 대고 울부짖었다. "제발 알려줘. 어떻게. 하면. 좋을지."

"내가 잠깐 갈게." 칼리는 말했다. 미아가 이런 식으로 흥분했을 때 필요한 건 다른 성인과의 접촉이었고 그럴 때 맨 처음 연락하는 상대가 칼리였다.

칼리는 백스터와 헤이즐을 달고 갔다. 미아는 개를 쳐다보고 이어서 칼리를 쳐다보더니 빽 하고 소리를 질렀다. "너 지금 뭐 하는 거야? 개가 왜 두 마리가 됐어? 얘네들을 우리 집에 왜 데리고 와?"

"내가 개가 서로 바뀐 거 얘기했지? 두 번째 개가 내 집에 있었던 바셋이야. 그리고 백스터는 언니도 알 테고." 백스터가 꼬리를 흔들었다. "내가 지금 개를 맡아서 봐주는 중이야."

미아는 그녀를 빤히 쳐다봤다. 아름답고 현대적인 이 집의 2층 어딘가에서 아이 하나가 비명을 질렀다. 미아는 칼리를 노려보았다. "칼리, 나 지금 네가 돌보는 개들 상대할 기운 없어. 안 그래도 돌아버릴 지경인데 나더러 죽으라는 거야?"

"언니더러 죽으라는 거 아니야. 이건," 그녀는 개들을 가리쳤다. "걱정할 문제도 아니고. 얘네 둘이 날 잡아서 같이 노는 거라고 생각해."

또다시 비명에 이어 쿵 하는 요란한 소리가 들리자 두 사람은 움찔했다.

"엄마! 엄마!" 보가 울부짖으며 계단을 달려 내려왔다. "형이 나 때렸어요!"

"아니에요!" 핀이 외치며 남동생을 따라 달려 내려왔다. 계단 꼭대기에서는 막내 밀리가 걸음을 멈추고 계단을 뒤로 기어서 내려오려고 몸을 돌렸다.

"핀. 동생 그만 좀 때려!" 미아가 소리쳤다.

핀은 당장 울음을 터뜨리며 부엌 쪽으로 달려갔다. 하지만 아이들의 고함에 자극을 받은 개들이 짖기 시작했다. 개 짖는 소리에 아이들은 전보다 더 흥분했고 보와 밀리가 개들을 피해 달리자 헤이즐은 놀자는 것으로 해석하고 그들을 쫓아가기 시작했다. 백스터도 열심히 짖으며 따라갔다가 다시 돌아와 칼리가 자기를 버리지 않았는지 확인했다.

핀이 계속 우는 얼굴로 부엌에서 나왔다. "엄마 싫어!" 그는 그렇게 외치고 계단을 달려 올라갔다.

"어미들이 왜 자기 새끼를 잡아먹는지 알겠어." 미아가 울음기 섞인 목소리로 말했다. "백 퍼센트 이해가 돼. 얘네들은 절대 잠을 자지 않아. 짐승처럼 먹어. 엄마는 어떻게 되거나 말거나 신경 쓰지도 않아."

140

칼리는 그제야 새까만 그녀의 머리와는 대조적으로 밝은 금발인 미아의 머리가 삐죽빼죽 서 있는 것을 알아차렸다. 서츠에는 뭔지 모를 얼룩이 남아 있었고 치노 바지는 무릎이 튀어나왔다. "베이비시터 어디 갔어?" 칼리는 물었다.

"아, 내가 얘기 안 했니? 그만뒀어! 웨스트 레이크 힐스의 어떤 집에서 돈을 더 많이 받게 됐다고. 웨스트 레이크 힐스로 떠난 베이비시터가 이로써 올해 들어 두 번째야, 우리가 보수라면 섭섭지 않게 주는데도."

"변기 문제부터 해결하자." 칼리는 침착하게 말했다.

미아는 손님용 화장실을 가리켰다.

그들은 좁은 공간에 같이 들어가 변기와 곰 인형 다리를 물끄러미 내려다보았다. 인형의 몸에서 보이는 곳이 다리뿐이었다. "어떡하지?" 미아가 물었다.

"끄집어내야지." 칼리는 말했다.

"네가 없으면 나는 어쩔 줄을 모르겠어, 칼리. 너는 항상 어떻게 하면 되는지 알잖아." 미아는 말했다. "나랑 내 망나니들 곁을 항상 지켜주고."

"나도 잘 몰라. 그냥 그게 유일한 해결책인 것처럼 보일 뿐이지. 그리고 나도 언니가 없으면 어쩔 줄 몰랐을 거야. 내가 회사에서 잘렸을 때 언니가 곁을 지켜줬잖아. 블레이크가 그만 만나자고 했을 때도 그렇고."

미아는 잠깐 생각하다가 고개를 끄덕였다. "그러네. 그러니까 이번 일은 네가 나한테 진 빚을 갚는 거구나?" 그녀는 미소를 지었다.

칼리는 웃음을 터뜨렸다.

곰을 변기에서 끄집어내는 데 15분이 걸렸다. 일을 한 쪽은 칼리였다. 미아는 불편할 정도로 바짝 붙어 서서 내려다보며 어떻게 해야 할 것 같은지 훈수만 두었다. 하지만 그러던 도중에 이렇게 물었다. "네가 보기에는 엄마랑 아빠가 다시 합칠 것 같아?"

"뭐?" 칼리는 물에 젖은 곰 인형의 앞발을 잡아당겼다. "왜 그런 걸 물어봐? 두 분은 이혼하셨어. 그 건은 물 건너갔어. 끝났다고."

"그러게." 미아는 말했다. "바닥에 물 뚝뚝 흘리지 마!"

"그럼 비닐봉지라도 하나 갖다줄래?" 칼리는 물었다.

미아가 큰 비닐봉지 안에 담아둔 비닐봉지를 하나 꺼내러 자리를 비웠을 때 느닷없이 헤이즐이 등장했다. 헤이즐은 칼리가 두 손가락으로 들고 있던 축축한 곰 인형을 덥석 물더니 홱 잡아당겨서 복도에 변기 물을 뚝뚝 흘리며 도망쳤다. 근처 어딘가에서 백스터가 짖었다.

"개한테 그걸 왜 줬어?" 미아가 외쳤다.

"준 거 아니야! 쟤가 뺏어갔지." 칼리는 말했다. 그들은 허둥지둥 화장실에서 나와 헤이즐을 쫓아갔다. 개들은 보이지 않고 거실에 핀이 서 있었다. 금잔화를 들고 있었고 얼굴과 셔츠가 흙투성이였다.

미아는 눈을 깜빡였다. "동생들은 어디 있어?"

"밖에요." 핀은 말하고 훌쩍이며 눈물을 삼켰다. "엄마? 죄송해요." 그는 들고 있던 금잔화를 내밀었다.

"어머나." 칼리가 말했다.

"아, 피니." 미아는 말하며 한쪽 무릎을 꿇고 앉았다. "이리와." 그녀는 아들을 향해 팔을 벌렸다. 핀이 달려가자 미아는 그를 꼭 끌어안고 지저분한 뺨에 입을 맞추고 눈을 덮고 있던 머리칼을 쓸어 넘겨주었다. "이 꽃 어디서 났어?"

칼리의 머릿속에서 조그만 경고 깃발이 우물쭈물 고개를 들었다. 그녀는 게걸음으로 언니를 돌아나가 마당이 내다보이는 창문 앞으로 다가갔다가…… 안 그래도 흥분한 미아를 자극하지 않게 터져 나오려는 비명을 꾹 참았다.

그 정도 거리에서는 울타리 앞에서 땅을 파고 있는 나쁜 녀석이 둘 중 누구인지 확인할 길이 없었다. 뒷마당에 금잔화를 흩뿌려놓은 녀석은 누구인지도 알 수 없었다. 밀리를 땅바닥으로 넘어뜨린 다음 그 아이가 흙을 먹는 동안 뒤 베란다에 방치된 마당용 호스를 잘근잘근 씹어놓은 녀석이 누구인지는 짐작조차 할 수 없었다. 곰 인형을 갈기갈기 찢어 솜을 눈송이처럼 잔디밭에 흩뿌려놓은 녀석도 누구인지 알 수 없었지만 그건 헤이즐의 소행이라는 데 내기를 걸 수 있었다.

미아가 핀을 안고 갑작스럽게 그녀의 옆으로 등장했다. 칼리는 언니가 헉하고 숨을 멈췄다가 이렇게 묻는 소리를 들었다. "보는 어디 있지?"

"보?" 칼리가 당장 문을 열고 밖으로 나가 솜뭉치를 따라서 마당 끝으로 걸어가보니 보가 울타리 아래에 새로 생긴 좁은 개구멍을 통과하려고 낑낑대고 있었다.

엄마는 소리 지르고 야단치고 아이들은 울고 사과하는 동안 칼리는 개와 솜뭉치와 호스 조각을 한 자리에 모았다. 금잔화는 그냥 두고 밀리를 안으로 들어가게 했다. 미아는 핀을 허리춤에 안고 한 손으로는 보를 잡고 끌고 갔다.

"내가 개를 안 키우겠다고 했던 이유가 바로 이거야." 미아가 말했다. "이제 다들 알겠지?"

"응." 칼리는 말했다. "진짜 알겠어."

미아는 아이들을 홱 잡아당기며 안으로 들어갔다. "고마워, 칼리. 나중에 연락해." 그녀는 이렇게 말하고 문을 닫았다.

칼리는 두 마리의 말썽꾼을 내려다보았다. 둘 다 고된 노동으로 탈진한 것 같아 보였고 목욕이 절실했다. "훌륭해. 아아 아주 훌륭해. 이제 누가 셰핑턴 씨에게 연락해서 이게 절대 식은 죽 먹기가 아니었다고 알려야 할까?" 칼리는 이게 식은 죽 먹기가 아니라는 사실을 그가 확실히 알 수 있도록 난장판이 된 뒷마당 사진과 함께, 미아가 고함을 지르며 뛰쳐나오기 직전에 찍은 밀리와 개들 사진을 보냈다. 뉘우칠 줄 모르는 두 마리의 바셋하운드는 물론이고 그 가운데 서 있는 밀리도 머리끝에서 발끝까지 흙투성이였다. 셋 다 웃는 얼굴이었다.

답문은 딱 한 글자였다.

헐.

헐? 그게 다예요? 꽃밭이 망가지고 이제 개 두 마리를 목욕시켜야 하게 생겼는데?

미안해요.

겨우 이걸로 끝이란 말인가? 그는 생판 모르는 남에게 자기 개를 맡겨놓고 떠나버렸고, 그가 장담했던 것과 다르게 그의 개는 난장을 치고 다녔는데, 그가 한 말이라고는 '헐'과 '미안해요'가 전부였다. 그녀는 어딘지 모를 음식점에 동생과 함께 앉아서 근사한 점심식사를 하는 그의 모습을 그려보았다. 주말이니 칵테일도 한잔하고 있을지 몰랐다. 심지어 샴페인 칵테일일 수도 있었다. 그녀가 개를 맡아서 돌보는 동안 온 세상이 칵테일을 한 잔씩 마시고 있을 게 분명했다. 그는 아마 지나가는 아가씨들을 흘끗거리며 점수를 매기느라 휴대전화 공간만 차지하는 오스틴의 멍청이 칼리에게는 할애할 시간이 없을 것이다.

칼리는 개들을 집으로 데려가 뒷마당에서 목욕을 시켰다.

녀석들은 무한정 즐거워했고 그녀는 쫄딱 젖고 말았다.

하지만 그날 저녁에 세차를 하고, 녀석들의 침과 흙과 녀석들이 몸을 털면서 그녀에게 튀긴 더러운 비눗물을 샤워로 씻고 나자 평화가 찾아왔다. 개들은 지쳐 쓰러져 한 침대에 등과 등을 맞대고 웅크리고 누웠다. 녀석들이 코를 고며 자는 동안 그녀는 건강을 위해 와인을 한잔 마시며 찍은 사진을—그렇게 끔찍한 상황만 아니었다면 웃겼을 것이다—다시 훑어보았다. 두 마리의 똥개를 보고 있자니 이것도 뭐 그리 나쁘지는 않다는 생각이 들었다. 어쩌면 미아의 꽃밭을 말살한 것은 일회성 이벤트에 불과했을지 모른다. 아이들이 뛰어다니니 개들이 지나치게 흥분했을 테고 따지고 보면 핀이 금잔화를 꺾는 것으로 먼저 시작하지 않았는가 말이다. 그것이 개 두 마리에게는 초대장이나 다름없었다.

건강을 위해 와인을 두 잔 마시고 살짝 알딸딸해지자 그녀의 인생에는 바셋하운드 한 쌍이 필요할지 모른다는 생각이 들었다. 그러면 더 행복해질지 몰랐다. 그녀에게는 남자친구가 없었다. 친구들은 그들만의 일과와 시간을 빼앗기는 일들 때문에 점점 멀어졌다. 그리고 개를 키우면 수명이 늘어난다든가 그 비슷한 기사를 어디에선가 읽은 적도 있지 않은가. 뉴욕에서는 개 산책을 어떤 식으로 시키면 좋을지 알 수 없었지만 아예 불가능한 일은 아니었다. 다들 노상 개를 데리고 다녔다. 사고방식의 조정이 필요하겠지만 그거야 얼마든지 할 수 있었다.

칼리는 불금의 분위기에 취해 헤이즐이 집으로 돌아가면 백스터에게 친구를 구해줄까 잠깐 고민하는 지경에 이르렀다. 백스터는 헤이즐이 있으면 완전히 달라졌다. 헤이즐이 등장한 이래 한 번도 구석에 머리를 박은 적이 없었다. 칼리는 ACC로 찾아가 가엾은 백스터가 헤이즐을 아끼듯 그를 아껴줄 바셋하운드를 구조견으로 입양하는 자신의 모습을 상상해보았다. 두 아이를 데리고 뉴욕을 산책하면 지나가던 사람들이 걸음을 멈추고서 귀엽다고 할 테고, 가이드북에서 강력 추천했던 것처럼 전문가에게 훈련을 받을 테니 그 아이들은 완벽하게 처신할 것이다. 그녀는 할인점에 전시된 책 표지 주인공처럼 보일 것이다. 깜찍하고 느긋하며 가로수가 늘어선 길을 따라 개를 산책시키는 여자. 그녀는 개를 사랑하는 남자들을 만날 것이다. 맵시 있는 프랑스 브랜드 양복을 입고 개를 산책시키던 돈 많은 사업가들이 걸음을 멈추고 처음에는 개에게, 그다음에는 그녀에게 말을 걸 것이다.

칼리는 어딘가에 반려견 친화적인 사무실을 오픈하는 상상을 했다. 백스터와 그 동생이 창가에 앉아서 창밖을 내다보면 그걸 보고 사람들이 홀린 듯이 문을 열고 들어올 것이다. 깜찍한 개를 보려고 들어온 사람들이 결국에는 홍보나…… 뭐가 될지 모르겠지만 하여간 그녀에게 일을 맡기게 될 것이다. 깜찍한 개 두 마리로부터 모든 고객이 비롯되는 행운의 회사를 건설하게 될 것이다.

그녀는 이런 미래를 상상하며 꿈나라로 떠났다.

다음 날 아침에 칼리는 비린내 비슷한 것을 맡으며 잠에서 깨어났다. 그녀는 고개를 들었다가 아파서 쉿소리를 냈다. "젠장." 그녀는 목을 주무르며 중얼거렸다. 그럴 만도 한 것이 바셋하운드 두 마리가 침대를 차지하는 바람에 그녀는 다시 침대 거의 끝에 대롱대롱 매달려 있었다. "이해가 안 되네." 그녀는 아직 꿈나라에서 헤매고 있는 잠동무들을 보며 쉰 목소리로 말했다. "저 짧은 다리로 어떻게 여길 올라올 수가 있지?"

백스터가 고개를 들고 그녀를 쳐다보았다. 어쩌면 헤이즐일 수도 있었다. 어느 쪽이 됐건 녀석은 한숨을 쉬고 다시 잠을 청했다. 다른 한 녀석은 침대에서 스르르 바닥으로 내려갔다. 칼리는 투덜거리며 일어나 앉아서 뒤엉킨 머리를 뒤로 넘겼다가 노트북이 나무 바닥으로 와장창 떨어지는 소리를 듣고 얼굴을 찡그렸다. 노트북을 하다가 그대로 잠들었던 것이다.

칼리는 침대 밖으로 나왔다. 잠을 못 자서 몽롱한 몸을 이끌고 머리 위로 팔을 쭉 뻗어 크게 기지개를 켰다. 그런 다음 옆구리를 긁으며 화장실 쪽으로 한 걸음 내디뎠다. 뭔지 모를 차갑고 미끈미끈한 것이 맨발에 밟혀 밖으로 삐져나왔다. 넘어지기 전에 침대에 주저앉았지만 뒷다리 근육이 당겨지는 바람에 아파서 신음했다. 그녀는 몸을 일으키고 발에 밟힌 게 뭔지 확인하러 아래를 내려다보았다.

오메가3를 먹은 녀석이 둘 중 누구인지 아직 판정이 내려지지 않았을 때 구역질인 게 분명한 소리가 들렸다. 벽장 근처에서 나는 소리였다. "안 돼." 끔찍한 공포가 자신을 덮치자 그녀는 이렇게 속삭였다. 그녀가 넘어지고 미끄러져 가며 침대 발치를 가로질러 저쪽으로 넘어갔을 때 개가 구역질을 했다. 벽장 앞에 다다랐을 때 그녀는 거의 폭발할 뻔했다. 실크 재질에 구슬이 박혀 있고 특별한 날 저녁에만 신고 나가는 비싼 지미추 구두 위에다 백스터가 토를 해놓은 것이다. "안 돼!" 그녀는 비명을 질렀다. 중고 명품점에서 샀어도 돌았나 싶은 가격이었는데.

백스터는 먹다 남은 오메가3에서 황급히 도망치느라 발을 헛디디며 방 밖으로 달려 나갔다. 아직 잠에 취한 헤이즐은 고개를 들어서 궁금해하는 눈빛으로 칼리를 쳐다보았다. 바로 그때 칼리는 그 아이의 앞발바닥에 들러붙어 있는 빈 오메라3 캡슐을 보았다.

그러고 나서 잠시 후에는 방바닥과 침대보에 기름 범벅인 개 발자국이 일인용 피자 크기로 찍혀 있는 것을 보았다. "오 마이 갓!" 그녀는 외쳤다.

헤이즐이 침대에서 스르르 내려와 종종걸음으로 방을 빠져나갔다.

"너 그러니까 얼마나 수상해 보이는지 알아?" 칼리는 헤이즐의 뒤에 대고 외쳤다. 그녀는 휴대전화를 집어 들고 머리칼을 뒤로 쓸어 넘기고 토바이어스 세핑턴 3세 씨에게 영상 통화를 걸었다.

신호가 두어 번 갔을 때 네모 안에 맥스의 얼굴이 등장했다. 그는 안경을 썼고 거뭇거뭇했던 수염은 온데간데없었다. 호텔 객실인 것 같았다. 그는 실눈을 뜨고 화면을 쳐다보았다가 이제야 누군지 알아차린 사람처럼 "아"라고 했다. "안녕하세요, 칼리." 그는 실눈을 뜨고 몸을 앞으로 숙였다. "어, 와우⋯⋯ 무슨 일이 생겼나요?"

"네." 그녀는 열심히 고개를 끄덕였다. "무슨 일이 생겼어요." 그녀는 휴대전화로 오메가3 참사의 현장과 못 신게 된 구두를 비췄다가 다시 그녀의 얼굴 쪽으로 돌렸다. "봤어요?"

"뭘요?"

"오메가3! 개 토사물!" 그녀는 외치며 바닥의 난장판을 가리켰지만 그에게는 그 손이 보이지 않을 것이었다.

"뭐라고요?"

"두 아이가 오메가3 한 통을 다 먹어치웠어요! 그것도 싸구려가 아니라 비싼 거를! 그리고 나서 백스터가 내 지미 추 구두 위에다 토악질을 했어요!"

"그렇군요." 그는 천 몇 백 킬로미터 멀리에서 경비를 호출해야겠다고 생각하는 사람처럼 천천히 말했다. "당신은 괜찮고요?"

칼리는 눈을 깜빡였다. 예전 남자친구의 것이었던 낡고 큼지막한 티셔츠를 입고 있는 자기 몸을 내려다보았다. 거기다 뒤엉킨 머리칼 한 뭉치가 한쪽 눈을 가리고 있었다. "지금…… 내 꼴을 두고 이러쿵저러쿵하는 거예요?"

"아뇨." 맥스는 이렇게 말했지만 어쩐지 못 미더웠다. "하지만…… 달라 보여서요."

"두 괴물이 내 침대를 차지하고 나한테는 코딱지만 한 자리밖에 안 주니 그럴 수밖에요. 거기서 어떻게 자라고. 게다가 오메가3를 묻힌 발로 내 침대보를…… 지금 어디 보는 거예요?"

맥스가 자기 어깨너머를 쳐다보고 있었다. "음……." 그는 다시 고개를 돌렸다. "내가 여기서 해줄 수 있는 일이 있을까요? 누구한테 연락을 한다든지 아니면……."

아니면 어쩌라고요? 그는 속으로 그렇게 중얼거리고 있을 것이었다. 아니면 어쩌라고요? 그녀에게 무슨 일이 생기면 전화하라고 했던 걸 잊어버렸든지 아니면 그게 빈말이었든지 둘 중 하나였다. "아뇨. 됐어요. 식은 죽 먹기일 거라고 하기에 내가 큰맘 먹고 수락한 일이 어떻게 되어가고 있는지 당신도 궁금하지 않을까 싶어서 연락한 거였어요."

"미안해요. 정말이지 정신이 없겠어요." 그는 자기 어깨 너머를 다시 흘끗 쳐다보았다. "못 쓰게 된 게 있으면 뭐든 내가 다시 사줄게요. 그리고 이런 말 하기 정말 싫은데 나 지금 전화 끊어야 해요."

맥스는 엄청나게 허둥거렸다. 사실상 안절부절못했다. 잠깐…… 옆에 여자가 있나? 여자랑 여행을 가려고 동생을 팔아서 그녀의 동정심을 자극한 거였나? 맙소사, 그녀가 그 정도로 어수룩했단 말인가? "무슨 일인데요?" 그녀는 따져 물었다.

"뭐요, 여기요? 그냥 도그 쇼 가려고 준비하는 중이에요." 그는 말했다. "내가 나중에 다시 전화해도 될까요?"

칼리는 정말 바보 멍청이였다. 그는 여자와 함께 있는 것이 분명했다. "그래요. 마음대로 해요." 그녀는 말했다. "가서 즐거운 시간 보내요." 그녀는 씩씩대며 종료 버튼을 누르고 난장판을 다시 한번 내려다보았다. 그 망나니가 여자와 로맨틱한 주말을 보내는 동안 자신은 개를 보고 있다니 믿을 수가 없었다. 그녀가 가끔 이렇게 바보 같은 짓을 저지를 때가 있었다.

이건 사실 그녀의 잘못이었다. 오메가3를 화장대 가장자리에 두고 깜빡했던 것이다. 요즘 너무 피곤하고 너무 정신이 없었다. 바쁜 건 둘째치고 돈 걱정까지 더해지니 오메가3의 위치 같은 건 제일 먼저 잊어버릴 수밖에 없었다.

못 신게 된 구두를 버리고 난장판을 치워야 했다. 그녀가 마지막 남은 오메가3를 닦고 있었을 때 누군가가 현관문을 두드렸다. 그녀는 쭈그리고 앉아서 시계를 확인했다. 토요일 오전 10시였다. 누구지? 역병과 메뚜기 떼가 일대를 강타하지 않는 이상 토요일 오전 10시에 남의 집 대문을 두드리면 안 되는 거 아닌가?

두 개 중 한 녀석이 성의 없이 짖었다. 녀석들도 기운이 없는 것이었다.

칼리는 벌떡 일어나 어젯밤에 입고 잔 티셔츠 아래에 반바지를 입고 복도를 달려서 현관문 쪽으로 가다말고 백스터와 헤이즐을 노려보았다. 두 녀석은 자기들이 무슨 죄를 저질렀는지 까맣게 잊은 채 소파에 퍼질러 있었고 오늘 아침에는 침입자를 물리칠 뜻이 전혀 없어 보였다.

칼리는 문 앞으로 다가가 구멍으로 내다보았다.

빅터가 고개를 숙이고 한 손으로 문설주를 부여잡고 현관 앞 베란다에 서 있었다. 그가 다시 문을 두드리려는지 손을 들었다. 칼리는 그가 두드리기 전에 얼른 문을 열었다. 그는 뒤로 한 걸음 물러나 그녀를 위아래로 훑었다. "와우." 그는 고개를 저으며 말했다. "당신에게 이런 면이 있는 줄 몰랐어요. 간밤에 뜨거운 밤을 보냈어요? 꽐라가 되도록?"

"하하, 빅터. 토요일 아침이잖아요. 손님이 올 줄 몰랐어요."

"그래요? 그럼 늘 이런 차림이에요?"

그녀는 짜증 섞인 한숨을 내뱉었다. "어쩐 일이에요?"

"오해하지 말아요. 나는 좀 마음에 드니까." 빅터는 그녀의 티셔츠와 반바지를 가리키며 말했다. "꼭 배구 말고는 할 게 없는 무인도에 있다 온 사람 같아요."

좋다. 칼리는 얼마든지 약속을 행동으로 옮길 용의가 있었지만 자기 집에서는 누구의 눈치를 볼 필요 없이 자기가 선택한 편한 옷을 입을 권리가 있었다. "다시 한번 물을게요. 어쩐 일이에요?"

빅터의 얼굴이 갑자기 환해졌다. "우와! 백스터를 복제했어요?" 개들이 무슨 일인지 알아보려고 느릿느릿 문 앞으로 걸어 나온 모양이었다. 두 녀석이 그녀의 옆에 바짝 붙어서자 빅터는 쭈그리고 앉았다. 헤이즐은 말 그대로 그의 다리 사이로 들어가 킁킁대며 냄새를 맡았고 두 녀석 모두 꼬리를 흔들어댔다.

"개 산책시키는 사람이 개를 바꿔서 데려다놓았다고 한 거 기억하죠?"

"그래서 개가 두 마리가 됐고 둘 다 데리고 있기로 한 거예요? 우와, 돌아다니다가 이런 식으로 주인 잃은 개를 데려오다니 짱이다."

"뭐라고요? 아니에요. 그런 거 전혀 아니에요. 나는 그런 사람 아니에요." 이 세상에 그녀가 하는 말을 귀담아들어주는 사람은 없는 걸까? "아무튼…… 이 화창한 아침에 어쩐 일로 찾아왔는지 얘기할 거예요, 말 거예요?"

"윽." 빅터는 이렇게 말하며 콧잔등을 찡그렸다. 그는 그녀를 빙 돌아서 개들을 거느리고 현관문을 통과하더니 그녀의 집 안으로 들어갔다. "안에서 비린내가 나네요."

빅터는 그녀의 인내심을 시험하기 위해 찾아온 것이 분명해

보였다. 칼리는 호흡을 가다듬고 천천히 문을 닫은 뒤 빅터를 따라 안으로 들어갔다.

그는 이미 소파에 편안하게 자리를 잡고 앉았고 두 녀석 중 한 마리가 그의 무릎 위로 기어올라가 있었다. 이제 보니 백스터였다. 녀석은 이 모든 사태의 원흉이 맥스라는 그녀의 가설을 증명하려고 작정이라도 한 듯했다.

"내 컬렉션 중에 레드 라인 알죠?" 빅터가 물었다.

"당연하죠." 레드 라인은 그가 준비하는 이번 쇼의 대표작이었다. 필이 촬영한 것도 그 작품이었고, 그녀는 어제 라모나 맥닐에게 그 사진들을 페덱스로 보냈다. 빅터가 아직 그녀에게 한 벌도 입히지 않아서 고마울 옷이었다. 화이트 라인은 엄청나게 큰 어깨와 긴 소매가 특징이었다면 레드 라인은 엄청나게 큰 힙이 특징이었다.

"네, 그거 느낌이 오지 않아서 빼려고요."

칼리는 뒤이어 등장할 "농담이었어요!"를 기다렸다. 그런데 그것으로 끝이라는 걸 알았을 때 그녀는 살짝 공포를 느꼈다. "빅터, 그건 안 돼요. 레드 라인은 안 돼요. 그게 피날레잖아요. 하이라이트라고요."

"느낌이 오지 않아요." 빅터는 같은 말을 반복했다. 그는 백스터를 바닥에 내려놓고 소파에서 일어나 부엌으로 들어갔다.

칼리의 심장이 너무 빠른 속도로 쿵쾅거리기 시작했다. 그녀는 필을 설득해 그 사진을 공짜로 촬영했다. 읍소 끝에 라모나 맥닐의 이메일 주소를 알아냈다. 빅터를 위해 그 레드 라인에 초점을 맞춘 팟캐스트를 준비했다. "빅터…… 그건 말도 안 되는 얘기예요. 당신도 말도 안 되는 얘기라는 거 알죠? 꾸준히 그 작품 티저 광고를 하고 있는데. 사람들이 그 레드 라인을 보려고 당신 쇼에 오는 거잖아요."

그는 고민해보는 것처럼 움찔했다가 고개를 저었다. "싫어요. 넣고 싶지 않아요." 그는 냉장고 문을 열었다.

"하지만……." 그녀는 부엌에서 무슨 일이 벌어지고 있는지 궁금해서 보러 온 두 마리의 개를 뛰어넘어가며 아일랜드 식탁 저쪽 끝으로 달려갔다. "하지만 〈쿠튀르〉에서 사진작가를 보내 그 작품을 촬영하고 싶다는데요. 크리에이티브 디렉터가 생각하는 것처럼 화보용으로 괜찮은지 알아보기 위해서. 디자인이 워낙 획기적이라."

빅터는 몸을 돌려 그녀를 바라보았다. "저기, 칼리, 나도 알아요. 그래서 집으로 찾아온 거예요. 오늘 아침에 엄마한테 얘기했더니 엄마가…… 엄마가 당신한테 알려야 한다고 해서요. 그래야 그 인터뷰를 취소할 수 있다고." 그는 다시 냉장고 쪽으로 몸을 돌려서 먹다 남은 라자냐가 담긴 냄비를 꺼냈다.

칼리는 신경쇠약의 조짐인지 살의인지 모를 감정을 느꼈다. 서로 전혀 다른 감정이 어쩌면 이렇게 비슷할 수 있는지 신기할 따름이었다. "좋아요." 그녀는 다른 쪽으로 접근을 시도했다. "레드 라인을 빼면 뭘로 피날레를 장식할 거예요?"

그는 어깨를 으쓱했다. "다른 걸 만들 거예요. 아직 몇 주가 남았잖아요." 그는 서랍을 하나씩 열어보다가 마침내 식사 도구가 담긴 서랍을 찾았다. 그는 포크를 꺼내 냄비에 담긴 라자냐를 큼지막하게 한입 먹었다. "아, 관장을 받아야겠어요. 뭔가 꽉 막힌 것 같아요. 그게 어떤 느낌인지 알아요?"

칼리는 그를 빤히 쳐다보았다.

"당신이 해줄래요?"

"뭘요?"

그는 라자냐를 먹다 말고 어리둥절한 표정으로 흘긋 그녀를 올려다보았다. "그러니까…… 관장이요. 예전에는 엄마가 예약을 해줬는데 지금은 나한테 좀 화가 났거든요."

"관장 예약은 다른 사람한테 알아봐요, 빅터." 관장 예약은 홍보 담당자가 하는 일이 아니라고, 현재 보수로 그런 일까지 시키면 안 되는 거라고 그를 가르칠 수 있을 만한 기회였다. 하지만 그녀는 레드 라인 때문에 걱정이 태산이었고 빅터는 지금까지 입증됐다시피 가르친다고 듣는 아이가 아니었다. 그녀는 아일랜드 식탁 앞 의자에 털썩 주저앉았다. "지금 내 모든 계획에 재를 뿌렸잖아요. 모든 걸 처음부터 다시 해야 하게 생겼는데, 당신 관장까지 신경 쓸 겨를 없어요."

"저기요, 당신도 관장 한번 받아보는 게 좋겠어요." 그는 포크로 그녀를 겨누며 말했다. "조금 긴장한 것 같은데 내 말 믿어도 좋아요. 관장을 받으면 여러모로 깨끗해질 거예요."

"으윽." 칼리는 콧잔등을 찡그렸다. "나 정말 이런……."

"안녀엉!"

칼리는 말을 하다 말고 얼어붙었다. 제발, 이것만은!

헤이즐과 백스터가 짖으며 이 침입자를 대적하기 위해 현관으로 달려갔다. 칼리는 아무리 애를 써도 녀석들의 논리를 이해할 수가 없었다.

"나 이거 데워 먹어도 돼요?" 빅터는 침입자를 전혀 의식하지 않고 이렇게 물었다. 이미 접시를 전자레인지에 넣었다. 그가 그다음으로 샐러드를 섞는다 한들 그녀는 그다지 크게 놀라지는 않을 것이다.

"칼리! 바셋하운드가 왜 두 마리니?" 그녀의 어머니는 이렇게 외치고, 종종걸음치는 개를 양쪽에 한 마리씩 거느리고 안으로 들어왔다. 테니스를 치지도 않으면서 희한하게 테니스 복장을 하고 있었다. 칼리의 어머니다웠다. 그녀는 현실과 다른 인물인 척 연기하는 것을 좋아했다. 그리고 항상 들키지 않고 잘 넘어갔다.

에벌린 케네디는 아담한 체구의 미인이었다. 머리칼은 아직 버터 색이 나는 금발이었고 몸매는 25년도 더 전에 아이 셋을 낳은 사람으로 보이지 않았다. 눈은 칼리와 똑같은 파란색이었지만 외모로 보나 성격으로 보나 모녀지간에 닮은 부분은 그것으로 끝이었다. 칼리는 그녀보다 키가 10센티미터 컸고 예전에 그녀의 어머니가 표현한 바에 따르면 아이 낳기 좋은 체형이었다. 칼리는 야망이 컸고 그걸 누가 알아차리든 상관하지 않았다. 그녀는 매우 단도직입적으로 목표를 추구했다. 그녀의 어머니도 야망이 있었지만 아닌 척하면서 은근히 공격적인 루트를 선택했다.

그녀의 어머니는 허리를 숙여 개들을 토닥이고는 부엌의 아일랜드 식탁 앞으로 걸어가 두 손을 활짝 펼치며 몸을 앞으로 숙였다. "네 집 부엌에 있는 이 잘생긴 청년한테 나를 소개해 줄 사람 없을까?" 그녀는 명랑하게 물었다.

아, 제발. 칼리는 죽고 싶었다. 그녀의 어머니는 예전에 빅터를 만난 적이 있었다. "엄마!" 칼리는 신경질적으로 피식 웃었다. "빅터 앨런 기억 안 나요? 전에 만난 적 있잖아요. 내 고객인 패션 디자이너요."

"아!" 그녀의 어머니는 웃음을 터뜨렸다. "그분이구나."

빅터는 전자레인지 문을 닫았다. "괜찮아요, 케네디 부인. 패션 디자이너들은 다 비슷하게 생겼죠." 그는 포크를 집으려고 몸을 돌렸다.

칼리는 그 틈에 엄마를 험상궂게 노려보았다. 물론 엄마는 그걸 보지 못했다. "아니, 내가 못 알아볼 수밖에 없죠, 빅터. 지난번에 만났을 때에 비해 머리가 알록달록해지고 훨씬 거대해졌으니 말이에요."

"그건 제품을 써서 위로 세웠기 때문이에요." 빅터는 말했다. 그는 라자냐를 데우려고 시작 버튼을 눌렀다. 칼리의 어머니는 그녀를 쳐다보고 눈썹을 추켜세우며 기분 나쁜 소리를 들은 사람이 자기라도 되는 듯 빅터 쪽을 턱으로 티 나게 휙 가리켰다.

"자!" 칼리는 명랑하게 말했다. "엄마가 여긴 어쩐 일이에요?"

"딸 보러 오는데 무슨 이유가 있어야 하니? 너 잘 지내는지 궁금해서 왔어. 요즘 별로 못 만나서. 보아하니 내가 마침 잘 왔네. 머리는 왜 그렇게 된 거니, 우리 딸?"

"아직 씻기 전이라 그래요." 칼리는 이를 악물고서 말했다. "그리고 우리가 서로 못 만난 이유는 엄마가 거의 집에 없었기 때문이잖아요, 기억 안 나요?"

"응, 그건 맞아. 지난 몇 주 동안 내가 무지 바빴거든. 이혼을 하니까 얼마나 자유로운지 몰라."

그냥 하는 말이 아니었다. 엄마는 40년의 결혼 생활을 끝낸 이후에 엄청 방탕한 생활을 하고 있었다. 주기적으로 외박을 해가며 밤을 불태우고 나중에 친구와 딸들에게 떠벌이는 식이었다.

에벌린 케네디는 어느 날 칼리, 미아 그리고 그들의 남동생 트레이스에게 즐거운 인생이 찾아와주길 기다리는 게 아니라 즐거운 인생을 찾아 나설 작정이라고 선포했다. "너희 셋이 자기가 원하는 걸 추구하는 어른으로 자라는 걸 지켜봤거든. 나도 그렇게 살려고." 그러더니 온갖 동호회에 가입하고 자원봉사 단체에서 활동을 하기 시작했다. 가장 최근에 집착한 것은

ACC 자원봉사 활동이었다. "거기 가면 제일 섹시한 남자들을 만날 수 있거든." 그녀는 예전에 해피 아워에 칼리를 만나 눈썹을 꿈틀거리며 이렇게 얘기하고는 스키니 마가리타를 한 모금 마신 적이 있었다. "너도 한번 시도해봐."

어디에서 데이트 상대를 찾으면 좋을지 엄마에게 조언을 듣는다니, 거기서 한술 더 떠 엄마와 함께 싱글인 남자를 찾아 나선다니 그런 상상만으로도 데이트하고 싶은 생각이 싹 가시기에 충분했다.

엄마가 의기소침한 바셋하운드를 데려다 자기 아이에게 떠넘기자는 발상을 하게 된 곳도 ACC인 게 분명했다. 칼리의 어머니는 아무도 예상하지 못한 순간에 그런 황당한 짓을 저지르고, 당사자의 뜻은 묻지도 않고 아이들에게 뭐가 최선인지 자기 마음대로 결정하기로 유명했다. 부모님이 결혼했을 때 닻 역할을 한 사람이 아버지였다. 그런 아버지가 사라지자 어머니는 엉망진창이 되었다. 엄마는 미아가 훈련도 되지 않은 바셋하운드를 무슨 수로 감당할 수 있을 거라고 생각했는지 칼리의 능력으로서는 이해 불가였다. 미아의 남편인 윌은 IT업계에서 근무했다. 아시아계 미국인으로 중국어를 유창하게 구사했고, 다섯 살 이하로 이루어진 삼남매를 1주 또는 2주씩 그녀에게 오롯이 맡긴 채 최소 한 달에 한 번 이상 출장을 다녔다. 미아로서는 어린 삼남매만으로도 충분히 힘든데 어느날 엄마가 신이 난 얼굴로 등장해 그 조합에 의기소침한 바셋하운드를 추가했다.

엄마는 입양 절차까지 완료하고는 미아의 집으로 찾아가 그 개를 세 아이에게 선물했다. 고양이를 숨어 있는 데서 거의 나오지 못할 정도로 공포에 떨게 만들었던 그 아이들에게 말이다.

짐작할 수 있다시피 미아는 이성을 잃었고, 이 가족이 얼마나 문제가 많은지 만천하가 알 수 있게 대로 한복판에서 히스테리 발작을 일으키겠다고 협박했다. 칼리가 중재에 나서서 모녀지간에 우주 대폭발이 벌어지는 사태를 막고 개를 구했다.

그때 이후로 엄마는 그녀를 거의 만나지 못했다. 칼리에게 백스터라는 문제가 생겼으니 하루 일과가 끝나면 엄마나 아빠나 다른 누군가의 집에 잠깐 들르지 않고 집으로 직행해 녀석에게 콧바람을 쐬어주어야 했기 때문이었다. 칼리 입장에서 정말로 짜증나는 건, 어머니가 이제 모든 게 완벽하게 해결됐다고 생각하는 눈치라는 것이었다. 별일 아니었다고 말이다.

둘 중 한 녀석이 어슬렁어슬렁 엄마에게 다가가 맨다리를 한참 킁킁거렸다. "어머나, 한 아이가 또 왔네. 바셋하운드가 하나도 아니고 둘이라고, 칼리? 너 강아지 싫어하지 않았니?" 그녀는 허리를 숙여 헤이즐을 토닥였다. "너 정말 귀엽다."

"저 강아지 싫어하지 않아요. 엄청 좋아하지. 무책임한 견주를 싫어할 뿐이에요. 그리고 강아지를 제대로 챙길 수 있을 만한 시간이 없을 뿐이고."

"그런데 도대체 왜 둘을 데려오게 됐어?"

"저도 같은 걸 궁금해하던 참이에요." 빅터가 말했다.

칼리는 그녀가 무슨 말이든 내뱉는 족족 허공으로 사라져 버리는 건 아닌지 심각하게 고민이 되기 시작했다. "내가 둘을 데려온 게 아니에요. 한 아이는 끔찍한 사태가 벌어지기 전에 언니네 집에서 구출했고." 그녀는 하던 얘기를 잠깐 멈추고 의미심장한 눈빛으로 어머니를 쳐다보았다. "다른 아이는 개를 산책시켜주는 사람이 바뀌어서 데려다놓은 아이인데, 어쩌다 보니 그 아이 주인이 시카고로 놀러 간 동안 맡아서 돌보게 된 거예요."

"네가 그렇게 남들 잘 돕는 거 보면 항상 존경스럽더라. 남은 주말도 잘 보내길 바랄게." 어머니는 명랑한 목소리로 말했다.

"그게 아니라……." 칼리는 고개를 저었다. 아무 소용 없었다. 엄마는 듣고 있지 않았다. 엄마는 칼리의 부엌으로 들어가 전자레인지에서 접시를 꺼내고 있는 빅터의 옆을 바짝 지나쳤다. 냉장고 문을 열고 안을 빤히 들여다보았다. 한참 만에 통에 담긴 블루베리를 집어 들고는 아까 앉았던 곳으로 돌아갔다. "나는 엄청 기분 좋은 한 주를 보냈지 뭐야."

"아, 그러셨어요?" 빅터가 물었다.

어머니는 두 사람 모두에게 환한 미소를 지어 보였다. "내가 누굴 만난 것 같거든요." 그녀는 눈썹을 꿈틀거렸다.

"어떤 사람을요?" 빅터가 물었다.

"아직은 공개하지 않을 거예요. 부정 탈 수도 있으니까. 모든 게 너무나 새로워서 이게 진짜인지 아닌지 둘이서 천천히 알아보려고 해요."

칼리는 혼란스러웠다. "하지만…… 며칠 전까지만 해도 천천히 알아볼 생각이 없으셨잖아요." 두말하면 잔소리지만 엄마가 전화로 성 해방의 기쁨을 운운했던 것을 두고 하는 얘기였다.

"응?" 어머니는 잠깐 생각에 잠긴 표정을 지었다. "아, 그건 밥이었지." 그녀는 손목을 한 번 흔들며 말했다.

엄마에게 남자친구가 두 명이었다는 건가? 말도 안 돼! 엄마는 그러고 있는데 나는 도대체 뭐가 문제일까? "엄마! 지금 동시에 두 남자를 만나고 있어요?"

엄마는 웃음을 터뜨렸다. "아니, 뭐야. 숫자를 세고 있니?"

"숫자를 세는 게 아니라 혼란스러워서 그래요."

"내가 얘기했잖아. 이런 게 바로 성 해방이라고." 그녀는 명랑하게 선포했다.

"오 예." 빅터는 주먹 인사를 하려고 손을 들었다.

어머니는 그의 제스처를 전혀 이해하지 못하고 블루베리를 한 개 입에 넣었다. "네 아빠랑 나는 서로를 완벽하게 만족시키지는……."

"엄마!"

어머니는 흘끗 눈을 들어 칼리의 표정을 확인하고는 블루베리를 두 개 더 입에 넣었다. "미안. 그나저나 두 사람은 이 아침에 어쩐 일이야?"

"제가 레드 라인을 쇼에서 빼려고 하고 있어서요." 빅터가 태평하게 선포했다.

"뺄까 고민 중인 거죠." 칼리는 그의 말을 수정했다.

"뺄 거예요." 빅터는 맞받아쳤다.

"레드 라인이라니?" 그녀의 어머니가 물었다.

"옷이요. 몇 주 뒤에 뉴욕에서 으리으리한 패션쇼가 열릴 예정인데 거기서 선보일 작품이에요."

"흠, 솔직히 나는 빨간색 옷 별로 좋아하지 않아." 그녀의 어머니가 의견을 내놓았다.

"제 말이 그 말이에요." 빅터는 포크로 그녀의 어머니를 가리키며 칼리를 쳐다보았다. "어머님은 이해하시네요."

"이해하지 못하세요."

"내가 뭘 이해하지 못한다는 건데?" 그녀의 어머니가 물었다.

"그 레드 라인은 쇼의 피날레를 장식하는 작품이에요. 티저로 쓸 사진도 찍었고 그의 작품에 관심을 보이는 언론도 줄을 세워놓았어요. 〈쿠튀르〉에서 그 작품을 소개하는 기사를 쓰고 싶어 한다고요! 그의 디자인, 그중에서도 특히 레드 라인에 대한 관심이 지대하고 다들 엄청난 작품이 공개되길 기다리고 있어요. 제가 그걸 다 준비했고요."

"어머, 그렇게 얘기하니까 솜씨가 제법인 것처럼 들린다,

애."

칼리는 빈정상하는 칭찬을 듣고 후회할 만한 발언을 하지 않으려고 입을 꾹 다물었다. "하지만 저희 둘이 이 문제를 의논해야 하거든요, 엄마. 그러니까 나중에 다시 와주실래요?"

"지금 나더러 그만 나가달라는 거니?" 그녀는 명랑하게 물었다. "알았어. ACC 가서 개들 산책이나 좀 시켜야겠다."

"얘네 둘 산책시켜도 되는데요." 칼리가 말했다.

"아니, 사양할게. 이렇게 차려입고 나왔으니까 남들한테 보이고 싶거든." 그녀는 웃음을 터뜨렸다. "인상 쓰지 마. 어디서 읽었는데 그게 입가에 주름이 생기는 제일 큰 원인이라더라. 나는 이제 절대 인상 쓰지 않아. 나 이만 갈게요, 빅터! 쟤 설득에 넘어가서 빨간색 옷을 만들지는 않길 바라요!"

"안 그럴게요." 빅터는 현관문 쪽으로 걸어가는 그녀의 어머니에게 대고 이렇게 약속했다.

칼리는 현관문이 열리는 소리를 들었다.

"칼리, 쟤가 누군지 모르겠지만 저 구두 뺏는 게 좋지 않을까?" 그녀의 어머니가 문밖으로 나서며 외쳤다.

"뭐라고요?" 칼리는 허둥지둥 달려나가느라 의자를 발로 차서 발가락이 부러졌을 수도 있었지만 걸음을 멈추지 않았다. 헤이즐이 칼리의 비싼 구두를 앞발 사이에 두고 현관 앞에 있었다. "안 돼, 안 돼, 안 돼." 그녀는 외치며 구두를 향해 달려들었다. "오늘 아침에 한 켤레 망가뜨렸으면 됐잖아!"

헤이즐은 어마어마하게 뿌듯해하는 표정을 지으며 꼬리로 바닥을 내리쳤다. 칼리는 뭉개진 구두 굽을 보며 지친 한숨을 내쉬었다. 터지기 직전인 벽장 문을 닫고 자물쇠로 잠글 방법을 연구해야 했다. 그녀는 고개를 들었다가 앞문이 열려 있는 것을 보았다. "백스터?" 그녀는 좌우를 두리번거렸다. 백스터가 보이지 않았다. "빅터, 백스터 거기 있어요?"

"아뇨."

"백스터!" 칼리가 밖으로 뛰쳐나간 순간 백스터의 꼬리가 비탈을 넘어 콘래드의 텃밭으로 사라졌다. 그녀는 녀석을 뒤쫓아 갔다. 헤이즐은 그녀를 뒤쫓아 왔다.

칼리는 백스터가 콘래드의 허브 텃밭을 짓밟는 것을 막지는 못했지만 그중 몇 개를 다시 세워놓을 수는 있었다. 남들이 보기에는 티가 나지 않기만을 바랄 따름이었다. 그녀가 백스터와 헤이즐을 데리고 다시 집으로 돌아가 구두를 모조리 개들의 발이 닿지 않는 곳으로 치우고 현관문을 열어놓은 엄마에게 속으로 욕을 퍼부었을 때 그녀가 만들어놓은 라자냐를 깨끗하게 먹어 치운 빅터가 자리에서 일어났다.

"어휴, 도와줄 사람이 있어야겠는데요?" 빅터가 문밖으로 나서며 말했다.

"잠깐만요, 잠깐만요, 잠깐만요, 빅터! 레드 라인은 어쩔 거예요? 그거 얘기해야죠!"

"저기 있잖아요, 칼리. 당신이 레드 라인에 완전히 반한 건 알아요. 하지만 나는 이미 결정을 내렸어요." 그는 자기 차에 올라타 천연덕스럽게 손을 흔들며 떠났다. 누가 보더라도 그녀가 온갖 정성을 들여 계획한 홍보 전략을 방금 무참히 박살 낸 사람인 줄 몰랐을 것이다.

칼리는 엄청 불길한 예감을 느꼈다. 이것이 말로만 듣던 빙산의 일각인 듯했고 그녀는 정확히 그곳을 향해 항해 중인 타이타닉호였다. 그녀는 다시 집 안으로 들어가려고 몸을 돌렸다가 바로 뒤에 서 있었던 헤이즐에게 발이 걸렸다. "정말 이러기야?" 그녀는 중얼거리며 헤이즐을 빙 돌아서 안으로 다시 들어갔다. 헤이즐이 뒤따라 들어왔다. 그녀는 침 범벅이 된 구두를 들고 셀카를 찍었다. 그걸 맥스에게 문자로 보냈다. 부연 설명하지 않아도 그 사진 하나면 충분할 것이었다.

맥스는 답이 없었다. 그 땡잡은 인간은 아마 여자친구와 사랑을 나누고 거품 목욕을 하느라 정신이 없을 것이다.

7

맥스가 칼리의 문자에 답을 하거나 오메가3 대참사에—사실 헤이즐의 소행인지 불분명하기는 했다. 솔직히 용의자가 두 마리이지 않은가—책임감 있는 반응을 보이지 못한 이유는 그 역시 대 환장쇼로 인해 정신이 없었기 때문이었다.

시카고로 떠나는 주말 여행. 동생의 과거 모든 추억을 뛰어넘는 신나는 시간이 될 줄 알았던 이번 여행이 맥스의 인생 사상 가장 힘든 난관이 되었다. 아, 맥스가 맨 처음 이 얘기를 꺼냈을 때 아버지가 경고하긴 했었다. 그는 턱을 긁적이며 곰곰이 생각하다가 천천히 고개를 저었다. "아들, 별로 좋은 생각이 아닌 것 같다. 제이미가 그 엄청난 자극을 과연 감당할 수 있을까 싶은데."

"분명 감당할 수 있을 거예요." 맥스는 이 세상의 모든 것에 대해 모르는 게 없다고 자부하는 신경과학자답게 자신만만하게 단언했다. 그가 하는 일이 뇌 연구다. 자라나는 젊은 과학도들에게 복잡하고 놀라운 중추 신경계에 대해 가르친다. 신경 발달 장애 전문가다. 그는 제이미가 가끔 드러내는 공격성과 자해 충동을 통제하기 위해 어떤 약을 복용하는지 알았다. 그리고 제이미가 이 세상을 좀 더 수월하게 살아갈 수 있게 어떤 식의 행동, 감각 통합, 작업 치료를 받고 있는지 알았다. 열세 살짜리가 모든 걸 알고 있다고 생각하듯 그 역시 자신이 모든 걸 알고 있다고 생각했다.

"요즘 제이미가 얼마나 잘하고 있는지 보세요." 그는 모르겠느냐는 듯이 아버지에게 물었다.

"그야 루틴을 체득했기 때문이지." 아버지는 맞받아쳤다. "우리는 날마다 똑같이 지내기 때문에 그 아이는 날마다 다음에는 어떤 차례가 오는지 알아. 하지만 그 루틴에서 벗어나면 당황하거든. 비행기라고? 처음 보는 도시라고? 나는 잘 모르겠다, 맥스."

"아빠." 맥스는 명석한 신경과학자가 사리 분별을 잘 못 하는 아버지를 대하듯 인내와 연민을 담아서 말했고, 심지어 아버지의 어깨에 손을 얹고 걱정 말라는 뜻에서 꼭 잡아주기까지 했다. "제가 잘 알지도 못하면서 일을 저지르는 거 아니에요."

이제 판결이 내려졌다. 그는 잘 알지도 못하면서 일을 저지르고 있었다.

그는 3일이라는 기간 동안 이 세상의 모든 연구는 현장이나 실험실이나 현실 내에서의 실질적인 경험을 대체할 수 없다는 사실을 다시 한번 입증해 보였다. 대체할 수 있다고 생각한 과거의 자신을 한 대 때려주고 싶었다. 제이미는 실험 대상자가 아니라 그의 동생이었는데, 맥스는 이번 주말 여행을 실험 대하듯 준비했다. 필요한 모든 재료를 준비해놓았으니 그는 시동을 걸고, 일생일대의 이벤트를 즐기는 제이미를 관찰하고, 결과를 기록하면 되는 줄 알았다. 이 이벤트는 맥스가 과학적 지식을 총동원해 설계한 것이었다.

바보 멍청이 같으니라고.

여행은 맥스가 생각했던 것보다 출발이 좋았고 그래서 그는 우쭐했다. 그는 비행을 앞두고, 제이미가 비행기에 잘 적응하지 못할 경우를 대비해 〈도그스터〉 잡지를 준비했다. 하지만 제이미는 넋을 잃었고 비행 거의 내내 창문에 코를 박고 있다시피 했다. 뭔지 모를 끙끙대는 소리를 내는 것이 눈 앞에 펼쳐진 광경이 마음에 든다는 증거였다.

애틀랜타에서 비행기를 갈아타야 했을 때 조그만 해프닝이 벌어졌다. 제이미가 환승의 필요성을 이해하지 못했던 것이다. 그는 맥스를 출구 쪽으로 끌고 가려고 했다. "도그 쇼." 그는 짜증 섞인 투로 말하며 출구 표지판을 가리켰다. 맥스는 비행기 표를 보여줌으로써 마침내 그를 설득할 수 있었고 그들은 시카고로 건너갈 수 있었다.

하지만 온갖 소음과 조명이 불협화음을 이루고 길거리마다 사람들이 넘쳐나는 시카고는 제이미가 감당하기에 너무 버거웠다. 사건은 공항에서부터 시작됐다. 맥스가 택시를 잡았지만 제이미가 타지 않겠다고 했던 것이다. 맥스는 그걸 타야 도

그 쇼에 갈 수 있다고 거짓말을 한 다음에서야 그를 택시에 태울 수 있었다. 호텔에 도착하자 제이미는 차 소리와 쓰레기 트럭이 끼익대며 돌아다니는 소리에 계속 귀를 막았다.

제이미가 맨 처음 폭발한 곳은 길거리였다. 맥스는 뭘 좀 먹으러 가면 좋겠다고 생각했다. 호텔에서는 조금 걸어가면 나오는 식당을 추천했다. 그래서 그들은 길을 나섰고 수많은 사람과 함께 네거리에서 신호등이 초록색으로 바뀌길 기다렸다. 인파 때문에 불안해지자 제이미가 한 손을 퍼덕이며 몸을 앞뒤로 흔들기 시작했다. 하지만 신호등이 초록색으로 바뀌고 사람들의 행렬이 그를 스치고 지나 길을 건너기 시작하자 제이미는 너무 놀라서 꼼짝하지 않았다. 맥스가 아무리 재촉해도 제이미는 연석에서 발을 떼지 않았다. 그러자 어떤 자식이 그에게 소리를 질렀고 그것이 결정타였다. 제이미는 멘붕을 일으켰다.

맥스는 제이미의 돌발 행동을 익히 보아왔기에 놀라지 않았다. 그는 어떻게 대처하면 되는지 알았다. 하지만 성인, 그것도 덩치가 큰 남자가 미친 듯이 양손을 내저으며 괴로워하는 짐승처럼 시끄럽고 이상한 소리를 내자 엄마들은 아이를 붙잡았고 남자들은 자리를 피했다.

다행히 호텔 근처라 맥스는 제이미를 객실로 다시 데리고 들어가 제이미가 스스로 흥분을 가라앉힐 때 쓰는 방법을 동원해가며 말로 진정시켰다. 그런 다음 룸서비스를 주문했다.

그들은 저녁 내내 객실에 틀어박혀 제이미는 애견 관련 책을 열심히 들여다보았다. 맥스는 창밖을 내다보거나 텔레비전 채널을 이리저리 돌렸다.

하지만 토요일 날이 밝자마자, 말 그대로 동이 트자마자 제이미가 맥스를 흔들어 깨웠다. 그는 옷을 다 입고 있었다. "도그 쇼." 그가 말했다.

"맙소사, 제이미, 지금 아침 7시야." 맥스는 투덜거렸다. 그는 반대편으로 몸을 돌려서 다시 잠을 청하려고 했지만 제이미가 침대 반대편으로 걸어와 "도그 쇼"라고 말하며 종이 한 장을 맥스의 얼굴로 들이밀었다. 아버지가 제이미를 위해 출력한 일정표였고 제이미는 사냥견과 양치기견에 동그라미를 쳐놓았다. 시작하는 시각이 10시였다.

"아직 시간 많이 남았어." 맥스는 그렇게 말하고 반대편으로 몸을 돌렸다.

제이미는 다시 반대편으로 돌아와 그의 어깨를 흔들었다. "도그 쇼."

맥스는 일어나 앉았다.

시계가 10시를 향해 천천히 움직이는 동안 제이미는 점점 더 안절부절못했다. 얼른 나가고 싶어 했다. 맥스가 기다려야 한다고, 도그 쇼는 아직 시작하지 않았다고 일러주자 제이미는 벽과 침대를 주먹으로 쳤다.

그 와중에 칼리가 영상 통화를 신청했다. 맥스의 머릿속을 스친 생각은 정확히 두 개였다. 첫 번째 생각은 그녀가 어마어마하게 섹시하고 술이 덜 깬 것처럼 보인다는 것이었다. 지저분하게 엉킨 머리칼이 그녀의 얼굴을 덮었고, 어디에 있는지 몰라도 자연광 때문에 눈에서 빛이 났다. 그리고 두 번째 생각은 그녀에게 멘붕이 온 제이미의 모습을 보이고 싶지 않다는 것이었다. 정확히 이유는 모르겠지만 아무튼 그랬다. 그는 계속 그녀와 영상 통화를 하고 싶었지만 제이미가 점점 더 흥분했기 때문에 짧게 끝내는 수밖에 없었다.

맥스와 제이미는 9시 30분에 행사장에 도착했다. 제이미는 맥스에게 잠깐 커피를 사는 것조차 허락하지 않았다.

중서부 지구 도그 쇼는 벤치 쇼였다. 그러니까 관리를 받고 있는 애견 사이를 걸어 다니며 관리사와 대화를 나눌 수 있다는 뜻이었다. 그들의 경우, 맥스가 대화를 나누는 동안 제이미는 개를 뚫어져라 쳐다보기만 했지만, 그들은 거기에서부터 시작해 어질리티 경기(개에게 여러 개의 장애물을 통과해 목적지까지 달리게 하는 일종의 장애물 달리기―옮긴이)와 최우수 견종 선발 대회를 관람했다. 제이미는 의자 끝에 걸터앉았고 마음에 드는 개가 보이면 "좋은 개"라고 말했다.

저녁 심사 시간이 되자 맥스는 기운이 바닥났다. 진토닉을 마시고 싶었다. 아니면 햄버거. 둘 중 뭐가 됐든 손에 넣는 대로 먹고 싶었다. 하지만 제이미는 마지막 애견까지 구경하기 전에는 절대 아무 데도 가지 않겠다고 분명히 못을 박았다.

그래도 그들은 그날 하루를 무사히 보내고 호텔로 돌아가 또다시 룸서비스로 저녁을 해결할 수 있었다. 이후에 제이미는 책을 뚫어져라 들여다보았고 맥스는 가만히 있지 못하고 독주를 한 잔 마시고 마음을 달랬다.

일요일도 토요일과 거의 비슷하게 시작됐다. 맥스가 움찔하며 눈을 떠보니 제이미가 옷을 다 갈아입고 바로 코앞에 앉아 있었다. "야 이 씨, 제이미." 맥스는 잠기운을 쫓느라 눈을 깜빡이며 말했다. "섬뜩한 스토커처럼 그러지 좀 마."

"도그 쇼."

"그래, 알아." 맥스는 지친 목소리로 말했다. "진짜야, 나도 안다고." 맥스도 개를 좋아했지만 이건 너무 심했다.

그는 일어나 샤워를 했다. 문제가 시작된 건 그가 프런트에 맡기려고 짐을 싸기 시작했을 때부터였다. 그들은 7시 비행기를 타고 오스틴으로 돌아가기로 되어 있었다. 그런데 제이미가 짐을 맡기기 싫다는 뜻에서 몸을 앞뒤로 흔들고 두 손을 펄럭이며 으르렁거리기 시작했다. 맥스는 짐을 맡겨야 하는 이유를 설명하려고 했다. 체크 아웃을 하기 때문에 안전한 데 가방을 맡겨야 한다고 말이다. 제이미는 몸을 빙글 돌려서 책상의자를 객실 저편으로 밀었다. 의자가 플로어 스탠드에 부딪히자 스탠드가 유리로 된 조그만 커피 테이블과 함께 넘어졌다. 맥스는 동생이 위험한 짓을 저지르지 못하게 몸으로 막아야 했다.

결국 제이미가 데스크에 가방을 맡기겠다고 하자 그들은 도그 쇼를 보러 출발할 수 있었지만 제이미는 완전히 흥분을 가라앉히지 못했다. 그리고 맥스가 보기에는 개들의 숫자가 토요일보다 두 배 더 많은 것 같았다. 행사장이 이런저런 냄새와 인파로 가득했고, 제이미는 의자에 앉아서 앞뒤로 몸을 흔들며 엄지손가락 살을 씹었고, 집에 가고 싶다고 끙끙댔다. 양치기견들이 무대에 등장하자 그제야 그의 관심이 그쪽으로 쏠렸다. "보스롱(프랑스 태생의 양치기견—옮긴이)." 그가 말했다.

맥스는 무슨 소린지 알아듣지 못했다.

"보스롱." 제이미가 흥분한 목소리로 말했다.

"볼수록 뭐 어떻다고?" 맥스는 바보처럼 물었다.

제이미는 프로그램 팸플릿을 펼쳐서 한 페이지를 손가락으로 쿡쿡 찔렀다. 맥스는 팸플릿을 내려다보았다. 알고 보니 보스롱이 견종이었다.

"처음 들어본다." 맥스는 퉁명스럽게 대꾸했다.

최우수 애견 선발이 시작되자 제이미의 상태가 호전됐다. 휘펫(그레이하운드와 비슷하게 생긴 경주견—옮긴이)을 응원하며 계속 들릴락 말락 하게 '휘펫'이라고 속삭였다. 프렌치 불독이 대상을 수상하자 맥스는 또다시 시작될 돌발 행동에 대비해 마음의 준비를 했지만 제이미가 의외의 반응을 보였다. 자리에서 벌떡 일어나더니 그 누구보다 열심히 박수를 쳤던 것이다.

그들은 행사장을 빠져나가던 길에 어느 부스 앞에서 걸음을 멈추었고, 거기서 맥스는 과거 전국 도그 쇼 방송이 담긴 디지털 CD를 주문했다. 그들은 호텔로 돌아갔고 맥스는 프런트에 가서 가방을 받고 제이미를 억지로 택시에 태워서 공항으로 출발했다.

그들은 9시 45분에 오스틴에 도착했다. 맥스는 돌아오는 내내 주말의 여독과 자신의 오만함 때문에 피곤에 시달렸다. 죄책감이 무겁게 그를 짓눌렀다. 아무 문제 없을 거라고 아버지에게 수없이 장담했던 것이 자꾸만 생각났다. 아버지와 동생은 그가 없어도 잘 지낼 거라고, 아주 잘 지낼 거라고 수없이 안심하며 아버지의 집을 나섰던 것이 자꾸만 생각났다. 그는 자기 중심적인 교수 역할을 수행했고, 제이미와 같이 살며 날마다 보살핀 아버지보다 자기가 더 많이 안다고 생각했다. 맥스는 그랬던 자신이 부끄러웠다.

하지만 그가 분명하게 깨달은 한 가지 사실이 있었다. 제이미는 관리가 이루어지는 그룹 홈에서 다른 성인들과 지낼 필요가 있었다. 또래들과 생활하며 삶을 살아나가는 방법을 좀 더 제대로 배울 필요가 있었다. 그는 루틴으로 인해 실생활의 경험과 단절되고 있었다. 아버지도 자기 인생을 즐길 필요가 있었다. 맥스는 제이미에게 반려견이 생기고 루틴 밖의 경험이 쌓이면 시카고에서 그랬던 것보다 훨씬 더 잘 대처할 수 있을 거라고 확신할 수 있었다.

맥스는 피곤한 몸을 이끌고 동생을 집까지 바래다주고 칼리에게 문자를 보냈다. 지금 그 짐승을 데리러 가면 너무 늦었을까요?

칼리는 간단하게 답을 보냈다. 아뇨. 그 뒤를 이어서 뭔지 모를 주황색 사진이 전송됐다. 정체를 파악하려면 확대해서 보아야 했다. 쿠션인 것 같았다. 솜은 어떻게 됐는지 모르겠지만 개 배 속 아니면 쓰레기통으로 들어가지 않았을까 싶었다.

당신 개가 만들어놓은 작품이에요. 그녀는 이렇게 문자를 보냈다.

맥스는 미간을 찡그렸다. 헤이즐의 분리불안에 발동이 걸렸나? 범인이 헤이즐이라고 확신할 수 있을까? 칼리는 백스터는 아무 말썽도 부릴 리 없다고 생각하는 눈치였다. 맥스도 백스터가 말썽부리는 것을 본 적은 없지만 그래도. 그는 다시 문자를 보내 그녀에게 집 주소를 물었다.

10분 뒤에 맥스는 칼리의 집 대문을 통과했다. 처음에는 현대적인 분위기의 대저택을 그녀의 집으로 착각했다가 부지 뒤편에 있는 그녀의 주소지를 안내하는 나무 팻말을 보았다. 그는 조그맣고 깜찍한 별채 앞 진입로에 차를 댔다. 오스틴 중심부가 단층집으로 뒤덮여 있었던 그의 어린 시절을 연상시키는 집이었다. 그 조그만 집은 으리으리한 피칸 나무에 둘러싸여 있었다. 하얀색이었고 초록색 덧문이 달려 있었다. 반원 모양의 벽돌 계단을 올라가면 지붕이 달린 조그만 현관이 나왔다.

맥스는 채광창이 세 개 달린 검은색 문 앞으로 걸어가 두리 번거리며 초인종을 찾았다. 보이지 않자 그는 문을 두드렸다. 집 안 깊숙한 곳에서 개 한 마리가 짖었다.

잠시 후 문이 확 열렸다.

칼리는 초췌해 보였다. 머리를 뒤로 묶었지만 몇 가닥이 얼굴 근처에서 너풀거렸다. 뺨에는 흙인가 싶은 것이 사선으로 묻어 있었다. 후드 달린 옷을 입고 맨발로, 한 손은 자기 허리춤에 얹고 다른 손은 문을 붙잡고 서 있었다. 하지만 그의 시선을 사로잡은 것은 그녀의 골반이었다. 아니, 골반이라기보다는 그녀가 입고 있는 치마였다. 빨간색 실크 치마 안쪽으로 조그만 상자가 두 개 달렸고 아래로 점점 좁아져 무릎 바로 위에서 꼭 끼는 디자인이었다. 기본적으로 모자가 달린 역삼각형을 입고 있는 셈이었다. 이걸 보고 당황한 맥스는 자기가 빤히 쳐다보고 있었다는 사실을 뒤늦게 알아차렸다.

"어디 보자." 그녀가 말했다. "이건 도대체 무슨 코스튬인지 모르겠다는 표정이네요?"

"그게…… 사실 잘 모르겠어요." 그는 솔직히 대답했다.

그녀는 문을 활짝 열었다. 그녀의 뒤로 거실이 보였다. 하얀색 소파가 일직선으로 눈에 들어오자 당장 든 생각은 개를 키우는 집에서는 최악의 선택이라는 것이었다. 바셋하운드 두 마리가 그 소파 팔걸이에 나란히 머리를 얹고서 느긋하게 문쪽을 쳐다보고 있었다. 참으로 바람직한 경비견들이었다.

"내 문자를 씹더라고요?" 그녀가 말했다.

그는 이 말을 듣고 살짝 당황했다. "내가요?" 몇 개는 답장을 하지 않았나? 그는 기억을 돌이켜보았다. "두어 개는……하지만 답장을 꼭 해야 하나요?"

그녀는 눈을 가늘게 떴다. "누가 문자를 보냈는데 답장을 꼭 해야 하느냐고요? 아니, 그게 문자의 핵심이잖아요."

"꼭 그렇지는 않죠. 뭔지 모를 주황색 물건을 찍은 사진은……."

"마지막 한 개 남은 멀쩡한 쿠션이었……."

"아무 질문 없이 전송됐어요. 오히려 기록에 더 가까웠죠. 그리고 꽃밭에서 찍은 사진은 핵심이 뭔지 불분명했고 물어볼 시간적 여유가 없었어요."

"그래요? 핵심이 뭔지 알 수 없었다? 이건 어때요? 당신 개가 우리 언니 집 마당을 다 파헤쳐놓았어요."

그는 고개를 갸우뚱했다. 그녀의 사고방식은 어떤 식으로 전개되는지 직업적으로나 개인적으로나 진심으로 궁금해졌다. "그걸 보고 헤이즐이 범인이라고 확신할 수 있을까요? 그 사진에는 흙투성이 개가 두 마리 있었고 말이 나온 김에 얘기하자면 꼬마 여자아이도 있었어요. 아이가 웃고 있기에 그 아이가 저지른 짓인가 보다 생각했죠."

칼리의 눈이 동그래졌다. "걔가 그런 거 아니에요."

"글쎄요." 그는 어깨를 으쓱했다. "그 아이도 개들처럼 머리 끝에서부터 발끝까지 진흙을 뒤집어쓰고 있었어요. 셋 중 누구일 수도 있었다고요."

칼리는 그를 노려보았다. "이 자리에서 분명히 얘기하지만 범인이 밀리였을 수도 있어요. 그 집 애들이 워낙 통제 불능이라. 하지만 당신은 여기서 핵심을 놓치고 있어요. 사람들은 대개 다른 데 정신이 팔려 있지 않은 이상 문자를 받으면 답장을 한다고요."

"다른 데 정신이 팔렸다라." 맥스는 그녀가 한 말을 반복했다. "도대체 뭣 때문에 그렇게 뿔이 났는지 물어봐도 될까요? 왜냐하면 나는 이해를 못 하겠거든요. 전혀요." 그는 한 손을 흔들며 말했다.

"좋아요, 그냥 솔직히 얘기할게요. 당신, 시카고에 여자랑 같이 갔어요? 동생을 운운하며 내 죄책감을 자극한 이유가……." 그녀는 그를 위아래로 훑어보았다. "밀회를 즐기기 위해서였어요?"

"밀회요?" 맥스는 하도 어이가 없어서 터져 나오는 웃음을 막을 수가 없었다. "당신, 시간 남으면 고등학생들이랑 어울려서 놀아요? 도대체 어쩌다 그런 생각을 하게 됐어요?" 그는 휴대전화를 꺼냈다. "봐요." 그는 중서부 지구 도그 쇼 표지판 앞에서 제이미와 함께 찍은 사진을 몇 장 보여주었다. 맥스는 카메라를 보며 웃고 있었고 제이미는 다른 데를 보고 있었다.

칼리는 실눈을 떴다. 그의 손에 자기 손가락을 살짝 얹고서 그의 손과 전화기를 가까이 당겼다. 그는 화면을 밀어서 몇 장 더 보여주었다. 행사장에서 찍은 사진. 둘이서 저먼 셰퍼드와 함께 찍은 사진. "귀엽다." 그녀는 중얼거리고 흘끗 위를 올려다보았다. "알았어요." 그녀는 아주 많이 미안해하지는 않는 투였다.

"알았다고요? 나더러 거짓말을 했다고 몰아붙여 놓고서 그게 다예요?"

"알았어요, 미안해요." 칼리는 말했다. "하지만 지금 나더러 뭐라고 하는 거예요? 나는 당신을 알지도 못하고 영상 통화를 했을 때 당신이 좀 이상하게 굴었어야죠. 들킬까봐 겁이 나서 안절부절못하는 사람 같았다고요."

"내가 이상했다고요? 술이 덜 깬 것처럼 보인 쪽은 당신이었는데."

"하! 술이 덜 깬 거였으면 좋겠네." 칼리는 말했다. "알았어요, 알았어요, 몰아붙여서 정말 미안해요. 바보처럼 이용당했다는 생각이 들면 내가 좀 흥분하거든요."

"바보처럼?"

"아니, 사람이 너무 순진하거나 남을 너무 잘 믿거나 그러면 바보처럼 이용당할 때가 있잖아요."

"나는 당신 이용한 적 없어요, 칼리. 좀 더 열심히 답장하지 않은 건 미안하지만 주말이 너무 길었어요. 동생이 워낙 신경이 많이 쓰이는 애라. 그나저나 내 손 계속 잡고 있을 거예요, 아니면 나 이제 그만 휴대전화 치워도 돼요?"

칼리는 물리기라도 한 것처럼 손을 홱 치우고는 이상하게 생긴 파니에(치마를 부풀리기 위해 속에 받쳐 입는 일종의 속치마—옮긴이)를 신경질적으로 매만졌다. "내 치마 그만 좀 쳐다봐요." 그녀가 말했다.

맥스는 고개를 들었다. "자꾸 보게 되네요."

"뭐, 사실 나도 그래요. 그래서 문제예요." 그녀는 홱 몸을 돌려서 집 안으로 걸어갔다. 하지만 치마폭이 워낙 좁아서 무슨 퀵스텝 댄스 동작 같았다.

이 여자는 예뻤지만, 그런가 하면 당혹스러웠다. 그녀가 그를 세워놓고 그냥 가버렸기에 그는 잠깐 기다리다가 따라 들어가야 하는 건가 보다고 결론을 내렸다. 현관 앞 복도를 따라 소파로 걸어갔다. 칼리는 보이지 않고 헤이즐만 신나게 꼬리를 흔들었다. 제집인 양 아주 편안해 보였다.

칼리가 갑자기 그의 앞에 등장해 그의 면전에 대고 구두를 들어 보였다.

맥스는 그 구두를 알아보았다. 그녀가 이번 주말에 이 구두와 함께 셀카를 찍어서 문자로 보냈었다. 그가 그 문자에서 기억하는 건 그녀의 얼굴이었다. 주근깨가 자잘하게 흩뿌려져 있고 입술이 아주 분홍색이라는 것을 알아차렸다. "그거 전에 본 적 있는 구두네요."

"네, 맞아요. 당신은 그 문자에도 답이 없었죠."

맥스는 구두를 쳐다보았다. 그는 사실 그 구두를 신은 그녀의 모습을 보고 싶었다. "그냥 사진밖에 없었는데."

"내가 그런 사진을 보낸 데에는 이유가 있었어요."

"이유가 뭐였는데요? 구두가 섹시하네요."

"물론 섹시하죠. 하지만 문제점이 보이죠?"

"구두의 문제점이요?"

"네, 맥스, 구두의 문제점이요." 그녀는 구두를 더 높이 들어 보였다. "굽을 봐요."

맥스는 구두 쪽으로 시선을 옮겨 굽을 보았다. 그제야 씹힌 굽이 눈에 들어왔다. "아, 알겠다." 그는 고개를 끄덕였다. "이 것도 헤이즐의 소행이라는 거죠?"

"그 당시에는 이 집에 꼬마 아이가 없었고 백스터는 지금까지 아무것도 씹은 적이 없거든요. 심지어 자기 꼬리조차." 그녀는 팔을 내렸다. "게다가 헤이즐이 증거물과 함께 현장에서 발각됐어요. 내 구두를 이렇게 만든 건 분명 당신 개였어요. 하지만 이건 내 개가 저지른 짓이에요." 그녀는 허리를 숙여서 반만 남은 주황색 쿠션을 집었다.

콧방귀 같은 웃음소리가 다시 맥스의 입에서 삐져나왔다.

"그거 웃은 거예요? 웃은 게 아니어야 할 텐데?"

"그럼 웃은 거 아니에요." 그는 씩 웃으며 거짓말을 했다.

"백스터가 다른 남자가 된 게 당신이 보기에는 웃겨 죽겠죠. 당신이 내 개를 망쳐놨을 줄 알았어요."

"웃겨 죽을 정도는 아니에요." 맥스는 이렇게 말했지만 얼굴에서 미소를 지울 수가 없었다. "좀 재밌긴 하네요."

그는 분노로 선명하게 반짝이는 그녀의 눈에 살짝 넋을 잃었다. 그 눈빛에 묘하게 흥분이 됐다. "그런데 백스터는 개잖아요. 개들이 하는 행동은 예측을 거의 벗어나지 않아요. 그러니까 내가 당신 개를 망쳐놓은 거 아니에요. 개가 뭘 씹는 건 예측가능한 행동 가운데 하나거든요. 권태와 좌절을 이기기 위해 하는 행동이죠. 그리고 뭘 씹으면 이빨이 깨끗해지기도 하고요."

"지금 이런 시점에 개들이 뭘 씹는 이유를 설명하는 거예요? 나도 개는 씹는 습관이 있다는 거 알아요. 하지만 백스터는 내 쿠션을 씹은 적 없어요. 당신이 걔를 소파 위에 올라오도록 허락하고 맥 앤드 치즈를 먹이기 전에는. 어떻게 상관관계를 모를 수가 있어요?"

맥스는 웃음기를 거둘 수가 없었다. 그녀가 진지하게 하는 말이라는 걸 알았지만 너무 예쁘고 특이하고 흥미로웠다. "나는 상관관계를 모르겠지만 그래도 정말 미안하게 생각해요. 쿠션 값은 보상할게요."

"당신이 그랬잖아요, 식은 죽 먹기일 거라고. 둘이 서로 사고 치는 걸 막아줄 거라고."

"솔직히 그럴 줄 알았어요."

칼리는 앓는 소리를 내며 구두와 쿠션의 잔해를 바닥에 놓인 바구니 안으로 던졌다. "내가 이번 주말에 어땠는지 알아요? 맞아요, 개들만 말썽을 부린 건 아니었어요. 말썽을 부린 인간들도 많았으니까. 그래도 백스터가 이제 소파에서 내려올 줄을 모르는 건 전부 당신 때문이에요." 그녀는 그를 손가락으로 가리키며 말했다. "그리고 나는 지금 굴욕을 무릅쓰고 당신한테 부탁을 하나 해야 해요."

"나한테 부탁하는 게 굴욕적이에요?"

"당신한테 이걸 부탁하려니 굴욕적이에요. 누구한테도 이런 부탁은 하고 싶지 않거든요. 나는 아주 자립심이 강한 성격이라."

"분명 그럴 거라고 생각해요."

칼리는 의심스러워하는 눈빛으로 그를 쳐다보았다. "당신한테 도움을 청하는 게 나한테는 충치 치료를 받겠다고 손들고 나서는 수준의 일이라고요."

"와우. 알았어요." 맥스는 고개를 끄덕였다. "그러니까 나한테 부탁을 하는 것만큼 부끄러운 일은 없다 이거로군요. 알아들었어요. 그 정도로 끔찍한 부탁이 뭔데요?"

그녀는 한숨을 쉬었다. 머리칼을 귀 뒤로 넘겼다. 그에게서 시선을 돌렸다. "내가 이 깜찍하고 사랑스러운 작품에 낀 것 같거든요." 그녀는 요란한 손짓으로 치마를 가리켰다.

"끼었다. 어떤 식으로요?" 맥스는 치마를 보며 말했다.

"제대로요. 지퍼가 안 움직이는데 치마가 너무 타이트해서 벗을 수가 없어요. 엄마한테 연락했더니 당연히 안 받고 음성사서함으로 넘어가더라고요. 언니는요? 꿈 깨는 게 좋아요. 아이 셋을 차에 태워서 싣고 와야 할 테니까요. 그러니까 버릇이 아주 나쁜 당신 개를 봐준 대가로 나를…… 이 물건에서 꺼내 줘요."

맥스는 눈을 깜빡였다. 잠시 후에 웃음이 터져 나왔다. 그는 웃었다. 한 손을 배에 얹고 미친 듯이 웃었다.

"정말 못됐다." 칼리가 말했다.

"너무 웃기잖아요. 어쩌다 끼었어요?"

"얘기하자면 길지만 간단하게 요약하자면, 일에서 생긴 문제점을 해결할 좋은 방법이 생각났는데 이 작품하고도 연관이 있거든요. 하지만 내가 생각한 좋은 방법이 효과가 없게 생겨서 이제 그만 이걸 벗고 싶어요." 그녀는 살짝 어깨와 엉덩이를 흔들었다.

"알았어요." 맥스는 말했다. "기꺼이 도울게요. 지퍼가 어디 있어요?"

칼리는 떨떠름하게 몸을 돌려 그에게 등을 내밀었다. 지퍼는 치마 정중앙에 달려 있었다. 이 끝부터 저 끝까지 달려 있었다. 치마가 너무 타이트해서 지퍼가 허리까지 올라가지 못하고 그녀의 중심선 바로 위에서 집혀버렸다. 맥스는 그 지퍼를 빤히 쳐다보았다. 이걸 해야 하는지 말아야 하는지 고민스러워졌다. "저거 여기 튼튼하게 달려 있는 거 맞죠?" 그는 치마 허리 위로 삐져나온 그녀의 살을 쳐다보며 물었다. "숨 한번 크게 마시면 빠져나올 수 있을 것 같기도 한데."

"해봤어요. 덕분에 이 옷이 얼마나 타이트한지 알게 됐어
요." 그녀는 짜증 섞인 투로 말했다. "빅터는 나처럼 몸이……
탄탄한 사람을 위해 디자인하지 않아요. 얼른 해줄래요?" 그녀
는 자기 어깨를 넘어 그를 쳐다보려고 끙끙댔다.

'탄탄하다'는 단어가 그의 머릿속에서 계속 울렸다. 문득 그
녀의 탄탄한 엉덩이와 탄탄한 허리와 탄탄한 젖가슴을 만지고
싶은 충동이 일었다. "지금 연구 중이에요."

"연구씩이나 할 게 뭐가 있어요? 그냥 집힌 걸 내리면 되지!"

"알았어요." 맥스가 말했다. "지금 내가 당신 몸에 손을 댈
거니까……."

"여보세요! 알아요, 내가 내 몸에 손을 대달라고 했잖아요.
그냥 얼른 해주면 안 돼요?"

맥스는 허리를 숙여 좀 더 자세히 들여다보았다. 지퍼에 옅
은 분홍색 천이 끼어 있는 것이 보였다. "천이나 뭐 그런 게 낀
것 같은데요." 그는 좀 더 허리를 숙였다. "아."

"아? '아'라니, 왜요?"

"당신 팬티일 수도 있겠어요."

"맞아요, 맥스, 그거 내 팬티예요. 짚고 넘어가줘서 고마워
요. 하지만 고고학자가 뭘 발견이라도 한 것처럼 그런 식으로
선포할 필요는 없잖아요. 제발 얼른 해결해줘요."

"그럴게요." 분홍색 실크 팬티를 떠올리자 뭔가가 물결처럼

그를 뚫고 지나갔다. 그는 조심스럽게 지퍼를 움직이려고 해보았지만 치마가 너무 팽팽하게 당겨져 있었다. "치마 살짝 돌려서 틈을 만들어줄래요?"

그녀는 한숨을 쉬었다 "맥스? 그럴 수 있었을 것 같으면 내가 직접 이 빌어먹을 치마를 돌려서 문제를 해결하지 않았겠어요?"

"알았어요, 알았어요." 그가 치마를 잡으려고 안으로 손가락을 집어넣자 따뜻하고 단단한 그녀의 엉덩이 살과 가볍게 스쳤다.

"뭐해요?"

음……. 그가 잠깐 넋을 놓고 있었다. "칼리, 진정하고……."

"뭐라고요? 진정하라고요? 내가 지금 치마가 껴서 생판 모르는 남한테 지퍼 좀 내려달라고 부탁하게 된 거 안 보여요? 그런데 희희낙락 늑장 부리면서 나더러 진정하라는 거예요?"

"생판 모르는 남이라니! 이제는 나를 그렇게 간주할 수 없지 않아요? 특히 지금 같은 상황에서는?"

"진짜 어이가 없네! 어떻게 나더러 진정하라고 할 수 있겠어요? 당신 같으면 진정할 수 있겠어요?"

"내가 그런 뜻에서 진정하라고 말하는 게 아니에요." 그는 실크 팬티를 어떻게 해보려고 하며 말했다. "그렇게 흥분하면 심장에 좋지 않으니까 그렇죠. 그러면 온몸의 혈관으로 카테콜아민이 분비돼서 혈압이 엄청 높아지거든요."

"아니 무슨……." 그녀는 어깨 너머로 그를 쳐다보려고 했다.

"가만히 좀 있어요." 그는 말하며 한 손으로 그녀의 어깨를 앞으로 밀었다.

"맥스, 왜 이래요? 도대체 뭘 잘못 먹은 거예요?"

"잘못 먹은 거 없는데요, 적어도 내가 알기로는. 반면에 당신은 지금 하찮은 사안에 짜증을 내고 있잖아요." 그는 팬티 일부를 끄집어내기 직전이었다. 손가락이 그녀의 엉덩이와 꼭 붙어 있어서 그것 때문에 집중력이 어마어마하게 흐트러졌다. 그녀의 몸에 손을 대면 어떤 느낌일지, 손을 대고 꼭 누르면 어떤 느낌일지 상상이 됐다. "내가 과학자라 불안할 때 나타나는 생물학적인 반응을 설명하려고 했던 거라고요."

"그렇군요." 그녀는 콧방귀를 뀌었다.

맥스는 팬티를 조금 더 끄집어냈다. "신경과학자요." 그는 부연 설명했다. "뇌를 연구하는 게 내 직업이에요."

칼리는 콧방귀를 뀌었다. "아하. 그럼 나는 슈퍼모델이에요."

맥스는 그녀가 슈퍼모델이 아니라는 걸 알았지만 그는 육감적인 몸매를 좋아했고 칼리처럼 매혹적인 몸매는 아주 오랜만이었다. 그가 지퍼를 살짝 내리는 데 성공하고 보니 그녀가 T 팬티를 입고 있었다. "농담이 아니라 진짜예요." 맥스는 T 팬티에 시선을 그대로 고정한 채 그 팬티가 덮고 있을 그녀의 몸 구석구석을 상상하며 멍하니 중얼거렸다.

"제발 얼른 좀 해결해줘요. 민망해 죽겠으니까."

"뭐가요? 내가 과학자인 게요? 아니면 지퍼가요?" 그는 팬티를 완전히 끄집어내고 지퍼를 내렸다.

칼리는 몸을 휙 돌렸다. "고마워요!" 그녀는 지퍼를 다시 올리려고 등 뒤로 손을 뻗었다.

"나라면 그러지 않겠어요. 그거 너무 타이트하거든요."

칼리는 벌게진 얼굴로 파란 눈을 반짝이며 그를 노려보았다. 그녀의 엉덩이가 손가락에 닿았을 때의 느낌이 떠오르자 그는 또다시 살짝 흥분이 됐다.

"맥스?"

"네?"

"나 해방시켜줘서 고마워요. 하지만 내가 오늘 진짜 긴 하루를 보냈거든요. 진짜 긴 하루요. 이 치마 안에 끼어서 당신한테 해방시켜달라고 부탁한 건 그냥 보너스일 정도로. 언니가 이번 주 들어 네 번째로 멘붕을 일으켰어요. 애들은 악마고 언니는 호구라. 이 개들은 내 비싼 물건들을 먹어 치우고, 그 중 한 아이는 이 집을 구린내로 도배하고, 나는 지미 추 구두를 버려야 했어요. 빅터는 쇼 라인업을 문제 삼는데, 나는 와인을 마시면서 보상을 받고 싶어도 가게에 갈 틈이 나지 않아서 사 오질 못했어요. 그러니까 내가 자기 연민의 늪 속에서 허우적거릴 수 있게 당신 개를 데리고 이제 그만 가주면 정말 고맙겠어요."

몇 가지 답안이 맥스의 머릿속을 스치고 지나갔다. 몇 가지 질문도 그랬다. 하지만 그녀는 문을 쳐다보았고 늦은 시각이었고 그는 이제 그만 가야 했다. "내가 변상을……."

"아니에요." 그녀는 한숨을 쉬었다. 그러고는 살짝 미소를 지었다. 그가 보기에는 심지어 따뜻한 미소였다. "말만으로도 고마워요. 진짜로. 하지만 그럴 필요 없어요. 내가 그냥 따진 거예요."

그럼 이걸로 끝이었다. 맥스는 그녀를 지나 소파에 앉아 있는 개들 쪽으로 시선을 옮겼다. "헤이즐, 가자."

헤이즐은 고분고분 소파에서 내려왔다. 백스터가 종종걸음으로 그녀를 따라왔다.

"여기, 헤이즐 물건이요." 칼리는 그가 챙겨준 상자를 가리켰다.

맥스는 상자를 집어 들고 문 쪽으로 걸음을 옮겼다. 두 마리 개가 종종걸음으로 앞장섰다.

"백스터." 칼리가 힘없이 불렀다. "백스터가 다시 허브 텃밭으로 들어가는 사태만큼은 막고 싶어요." 그녀는 백스터를 잡으러 맥스를 뱅 돌아 문 앞으로 갔다.

맥스가 문을 열자 헤이즐은 뒤도 한번 돌아보지 않고 총총히 나갔다. 백스터도 따라가려고 했지만 칼리가 목걸이를 붙잡았다. 백스터는 꼬리를 열심히 흔들었다. 낑낑거렸다. 맥스는 허리를 숙여 백스터의 뒷덜미를 쓰다듬었다. "너는 착한 개야, 백스터. 남들이 뭐라건 믿지 마. 그리고 소파가 필요하면 우리 집에 놀러 와."

"소파는 개들이 있을 곳이 아니에요. 백스터도 그렇다는 걸 알고요." 그러면서 칼리는 백스터의 옆에 무릎을 꿇고 앉아서 헤이즐을 따라 달려가지 못하게 붙잡았다.

맥스는 현관으로 나갔다. 거기서 걸음을 멈추고 뒤를 돌아 보았다 "칼리, 도와줘서 고마웠어요. 진심으로요. 당신이 없었 다면 어떻게 해야 했을지 모르겠어요."

칼리는 마음을 누그러뜨리고 다시 미소를 지었다. 미소가 사랑스러웠다. "별말씀을요." 그녀는 말했다. "나 사실 바보 같 은 당신 개, 좋아해요."

"내가 보기에는 그 아이도 당신을 좋아하는 것 같아요." 그 는 헤이즐이 묵묵히 기다리고 있는 자기 차를 흘끗 쳐다보았 다. 하지만 발걸음이 떨어지질 않았다. 그는 다시 뒤를 돌아보 았다.

칼리는 계속 미소를 짓고 있었다. "잡아먹을 듯이 굴어서 미 안해요." 그녀는 말했다. "요즘 스트레스가 너무 많았어요."

"알았어요. 그리고 나는 불안에 대해 설명해서 미안했어요."

그녀는 살짝 웃음을 터뜨렸다. "알았어요. 진정할 필요가 있 긴 했어요. 어마어마한 공황 발작 일으키기 직전이었거든요. 소방서에 전화해야 하나 생각하고 있었어요. 그럼 진짜 창피 했을 텐데."

맥스는 미소를 지었다. 그는 현관에서 걸음을 옮겼다. 백스터가 낑낑대며 그들을 따라오려고 버둥거리는 소리가 들렸다. 그는 고개를 돌렸다.

"조심히 가요." 칼리가 문을 닫았다.

맥스는 차를 향해 걸어갔다. 뒷좌석 문을 열고 헤이즐을 태웠다. 애견용 하네스에 채우고 그녀의 물건이 담긴 상자를 옆에 실었다. 그러고는 운전석에 올라타는데 백스터가 울부짖는 소리가 들렸다. "그래, 알겠다, 백스터." 그는 중얼거렸다.

이상하게 마음이 불안했다. 해괴한 옷을 입고 다니고 다혈질인 칼리 케네디와의 짧고 묘한 만남은 분명 이게 끝이었다. 다혈질인 성격이지만 그녀가 좋았다. 어떤 면에서는 그래서 재미있었다. 그녀를 다시 만날 수 없다니 진심으로 아쉬웠다.

백스터를 다시 만날 수 없는 것도 아쉬웠다. 그는 뒷좌석에 앉아 있는 개를 백미러로 흘끗 확인했다. 헤이즐이 느끼는 감정은 오리무중이었다. 누굴 만나건 못 만나건 전혀 관심이 없고 순리를 따르는 데 백 퍼센트 만족하는 표정이었다.

8

칼리는 다음 날 움찔하며 잠에서 깨어났다. 잘생긴 맥스 셰핑턴이 꿈속에서 춤을 추고 있었다. 행사장 무대에서 어깨가 어마어마하게 강조된 빅터 앨런의 디자인을 입고 그야말로 춤을 추고 있었다. 주변 사람들이 미쳐 날뛰는 동안 칼리는 개 두 마리를 단속하려고 애를 쓰고 있었다.

칼리는 일어나 눈을 깜빡였다. "맙소사." 그녀는 중얼거렸다.

천천히 다시 몸을 눕히고 눈을 감았다. 검은색 헨리 셔츠와 늘씬한 치노 바지를 입고 간밤에 찾아왔던 맥스의 이미지를 머릿속에서 지워버리려고 애를 써보았다. 그녀는 치마에 갇혔는데 그는 그렇게 섹시했다니 굴욕적이었다.

굴욕적인 동시에 묘하게 실망스러웠던 것이, 그때만 해도 그가 여자와 주말을 함께 보낸 줄 알았다. 하지만 그가 시카고에서 격정적인 정사를 벌이지 않았던 걸로 밝혀지자 굴욕감이 증폭됐다. 그는 섹시하고 만나는 사람이 없었고, 메건 먼로가 말하길 언제 어디서나 최선을 다해 좋은 인상을 남기라고 했다. 그런데 그녀는 좋은 인상을 남기지 못했다. 그는 그녀가 제정신이 아니라고 생각했다. 그리고 그녀는 그 빌어먹을 치마에 갇혔다.

이 모든 게 빅터 때문이었다.

그들은 이번 주에 〈쿠튀르〉 사진기자를 만나기로 되어 있었다. 그녀가 빅터를 위해 각고의 노력을 기울인 끝에 마련한 기회였다. 잡지사 측에서는 레드 라인을 원했기에 그녀는 불안해하며 안달복달하다가 결국 저녁에 사리를 분별하도록 그를 설득할 수 있을지 모른다는 희망을 품고 전화를 걸었다. '느낌이 오게' 만들 수 있을지 모른다는 희망을 품고.

빅터의 반응은 퉁명스러웠다. "나는 결정을 내렸어요, 칼리. 그걸로 끝이에요. 레드 라인은 하지 않아요." 그리고는 전화를 끊었다.

다른 사람 같으면 그걸 최후통첩으로 받아들였겠지만 칼리는 빅터를 아주 잘 알았다. 그에게 '끝'은 없었다. 그의 아이디어는 날마다 새롭고 좀 더 나은 것으로 변화하고 발전했다.

〈쿠튀르〉 앞에 레드 라인을 대령하는 것이 그녀에게 주어진 임무였다. 그녀는 어처구니없는 플랜 B를 급조해 일요일 오전에 빅터에게 다시 전화했고 빨간색 수트를 빌릴 수 있겠느냐고 물었다. 〈쿠튀르〉 사진기자가 찾아왔을 때 레드 라인의 옷을 입고 그를 만나겠다는 것이 그녀의 말도 안 되는 계획이었다. 빅터는 차가 막혀서 늦는다고 둘러대고 기자에게 레드 라인을 최소한 보여주기라도 하자는 것이었다. "아, 마침 제가 그 옷을 입고 있네요" 하면서 자리에서 일어나 천천히 한 바퀴 도는 것이다. 칼리는 모델이 아니었지만 그만큼 절박했다. 빅터에게 이건 천금과도 같은 기회인데, 당사자는 소심해졌을지 몰라도 이런 기회를 그냥 날려버릴 수는 없었다.

빅터는 네 번째 신호가 떨어졌을 때 비몽사몽인 목소리로 전화를 받았다. "할 말 있으니까 끊지 말아요." 그녀는 얼른 말했다. "나한테 레드 라인 옷 한 벌 빌려줄 수 있어요?"

빅터는 심지어 이유조차 묻지 않았다. "가져가요, 상관없으니까. 보관하든, 입든, 그걸 식탁보로 쓰든, 갈기갈기 찢든. 마음대로 해요."

빅터는 전화를 끊었다. "마음대로 하란 말이지." 그녀는 중얼거리고 개들을 쳐다보았다. "얘들아, 준비해. 우리 드라이브 다녀오자." 헤이즐은 드라이브라는 단어가 익숙한지 문 앞으로 달려갔다. 백스터는 알아들었는지 어땠는지 알 수 없었다. 하지만 그 아이는 헤이즐이 가는 곳이라면 어디든 따라갔다.

30분 뒤에 칼리는 한 손에는 목줄을, 다른 손에는 열쇠를 들고 어둠이 깔린 빅터의 작업실 문을 열고 안으로 들어갔다.

쓰레기를 묵혀놓았는지 안에서 퀴퀴한 냄새가 났다. 그녀가 불을 켜고 목줄을 놓자 개들은 간이 주방으로 직행했다. 빅터의 작업실은 아담했고 돌돌 말아놓은 원단들로 어지러웠다. 한쪽 벽에 달아놓은 철제 선반에는 잡동사니와 실, 가위와 천 테이프 그리고 각종 장식이 놓여 있었다. 바닥에는 버린 천 조각과 패턴지가 항상 흩뿌려져 있었다. 작업실 한복판에는 패턴을 뜨고 재단하는 데 쓰이는 길쭉한 테이블이 놓여 있었다. 한쪽 벽면에는 재봉틀 두 대가 설치되어 있었다. 그 둘의 차이점이나 재봉틀이 두 대가 필요한 이유는 칼리가 이해할 수 없는 영역이었다. 발판 위에 놓여서 필요한 곳으로 어디든 옮길 수 있는 마네킹 보디도 두 개 있었다. 대개는 거기에 여러 제작 단계상의 옷이 걸려 있었다. 빅터는 완성작의 경우 뒤쪽 벽에 걸어놓았다.

레드 라인이 그녀가 마지막으로 보았던 그 자리에 걸려 있을 줄 알았더니 뒤쪽 벽에는 아무것도 없었다. 그녀는 두리번거리며 그 옷을 찾다가 작업실 한 귀퉁이에 아무렇게나 쌓여 있는 것을 보고 놀라서 헉 소리를 냈다.

칼리는 바닥에서 그 옷들을 주웠다. "도대체 이러는 이유가 뭘까?" 헤이즐이 와서 옷 뭉치의 냄새를 맡자 그녀는 큰 소리로 물었다.

칼리는 그 구역질 나는 소파 등받이에 옷들을 걸쳐놓고 이참에 재킷과 치마를 입어보기로 마음먹었다. 레드 라인의 다른 작품은 벽에 걸고 재킷과 치마만 챙겨서 두 바셋하운드를 호출했다.

그 두 벌의 옷이 이제 벽장 문에 걸려서 그녀를 빤히 쳐다보며 침실이라는 성소를 어지럽히고 있었다.

침실은 그녀의 안식처였다. 아담하고 고풍스러운 공간이었고 침대에는 할머니가 쓰던 셔닐 시트를 깔아놓았다. 그녀는 엄청난 책벌레였기에 붙박이 책꽂이를 책으로 가득 채워놓았지만…… 지난 6개월 동안은 실컷 책을 읽기는커녕 넷플릭스를 볼 시간도 거의 없었다.

　그녀의 침실에는 유품 벼룩시장에서 건진 화장대가 있었다. 회사에서 잘린 해 겨울 동안 보고 있으면 마음이 아주 편안해지는 옅은 초록색으로 리폼한 화장대였다. 화장용 붓과 팔레트, 로션과 크림, 액세서리가 담긴 칠보 상자를 그 위에 올려놓았다. 바닥이 겨울에는 썰렁해지기 때문에 파란색의 큼지막하고 푹신푹신한 러그를 깔아놓고 1년 내내 발로 기분 좋은 감촉을 만끽했다.

　창문에는 흰색의 얇은 커튼을 달아 일말의 프라이버시를 확보하는 동시에—부지 안쪽 깊숙한 곳이라 신경 쓸 필요가 거의 없기는 했지만—자연 채광도 놓치지 않았다. 20세기 중반까지만 해도 벽장들이 작았으니 크리스털 손잡이가 달린 대형 벽장은 이렇게 오래된 집 치고 횡재였다. 옷과 구두와 액세서리가 너무 많아서, 그리고 무덤까지 안고 갈 비밀이지만 핸드백에 대한 집착 때문에 그녀의 벽장은 터지기 직전이었다.

　"으윽." 그녀는 말했다. "커피를 좀 마셔야겠다." 그녀는 개들이 어디 있는지 찾느라 좌우를 두리번거리다 헤이즐이 맥스와 함께 집으로 돌아갔다는 사실을 기억해냈다. "백스터?" 그녀는 침대에서 나와 부엌으로 건너갔다. 백스터가 예전의 그

구석 자리로 돌아가 이음매에 머리를 박고 있었다. "딱해라." 그녀는 허리를 숙여서 쓰다듬어주며 다정하게 속삭였다. "헤이즐 보고 싶은 거 알아. 나도 보고 싶어. 보고 싶어 하게 될 줄은 몰랐는데 그러네? 그리고 그 사람도 좀 보고 싶어. 거의 알지도 못하는 사람이지만 그래도…… 좀 보고 싶어."

칼리는 커피를 끓이며 맥스를 생각했다. 그녀가 팔이 너무 타이트하다고 욕을 하면서 재킷을 입어보려고 했을 때 그가 들이닥치지 않았다는 데 감사했다. 거대한 팔뚝은 어찌어찌 소매 안으로 쑤셔넣는 데 성공했지만 몸통은 물론이고 가슴 위로 재킷을 여밀 재간이 없었다. 그래서 그녀는 재킷은 벗어 던지고 후드 스웨터를 걸치며 상관없다고, 애초부터 흥미로운 쪽은 현대식 패니어가 달린 치마였다고 결론을 내렸다.

하지만 그녀도 알고 맥스도 알다시피 치마는 그녀에게 맞지 않았고, 그걸 입고서는 제대로 걸어 다닐 수도 없었으니 집에서 불이라도 났다면 그녀는 목숨을 부지하지 못했을 것이다. "패션업계에서 44 사이즈에 목숨을 거는 이유가 뭘까?" 그녀는 골이 난 백스터에게 물었다.

칼리가 44 사이즈 근처에도 못 가는 것 때문에 난관에 봉착했을 때 드디어 맥스가 등장했다. 그리고 두말하면 잔소리지만 그는 몸에 꼭 맞은 헨리 셔츠 덕분에 남성미가 넘쳤고, 직사각형 뿔테 안경 덕분에 회색 눈이 도드라졌고 섹시하고 똑똑해 보였다. 그는 아무 매력도 없는 평범한 남자가 아니었다.

후끈한 남자였다. 그런데 칼리는 몸매가 워낙 S라인이다 보니 타이트한 치마 허리 위로 뱃살이 엄청나게 튀어나와버렸고, 그 빌어먹을 빨간색 치마의 지퍼를 올리기 전까지만 해도 그런 뱃살의 존재를 부인했건만 그 빌어먹을 빨간색 치마를 벗느라 그에게 그 뱃살을 공개하는 수밖에 없었다.

그녀는 이보다 더 굴욕적일 수 없는 방식으로 그의 손가락이 그녀의 살갗에 닿는 기분을 견뎌야 했다. 그의 손가락은 부싯돌과 같아서 불똥이 조그만 파도처럼 그녀를 훑고 지나갔다. 그런 다음에는 그녀의 난감한 상황에 재미있어하는 한편으로 놀라워하는 그의 음흉한 미소를 견뎌야 했고, 한술 더 떠서 불안할 때 나타나는 신체적 반응을 주제로 쓸데없는 강의까지 들어야 했다. *어머나, 감사합니다, 셰핑턴 박사님.*

셰핑턴 박사님.

"그만해." 그녀는 혼잣말을 중얼거리고 커피잔을 들었다. "일이나 하자. 당장 플랜 C를 생각해야 하는데 이럴 시간 없어." 그녀는 옷을 갈아입으려고 다시 방으로 걸음을 옮겼다.

하지만 신경과학자라고? 진짜?

칼리는 노트북을 들고 침대 위로 올라가 커피와 함께 베개에 등을 기대고 앉았다. 다시 노트북을 펼치고 구글에 '맥스 셰핑턴'이라고 입력했다.

와우.

진짜였다.

맥스 셰핑턴 박사는 텍사스대학교 신경과학과 교수였으니 그녀가 착각했던 것처럼 엄청 잘난 척하는 밥맛이 아니라 진정한 뇌과학자였다. 그의 사진이 두 장 있었다. 하나는 대학교 교수진 소개에 실린 공식 사진이었고, 거기에 연구 분야가 같이 적혀 있었지만 그녀로서는 해독 불가였다. 신경 발달 장애에 있어 인지 기능 장애의 세포와 회로 메커니즘을 파악하고 개인적인 취향과 신경망에 미치는 영향을 신경생물학적인 측면에서 이해하기.

"뭐라는 거야?" 그녀는 나지막이 중얼거렸다.

대학교 홈페이지에 따르면 그는 종신 재직 심사를 받을 자격을 갖춘 교수였다.

다른 사진도 하나 더 있었다. 이번 것은 캠퍼스 생활이라는 페이지에 실린 사진이었다. 수강생 규모로 보건대 입문 수업일 수밖에 없는 대학 강의실 강단에 서 있는 사진이었다. 그는 골반에 걸쳐지는 헐렁한 바지 위에 긴팔 티셔츠를 입고, 그 끔찍한 니트 모자를 쓰고, 나머지 옷차림과 어울리지 않는 하이톱 운동화처럼 보이는 것을 신고 있었다. 그리고 사진을 찍던 당시에는 수염을 덥수룩하게 길렀다.

그 사진 속의 그는 섹시한 힙스터였다. 똑똑하고 재주가 많고 남성미가 넘치는 한편, 아이들과 동물 그리고 바다를 떠다니는 빨대나 동네 놀이터와 같은 중요한 사안에 관심이 많은 사람처럼 보였다. 어쩌다 칼리는 그를 보고 데님을 너무 사랑하는 남자라고 생각하게 됐을까?

칼리는 노트북을 탁 닫았다. 이 남자를 두고 상상의 나래를 펼치기를 거부했다. 개가 서로 바뀌었던 황당했던 사건은 끝이 나 그는 헤이즐을 데리고 자기 세상으로 돌아갔고, 그녀는 백스터와 함께 그녀의 세상에 남았다. 그녀에게는 해결해야 하는 문제와 넘어야 하는 산과 무찔러야 하는 괴물이 있었다. 그녀는 빅터라는 문제로, 맥스는 신경 어쩌고 하는 것으로 돌아갈 것이다. 그러는 편이 최선이었다. 이런 건 남들에게나 벌어지는 사건이었고 그녀는 나중에 뉴욕의 어느 근사한 아파트에서 열린 디너 파티에서 이런 식으로 운을 뗄 것이다. *내가 개 산책을 맡기는 사람이 바셋하운드를 서로 바꿔서 데려다놓는 바람에 어떤 일이 벌어졌는지 얘기한 적 있어요?*

세상은 다시 아무 일 없이 돌아갔다.

그로부터 정확히 두 시간이 지나기 전까지는.

칼리는 사진기자에게 오스틴으로 내려올 필요가 없게 됐다고, 그녀가 그토록 애를 써서 얻어낸 홍보 기회를 포기해야겠다고 전화로 알렸다. 그런데 놀랍게도 라모나 맥닐이 직접 다시 전화를 주었다.

"이유가 뭐죠?" 라모나가 무뚝뚝하게 따져 물었다. "젊은 디자이너에게는 엄청난 기회인데. 갑자기 발을 빼겠다는 이유가 뭐예요?"

칼리는 그녀가 홍보 전문가인 자신을 갑자기 발을 빼려는 인물로 간주하자 발끈했다. "빅터가 방향을 변경하는 중이라 아직 작품을 제대로 준비하지 못했어요."

"아, 준비가 덜 됐군요, 딱하기도 하지." 라모나는 잔뜩 빈정대는 투로 말했다. "뭐, 아주 훌륭해요, 칼리…… 성이 뭐라고 했죠?"

칼리는 움찔했다. "케네디요." 그녀가 제출한 입사 지원서를 보고 라모니가 기억해주길 바랐건만.

"이 새로운 방향을 통해 두 사람 모두에게 좋은 결과가 있길 바랄 따름이에요. 그런데 나는 이제 구멍을 메워야 하게 생겼네요? 기억할지 모르겠지만 당신이 만든 구멍이죠. 이 바닥을 잘 모르는 신입인 것 같아서 알려주는데, 이렇게 뒤늦게 취재를 취소하는 건 쿨하다고 볼 수가 없어요."

"저 사실 그렇게 신입 아니에요." 칼리가 말했다. "제 이력서를 보면 경험이 많다는 걸 아실 수 있을 거예요."

"지금 내가 얘기하는 중간에 말을 자르는 거예요?"

칼리는 입을 꾹 다물었다.

"당신은 모르나 본데, 우리가 리드 타임을 두는 데에는 이유가 있고 내가 그 리드 타임을 최대한 뒤로 미룬 이유는 당신이 날 가만히 두지 않고 들들 볶았기 때문이에요. 그렇게 사정하고 회유하고 우라지게 어마어마한 걸 보여주겠다고 약속해놓고 이제 와서 그 친구를 빼겠다고요?"

어쩌면 지금이 칼리의 인생을 통틀어 최악의 순간일 것이다. 라모나 맥닐이 이렇게 질책을 하고 있으니 그녀의 이력서가 통과될 가능성은 없을 것이다. 메건이라면 왕언니 팬티로 무장하고 기회를 잡으라고 할 것이다. 나오미라면 죽기 살기로 덤비라고 할 것이다. 칼리는 어떻게 하면 그럴 수 있을지 알 수가 없었다. "정말 죄송해요, 맥닐 씨. 저도 할 수만 있으면 제가 그 옷을 만들었을 거예요. 하지만 그는 아티스트이고 이레드 라인을 보여주고 싶지 않다고 분명히 못을 박았어요."

"아티스트 어쩌고 하는 쓰레기 같은 소리는 집어치워요." 라모나는 쏘아붙였다.

"완성된 화이트 라인을 촬영하면 어떨까요?" 칼리는 의견을 내놓았다. 절박한 티를 내지 않으려고 애를 썼다. 문제를 해결하는 능력을 갖춘 것처럼 들리려고 애를 썼다.

"화이트 라인은 화보용이 아니에요. 이메일로 이미 얘기 끝냈잖아요. 우리에게 필요한 건 화보에 잘 어울리는 룩이고 레드 라인이 바로 그거예요." 수화기 저편에서 정적이 흘렀고 칼리는 순간 그녀가 전화를 끊은 줄 알았다. "다른 건 또 뭐가 있죠?" 라모나가 무뚝뚝하게 물었다.

칼리는 정신을 바짝 차렸다. 문이 아직 그녀의 면전에서 완전히 닫히지 않았다. "지금 새로운 룩을 만드는 중이에요." 그녀는 얼른 말했다. 빅터가 아직 작업 전이라면 오늘 해가 떨어지기 전에 시작하도록 만들고야 말 것이었다. "보여드릴 만한 작품이 생기면 알려드릴게요. 금방 될 테고 끝내줄 거예요."

"맙소사." 라모나는 중얼거렸다. "좋아요, 내 말 잘 들어요. 당신 때문에 내가 정말 난처해졌어요. 2주의 시간을 줄 테니 그 안에 새로운 걸 만들어내요. 그리고 당신 고객한테 이런 촬영 기회가 또다시 주어질 가능성은 제로라고, 다음번에는 이런 식으로 노출이 예약되어 있으면 제대로 준비를 해놓는 게 좋을 거라고 전해요." 그녀는 이 말을 끝으로 전화를 끊었다.

칼리는 그제야 자기가 숨을 참고 있었다는 사실을 깨닫고 방금 수면 위로 고개를 내민 사람처럼 요란하게 숨을 내뱉었다.

칼리도 라모나의 말에 동의할 수밖에 없었다. 빅터는 바보였다. 게다가 자기를 위해 그렇게 열심히 일한 그녀를 면목 없게 만들고 있었다.

그게 미치도록 화가 났기 때문에 칼리는 그날 빅터 앨런의 옷을 입지 않았다. 매장에 걸려 있던 그녀와 찰떡같이 어울렸던 기성복을 입고 빅터를 찾아 나섰다.

빅터는 작업실에 있었다. 하지만 일을 하고 있지는 않았다. 스케이트보드를 타고서 테이블과 마네킹 바디를 천천히 돌고 있었다. 묘하게 풀이 죽어 보였다. "별일 없는 거죠?" 칼리는 물었다.

"네. 왜요?" 빅터는 물었다. 그는 스케이트보드가 소파에 천천히 부딪히도록 방치하고 그 위로 주저앉았다.

"엄청난 뉴스가 있어요, 빅터! 라모나 맥닐이랑 직접 통화를 했어요. 당신이 레드 라인 공개하고 싶어 하지 않는다는 거 이해한다고, 다른 작품을 볼 수 있으면 그걸로 만족하겠대요."

빅터는 어깨를 으쓱하고 몸을 굴려 소파 등받이를 마주 보았다. "네, 글쎄요. 〈쿠튀르〉 자체가 느낌이 오지 않아요. 너무 으리으리한 것 같아요."

너무 으리으리하다고? "이 나라 최고의 패션 잡지인데요." 칼리는 말했다. "그리고 당신은 패션 디자이너고요. 모든 패션 디자이너가 자기 작품을 싣고 싶어 하는 잡지예요."

"내가 패션 디자이너일까요, 아니면 그냥 옷 만드는 사람일까요? 이제 더는 잘 모르겠어요."

흠, 어떤 날은 너무 자신만만해서 문제인 인간의 이런 모습은 처음이었다. 칼리는 그의 어머니와 서로 흘끗 쳐다보았다. 걱정하는 준의 표정이 불길했다. "이건 〈쿠튀르〉예요, 빅터." 칼리는 말했다.

그는 천천히 일어나 앉았다. 칼리의 눈을 똑바로 쳐다봤다. "싸가지 없게 들리지 않았으면 좋겠지만 느낌이 오지 않아요."

"좋아요." 칼리는 고개를 끄덕였다 "좋아요, 그럼. 〈쿠튀르〉는 없던 일로 해요." 일단은. 그녀는 이 사태를 교묘하게 타개할 방법을 강구해야 했다. 앞으로 2주 안으로 라모나에게 다시 연락하지 않으면 그 잡지사에서 다시는 그녀의 고객에게—빅터 이후로 다른 고객이 생길지 모르겠지만—지면을 할애하지 않을 것이었다. 그리고 그녀는 그 잡지사에 절대 취직하지 못할 것이었다.

"그게 무슨 소리예요, 〈쿠튀르〉는 없던 일로 하자니?" 준이 물었다.

칼리는 두 손바닥을 들어 보였다. "그쪽도 데드라인이 있어요. 하지만 짜잔! 내가 블로거 두 명을 수배해놨고 둘 다 당신에 대해 엄청 기대하고 있어요. 신예 디자이너 쇼케이스가 패션 블로거들 사이에서는 엄청 중요한 행사거든요."

빅터는 한숨을 쉬며 자기 손을 쳐다보았다. "네, 그러게요." 그는 소파에서 몸을 일으켜 간이 주방으로 들어갔다.

칼리는 준을 쳐다보았다. "무슨 일이에요?" 그녀는 조그맣게 물었다.

"가끔 우울해할 때가 있어요." 준은 간이 주방 쪽을 흘끗 쳐다보며 나지막이 말했다. 빅터가 전자레인지에 뭔가를 넣는 소리가 들렸다. "지금 자신감에 금이 가서 그래요."

"하지만 왜요?" 칼리는 놀라워하며 물었다. "왜 지금요? 도대체 왜요? 〈프로젝트 런웨이〉 우승자잖아요!"

"SNS 때문이에요." 준은 중얼거렸다. "사람들이 얼마나 잔인한지 몰라요."

칼리는 속이 메슥거렸다. 칼리는 그의 SNS 계정에 글을 올렸고 두말하면 잔소리지만 그의 코멘트와 다른 유저들의 코멘트를 계속 감시했다. 걱정할 만한 부분은 지금까지 없었다. 대부분의 코멘트가 긍정적이었다. 하지만 주말 동안 그녀가 개 때문에 정신이 없긴 했었다. "어느 계정이요?"

"인스타그램이요." 준은 험상궂게 미간을 찌푸렸다.

"엄마, 케첩이 없어요!" 빅터가 외쳤다.

칼리는 휴대전화를 집어서 인스타그램을 띄웠다.

"찬장에 찾아봐." 준은 마주 외쳤다.

칼리는 피드를 훑어보기 시작했다.

"못 찾겠어요!" 빅터가 소리를 질렀다.

"찬장에 찾아보라고!" 준은 같이 찾아주려고 보조 주방으로 들어갔다.

칼리는 처음에는 경보를 울릴 만한 부분을 찾지 못했다. 그녀는 빅터의 완성작과 그가 열심히 작업하는 사진과 언론에 소개된 기사를 숱하게 올렸다. 빅터가 포스팅한 몇 개의 스케치는 그녀도 보았고 훌륭한 콘텐츠라는 결론을 내렸다. 그런데 지난 목요일 피드 중에 그의 시그니처 격인 어깨와 엉덩이를 강조한 스케치가 있었다. 어떤 사람이 그 디자인을 가리켜 마인크래프트 캐릭터를 흉내 낸 B급 프로젝트라고 혹평을 달아놓았다.

칼리의 입장에서는 전혀 신경 쓰지 않고 빅터가 됐건 다른 누가 됐건 무시하라고 할 만한 코멘트였다. SNS는 그게 문제였다. 오로지 남을 무너뜨리기 위해 존재하는 것처럼 보이는 사람들이 있었다. 그들에게 먹잇감을 제공하면 안 됐다. 그들에게 에너지를 빼앗기면 안 됐다. 에너지를 온전히 유지하기에 가장 좋은 방법은 SNS를 멀리하고 포스팅과 코멘트 모니

터링을 홍보 담당자에게 일임하는 것이었다.

안타깝게도 빅터는 그 어떤 것도 실천에 옮기지 않았다. 그 여자에게 자신의 성공을 질투하는 따라쟁이인 게 분명하다고, 코멘트를 보아하니 재능도 없을 것 같다고 되받아쳤다. 다른 사람들이 싸움에 가담하기 시작했다. 그에게 욕을 하고 과대평가가 됐다는 둥, 〈프로젝트 런웨이〉 때부터 싫었다는 둥 했다.

빅터는 모든 코멘트에 일일이 답을 달았다.

그러자 어쩌면 그는 재능도 없고 살 가치도 없는 2류일지 모른다는 최악의 악플이 달리기 시작했다.

"오 마이 갓." 준이 돌아오자 칼리는 나지막이 중얼거렸다. 포스트를 지웠다.

"그리고 이것도 있어요." 준은 그녀의 휴대전화를 칼리에게 내밀었다. '펠리시티의 패션'이라는 패션 블로그였다. 목줄 한 푸들을 데리고 오버사이즈 선글라스를 쓰고 물방울무늬 원피스를 입고 쌩하니 길을 건너는 여자의 삽화가 대문에 걸려 있었다.

"이 여자가 왜요?" 칼리는 물었다.

"아, 신예 디자이너 쇼케이스에 참여하는 모든 디자이너의 순위를 매겨놨어요." 준은 다시 보조 주방 쪽을 흘끗 쳐다보고는 이렇게 속삭였다. "빅터를 꼴찌로 꼽았어요. 남는 군용 텐트를 가져다가 팔, 다리 넣을 구멍을 뚫어놓은 것 같은 디자인이라며."

"빅터가 못 보게 하세요." 칼리는 준에게 휴대전화를 돌려주며 말했다. "지워버리세요."

"빅터가 보여준 거예요. 그러더니 자기는 가슴 옆 군살이 심하게 많은 사람의 충고는 듣지 않는다고 하더라고요."

칼리는 헉 소리를 냈다. 그녀는 준의 휴대전화를 부여잡고 댓글을 훑어보았다. 블로그 댓글이 인스타그램 댓글 못지않게 끔찍했지만 여기에서는 그 블로거의 게시글을 둘러싸고 일대 설전이 벌어졌다. 개중 일부는 빅터를 옹호했다. 또 일부는 대중을 상대로 옷 한번 팔아본 적 없는 햇병아리 디자이너를 싸고돌려는 사람들은 가만히 앉아서 입 다물고 있으라고 했다. 또 다른 일부는 '햇병아리'라는 단어와 거기에 부여된 부정적인 이미지에 분개했다.

"안 돼, 안 돼, 안 돼." 칼리는 앓는 소리를 냈다.

"분위기를 바꿔야 해요, 칼리." 준은 말했다. "우리가 당신을 고용한 이유도 그 때문이잖아요."

"최선을 다할게요." 칼리는 약속했다. "하지만 빅터가 저 몰래 이런 댓글을 남기고 다니면 도울 방법이 없어요. SNS를 끊어야 해요."

"나도 최선을 다하고 있어요." 준은 말했다. "하지만 저 아이가 이런 식이에요. 모든 걸 머리에 담아요. 쟤 아빠도 우울증으로 고생하고 있어요." 그녀는 보조 주방 쪽을 다시 흘긋 쳐다보았다. "걱정스러워요."

칼리도 걱정스러웠다.

그녀는 그 작업실에서 나와 플랜 C를 만들기 위해 카페로 갔다.

칼리는 라테를 사들고 길거리가 내다보이는 바 테이블에 자리를 잡고 앉았다. 허공을 족히 30분은 응시하다가 플랜 C가 없다고 솔직히 인정했다. 빅터의 이런 측면은 어떤 식으로 다루어야 할지 알 수가 없었다. SNS가 워낙 심각한 덫이었다.

칼리는 커피를 한모금 마셨다. 휴대전화를 집어서 인스타그램을 띄우고 검색창에 맥스 셰핑턴 박사라고 입력했다. 검색 결과가 아무것도 없었다. 그녀는 이번에는 토바이어스 셰핑턴 3세라고 입력해보았다. 빙고. 게시글이 많지 않았지만 고글을 쓴 귀여운 래브라도 사진이 두어 장 있었다. 그리고 놀라운 인간의 뇌라는 글과 함께 인간의 뇌를 도식으로 소개해놓았다. 그리고 머리 절반이 쓸려나간 남자를 외과의사 두 명이 내려다보는 〈뉴요커〉 만화가 있었다. 한 의사가 다른 의사에게 "뇌를 쓸 필요가 없겠는데?"라고 말하고 있었다.

칼리는 피식 웃었다.

플랜 C를 고민해야 하는 시점이건만 그녀는 페이스북에 접속했다. 맥스의 수업을 소개하는 공개 페이지가 있었다. 강의 내용을 다운받을 수 있는 탭이 있었고, 불룩 튀어나온 눈으로 흘러넘치는 시험관을 빤히 쳐다보는 미친 과학자 밈이 있었고, 맥스가 올려놓은 글이 있었다. "그래. 축삭 돌기 힘들지. 하지만 소포체에 비하면 약과야. 이것이 신경과학계의 유머! 축삭 돌기 유도 물질 시험 볼 준비 됐나? 궁금한 게 있으면 나를 찾아오도록."

칼리가 그 게시글을 보고 웃고 있었을 때 휴대전화가 갑자기 진동과 함께 깨어났다. 고든이었다.

"안녕하세요!" 그녀는 명랑하게 외쳤다. "어떻게……."

"오늘 오후에 와줘야겠어요." 고든은 인사도 없이 퉁명스럽게 말했다.

칼리는 신음이 나오려는 것을 참았다. "아…… 그럴게요." 그녀는 손목시계를 확인하며 말했다. 오늘 오후에는 로스앤젤레스에 전화를 돌려 빅터의 응원단을 모집해야 했다. "내일 가면 안 될까요?"

"네, 안 돼요."

그녀는 얼굴을 찡그렸다. "그럼 두어 시간 있다 갈게요. 처리해야 하는 일이 있어서요."

"그래요."

"무슨 일이신지 미리 들을 수 있을까요?" 그녀는 물었다.

"오면 얘기할게요." 고든의 말투는 무뚝뚝하기 짝이 없었다.

"알겠습니다." 그녀는 명랑하게 말했다. 플랜 C는 개나 주라지. 칼리는 맥스의 페이스북을 마지막으로 한번 쳐다보고 전화기를 핸드백에 넣었다.

칼리는 집으로 가서 백스터를 집 밖으로 풀어주고 강변에 자리 잡은 고든의 고급 저택으로 갔다. 초인종을 눌렀지만 응답이 없었다. 칼리는 종종 애용했던 옆문으로 돌아가 문을 두드리고 거대한 부엌을 들여다보았다. 못된 앨비라가 코빼기도 보이지 않았다. 하지만 앨비라가 타고 다니는 포드 피에스타가 진입로에 주차되어 있었고 차고 창문 너머로 고든의 마세라티도 보였다.

그녀는 두 사람이 집 안쪽 깊숙한 데 있나 보다 생각하며 안으로 들어갔다. "앨비라? 고든?"

아무도 응답이 없었다.

칼리는 부엌으로 들어가서 아일랜드 식탁에 핸드백을 놓고 전화기를 꺼내 고든에게 도착했다는 문자를 보냈다. 답이 없었다. 어떤 생각 하나가 퍼뜩 떠올랐다. 혹시 침입자가 있는 건 아닐까? 두 사람이 묶여 있거나 살해됐거나 납치당한 건 아닐까? 두 사람의 차가 다 여기 있고 문이 열려 있는데 그녀가 문을 두드리고 문자를 보내도 묵묵부답이라니 앞뒤가 안 맞았다.

칼리는 거실로 들어갔다. 으리으리한 전망창 너머로 뒷마당과 수영장과 그 아래로 흐르는 강물이 보였다. 그곳에는 수영장 물 위를 떠다니며 산들바람이 불 때마다 제자리에서 턴을 도는 큼지막한 노란색 고무 오리 말고는 아무것도 없었다.

칼리가 그 자리에 가만히 서서 밖을 열심히 쳐다보고 있었을 때 복도 쪽에서 무슨 소리가 들렸다. "그럼 그렇지." 그녀는 중얼거렸다. 두 사람은 서재에 있어서 그녀가 들어오는 소리를 듣지 못한 것이었다. 칼리는 엉뚱한 상상을 했던 데 웃음을 터뜨리며 카펫이 깔린 거실을 지나 현관으로 대리석 계단을 두 칸 올라갔다. 고든의 서재와 연결된 기다란 복도로 들어섰을 때 고든이 갑자기 방에서 나왔다. 어깨너머를 돌아보며 나오다 말고 그 방에 있는 사람에게 뭐라고 말을 했다. 웃고 있었다. 그리고 실오라기 하나 걸치지 않은 알몸이었다. 칼리는 너무 충격을 받아서 늘어진 배와 무성한 회색 음모에 묻혀 덜렁거리는 성기에서 시선을 뗄 수가 없었다. 그녀가 놀라서 소리를 질렀는지 고든이 먼저 비명을 질렀는지 모르겠지만, 아무튼 그는 비명을 지르며 다시 방 안으로 달려 들어갔다.

"오 마이 갓." 칼리는 말했다. "오 마이 갓, 오 마이 갓, 오 마이 갓." 그녀는 몸을 휙 돌려서 어디로 가는지 알지도 못한 채 달리기 시작했다. 옆문으로 달려 나가 차를 세워놓은 곳까지 갔다가 핸드백을 두고 온 게 생각나서 다시 안으로 달려 들어갔다.

"칼리!" 고든이 가운을 입고 부엌을 성큼성큼 지나 그녀 쪽으로 걸어오고 있었다.

칼리는 핸드백을 집었다. "정말 죄송해요, 고든 씨." 그녀는 심장을 한 손으로 누르며 말했다. "정말, 정말 죄송해요. 하지만 문이 열려 있고 두 분의 차가 세워져 있기에 무슨 일이 벌어진 줄 알고 제가…… 제가 너무 당황해서 제대로 사과도 드리지 못하겠어요."

215

"서재로 갑시다." 그가 앞으로 가자고 그녀에게 손짓했다. "아니, 사람 몸 처음 봐요? 악마를 본 것처럼 그럴 것 없어요."

칼리의 입장에서는 악마를 본 거나 다름없었다. 그녀는 안으로 들어가고 싶지 않았다. 그의 서재로 가고 싶지 않았다. 그를 보고 싶지 않았다. 하지만 고든이 다시 짜증 섞인 손짓을 하자 그녀는 핸드백을 가슴에 움켜쥐고 그를 따라 거실을 지나 서재로 걸음을 옮겼다.

가는 길에 앨비라가 그들 옆을 지나갔다. 그녀는 칼리와 눈을 맞추지 않았지만 머리칼이 거꾸로 서다시피 했고 스웨터를 뒤집어 입었다. 나오던 숨이 칼리의 목에 걸렸다. 그 둘이라니 꿈에도 상상하지 못했던 조합이었다. 젠장, 뚱한 표정을 짓고 다니는 앨비라에게도 애인이 있는데.

서재로 들어가자 고든은 큼지막한 가죽 의자로 걸어가 아직 불이 붙어 있는 것처럼 보이는 시가를 집어 들었다. (뭐야, 서로 눈이 맞아서 옷을 잡아 뜯기 시작한 건가?) 의자에 털썩 주저앉더니 한쪽 맨발을 책상 가장자리에 올려놓았다. 칼리는 그의 가운이 벌어져 그 잊을 수 없는 광경을 다시 맞닥뜨리지 않도록 고개를 계속 숙이고 있었다.

"자, 칼리……."

"정말 죄송해요."

그는 두툼한 손을 들어 손사래를 쳤다. "자, 단도직입적으로 얘기할게요. 내가 당신을 고용한 이유는 그 일을 맡겠다는 사람이 아무도 없었기 때문이에요. 하지만 내가 원하는 건 작품 판매예요. 블로그 사업이 아니라……."

"알겠습니다, 고든 씨. 블로그는 한 가지 아이디어였어요. 마음에 들지 않으시면 다른 걸 시도해보기로 해요."

"내가 보기에는 당신이 전혀 감을 못 잡고 있는 것 같아요. 나가서 나를 위해 뛰어줘야죠."

"열심히 뛰고 있어요. 〈우드워커스 저널〉에 연락도 했고 ……."

"아니, 피칸 스트리트 페스티벌 같은 데 부스라도 설치해야 하지 않겠느냐 이 말이에요." 그가 말했다.

칼리는 그를 빤히 쳐다보았다. 오스틴에서 가장 오랜 역사를 자랑하는 예술 축제에 그의 한심한 동그라미를 들고 가 행상을 벌이란 말인가?

"샌안토니오에도 그 비슷한 행사가 있을 거예요. 한번 알아 봐요."

"당신이 거기 참가할 수 있게 서류를 작성해달라는 말씀인 거죠?"

고든은 제정신이냐고 묻는 듯한 표정으로 그녀를 쳐다보았다. "나는 가지 않아요. 그건 당신이 해야 하는 일이니까."

칼리에게는 이 일이 필요했다. 절실하게 필요했다. 하지만 그녀에게도 한계가 있었다. 그녀가 하는 일은 홍보지 영업이 아니었다. 그리고 그가 뭐라고 그녀에게 업무 지시를 내린단 말인가? "고든 씨, 저는…….."

"잠깐, 내 얘기 아직 안 끝났어요. 그게 바로 당신이 해야 하는 일이에요. 그런데 당신은 그만한 투지가 없어 보여요."

칼리의 입이 떡 벌어졌다. 이제 그는 선을 넘어서 그녀를 열받게 했다.

고든은 갑자기 똑바로 앉더니 두 팔을 책상 위에 얹었다. "내가 친구로서 충고 하나 할게요, 칼리. 성공하는 사람들은 혀가 빠지도록 일을 해요. 프로젝트의 성공을 위해 뭐든 마다하지 않는단 말이죠. 가슴속이 활활 타오르고 있어야 해요. 무슨 말인지 알겠어요? 간절히 원해야 한다고요."

칼리의 안에서 뭔가가 뚝 끊어졌다. 지난 몇 년 동안 스트레스가 쌓인 결과인지 몰랐다. 그녀가 아무리 애를 써도, 아무리 열심히 노력해도 고든 로메로 같은 남자들은 항상 존재하기 마련이라는 깨달음이 찾아온 것일 수도 있었다. 아니면 단순히 오늘 하루가 정말, 정말 엿 같았기 때문일 수도 있었다. 이유가 뭐가 됐건 그녀는 천천히 자리에서 일어났다. 월세를 올려달라던 집주인에 대해 생각했다. 이력서에 대해 생각했다. 아무 화답 없는 입사 지원서에 대해 생각했다. 이래라저래라 하는 그의 잔소리를 얌전히 듣고 있는 것에 대해 생각했다. 고객이 항상 옳다지 않던가. 하지만 그녀가 한 말은 "다른 사람을 찾아보셔야 할 것 같은데요"였다. 칼리는 핸드백을 홱 하니 어깨에 걸쳤다. "그리고 참고삼아 말씀드리자면 저는 혀가 빠지도록 일을 했어요. 그런데 일을 하다 보면 자기가 모르는 게 없다고 생각하는 고객을 만날 때가 있는데, 겪어보면 알게 되더라고요. 그 사람이 실제로 아는 게 많을지 몰라도 나무를 깎아서 만든 빌어먹을 동그라미를 돈 주고 살 사람은 아무도 없다는 사실은 모른다는 걸."

고든은 실눈을 떴다. 시가로 그녀를 가리키며 말했다. "당신은 해고야."

"아뇨. 죄송하지만 제가 먼저 때려치웠어요. 제가 빨랐다고요."

"아니, 내가 당신을 먼저 잘랐어." 그는 문을 향해 걸어가는 그녀를 향해 고집을 부렸다.

"아뇨! 제가 먼저 때려치웠어요!" 그녀는 고함을 질렀다.

앨비라가 부엌에 있다가 칼리가 대리석 아일랜드 식탁 앞을 지나 밖으로 나가자 그녀를 보며 빙그레 웃었다.

칼리는 앨비라에게 당신처럼 막돼먹은 인간은 난생처음이라고 얘기하고 싶었지만 뜨거운 좌절의 눈물을 참느라 그럴 겨를이 없었다. *피할 수 있다면 절대 남들 보는 앞에서 울지 말아요. 나중에 사람들이 그걸 악용하거든요.* 메건이 속삭이는 소리가 들렸다.

그녀의 인생이 어쩌면 이렇게 완벽하게, 어쩌면 이렇게 순식간에 시궁창으로 처박혔을까? 이후로 칼리의 한 주는 나아지지 않았다. 빅터는 이틀 동안 잠적했다. 나오미는 브로드웨이 크리스마스 신작 공연 티켓을 사려고 한다며 연말에 올 수 있느냐고 문자를 보냈다. 그녀는 요즘 같은 추세로 계속 갔다가는 크리스마스 무렵이면 어머니와 함께 살게 될 판국이었다. 백스터는 도그 TV에 흥미를 잃고 다시 부엌의 구석 자리로 돌아갔다. 뭘 잘 먹지도 않았다. 마당에 풀어놓으면 정처 없이 헤매다니다가 다시 질질 안으로 들어갔다.

헤이즐을 보고 싶어 하는 것이었다. 그 딱한 녀석 때문에 그녀는 마음이 아팠다. 모든 게 마음이 아팠다.

목요일 오후가 되자 칼리는 마침내 포기하고 맥 앤드 치즈를 한 상자 만들어 그중 절반을 백스터에게 먹이는 슈퍼 유기농, 슈퍼 영양 만점 사료 위에 얹어주었다. 백스터는 귀찮은 일이라도 되는 듯 한숨을 쉬었다. 그래도 먹긴 먹었다.

"이해해." 칼리는 벽에 등을 대고 스르르 백스터의 옆자리로 주저앉았다. "나도 지금 탄수화물 그릇에 얼굴을 박을 수만 있다면 소원이 없겠다."

백스터는 사료를 다 먹은 뒤 옆에 누워서 그녀의 다리에 머리를 얹었다. 그녀는 그의 정수리와 귀를 쓰다듬었다. 그녀의 머릿속에 헤이즐이 떠올랐고…….

흠. 사실은 맥스가 생각났다. 그녀는 둘이서 같이 도그 TV를 보고, 녀석들 속이 부글거릴 게 분명한데도 새롭고 특이한 사료를 그릇에 넣어줘 가며 즐거운 시간을 보내는 모습을 상상해보았다. 맥스의 회색 눈과 그녀를 볼 때 희미하게 짓는 묘한 미소를 떠올렸다. 꼭 그녀가 어떤 사람인지 잘 모르겠다는 표정이었다. 그의 온몸을 도배했던 데님을 떠올렸다. 거기에 얼굴을 묻으면 얼마나 좋을까. 지금 남자의 힘센 팔이 그녀를 감싸 안은 느낌을 만끽할 수 있으면 얼마나 좋을까. 그녀가 의존적인 성격이라 그런 건 아니었다. 하지만 가끔은 그냥 손을 놓고 모든 걱정을 남에게 맡길 수 있으면 좋지 않을까?

칼리는 백스터를 쳐다보다가 휴대전화를 집어 들었다.

안녕하세요. 저예요, 칼리 케네디. 바쁜데 방해했다면 미안하지만 과학자의 조언이 필요해서요.

문자가 전달된 걸로 떴다. 그리고 그대로 아무 반응이 없었다. 째깍째깍 시간이 흘렀다. 분침이 움직이는 속도가 점점 더 더디게 느껴졌고 지나간 시간이 쌓일수록 그녀는 민망해하며 문자를 보낸 것을 후회했다. 하지만 잠시 후에 점 세 개가 보였다.

안녕하세요, 칼리 케네디 씨. 과학자 대령입니다.

칼리는 씩 웃었다. 백스터가 고개를 들자 그녀는 화면을 보여주었다. "보여? 자기가 과학자라고 했을 때 내가 안 믿지 않았느냐는 말은 하지도 않았어. 정말 좋은 사람인 것 같아, 백스터. 귀엽기도 하고." 그녀는 답장을 보냈다.

백스터가 다시 우울해서요. 좋은 방법 없을까요?

아. 개 때문에 고민이시로군요. 소파에서 내려가라고 발로 찼나요?

아뇨. 자기가 알아서 내려갔어요. 헤이즐이 없으니까 전처럼 재미가 없나 봐요.

내 안의 과학자는 당신이 백스터를 의인화하고 있다고 말하고 싶어서 입이 근질거리지만 어쩌면 당신 생각이 맞을 수도 있죠. 가이드북에서 시킨 대로 다시 유기농 사료를 먹였어요?

당연하죠. 하지만 하도 사료를 먹지 않으려고 해서 오늘 저녁에 맥 앤드 치즈를 좀 줬을 수도 있어요.

그럼 뇌의 보상 중추가 자극을 받아서 도파민이 분비됐을 텐데. 도그 TV는요?

하루 종일 틀어놨어요.

장난감은요?

수의사가 승인한 씹을 수 있는 장난감이요. 가이드북에서 그걸 씹으면 이빨이 깨끗해진다고 하길래요.

흠...... 어렵네요. 그 녀석한테 사랑한다고 얘기해줬어요?

칼리는 백스터를 쳐다보았다. "사랑해, 백스." 그녀는 말하고 배를 열심히 긁어주었다.

네, 해줬어요! 그리고 배도 긁어줬어요. 내가 무슨 악마도 아니고.

그럼 내 친구 백스터한테 효과가 있었을 텐데. 전문가의 관점에서 얘기하자면 이 시점에서 취할 수 있는 조치는 하나뿐이에요. 그런데 당신은 그 방법이 마음에 들지 않을지 몰라요.

애태우지 말고 얘기해줘요. 어떻게 하면 내 개를 살릴 수 있을까요, 박사님?

당신의 개를 살릴 수 있는 유일한 방법은 당신 집 근처 애견 공원에서 나랑 헤이즐을 얼른 만나는 거예요. 문자로 논의하기에는 너무 심각한 사태지만 간단하게 얘기하자면 상심한 애견을 달래는 치료법은 그것뿐이고 더 나빠지기 전에 얼른 조치를 취해야 해요.

칼리는 미소를 지었다. 양심상 상심한 백스터를 모르는 척할 수 없었다. 그녀는 언제, 어디서 만나면 좋겠느냐고 맥스에게 문자를 보냈다. 그러고는 며칠 만에 처음 짓는 것처럼 느껴지는 미소를 지었다.

9

칼리에게 문자가 온 타이밍이 이보다 더 좋을 수 없었다.

맥스는 친구이자 지도 교수인 드레이크 실버먼 박사와 자연과학대학 건물 앞에 앉아서 텔레비전 방송국 촬영팀이 짐을 싸는 것을 구경하고 있었다. 지나가던 학생이 말하길, 중독의 신경생물학적인 측면을 연구하고 중독에 관여하는 뇌의 수용체를 분리한 알라나 프리드먼 박사를 인터뷰하기 위해 찾아온 촬영팀이라고 했다. 맥스도 그녀의 연구에 대해 알고 있었다. 치료의 양상을 바꾸고 약물적인 개입으로까지 확장될 수 있는 전도유망한 연구였다.

그들이 인터뷰 촬영팀과 맞닥뜨린 것은 우연이었다. 맥스가 드레이크에게 연구 보고서와 결론, 개의 행동 및 내분비 표현형과 외부로 발현된 인간의 자폐성 행동의 전환적인 측면에 대한 추가 연구 계획을 읽어봐달라고 부탁했기 때문이었다.

"그러니까 기본적으로 개의 뇌가 보이는 유사한 행태를 연구하면 인간의 자폐증을 이해할 수 있다는 뜻이로군." 드레이크는 말했다.

"그렇습니다." 맥스는 말했다.

드레이크는 씩 웃었다. "자네는 교실에 개를 데리고 오는 걸 좋아하는 것 같던데."

"누군들 안 그렇겠습니까?" 맥스는 물었다. "오말리 학과장님만 빼고요. 그분은 탐탁지 않게 여기는 눈치였어요."

드레이크는 손을 내저었다. "그는 좋아하는 게 아무것도 없어. 내가 보기에 이 정도면 충분하네, 맥스. 수정안을 두어 군데 적어놓긴 했지만 이대로 제출해도 손색이 없겠어."

드레이크가 검토해준 보고서는 맥스가 실시한 연구의 마지막 부분이었다. 그는 이것뿐 아니라 모든 연구 보고서와 출간된 논문, 발의한 논문, 향후 연구 목적까지 종신 재직 심사 서류로 제출할 예정이었다. 그러면 학과 종신 재직 심사 위원회에서 그의 저술과 향후 계획을 심사할 것이다. 위원회에서 그의 저술과 최근 연구를 보고 통과시키기에 충분하다는 결론을 내리면 이 서류를 학장에게 보낼 것이다. 골드바트 학장이 그의 연구 내용을 검토하고 합당하다 싶으면 그의 서류는 대학 종신 재직 심사 위원회로 송부될 것이다. 그 위원회에서 합당하다는 결론을 내리면 그를 교무처장에게 추천할 것이다. 교무처장이 그에게 종신 재직권을 허락하면 맥스는 조교수에서 종신 재직권이 부여된 조교수로 승진하고 신경발달상의 문제, 그중에서도 특히 자폐 연구를 계속할 수 있는 자격과 기부금 신청 경쟁에 뛰어들 수 있을 것이다. 아, 그리고 연봉도 제법

오를 테고.

길고 복잡한 과정이었고 중간에 여러 과학자의 비위를 맞춰야 했다. 그러니 종신 재직권을 부여받으려면 여러 해가 걸리는 것도 무리는 아니었다. 그뿐 아니라 한 해에 후보를 한 명만 받는 것이 이 학과의 방침이었다. 그러니까 종신 재직권을 노리는 교수들이 모두 한 자리를 놓고 경쟁해야 한다는 뜻이었다. 맥스는 올해야말로 자기 차례라고 믿고 있었다. 그는 지금까지 두 번 서류를 제출했지만 학과 위원회의 벽을 넘지 못했다. 하지만 그의 저술 목록은 전보다 더 탄탄했고 출간 계획은 완벽했다. 이번만큼은 그가 따놓은 당상이라고 생각했다. 그랬기 때문에 드레이크와 함께 나온 길에 텔레비전 촬영팀을 보았을 때 그의 심장이 철렁 내려앉았다.

알라나는 아주 훌륭한 성과를 보이고 있었다. 대부분의 사람은 개를 연구하는 맥스를 보면 그가 그들과 재미있게 어울릴 수 있는 연구 분야를 선택하기라도 한 듯 빙그레 웃었다. "예감이 안 좋은데요." 맥스는 사진기자용 재킷을 입은 남자가 방송 차량의 뒷문을 닫고 조수석으로 올라타는 것을 지켜보며 드레이크에게 말했다.

"걱정 붙들어 매게." 드레이크는 이렇게 말했다. 하지만 맥스는 그가 눈을 피하는 것을 알아차렸다. 맥스는 걱정을 붙들어 맬 수가 없었고 그는 불안하면 점점 구멍을 파고 들어가는 성향이 있었다. 따라서 주머니 안에 넣어둔 휴대전화에서 알림음이 울렸을 때 그는 다른 데로 주의를 돌릴 수 있어서 기뻤다.

"CNN이라." 방송 차량이 그들 앞을 지나가자 드레이크가 말했다. "CNN이라니 엄청난데?"

그렇다. 아주 엄청난 일이었다. 맥스는 한숨을 쉬며 전화기를 들여다보았다. 입가에 미소가 지어지는 것을 느낄 수 있었다. 칼리 케네디가 보낸 문자가 맞나? 분명했다. 그 순간만큼은 세상 어떤 것도 그보다 더 좋을 수 없었다.

"이제 그만 들어가봐야겠군." 그러면서 드레이크는 자리에서 일어나서 맥스를 쳐다보았다. "무슨 문제가 생긴 건 아니지?"

"네?" 맥스는 전화기를 들여다보다 말고 고개를 들었다. "이제 가시게요? 고맙습니다. 멘토가 되어주셔서 항상 감사한 마음이에요."

"별소리를 다 하는군." 드레이크는 웃으며 그를 향해 손목을 흔들었다. "자, 이제 그만 들어가자고."

"어…… 저는 이것 좀 처리하고요." 맥스는 전화기를 들어 보였다.

드레이크는 고개를 끄덕이고 나중에 또 보자는 말을 끝으로 걸음을 옮겼다.

맥스는 재킷 지퍼를 채워 북풍을 막고 칼리의 문자에 답장을 보냈다. 그들은 내일 일과를 마친 뒤에 만나기로 했다. 그는 웃는 얼굴로 자리에서 일어났고 CNN 차량은 까맣게 잊었다. 모든 걸 까맣게 잊었다. 고개를 들려고 하던 걱정과 불안을 제대로 꺾어서 그의 머릿속 뒷주머니 안으로 쑤셔 넣을 수 있었다. 교수실로 돌아가는 동안 그의 머릿속은 온통 칼리 생각뿐이었다. 그는 며칠 전부터 그녀에 대해 생각하고 있었다.

다음 날 오후에 웨스트 오스틴 애견 공원에 도착했을 때 맥스는 백스터의 소리부터 들었다. 녀석은 나지막이 으르렁거리며 짖는 것이 조금 특이했다. 헤이즐도 그 소리를 들었는지 두어 번 짖는 것으로 화답하며 출입문 쪽을 향해 신나게 껑충거리기 시작했다. 맥스가 문을 열자 헤이즐은 그 허리둘레와 다리 길이로 가능할까 싶은 속도로 어느 피크닉 테이블 쪽을 향해 돌진했고, 저러다 콘크리트 테이블을 들이받겠다고 생각한 순간 백스터를 덮쳐 그 아이를 쓰러뜨렸다. 둘은 한 차례 같이 뒹굴더니 서로 덥석거리며 추격전을 벌이기 시작했다.

그제야 그는 칼리가 피크닉 테이블 뒤에 서 있는 것을 알아차렸다. 그녀가 손을 흔들었다.

맥스도 따라서 손을 흔들었다. 그는 그녀가 해괴망측한 옷을 입고 있지 않다는 데 속으로 안도의 한숨을 내쉬었다. 그녀의 옷차림에 신경이 쓰여서라기보다―그녀는 뭘 입든 예쁠 것이었다―그걸 보고 뭐라고 하면 좋을지 알 수 없기 때문이었다. 오늘 그녀는 레깅스에 부츠를 신고, 긴팔 티셔츠 위에 조끼를 입고, 꼭대기에 흰색 털 방울이 달린 니트 모자를 썼다. 길고 까만 머리는 땋아서 어깨 위로 늘어뜨렸다. 그 땋은 머리를 주먹에 감는 상상을 하자 그의 심장이 살짝 두근거렸다. 노르에피네프린 호르몬(분노나 활력을 느끼게 하는 호르몬—옮긴이)이 온몸으로 분비돼 하루를 환하게 밝힐 예정이라는 신호였다.

맥스가 공원을 가로질러 그녀에게로 다가가는 동안 그녀는 미소를 지었다. 맥스는 그 거리에서도 그녀의 파란 눈이 보인다고, 인간들이 만든 온갖 신들에게 맹세할 수 있었다. 그녀에게는 그의 혈관 속으로 스며들어 온몸으로 번져나가 곳곳의 모든 세포를 기분 좋게 달구는 매력이 있었다. 그가 발걸음을 재촉하며 따져보니 평소에는 이런 생각을 한 적이 없었다. 하지만 그는 누가 뭐래도 그녀에게 마음을 빼앗겼고, 피크닉 테이블에 다다랐을 무렵 그의 개는 그의 시선 밖으로 완전히 벗어나 있었지만 그래도 상관없었다.

"왔어요?" 그녀가 명랑하게 외쳤다. "백스터가 짖는 소리 들었어요? 헤이즐을 얼마나 좋아하는지 몰라요."

맥스의 안중에는 그녀 말고는 아무것도 없었다.

그녀가 고개를 돌리자 땋은 머리가 살짝 흔들렸다. "쟤네들 좀 봐요."

맥스는 개들을 쳐다보는 그녀를 잠깐 쳐다보았다. 잠시 후에 그녀는 눈가에 주름이 생길 정도로 환하게 웃으며 그를 다시 돌아보았다. "백스터의 변화가 놀라울 정도예요. 쟤네들 진짜 귀여워요!"

"그러게요." 그는 맞장구쳤다. 하지만 그는 칼리를 쳐다보고 있었다.

칼리는 테이블에 놓인 보온병 가방을 손짓했다. "짜잔, 내가 선물을 들고 왔죠."

"진짜요?" 그는 깜짝 놀랐다. 칼리는 선물을 들고 오는 타입으로 보이지 않았다. 지금까지는 필요하다 싶은 경우 얼마든지 상대방을 때려눕힐 자세가 되어 있는 타입으로 비쳤다. 그는 그런 경우가 찾아오지 않길 간절히 바랐다.

"그럼요, 진짜죠. 나도 예의라는 게 있거든요. 한량없는 우울증에 빠진 반려견을 구해달라고 신사분과 그 집 반려견을 불러놓고 빈손으로 올 수 있나요." 그녀는 가방 지퍼를 내리며 그를 곁눈질했다. "그리고 과학자라는 당신 말을 믿지 않았던 것에 대해 사과도 해야 하고요. 당신이 나더러 진정하라고 했다가 딱 걸리니까 장난치는 줄 알았지 뭐예요."

맥스는 미소를 지었다. "나는 당신이 슈퍼모델이라는 말을 백 퍼센트 믿었는데요."

그녀는 놀라워하며 웃음을 터뜨렸다. "옆구리 살이 그렇게 삐져나왔는데요? 잠깐, 대답하지 말아요." 그녀는 체크무늬 보온병을 꺼내 그에게 들어 보였다. "핫초콜릿이에요. 핫초콜릿 좋아해요? 아니, 초콜릿에 이상한 알레르기가 있거나 그런 건 아니죠? 당신한테 초콜릿 알레르기가 있으면 내가 백스터를 구하는 이 작전을 취소할 거고, 그러면 백스터는 억장이 무너질 텐데요."

맥스는 치명상을 입은 사람처럼 한 손으로 심장을 눌렀다. "내가 그런 만행을 저지를 리 있겠어요? 나는 핫초콜릿 좋아하고 이상한 알레르기 없어요. 설령 알레르기가 있다고 한들 비밀로 할 거예요. 왜냐하면 저 둘은." 그는 두 손가락으로 두 마리의 개를 가리켰다. "하늘에서 점지해준 인연이거든요."

"맞아요." 칼리는 씩 웃으며 말했다. "우리 인간들도 저 아이들처럼 운이 따라주면 좋을 텐데." 그녀는 종이컵 두 개를 꺼내고 보온병을 열어서 핫초콜릿을 따랐다. 잔 하나를 맥스에게 건네고 남은 잔을 집어서 맥스의 잔에 대고 부딪혔다. "고마워요. 진짜로. 백스터가 얼마나 우울해했는지 몰라요."

맥스는 그녀의 눈을 들여다보았다. 뭐라고 말을 하고 싶었지만 전측두엽이 퇴행하기라도 한 것처럼 단어들이 머리 밖으로 흩어졌다.

"건배!" 그녀는 외치고 자기 컵을 그의 컵에 부딪혔다.

"건배." 맥스는 핫초콜릿을 한 모금 마셨다. 진하고 따뜻한 초콜릿의 맛이 혀를 강타하자 어린 시절의 추억이 물밀듯 밀려왔다. 하지만 그 추억은 금세 대학교 시절의 추억으로 바뀌었다. 이 핫초콜릿에는 술이 섞여 있었던 것이다. 그는 기침을 하고 놀란 표정으로 칼리를 바라보았다.

그녀는 깔깔대며 피크닉 벤치에 앉았다. "금요일이잖아요! 그리고 날이 살짝 쌀쌀하고요. 사실 내가 당신 몸을 녹여주는 또 다른 호의를 베풀고 있는 셈이라고요."

"사고방식이 마음에 드네요, 칼리 케네디 씨. 이건 내가 필요한 줄도 몰랐던 호의인데." 맥스는 그녀 옆에 앉았다.

"진짜 뇌과학자한테 그런 칭찬을 듣다니 영광이에요."

"그래요, 하고 싶은 말 다 해요." 그는 손짓하며 말했다. "그런 말투로 뇌과학자라고 하니까 내가 집 뒷마당에서 프랑켄슈타인의 괴물을 만드는 사람이라도 된 것 같긴 하지만."

칼리는 폭소를 터뜨렸다.

"그나저나 어떻게 내 말을 믿게 됐어요? 내가 어떻게 하면 당신을 그 치마에서 끄집어낼 수 있겠는지 분석 계산한 덕분은 아닐 테고."

"그건 절대 아니죠." 그녀는 동의했다. "인터넷으로 검색해보고 믿게 됐어요."

맥스는 핫초콜릿에 또다시 사레가 들었다.

"왜요? 놀랐어요? 당신은 사람들 검색해보지 않아요?"

"네! 아니, 물론 일과 관련이 있을 때는 검색하죠. 하지만 그게 아니라면?" 그는 고개를 저었다.

"검색을 왜 안 해요! 상대방이 어떤 사람인지 알아야죠. 진심으로!" 그녀는 반신반의하며 웃고 있는 그에게 말했다. "나 농담 아니었어요. 당신이 진짜로 개 납치꾼일 수도 있잖아요."

"나를 만나기 전에 검색한 거예요?"

"아뇨, 하지만 검색했어야 했다는 게 포인트예요." 그녀가 말했다. "그 당시에는 너무 당황해서 그러지 못했지만."

"내가 진짜 개 납치꾼이었으면 인터넷에 광고를 했을 거라는 게 당신 논리예요?"

"당신이 개를 납치한 전적이 화려하다면 개 납치나 기타 끔찍한 행동을 SNS에 올려서 꼬리가 밟혔을 거라는 게 내 논리예요."

맥스는 웃음을 터뜨렸다. "끔찍한 행동을 SNS에 올린다니 그게 무슨 소리예요?"

"인터넷에서 검색하고 SNS 계정을 체크했는데 당신이 맹수사냥꾼이거나 인종차별주의자가 올린 포스트에 '좋아요'를 눌렀더라, 그러면 솔직히 당신이랑 애견 공원에서 만날 수 있겠어요?"

"아하, 이제 알겠어요." 그는 핫초콜릿을 한 모금 마셨다. "그냥 궁금해서 묻는 건데…… 그래서 뭘 발견했어요?"

"당신이 개랑 뇌를 진짜 좋아한다는 거요."

"그게 다예요?"

"그게 다예요."

맥스는 미소를 지었다. "당신 이론에는 구멍이 있어요. 난 SNS를 거의 하지 않기 때문에 나에 대한 정보가 거의 없어요."

그녀는 잠깐 실눈을 뜨고 그 말에 대해 곰곰이 생각했다. "맞아요. 당신이 개 납치꾼일 가능성이 아직 남아 있네요. 옛날식으로 당신을 심문해야겠어요."

"잘 생각했어요!" 맥스는 씩 웃었다. "내가 제일 좋아하는 게 제대로 된 심문이거든요. 아, 맞다, 브랜트도 검색해봤어요?"

"이제야 말이 통하네! 이로써 내 주장이 입증됐어요. 우리 둘 다 브랜트를 검색해봤어야 한다는 거. 검색 안 했어요. 왜냐하면 그 사람이 명함이며 기타 등등을 가지고 있었고 솔직히 내가 좀 절박했거든요. 하지만 이번 실수를 통해서 배운 게 있어요, 맥스. 그래서 치마 지퍼를 내려준 남자가 막무가내로 자기가 뇌과학자라고 선언하기에 단박에 이건 검색해봐야 한다는 걸 알았죠."

맥스는 웃음을 터뜨렸다. "그렇게 얘기하니까 맞네요. 내가 진짜 막무가내로 선언했어요? 대개는 상대방이 물어볼 때까지 기다리는데." 그날 밤과 관련해서 기억나는 게 있다면 그녀 살 갗의 감촉이었다. 부드럽고 낭창낭창하고 따뜻하고 또…….

"아무튼 대학교 홈페이지에서 당신 프로필 읽었어요."

"아." 그녀가 자신을 검색해보았다니 기분이 살짝 묘했다. "보니까 음……." 그는 머뭇거렸다. 그녀의 답이 마음에 안 들면 어쩌나 싶어서 물어보기가 꺼려졌다.

"보니까 어땠느냐고요?" 칼리가 대신 말끝을 맺었다.

맥스는 그녀가 프로필이 마음에 들었는지, 인상 깊게 느꼈는지 궁금했다. 그의 프로필이 그녀의 관심을 원하는 다른 남자들과 그를 요술처럼 분리하지는 않았는지 궁금했다. "네, 그걸 물어보고 싶은 것 같아요."

"당신이 어떤 일을 하는지 백만 년이 지나도 내가 이해할 일은 없겠구나 하는 생각이 들었고 그렇게 똑똑할 수 있다니 존경스러웠어요."

"나 별로 똑똑하지 않아요. 그냥 과학계 용어를 알고 있을 뿐이지. 우리 뇌과학자들은 비교적 작은 집단이에요. 우리만 아는 언어를 써야 똘똘 뭉칠 수 있죠."

"아하, 비밀 클럽 같은 거로군요?"

"그 비슷해요."

칼리는 씩 웃었다. 손끝으로 종이컵 테두리를 따라 훑었다. "신경과학을 선택한 이유가 뭐예요? 6학년 때 과학 실험에 목숨을 걸고 그러는 아이였어요? 대단하다 싶은 게, 나는 6학년 때 조니 그라코스키라는 아이가 나한테 죽은 귀뚜라미를 던진 순간 과학의 기역 자도 관심이 없어졌거든요."

"귀뚜라미요?"

"귀뚜라미 진짜 징그러워요. 당신은 어때요, 맥스?"

그로서는 귀뚜라미와 과학의 연관성을 알 길이 없었지만 그래도 상관없었다. "나는 고등학교에 가서야 과학을 좋아하게 됐어요. 6학년 때는 여학생들이 눈에 들어오기 시작해서 모든 레이더가 그쪽으로 향해 있었고요. 고등학교에 입학하면서 관심사가 추가로 확대됐어요. 원래 수학과 과학을 잘하기는 했지만 그걸 전공할 생각은 없었거든요. 사실 내 동생 제이미가 더 큰 이유였어요. 그 아이의 장애에 호기심이 생겼거든요. 우리 둘은 어째서 그렇게 다른지, 우리의 뇌가 어째서 그렇게 다르게 작동하는지."

"어째서 그래요?" 그녀는 물었다.

맥스는 잠시 생각에 잠겼다. "내 동생은 제대로 말을 할 줄 모르는 걸 빼면 똑똑한 아이예요. 그리고 예술적인 감각이 아주 풍부하고요. 그 아이가 개를 그린 그림, 내가 보여줬던 거 기억해요?"

칼리는 고개를 끄덕였다.

"1학년 때 특수반 선생님이 제이미가 그린 그림을 집에 보내면서 얼마나 뛰어난지 모른다는 메모를 남겨놓았던 게 기억이 나요. 어떤 부분에서는 아주 뛰어났지만, 또 어떤 부분에서는 아주 뒤쳐졌죠. 나는 내가 과학을 아주 좋아한다는 걸 알게 됐을 때 자폐증과 신경 장애 전반에 대해 좀 더 공부하고 싶어졌어요. 동생과 동생 같은 사람들이 좀 더 수월하게 살아갈 수 있는 방법을 찾고 싶어졌어요." 그는 살짝 미소를 지었다. "그게 다예요."

칼리도 미소를 지었다. "당신 같은 형이 있다니 제이미는 참 운이 좋네요."

맥스는 운이 좋은 쪽은 그일지 모른다는 생각을 했다. "당신은요? 당신은 진짜 홍보 전문가예요?" 그가 물었다.

"거의요." 그녀는 말했다.

"네?"

"홍보 전문가에 가깝다고요." 그녀는 키득거렸다. "홍보 전문가가 맞지만 지금 현재는 내 능력에 대해 좀 자신이 없어요. 이번 주에 고객을 한 명 잃었거든요."

"아, 어우, 저런. 그 패션 쪽 인간은 아니길 바라요. 내가 이 제는 익숙해졌거든요, 당신의 그……." 맥스는 알맞은 단어를 고민했다.

칼리는 한쪽 눈썹을 추켜세우며 미소를 지었다. 하지만 그를 대신해 알맞은 단어를 제시하지는 않았다. 그에게 맡길 작정이었다.

"그 디자인이요." 맥스는 마침내 말했다.

"디자인이요?" 칼리는 명랑하게 외쳤다.

"좋아요." 맥스는 삐딱하게 씩 웃었다. "그럼 그 코스튬 같은 거."

"코스튬 같은 거요?" 칼리는 폭소를 터뜨렸다. "다행히 그 고객은 남아 있어요. 없어진 고객은―마음의 준비를 하시라―어마어마한 어깨랑 긴 소매보다 더 황당한 걸 만들던 사람이에요."

맥스는 몸을 돌려 그녀를 마주 보았다. "와, 궁금해서 죽겠는데요? 그보다 더 황당할 수가 있어요?"

"다른 고객은 나무 동그라미를 만들었어요."

"뭐를 만들었다고요?"

칼리는 손으로 허공에 동그라미를 그렸다.

맥스는 고개를 저었다. "뭘 만들었다는 건지 모르겠어요."

"바로 그거예요! 그게 뭔지 누가 알 수 있겠어요? 그 동그라미를 이해한다는 사람을 지금까지 한 명도 만난 적 없어요." 그녀는 휴대전화를 꺼내 화면을 위아래로 마구 넘기더니 그에게로 살짝 몸을 기울이고 사진을 보여주었다. 과연 동그라미였다. 아주 반질반질하고 동그란 나무였다.

"이건…… 나무 동그라미가 맞네요." 맥스는 혹시 장난치는 건가 확인하느라 칼리를 흘끗 쳐다보았다가 다시 화면 쪽으로 고개를 돌렸다. 칼리는 전화기를 들고 그에게로 좀 더 몸을 기울였다. 맥스는 그녀의 몸이 그와 닿는 느낌이 좋았다. 동그라미는 그렇지 않았다. "미안해요, 어떤 작품인지 이해를 못 하겠어요."

"고마워요!" 그녀는 외치고 그에게서 몸을 떼어냈다. "나한테 예술 감상 DNA가 없는 건 아닌가 싶어서 계속 고민했는데 이제 보니 이 남자가 그냥 바보 같은 동그라미를 만들고 있는 거더라고요. 어떤 건 뚱뚱하게, 어떤 건 얇게, 어떤 건 진짜 커다랗게, 어떤 건 진짜 조그맣게. 하지만 전부 그냥 동그라미예요."

"어디 다시 한번 보여줘요." 맥스가 말했다. 그 한심한 동그라미를 보고 싶어서가 아니라 그녀의 어깨가 그의 팔을 누르는 기분을 다시 느끼고 싶어서였다.

두 사람은 휴대전화 위로 허리를 숙이고 그녀가 휙휙 넘기는 동그라미 사진을 같이 들여다보았다. 그녀의 향기가 그의 코를 간질였다. 비에 흠뻑 젖은 공기가 희미하게 연상되는 향기였다.

"온갖 수단을 총동원했어요. 인스타그램, 블로그, 미술 잡지. 그런데 다들 똑같은 반응을 보였어요. 이 남자 이름은 들어본 적 없다, 그리고 이게 도대체 뭐냐. 예전에 내가 고든에게 동그라미가 상징하는 게 뭐냐고 물은 적이 있었는데, 화를 내지 뭐예요."

"화를 내요?"

"난리도 아니었어요! 그건 예술 작품이라고, 예술 작품은 아무한테도, 심지어 자기 작품의 홍보를 맡긴 사람한테도 설명할 필요가 없다면서요."

"허걱." 맥스는 그녀를 대신해서 말했다.

"그 말을 듣고 속상해하지는 않았어요. 그 인간이 그냥 쓰레기인 거니까." 칼리는 재미있다는 듯이 눈을 반짝이며 그를 향해 미소를 지었다.

맥스는 그녀의 손 아래로 자기 손을 집어넣고 사진을 다시 한번 볼 수 있게 전화기를 들었다. "내가 뇌과학자의 의견을 제시해도 될까요?"

"그럼요! 뇌과학자의 의견이 필요해요."

"저건." 맥스는 화면을 가리키며 말했다. "그냥 나무 동그라미예요." 그는 손을 빼지 않은 채로 씩 웃었다. "당신 생각이 맞아요."

"아우 신나라! 그 말을 좀 더 주기적으로 들어야 하는데. 아무튼 그 일 관뒀어요. 피칸 스트리트 페스티벌에 부스 설치해놓고 앉아서 영업을 하라지 뭐예요. 나는 최소한으로나마 협조해주길 바랐는데 그 사람은 전혀 그럴 생각이 없더라고요. 그래서 때려치웠어요."

"올바른 결정을 내린 것 같은데요?"

"말도 말아요." 칼리는 말했다. "그 사람이 얼마나 노발대발했는지 몰라요. 그런데 최악인 부분은 따로 있어요. 내가 그 일을 때려치우기 직전에 그 사람이……." 그녀는 말을 멈추고, 재미있어서 어쩔 줄 몰라 하는 파란 눈으로 그를 곁눈질했다. 웃음을 참고 있는 것이었다.

맥스는 미소를 지었다. "그 사람이 뭐요?"

"당신한테 이 얘기를 하게 될 줄이야."

칼리의 웃음에는 전염성이 있었다. 그도 덩달아 빙그레 웃고 있었다. "뭔데요?"

"그 사람이 가정부랑 한판 하고 나오다가 나랑 우연히 마주쳤지 뭐예요." 그녀는 충격을 받은 척 손으로 자기 입을 찰싹 때렸다.

맥스는 웃음을 터뜨렸다. "설마!"

칼리는 열심히 고개를 끄덕이고는 자기가 본 공포 영화를 재현하듯 전말을 알려주었다. "꼭 부리가 거기 꽂혀 있는 빅 버드(어린이용 TV 프로그램 〈세서미 스트리트〉에 등장하는 캐릭터—옮긴이) 같았다니까요?" 그녀는 몸서리를 치며 말했다.

맥스는 몸을 반으로 접고 깔깔대며 웃었다.

"그래요, 실컷 웃어요." 그녀도 덩달아 웃으며 말했다. "나는 이제 와서 안 본 눈을 살 수도 없고 어쩜 좋아요?"

"당신이랑 백스터가 파란만장한 한 주를 보낸 모양이네요." 사실 개들은 뛰어다니다 지쳤는지 피크닉 테이블로 돌아와 그 아래에 길게 뻗어 있었다.

"맞아요. 그렇지, 백스?" 그녀는 물으며 허리를 숙여 개들을 내려다보았다.

그녀의 뺨은 장밋빛이었고 코끝은 빨갰다. 맥스의 가슴 한 가운데서 분출된 온기가 사타구니로 슬그머니 번졌다. 정신을 차리고 보니 그가 그녀의 입을 빤히 쳐다보고 있었다. 그녀에게 입을 맞추고 싶다는 충동이 느껴지는 것을 보니 편도체가 다짜고짜 엉뚱한 뉴런으로 도파민을 분출하고 있었다. 헝클어진 새빨간 머리를 하고 이파리 색 외투를 입은 여자가 퍼그를 데리고 옆을 지나가준 덕분에 그는 민망해지는 사태를 막을 수 있었다. 퍼그가 백스터와 헤이즐을 향해 짖었지만 둘 다 마주 짖지도 않을 만큼 무관심하게 대했다.

여자가 퍼그의 목줄을 홱 잡아챘다. "그만!" 그녀가 날카롭게 속삭였다. "그런 식으로 짖으면 안 된다고 몇 번을 얘기하니? 쟤네들이 너한테 무슨 짓을 저지른 것도 아닌데." 그녀는 퍼그와 함께 계속 걸으며 이렇게 말했다. "개가 보일 때마다 짖는 것 좀 그만해. 예의 없는 행동이야."

맥스는 칼리를 쳐다보았다. 그녀는 웃지 않으려고 애쓰고 있었다. "저 개는 말을 할 줄 아는 걸까요?" 그녀가 속삭였다.

"나도 똑같은 걸 궁금해하고 있었어요." 그도 마주 속삭였다. "말하는 개일까? 그런데 내가 이상한 걸까요? 저 여자를 보고 생각난 사람이 있어요." 맥스가 말했다. "누구 말하는지 알겠어요? 이리저리 뻗친 빨간 머리를 하고 다니는 만화 캐릭터인데."

칼리는 헉 소리를 냈다. "누굴 닮았는지 정확히 알겠어요!" 그녀는 신난 목소리로 속삭였다. "포이즌……."

"아이비!" 그가 그녀와 함께 단어를 완성했다. "맞아요!" 그들은 같이 웃음을 터뜨리고 서로 하이파이브를 했다. 맥스는 그녀의 손을 놓지 않았고 칼리는 좋아서 비명을 지르며 그의 어깨를 향해 다시 몸을 기울였다. 그들의 웃음소리를 듣고 백스터와 헤이즐이 테이블 아래에서 기어 나와 자기들도 끼워달라고 꼬리를 흔들며 점프했다.

칼리는 숨을 헐떡이며 눈 아래에 조그맣게 맺힌 눈물을 닦았다. 허리를 숙여서 테이블 위로 기어 올라오려는 백스터를 몸으로 막았다. 그러느라 맥스에게서 조금 물러났다. "핫초콜릿 좀 더 마실래요?" 그녀가 물었다.

그녀에게 입을 맞출 수 있는 기회가 사라졌다. 그가 날려버렸다. "그러고 싶지만 좀 더 마시면 운전을 못 할 것 같아요. 그나저나 거기다가 뭘 넣었어요?"

"깔루아지 뭐겠어요. 그리고 어쩌면 보드카도 살짝?" 그녀는 어느 정도 넣었는지 엄지와 검지로 보여주었다.

맥스는 씩 웃었다. "오늘 재밌었어요, 칼리. 문자 보내줘서 고마웠어요. 하지만 이제 그만 가야겠어요. 동생한테 들르겠다고 약속했거든요."

"네. 나도 할 일이 산더미예요." 칼리는 아래를 내려다보며 말했다. "우리 모두 다람쥐 쳇바퀴를 돌고 있는 것 같아요."

그녀가 보온병과 컵을 가방에 넣고 지퍼를 올리는 동안 맥스가 두 개를 한 자리에 모으고 목줄을 채웠다. 그들 넷은 출입문을 지나 공원을 빠져나왔다.

주차장에서 맥스는 걸음을 멈추고 칼리를 향해 미소를 지었다. 이렇게 끝내려니 아쉬웠다. 하지만 늘 그렇듯 즉석에서는 할 말이 얼른 생각나지 않았다.

그녀도 그의 심정을 알아차렸는지 삐딱하니 매력적인 미소를 지으며 말했다. "백스터를 대신해서 진심으로 고맙다는 인사를 전할게요."

"나도 즐거웠어, 백스터." 그는 그녀에게 시선을 고정한 채 말했다.

"자." 칼리가 말했다.

"자." 맥스가 말했다.

두 사람 다 움직이지 않았다. 헤이즐은 바닥에 앉았다. 백스터는 벌러덩 누워서 발을 허공으로 들었다.

맥스와 칼리는 계속 서로를 쳐다보았다. 끌림과 막연한 흥분이 맥스 안에서 다시 요동쳤다.

"우리 너무 웃긴다." 마침내 칼리가 말했다. 그녀는 느닷없이 한쪽 팔을 밖으로 활짝 내밀며 앞으로 다가왔다. "남자답게 용기를 내요."

"아." 그는 허를 찔렸다. 그녀가 그를 안아주려고 다가온 것이었다. 그는 그녀의 품 안으로 몸을 기울이며 한 팔로 그녀의 허리를 감싸 안았다.

그녀는 한 팔로 그의 어깨를 감싸 안고 발끝으로 섰다. "고마웠어요." 그녀는 다시 말하고 그의 등을 두어 번 따뜻하게 토닥인 다음 뒤로 물러났다.

맥스는 칼리가 다시 한 걸음 더 물러나기 전에, 그녀가 빠져나가기 전에 불쑥 이렇게 말했다. "일요일에 야드 바에서 만날래요? 그러니까, 백스터가 시간되면요." 달리 무슨 말을 하면 좋을지 알 수가 없었고, 그 포옹이 끝이 아니길 바랐고, 이제 그녀의 눈을 들여다보는데 동공이 확대돼 있었고, 그의 세로토닌이 노르에피네프린과 한데 뒤섞였고, 백스터가 가련한 눈빛으로 그를 올려다보고 있었기 때문에 나온 말이었다.

확대되어 있었던 칼리의 동공이 기쁨으로 반짝였고 옛날 옛적에는 맥스가 그 뒤에 숨겨진 생물학적 기제를 알았을지 몰라도 이제는 관심 밖이었다. 그 결과 그의 혈관으로 도파민이

한 트럭 배출됐기 때문이었다. 원시적이고 교미 지향적인 미소가 그의 만면으로 번졌다. 그 미소가 그를 속속들이 밝혔다. 그도 어쩔 도리가 없었다.

"우와, 그래요!" 그녀가 명랑하게 외쳤다. "백스터도 거기 엄청 좋아할 거예요! 백스터를 생각해주다니 당신도 그렇고 헤이즐도 그렇고 다정하지 뭐예요?"

맥스는 다정한 게 아니었다. 그는 누가 뭐래도 남자일 뿐이었고 기대감으로 전율이 일었다. 시간을 정하고 각자의 길로 헤어졌을 때 그는 일요일 오후와 야드 바 데이트를 손꼽아 기다리게 될 미래를 예감했다. 도그 쇼를 기다린 제이미의 심정을 이해할 수 있었다. *야드 바.*

10

본 적은 없지만, 고릿적 영화 같았다. 칼리가 맥스를 포옹한 것 말이다. 그녀는 그를 한 팔로 감싸 안고서 그의 단단한 몸을 느꼈고 그의 옷깃에 얼굴을 묻고 그의 체취를 마시기 전에, 그의 귓볼을 잘근잘근 씹기 전에 아주 오랜만에 만나는 사촌 대하듯 등을 토닥였다. 그를 끌어안았던 이유는 손바닥에서 땀이 나고 현기증이 났기 때문인데 방금 도대체 무슨 일이 벌어진 걸까?

칼리는 뒤에서 행복하게 숨을 헐떡이는 백스터를 태우고 가며 맥스를 안은 느낌이 얼마나 좋았는지, 그의 몸이 얼마나 튼튼하고 두툼하고 단단했는지 곱씹었다. 젠장, 그녀는 맥스가 좋았다. 첫인상을 오인한 사례라는 것이 있다면 바로 이것이었다. 데님을 일부 벗어던지고 약속한 대로 시카고에서 돌아온 그를 만나 보니 정말 훌륭한 남자였다. 그는 다정했다. 누가 봐도 공감 능력이 뛰어났다. 게다가 어처구니없을 만큼 잘생겼다.

아아, 오늘 그녀는 그가 무슨 말을 할 때마다 웃으며 계속 키득거렸다. 핑계를 만들어가며 그에게 기댔다. 한마디로 말해서 열일곱 살 시절로 돌아갔다. 하지만 변명하자면 남자에게 그 정도로 홀딱 반한 것이 오랜만의 일이었다.

칼리는 일요일까지 기다릴 재간이 없었다.

안타깝게도 토요일이 먼저 등장해 금요일 저녁의 환상적이었던 분위기를 완전히 지워버렸다.

토요일이 되자 그녀의 손에 두 마리의 우울한 강아지가 맡겨졌다. 두말하면 잔소리지만 하나는 금요일 저녁에 헤이즐과 헤어지고 의기소침해진 백스터였다. 오늘 아침에 그는 세상을 등진 채 코를 부엌 모서리에 박고 몸을 공처럼 웅크리고 엎드려 있었다.

우울한 또 다른 강아지는 빅터였다. 준이 토요일 아침에 칼리에게 전화해 정신 차리도록 아들을 설득하고 싶으니 작업실로 와서 도와달라고 했다. 칼리는 그의 작업실에 있는 그 빌어먹을 갈색 소파가 죽도록 싫어졌다. 빅터가 거기 눕는 데 맛을 들여서 토요일에도 거의 하루 종일 거기 누워 있었기 때문이었다. 그는 공황 상태에 빠져 말을 거의 하지 않았고 말을 하더라도 오로지 자신을 깎아내리기 위해서였고 자신의 재능에 의구심을 품었다. "〈프로젝트 런웨이〉에서 경쟁이 그렇게 치열하지도 않았어요, 사실."

옆에서 아무리 아니라고 해도 그는 듣지 않았다. 슬픈 강아지 눈을 하고 멍하니 허공만 응시했다. 백스터는 눈을 감고 자는 척이라도 했건만.

칼리와 준은 빅터에게 용기를 불어넣으려고 했다. 아니, 칼리가 그랬다. 준은 여느 엄마처럼 불안해하며 실망스러워하다 보니 자기 감정을 주체하지 못하고 그에게 계속 딱딱거렸다. 어마어마한 재능을 타고난 아이가 지금까지 이룬 모든 걸 망가뜨리려고 하고 있으니 그걸 지켜보는 엄마의 심정이 어떨지 칼리로서는 상상조차 할 수 없었다.

이성적인 설득으로는 소용이 없자 준은 소리를 지르기 시작했다. "그 소파에서 당장 일어나, 빅터 대니얼 앨런! 자기가 얼마나 운이 좋은지도 모르고 하늘이 주신 기회를 고마워할 줄도 모르는 녀석아! 너 지금 당장 무릎을 꿇고 여기까지 인도해 주신 하느님께 감사 기도를 드려도 모자랄 판국이야."

"소리 지르지 마세요." 빅터는 말했다. "죄송해요, 엄마, 정말 죄송해요. 엄마가 나를 위해서 많은 걸 희생하셨다는 거 알아요. 하지만 지금은 못 하겠어요." 그가 쿠션으로 얼굴을 가리자 그의 어머니가 쿠션을 홱 낚아채버렸다.

칼리는 좀 더 긍정적인 방향으로 접근을 시도했다. "위대한 아티스트는 모두 자기 회의에 빠지는 순간이 있어요, 빅터. 당신은 위대한 아티스트고 바로 지금 그런 순간이 찾아온 거예요. 그냥 잠깐 숨 돌리면서 우물을 채우면 돼요. 그게 필요하다면 쉬어 가도 좋아요." 그녀는 죽일 듯이 노려보는 준을 무시한 채 이렇게 권했다. "며칠 동안만. 며칠 쉬면서 생각을 정리하면 전보다 단단하고 의욕적인 사람으로 거듭날 수 있을 거예요."

솔직히 자기가 무슨 소리를 하는지도 모르고서 한 얘기였다. 그녀는 뭐라도 하나 걸리길 바라며 진부한 얘기를 늘어놓고 다독이는 중이었다. 홍보업계에 몸담은 그 오랜 세월 동안, 자기 작품의 홍보를 원하지 않는 고객을 상대하는 법은 아무한테도 배운 적이 없었다. 우울해진 사람을 대하는 법도 배운 적이 없었다.

"나더러 계속 시간 없다고 하는 사람이 당신이잖아요." 빅터는 비난조로 칼리에게 말했고 그건 틀린 말이 아니었다. "이러다 기회를 놓치겠다며 뭘 만들어내야 한다고 나를 계속 다그치잖아요."

"맞아요." 칼리는 동의했다. "내가 그랬어요. 하지만 지금은 좀 더 좋은 아이디어가 생겼어요! 그래서 그쪽으로 방향을 틀어보려고 해요." 그녀는 자신 있게 밀어붙이는 사람처럼 명랑한 목소리로 말했다. 하지만 그녀는 자신이 없었다. 모든 게 앞에서 무너지고 있는 것이 보였다. 그녀는 이미 〈쿠튀르〉와의 일을 망쳤다. 이번에도 실패하면 라모나는 그녀에게 두 번 다시 기회를 주지 않을 것이다.

칼리는 〈왕언니 팬티〉에서 들은 보석 같은 문구가 없는지 필사적으로 기억을 뒤졌다.

"두 분은 이해 못 해요." 그러면서 빅터는 똑바로 누워 물 얼룩이 진 천장과 노출된 배관을 올려다보았다. "디자인을 한 번 잘못하거나 한 번 삐끗하면 그걸로 끝이에요. 그러면 아무도 내 디자인을 원하지 않을 거예요. 예전에도 그런 경우 있었던 걸 봐서 알아요. 그러니까 시간이 얼마나 걸리는지는 중요하지 않아요. 내가 어떤 작품을 선보이는지가 중요하지. 계속 그 생각을 하다 보면 계속 그 라인은 아니라는 생각이 든다고요."

"하지만 빅터, 예전에는 그 작품들을 사랑했잖아." 그의 어머니가 말했다. "모두를 만족시킬 수는 없어."

"맞아요." 칼리는 맞장구를 쳤다. "진정으로 만족시킬 수 있는 사람은 자기 자신뿐이에요. 당신은 지금까지 그래왔고 그 결과 어떻게 됐는지 봐요! 수많은 사람이 당신 옷을 입고 싶어 하잖아요. 수많은 사람이 당신을 따르고요. 다들 당신이 또 어떤 작품을 만들었는지 보고 싶어 해요."

"적어도 시도라도 해봐야지, 빅터." 준이 말했다. "시도조차 해보지 않으면 모든 게 물거품으로 변할 거야."

칼리는 움찔했다. 안타깝지만 준의 말이 맞았다. 모든 게 물거품으로 변할 위기에 처했다. 빅터가 반짝이는 연청색 원단을 사다가 특유의 블라우스를 만들어놓았는데 어마어마한 어깨와 긴 소매에 만화에서나 볼 수 있음 직한 큼지막한 단추를 곁들이는 새로운 시도를 했다. 그러자 획기적이었던 그의 디자인이 스테로이드 주사를 맞은 코파카바나의 댄스 코스튬으로 돌변했다.

준은 빅터를 소파에서 일으켜 다시 창작에 매진시키고 싶은 마음이 너무 간절했기 때문에 그에게 연청색 그 작품이 얼마나 흉측한지 차마 얘기하지 못했다. 칼리는 준이 그녀에게 그 일을 떠넘길 거라는 것을, 그러면 그녀는 그 짐을 떠맡을 수밖에 없다는 것을 알았다. 그녀만 그 작품에 대해 그렇게 생각하는 것이 아니었다. 그녀는 빅터와 준이 옥신각신하는 동안 그 작품을 사진 찍어서 친해진 패션 블로거와 상의하기로 마음먹었다. 그녀는 카를로스에게 사진을 보내 절대 보안을 유지해 달라고 하고 딱 한마디로 물었다. 어때요?

으윽. 이것이 그의 대답이었다. 이건 절대 아님.

"농담이 아니라 빅터, 머리 좀 식히는 게 어때요? 패션에 대해서는 생각하지 말고 스케이트보드장 가서 놀다 와요."

"그건 불가능이에요." 그는 중얼거렸다. "패션에 대해서 생각하지 않을 수가 없다고요." 그러더니 일어나 앉아서 칼리를 쳐다보며 말했다. "하지만 지금은 패션에 대해서 생각하면 안 되겠어요. 속이 메슥거려서." 그는 소파에서 일어나 화장실로 들어갔다.

빅터를 붙잡고 얘기해봐야 아무 소용없었다. 칼리는 그의 작업실에서 나와 와인 한잔 마시면서 빅터에 대해 하소연을 늘어놓을 수 있길 바라며 미아의 집으로 갔다. 하지만 미아는 어젯밤에 윌이 왔다며 그녀를 문전박대했다.

"애들은 어디 있어?"

"할머니네 집에." 미아는 칼리를 문밖으로 내쫓으며 말했다. "우리 엄마 말고 책임감 있는 다른 할머니네 집. 엄마는 지난 이틀 동안 감감무소식이야. 네가 한번 연락해봐."

"하지만……."

"잘 가!" 미아는 명랑하게 외쳤고 훤칠하니 잘생긴 그녀의 남편은 거실에서 손을 흔들었다.

이렇게 해서 칼리는 우울해하는 백스터와 함께 와인도 없고 아무도 없는 집으로 돌아갔다. 그녀는 발치에 누운 백스터를 거느리고 이 아담한 집에서 얼마나 더 버틸 수 있겠는지 재정 상태를 점검했다. 꼬박 5개월 동안은 월세와 공과금을 감당할 수 있을 것 같았다. 온라인 중고 명품점에서 루이비통 네버풀 가방을 충동적으로 지르지만 않았어도 6개월은 간당간당하게 버틸 수 있었을지 모르는데. 어찌 됐건 약 3개월 안에 뉴욕에서 취직을 하거나 다른 고객을 확보해야 했다. 뭐라도 해야 했다.

당장 뭔가 조치를 취하지 않으면 주변에 SOS를 쳐야 할 판국이었다.

칼리는 입사 지원서를 제출한 뉴욕 업체의 구인 공고 상태를 확인했다. 두 군데는—하나는 패션 웹사이트 스타트업이었고 다른 하나는 버그도프 굿맨 백화점 디지털 마케팅부 어시스턴트였다—구인이 완료됐다. 다른 한 군데는 아직 지원 가능이었고 또 다른 한군데는 '처리 중'이었다. 그게 무슨 뜻인지는 알 수 없었지만.

〈쿠튀르〉를 체크하기 전에는 마음의 준비를 해야 했다. 굳이 체크할 필요도 없는 것 아닌가, 라모나 맥닐이 그녀의 입사 지원서에 직접 빨간색으로 큼지막하게 X라고 적지 않았을까. 하지만 놀랍게도 양쪽 지원서 모두 '심사 중'이었다. 그렇다면 다행이었다. 칼리는 〈왕언니 팬티〉 방송을 워낙 마르고 닳도록 들었기 때문에 그걸 좋은 징조로 해석할 수 있었다. 아직 승산이 있다는 뜻이었다. 적어도 이론상으로는 그랬다.

칼리는 토요일의 남은 시간 동안 집리쿠르터, 몬스터, 인디드, 글래스도어 같은 구인 사이트에 올라온 공고를 샅샅이 뒤졌다. 카피라이터를 찾는 두 군데 회사에 각각 지원서를 제출했다. 카피라이팅이 그녀가 좋아하는 일은 아니었지만 회사가 뉴욕이었고 보수가 월세를 감당할 수 있을 만한 수준이었다.

그런 다음 텔레비전을 켜고 채널을 이리저리 돌렸다. 텔레비전을 보는 게 하도 오랜만이라 어떤 프로그램을 보고 싶은지조차 알 수가 없었다. 결국 〈빌로우 데크〉로 낙점했지만 럭셔리한 요트를 타고 떠나는 지중해 여행조차 불안한 마음을 잠재우지 못했다. 텔레비전을 끄고 잠을 청하려고 했지만, 침대 위에서 뒤척이며 허공에 발길질을 하고 '네 자신을 사랑하면 다른 건 따라오게 되어 있어'라고 적힌 베개를 주먹으로 계속 때렸다. 메건의 팟캐스트를 듣고 충동적으로 구입한 베개였다.

칼리는 자기 연민의 늪에서 잘 허우적거리지 않는 성격이었다. 진짜 그랬다. 하지만 그녀에게 왜 이런 일이 벌어지고 있는지 가끔 궁금해질 때는 있었다. 그녀는 모든 걸 올바르게 처리했다. 학교에서는 좋은 성적을 받았고 좋은 회사에 입사해 열심히 일했다. 쓸 만한 딸이자 훌륭한 여동생이었다. 약을 하지도 술을 너무 많이 마시지도 않았다. 그녀는 모든 걸 올바르게 처리했다. 그랬는데 이러면 안 되는 거였다. 지금쯤은 월세 걱정을 할 게 아니라 모든 걸 이루었어야 했다.

칼리는 앓는 소리를 내며 몸을 굴려서 배를 바닥에 대고 베개에 얼굴을 묻고 두 팔을 활짝 벌렸다. 기운이 하나도 없었다. 백스터가 끙끙대며 침대로 기어 올라와 팔을 핥자 그녀는 결국 손가락을 녀석의 털 속에 묻고 쓰다듬어주었다.

기분 좋게 사랑을 나누면 도움이 될 만한 토요일 밤이었다. 맥스와의 하룻밤을 상상해보았다. 아마도 근사하겠지만 상상이 현실로 이루어질 가능성은 거의 없어 보였고 상상이 꼬리에 꼬리를 물고 이어지다 보면 정신줄을 놓을 수도 있었다.

칼리는 몸을 굴려서 일어나 앉아 즉흥적으로 나오미에게 문자를 보냈다. 뭐해?

점 세 개가 화면 하단에 등장해 잠깐 춤을 추다가 사라졌다. 나오미는 재미있는 시간을 보내고 있는 모양이었다. 전 세계 대부분의 사람처럼 토요일 밤의 기분 좋은 사랑을 나누느라 텍사스의 빈털터리 친구를 상대할 시간이 없을지 몰랐다.

백스터가 그녀의 다리에 몸을 길게 대고 요란하게 한숨을 쉬었다.

"그거 알아, 백스터?" 칼리는 그의 등을 쓰다듬으며 물었다. "이게 로맨틱 코미디라면 내 입사 지원서가 잘생긴 중역의 메일함에 접수될 테고, 그 중역이 정확한 정보를 기입해 지원서를 다시 접수하라고 무뚝뚝하게 요구하면 나는 그의 말투를 문제 삼아 지원서를 돌려달라고 할 테고, 그러면 그는 자기 회사, 한 걸음 더 나아가 자기 인생에 나처럼 성깔 있는 사람이 필요하다는 사실을 깨닫고 지원서 반환을 거부할 거야."

백스터는 고개를 들어 그녀의 발 위에 내려놓고 그녀를 돌아보았다.

"하지만 이건 로맨틱 코미디가 아니고 나는 심각한 상황에 놓였어. 어쩌면 길모퉁이 바비큐 전문점에 취직해야 할지 몰라." 그녀는 몸을 부르르 떨었다.

백스터는 그녀의 정강이에 머리를 걸쳤다.

"알아." 칼리는 속삭였다. "완벽한 직장은 아니라는 거." 흘리지 않은 눈물 때문에 눈앞이 흐려졌다.

결국 잠이 들었는지 눈을 떠보니 햇볕이 방 안으로 쏟아져 들어오고 있었다. 백스터는 자기 자리로 돌아갔는지 보이지 않았다. 그녀는 일어나 앉고 얼굴을 덮고 있던 머리칼을 쓸어 넘겼다. 창문을 바라보니 나뭇잎이 드리운 얼룩덜룩한 그림자가 방 벽을 가로지르며 춤을 추고 있었다. 그제야 생각이 났다.

오늘이 일요일이었다. 오늘이 야드 바였다.

칼리는 비명을 지르며 침대 밖으로 폴짝 뛰쳐나갔다. 다시 기운이 번쩍 났다. "백스터!" 그녀는 크게 외쳤다. "오늘 헤이즐 만나러 가자!"

백스터가 잽싸게 일어나 복도를 달려오는 소리가 들렸다. 침대 위로 뛰어 올라오려고 했지만 높이가 부족해 뒤로 넘어졌다가 발딱 다시 일어나 좋아서 숨을 헐떡이며 깡충깡충 뛰어다녔다.

삶이 무너지고 있다고 한들 대수일까? 칼리도 거의 백스터만큼 신이 났다.

11

그날 오후 야드 바에 먼저 도착한 쪽은 칼리였다. 그녀는 일일 이용료를 계산하고 안으로 들어가 백스터를 풀어놓았다. 백스터는 코를 땅에 박고 꼬리를 높이 치켜들고 출발했다. 도중에 걸음을 멈추고, 기타 공연을 하려고 준비 중인 여자를 살폈다. 여자는 예의 바르게 그를 모르는 체했고 백스터는 좀 더 흥미진진한 냄새를 찾아 떠났다.

칼리는 바 카운터로 향했다.

얼굴이 둥그스름하고 희끗희끗한 머리를 바짝 설 만큼 짧게 치고 반짝이는 금색 코걸이를 한 나이 많은 여자가 푸드 트럭 창가에 서 있었다. "안녕하세요!" 칼리는 명랑하게 외쳤다. "엄청 우울한 토요일을 보내고 난 뒤라 화창하고 재밌는 걸 마시고 싶은데요. 추천 부탁드려도 될까요?"

"레스큐 미요." 여자는 말하고 카운터 창문 너머로 몸을 기울여 칠판을 가리켰다. 보드카에 진저비어와 향신료를 넣은 술이었다.

"너무 화창해서 화상을 입을 수도 있겠는데요?" 칼리는 말했다.

"일요일을 그렇게 보내면 좋은 거 아니에요?" 여자가 말했다.

칼리는 재료를 다시 한번 확인했다. "좋아요!" 그녀는 말했다. "한번 마셔볼게요."

"두 잔 부탁드려요."

칼리는 뺨에 쥐가 날 정도로 활짝 웃으며 몸을 돌렸다. "어머, 오셨어요, 똘똘이 교수님."

맥스가 새하얀 이와 보조개와 거뭇거뭇한 수염을 드러내며 미소를 짓자 칼리는 심장이 심하게 파닥거리는 것을 느낄 수 있었다. 맥스는 대꾸를 하려고 입을 열었지만 하운드가 으르렁거리는 소리에 말문이 막혀버렸다. 그녀와 맥스가 동시에 폭소를 터뜨리며 고개를 돌려보니 백스터와 헤이즐이 놀이터 한복판에서 서로 몸싸움을 벌이고 있었다. 헤이즐이 거기서 빠져나와 새로운 냄새를 찾아 나서자 백스터도 해롱해롱 종종걸음으로 뒤따라갔다. 오늘은 바셋하운드의 환심을 사고 싶어 안달이 난 갈색의 조그만 잡종견이 따라 다녔지만 백스터의 시선은 헤이즐에게, 헤이즐의 시선은 먹이 찾기에 고정되어 있었다.

"아무래도 백스터가 헤이즐한테 청혼할 것 같아요." 칼리가 말했다.

"그래 보여요? 둘이 만약 결혼하면 양육권은 누구 차지가 될까요?" 맥스는 궁금해했다.

"당연히 당신이죠." 칼리가 말했다.

"당신이 그렇게 대답하다니 재밌네요." 그는 그녀의 얼굴을 이리저리 훑어보며 그녀를 향해 미소를 지었다. "나는 당연히 당신이라고 생각했는데."

파닥거림이 순수한 환희로 바뀌었고 칼리는 피식 웃었다. 열일곱 살짜리가 다시 돌아와 그녀의 몸속에 눌러앉았다.

"음료 드릴게요." 카운터를 보는 여자가 말했다.

맥스가 뒷주머니에서 지갑을 꺼내려고 했다. "뭐 좀 먹을래요?" 그가 칼리에게 물었다.

그녀는 먹을 거라면 항상 사양하지 않았지만 지금처럼 뱃속이 파닥거릴 때는 예외였다. "아, 나는……."

"먹을 거잖아요." 그는 윙크하며 말했다. "우리, 후무스 세트 먹어요." 그는 실눈으로 칠판을 확인하고는 허락을 구하는 뜻에서 칼리를 쳐다보았다. 그녀는 고개를 끄덕였다. "그리고 허시 퍼피(미국 남부 지방에서 많이 먹는 옥수수 가루로 만든 작은 튀김 과자―옮긴이)도 좀 주세요. 아, 그리고 개들한테 던져줄 소시지도요."

"아, 나는……."

"알아요, 가이드북에는 그렇게 안 적혀 있다는 거." 맥스는 말했다. "하지만 주말이잖아요."

그 말에는 반박할 길이 없었다.

"얼른 드릴게요." 카운터를 보는 여자가 말했다.

맥스는 지갑에서 지폐를 몇 장 꺼냈다. "주말은 어떻게 보냈어요?"

아, 그녀의 주말은 지금 이 순간 직전까지 엉망진창이었는데. "바빴어요! 패션업계 고객이 우울증에 걸렸지 뭐예요." 칼리는 레스큐 미를 한 모금 마셨다. 맛이 훌륭했다. 구조를 받고 다시 기분이 좋아지는 느낌이었다.

"아, 그래요?" 맥스는 카운터에 지폐를 내려놓았다. "캘빈클라인 씨가 왜요?"

"오오." 그녀는 감탄하는 뜻에서 고개를 끄덕였다. "당신이 입은 속옷의 디자이너 이름을 알다니 인정. 그 질문에 답을 하자면 SNS에 실린 불쾌한 댓글을 읽고 캘빈 씨가 자신감을 상실했지 뭐예요. 그래서 이제 소파에서 일어날 줄을 몰라요." 그녀는 말을 하다 말고 잠깐 멈추었다. "말 그대로 소파에서 일어날 줄을 몰라요. 일도 하지 않고 지금까지 작업하던 것들도 모조리 내팽개쳤어요. 엄청난 멘붕의 터널을 지나는 중이에요."

"예감이 안 좋네요." 맥스도 동의했다.

"음식 나오면 자리로 가져다드릴게요." 카운터 여자가 그들에게 손을 흔들며 말했다.

맥스는 파라솔이 펼쳐진 가까운 피크닉 테이블을 가리켰다. 그들은 테이블을 등받이 삼아서 조그만 놀이터를 마주 보고 벤치에 나란히 앉았다. 잠깐 술을 마시며 젊은 여자의 노래를 들었다. 편안하게 들을 수 있는 블루스풍이었고 목소리에 쉿소리가 섞여 있었다.

"노래 정말 잘 부르네요." 칼리는 말했다.

"그러게요." 맥스는 술을 한 모금 마셨다. "패션업계 고객이 그렇다니 유감이에요. 그럼 당신이 이제 그 뭐냐…… 하이패션을 못 입는 건가요?"

그녀는 그를 흘겨보았다. "아우, 정말. 내가 하이패션을 포기할 일은 없어요…… 디자이너를 고객으로 두는 한은."

맥스는 폭소를 터뜨렸다. "그 사람은 어떻게 될 것 같아요?"

"좋은 질문이에요. 우리 아버지가 나더러 경고하길 1학년 때 심리학 공부를 때려치운 걸 뼈저리게 후회할 거라고 그랬거든요? 그 말이 지금 딱 맞는 것 같아요, 그를 어떻게 하면 좋을지 모르겠으니 말이에요. 당신은 엄청난 멘붕을 겪은 적 있어요?"

맥스는 고개를 저었다. "나는 평범한 수준 이상 그런 적은 없는 것 같은데. 그 사람의 멘붕이 당신에게는 어떤 의미예요? 당신이 그 사람 홍보 담당이라는 건 알지만 그게 정확히 어떤 건지 잘 모르겠거든요. 특히 지금은 그 사람이 홍보할 만한 작품을 아무것도 만들지 않으니 말이죠." 그는 말을 하다 말고 그녀를 쳐다보았다. "아무튼 당신은 어떤 일을 해요?"

"나는 그가 주목을 받을 수 있도록 노력해요. 그게 핵심이에요. 내가 그를 〈쿠튀르〉 크리에이티브 디렉터 앞에 세우는 자리를 마련했거든요. 커리어를 쌓는 기회가 될 수 있는데 빅터가 사람 피를 말리네요."

"어떻게 된 건지 들어봅시다." 맥스가 말했다.

칼리는 그에게 전부 이야기했다. 빅터를 다시 패션업계의 화두로 만들기 위해 어떤 식으로 공을 들였는지. 블로그, 인터뷰, 사진 촬영. 빅터의 작품이 신예 디자이너 쇼케이스 소개될 예정인데 기존의 작품을 빼고 아마추어인 그녀가 보기에도 형편없는 작품으로 대체하고 있는 것. 그가 자신감을 완전히 잃고 펑크를 내는 경악스러운 사태가 벌어지지는 않을지 두렵다는 것.

"와우." 맥스가 말했다. "생각만 해도 끔찍하네요."

"맞아요. 빅터가 그 쇼를 펑크 내면 나에게도 엄청난 타격이 될 거예요. 지금 고객을 또 한 명 잃어도 될 만큼 상황이 여유롭지도 않고요."

맥스는 미간을 찌푸렸다. "그럼 어떻게 할 거예요?"

"애초에 계획했던 일이 잘됐으면 좋겠어요." 그녀는 말했다. "홍보 담당자를 구하는 뉴욕의 여러 회사에 지원서를 내고 있거든요."

기타를 든 여자가 포크 분위기의 곡을 연주하기 시작했다.

맥스는 잔을 입으로 가져가다 말고 그녀를 쳐다보았다. "뉴욕으로 건너갈 생각이에요?"

"뭐." 그녀는 대수롭지 않다는 듯이 말했다. "원래 계획에 따르면요. 먼저 취직이 되어야 하는데 아직은 그 방면에도 소득이 별로 없네요. 하지만 얼마 전부터 그걸 목표로 하고 있어요. 가능한 한 패션업계에 홍보나 마케팅 담당자로 취직해 잠들지 않는 도시에서 최고로 재미있게 살아보고 싶어요."

"아." 맥스는 희미하게 미소를 지었다. 그녀의 무릎에 손을 얹고 꼭 잡았다. "그 방면에 계속 소득이 없었으면 좋겠다고 하면 내가 끔찍한 친구가 되는 걸까요? 아니, 백스터랑 헤이즐이 눈이 아주 제대로 맞았잖아요."

"네, 끔찍한 친구가 되는 거예요." 칼리는 웃으며 말했다. "나를 위해 행운을 빌어주어야 해요. 백스터가 캥거루 고기를 먹고 푹신푹신한 개 침대에서 자는 데 익숙해져버렸으니까."

"하긴." 그는 인정했다. "그럼 행운을 빌게요, 칼리."

그들은 말없이 앉아서 노래를 들었다. 한참 만에 칼리가 말했다. "저기, 내가 뉴욕에 가더라도 나랑 백스터 만나러 와요."

"그래야 할지도요." 맥스가 말했다. "백스터가 소파에 접근 가능한지 확인하는 차원에서. 그리고 내가 시간을 낼 수 있을 것 같기도 하고요."

"그래요?" 칼리는 귀를 쫑긋 세우며 물었다. "왜요?"

"아." 그는 손목을 휙 튕겼다. "재미없는 농담한 거예요. 내가 종신 교수로 임명받아서 새로운 프로젝트를 시작하고 그 김에 기부금도 두둑하게 챙길 수 있을지 모른다고 생각했거든요. 그런데 이제는 장담할 수 없게 됐어요."

그녀는 좀 더 자세히 얘기를 듣고 싶었지만 카운터 직원이 음식이 담긴 빨간색 플라스틱 바구니를 들고 왔다. 백스터와 헤이즐이 자기들 몫이 있나 싶어 테이블로 달려왔고, 맥스는 칼리의 항의에도 불구하고 각자에게 소시지를 하나씩 던져주었다.

"저러다 애들 뚱보 되겠어요." 칼리는 웃으며 그를 나무랐다.

"왜 이래요, 칼리. 백스터는 헤이즐이랑 나를 만나기 전부터 이미 뚱뚱했어요. 내 눈 똑바로 쳐다보면서 대답해봐요. 요즘 어쩌다 한 번씩 맥 앤드 치즈 먹이고 있지 않은지."

"노코멘트 할래요." 그러면서 그녀는 당근을 입 안에 쑤셔 넣었다. "이번에는 당신 차례예요. 왜 이제는 종신 교수로 임명받지 못할 거라고 생각해요?"

"후보로 출마하는 다른 교수가 있다는 걸 알게 됐거든요. 우리 과는 매해 딱 한 명만 종신 교수로 임명해요. 아무도 임명하지 않을 때도 있고요. 알라나는 약물 중독을 주제로 놀라운 연구를 진행 중이에요. 그걸로 언론의 조명도 많이 받고 있고요." 그는 쓸쓸하게 미소를 지었다. "내가 하는 연구는 별로 도발적이지 않아요. 하지만 중요하죠."

"솔직히 고백할게요. 당신이 어떤 연구를 하고 있는지 궁금해 죽겠지만 알아듣지 못할 것 같아요. 전에도 얘기했다시피 귀뚜라미 트라우마가 내 과학 공부에 마침표를 찍었거든요."

그는 폭소를 터뜨렸다. "아주 간단해요. 나는 인지 능력을 신경 호르몬적인 측면에서 좀 더 제대로 이해할 수 있게 개의 옥시토신 시스템을 연구하고 있어요."

칼리는 폭소를 터뜨렸다. "젠장! 단 한 문장으로 내 공포가 입증됐잖아요! 방금 당신이 뭐라고 그랬는지 하나도 모르겠어요."

그는 고개를 돌려서 그녀를 마주 보았다. "몇 가지 연구를 실시한 결과 인간의 자폐 행동과 비슷한 양상을 보이는 개들이 있는 것으로 밝혀졌거든요."

"설마." 칼리는 말했다.

"진짜예요. 예를 들어 자기 꼬리를 잡으려고 하는 불테리어들을 연구한 학자들이 있거든요. 이렇게 빙글빙글 도는 아이들을요." 그는 손가락으로 원을 그렸다. "그 행동이 종종걸음 치고 사회적으로 위축되는 자폐 스펙트럼 장애인의 행동과 유사해요. 상당히 강박적이죠."

"아하." 그녀는 말했다.

"나는 자폐 장애인들이 개와 어떤 식으로 상호작용을 하고 인간의 옥시토신 시스템이 어떤 식으로 영향을 받는지를 주제로 연구를 끝마쳐가고 있어요. 특히 사회적인 행동과 관련해서 개와 인간 양쪽 모두에게 인지적인 보상 시스템이 존재한다는 증거를 제시했죠. 내 연구의 두 번째 단계는 개의 옥시토신 시스템을 연구하는 거예요. 그 보상 시스템에서 다르게 번역할 수 있는 유사점을 발견할 수 있었으면, 발견된 유사점을 교육 양식에 반영하고 자폐 장애에 약물적으로 개입하는 데 쓸 수 있었으면 하는 것이 내 바람이에요."

칼리는 이해를 전혀 못 하지는 않았고 알아들어서 기뻤지만 궁금한 부분들이 있었다. "그게 뭐예요? 옥시……."

"옥시토신." 그가 말했다. "사회적 유대와 가장 연관이 많은 호르몬이에요."

그가 무슨 수로 그런 연구를 하는지 칼리로서는 상상조차 되지 않았다.

바로 그때 헤이즐과 백스터가 테리어를 쫓느라 그들 옆을 쌩하니 지나갔다. 기타를 든 여자가 한 곡을 마치고 칼리가 라디오에서 수없이 들었던 노래를 어쿠스틱 버전으로 부르기 시작했다. 감미로웠다.

"헤이즐을 연구하는 중이에요?" 칼리는 물었다.

맥스는 폭소를 터뜨렸다. "아뇨. 하지만 동생은 연구하는 중이에요. 보니까 어제 동생이 ACC에서 개를 한 마리 데려오게 됐더라고요."

"좋겠다! 어떤 견종을요?"

"래브라도요."

칼리는 씩 웃었다. "우리도 어렸을 때 래브라도 키웠어요. 걔는 멍청했어요. 뒤 베란다 벽돌 사이에 바른 모르타르를 먹어 치워서 아빠가 다시 발라야 했지 뭐예요. 하지만 나는 덩치 크고 까만 그 개를 얼마나 좋아했는지 몰라요. 그나저나 동생이 왜 진작 개를 키우지 않았어요? 그렇게 좋아하는데."

그는 허시 퍼피를 향해 손을 뻗었다. "아버지가 계속 반대하셨어요. 제이미 건사하는 것만으로도 일이 많은데 거기다 개를 추가하고 싶지 않았던 거죠. 제이미는…… 대부분의 경우 별문제 없지만 여러 가지 면에서 감독이 필요하거든요. 적어도 지금까지는 그게 이유였어요. 그런데 아버지께서 생각이 바뀌었나봐요."

그가 그 뒤로 또 뭐라고 했지만 칼리는 듣지 못했다. 그의 잘생긴 얼굴에 넋이 나가버렸다. 그는 광대뼈가 도드라져서 얼굴이 좁아 보였다. 이제 보니 그의 얼굴이 상남자 스타일이었다. 이목구비가 뚜렷하고 비율이 완벽하며…….

"칼리?"

칼리는 눈을 깜빡였다.

"내가 아버지 얘기하고 있었죠?"

"네! 아버지께서……." 그녀의 뺨이 벌게졌다.

"그 얘기를 고모한테 들었어요." 맥스는 말했다. "어제 지나가다 들러보니 아버지가 집에 계시지도 않더라고요. 고모가 그러는데 친구들 만나러 나가셨다고." 그는 한쪽 눈썹을 쫑긋 세우고 주변을 두리번거리다 나지막이 말했다. "그것도 전에 없던 일이었어요. 6년 전에 엄마가 돌아가신 이후로 친구를 만나러 나가신 적이 없거든요. 적어도 제이미가 집에 있을 때는. 이게 무슨 일인가 싶어요."

268

그는 옷깃까지 기른 까만 머리를 귀 뒤로 넘겼다. 머리를 기른 남자들이 섹시하게 느껴지는 이유가 뭘까? 칼리가 보기에는 〈왕좌의 게임〉 분위기를 물씬 풍겼다.

"솔직히 아버지께서 인생의 동반자를 찾으시면 아주 좋겠죠." 맥스는 하던 이야기를 계속했다. "하지만 아버지 사전에 그럴 일은 없는 줄 알았거든요."

칼리는 그를 뚫어져라 쳐다보던 것을 가까스로 자제했다. "왜요?"

"뭐, 아무래도…… 제이미 때문이죠." 그는 어깨를 살짝 으쓱했다. "아버지랑 제이미는 말하자면 한 묶음이에요. 개인적으로는 동생이 성인용 그룹 홈에서 지냈으면 좋겠어요. 하지만 아버지는 동생을 엄청 보호하세요. 항상 눈에 보이는 곳에 두려 하고 그런 식으로요. 아버지가 반려견 들이는 데 찬성하셨다니 내가 보기에는 엄청난 발전이에요."

집에 성인이 된 심한 자폐증 환자가 있으면 어떨지 칼리로서는 상상이 잘되지 않았다. 그녀의 가족 중에는 감독이 필요한 사람이 없었지만 그래도 상대하기가 버거웠다. 그게 아니라 감독이 필요한 사람이 있지만 그걸 인정하지 않는 것일 수도 있었다. "안 그래도 동생이 도그 쇼 재밌어했는지 물어보려고 했어요. 그 치마 벗는 데 급급해서 까맣게 잊어버렸네요."

그의 시선이 그녀를 위아래로 훑었다. "그 치마 참 대단했죠. 그리고 내가 베푼 호의는 금방 잊히지 않을 테고요."

"우리 둘 모두에게 그렇겠죠." 칼리는 중얼거렸다. 얼굴이 점점 더 벌게졌다. "도그 쇼는 어땠어요?"

"재밌었어요."

"즐거웠어요?"

맥스는 뜨뜻미지근하게 움찔했다. "즐거웠다고는 말 못할 것 같아요." 그가 계면쩍게 웃자 어마어마하게 매력적으로 보였다.

"무슨 일이 있었기에요?"

맥스는 조금 부자연스럽게 폭소를 터뜨렸다. "나를 형편없는 과학자로 볼까봐 걱정이 되는데요."

"내가 어떻게 도그 쇼를 근거로 그런 생각을 할 수 있겠어요?"

"그 주 주말을 어떻게 보냈는지 아무한테도 얘기하지 않았어요. 심지어 우리 아버지한테도." 그는 콧방귀를 뀌었다. "특히 아버지한테는 절대 얘기할 수 없죠."

"알았어요, 그러니까 이제 얘기해봐요." 칼리는 순순히 물러나지 않았다. 한쪽 팔꿈치를 테이블에 올려놓고 손에 머리를 얹었다. "귀를 쫑긋 세우고 들을게요."

"사실 그 주 주말은 대참사였어요."

"어떻게 그럴 수가 있죠? 수많은 개와 함께 보낸 주말인데."

"그러게 말이에요. 게다가 명견 구경이었으니 근사한 시간이었어야 하는데 끔찍, 그 자체였어요. 내 교수 인생 자체가 인지 기능 장애와 신경 발달 장애와 함께 보낸 시간이었고 애초에 그쪽 분야에 입문한 것도 제이미 때문이었거든요. 그 아이와 함께 어린 시절을 보냈으니까요. 나는 누구보다 그 아이를 잘 안다고 생각했어요, 아버지만 예외일 뿐."

"그런데 아니었어요?"

"그럴 줄은 몰랐거든요. 그 아이를…… 거의 통제할 수가 없었어요. 내가 연구하고 가르치고 공부하는 것이 신경 발달 장애인데, 바로 그 장애를 가지고 있는 내 동생을 제대로 다룰 수가 없었던 거예요. 그 아이와 일대일 상황이 되니 내가 물밖에 나온 물고기 같았어요."

칼리는 그의 고백을 듣고 깜짝 놀랐다. "너무 오버하는 거 아니에요?"

"나도 내가 오버하는 거면 좋겠어요. 부끄럽고, 당신에게 이런 얘기를 하는 이유를 솔직히 나도 잘 모르겠어요. 여자의 환심을 사기에 좋은 방법이 아니니까요. 마음의 짐을 덜고 싶어서 그런 것 같아요. 내가 직업적으로 이걸 연구하면서 파악하게 된 건 인간의 뇌였어요. 그런데 내가 상대해야 했던 건 개성을 갖춘 인간이었죠. 나는 동생에게 짜증이 났어요. 동생도 내게 짜증을 냈고요." 그는 계면쩍게 웃었다. "공항에서는 사실상 몸싸움을 벌였다니까요?"

칼리는 똑바로 앉았다. "설마요."

"맞아요." 맥스는 얼른 그녀를 안심시켰다. 그는 눈을 감고 고개를 저었다. "어휴. 자폐증 환자인 동생을 두고 이러쿵저러쿵하다니 당신 눈에 내가 얼마나 찌질하게 보일까."

"아니에요! 내 눈에는 당신이 솔직하고 인간적이고 또……
나는 언니를 쥐어패고 싶었던 적이 얼마나 많았는지 알아요?
제이미는 어떤 동생이에요?"

맥스는 자기 손을 내려다보았다. "음, 그 아이는 착해요. 전
에도 얘기했던 것처럼 그림을 잘 그리고요. 개를 사랑해요. 그
것도 이미 알고 있겠지만. 아버지를 사랑하고 아버지가 보이
지 않으면 엄청 불안해해요. 그리고…… 그리고 나도 사랑하
는 것 같아요. 내가 하고 싶은 말이 뭔가 하면 장애 이면에 남
들 눈에는 보이지 않는 모습이 아주 많이 숨어 있다는 거예요."

맥스는 잔을 내려놓고 그녀에게 특이하게 생긴 돌멩이를
수집하고 단 하루도 결근한 적 없으며 옷에 집착했던 어떤 남
자 얘기를 들려주었다. "옷이 새것처럼 깨끗해야 했죠." 그가
말했다. 그리고 제이미의 그림에 대해서, 워낙 독특하고 흥미
로워서 제이미의 머릿속을 들여다보는 것과 비슷하다는 얘기
도 했다. 그는 어머니가 몇 년 전에 심장마비로 돌아가고 제이
미와 아버지 단둘이 남았다고 했다. 그가 바로 옆에 사는 이유
도 무슨 일이 생기면 얼른 달려가기 위해서라고 했다. 그리고
대개는 별문제가 없지만 제이미가 자신이 원하는 대로 의사소
통이 되지 않으면 짜증을 내면서 행동으로 표현한다는 얘기도
했다. "그러는 경우가 거의 없기는 해요, 엄청 규칙적인 루틴이
있기 때문에. 제이미는 자기 혼자만의 세상에서 개들과 함께

사는 데 만족하는 눈치예요."

맥스는 제이미를 보호 관리 시설로 독립시키자고 아버지를 계속 설득하는 중이라고 했다. "설득하기 시작한 지 2, 3년쯤 됐어요. 제이미도 스물일곱 살이에요. 환경만 제대로 갖추어 주면 제이미도 할 수 있어요. 잘 살 수 있어요. 어쩌면 세상을 좀 더 훌륭하게 살아나가는 법을 배울 수도 있을지 몰라요. 특히 훈련된 개의 도움을 받으면. 그러면 아버지도 자기만의 시간을 가질 수가 있죠."

"그런데 아버님께서 이 생각을 탐탁지 않게 여기시는 이유가 뭐예요?" 칼리는 물었다. "내가 듣기에는 아주 좋은 생각인 것 같은데."

"내가 보기에 아버지는 제이미를 놓기가 싫은 것 같아요. 너무 보호하려고 드는 거죠. 하지만 누가 알겠어요? 아까 얘기했다시피 아버지가 어제저녁에 외출을 했다고 하니 생각이 슬슬 바뀌고 있는 걸지도 몰라요." 맥스는 한숨을 쉬며 목덜미를 주물렀다. "내가 그 문제에 대해 너무 오만했던 것 같아요."

칼리는 미소를 지었다. "자기 자신한테 너무 모진 거 아니에요?" 그녀는 그의 팔을 꼭 잡았다. "홍보 전문가의 의견 혹시 듣고 싶어요?"

"홍보 전문가의 의견 꼭 듣고 싶어요."

"적어도 내 경험상 가족을 객관적으로 평가하기는 어렵더라고요. 하지만 당신이 동생을 거기까지 데리고 가다니 얼마나 멋진 일이에요? 제이미에게 당신과 아버님처럼 그를 아껴주는 사람이 있다는 것도 멋진 일이고요."

맥스는 감사의 미소를 지었다. "그렇게 얘기해줘서 고마워요. 그리고 얘기 들어줘서 고맙고요." 그는 하늘을 올려다보며 웃음을 터뜨렸다. "새로 만난 친구에게 내 모든 고민을 털어놓다니 믿기지 않네요."

"고민이 그게 다라면 꽤 달콤한 인생을 살고 있는 거라네, 친구."

"아, 더 있어요, 진짜예요. 하지만 그건 다음번을 위해 남겨둘래요. 당신은요? 당신 가족은 어떤 분들이에요?"

"엄청 엉망진창이에요. 하지만 나는 내 가족을 사랑해요."

"뭐예요, 좀 더 얘기해봐요. 백스터하고 헤이즐이 두 번째로 데이트하는 자리에서 나 혼자 있는 속 없는 속 다 드러내면 되겠어요?"

칼리는 호들갑스럽게 앓는 소리를 냈다. "글쎄요, 맥스. 당신 가족과 우리 가족은 어마어마하게 달라요. 얘기를 시작하면 끝을 맺을 수가 없을 거예요, 다들 워낙 특이해서. 온 가족이 깡그리 제정신이 아니에요."

"예를 하나만 들어봐요."

"좋아요, 할게요. 우리 남동생은 댈러스에서 사는데, 추수감사절이나 크리스마스처럼 의무적으로 만나야 하는 명절이 아닌 이상 우리를 피해요. 우리 언니는 원래부터 엄청 예민한 성격인데, 어린 애들이 셋 다 난봉꾼이고요. 남편은 매달 중국으로 열흘쯤 출장을 가기 때문에 독박 육아를 해야 하는데, 그럴 때마다 매번 미치려고 해요. 아, 그리고 우리 부모님은요? 40년의 결혼 생활을 정리하고 얼마 전에 이혼했어요. 아빠는 사우스 파드레섬의 공유 별장 영업을 시작했어요. 엄마는 아빠랑 이혼한 이유 중에 공유 별장에 투자하는 것처럼 어이없는 판단을 내리기 때문인 것도 있대요. 반면에 우리 엄마는 이 남자, 저 남자를 만나고 다녀요. 말도 나왔으니 말인데, 아빠는 엄마랑 이혼한 이유 중에 엄마가 항상 놀거리만 찾아다녔기 때문인 것도 있다고 해요. 뭐, 몇 군데 찾아다니긴 했죠. 엄마는 요즘 지갑을 들고 다니는 다리 두 개 달린 인간이라면 아무나 만나요."

맥스는 폭소를 터뜨렸다.

"하, 내 말이 농담인 줄 아는 모양이네요?" 그녀는 당근으로 그를 가리키며 말했다. "마지막으로 이 말 한마디만 남길게요. 나는 누굴 만나면 최소 6개월은 만난 다음에야 우리 가족 앞에서 그 남자 얘기를 꺼낼까 고민한다고요."

"훌륭한 데이트 전략인데요?" 그는 웃으며 말했다. "하지만 그 말을 들으니까 궁금해지네요. 지금 만나는 사람 있어요?"

맥스의 질문이 쿵 하고 그녀의 머리를 강타했다. "아뇨." 그녀는 음료를 한 모금 마시고 빈 잔을 빤히 들여다보았다. "그동안 미친 듯이 바빴거든요." 어째 어색하게 갖다 붙인 핑계

같았다. 사실 그렇긴 했지만. 칼리는 억지로 고개를 들고 아무렇지도 않은 듯 미소를 지었다. "그리고 나는 사람들 만나는 거 잘 못 해요. 온라인 데이트도 해보려고 했는데 신청서를 다 채우고 보니까 내가 너무 재미없는 사람 같더라고요. 깜찍한 닉네임도 전혀 생각이 나지 않았고요. 괜찮게 나온 사진도 절반은 그림자로 가려진 것 딱 한 장뿐이었어요. 셀카를 찍어보려고 해도 죄다 미친 여자처럼 나오더라고요. 그래서 지금 당장은 나랑 백스터, 단둘뿐이에요. 심지어 백스터도 우연히 등장했고요."

"그렇군요." 맥스는 말했다.

칼리는 그가 좌우 2.0 시력으로 그녀를 간파한 게 아닌지 겁이 났다. "당신은요?" 그녀는 물었다. "여자들의 접근을 차단하고 있어요? 학교에서 인기가 아주 많을 것 같은데."

맥스는 그 말을 듣고 재미있어하는 표정을 지었다. "왜요?"

"귀엽게 생겼잖아요! 그리고 착하고. 똑똑하고. 이 정도면 홈런이에요, 맥스. 거기가 돈까지 많으면 만루 홈런인데. 슈퍼볼 갈 수도 있어요."

"월드 시리즈 말이죠? 그리고 나 돈은 많지 않아요." 그는 다리를 앞으로 쭉 펴고 가슴 위로 팔짱을 꼈다. "하지만 당신이 나를 귀엽다고 생각한다니 그건 알게 돼서 좋네요."

그의 시선이 그녀의 입술에 머물자 그녀의 심장이 쿵쾅거렸다. "내가 그렇게 얘기했어요?" 그녀는 입방정을 조심해야 했다.

"내 멀쩡한 귀로 똑똑히 들었어요."

"그럼 내가 그렇게 얘기했나 보네요. 뭐, 나는 진심으로 당신이 귀엽게 생겼다고 생각해요, 맥스."

"이 자리에서 밝히자면 당신도 귀엽게 생겼어요." 그의 시선이 그녀의 시선과 만났다. "놀랍고 어마어마하고 입이 떡 벌어지도록 귀엽게 생겼어요."

두근거리던 느낌이 따뜻하게 녹아내렸고 칼리는 살짝 현기증을 느꼈다. 칼리는 뭐라고 하면 좋을지 열심히 생각했다. *그럼 우리 만나야 하지 않아요? '아니면' 내가 여기에 너무 많은 의미를 부여하고 있나요? '아니면' 당신도 내가 키스하고 싶은 만큼 나한테 키스하고 싶어요? '아니면' 당신 셔츠 안으로 기어 들어가서 냄새 맡아도 돼요?* 뭐 그렇게 가볍고 경쾌한 멘트, 영리하고 위트 넘치는 멘트. 하지만 바보처럼 미소를 짓는 것 말고는 아무것도 할 수가 없었다. "어머, 고마워요, 셰핑턴 박사님. 저 갑자기 살짝 구름 위를 떠다니는 느낌이에요."

맥스의 시선이 좀 더 아래로 내려갔다. "구름 위를 떠다닌다. 그 표현 좋네요."

칼리 안에서 두근거림이 좀 더 강렬해졌다. "하지만 특별한 사람이 있는지 없는지 정확하게 밝히지는 않았잖아요."

"한 명 있긴 해요."

그럴 줄 알았다. 칼리는 그의 반대 방향으로 몸을 돌리고 자신이 얼마나 우스워 보였을지 좀 더 곰곰이 곱씹을 수 있게 팔꿈치로 테이블을 디뎠다. 반려견이 뒤바뀐 사건을 통해 근사한 남자를 만나고 갑작스럽게 행복을 찾을 수 있다고 생각했단 말이야? 그런 건 영화에서나 가능하단다, 친구야.

"좀 묘한 관계예요."

"특이하게 묘한 관계요?" 칼리는 조금 지나치게 희망에 부푼 목소리로 물었다.

"그냥 살짝 짝사랑이거든요. 그 아가씨의 이름은 헤이즐이고 아주 근사한 아가씨예요."

"아, 뭐야." 칼리는 앓는 소리와 함께 웃음을 터뜨렸다. "한 방 먹었네요, 교수님."

맥스는 똑바로 일어나 앉아서 그녀의 손을 잡았다. "내가 이렇게 말주변이 좋답니다." 그는 그녀의 손을 아주 널찍한 자기 가슴에 갖다 댔다. 그러고는 좌우를 둘러보더니 그녀 쪽으로 몸을 기울였다. "가뜩이나 나더러 귀엽게 생겼다고 한 마당에 당신이 가지고 있을지 모르는 환상을 깨뜨리고 싶지는 않지만 내가 연애에는 젬병이에요. 여자들 마음을 읽는 데 젬병이에요. 누가 나한테 작업을 걸어도 솔직히 전혀 몰라요. 술도 못 마셔서 해피 아워를 제대로 즐길 줄도 모르고……."

칼리는 헉 소리를 내며 그의 어깨를 밀쳤다. "나도 그래요! 나도 해피 아워라면 영 소질 없어요!"

"그래요?" 그는 물었다. "말 걸고 싶은 여자가 보이더라도 첫 마디를 뭐라고 하면 좋을지 모르겠더라고요. 그쪽에서 먼저 말을 걸더라도 아우…… 나는 정말 수다에는 젬병이에요."

"이하동문이요!" 그녀는 좋아서 깔깔대며 웃었다. "그리고 나는 제대로 된 영화도 못 봐요. 슈퍼히어로 나오는 영화만 보느라 아카데미상 수상작은……."

"진짜요?"

"진짜로요. 남동생한테 만화책 사 오라고 심부름시켰었죠."

"그리고 나는 하는 일도 하품 나오기 딱 좋은 일이에요. 뇌의 무게가 얼마나 되는지, 자기 전화번호를 기억하지 못하는 이유가 뭔지 궁금해하는 사람이 있으면 나도 모르게 교수 모드가 풀가동되고 말아요." 그는 웃음을 터뜨렸다. "정말 머저리도 이런 머저리가 없다니까요?" 그는 말하며 자신을 가리켰다.

"우리 둘 다 그렇죠."

그가 눈이 부시도록 씩 웃었다. "슈퍼 히어로? DC요? 아니면 마블이요?"

"여보세요…… 당연히 DC죠."

맥스의 함박웃음이 더 커졌다. 칼리는 그 미소 속으로 들어가 영영 숨어버릴 수도 있겠다는 생각을 하다가 무릎 위로 펄쩍 올라와 그녀의 얼굴에 대고 입 냄새를 풍기며 헉헉대는 개 때문에 화들짝 놀랐다.

"백스터!"

맥스가 웃으며 그녀에게서 멀어졌다. "애들이 배가 고픈가

봐요." 그가 말했다. "날이 저물어가고 있어요."

그녀가 알아차리지도 못한 새 태양이 지평선 너머로 뉘엿뉘엿 지고 있었다. 젊은 가수마저 짐을 챙기고 있었다. 칼리는 이날 오후가 끝나는 것이 싫었다. 여기 이렇게 앉아서 맥스의 눈을 영원히 들여다보고 싶었다.

맥스는 전혀 다른 생각인지 주섬주섬 짐을 챙기고 있었다.

그들은 자리를 정리하고 개를 한 자리에 모았다. 칼리는 출입문으로 가던 길에 여자의 기타 케이스에 1달러짜리 지폐 두어 장을 찔러넣었다. "노래를 정말 잘 부르시네요."

젊은 여자는 씩 웃었다. "고맙습니다!"

"혹시 명함이나 그런 거 있어요? 시내에서도 공연 보고 싶은데."

"아." 여자는 자기 몸을 이리저리 더듬다 핸드백을 뒤지기 시작했다. "명함은 없지만 이름은 알려드릴 수 있어요."

"좋아요. 홈페이지 주소는 어떻게 돼요?"

여자는 고개를 들었다. "홈페이지 없는데요." 그녀는 영수증과 볼펜을 찾아서 뒷면에 자기 이름을 적어 칼리에게 건넸다. "다음 주말에 숄츠 가르텐 칠리 요리 콘테스트에서 공연할 거예요."

칼리는 쪽지를 확인했다. 수재너 하퍼. "그렇군요. 고마워요!" 칼리는 수재너의 홍보 전략에 경악하며 쪽지를 주머니에 넣었다. 이렇게 재능이 출중한데 고작 영수증 뒷면 신세라니.

그녀는 고개를 절레절레 젓고 싶은 걸 참으며 얼른 맥스 옆으로 달려갔다.

맥스는 개들에게 목줄을 연결하고 그녀를 위해 출입문을 잡고 있었다. 그들은 주차장까지 걸어가 걸음을 멈추었고 맥스가 칼리에게 백스터의 목줄을 건넸다. "엄청 재미있었어요, 맥스."

"네, 재미있었어요. 당신도 그렇게 생각했다니 기뻐요. 내 이야기를 이렇게 많이 한 게 언제였나 싶어요. 그래서 조금 불안했어요."

그녀는 같이 보낸 시간이 진심으로 즐거웠다. 그녀는 주차장을 흘끗 쳐다보았다. "생각해봤는데 말이에요……." 그녀는 개들을 내려다보았다.

"다시 한번 이런 자리를 마련해야겠다고요?"

두근거리던 그녀의 심장이 날갯짓하는 벌새 떼처럼 퍼덕거렸다. "아니, 아무리 봐도 백스터한테 이런 시간이 정말로, 정말로 필요하거든요. 그렇다고 또 다른 사람에게 산책을 맡기고 싶지는 않고요."

"지당하신 말씀. 백스터의 신경전달물질이 제 기능을 백 퍼센트 발휘하지 않고 있어요."

"내 말이 그 말이에요."

"그리고 나도 산책을 맡길 다른 사람을 알아볼 시간이 없는데, 헤이즐도 뛰어노는 시간이 필요하고요."

"헤이즐을 아무한테나 맡길 수는 없죠. 당신이 지켜야 하는 아가씬데."

"레드 버드 아일 공원 어때요?" 맥스가 다시 그녀의 입술을 응시하며 물었다.

"화요일?"

"좋아요." 그는 그녀의 팔꿈치에 손을 얹었다.

"백스터가 그때까지 어떻게 견딜지 모르겠네요."

"개의 뇌가 좋은 게 그거예요. 시간 개념이 없다는 거." 그는 그녀를 바짝 끌어당겼다. "오늘 시간 내줘서 고마웠어요, 칼리. 대화를 나눌 만한 상대가 얼마나 간절한지 나도 모르고 있었는데 말이죠."

그녀의 시선도 그의 입술로 향했다. 도톰하고 육감적이며 키스를 부르는 입술이었다. 아주 키스를 부르는 입술이었다. "나도 남의 이야기를 얼마나 듣고 싶었는지 모르고 있었어요. 당신이 연애에는 젬병이라고 고백한 대목이 특히 좋았어요."

"잘난 척하고 싶지는 않지만 그 방면에서 기대할 게 아주 많이 남아 있어요." 맥스는 고개를 숙이고 그녀의 턱을 두 손가락으로 받치고 그녀의 얼굴을 자신을 향해 들었다. "내가 첫단추를 잘못 꿰는 것일 수도 있지만……." 그의 입술이 그녀의 입술에 닿았다. 그녀의 입술 위로 움직이며 자기 입술에 그녀의 입술을 맞췄다. 담백한 키스였지만 그래서 더욱 짜릿했고 칼리는 쓰러지지 않은 게 기적이었다. 그는 잠시 후에 고개를 들고 엄지손가락으로 그녀의 아랫입술을 훑었다. "헤이즐하고 나는 화요일만 손꼽아 기다릴 거예요.”

“백스터하고 나는…… 지금 숨을 헐떡이고 있어요.” 그녀는
더듬더듬 말했다.

맥스는 빙그레 웃으며 그녀의 팔꿈치를 놓았고 종종걸음치
는 헤이즐과 나란히 주차장을 가로질렀다. 칼리는 움직이고
싶었지만 다리가 머리처럼 휘청거렸고 백스터는 그녀에게 관
심도 없는 눈치였다.

아, 화요일이 얼마나 더디 오는 것처럼 느껴질까.

12

맥스는 수다쟁이가 되어버렸다. 그는 짜증이 나서 고개를
절레절레 저으며 주차장을 빠져나왔다. 그렇게 말을 많이 할
생각은 없었다. 심지어 종신 재직권 이야기까지 꺼낼 줄이야.
"맙소사, 내가 그 정도로 심각하게 재미없는 인간이 되어버리
다니." 그는 중얼거렸다.

게다가 그 키스는 또 뭔가! 어쩐지 키스를 해야만 할 것 같
았고 칼리가 그의 입술을 바라보며 마음속을 어지럽혔다. 그
래서 그는 입을 맞추었다. 그 느낌은 짜릿했고, 그녀의 입술은
버터처럼 부드럽고 달콤했고, 그는 그 자리에서 쓰러져버릴 것
만 같았다.

그들 둘 사이에 무슨 일이 벌어지고 있는지 여전히 잘은 모
르겠지만 그래도 좋았다. 아주 좋았다.

헤이즐이 앞좌석 암레스트 위로 몸을 내밀고 그의 얼굴을
혀로 후려쳤다. "그만해." 그는 말은 그렇게 하면서도 그녀를
앞으로 좀 더 끌어당겨 귀 뒤를 긁어주었다.

종신 재직권 얘기를 꺼낸 것이 후회가 됐다. 패배주의자처

럼 들렸던 데다 기본적으로 불안 반응이었다. 하지만 그의 가슴속에 돌덩이처럼 얹혀 있던 얘기라 일단 한번 봇물이 터지자 멈출 수가 없었다. 아마 그런 얘기를 할 만한 상대가 주변에 많지 않기 때문이었을 것이다. 하지만 칼리는 귀여운 얼굴로 관심을 보이며 귀를 기울여주었고, 놀랍게도 모두 털어놓고 나니 그렇게 후련할 수가 없었다. 그녀에게는 거의 모든 얘기를 할 수 있을 것 같았다. 오늘 이미 그런 셈이었다. 하지 않고 남겨놓은 얘기가 없었다.

그런 식의 신뢰가 뜬금없이 폭발한 데에는 어떤 생물학적인 근거가 있을 것이었다. 성적인 매력과 정서적인 매력 간의 관계를 비감정적으로 설명할 방법이 있을 것이었다. 하지만 지금은 그런 것에 대해 생각하고 싶지 않았다. 이번만큼은 과학적인 설명 없이 그저 이 어지러운 끌림과 그녀의 곁에 있고 싶은 욕구, 그녀에게 이야기하고 싶은 욕구와 그녀를 만지고 싶은 어마어마한 갈망을 만끽하고 싶었다.

아주 오랜만에 느끼는 끌림이었다.

맥스는 아버지의 집으로 가는 동안 진지하게 사귀었던 여자친구들을 떠올려보았다. 별로 많지 않았다. 첫사랑은 고등학교 3학년 때였고 각자 다른 대학교로 진학하면서 헤어졌다.

대학원에서 만난 플라비아는 아르헨티나 출신의 미녀였고 가장 진지하게 사귄 여자친구였다. 한때는 그녀가 자기 아내가 될 거라고 믿었다. 그들은 캠퍼스 서쪽의 조그만 원룸에서 같이 살았다. 그녀는 그의 가족을 만났고 제이미를 좋아했다. 맥스는 나중에 그녀와 결혼할 거라고 생각했다. 둘이 같이 연구하고 가르치고 논문을 공저하며 평생을 같이 보낼 거라고 생각했다. 같이 살기 시작한 지 6개월이 됐을 때 그들은 바닥을 보았다. 처음 만난 순간에는 눈부시게 이글거렸던 불길이 사그라들어버렸다. 플라비아는 2, 3년 전에 아르헨티나로 돌아가서 거기 대학교에 취직했다는 소식이 들렸다.

플라비아 이후에도 여자친구들이 있었지만 만남이 2, 3개월을 넘긴 적이 없었다. 그는 누군가를 만날 준비가 되어 있지 않은 느낌, 거기에 걸맞은 사고방식이 갖추어지지 않은 느낌이었다. 맥스는 일과 종신 재직권이라는 목표에 너무 몰두했다. 연구에 모든 에너지를 쏟아부었고 그러고 남은 시간은 가족이나 빨래나 가끔 헬스클럽에 다녀오는 데 썼다. 그날 밤 알라나 프리드먼과 침대로 직행한 것도 요즘 들어 여자와 육체적인 접촉을 한 적이 없기 때문이었을 것이다.

그는 눈을 부라렸다. 참 잘한 짓이다.

그렇기는 하지만 일이나 가족과 전혀 상관없는 여자와 간만에 같이 있어 보니 기분이 좋았다. 아주 사랑스러운 음악이 배경으로 가볍게 흐르는 가운데 개들과 칼리와 함께 웃고 별의별 얘기를 다 해가며 나른한 오후를 보냈더니 기분이 깜짝 놀랄 만치 좋았다. 쿠션처럼 폭신해 보이는 입술과 만지고 싶어 손이 근질거릴 만큼 부드러운 머리칼을 가진 여자와 그렇게 편안한 시간을 보낼 수 있어서 좋았다. 그 반짝이는 파란 눈을 들여다보며 상상의 나래를 펼치다 보면 어찌나 흥분되던지.

그렇다, 그는 상상의 나래를 펼쳤다. 상상의 나래를 아주 많이 펼쳤다. 그는 더 많은 것, 훨씬 더 많은 것을 원했다. 입을 맞추고 났더니 더욱 그랬다.

칼리를 다시 만나는 순간이 손꼽아 기다려졌다.

맥스는 딴 데 정신이 팔려서 운전을 어떻게 했는지도 모르게 아버지의 집에 도착했다. 진입로에 차를 대고 헤이즐에게 문을 열어주고 개를 따라 문까지 걸어갔다. 들어가 보니 뭔지 모를 맛있는 냄새가 났다. "저 왔어요!" 맥스는 외쳤다.

"나 여기 있다!" 아버지가 부엌에서 외쳤다.

가끔 맥스는 부엌에 들어간 순간 그를 강타하는 향수 때문에 상심을 달래며 무릎을 꿇고 싶을 때가 있었다. 그곳은 어머니가 살아 있을 때와 달라진 게 하나도 없었다. 냉장고 옆에는 십자수인가 뭔가로 만든 수탉 한 쌍이 걸려 있었다. 어머니가 저녁이 다 되길 기다리며 식탁에 앉아서 만든 작품이었다.

창턱에는 늘 그랬듯이, 어머니가 어느 벼룩시장에서 사온 초록색 플라스틱 화분이 놓여 있었다. 건드린 사람이 아무도 없어서 먼지로 뒤덮였다. 식탁 정중앙에는 어머니가 가족 여행으로 버지니아에 놀러 갔을 때 미술관에서 사온 사기 찻잔 세트가 놓여 있었다. 맥스가 기억하기로 어머니는 그 찻잔 세트를 쓴 적이 없었다. 마치 오지 않을 근사한 손님을 영원히 기다렸던 것처럼 그랬다.

"왔니, 맥스." 아버지가 명랑한 목소리로 말했다. 아일랜드 식탁 뒤편에서 머핀을 진공 포장하고 있었다. 아버지는 그런 걸 좋아했다.

"아버지." 맥스가 말했다. "냄새가 끝내주네요. 뭐 만드신 거예요?"

"칠리." 그의 아버지는 자랑스럽게 말했다. "내가 레시피를 완전히 익혔지. 그러느라 몇 년 걸리기는 했지만 오스틴에서 이보다 맛있는 칠리는 없을 거다."

맥스는 냄비 앞으로 가서 뚜껑을 열어보았다. 이미 바닥을 진공청소기처럼 깨끗하게 청소한 헤이즐이 그를 지나 제이미의 방으로 복도를 걸어갔다. "아빠, 한 부대가 먹고도 남겠어요. 누구 와요?"

"아니. 샌디가 며칠 있다가 갈 거야." 고모를 두고 하는 말이었다. "지금 뒷방에 누워 있어."

맥스는 바 의자에 앉아서 이리저리 어슬렁거리는 아버지를 지켜보았다. 아버지의 살림 솜씨는 어머니가 돌아가신 뒤로 비약적인 발전을 했다. 어머니가 돌아가시고 몇 주 동안은 어머니의 친구들이 캐서롤과 케이크, 파이와 샌드위치 쟁반을 들고 수시로 찾아왔다. 먹으면 속이 든든해지는 맛있는 음식이었다. 이런 행렬이 끊길 줄 모르고 이어지던 어느 날 저녁에 아주머니 한 쌍이 찾아온 적이 있었다. 이제 그들의 이름은 맥스의 기억에서 지워졌지만 그들은 맥스가 지금 앉아 있는 자리에 서서 아버지가 한 농담에 왁자지껄하게 웃었다.

그중 한 아주머니가 아버지의 팔을 계속 쓰다듬었다. 위로하는 거라고 아니면 그보다 더 심오한 뜻이 담겨 있다고 해석될 수 있을 만한 행동이었다. 맥스는 테이블 앞에 앉아서, 그 아주머니가 팔을 쓰다듬는 의도가 정확히 뭔지 궁금해했던 기억이 났다. 그는 너무 놀라서 제이미가 알아차릴 수 있다는 생각조차 하지 못했다. 그런데 제이미가 알아차렸다. 그걸 보고 너무 흥분해서 발작을 일으켰다. 아버지와 맥스는 그걸 '발작'이라고 불렀다. 제이미가 아주 가끔 자기 감정을 제대로 전달하지 못하는 좌절감으로 인해 격하게 깍깍대는 것을 표현하기에는 부절적한 단어였다. 그런 발작을 일으키면 그는 인간 같지 않은 소리를 냈고, 깨질 만한 물건을 주먹으로 치거나 집어던지는 등 몸으로 표현했다.

두말하면 잔소리지만 폭발한 그를 보고 아주머니들은 겁에 질렸다.

이후로 캐서롤과 케이크 행렬이 끊겼다. 맥스의 아버지는 새로운 현실 속으로 틀어박혀 아내의 죽음에 계속 슬퍼하는 동시에 자신이 다 자란 자폐 아들의 주 양육자라는 사실에 적응하려고 계속 노력해야 했다.

그 당시 맥스는 신임 교수였고 이 집에서 살았다. 셰핑턴 가족은 몇 명 되지 않았고 맥스는 언젠가는 그가 책임지고 제이미를 돌봐야 한다는 것을 알았다. 그렇기 때문에 그는 가까이에서 지내며 최대한 아버지를 돕고 싶었다. 하지만 맥스의 아버지는 그의 말을 들으려고 하지 않았다. "네 발로 이 집에서 나가지 않으면 내가 내쫓아버릴 테다." 어느 날 옥신각신하던 끝에 아버지가 말했다. "이 일은 내가 알아서 할 수 있어. 이 아이는 내 아들이니까 내가 알아서 하마." 그러고는 맥스와 같이 살고 싶어 했던 제이미에게 이렇게 말했다. "제이미, 네가 그렇듯이 네 형도 자기 인생을 살 권리가 있어. 앞으로는 너희 둘 다 이 문제에 대해 왈가왈부하지 말기 바란다."

"어쩔 생각이신데요, 아버지?" 맥스는 따져 물었다. "어떻게 해결하실 생각인데요?"

"일을 그만둘 생각이다."

맥스는 불안했지만 아버지는 뜻을 굽히지 않았다. "맥스, 너의 허락이나 승인은 필요 없다. 내가 아직 네 아비니 내 집에서는 내가 시키는 대로 해라. 너는 아직 젊고 앞날이 창창하잖니. 나랑 제이미 걱정하느라 귀한 시간을 허비하지 않길 바란다, 알겠니? 그냥…… 그냥 이 집에서 나가서 네 인생을 살았으면 좋겠다."

바로 이 무렵 샌디 고모가 샌안토니오로 이사를 하면서 고모의 집을 살 수 있는 기회가 생겼다. 그의 심정은 어땠는가 하면, 솔직히 그 집에서 나오고 싶었다. 서글픈 분위기와 끊임

없이 관심을 기울여야 하는 제이미가 지긋지긋했다.

그런데 맥스와 그의 가족에게 가장 필요했던 순간에 우주의 행운이 깃들었다. 샌디 고모가 이사를 하게 된 것이었다. 맥스는 모퉁이만 돌면 나오는 그 집으로 이사를 했다. 그의 아버지는 상당히 능수능란하게 제이미를 관리했다. 그런가 하면 일을 그만두고 즐거워하는 것처럼 보이기도 했다. 그는 차고에 설치된 작업대 근처를 어슬렁거리며 쓸모 있겠다 싶은 물건을 만드는 것을 좋아했다. 차로 제이미를 ACC까지 출퇴근시키고 중간에 친구들과 커피 마시는 것을 좋아했다. 자기만의 삶이 없는 건 별로 상관하지 않는 눈치였다. 아니, 상관했다 한들 절대 티를 내지 않았다.

한번은 맥스가 그에게 후회하는 일이 있느냐고 물은 적이 있었다. 그의 아버지는 혼란스러워했다. "후회하는 일? 지금 내가 무슨 후회할 일이 있겠니?" 그는 바보 대하듯 퉁명스러운 말투로 이렇게 말했다. "세상에 둘도 없는 여자랑 결혼했지. 멋진 두 아들이 있지. 건강하지, 복이 많아서 머리를 가릴 지붕과 식탁에 내놓을 음식도 있지. 나한테 도대체 무슨 후회가 있겠니?"

맥스는 두 번 다시 묻지 않았다.

그는 머핀 포장을 마친 아버지를 바라보았다. "샌디 고모는 언제까지 여기 계신대요?"

"글쎄다? 2, 3일? 내가 계획을 몇 개 세워놓았어. 여기서 공연한다는 그 브로드웨이 신작 뮤지컬 티켓을 구해놨지.”

놀랄 노 자였다. 맥스는 아버지가 브로드웨이 뮤지컬을 좋아하는 사람인 줄 전혀 몰랐다. “뭐요…… 〈해밀턴〉이요?”

“응, 그거.”

“아버지가 뮤지컬 좋아하시는 줄 몰랐어요.”

그의 아버지는 웃음을 터뜨렸다. “뭐, 사실 좋아하진 않아. 하지만.” 그는 고개를 들었다. 눈을 반짝이고 있었다. “새로 사귄 친구가 좋아한다고 해두자.”

맥스는 처음에는 같이 낚시를 다니는 친구인가 보다고 생각했다가 반짝이던 아버지의 눈을 떠올리며 당장 아니라는 결론을 내렸다. 그 눈빛은 그가 오늘 느꼈던 한 줄기 햇살을 연상시켰다. “오. 이거 뉴스감인데요?”

그의 아버지는 뒤로 몸을 젖혀 복도를 보고 아무도 없다는 걸 확인한 뒤 나지막이 말했다. “새로운 친구가 생겼거든. 그래서 지금 더듬더듬 적응해나가는 중이야. 이게 무슨 일인지, 목적지가 어딘지도 잘 모르겠다만 좀 더 알아보고 싶어.” 그는 씩 웃었다.

맥스는 입을 떡 벌렸다. “아버지, 지금 연애 중이에요?”

“뭔가를 하는 중이긴 하지.” 그의 아버지는 껄껄 웃었다. 얼굴에서 빛이 났다.

“그거…… 그거 잘됐네요, 아버지.” 맥스는 이렇게 말했고 진심이었다. 하지만 워낙 뜻밖의 일이라 어떻게 받아들여야 좋을지 알 수가 없었다.

"그러게, 잘됐으면 좋겠다. 아까도 얘기했던 것처럼 아직은 그냥 친구 사이지만 나는 그녀가 아주 마음에 들거든. 그런데 제이미는 아직 받아들이지 못하고 있으니까……."

"알겠어요." 맥스는 말했다.

그는 묻고 싶은 게 많았지만─그녀를 어디서, 어떻게 만났는지, 만난 지 얼마나 됐는지─헤이즐이 짖는 소리가 들렸다. 그가 의자에서 일어나 복도로 나갔을 때 PUGS, NOT DRUGS(드러그 말고 퍼그)라고 적힌 티셔츠를 입은 제이미가 자기 방에서 나왔다. "아빠." 제이미가 말했다.

"아버지 부엌에 계셔. 헤이즐 어디 있니?"

"맥스! 맥스 맞지?" 샌디 고모가 어느 방에서 나왔다. 완벽하게 동글동글 말린 짧고 희끗희끗한 머리칼이 풍성하게 정수리를 덮었고 빨간색과 흰색 줄무늬 스웨터가 넉넉한 풍채를 감싸고 있었다. 그녀는 웃으며 어린애 대하듯 그의 머리칼을 헝클어뜨렸다. "네 개가 내 얼굴을 핥으면서 자기가 왔다는 걸 알리더라."

문제의 당사자가 예전에 맥스가 썼던 방에서 나왔다. "죄송해요. 애가 아주 나쁜 습관이 더러 있어요."

"의리 있는 아빠." 제이미가 말했다.

"그래, 맞아." 맥스는 맞장구쳤다.

"저 칠리 냄새 너희한테도 나지?" 샌디 고모가 물었다. "배고파 쓰러지겠다. 너도 배고프니, 제이미? 토비! 내가 좀 도와줄까?" 그녀는 외치고 하품하며 부엌 쪽으로 복도를 걸어갔다.

헤이즐이 다시 짖었다. 제이미가 개를 보며 혀를 찼다. 헤이즐은 바닥에 앉았다.

"우리도 가서 칠리 먹어보자." 맥스는 동생에게 말하고 부엌 쪽으로 몸을 돌렸다.

하지만 제이미는 그의 팔을 잡고 꾹 눌렀다. "의리 있는 아빠." 그가 말했다. "의리."

"맞아, 제이미." 맥스는 말했다. "당연히 아버지는 의리 있지." 그는 동생의 어깨에 팔을 얹었다. "의리 있는 아버지지." 그는 복도로 동생을 끌고 갔다.

아버지가 식탁에 그릇을 놓고 있었다. 식탁 중앙의 찻잔 세트 옆에 옥수수빵과 샐러드가 놓여 있는 것을 보니 아버지가 그것까지 만든 모양이었다. "한 부대를 먹이려고 작정하셨어요?" 맥스는 농담을 던졌다.

"너는 훌륭한 남편감이야, 토비." 샌디 고모가 찬장에서 유리잔 몇 개를 꺼내 냉장고 물을 따르며 말했다. "내가 멜리사한테도 항상 말했지, 너 같은 남편은 없다고."

"의리 있는 아빠." 제이미가 들릴락 말락 하게 중얼거렸다.

"뭐라고, 제이미?" 아버지는 명랑하게 묻고 칠리를 떠서 그의 그릇에 담아주었다. "맥스, 그 소식 들었니? 제이미가 개를 키우게 됐어!"

"샌디 고모한테 들었어요. 아빠가 감당하실 수 있겠어요?"

"감당하지 못할 이유가 없지. 제이미는 개들이랑 있을 때 제일 행복한데. 안 그러냐, 제이미? ACC에 얘를 졸졸 쫓아다니는 검은색 래브라도가 있거든. 걔가 진작부터 제이미를 찜했어."

헤이즐이 식탁 아래로 들어가 다리 사이를 헤치고 제이미에게 다가갔다. 그녀가 그의 손을 코로 쿡 찔렀다. 제이미는 머리를 쓰다듬어주는 것으로 응답했다.

"걔 이름은 듀크야." 아버지는 다른 그릇에 칠리를 덜며 말했다.

샌디 고모가 물잔을 하나씩 놓아주고 자기 자리에 앉았다. "듀크가 언제 집으로 오는데?"

"먼저 중성화 수술을 받아야 하니까 2, 3주 뒤에."

"래브라도. 의리 있는 개." 제이미가 말했다. "똑똑하고 의리 있고."

"그래, 맞는 말이야." 샌디 고모가 말했다. "그리고 행복한 견종이기도 하고."

"의리 있는 개. 의리 있는 아빠." 제이미는 중얼거렸다.

맥스는 아버지를 쳐다보았지만 그는 제이미가 중얼거리고 있는 것을 알아차리지 못한 눈치였다. 제이미는 원래 그렇게 말이 많지 않은 성격이었다.

"나도 예전부터 그렇다고 들었어." 샌디 고모는 제이미 말에 맞장구쳤다. "미국 가정에서 제일 많이 키우는 개가 래브라도라는 거 아니?"

제이미는 의자에 앉은 채 몸을 앞뒤로 흔들기 시작했다. "의리, 의리, 의리, 의리."

맥스의 아버지가 마침내 고개를 들었다. "왜 그러니, 제이미? 칠리 싫어?"

제이미는 갑자기 의자를 밀고 일어나 바닥에 한쪽 무릎을 꿇고 앉았다. 헤이즐을 두 팔로 감싸 안고 그녀의 정수리에 뺨을 갖다 댔다.

맥스와 아버지가 서로를 흘끗 쳐다보았다. 아버지는 어깨를 으쓱했다.

"제이미, 저녁 식겠다." 샌디 고모가 말했다.

제이미는 헤이즐을 놓지 않았고 헤이즐도 그가 매달려 있는 걸 좋아하는 눈치였다.

"우리 이번 주에 개 침대랑 사료 그릇 사러 갈 거야. 그렇지, 제이미?" 아버지가 자기 몫의 칠리 위에 치즈를 뿌리며 말했다.

제이미는 아무 말도 하지 않았다.

"제이미? 자리에 앉아서 칠리 먹자." 샌디 고모가 다시 말했다.

제이미는 떨떠름하게 바닥에서 일어나 다시 자기 자리에 앉았다. 숟가락을 들어서 그릇에 넣었다. "의리 있는 개, 의리 있는 아빠."

"맞아." 샌디 고모는 말했다. "똑똑하고 의리 있고."

"의리. 의리. 의리 있는 아빠. 의리 있는 아빠." 제이미는 반복하며 아버지를 쳐다보더니 그릇에 담긴 칠리로 시선을 옮겼다. 다시 몸을 앞뒤로 흔들기 시작했다.

그가 몸을 흔드는 것은 특이하달 게 없었고 같은 말을 반복하는 반향 언어증도 자폐증 환자들에게서 흔히 볼 수 있는 증상이었다. 하지만 맥스는 동생을 워낙 잘 알았기 때문에 그 아이의 머릿속을 어지럽히는 뭔가가 있다는 것을 알 수 있었다. 하지만 그게 뭔지는 알 수 있을 턱이 없었다. "저한테 좋은 생각이 하나 있어요." 그가 말했다. "내일 10시까지만 출근하면 되거든요. 제이미를 제 집으로 데려가서 헤이즐이랑 같이 놀게 하면 어때요? 내일 아침에 ACC까지 제가 태워다줄게요."

"오, 그거 좋은 생각이다. 안 그러니, 제이미?" 샌디 고모가 재잘거렸다.

"형이랑 같이 갈래?" 아버지가 물었다.

제이미는 고개를 들더니 놀랍게도 아버지를 노려보았다. "의리 있는 아빠, 의리 있는 개."

"좋다는 뜻으로 해석할게." 맥스는 말했다. "제이미." 그는 동생이 고개를 돌려서 그를 쳐다볼 때까지 기다렸다. "의리 있는 동생아. 나랑 같이 갈래? 〈에어 버드〉 영화 같이 보자." 그는 개가 등장하는 영화 시리즈를 말했다.

제이미는 눈을 살짝 동그랗게 떴다. "좋아." 그러고는 열심히 칠리를 향해 달려들어 보는 샌디 고모를 흐뭇하게 만들었다.

　나중에 맥스는 별일 아니었을 거라고 결론을 내렸다. 뭔가가 제이미의 부아를 건드린 것이었다. 아버지의 어떤 행동이 제이미의 신경에 거슬렸을 수도 있었다. 하지만 그게 뭐였을지 몰라도 맥스의 집에 도착했을 무렵 제이미는 까맣게 잊은 눈치였다. 그는 헤이즐의 머리를 자기 무릎에 올려놓고 거실 바닥에 앉아 〈에어 버드〉에 집중했다.

　맥스는 칼리의 행차라는 영광을 누릴 때를 대비해 이참에 부엌을 치우기로 했다. 상상하느라 혼자 미소 지으며 청소하고 있는데 제이미가 부엌 아일랜드 식탁 저쪽 끝에 등장했다. "도그 쇼."

　맥스는 고개를 들었다. "그래. DVD가 아직 안 왔네."

　"의리 있는 개, 형. 의리 있는 아빠. 도그 쇼."

　제이미가 그에게 하고 싶은 말이 있는 것이 분명했지만 맥스는 그게 뭔지 알 수가 없었다. "팝콘 먹을래?" 그는 물었다.

　제이미는 손뼉을 치며 좋아서 카랑카랑하게 비명을 질렀다.

　맥스는 이후에 제이미가 〈에어 버드〉를 두 번 더 보는 동안 소파 위에서 휴대전화를 만지작거렸다.

　그는 계속 칼리 생각을 했다.

　그는 멍하니 소파 팔걸이를 잡아 뜯다가 도저히 견딜 수가 없는 지경에 이르자 결국 전화기를 집어 들었다.

안타까운 소식이 있어요. 헤이즐이 방금 에어 버드를 봤는데 골든 리트리버에게 반한 눈치예요. 이 사태를 백스터에게 어떤 식으로 설명하면 좋을까요?

셰핑턴 박사님, 무슨 생각으로 헤이즐에게 에어 버드를 보여주신 거예요? 그 아이가 백스터보다 훨씬 멋지잖아요. 우리 백스터 가슴이 찢어지겠어요.

맥스의 휴대전화에서 다시 알림음이 울렸다. 칼리가 백스터의 현재 상태를 사진으로 찍어서 보낸 것이었다. 그는 머리를 모서리에 단단히 박고 개 침대에서 잠을 자고 있었다.

내가 전문가로서 의견을 밝히자면 백스터의 해마 크기가 심각하게 줄어들어 있을 거예요.

그게 뭔지는 모르겠지만 그럴 리는 없다고 생각해요. 그 아이 머리가 얼마나 큰지 못 봤어요? 온갖 해마가 그 안에서 헤엄치고 있을 거예요. 헤이즐이 정말 보고 싶은가 봐요. 솔직히 고백하자면 우리 둘 다 화요일을 손꼽아 기다리고 있어요.

솔직히 고백하자면 나랑 헤이즐도 손꼽아 기다리고 있어요. 아주 많이요.

우리 지금 썸 타는 거예요? 왜냐하면 우리 둘 다 썸을 타더라도 잘 모르잖아요.

잘은 모르겠지만 썸 타는 게 맞는 것 같아요. 내가 교과서 찾아볼게요.

당신의 그 과학적인 접근 방식이 묘하게 매력적이란 말이죠. 어마무지하게 섹시해서 당신에 대해 더 알고 싶은 마음이 생겨요. 당신의 범생이 지수는 얼마일까, 뭐 이런 거요.

무미건조하고 장황한 설명을 자청하려 하다니. 나도 당신에 대해 알고 싶은 게 많아요. 예를 들면 어떻게 홍보 일을 하게 됐는지, 나무로 만든 동그라미를 예술작품이라고 생각하는 사람은 누구인지, 제일 좋아하는 아이스크림은 뭔지, 2학년 때 담임선생님 성함은 뭐였는지.

우와, 소름! 내가 당신은 빨간색이랑 하얀색 중에 어느 색을 더 좋아하는지, 내일 당장 떠날 수 있다면 어딜 가고 싶은지, 뇌를 몇 개나 해부하고 뇌 박사로 인정받았는지, 자전거를 배운 게 언제였는지 물어보려던 참이었거든요.

레이디 퍼스트. 먼저 아이스크림부터요.

나는 항상 아이스크림에서부터 시작해요.☺

제이미가 좋아서 한 손을 퍼덕이며 〈에어 버드〉를 세 번째로 보기 시작했을 때 맥스는 소파 위, 헤이즐 옆자리에 쭈그리고 앉았다.

칼리와 새벽 두 시까지 문자를 주고받았다.

화요일까지 무슨 수로 기다릴까 싶었다.

13

　아주 오랜만에 역대급으로 최악인 월요일이―최근 그녀의 운세를 감안했을 때 그 자체로 주목할 만한 일이었다―요란하게 칼리를 찾아왔다. 먼저 그녀는 늦잠을 잤다. 새벽까지 맥스와 문자로 있는 생각, 없는 생각을 주고받느라 벌어진 사태였다. 일어나보니 언니가 느낌표와 머리가 폭발하는 이모티콘과 대문자가 난무하는 문자를 몇 개 남겼다. 어머니가 전화를 받지 않는다고, 죽어서 도랑에 처박힌 신세가 됐을지도 모르는데, 윌이 다시 출장을 떠나서 그녀는 아이들과 집에 틀어박혀 있어야 하니 직접 알아볼 수가 없다고 하소연을 늘어놓는 내용이었다.

　칼리는 어머니가 상습범처럼 추적을 당하는 데 신물이 나서 전화를 받지 않는 것일지 모른다고, 세상에 새벽 여섯 시에 문자를 보내는 사람이 어디 있느냐고 언니에게 짚고 넘어갈까 고민했다. 하지만 이번에는 칼리도 조금 궁금한 마음이 있었다. 보통 때 같으면 어머니가 일주일에 몇 번씩 그녀에게 연락하는데, 생각해보니 지난주에는 어머니에게 전화를 받은 적이

302

한 번도 없었다. 그래서 그녀는 차를 몰고 어머니의 집을 찾아가는 것으로 하루를 시작했다.

어머니는 뒷마당에서 몸 성히 요가를 하고 있었다. "언제부터 엄마가 요가를 다 했어요?" 칼리는 재킷을 여미며 물었다. 날이 아직 썰렁했다.

"왔니, 달링!" 그녀의 어머니가 명랑하게 외쳤다.

평생 칼리를 '달링'이라고 부른 적이 없던 어머니가 두어 달 부터 그렇게 부르기 시작했는데…… 생각해 보니 어머니의 성 해방이 시작된 시점이 그 무렵이었다.

"2주 전부터 하기 시작했어. 페니가 요가가 최고라고 하더니 그 말이 맞더라. 너도 한번 해봐! 얼굴에 담긴 스트레스가 모두 풀릴 거야." 그녀는 칼리의 얼굴을 향해 손가락을 이리저리 흔들며 말했다.

"허걱. 고마워요, 엄마."

어머니는 그녀의 뺨을 꼬집었다. "칼리, 너는 예쁜 아인데 스트레스가 많아 보여. 그래서 걱정된다."

칼리로서는 반론을 제기할 수가 없었다. "저는 괜찮아요, 엄마. 일주일 내내 요가 하느라 언니가 보낸 문자에 답장을 안 한 거예요? 언니가 걱정하고 있어요."

"네 언니 말은 신경 쓰지 마. 내가 보고 전화했더니 안 받더구먼. 그리고 우리 둘 다 알다시피 네 언니는 건조기에 넣은 양말 한 짝을 잃어버려도 걱정하는 애잖니. 그게 걔 천성이야.

너는 무슨 일을 하건 추진력이 엄청난 아이라 그 점을 내가 사랑하는데, 걔는 걱정스러워. 그리고 나는 천성적으로 빛을 찾아다니는 사람이지. 아, 칼리, 나는 요즘 최고의 시간을 보내고 있어!" 그녀는 요가 매트를 돌돌 말기 시작했다.

"우리도 알아요, 엄마." 칼리의 휴대전화에서 땡 하는 소리가 들렸다. 전화기를 꺼내 보니 준이 보낸 문자가 화면에 떠워져 있었다. 지금 당장 와주세요! 맙소사, 이번에는 또 뭐람? 그녀는 답문을 보냈다. 무슨 일이에요? 그러고는 어머니에게 말했다. "엄마가 최고의 시간을 보내고 있는 건 알겠는데, 언니를 가끔 챙겨주면 엄청 고마울 것 같아요. 엄마랑 연락이 안 되면 언니 때문에 내 전화기에 불이 날 지경이거든요. 이번 주 금요일에 엄마한테 애들 맡기고 친구들이랑 점심 먹을 거라고 기대하고 있던데."

"나도 우리 꼬맹이들 보고 싶어. 질커 공원 데려가서 연 날릴 거야. 너는 마지막으로 연을 날려본 게 언제니? 얼마나 해방감이 느껴지는지 몰라." 그녀는 칼리 옆을 하늘하늘 지나 집 안으로 들어갔다.

"뭐라고요? 엄마 연 날릴 줄 알아요?" 칼리는 휴대전화를 들여다보고 있다가 고개를 들고 물었다. 그녀도 몸을 돌려서 어머니를 따라 집 안으로 들어갔다.

어머니는 허리를 숙이고 요가 매트를 치우고 있다가 허리를 펴서 몸을 돌리고 칼리를 보며 활짝 웃었다. 제 나이보다 몇 살은 어려 보일 정도로 활짝 웃었다. 칼리는 어딘가에서 큼지막하고 두툼한 신발이 어쩌면 머리 위로 떨어질 것 같은 불길한 예감을 뱃속 깊숙한 곳에서 느꼈다.

"칼리? 아주 근사한 일이 생겼어."

"어떤 일인데요?" 그녀는 경계하며 물었다.

어머니의 미소가 아까보다 더 커지고 환해지는 불가능한 현상이 벌어졌다. "내가 특별한 사람을 만났지 뭐니."

오케이, 아직은 공황 발작을 일으킬 필요가 없었다. 그녀의 어머니는 이혼한 이후로 지금까지 특별한 사람을 여럿 만났다. 하지만 그 특별한 사람들에 대해 운운하면서 이렇게 웃은 적은 없었다. "그래요?" 칼리는 조심스럽게 말했다. "얼마나…… 특별한데요?"

"아주 특별해." 어머니의 대답을 듣고 칼리의 뱃속이 좀 더 뒤틀렸다. "우리 조만간…… 아직은 공개하지 않으려고 했는데 이왕 이렇게 만났으니까 너한테 알려도 되겠지. 우리 조만간 결혼할까 생각 중이야."

칼리의 전화기에서 땡 하는 소리가 난 것과 동시에 그녀는 놀라서 외쳤다. "뭐를 할까 생각 중이라고요?"

"두말하면 잔소리지만 으리으리하게 할 생각은 없어. 라스베이거스에서 할 수도 있겠다. 후딱 가서 식만 올리고 바로 오는 거지."

"엄마. 지금 무슨……."

"아니, 우리 둘 다 결혼했던 사람들이니까 으리으리하게 식을 올릴 필요가 없잖아. 하지만 드레스는 입고 싶어. 나이가 몇이건, 결혼을 몇 번 했건 그건 상관없다고 봐. 나는 한 번밖에 안 했지만 셸비 케이스는 세 번째 결혼식 때 근사한 드레스를 입었잖니. 세 번째 결혼식 때! 게다가 흰색이었어, 믿어지니? 아! 좋은 수가 생각났다! 하루 날을 정해서 우리 셋이 같이 가서 고르자!"

칼리의 공황이 활짝 꽃피웠다. "엄마! 설마 진심은 아니죠?"

"아주 진심이야, 칼리. 그리고 네가 응원해줬으면 좋겠다. 아우, 안 그래도 네가 이런 반응을 보일 것 같더라니. 너 가끔 네 아빠랑 똑같을 때 있는 거 아니? 너무 현실적이야." 그녀는 몸을 돌려서 부엌으로 들어갔다.

칼리는 얼른 그녀를 뒤쫓아갔다. "내가 이런 반응을 보이는 이유는 말도 안 되는 일이기 때문이에요, 엄마. 엄마 지금……."

"네가 날 생각해서 기뻐해줬으면 좋겠다!"

기뻐해달라고? 진지한 상대가 생겼다는 얘기를 듣자마자 벌써 결혼 운운하는데? "이렇게 충동적으로 일을 저지르면 엄마를 생각해서라도 기뻐할 수가 없죠. 이 남자, 저 남자하고 자고 다니더니 갑자기 결혼을 하겠다고요? 도무지 말이 안 되잖아요."

어머니는 그녀를 향해 손가락을 겨누었다. "그건 너희 아빠랑 40년의 부부 생활을 하는 동안 억눌린 욕망을 표출한 거였어. 그리고 그건 내 친구도 나와 똑같은 감정을 느끼고 있다는 사실을 알아차리기 전이었고." 그녀는 씩 웃었다.

"누군데요? 이 남자가 누군데요? 어디에서 만났어요? 안다고 말할 수 있게 된 지 얼마나 됐어요?"

"그렇게 걱정할 것 없어. 너도 좀 신나게 살아봐. 얼마나 재밌다고. 짜릿하기도 하고!"

그녀의 세상에 금이 가서 산산이 부서지게 생겼는데 칼리가 무슨 수로 신나게 살 수 있을까? "걱정하는 거 아니에요. 저는 그냥……." 그녀는 말을 하다 말고 이 엄청난 절망과 경악과 충격을 한마디로 요약할 만한 단어를 고민했다.

"이건 내가 결정할 문제야." 그녀의 어머니는 손목을 가볍게 튕기며 말했다. "내가 네 엄마일지 몰라도 성인이기도 하니 내 마음대로 할 수 있지."

"그분을 안 지 얼마나 됐어요?" 칼리는 물고 늘어졌다.

"그게 무슨 상관이니?"

그녀의 어머니는 자기가 잘못했다는 걸 알면 방어적인 태도를 보이는 경향이 있었다. "얼마나 됐어요, 엄마?"

그녀의 어머니는 칼리가 도리에 어긋나는 짓이라도 저지르는 것처럼 한숨을 쉬었다. "두어 주 됐어."

"오 마이 갓!" 칼리는 외치고 한 바퀴를 돌며 말이 되는 구석을, 그것도 아니면 발로 걷어찰 만한 것을 찾았다.

"내 말 잘 들어. 내가 네 아빠와 이혼한다는 사실을 받아들이기 힘들었다는 걸 알아. 네 아빠도 마찬가지였고. 하지만 내 입장에서 생각해주길 바라. 나는 그 남자에게 내 청춘을 바쳤지만 이건…… 글쎄다, 가끔은 그냥 느낌이 올 때가 있거든. 이번이 그런 때야." 그녀는 의기양양하게 웃음을 터뜨렸다.

"아니에요, 엄마. 아니에요. 이럴 수는 없어요. 일을 저지를 때는 저지르더라도 최소한 우리한테 소개는 해주셔야죠."

"그거야 날을 잡으면 될 일이지." 그녀는 기분 좋게 말했다. "그냥 궁금해서 묻는 건데, 너 너희 아빠도 이런 식으로 심문하니?"

칼리는 코웃음을 쳤다. "아빠는 온갖 여자를 만나고 다니거나 만난 지 2주 된 여자랑 라스베이거스에 가서 결혼식을 올리겠다고 하지 않았잖아요."

"그래? 마지막으로 너희 아빠를 만난 게 언젠데?"

"모르겠는데요. 왜요?"

그녀의 어머니는 어깨를 으쓱했다. "아빠 쪽도 한번 체크해보는 게 좋겠어서."

"그러지 말아요, 엄마. 엄마 속셈 다 알아요. 아빠한테도 무슨 일이 있는 것 같은 분위기를 풍겨서 내 질문 공세를 막으려는 거잖아요. 솔직히 대답해보세요. 라스베이거스로 가서 결혼식을 올릴까 생각 중이라는 얘기를 자식한테 불쑥 꺼내도 된다고 생각하세요? 만나는 사람이 있다고 한 적도 없으면서?

심지어 우리한테 그분을 소개한 적도 없으면서? 저도 나중에 엄마한테 그랬으면 좋겠어요?"

"그건 다르지. 너는 젊고 이제 막 인생을 시작하려는 찰나고 당연히 나는 네 결혼식에 참석하고 싶으니까. 하지만 나는 나이가 많고 경험도 많고 이번이 첫 등판도 아니잖니. 그리고 그 사람을 만나보면 너도 안심이 될 거야." 그녀는 칼리의 뺨을 살짝 토닥였다.

칼리의 얼굴에서 핏기가 가셨다. 그녀가 부모님과 연애와 인생에 대해 안다고 생각했던 모든 것이 그 핏기와 함께 빠져나가는 것을 느낄 수 있었다. "도무지 믿기지 않아요." 칼리는 속삭였다.

"믿어!" 그녀의 어머니는 즐겁게 노래를 불렀다. "너도 그이를 좋아하게 될 거야. 그렇게 우울해하지 마. 너 지금 쓸데없이 걱정하는 거야. 어머나! 지금 몇 시니? 옷 갈아입고 나가야겠다. 사랑해!" 그녀의 어머니는 복도를 지나 침실로 사라졌다.

칼리의 휴대전화에서 다시 땡 소리가 들렸다. 흘끗 내려다보니 준의 문자였다. S-O-S.

칼리는 작업실로 가는 길에 〈왕언니 팬티〉를 틀며 메건이 궤도에서 이탈한 어머니를 위한 조언을 들려주길 바랐다. 하지만 오늘 팟캐스트 주제는 자기 확신이었다. "당신이 자기 자신을 믿지 않으면 누가 믿어주겠어요?" 그녀는 명랑하게 재잘거렸다.

작업실에 도착해 보니 빅터가 소파에서 일어나 있었다. 아니, 일어난 정도가 아니라 그 끔찍한 연청색 원단을 테이블에 대고 자르고 늘어뜨려, 일반적인 마네킹 보디보다 세 사이즈 큰 새로운 마네킹 보디에 입히느라 바쁘게 움직이고 있었다. 거기에서 한 걸음 더 나아가 반짝이는 라임색 원단을 사다가 테이블에 기대고 세워 놓았다.

칼리는 놀란 표정으로 준을 돌아보았다. 준은 얼굴이 조금 핼쑥했다.

오케이. 여러 해 동안 쌓은 솜씨를 발휘해야 하는 시점이었다. 칼리는 얼굴에 미소를 장착하고 빅터를 돌아보았다. "우와!" 그녀는 경쾌하게 외쳤다. "지금 뭐 하는 거예요?"

"얘기할 시간 없어요." 빅터는 말했다. "할 일이 너무 많거든요."

칼리는 준을 돌아보았다. 준이 말했다. "화이트 라인을 출품하지 않기로 했대요." 그녀는 작업실 한쪽 구석에 쌓여 있는 흰색 원단을 가리켰다. 칼리가 좀 더 가까이 가서 들여다보니 갈기갈기 베어져 있었다. 화이트 라인은 이제 옷이 아니라 넝마였다. 그녀의 뱃속이 기분 나쁘게 뒤틀렸다. 그녀는 다시 빅터를 돌아보았다.

빅터는 고개를 들거나 설명을 하려는 시도조차 하지 않았다. 칼리는 자신이 언론에 소개하려고 갖은 노력을 기울였던 화이트 라인을 그가 폐기처분한 것과 자신이 그 거지 같은 옷을 꼬박 2주 동안 입고 다녔던 것, 둘 중에 어느 쪽이 더 부아를 돋우는지 알 수가 없었다. "우리 이번 주에 유튜브 팟캐스트에 출연하기로 했는데 기억하죠, 빅터? 패션 디바스에서 당신 작품에 대해 논의할 예정이잖아요. 당신 작품이라고 하면 당신이 레드 라인을 뺐으니 화이트 라인이 될 텐데. 신예 디자이너 쇼케이스가 코앞으로 다가왔다는 건 알고 있죠? 그리고 라모나 맥닐이 뭔가 새로운 걸 보여주길 기다리고 있다는 것도."

"알아요. 지금 다시 시작하려고요."

"아니, 왜요?" 그녀는 필요 이상으로 큰 목소리로 이렇게 물었지만 사실은 원시인처럼 목이 터져라 비명을 지르고 싶은 심정이었다. "그렇게 힘들게 만들어놓고? 왜 그러는 거예요? 다시 시작할 시간이 있긴 하고요?"

빅터는 하던 일을 멈추었다. 가위로 그녀를 가리켰다. "그 컬렉션은 출품하지 않을 거예요, 칼리. 지금은 물론이고 앞으로도 영원히. 느낌이 오지 않아요. 사람들이 나더러 뭐라는지 봤어요?"

"어떤 사람들이요?" 칼리는 물으며 미친 듯이 작업실을 두리번거렸다.

준이 앞으로 걸어나와 칼리에게 자기 휴대전화를 건넸다.

또다시 빅터의 인스타그램이 말썽이었다. 간밤에 그녀가 맥스와 문자를 주고받으며 시시덕거리는 동안 빅터가 화이트 라인 중에서 한 작품을 게시하자 악플러들이 이때다 하고 달려들어 그의 디자인을 난도질한 것이었다. 그러자 빅터가 모든 댓글에 답글을 달았다. "이런 망할." 칼리는 숨을 토했다.

"쟤는 멈추지 않을 거예요." 준이 말했다. "저 잘난 입을 다물고 있질 못해서."

"그 인간들이 나를 깔아뭉개도록 가만히 있지는 않을 거예요, 엄마!" 빅터가 말했다.

"빅터, 내 말 잘 들어요. 더는 아무 반응도 하지 말아요." 칼리가 말했다. "이런 게시글은 전략적으로 스케줄을 짜서 올려야 해요. 그리고 그건 '내가' 하는 일이에요. 당신은 옷을 만들어요. 당신이 돈을 주고 나를 쓰는 이유가 긍정적인 이미지를 만들어내기 위해서잖아요. 당신이 이름 없는 악플러들과 계속 싸우면 내가 그 일을 할 수가 없어요. 그 사람들은 악플러에 불과해요. 당신도 그렇다는 걸 알죠? 그 사람들은 이름 없는 악플러고 이건 그들에게 오락일 뿐이에요."

"네, 그렇죠, 하지만 이건 내 인생이기도 해요. 저기, 미안해요. 엄마, 죄송해요. 하지만 백 퍼센트 느낌이 오지 않는 작품은 내놓을 수 없어요."

그를 논리적으로 설득할 방법이 없었다. 빅터는 선택할 수 있는 범위 안에서 가장 현란한 색상을 가지고 처음부터 다시 시작하고 있었다.

칼리는 팟캐스트 PD에게 연락해 일정을 연기할 수 있는지 확인했다. 그쪽에서는 안 된다고 했다. 뉴욕 패션 위크까지 모든 일정이 잡혀 있다고 했다.

칼리는 허탈한 심정을 달래며 작업실을 나섰다. 모든 노력이 와르르 무너진 느낌이었다. 빅터를 생각하면 마음이 안 좋았다. 자신이 창조한 작품을 세상에 선보였는데, 사람들이 거기에 들어간 노동에 대해 아무런 공감도 이해도 없이 마구 헐뜯으면 얼마나 힘이 들지 상상조차 되지 않았다.

그녀의 일진은 그 뒤로도 나아지지 않았다. 칼리는 차를 몰고 집으로 향하며 빅터가 야기한 데미지를 복구하고, 신예 디자이너 쇼케이스 전에 작품의 일부나마 살리고, 라모나 맥닐에게 마지막으로 연락할 방법을 고민했다.

레드 버드 아일이 손꼽아 기다려졌다. 헤이즐과 백스터가 뛰어노는 동안 공원 벤치에 앉아서 맥스 셰핑턴의 끝내주는 회색 눈을 들여다보고 싶었다. 애견 공원에 다녀온 것이 지난 몇 주라는 시간의 하이라이트였다. 점점 암울해져 가는 우주 속에서 환하게 빛나는 한 점이었다. 그리고 그 우주가 얼마나 암울한지 기억을 상기할 필요가 있다면 집주인 콘래드가 제격이었다.

그가 진입로 옆으로 어찌나 갑작스럽게 등장하던지 덤불 속에서 기다리고 있었나 싶을 정도였다. 그녀가 대문을 통과하자 그가 진입로를 향해 비틀비틀 휘청휘청 오르막길을 걸으며 그녀를 향해 손을 흔들었던 것이다. 그녀는 차를 세우고 창문을 내리고 콘래드가 먹구름을 몰고 오길 기다렸다. "안녕하세요. 제가 차를 타고 나갔다가 들어오는 순간을 굳이 기다릴 것 없이 전화하시면 되는데."

"아, 괜찮아요. 건강에도 좋으니까." 그는 숨을 쌕쌕거리며 말했다. 그는 차창에 기대고 두 팔로 자기 몸을 감싸 안았다. 그녀는 땀 한 줄기가 그의 관자놀이를 타고 흐르는 것을 지켜보았다. "잘 지내죠?" 그는 물었다.

"네! 잘 지내시죠?"

"엄청 잘 지내고 있어요. 어제저녁에는 노벨 물리학상 수상자와 집에서 식사를 같이 했어요. 황홀했죠!"

"그랬겠어요." 그녀는 눈을 부라리고 싶은 걸 참았다. 콘래드는 항상 지구상에서 가장 흥미진진한 인물들을 집으로 초대했다. 한 명이 흥미진진한 인물을 그렇게 많이 알고 지낼 수 있나? 그럴 가능성은 낮았다.

"아무튼 임대 계약 말이에요. 사인해야 하니까 언제 한번 집에 들러요. 늦어도 이달 말까지는요."

"아, 네, 그래야죠." 그녀는 말했다. "요즘 정신없이 바빴어요! 이번 주 안으로 사인할게요. 그런데 지금은 급한 일이 있어서요." 그녀는 손목을 흘끗 쳐다보았다. 시계를 안 끼고 있었다.

"그래요, 그래요." 콘래드는 말했다. "괜찮아요. 이번 주 안으로만 오면 돼요. 아, 그런데 반려동물 보증금도 받아야겠는데." 그는 안타깝다는 듯이 몸을 움츠렸다.

칼리는 그대로 얼어붙었다가 그를 다시 한번 쳐다보았다. "네?"

"백스터를 임시로 맡게 된 거라고 했잖아요. 그런데 이제 몇 주 지났고 해서…… 그 애를 다른 집으로 보낼 건 아니죠?"

그녀는 목이 멨다. 그래서 헛기침을 해야 했다. 그랬는데도 "아" 하는데 알아들을 수 없는 소리가 나왔다.

콘래드는 기다렸다.

"다른 집으로 보낼 생각은 없어요." 그녀는 쉰 목소리로 말했다. "보증금이 얼마인데요?"

"한 마리당 5백 달러요."

칼리가 헉하는 소리를 냈는지―아니면 기절했다가 얼른 정신을 차렸는지도 모를 일이었다―콘래드가 그녀의 입에서 토사물이라도 분출될 거라고 생각하는 사람처럼 두 손을 들고 뒤로 물러났다. "저기, 그건 페트라가 내놓은 의견이었어요. 아니, 우리를 오해하지 말아줬으면 하는 게, 우리도 개를 사랑하거든요." 그는 손바닥으로 자기 가슴을 토닥이며 말했다. "하지만 페트라가 투자용으로 사놓은 산타모니카의 부동산 때문에 골머리를 앓더니 당신이 이사 나갈 때 청소비가 어마어마할 수 있겠다고 하더라고요."

"어마어마하다고요? 제 집 보셨어요? 아주 깨끗하게 쓰고 있어요."

"그렇겠죠. 하지만 개 때문에." 그는 다시 말했다.

"백스터는 하루 종일 자는 것 말고는 아무것도 하지 않아요. 그것도 집 한쪽 구석에서요."

"하지만…… 허브용 텃밭에도 들어갔던 걸로 아는데. 아무튼…… 반려동물 보증금을 받아야겠어요."

칼리가 차를 타고 있었기 망정이지 그렇지 않았다면 화이트 워커(미국 드라마 〈왕좌의 게임〉에 등장하는 초자연적인 존재—옮긴이) 스타일로 콘래드에게 달려들어 작살냈을 수도 있었다. 하지만 그녀는 "알겠어요. 그렇게 할게요!" 하고는 자동차 기어를 옮겼다. 예수님 샌들을 신은 콘래드는 살짝 비틀거렸다. 그녀는 그를 향해 경쾌하게 손을 흔들고 그녀의 집으로 달렸다. "그렇게는 못 하지." 그녀는 중얼거리며 차에서 내려 문을 세게 닫았다.

집 안으로 들어가 보니 백스터가 입구에서 그녀를 기다리고 있었다. 큼지막한 앞발을 V자 모양으로 모으고 꼬리로 바닥을 앞뒤로 쓸었다. 엄청 흥분한 동시에 믿을 수 없을 만큼 슬퍼 보였다.

칼리는 핸드백을 떨어뜨렸다. "미안해." 그녀는 무릎을 꿇고 그의 목을 두 팔로 감싸 안았다. "정말 미안해, 백스터! 너를 다른 집에 보낼까 고민했었다니. 절대 그럴 일은 없을 거야. 그렇다는 걸 너도 알아줬으면 좋겠어. 바셋하운드들이 다 같이 자유롭게 살 수 있는 유토피아를 찾으면 모를까, 그렇지 않은 이상 너를 다른 데로 보낼 일은 절대 없을 거야. 냄새 맡을 만한 것도 많고 유기농 사료에 소파가 있는 바셋하운드 농장이라면 모를까. 소파가 아주 많은 그런 곳 말이야." 그녀는 그의 털에 얼굴을 묻었다.

마침내 허리를 펴고 일어나보니 백스터가 실크 블라우스에 침을 흘려놓았고 그녀는 최소한 한 가지는 결론이 났다고 생각했다. 그녀는 이 개를 지킬 것이었다. 아니, 백스터가 그녀를 지키는 거라고 해야 할까? 둘 중 어느 쪽이 맞는지 확실하지는 않았다. 하지만 그 감정이 일방적이지 않은 것만큼은 확실했다.

그날 밤에 칼리는 침대에 나란히 누운 백스터가 흐뭇하게 코를 고는 소리를 들으며 다시 한번 계산기를 두드렸다. 없는 돈을 쥐어짤 비법이 있을지 고민해보았지만 그런 건 없었다.

그런 다음에는 빅터가 준비해놓은 작품이 하나도 없는 것을 감안해 향후 3주 동안의 홍보 스케줄을 짰다. 그것까지 모두 끝났을 때 라모나 맥닐에게 이메일을 보냈다.

라모나에게

빅터 앨런을 실장님 앞에 소개할 기회를 허락해주신 것에 대해 다시 한번 감사드려요. 저는 그의 디자인 미학에 열광하는데, 실장님도 그를 만나면 그럴 거라고 생각해요. 그런데 안타깝게도 아티스트들은 자신의 창작 방향을 재검토하는 때가 있죠. 빅터가 지금 그런 순간을 맞닥뜨렸답니다. 그는 현재 전혀 새로운 쇼를 준비 중이고 놀라운 작품이 탄생할 거예요. 하지만 그렇다 보니 지금 당장은 실장님께 보여드릴 만한 게 아무것도 없어요. 정말 죄송하게 생각합니다. 실장님은 무척 바쁘실 테고 그에게 할당됐던 지면은 다른 실력 있는 디자이너에게 넘어갈 공산이 크겠죠. 그래도 빅터를 지켜봐달라고 말씀드리고 싶어요. 분명 엄청난 인재가 될 거예요.

칼리 케네디 PR, 칼리 케네디 드림

칼리는 노트북을 펼쳐놓은 채로 잠이 들었다.

다음 날 아침이 밝았을 때 칼리는 기분이 훨씬 좋아진 것을 느낄 수가 있었다. 오늘이 바로 레드 버드 아일에 가는 날이기 때문이었다.

늦은 오후에나 만날 테니 칼리는 일에 계속 집중하려고 했다. 하지만 시간이 너무 더디게 흘렀다. 마침내 그쪽으로 출발할 시점이 찾아왔지만 먼저 해야 할 일이 있었다. 별로 내키지 않지만 선택의 여지가 없는 일이었다. 레드 버드 아일로 가는 길에 아버지의 집에 들르기로 마음을 먹은 것이었다.

칼리는 간밤에 아버지에게 돈을 빌려야겠다는 고통스러운 결단을 내렸다. 앞으로 몇 달 동안 버틸 수 있을 만큼만 도움을 받으면 좀 더 자신 있게 임대 계약서에 사인을 할 수 있었다. 그녀는 오전 동안 뭐라고 할지 연습했다. 지금까지 한 번도 부모님에게 손을 벌린 적이 없었는데, 게다가 적은 금액도 아니었다. 하지만 이자까지 쳐서 동전 한 닢까지 갚을 생각이었다.

아버지의 차가 진입로에 주차되어 있었다. 이 집 마당은 어머니의 집과 다르게 깔끔하게 손질이 되어 있었다. 집도 깨끗했고 얼마 전에 아버지가 자랑한 바에 따르면 창틀을 직접 칠했다고 했다.

칼리는 백스터와 함께 문 앞까지 걸어갔다. 문을 열려고 했지만 잠겨 있었다. 아버지는 항상 문을 열어놓는데 희한한 일이었다. 그녀는 초인종을 눌렀다.

어느 정도 시간이 지난 것처럼 느껴진 다음에서야 아버지가 문을 열었다. 아버지는 문 위에 손을 얹고 문 앞에 서서 외쳤다. "웬일이냐, 우리 꿀단지!"

아버지는 원래 말쑥하고 체구가 작은 편이었다. 그런데 지금은 희끗희끗한 머리는 헝클어졌고 평소 칼 같이 다려입는 셔츠는 단추가 삐딱하게 잠겨 있었다. "또 의자에 앉은 채로 잠이 드신 거예요?" 그녀는 웃으며 묻고 안으로 들어가려고 했다.

하지만 아버지가 꿈쩍하지 않았다. "꿀단지? 지금은 좀 그렇다만."

칼리는 살짝 웃음을 터뜨렸다. "아니 왜요?"

아버지는 우스꽝스러운, 어찌 보면 뭔가 켕기는 듯한 미소를 지었다.

"뭐가 좀 그래요? 어디 편찮으세요?"

"아니, 아니, 몸은 괜찮아. 그게 아니라 내가 지금 좀 바빠서." 아버지의 미소가 점점 더 묘해졌다. 얼굴을 알겠는데 어디서 봤는지 기억이 나지 않는 사람을 대할 때 짓는 그런 미소였다.

"뭔가 다른 일을 하고 계신 거예요? 아니면……."

"그 비슷하다고 보면 돼."

집 안에 뭔가 호기심 동하는 게 있는지 백스터도 꼬리를 흔들며 안으로 들어가려고 했다.

"제 크리스마스 선물이에요?" 칼리는 반 농담 조로 물었다.

아버지는 아주 요란하고 길게 웃음을 터뜨렸다. "나중에 다시 와주겠니?"

"아니, 아빠, 왜 그러세요? 금방 갈게요. 해야 할 얘기가 있어서 그래요."

아버지는 자기 어깨너머를 흘끗 돌아보았다.

"안에 누구 있어요?" 칼리는 물으며 아버지 뒤편을 쳐다보려고 했다.

"아니."

그녀는 아버지의 말을 믿지 않았다. "안에 아무도 없으면 바닥에 햄이 떨어져 있나 보네요. 백스터가 들어가지 못해 안달인 거 보면."

아버지는 한숨을 쉬며 더없이 미안해하는 투로 말했다. "진작 얘기하려고 했는데."

"뭘요?" 칼리는 앞으로 다가가 아버지가 붙잡고 있던 문을 밀어젖히고 안으로 들어갔다. 아버지의 셔츠를 입고, 길고 늘씬하고 아주 젊어 보이는 다리를 옆자리까지 뻗고 식탁 앞에 앉아 있는 여자가 한눈에 들어왔다. 그녀도 칼리만큼 놀란 눈치였다.

칼리가 자기도 모르는 새 목줄을 놓았는지 백스터가 미친 듯이 꼬리를 흔들며 쏜살같이 달려갔다. 여자는—아니, 젊은 아가씨라고 해야 할까?—"멍멍이!"라고 외치며 허리를 숙여 백스터의 귀와 목덜미를 긁었다. "우리 귀염둥이. 우리 귀염둥이." 그녀는 말하며 백스터를 쓰다듬더니 고개를 들고 미소를 지었다. "칼라 맞죠? 머리가 검은색인 걸 보니. 미아가 금발이죠?"

"어…… 칼라가 아니라 칼리야, 자기야." 그녀의 아버지가 말했다.

자기야? 칼리의 주변 모든 것이 빙글빙글 돌기 시작했다. 그녀는 벽을 디디려고 손을 내밀었지만 잡히는 게 아무것도 없었다. 그녀가 손을 허공에 내민 채 멍하니 지켜보는 동안 여자는 의자에서 일어나 거의 아무것도 가리지 못하는 셔츠 바람으로 걸어왔다. 그녀가 손을 내밀었다. "나는 해나예요."

나이가 어떻게 될까? 열여섯? 열일곱? 칼리는 아버지를 쳐다보았다.

"해나는 내가 다니는 치과에서 일하는 치위생사야."

"치위생사였죠." 해나는 그의 말을 바로잡더니 그의 허리를 팔로 감싸 안고 어깨에 머리를 얹었다.

칼리는 이런 식의 전개에 적응이 되지 않았다. 머릿속에서 종이 계속 울리는데 멈출 수가 없는 심정이었다.

"진작 얘기하려고 했는데." 아버지가 모기만 한 목소리로 말했다.

어머니도 똑같이 말했다. 다들 얘기하려고 했다면서 정작 아무 얘기도 하지 않았다. "그랬더라면 좋았을 걸 그랬네요." 칼리는 간신히 이렇게 말했다. "알겠어요. 그럼!" 그녀는 좌우를 두리번거리며 거기서 빠져나갈 방법을 모색했다. "아빠하고는 나중에 얘기하는 게 좋겠죠? 만나서 반가웠어요, 어……."

"해나요!" 그녀는 재잘거렸다.

"해나." 칼리가 대꾸하고 두리번거리며 백스터를 찾았다. 녀석은 발치에서 다음 행보를 궁금해하는 표정으로 그녀를 올려다보고 있었다. 적어도 백스터만큼은 그녀의 계획을 뒤엎는 짓을 하지 않을 것이다. 그녀는 허리를 숙여 녀석의 목줄을 잡았다.

"그렇게 도망칠 것 없다, 꿀단지." 그녀의 아버지가 말했다.

"오래 있을 시간이 없어요. 가야 할 데도 있고 해서요."

"하지만…… 용건이 있어서 온 거 아니었니?"

"제가요?" 그녀는 웃음을 터뜨렸다. 웃음소리가 조금 히스테릭하게 들렸다. 그녀는 해나를 빤히 쳐다볼 수가 없어서 계속 곁눈질하고 있었는데, 믿을 수가 없었다. 해나는 심지어 예뻤다. "별일 아니에요. 그럼 저는 이만!" 그녀는 교관처럼 외치고 백스터의 목줄을 당기며 세워놓은 차를 향해 인도를 종종걸음쳤다.

칼리는 백스터를 차에 태우고, 아버지를 향해 지나치게 열심히 손을 흔들며 연석에서 벗어나 큰길을 향해 내달렸다.

레드 버드 아일 애견 공원에 도착했을 무렵, 그녀는 에너지를 완전히 끌어올렸다. 아버지가 문자를 보냈다. 나중에 전화할게, 우리 꿀단지. 속상해하지 않길 바란다.

칼리는 속이 상하지 않았다. 그렇다기보다는……… 맙소사, 어떤 심리 상태라고 해야 할까? 혼란스럽다? 불안하다? 모든 게 갑자기 위아래로 뒤집혀서 꿈과 현실을 왔다 갔다 하는 느낌이다? 그녀는 전화기를 조수석으로 던졌다. 산산이 부서져 가는 인생 조각들을 어떤 식으로 주워 모으면 좋을지 알 수 없었다. 어쩌면 엄마 말이 맞는지 몰랐다. 그녀는 결혼 생활 내내 화가 난 목소리로 대화한 적조차 없었던 부모님의 이혼을 아직 받아들이지 못하고 있었다. 두 분의 이혼으로 완전히 허를 찔렸다. 어쩌면 정말 잘 다니고 있던 회사에서 잘렸다는 사실도 아직 받아들이지 못하고 있는지 몰랐다. 어쩌면 형편없는 고객 한 명을 잃었고 나머지 한 명도 잃기 직전일지 몰랐다.

어쩌면 그녀만 빼고 온 세상 사람들이 섹스를 하고 있을지 몰랐다. 그렇다면 너무 부당한 일이었다.

칼리는 차에서 내려 백스터를 풀어주었다. 그는 목줄을 채우기도 전에 쌩하니 도망쳤다. 맥스와 헤이즐을 본 것이었다. 헤이즐이 백스터를 만나고 싶은 마음에 짖으며 목줄을 팽팽하게 당기고 있었다. 맥스는 태평스럽게 다리를 꼬고 양손을 주머니에 넣고 자기 차에 기대고 서 있었다. 그가 그녀를 향해 미소를 짓자 너무나도 많은 감정이 소용돌이치는 바람에 칼리는 기절할 것 같았다.

그녀는 자기도 모르는 사이에 주차장을 성큼성큼 가로지르고 있었다. 메건 먼로가 뭐라고 했더라? *뻔뻔해지세요. 여자라는 이유로 참지 말고 여자니까 원하는 걸 요구하는 법을 배우세요.*

오케이, 좋았어. 그녀에게는 원하는 것이 있었다.

칼리가 다가가자 맥스가 몸을 일으켰다. 그의 미소는 눈이 부셨고 이 미소가 지금 그녀에게는 태양과도 같았으니 그녀는 마음껏 만끽할 작정이었다. 하지만 그녀가 더 가까워지자 그의 미소가 조금 조심스럽게 바뀌었다. 그녀가 곁에 다다랐을 즈음에는 그가 미간을 찌푸리고 있었다. "아무 일 없는 거죠? 꼭 나를 한 대 치고 싶은 표정을 짓고 있어서요."

"네. 아, 사실 그렇지는 않은데. 아무튼 당신을 치고 싶은 건 아니에요." 그녀는 말했다. 간질거리는 느낌이 만화경처럼 그녀의 뱃속에서 번져 혈관 속으로 스며들었다.

"무슨 일인데요?" 맥스가 걱정하는 표정으로 물었다.

"모든 사람이, 내 말은 그러니까 우리 부모님, 언니, 심지어 재수 없는 고든까지! 나만 빼고 모든 사람이 섹스를 하고 있어요, 맥스. 내 인생이라는 시트콤에 나는 노처녀로 출연하고 있는데 애초에 내가 지원한 배역은 이게 아니에요."

맥스가 놀란 듯한 어쩌면 살짝 경악한 듯한 표정을 짓는 것을 보고 그녀는 자기 말이 너무 심했나 하는 생각이 들었다. 하지만 잠시 후 그녀의 몸을 아래로 훑던 그의 시선이 다시 위로 올라와 그녀의 시선과 만났을 때 그 안에서 엄청난 열기가 느껴지자 그녀의 온몸이 따끔거리기 시작했다.

"어떤 배역을 지원했는데요?"

"남자를 밝히는 여자. 이 시대 최고의 섹시녀. 섹스의 여신이요."

그의 미소가 관능적인 분위기로 바뀌었다. "그럼 당신은 배역을 어마어마하게 잘못 맡았네요, 케네디 양. 그게 문제예요. 당신이 내게 맡길 생각이 있다면 내가 기꺼이 도와줄 수 있는데요."

칼리는 그가 그렇게 얘기해주길 바라고 있었다. 그녀는 한 손을 그의 가슴에 얹었다. "당신에게 맡길게요, 친구. 언제쯤 시작할 수 있어요?"

맥스는 그녀를 자기 쪽으로 당겼다. "먼저 몇 가지 사소한 부분부터 정리해야 하긴 하지만." 그는 그녀의 입술에 시선을 고정한 채 말했다. "그래도 지금 당장 시작할 수 있을 것 같아요." 그는 고개를 숙였다. 그녀의 두 팔이 스르르 올라가 그의 목을 감싸자 그는 그녀를 꼭 끌어안고 입을 맞췄다.

맥스는 칼리의 바람과 달리 그녀를 꾹 누르거나 그녀의 목젖 깊숙이 혀를 밀어 넣지 않았다. 너무나 편안하고 공기 같은 입맞춤이라 그녀는 그의 발치로 녹아내리지 않게 그의 목에 매달려야 했다. 이건 이후를 약속하는 서곡이었다. 그의 혀가 마치 거기가 원래 자기 자리였던 것처럼 무심하게 그녀의 입속으로 들어오자 그녀는 찌릿한 충동이 엿처럼 따뜻하고 끈적끈적하게 부글거리며 온몸 구석구석에 들러붙는 것을 느낄 수 있었다.

그가 계속 그렇게 경건하지만 너무나 열정적으로 입을 맞추자 그녀 안의 모든 여성성이 깨어나 무지갯빛 쾌감으로 폭발할 준비를 했다. 그는 손을 아래로 내려 손가락으로 그녀의 엉덩이를 누르며 그녀를 자기 쪽으로 바짝 당겼다. 마치 구름 사이로 햇살이 내리쬐고 하프와 류트를 든 천사들이 머리 위에서 욕망의 노래를 연주하는 듯한 느낌이었다.

바로 그때 바셋하운드 중 한 마리가 그녀의 엉덩이를 코로 찔렀다.

칼리는 꺅 하고 비명을 질렀다.

맥스는 동요하지 않는 눈치였다. 그는 씩 웃으며 그녀의 뺨에 묻은 머리칼을 쓸어 넘기더니 이러다 오르가슴을 느끼는 게 아닐까 싶을 만큼 낮고 섹시한 목소리로 속삭였다. "하지만 먼저 개들 산책부터 시켜야겠네요."

14

두 사람은 길을 따라 걸으며 이따가 누구 집으로 갈지 의논을 했다. 결국 맥스의 집으로 결정이 나기는 했지만 처음에 칼리는 내키지 않았다. "우리가 딴 데 보고 있는 동안 부엌에서 뭐가 기어 나오면 어떻게 해요?"

"그거 찬물 끼얹기 작전이에요?"

"그런 게 나중에 이혼 사유가 되기도 한다고요."

"그 정도로 심각하단 말이에요?"

"아주 심각해요."

"음……." 그는 그녀의 손을 자기 입술로 가져가 명실상부한 제인 오스틴의 작품 속 등장인물처럼 그녀의 손마디에 입을 맞추고는 이렇게 속삭였다. "내가 부엌 청소했어요. 심지어 걸레질까지."

"어머나. 어머나." 그녀의 심장에서 날개가 돋았다. "맥스…… 내가 지금 얼마나 흥분했는지 당신은 짐작도 하지 못할 거예요."

"이따 보여주길 바라요."

그들은 비아그라 광고 모델처럼 손을 잡고서 마주 보고 미소를 지으며 개들 뒤에서 몽롱하게 걸었다. "쟤네들을 언제까지 산책시켜야 해요?" 그녀가 물었다.

"충분히 산책했다고 저 녀석들을 속일 수 있을 때까지요."

"그런 다음에는요?"

"그런 다음에는 내가 생각해놓은 계략이 몇 개 있어요."

"좋아요. 하지만 결투를 신청하고 났더니 정처 없이 걷기가 좀 힘이 드네요."

그는 폭소를 터뜨렸다. "그렇다면 부인, 제가 그 결투에 응하는 뜻에서 서두르도록 하겠습니다." 그가 휘파람을 불자 개들이 순순히 달려왔다. 맥스가 허리를 숙여서 아이들에게 목줄을 채우고는 그녀의 사타구니를 찌릿하게 만드는 미소를 지으며 그녀를 향해 손을 내밀었다. "갑시다. 주인공으로 시트콤 하나 찍어야죠."

칼리는 그의 손을 잡았다. "내가 정말 그런 말을 했어요?"

"했어요." 맥스는 그녀의 손을 꼭 잡았다. "그리고 그 말로 나를 엄청 흥분시켰어요."

그녀의 피가 이보다 더 뜨겁게 끓을 수 없었다. 애견 공원을 나서는 길이라 다행이었다. 왜냐하면 그녀는 정신을 바짝 차릴 수 있게 맥스에게 해마인지 뭔지에 대해 설명해달라고 부탁해야 할 지경이었기 때문이다.

칼리가 몇 분 뒤에 뒤따라가 보니 맥스가 자기 집 문을 열어놓고 그 앞에 서 있었다. 그녀는 백미러에 비친 자신의 모습을 잽싸게 확인하고 심호흡을 하고 차 문을 열었다. 그녀는 원래 그런 식으로 대놓고 같이 자자고 하는 스타일이 아니라 이런 상황에 적응이 되지 않았다. 이제 그녀가 분위기를 주도해야 하는 걸까? 성 해방의 경험담을 자꾸 공개하려고 했던 어머니 때문에 이렇게 된 것일 수도 있었다. 아니면 단순히 그녀가 그 정도로 육체적인 관계에 목이 말랐기 때문일 수도 있었다. 그녀는 이 남자가 정말 마음에 들었고 자신감이 느껴졌고 마음의 준비가 끝났다. 그녀 안에 거주하는 낯선 자아에 대한 궁금증은 내일 해결해야 했다. 지금은 온몸이 너무 찌릿찌릿해서 생각이라는 것을 제대로 할 수가 없었다.

그녀가 뒷문을 열어주자 백스터는 이 집에 사는 개처럼 문을 향해 질주했다. 그녀는 어색하게 그 뒤를 따라갔다. 맥스가 웃으며 문을 더욱 활짝 열었다. 그녀는 고개를 숙이고 그의 팔 아래를 지나 거실로 들어갔다.

그의 말이 사실이었다. 부엌이 반짝거렸다. 다른 곳도 마찬가지였다. 칼리는 핸드백을 내려놓고 맥스를 쳐다보았다.

"뭐 먹을 거 만들어줄까요?" 그가 물었다.

"나중에요."

맥스가 한쪽 눈썹을 추켜세웠다. "그래요. 그럼…… 그럼 내가 저 아이들을 수습할게요."

칼리는 고개를 끄덕였다. 그때 퍼뜩 떠오른 생각이 있었다. 만약 그가 이런 데 젬병이면 어쩐다? 같이 자고 싶다고 난리법석까지 떨었는데 그가 그녀를 만족시키지 못하면? 만약 그가 아닌 그녀가 이런 데 젬병이면?

"혹시 씻고 싶으면 가서 씻어요. 복도 끝에 내 방이 있어요."

씻어야 할까? 그는 그녀가 씻어주길 바랄까? 알았어, 그만해. 그마아아아안. 성 해방의 여전사처럼 굴어놓고 갑자기 자기 위생 상태를 걱정하는 건 앞뒤가 맞지 않았다.

"깨끗해요." 맥스는 그것이 그녀가 망설이는 이유인 줄 아는지 이렇게 말했다. 웃으며 손을 좌우로 흔들었다. "얼추." 그러고는 몸을 돌려 휘파람으로 개들을 부르며 부엌으로 들어갔다. 별일 아니라는 듯이. 여자가 자기와 자달라고 하는 것이 아주 자연스러운 일이라는 듯이.

좋아, 하는 데까지 해보자. 칼리는 몸을 홱 돌려서 복도를 따라 걸어갔다.

방이 세 개였고 그중 두 개는 화장실을 사이에 두고 서로 연결돼 있었다. 하지만 복도 끝에 감색 커버가 깔끔하게 씌워진 퀸 사이즈 침대가 놓인 방이 있었다. 서랍장 위 쟁반에 남자용 물건들이 잔뜩 담겨 있었다. 잔돈, 손목시계, 영수증. 이 방 벽에도 그림이 걸려 있는데, 바다 위로 지는 해를 인상파 화풍으로 그린 작품이었다. 그녀는 허리를 숙여 작가 이름을 확인했다. 제이미였다. 아주 근사한 작품이었다. 그는 정말 재능이 특출했다. 엉뚱한 생각 하나가 그녀의 머릿속에 떠올랐다. 고든의 바보 같은 동그라미가 아니라 그의 그림을 세상에 알리면 어떨까 하는 생각이었다. 이런 작품은 분명 살 사람이 있었다.

칼리는 창가로 다가가 블라인드 사이로 내다보았다. 맥스의 방에서는 풀이 우거지고 화단이 있는 뒷마당이 보였다. 동향이라 아침 햇살이 어떤 식으로 쏟아져 들어올지 상상이 됐다.

칼리는 다시 방 쪽으로 몸을 돌렸다. 어떻게 하면 좋을지 알 수가 없었다. 그녀는 재킷을 벗어 그가 의자 위에 걸쳐놓은 조거 위로 던졌다. 신발을 벗고 침대 위로 올라갔다.

칼리의 본능이 매력적인 분위기를 연출하라고 속삭였다. 두어 가지 포즈를 시도해봤지만 그녀는 음탕한 표정을 지을 만한 능력도 성격도 되지 못했다. 섹시하기는커녕 소화불량인 것처럼 보일 것이었다. 결국 그녀는 책상다리를 하고 두 손을 허벅지 안쪽으로 넣어 마음을 가라앉혀보았다.

그가 복도를 걸어오는 소리가 들리자 발소리에 맞춰 그녀의 심장이 쿵쾅거리기 시작했다.

맥스는 방 안으로 들어오려다 문지방에서 걸음을 멈추고 침대 위에 앉아 있는 그녀를 쳐다보았다.

"나 섹시하게 보여야 하는데." 칼리는 자기 자신을 가리키며 말했다.

"임무 완수했네요." 그는 머리칼 사이로 손을 넣어 쓸어 넘겼다. "사실 좀 눈부셔 보여요."

그의 칭찬에 그녀의 뺨이 화끈 달아올랐다. "아부하는 거죠?" 그녀는 그를 가리키며 물었다. "효과 만점이에요."

맥스는 씩 웃었다. "아부가 아니라 사실이에요." 그는 등 뒤로 문을 닫았다.

"개들은 어떻게 했어요?"

"땅콩버터 뼈다귀 몇 개 주고 소파에서 도그 TV 보게 해놨어요." 그는 침대 발치 쪽으로 움직이며 말했다.

"소파에서 간식을 먹는다고요?" 칼리는 장난스럽게 얼굴을 찡그렸다.

"그냥 넘어가요, 칼리." 맥스는 씩 웃으며 말했다.

"뭐 하나 물어봐도 돼요?" 그가 허리를 숙여서 두 손으로 침대 발치를 짚자 그녀가 물었다.

"피임 기구는 있어요." 그의 시선이 그녀의 몸을 이리저리 훑었다.

칼리는 아직 거기까지 생각하지도 못했다. 그녀가 먼저 제안하기는 했지만 이런 일에 얼마나 서툰지 알 수 있는 대목이었다. "나는…… 긴장이 되는지 물어보려고 했는데."

맥스는 시선을 들어 그녀의 안색을 살폈다. "조금요. 당신은요?"

"긴장돼요. 하지만 얼른 시작하고 싶지 않은 건 아니에요." 칼리는 미소를 지었지만 이렇게 말을 하고 보니 정신없이 몰아치는 섹스를 원하는 것처럼 들릴 수 있겠다는 사실을 깨달았다. 그녀는 정신없이 몰아치는 섹스가 아니라 모든 단계를 차근차근 밟는 섹스를 원했다. "그러니까, 제대로 분위기를 잡은 다음에 말이에요." 이번에는 그가 어떤 식으로 분위기를 잡는지 그녀가 평가하겠다는 것처럼 들렸다. "잠깐. 말이 전부 엉뚱하게 나왔어요. 나는 원래 남자들한테……." 같이 자자고 먼저 얘기를 꺼내는 성격이 아니라고? 그녀가 요구한 게 바로 그거였는데? 하지만 이건 전혀 다르게 느껴졌다. 무언가의 시작일 수 있을 것처럼 느껴졌다. 육체적인 욕망, 그 이상으로 발전할 수 있을 것 같았다. "그러니까 제대로 분위기를 잡자는 이유가 뭔가 하면 막판에 그 절정의……." 그녀는 이미 섹시해 보이기는 글렀지만 그래도 좀 그럴듯하게 말을 맺을 방법이 없는지 미친 듯이 고민했다.

"O를 맛보고 싶어서라고?" 고맙게도 맥스가 대신 말을 맺어주었다.

"뭐 그 비슷해요." 그녀는 중얼거렸다.

그는 그녀에게 시선을 고정한 채 침대 발치로 기어 올라왔다. "당신이 긴장해줘서 고맙다고 해야겠어요. 그러니까 난 긴장을 덜 하게 되네요." 그는 씩 웃었다. "당신이 자신만만했다면 나는 망가졌을 거예요."

"내 말 맞죠?" 그녀는 열심히 고개를 끄덕였다. "나 진짜 이런 거 젬병이에요. 아니, 이게 아니라." 그녀는 침대를 토닥였다. "이거요." 그녀는 그들 둘 사이를 손짓했다.

"확실해요? 왜냐하면 내가 보기에는 이런 거 어마무지하게 잘하는 것처럼 보이거든요." 맥스는 그들 둘 사이를 손짓하고는 그녀 위로 기어 올라가 그녀를 베개에 기댈 수밖에 없게 만들었다. "기본 원칙을 정하고 싶어요?" 그의 시선이 그녀를 대충 훑다가 입술에 머물렀다.

"기본 원칙이 필요해요?"

"모르겠어요. 그냥 당신 마음을 편안하게 해주고 싶어서요."

"나 지금 편안해요." 칼리는 그를 안심시켰다. "편안한 정도가 아니에요. 지금 완전⋯⋯."

그녀가 이런 경험을 한 번도 해본 적이 없지만 하게 된다면 상대가 그였으면 좋겠다고, 지금 당장이었으면 좋겠다고 길고 장황한 설명을 시작하려는 찰나, 맥스가 기습적인 키스로 그녀의 입을 막았다. 맥스의 키스로 그녀는 차에서 내려 그를 보았을 때의 심리 상태로 돌아갔고 갑자기 다시 그를 미칠 듯이 가지고 싶어졌다.

맥스는 고개를 들어서 그녀의 콧잔등에 입을 맞추고 물었다. "괜찮아요?"

"우리, 시작해요." 칼리는 조금 심각하게 들릴 수 있는 목소리로 말했다. 그녀는 두 손으로 그의 머리를 잡고 끌어당겨 그에게 입을 맞추며, 그녀의 입술이 그의 입술에 닿는 순간 모든 걸 걸기로 마음먹었다. 정말이지 오랜만에 하는 섹스니 너무 심각하게 고민하지 않고, 이런저런 원칙을 따지지 않고 마음껏 즐기기로 마음먹었다. 그녀는 자유로웠다.

윽! 너무 엄마가 하는 말처럼 들리잖아!

좋아, 나는 원하는 걸 요구하는 현대 여성이다!

이러니까 훨씬 낫네.

칼리는 몸을 풍덩 던질 작정이었지만 먼저 어디가 위고 어디가 아래인지부터 파악해야 했다. 맥스의 손과 입이 그녀의 구석구석을 훑자 어디가 어디인지를 까마득히 잊어버렸기 때문이었다. 그의 손길은 따뜻하고 묵직하며 엄청 자극적이었다. 그녀는 온몸이 반짝거리고 새털처럼 가벼워지는 기분을 느꼈다. 칼리는 그를 떠밀어 똑바로 눕히려고 했다. 맥스가 끙끙대며 반항했지만 칼리는 무릎을 지렛대 삼아 그를 똑바로 눕히고 그의 위로 기어 올라갔다.

맥스가 눈을 떴다. "알았어요." 그는 지도를 읽는 사람처럼 이렇게 말했다.

"나, 이판사판으로 덤빌 거예요." 칼리는 선포했다.

"잘됐네요. 나도 마찬가지인데." 그가 다시 그녀를 어루만지며 키스를 퍼붓자 그녀는 사람을 취하게 만드는 공간을 가르고 감각과 희열의 구름 속으로 추락했다.

중간에 칼리는 그의 손을 맨살로 느끼고 싶어서 스웨터를 벗으려고 했다. 하지만 그러느라 휘청거리는 바람에 손바닥으로 그의 가슴을 딛고 균형을 잡아야 했다.

맥스는 끙끙대며 그녀의 스웨터를 잡고 머리 위로 벗겼다.

벗긴 스웨터를 옆으로 내동댕이친 뒤 그녀의 젖가슴을 손으로 감싸고 그녀의 목과 어깨가 만나는 곳에 입을 맞췄다.

반딧불이 수천 마리가 그녀의 혈관을 타고 날아오르는 것 같았다. 그녀는 그의 가슴을 밀쳐 그를 똑바로 눕히고 그의 위로 기어 올라가 몸을 길게 붙이고 눌렀다.

"있잖아요." 맥스가 말하며 그녀의 뒤로 손을 뻗어 브래지어 후크를 풀었다. "진심으로 이판사판 덤빌 거면 우리, 이 옷을 좀 벗어야겠어요." 그는 갑자기 벌떡 일어나 그녀를 다시 획하니 눕혔다. "괜찮으면 나 잠깐 이것들 좀 벗을게요."

이제 보니 그는 이렇게 말을 하는 동안에도 발길질을 해가며 바지를 벗고 있었다.

"대찬성이에요." 그녀는 따라서 바지를 벗었다. 잠시 후에 그는 다시 그녀에게 입을 맞추었고, 그가 그렇게 그녀의 피를 끓게 만드는 지점에 입을 맞추는 동안에도 그들은 어찌어찌 옷을 벗을 수 있었다.

그리고 잠시 후에 맥스가 그녀의 팬티 속으로 손을 넣었다.

칼리는 눈을 감았다. "와우. 그래요. 끝내주네요."

그가 그녀의 귀에 대고 속삭였다. "끝내주는 건 당신이에요."

이것을 끝으로 이후 몇 분 동안 모든 대화가 끊겼다. 칼리는 기분 좋은 조그만 뗏목을 타고 점점 빙글빙글 빠르게 돌며 그의 손과 입술을 따라 출구를 향해 지면 위를 둥둥 떠서 움직였다. 그의 애정 공세는 따뜻한 맨살과 부드러운 입술의 보글거리는 조합이었고 그것이 그녀의 안에서 온통 뒤섞이며 꿈결 같은 회오리로 점점 커졌다. 이 느낌은 그녀와 영원히 함께할 것이었다. 아니, 이렇게 달콤하고 세속적인 행위를 어쩜 그렇게 오랫동안 굶고 지낼 수 있었을까?

그들은 입을 맞추고 어루만지고 미끄러지듯 움직이고 탄식하며 함께 허공을 떠다녔다. 그 느낌은 반짝거리는 동시에 뜨거웠고 부드러운 동시에 거칠었다. 마치 요술 같았다. 온갖 육체적인 감각과 감정이 부글거리는 우뚝한 산봉우리로 뭉뚱그려졌다.

맥스가 벌떡 일어나 앉더니 침대 옆 협탁을 더듬어 콘돔을 꺼냈다. 칼리도 일어나 앉아서 손가락으로 그의 머리칼을 헤집고 그의 어깨를 깨물었다. "빨리 해요." 그녀는 속삭였다.

잠시 후에 그가 그녀의 다리 사이로 미끄러져 들어가며 그녀를 자기 쪽으로 끌어당겼다. 그는 그녀 위에서 단단히 힘을 준 채 잠깐 멈춰 그녀의 얼굴에 드리워진 머리카락을 쓸어 넘긴 뒤 아무 말 없이 그녀의 안으로 들어갔다.

칼리는 그에게 바짝 몸을 대고 그와 함께 움직이며 그로 인해 깨어난 감각 속으로 빠져들었다. 그는 천천히 부드럽게 움직이며 그녀를 어루만지고 입술로 훑었다. 그녀의 심장이 숨 막히는 속도로 뛰었다. 그녀는 몸에 힘을 주고 그의 팔과 등을 쓰다듬으며 속도를 높이라고 재촉했다. 순도 백 퍼센트의 아득한 느낌으로—촉감과 체취, 성기와 숨결—그녀는 그의 아래에서 미친 듯이 몸을 흔들며 탈출구를 찾았다. 맥스가 뭐라고 중얼거리며 그녀의 손을 잡고 손깍지를 꼈다. 이제 그는 빠르게 움직이며 그녀를 낭떠러지 아래로 밀었다. 칼리는 낭떠러지 아래로 추락하며 해방감과 만족감으로 비명을 질렀다. 수개월간 억눌려 있던 욕망이 마침내 그녀에게서 분출됐다.

맥스도 마지막으로 한 번 힘차게 그녀를 들이받고는 신음과 함께 그녀의 어깨 위로 쓰러졌다.

칼리가 마라톤이라도 뛴 것처럼 헐떡이며 얼마나 오래인지 모를 시간 동안 거기 누워 있었을 때 안개를 헤치고 맥스의 목소리가 들렸다. "우리가 이판사판으로 해냈어요."

그녀는 키득거렸다. "최선을 다했죠."

맥스는 고개를 들고 칼리의 심장을 콩닥거리게 만드는 표정으로 그녀를 물끄러미 바라보았다. 표정이 풍부한 그의 사랑스러운 눈동자에 몇 길 깊이의 애정이 담겨 있었다. 그녀는 그의 눈빛도 성 해방의 기쁨으로 반짝거렸다고, 놀라워하며 언뜻 낭만적인 사랑을 꿈꾸는 것처럼 보이기도 했다고 장담할 수 있었다.

아, 하지만 그녀도 똑같은 감정을 느끼고 있었다. 그래서 기분이 좋았다. 지난 몇 주를 통틀어 최고였다. 아니면 몇 달만일 수도 있었다! 아무튼 아주 오랜만이었다.

맥스는 씩 웃으며 똑바로 누워서 그녀의 손을 잡았다. "그거 알아요? 지금처럼 브랜트가 고마웠던 적이 없어요."

칼리는 폭소를 터뜨렸다. "전에는 죽이고 싶었는데 이제 생각해 보니 그 사람한테 저녁을 사야겠네요."

맥스는 애정이 담긴 눈빛으로 부드럽게 바라보며 그녀의 뺨을 어루만졌다.

칼리는 기운이 불끈 솟았고 흥분이 됐다. 숨이 막히도록 근사한 이 남자가 계속 이렇게 바라봐준다면 평생 이 침대에 누워 있을 수도 있겠다는 생각이 들었다. 어쩌면 이렇게 운이 좋을 수가 있었을까? 그녀의 음과 그의 양이 어쩌면 이렇게 딱 맞을 수 있었을까? 어쩌면 이렇게…….

"잠깐." 칼리가 말했다. "이거 무슨 소리예요?"

맥스가 그녀의 관자놀이에 입을 맞췄다. "두 개가 우리를 쫓아와서 냄새를 맡는 소리예요."

칼리는 일어나 앉았다. 닫힌 문 아래로 여러 개의 발 그림자가 보였다.

"쟤네들 포기할 생각이 없네요." 맥스가 말했다. "들어오게 할까요?"

"선택의 여지가 없는 것 같은데요?" 칼리는 말했다.

맥스가 침대에서 내려가 멋들어진 알몸을 뽐내며 문 앞으로 걸어갔다. 그가 문을 열어주자 바셋하운드 두 마리가 총알처럼 침대를 향해 질주했다. 칼리는 꺅하고 비명을 지르며 이불 아래로 숨었다. 헤이즐은 단박에 침대 위로 올라왔다. 백스터는 맥스가 거들어주어야 했다. 두 아이는 그녀의 얼굴에 침 범

벽을 하고 자기들 침대인 양 발치에 자리를 잡았다.

맥스가 트레이닝 바지를 입었다. "식은 피자 먹을래요?" 그가 물었다.

칼리는 개들을 쳐다보았다. 그런 다음 그를 쳐다보았다. 수많은 감정이 안에서 소용돌이치며 그녀를 채웠다. 그녀는 미소를 지었다.

맥스도 마주 미소를 지었다. 천 가지 빛깔의 감탄과 행복이 깃든 미소였다.

"아우, 좋죠. 피자 먹을래요." 칼리는 등을 받치고 있던 베개를 쳐서 부풀리기 시작했다.

15

맥스와 칼리는 아늑한 베개 요새 속에서 궁금해하는 개를 수시로 밀쳐가며 냉장고에서 꺼낸 식은 피자를 먹었다. 그들은 온갖 대화를 나누었다. 칼리는 가장 최근에 어떤 일을 했고 어떤 식으로 잘렸는지 이야기했다. 부모님의 이혼과 두 분이 지금은 얼마나 말도 안 되는 행동을 저지르고 있는지, 언니는 어떤 식으로 부모님이 여전히 서로에게서 헤어나오지 못하고 있다는 근거 없는 주장을 펼치는지도 이야기했다.

맥스는 돌아가신 어머니와 어쩌다 운 좋게 이 집을 얻게 되었는지에 대해 이야기했다. 다른 학교로 전근하는데 개를 키울 만한 공간이 없던 교수에게 헤이즐을 넘겨받은 이야기도 했다.

그들은 지금까지 한 여행에 대해서도 이야기했다. 가까운 친구. 좋아하는 스포츠. 가보고 싶은 곳. 느낌이 좋았다. 자연스러웠다. 맥스는 알몸으로 침대에서 같이 식은 피자를 먹고 싶은 사람이 그녀 말고는 없다고 자신할 수 있었다. 언젠가 아들을 낳아서 그 아이가 사는 게 뭐냐고 물으면 맥스는 이런 게 사는 거라고 얘기할 것이다. 이런 것이 있기에 날마다 자리에서 일어나는 보람이 있는 거라고.

"당신과 보낸 아까 그 시간은 아주 유쾌한 서프라이즈였어요." 중요한 이야깃거리가 모두 떨어지자 그는 이렇게 말했다.

"끝내줬죠." 칼리는 피자를 씹으며 말했다. "수백만 달러짜리 복권에 당첨되면 이런 기분일 거예요." 그녀는 끝에 달린 크러스트를 내동댕이쳤다. "저게 뭐예요?" 그녀는 다시 한 조각을 집어 들고 턱으로 가리키며 물었다.

맥스는 그의 방 저편을 바라보았다. 그가 의자 옆 벽에 연구의 일환으로 실시한 실험 결과와 수치를 붙여놓았다. "종신 재직 심사 위원회에 제출하는 서류 프레젠테이션을 앞두고 한번 예행연습 해본 거예요."

"아." 그녀는 눈을 반짝이며 그를 쳐다보았다. "강당 같은 데서 하나요?"

"회의실에서요. 듣는 사람이 많지는 않아요. 심사 위원들, 학과장 그리고…… 종신 재직 심사를 받을 또 다른 교수요."

"어마어마한 연구를 하고 있는 그 교수요?"

"네, 어마어마한 연구를 하고 있는 그 교수요." 그는 한숨을 쉬었다. "그녀가 내 프레젠테이션을 지켜볼 거예요. 나도 그녀의 프레젠테이션을 지켜볼 거고요."

칼리는 생각에 잠긴 표정으로 잠깐 피자를 씹었다. "솔직히 좀 잔인하게 느껴지네요. 나라면 실제 심사 위원들이 아니라 경쟁상대가 내 프레젠테이션을 어떻게 생각하는지에 더 집착할 것 같아요."

"당신은 짐작도 못 할 거예요." 맥스는 그래프와 도표에 시선을 고정한 채 중얼거렸다.

칼리는 키득거렸다. "진짜요? 왜요?"

희한하게도 그는 망설임 없이 그녀에게 사실대로 말했다. "나는 가뜩이나 지금 어색한 상황이라서요. 경쟁자가 있다는 걸 몰랐다가 얼마 전에 특이한 사건을 통해서 알게 됐거든요."

"왜요, 그녀가 플래카드를 두른 비행기를 띄웠어요?"

"그건 아니고요." 맥스는 그녀와 손깍지를 꼈다. "실은……우리 둘이 원 나이트 스탠드 비슷한 걸 했어요."

칼리는 그대로 굳었다. 그녀가 눈썹을 추켜세우는 걸 보고 그는 순간 망했구나 생각했다. 하지만 잠시 후에 그녀는 깔깔대고 웃었다. 그가 어떤 반응을 예상했는지 몰라도 폭소는 아니었다. "뭐가 그렇게 웃겨요?"

"모르겠어요. 당신은 그런 타입 같아 보이지 않거든요, 맥스. 전혀요."

"맞아요. 여러모로 전혀 아니고 나는 연애도 잘 못 해요. 하지만 그런 날이었어요. 같이 술을 두어 잔 마셨고, 어쩌면 '너무 많이' 마셨고, 그녀가 우리 둘이 너무 과학자처럼 굴고 있다기에 나는 그걸 우리 둘이 생각이 너무 많다는 뜻으로 해석했고 뭐, 그래요, 어쩌다 보니 그렇게 됐어요. 그렇게…… 그날 밤을 같이 보냈죠." 그는 얼굴이 살짝 벌게지는 것을 느꼈다. "하지만 다음 날 아침이 됐잖아요?" 그는 고개를 저었다. "우리 둘 다 그걸 계기로 뭔가를 시작할 생각이 없다는 게 분명했고, 나는 숙취로 괴로웠고, 어떤 식으로 빠져나오면 좋을지 알 수 가 없었는데, 그녀가 그러지 뭐예요. 자기가 종신 재직권 신청 을 했기 때문에 엄청난 실수였다고. 올해 종신 재직권을 신청 한 사람이 나 말고 또 있다는 걸 그때 처음 알았어요. 그녀도 마찬가지였고요."

칼리는 헉 소리를 냈다. "설마! 오 마이 갓, 맥스…… 못 믿 겠어요!" 그녀는 다시 깔깔대고 웃었다. "정말 미안해요! 내가 무심하게 보이겠지만 그건…… 그건 최악이잖아요."

"누가 아니래요." 그도 살짝 빙그레 웃었다. "당신에게 쓸데 없는 얘기를 한 건지 모르겠지만 내가 종신 재직권 심사에서 탈락할 가능성이 얼마나 큰지 이제 알겠죠?"

그녀는 그의 옆으로 웅크렸다. "아직 탈락한 거 아니잖아요. 내가 좋아하는 〈왕언니 팬티〉라는 팟캐스트를 당신도 들어야 하는데. 메건은 그만하고 당신 자신을 믿으라고, 끝날 때까지 끝난 게 아니라고 할 거예요. 그나저나 나는 한 번도 해본 적 없어요." 그녀는 말했다. "원 나이트 스탠드 말이에요."

"추천하지 않겠어요." 그러면서 그는 그녀를 팔로 감싸 안 았다. "그 순간에는 재밌지만 내 경험상 나중에는 자기 자신에 대해 외면하고 싶은 감정을 느끼게 되어 있어요."

"아, 궁금해라." 그녀는 말했다. "어떤 감정을 느꼈는데요?"

"나는 그런 남자가 아니라고만 할게요. 날이 밝으니까 내가 그런 남자였다는 게 싫더라고요. 하지만 일은 벌어졌고, 삶은 계속되고, 나는 과 위원회 전원과 알라나 앞에서 내 실험 결과를 발표하고, 잘되길 바라야겠죠."

"어떤 결론이 나더라도 내가 보기에는 당신 멋져요." 그녀는 말했다. "말 그대로 당신은 뇌가 어떤 식으로 작동하는지를 알잖아요. 나는 죽었다 깨나도 이해하지 못할 것 같은데."

"할 수 있을 거예요." 맥스는 피자 상자를 옆으로 치웠다. "손 줘봐요."

그녀가 그의 손 위에 그녀의 손을 얹자 그는 손바닥이 보이게 뒤집었다. "손금 읽게요? 제발 조만간 취직이 될 거라고 얘기해줘요."

"뇌의 어떤 면이 흥미진진한가 하면 정보를 받아들이고 처리하는 방식이에요. 가장 강력한 경로가 감각이죠. 예를 들어 애플파이 냄새를 맡으면 할머니 집이 생각난다는 식으로요."

"나는 튀김 냄새를 맡으면 할머니가 생각나는데." 칼리가 말했다.

맥스는 그녀의 손금을 더듬었다. "기분이 어때요?"

"엄청 똑똑한 남자가 내 손금을 더듬으니까 내 뇌에서 장난인가 궁금해하고 있어요."

맥스는 방향을 바꿔 그녀의 손바닥을 지나 손목 안쪽으로 손가락을 움직였다. 그녀의 입술이 살짝 벌어졌다.

그는 그녀의 팔꿈치 안쪽으로 조금 더 올라갔다. "계속 어떤 남자가 손금을 더듬는 느낌이에요?"

"아뇨." 칼리는 그의 눈을 들여다보았다. "바다가 느껴져요. 파도와 봉우리와 계곡이 있고 조금 불안해요."

"재밌네요. 내 성호르몬이 바로 그 바닷속에서 잠깐 헤엄을 치고 있거든요." 맥스는 그녀의 손을 들어서 팔꿈치 안쪽에 입을 맞추었다. "뭔가를 몸으로 경험하면 읽거나 듣는 것보다 좀 더 오래 기억할 가능성이 커요."

"그러니까 신경과학에서 중요한 건 경험이다?"

"어떤 면에서는요."

"나는 오늘 저녁을 평생 기억할 거예요."

"나도요. 여기에 영원히 새겨졌거든요." 맥스는 손가락으로 자기 관자놀이를 두드리며 말했다. 그는 허리를 숙여 그녀에게 다시 입을 맞췄다. 그러고는 일어나 개들을 내쫓고 침대 위로 폴짝 올라갔다. "이제 당신에게 엄청난 추억을 선물하려고 해요."

칼리는 좋아서 비명을 질렀다. "기대돼요!"

맥스는 행복했다. 그리고 이 여자와 침대에 누워 있으면 세상 그 무엇도 그들을 궤도에서 이탈시킬 수 없다고 믿을 수 있었다. 이건 운명처럼 느껴졌다.

칼리는 다음 날 아침 맥스의 침대에서 뭔가 엄청나고 근사한 일이 벌어진 듯한 기분을 느끼며 눈을 떴다. 이건 꿈이 아니었다. 진짜였다. 그들은 간밤에 정말 환상적인 무언가를 시작했고 그녀는 그렇다는 걸 뼛속 깊이 느낄 수 있었다.

그녀는 집으로 달려가 옷을 갈아입고 출근할 수 있게 얼른 옷을 입었다. 맥스는 한쪽 팔로 몸을 받치고 그녀를 지켜보았다. "오늘 아침에는 기분 어때요?" 그가 물었다.

그녀는 운동화를 신었다. "어마하게 좋아요, 맥스 셰핑턴. 지금까지 내가 시도한 대부분의 관계에서 여기까지 온 경우는 거의 없는데, 당신은 오늘 아침에 어때요?"

그의 시선이 나른하게 그녀를 훑었다. "우라지게 환상적이에요."

"다음 날의 후회 같은 거 없어요? 외면하고 싶은 감정이 느껴지지도 않고요?"

"전혀요. 온갖 감정이 엄청 기다려져요."

칼리는 씩 웃었다. 그녀는 일어나 손끝으로 그의 머리칼을 쓸어 넘기고 그의 뺨을 따라 턱까지 손끝으로 훑었다. "그럼…… 우리 시작하는 거예요? 우리 특별한 사이가 되는 거예요?"

맥스는 침대에서 내려왔다. 그녀를 끌어안았다. "완전 특별한 사이가 되는 거예요." 그는 그녀에게 입을 맞춘 다음 그녀의 어깨를 감싸 안고 방문을 열었다.

백스터와 헤이즐이 꼬마 보초병처럼 그들을 기다리고 있었다. 두 녀석은 다 같이 어디로 가는지 안다는 듯 당장 몸을 돌려 종종걸음으로 복도를 걸어갔다.

맥스는 칼리와 함께 현관까지 걸어갔다. 그가 문을 열었을 때 그녀의 전화벨이 울렸다. "우리 언제 다시 만날까요?" 그녀가 전화기를 찾느라 핸드백을 뒤지는 동안 그가 물었다. 그녀는 전화기를 찾지 못하자 현관에서 몸을 돌려 좀 더 제대로 뒤질 수 있게 벽돌 화분 위에 핸드백을 얹었다. "내일 어때요?" 그녀는 전화기를 찾아들고 그를 쳐다보았다. "바킹 스프링스 한번 가볼까요?"

"완벽해요."

칼리는 전화기를 확인했다. 어머니가 문자를 보냈다. 내일 미래의 새아버지를 만날지 몰라. 맙소사. 그녀는 어렴풋이 등장한 재앙을 지난 24시간 동안 잊고 있었다.

"이후에 저녁 같이 먹을래요?" 맥스가 물었다. "반려견 동반할 수 있는 곳을 몇 군데 아는데."

"잠깐만요." 칼리는 말했다. "방금 일이 생겨서 내일은 안 되겠어요." 이 문제는 집에 가서 처리할 것이다. "금요일 어때요?"

"좋아요." 맥스는 동의했다. "바킹 스프링스에 갔다가 저녁 먹기?"

"네! 그런 다음…… 이번에는 내 집이요?"

"당신이 절대 안 물어보는 줄 알았잖아요."

"신나라." 칼리는 까치발을 하고서 그에게 입을 맞추었다. 그는 한 팔로 그녀를 꼭 붙들고 마주 입을 맞추었다. 그런 다음 고개를 들고 그녀의 코끝에 입을 맞추며 말했다. "뭐 잊어버린 거 없어요?"

"못 찾겠던데요." 칼리는 그가 팬티를 말하는 줄 알고 이렇게 대답했다.

맥스는 괴상한 표정으로 그녀를 쳐다보았다. "당신 개 말이에요."

"백스터!" 그녀는 외치며 얼른 쭈그리고 앉아서 백스터에게 애정 공세를 퍼부었다. "네가 없으면 내가 무슨 수로 살 수 있겠니."

칼리는 일어나 맥스에게 다시 한번 입을 맞춘 다음 백스터를 데리고 차를 세워놓은 곳을 향해 총총히 걸어갔다. 그러다 반쯤 갔을 때부터 몸을 돌려서 뒤로 걸었다. 이 남자에게서 눈을 뗄 수가 없었다. 세상에서 가장 운이 없는 그녀에게 이런 일이 벌어지다니 믿을 수가 없었다. 어쩌면 그동안 모든 걸 올바르게 처리한 것에 따르는 보상일지 몰랐다. 어쩌면 드디어 그녀가 제짝을 찾은 것일지 몰랐다. "저기요." 칼리는 말했다. "이거 말이에요." 그녀는 그들 둘 사이를 손짓했다. "진짜 짱이네요."

맥스는 기둥에 몸을 기댔다. "완전 진짜 짱이죠."

칼리는 기쁨으로 얼굴이 환해졌다. "이거 지금 벌어지고 있는 실제 상황 맞죠?"

"과거 상황이죠. 이미 해마에 새겨졌어요."

칼리는 폭소를 터뜨렸다. 그녀는 차에 올라타 다시 한번 손을 흔들고 출발했다. 세상 꼭대기에 있는 듯한 기분이었다. 그녀는 지금 하늘을 나르며, 헤이즐과 근사한 과학자와 엮인 개를 가지지 못한 가엾은 중생들을 내려다보고 있었다. 사랑에 빠지면 이런 기분이지 않을까? 그녀는 사랑에 빠지고 있었다. 삶을 사랑하게 되었다.

오늘은 눈부시게 아름다운 날이 될 거라고 그녀는 결론을 내렸다.

16

칼리가 떠난 뒤에 맥스는 우편물을 집어 들었다. 며칠 동안 방치했던 그 우편물을 분류하다 보니 시카고에 갔을 때 제이미를 위해 주문한 과거 몇 년 동안의 전국 도그 쇼 DVD가 있었다. 그는 출근하는 길에 아버지의 집에 떨구고 가기로 했다. 제이미는 이미 출근했을 테고 아버지는 밖에서 친구들과 커피를 마시고 있을 것이다.

아버지의 집에 도착하자 그는 길가에 차를 대고 차고 문이 잠겨 있으면 항상 이용하는 옆문으로 달려갔다. 아니나 다를까, 아버지가 그 문을 잠그지 않았다. 맥스는 DVD가 담긴 봉투를 들고 부엌으로 가서 두리번거리며 메모를 적을 만한 도구를 찾다가 누가 한창 정사를 나누는 도중에 내는 소리를 들었다.

맥스는 놀라서 잠깐 모든 동작을 멈추고 귀를 기울였다. 분명 애정 행각을 벌이는 소리였다. 그는 아일랜드 식탁에 봉투를 내려놓고 어떻게 해야 할지 고민했다. 한 사람이 내는 소리였을까? 맙소사, 아버지가 포르노에 심취하셨나?

어떤 여자가 비명을 지르자 맥스는 펄쩍 뛰었다. 그건 닫혀 있는 아버지의 방문 뒤에서 살아 숨 쉬는 여자가 낸 소리였다.

맥스는 잽싸게 뒷걸음질 치다가 벽에 부딪혔고, 놀라고 흥분한 마음에 아버지의 집에서 후다닥 빠져나오느라 메모를 남기는 것조차 깜빡하고 말았다.

그는 차로 돌아가 운전석에 앉아서 앞 유리창 너머를 멍하니 바라보며 쿵쾅거리는 심장을 달랬다. 그 여자는 누구였을까? 아버지는 만나는 친구가 있다고 했지만 이건…… 이건 너무 뜻밖이었다.

맥스는 기어를 넣고 아버지의 집 앞에서 출발했다. 갑작스러운 상황 전환이 놀랍고 불안했다.

교수실에 도착했을 때도 흥분은 가라앉지 않았고 그는 책상 앞에 앉아서 두 손에 머리를 묻었다. 아버지가 이러지 않길 바랐기 때문은 아니었다. 그는 아버지가 행복하길 진심으로 바랐다. 하지만 제이미는 어쩌란 말인가? 또…… 또 아버지의 방에 있는 어머니의 사진은? 어머니가 수를 놓은 아버지의 베갯잇은? 그리고 최소한 제이미를 그룹 홈에 맡긴 다음 이런 일을 벌였어야 하지 않을까? 그게 자연스러운 수순이지 않았을까?

컴퓨터에서 땡 하는 소리가 들리자 그는 번쩍 정신을 차렸다. 그는 컴퓨터 화면을 흘끗 쳐다봤다. 오말리 박사가 이메일을 보냈다.

셰핑턴 박사에게

본 이메일을 통해 자네가 준비한 서류의 요약본을 자연과학부 종신 재직 심사 위원회에 제출해달라고 정식으로 요청하는 바일세. 그러면 위원회에서 자네의 종신 재직 신청서와 그것을 뒷받침하는 연구 결과를 학장과 교내 종신 재직 위원회로 전달해 추가 검토를 요청할지 여부를 결정할 거야. 30분 동안 연구 결과를 요약하고 7명의 위원에게서 질문을 받게 될 거야. 시간과 날짜는 추후에 개별 이메일로 알려주겠네.

학과장 오말리 박사

지금으로서는 가장 신경 쓰고 싶지 않은 문제가 이것이었다. 며칠에 걸쳐 준비를 하고, 최대한 간결하고 유익한 프레젠테이션이 될 수 있도록 드레이크 앞에서 예행연습을 하기만 하면 됐다. 하지만 그는 이제 막 칼리와 이 놀라운 관계를 시작했고 아버지도 뭔가를 시작한 것이 분명한데 이 와중에 제이미 생각도 해야 하니 그의 마음은 연구에서 백만 광년 멀리 떠나 콩밭에 가 있었다.

인체의 신경계를 주제로 개론 수업을 하는 동안에도 맥스의 머릿속은 복잡하게 돌아갔다. 다행히 이건 하도 여러 번 반복한 부분이라 졸면서도 가르칠 수 있었다. 입으로는 강의를 하면서 머리로는 얼마 남지 않은 프레젠테이션과 해야 하는 일들을 점검했다. 그를 덮치기 시작한 실망의 장막에 대해 생각했다.

그리고 칼리 생각도 했다. 아니 오히려 그녀는 형형색색으로 반짝이는 한 마리 새처럼, 알고리즘과 방정식과 목록으로 이루어진 그의 생각들을 횃대 삼아 그의 머릿속에서 진을 치고 있었다.

그의 아버지에 대해서, 이번 일이 제이미를 성인용 보호 시설로 옮기는 것에 대해 진지하게 논의하는 기회가 될 수 있는 것에 대해서도 생각했다. 마침 아버지도 아버지만의 삶을 시작하게 된 것 같으니 아버지와 제이미, 두 사람 모두에게 각자의 삶이 필요하다고 마침내 아버지를 설득할 수 있을지 몰랐다. 이것이 아버지에게는 새로운 삶의 시작이 아니라 단순한 기분 전환일 수도 있을까?

하도 골똘히 생각하느라, 수업을 마치고 교수실로 돌아갔을 때 알라나가 그의 면전에 대고 손을 흔들 때까지 그녀를 보지 못하고 하마터면 들이받을 뻔했다. "미안해요!" 그는 말했다. "못 봤어요."

알라나는 공감하는 미소를 지었다. "당신도 오말리가 보낸 이메일을 받은 모양이네요."

그는 머리칼 사이로 손가락을 쑤셔 넣었다. "네. 그러니까. 당신이랑 나, 둘인 모양이네요."

"저기, 맥스······." 알라나는 말을 하다 말고 좌우를 둘러보았다. "이상하게 들릴지 모르겠지만 나는 예전부터 당신과 당신의 연구를 존경해왔어요. 그래서 당신에게 행운을 빌어주고 싶어요."

맥스는 그 말을 듣고 고마웠다. "알라나, 이상하게 들릴지 모르겠지만 당신은 엄청나게 눈부신 성과를 거두었어요. 나도 당신의 행운을 빌지만 당신에게는 행운이 필요 없을 거라고 봐요. 그들이 바보가 아닌 이상 당신을 지명할 테니까요."

"고마워요. 하지만 이하동문이에요. 당신도 훌륭한 선생님인 거 알죠? 당신은 상당히 복잡한 개념을 단순하게 설명하는 데 탁월한 재능이 있어요. 그리고 사실 누가 알겠어요? 워낙 많은 요인이 고려되지 않겠어요?"

그녀는 겸손하게 반문했다.

"그렇겠죠."

"그럼······ 행운을 빌게요." 그녀가 말했다.

"당신도 행운을 빌게요."

알라나는 미소를 짓고 걸음을 옮겼다.

그는 멀어지는 그녀를 바라보았다. 예감이라는 것은 수량화할 수 없기 때문에 파악이 잘 되지 않는 현상이었다. 하지만 연구 결과에 따르면 직감은 틀리는 경우보다 맞는 경우가 더 많았다. 맥스는 알라나 프리드먼이 앞으로 몇 개월 안에 종신 재직 교수가 될 것 같은 예감을 느꼈다. 그녀를 대면하고 나자 왠지 모르겠지만 그럴 수밖에 없다는 확신이 생겼다. 그가 종신 재직 교수가 되려면 기다려야 할 것이었다. 또다시. 그는 앞으로 연구에 필요한 보조금이나 기타 재정적인 지원을 받기가 더어려워질 것이었다. 자연스럽게 그렇게 될 수밖에 없었다.

이런 깨달음에 그는 한층 더 우울해졌다.

날이 저물어도 그의 기분은 나아지지 않았고 저녁이 되자 여러 가지 감정과 딜레마 때문에 진이 다 빠져버린 그는 칼리 와 대화가 하고 싶어졌다.

오늘 헤이즐한테서 선물을 하나 받았는데. 뭔지 보여줄까요?

그것 참 이상하게 어디서 본 것 같네요.

다행이다. 왜냐하면 내 속옷 중에는 없어진 게 없거든요.

헤이즐이 그걸 가지고 뭘 하고 있는지 물어봐도 될까요?!?

옆에 두고 자요. 내가 뺏을 수도 있지만 − 두말하면 잔소리지만 안전하게 보관하기 위해서요− 내 귀한 강아지 심기를 건드리고 싶지 않고 당신 눈에 변태처럼 보이면 당신이 도망칠 수도 있잖아요. 그러니까 모르는 척해줘요.

내가 그 정도로 도망치겠어요? 어디서 났는지 모를 물건 얘기가 나왔으니 말인데, 이게 내 스웨터랑 같이 핸드백에 쑤셔 넣어져 있더라고요. 여기에 반짝이를 달아서 당신 우편함에 넣어줄까 하는데. 그게 바로 성공을 부르는 드레스 코드거든요.

칼리는 그가 좋아하는 니트 모자 사진을 첨부했다.

내 비니를 훔쳤어요? 만약 그랬다면 당신은 내가 아주 오래전부터 만나고 싶어 했던 그런 여자네요. 예쁘고, 어깨가 어마어마한 옷을 입거나 치마에 갇히는 걸 두려워하지 않고, 자기 비니를 반짝이로 직접 장식하는 여자. 나 당신한테 흠뻑 빠져들고 있어요.

내가 그거 씌워줄 테니까 기대해요. 나도 당신한테 흠뻑 빠져들고 있는 것 같아요. 오늘이 금요일이면 좋겠어요.

나도요.

백스터가 헤이즐한테 굿 나잇 키스 전해달래요.

헤이즐도 잘 자라고, 당신이 정말 보고 싶다고 전해달래요. 말도 안 되는 일이긴 한데, 지금 모든 게 좀 말이 안 돼요.

다음 날 아침에는 맥스의 기분이 조금 좋아졌다. 뒷다리가 없는 오스트레일리안 셰퍼드 보니를 데리러 가는 날이기 때문이었다. 오스틴 애견 연맹 운영자 미란다 헤이스팅스가 맥스를 견사로 안내했다. 생김새와 크기와 연령과 견종이 각기 다른 개들이 하나같이 열심히 꼬리를 흔들며 산책을 데리고 나가줄 자원봉사자들을 기다리고 있었다.

"얘가 보니예요." 좀 더 넓은 견사에 다다랐을 때 미란다가 말했다. 그 개는 누가 아는 척해주니 좋아서, 지목을 당하니 좋아서 세 다리로 춤을 추고 있었다. 미란다가 문을 열었고 맥스는 한쪽 무릎을 꿇고 앉았다. 보니는 한쪽 앞발을 그의 어깨에 얹었다.

"교통사고를 당해서 주인이 포기했어요. 치료비를 감당할 수 없어서."

보니는 원한을 품고 있다고 한들 티를 내지 않았다. "제가 알고 있어야 하는 사항이 있을까요?" 맥스는 물었다. "특별한 지시 사항이라든지."

"아뇨. 이 아이는 다리 한쪽이 없어도 엄청 날렵하고 어마어마하게 영리해요. 그렇지, 보니?" 그녀는 보니의 털을 헝클어뜨리며 말했다. "우리 보니, 착한 아이지?"

맥스도 금세 알아차렸다시피 보니는 호감을 사고 싶어서 너무 안달했다. 그래서 조금 가슴이 아팠다. 적어도 그의 실험실에서만큼은 사랑을 듬뿍 받을 수 있을 것이다. 학생들과 실험 대상자 둘이 그녀를 에워싸고서 달콤하게 속삭이고 쓰다듬어 줄 것이다.

클래런스가 그랬듯이 보니도 입양이 되거나 이번 학기가 끝날 때까지 그의 실험실에서 지낼 것이다. "아마 그 아이는 한참 동안 데리고 있을 수 있을 거예요." 미란다는 이렇게 얘기했었다. "장애가 있거나 나이가 많거나 검은색 개들이 항상 제일 마지막까지 남거든요."

맥스는 그날 오후에 ACC 자원봉사자에게 보니 픽업을 맡기고 집으로 가서 헤이즐을 데리고 아버지의 집으로 건너갔다. 곰곰이 생각해본 끝에 편안하게, 좀 더 독립적으로 지낼 수 있을 만한 거처로 제이미를 옮기는 문제를 놓고 아버지와 진지하게 대화를 나누어보는 것이 좋겠다는 결론을 내렸기 때문이었다.

맥스가 옆문을 열자 헤이즐은 이 집에 올 때마다 늘 그렇듯 제이미의 방을 향해 달려갔다.

아버지는 부엌에 있었다. 오븐 문을 열고 안에 든 뭔가를 체크하고 있었다. "아, 아들, 왔니?" 그는 고개를 흘끗 들었을 때 맥스인 걸 보고 명랑하게 외쳤다.

"네, 아버지."

"마침 잘 왔다. 오늘 저녁에 치킨 파마산 만들었거든. 새로운 레시피로."

"냄새 좋은데요?" 맥스는 냉장고 앞으로 가서 문을 열고 맥주를 꺼냈다.

"형!"

그가 복도 쪽으로 고개를 돌려 보니 제이미가 웃는 얼굴로 쏜살같이 달려오고 있었다. "도그 쇼." 그가 말하고 DVD 케이스를 들어 보였다.

"다행이다. 잘 받았네?" 맥스가 말했다.

"잘 받았어." 제이미는 몸을 돌려서 다시 복도를 되짚어갔다.

"쟤 요즘 '병 속에 든 배' 만들고 있다." 그의 아버지가 말했다. "아주 푹 빠졌어. 좋은 현상이야! 엄청 고생스러운 작업이기도 하고. 나라면 도중에 때려치웠겠지만 제이미는 도그 쇼를 보면서 저녁 내내 저기서 그걸 만들 수 있지."

"맞아요. 제이미는 여러모로 자급자족이 가능하죠." 맥스는 말했다. "사실 전부터 그 부분에 대해 의논을 드리고 싶었어요."

"나도 마찬가지다." 그의 아버지는 말하고 냉장고에서 상추와 채소를 꺼냈다. "내가 생각을 좀 해봤는데."

이건 뜻밖의 전개였다. "아. 그러셨어요? 저도 생각한 게 있는데. 어…… 제가 일전에……."

"유-후!"

여자의 목소리를 듣고 맥스는 화들짝 놀라는 바람에 맥주병으로 조리대를 치고 말았다. 침입자의 소리를 들은 헤이즐이 미친 듯이 짖으며 제이미의 방에서 달려 나왔다. 헤이즐은 현관문을 향해 모퉁이를 돌다가 속도를 제어하지 못하고 바 의자를 들이받았다. 하지만 다시 벌떡 일어나 자신에게 주어진 임무를 계속했다.

"어머, 귀여워라." 여자가 아마도 헤이즐에게 이렇게 말하는 소리에 이어 현관문에서부터 복도를 걸어오는 하이힐 소리가 맥스의 귀에 선명하게 들렸다. 현관문이라면 그들은 절대 쓰지 않는 문인데…… 맥스는 그의 아버지를 쳐다보았다.

아버지는 맥스에게 만나는 여자가 있다고 했던 날처럼 얼굴을 환히 빛내고 있었다. 꼭 마세라티라도 산 것처럼 그랬다. "아들, 헤이즐을 마당으로 내보내주겠니?" 그가 맥스에게 물었다. 그는 맥스의 어머니가 썼던 앞치마에 손을 닦으며 아무도 쓴 적 없는 현관문을 향해 성큼성큼 걸어갔다.

맥스는 맥주병을 내려놓았다. 휘파람으로 헤이즐을 불러서 뒷문을 열고 밖으로 내보냈다. 그리고 다시 부엌으로 돌아가는데 속삭이며 키득거리는 소리가 들렸고, 누가 들어도 입을 맞추는 게 분명한 소리가 들리자 그는 움찔했다. 그는 정신을 추스를 수 있게 전기레인지 쪽으로 몸을 돌렸다. 잠시 후에 몸을 돌려보니 아버지가 어떤 여자를 한 팔로 감싸 안고 부엌으로 들어오고 있었다.

여자는 아담하고 매력적이었다. 금발을 깔끔한 단발로 잘랐고 호리호리했다. 하도 심하게 태닝을 해서 당장 태닝 베드가 연상됐다.

"어머나! 이 훤칠한 청년은 누구예요?" 그녀는 물으며 대놓고 맥스를 위아래로 훑어보았다.

"내 아들 맥스예요." 아버지가 말했다. "셰핑턴 교수요."

"아들이 잘생겼다더니 괜한 말이 아니었네요?" 그녀는 감탄하는 투로 말했다. "그런 줄 알았더라면 이쪽한테 데이트 신청을 했을 수도 있겠어요."

맥스는 상상만으로도 몸이 오그라들었지만 그의 아버지는 폭소를 터뜨렸다. "맥스, 이쪽은 에벌린. 아까 마침 잘 왔다고 한 게 에벌린 때문이었어."

맥스는 어안이 벙벙했지만 아일랜드 식탁 저쪽으로 돌아가 손을 내밀었다. "안녕하세요. 만나서 반갑습니다."

그녀는 양손으로 그의 손을 잡고 지그시 눌렀다. 맥스는 그녀가 말을 하고 있다는 사실을 멍하니 인지했지만 뭐라고 하는지 한마디도 듣지 못했다. 아버지가 연애를 하고 있었다니, 아버지에게 어머니가 아닌 다른 여자가 있었다니, 이게 가벼운 만남이 아니라 진심이었다니 아직도 믿기지 않았다. 아버지가 이토록 행복해하는 것도 적응이 되지 않았다. 아버지는 어처구니없을 정도로 행복해했다. 정신을 차리지 못했다.

"와인 마실래요, 에벌린? 내가 지금 주특기를 발휘하는 중이에요. 치킨 파마산! 그것도 새로운 레시피로."

"어머, 맛있겠다. 좋아요, 토비. 와인 한잔 할래요."

맥스는 그 자리에 못 박힌 채 다시 한번 놀라워했다. 그의 아버지는 와인을 마시지 않았다. 그는 평생 이 집에서 와인을 한 병도 본 적이 없었다.

"내가 가서 가지고 올까요?" 에벌린이 말했다.

게다가 그녀는 와인이 어디 있는지 알 정도로 이 집을 자주 들락거렸단 말인가?

"아니에요, 아니에요, 앉아 있어요. 당신은 손님이잖소. 맥스가 가져올 거예요." 아버지는 맥스에게 눈짓을 하고는 모퉁이를 지나 식료품 저장실로 사라졌다. 잠시 후 그는 와인을 들고 돌아와 맥스에게 내밀었다.

"아…… 오프너가 어디 있죠?"

"바로 거기 있잖니."

맥스는 조리대에 있던 오프너를 집어서 와인을 따며 에벌린을 흘끗 쳐다보았다. 그녀는 그가 얼마나 불편한지 안다는 듯 그를 보며 안쓰러워하는 미소를 지었다. 정말이지 그는 불편하기 짝이 없었다. 아버지가 데이트를 할 수 있게 이 집에서 나가고 싶었다. 하지만 제이미는 어쩌면 좋단 말인가. 이 여자가 자기 집 부엌에 있는 걸 보면 제이미가 어떤 반응을 보일까? 아버지는 거기에 대해서 생각해봤을까? 제이미는 이 여자가 부엌에 있는 걸 이미 보았을까?

아버지가 그에게 와인 잔을 건넸다. 이것 역시 전에 없던 일이었다. 맥스는 와인을 따라 에벌린에게 건넨 다음 바텐더 비슷하게 멀찌감치 서 있었다.

"나도 한잔 마시련다." 아버지가 말했다.

맥스는 아버지를 쳐다보았다. "아버지도요?"

"맥스." 그의 아버지가 말했다. "잔은 저 위에 있다."

맥스는 순순히 아버지가 마실 와인을 한 잔 따랐다. 그가 잔을 아버지에게 건넸을 때 복도 어딘가에서 문이 닫혔다. 맥스는 마음의 준비를 했다. 제이미가 에벌린을 맞닥뜨리려는 찰나였다. 제이미는 놀라면 엄청나게 불안감을 조성할 수 있었고 맥스는 그가 발작 비슷한 걸 일으키는 건 아닌가 싶어 걱정스러웠다. 하지만 제이미는 부엌으로 들어와 좌우를 두리번거리다 에벌린에게 시선이 닿자 시카고에서 산 티셔츠를 쓸어내리며 "도그 쇼."라고 하고는 그만이었다.

"멋지네." 에벌린은 말했다.

제이미는 그녀를 잠깐 빤히 쳐다보다가 발뒤꿈치를 딛고 몸을 돌려서 왔던 길을 되짚어갔다.

맥스는 남동생의 뒷모습을 물끄러미 바라보다가 에벌린에게로 시선을 돌렸다. "그러니까…… 제이미를 만난 적 있으신 모양이네요?"

"그럼요!" 그녀는 명랑하게 말했다.

맥스는 충격받은 표정으로 아버지를 돌아보았지만 아버지는 샐러드를 만드느라 바빴다.

"그나저나 맥스, 뇌과학자라면서요?" 에벌린이 말했다.

희한하게도 칼리가 맨 처음에 물었을 때와 말투가 비슷했다. "아…… 네."

"우리는 뇌의 10퍼센트밖에 활용하지 않는다고 들었는데. 진짜예요?"

그는 지금 뇌를 주제로 대화를 나누고 싶은 마음이 없었다. 머릿속에서 와글거리는 질문이 너무 많았다. "아뇨." 그는 대답하고 애써 미소를 지었다. "그렇지는 않아요. 저희 아버지하고는 어디서 만나셨어요?"

"틴더(데이트 앱—옮긴이)에서요."

맥스의 입이 떡 벌어졌다.

"우리 틴더에서 만나지 않았어." 그의 아버지가 웃으며 말했다. "에벌린이 농담을 좋아해서 말이지."

"내가 농담하면 좋아하잖아요, 토비."

"나는 당신이 하는 것 중에 좋아하는 게 많죠." 그의 아버지는 윙크를 했다.

"그렇군요." 맥스는 중얼거리며 두리번두리번 탈출구를 찾았다.

"토비! 당신 아들이 저기 저렇게 서 있는데!" 에벌린은 말하며 까르르 웃었다.

"쟤도 성인인걸요." 아버지는 명랑하게 말했다. "쟤도 알 건 다 알아요. 맥스, 접시 하나 더 놔줄래? 저녁 먹고 갈 거지?"

"아뇨……."

"먹고 가요, 맥스!" 에벌린이 말했다. "토비, 먹고 가야 한다고 얘기해줘요. 부탁할게요, 맥스. 내가 얼마나 만나고 싶었다고요."

"먹고 가라, 맥스." 그의 아버지가 말했다.

그의 아버지는 미소를 짓고 있었지만 맥스가 눈치 챌 수 있을 만큼, 딱 그만큼만 실눈을 떴다. "그럴게요." 그는 뻣뻣하게 말하고 찬장으로 가서 접시를 한 세트 더 꺼냈다. 그가 그걸 들고 식탁으로 가는 동안 그의 아버지와 에벌린은 계속 서로 시시덕거렸다.

식탁에는 이미 접시가 4개 놓여 있었다. 그의 접시를 추가하면 5개였다. 하지만…… 저녁을 먹을 사람은 그들 넷뿐이었다. "아버지가 이미 세팅해놓으셨는데요?" 맥스는 식탁을 가리키며 물었다.

"응?" 그의 아버지는 애써 데이트 상대에게서 시선을 돌렸다. "아. 그거? 에벌린이 자기 딸을 초대했거든."

"내 딸은." 에벌린이 무겁게 말했다. "토비한테 설명했던 걸 이 자리에서 다시 얘기하자면 자기 엄마한테 남자친구가 있다는 걸 아직 받아들이지 못해요."

남자친구? 그 정도로 공식적인 관계란 말인가? 아버지가 여자친구를 사귀면서 그에게 얘기를 하지 않았다니. 그 소식을 지금 듣게 하다니. 더욱이 그가 이렇게 심란해하는 이유는 뭘까? 그는 자신의 감정을 이해할 수가 없었다.

"확실하지는 않지만 자기는 남자친구가 없는데 나는 있는 게 싫은가 봐요. 그게 어떤 감정인지 알잖아요." 에벌린이 말했다. "아, 맥스는 모르겠구나. 여자가 끊이질 않을 테니까. 이 렇게 잘 생겼으니! 하지만 일반적으로 그런 감정을 뭐라고 하죠? 질투심이라고 하나?"

"저는 심리학자가 아니라서요." 맥스는 말했다. 그의 아버지가 그를 노려보았다.

"네, 하지만 뇌과학이랑 그게 그거 아니에요?" 그녀는 물었다. 마치 맥스 자신이 어떤 종류의 뇌과학자인지도 잘 모른다는 듯이.

"오, 완벽해." 아버지가 오븐에서 요리를 꺼내며 말했다. "이제 이걸 팝오버(달걀, 우유, 밀가루를 넣어서 윗부분이 부풀어 오르게 굽는 빵—옮긴이) 안에 넣어야겠다. 그래도 에비, 당신이 만든 것만큼 맛있지는 않을 거예요."

또다시 어안이 벙벙해지는 새로운 발견이었다. 맥스는 아버지가 빵을 만드는지 몰랐다. 게다가 그녀에게 별명이 있다니. 그렇다, 그들은 공식적인 관계였다, 젠장.

"나야 경력이 워낙 오래됐잖아요. 도와줄까요, 토비? 내가 뭐 할 일 있어요?"

"샐러드 좀 섞어줄래요?"

"그럴게요!" 그녀는 와인을 들고 아일랜드 식탁 저편으로 건너가 샐러드 집게를 들었다.

그들은 이런 걸 골백번 반복한 사람들처럼 노닥거렸고 맥스는 설명을 요구하고 싶어졌다. 이런 사이로 지낸 지 얼마나 됐나요? 왜 얘기를 안 하셨나요? 이 길의 끝은 어디인가요?

정말 따지고 들었을 수도 있었지만 그때 누군가가 현관문을 두드리는 소리가 들렸다. 뒷마당에서 헤이즐이 짖기 시작했다.

"제가 나갈게요." 맥스는 말하고 부엌 밖으로 나가서 지금까지 한 번도 쓴 적 없는 현관문을 향해 걸어갔다. 이제 그 문을 쓰게 될까? 그것마저도 짜증이 났다.

맥스는 문을 열었다. 그러고는 아무 말도 하지 못한 채 그 자리에서 얼어붙었다.

둘 중 어느 쪽이 더 충격을 받았을지 그로서는 알 수 없었다. 그였을까? 아니면 칼리였을까?

17

칼리는 태어나서 두 번째로 눈 앞에 펼쳐진 광경을 뇌에서 처리하지 못하는 경험을 했다. 엄마가 새로 사귄 남자친구의 집 문 앞에 맥스가 서 있는 이유를 이해할 수가 없었다. 그는 여기 있으면 안 되는 사람이었다. 그는 그녀의 어머니를 몰랐다. 헐, 내가 집을 잘못 찾아왔나? 하도 그의 생각만 하느라 부지불식간에 차를 몰고 그의 집으로 왔나? 칼리는 뒤로 몸을 빼고 집을 확인했다.

맥스의 집이 아니었다.

개 짖는 소리가 들렸고 그녀는 그 소리를 당장 알아차렸다. 헤이즐의 소리였다. 짖는 개는 헤이즐이었고, 이 사람은 맥스였고, 이 집은 그녀의 어머니가 새로 사귄 남자친구의 집이라며 가르쳐준 주소가 맞았다. 그런데 맥스와 헤이즐은 여기에 어쩐 일일까?

맥스는 웃는 얼굴이 아니었다. 충격을 받은 얼굴이었다. 거의 아파 보였다. 망연자실했다. 범행 현장에서 딱 걸린 사람 같았다. 뭔가 끔찍한 광경을 보았거나 끔찍한 짓을 저지른 사

370

람 같았다.

잠시 후에 깨달음이 그녀를 강타했다. 맥스가 그런 표정을 짓고 있는 이유는 살인을 저질렀기 때문이 아니었다. 그들의 부모님과 같이 있다가 딱 걸렸기 때문이었다.

칼리의 이성이 그럴 리 없다고 했지만 막상 그 단어를 내뱉으려고 하자 대신 비명이 나왔다. 그녀는 몸을 홱 돌렸지만―뭘 어쩌려고 그랬는지는 알 수 없었다―비명을 지르며 길거리로 뛰쳐나가기 전에 맥스가 그녀의 손을 잡았다.

"칼리." 그는 나지막이 외쳤다. "잠깐만요. 잠깐만요." 그는 그녀를 다시 돌려세우고 등 뒤로 조용히 문을 닫았다.

"당신은 알고 있었어요?" 그녀도 따라서 나지막이 외쳤다.

"아뇨, 당연히 몰랐죠." 그는 얼굴을 찡그리며 말했다. "나는 심지어 아버지에게 만나는 사람이 있다는 것도 어제서야 알았어요. 그런데 이런 자리를요?" 그는 뒤편의 집을 향해 미친 듯이 손짓하며 말했다. "오늘 저녁에? 전혀 몰랐어요. 나도 당신 못지않게 충격을 받았어요."

칼리는 고개를 젓기 시작했다. "이럴 수는 없어요, 맥스. 이럴 수는 없어요. 이건 재앙이에요!" 그녀는 이걸 떨쳐버리려다 던 사람처럼 손을 흔들었다. 그녀의 어머니가 당장이라도 저 문을 박차고 나올 게 분명하다고 생각하며 맥스의 뒤편을 확인하려고 했다. "이게 가능한 얘기예요?" 그녀는 그에게 달려들어 두 주먹으로 그의 셔츠를 부여잡고 흔들었다. "이게 가능한 얘기냐고요?"

"그러게 말이에요." 맥스는 자기 손으로 그녀의 손을 덮고 가만히 셔츠를 놓게 했다.

"우리 이제 어떻게 해요?"

"나도 모르겠어요." 그가 말했다. "두 분이 얼마나 됐고 얼마나 심각한 사이인지……."

"오 마이 갓." 칼리는 그러면서 자기 이마를 손바닥으로 때렸다. "오 마이 갓."

"왜요?"

"두 분 심각한 사이예요, 맥스!" 그녀는 불안해서 거의 공중 부양을 하다시피 했다. "내가 이 집에 온 이유가 그 때문이에요! 엄마가 며칠 전에 어떤 남자랑 라스베이거스에 가서 결혼식을 올릴까 한다고 지나가는 말처럼 선포했거든요."

"뭐라고요?" 맥스는 집을 돌아보았다. 불현듯 칼리의 팔꿈치를 붙잡고 집과 반대 방향으로, 아무에게도 그들의 목소리가 들리지 않을 진입로로 데려갔다. "방금 뭐라고 했어요? 왜 나한테 아무 말도 하지 않았어요? 당신 가족 얘기를 하면서 꺼냈을 법한 얘긴데."

"왜냐하면 당신은 우리 엄마를 모르는 데다 솔직히 우리 엄마는 말도 안 되는 소리를 시도 때도 없이 늘어놓거든요. 좀 특이한 분이라." 그녀는 두 손에 얼굴을 묻었다. "이런 일이 벌어지다니 믿을 수가 없어요."

"망할." 맥스는 앓는 소리를 냈다. 문을 돌아보았다.

"두 분께 그런 짓은 저지르지 않겠다는 약속을 받아내야 해요." 칼리가 말했다. "그게 최선이지 않아요? 들어가서 두 분께 이건 있을 수 없는 일이라고……."

"안 돼요." 맥스는 말했다. "제이미가 안에 있고 당신 어머님을 이미 만났어요. 일이 시끄러워지면 그 아이를 자극할 수도 있어서 안 돼요. 잘 생각해서 행동해야 해요."

칼리는 얼굴에서 핏기가 가시는 것을 느낄 수 있었다. "우리 엄마가 당신 동생을 만났다고요?"

"보아하니 그렇더라고요." 그는 말했다. "두 분께 이 문제에 대해 말씀드려야 하지만…… 가능한 한 이 집 말고 제이미가 없는 데서 말씀드리고 싶어요."

"이제 우리 어떻게 해요? 그냥 저기 들어가 앉아서 아무렇지 않은 척해요?" 그녀는 괴로워서 발끝으로 깡총깡총 뛰며 집을 향해 미친 듯이 손짓했다. "이럴 수는 없어요, 맥스! 여러 가지 이유에서 이러면 안 되는 거잖아요, 안 그래요? 안 그래요?"

"나도 알아요." 그는 부드럽게 말하고 그녀의 어깨를 꼭 잡았다.

그녀의 어깨를 꼭 잡긴 했지만 그의 말투가 자신감 있게 들리지는 않았다. 그럴 수밖에 없었다. 그녀와 맥스의 관계가 시작되려는 찰나에 이런 말도 안 되는 일이 벌어진 게 아닌가. 너무나 훌륭하고 순수하며 희망과 경이로움으로 가득했던 그

멋진 관계가, 진짜배기가, 그 사랑의 떨림이. 그녀의 어머니는 모든 걸 망쳐놓는 데 정말이지 일가견이 있었다. "이제 우리 어떻게 해요?"

그는 까칠까칠한 턱수염을 만지며 잠깐 곰곰이 생각하다가 마침내 선포했다. "전혀 모르겠어요."

"어떻게 그럴 수가 있어요? 당신은 과학자잖아요!"

"내가 무슨 수로 알 수 있겠어요." 그는 말했다. "나는 마음이 아니라 뇌를 연구하는 사람이고 그뿐 아니라 우리 아버지 문제인데 전혀 몰랐어서 나도 지금 살짝 멘탈이 나갔다고요!"

"이건 대재앙이고……."

맥스는 그녀가 계속 제자리 돌기를 하다가 땅속으로 파묻히지 않게 그녀의 손을 잡았다. "좋아요, 심호흡해요. 이러면 어떨까요? 오늘 저녁을 먹으면서 두 분의 계획에 대해 정보를 수집하는 거예요. 두 분이 얼마나 심각한 관계인지. 그러고 난 이후에 다음 단계를 고민하기로 해요."

"하지만……." 칼리는 두 분이 정말 심각한 관계면 어떻게 되는 거냐고 묻고 싶었다. 하지만 어떤 대답이 됐든 치명타가 될 것이기 때문에 차마 물어볼 수가 없었다.

맥스도 이해하는 눈치였다. 그는 자기 어깨 너머를 흘끗 돌아보았다가 그녀를 한팔로 감싸 안고 얼른 입을 맞췄다. "좋은 수가 생각날 거예요. 오늘 저녁은 어찌어찌 넘기면서 상황을 살피기로 해요."

현재로서는 다른 방안이 없었고 칼리도 솔직히 그 둘의 상황을 파악하고 싶었다. 그녀는 고개를 끄덕였다. "알았어요."

"준비됐어요?"

"아뇨! 하지만 들어가요." 그녀는 핸드백에서 와인 병을 꺼내 겨드랑이에 끼우고 맥스와 함께 현관문을 향해 걸어갔다.

맥스가 앞장서 안으로 들어갔다. 그녀는 오래된 가구와 커튼이 쳐진 거실을 지나 부엌으로 들어갔다. 그녀의 어머니가 이미 이 집에 사는 사람처럼 거기서 부산을 떨고 있었다. "아, 왔구나, 칼리! 오늘은 몇 분밖에 안 늦었네?"

칼리는 맥스를 곁눈질했다. 그들이 워낙 이제 막 시작한 사이다 보니 그에게 그녀의 어머니가 어떤 사람인지 아직 설명하기 전이었다.

어머니의 남자친구는—세상에나 마상에나 맥스의 '아버지'였다—오븐 장갑을 내려놓고 앞치마에 손을 닦고 그녀를 맞이하기 위해 아일랜드 식탁을 돌아 나왔다. 미소가 아들처럼 따뜻하고 매력적이었고 그녀는 단박에 그가 마음에 들었다. 그는 맥스보다 키가 작았다. 인상이 좋았고 희끗희끗한 머리칼은 숱이 많았고 왠지 궁금하게 왼쪽 집게손가락이 없었다. "안녕하세요, 칼리. 어서 와요."

"안녕하세요. 초대해주셔서 감사합니다. 만나서 반가워요."

"토비 셰핑턴이요." 그가 말하고 그녀와 악수했다. "그리고 이쪽은 아들……."

"아니, 신기하네요." 맥스가 아버지의 소개가 끝나기 전에 말허리를 잘랐다. "칼리하고 제가 구면이에요."

"그래요?" 그녀의 어머니가 명랑하게 외쳤다. "어머, 신기해라! 이미 이 자리가 가족 행사가 됐네! 둘이 어떻게 만났는지 듣고 싶지만 그 전에 먼저 칼리, 와인 마실래?"

칼리는 들고 온 와인을 내밀었다. "네, 주세요. 한 양동이 주세요, 혹시 있으면요."

그 자리에 있던 사람들이 모두 놀란 표정으로 그녀를 쳐다보았다.

"농담이에요." 그녀는 중얼거렸다. 하지만 '백 퍼센트' 농담은 아니었다. 오늘 저녁을 버티려면 전과 다른 인내심을 발휘해야 했다.

"자." 맥스가 칼리의 허리에 손을 대고 바 의자 쪽으로 은근슬쩍 밀었다. 셰핑턴 씨는 아일랜드 식탁을 돌아 나와 그녀가 들고 온 와인을 받고 이미 따놓은 와인을 한 잔 따라서 그녀 앞으로 밀었다. 칼리는 잔을 들어서 한 모금 마시는 동안 어머니가 못마땅한 표정을 짓고 있다는 것을 알아차렸다. 그녀는 조심스럽게 잔을 내려놓았다.

"그래서 음…… 두 분은 어디서 만나셨어요?" 칼리는 최대한 열띤 목소리로 물어보려고 했지만 잘 되지 않았다.

"오스틴 애견 연맹에서요." 셰핑턴 씨는 말했다. "거기서 자원봉사를 하다가."

칼리는 평소보다 훨씬 카랑카랑하게 웃음을 터뜨렸다. "저희 엄마는 ACC에 가서 개와 남자친구를 얻었는데 저는 이 후줄근한 티셔츠뿐이네요."

셰핑턴 씨는 폭소를 터뜨렸다. "그렇게 볼 수도 있겠네요."

그녀의 어머니는 웃지 않았다. 맥스는 한쪽 눈썹을 활처럼 구부리며 그녀에게 뭐 하는 거냐고 눈짓으로 물었다. 그녀도 알 길이 없었다. 그녀는 지금 아무 생각도 할 수가 없었다.

칼리의 어머니는 맥스를 보며 물었다. "두 사람은 어떻게 만났어요?"

이런, 안 돼. 어머니는 그녀가 맡아야 할 것이다. "아." 칼리는 맥스에게 대답할 겨를을 주지 않고 와인 잔을 다시 집었다. "엄마가 ACC에서 데려와서 제가 맡아 키워야 했던 개 기억하죠? 그 개가 맥스의 개랑 서로 바뀌었어요."

"어머! 맥스, 그러니까 저 명랑한 강아지가 칼리의 집에 맡겨졌던 그 강아지란 말이에요?"

"그렇습니다." 맥스는 말했다.

"그리고 당신은 칼리의 우울한 개를 맡게 됐고요?"

"며칠 동안이요." 맥스는 말했다.

"정말 재밌다!" 그녀의 어머니는 외쳤다. "우리 넷이 이렇게 만나게 될 줄 누가 상상이나 했을까! 노라 에프론(〈해리가 샐리를 만났을 때〉, 〈시애틀의 잠 못 이루는 밤〉의 감독—옮긴이) 영화에서나 벌어질 만한 일이 우리한테 벌어진 거잖아요. 게다가 우리가 전부 서로 아는 사이라니 덕분에 모든 게 수월해지겠어요!"

이건 노라 에프론의 영화가 아니었다. 이건 어떤 모양이나 형태로든 수월해질 수 없었다. 이건 끔찍한 사태였다.

"칼리, 패션업계에서 일한다면서요?" 셰핑턴 씨가 말했다.

"그건 아니에요." 그녀는 말했다. "뉴욕에서 열리는 신예 디자이너 쇼케이스에 출품할 패션 디자이너의 홍보 담당자거든요."

"맥스는 뇌과학자래." 그녀의 어머니는 말했다. "엄청 머리가 좋아야 할 수 있는 일이겠지." 그녀의 어머니는 칼리를 보며 눈썹을 꿈틀거렸다. 칼리도 그가 뇌과학자라는 사실에 감동을 받아야 한다고 눈치를 주는 동작이었다.

"네, 맥스가, 아…… 맥스한테 들었어요." 그녀는 도와달라는 뜻에서 맥스를 흘끗 쳐다보았다. 그는 안쓰러울 정도로 불편해 보였다.

"치킨 파마산과 폽오버를 좋아했으면 좋겠네요." 셰핑턴 씨는 칼리에게 이렇게 말하고 그녀가 요리를 보며 감탄할 수 있게 냄비를 내밀었다.

"맛있어 보여요." 칼리는 말했다. "저를…… 만나겠다고 해주셔서 감사해요, 셰핑턴 씨."

"토비라고 불러요." 그는 다정하게 말했다. "그리고 당연하죠! 드디어 만나게 돼서 정말 기뻐요. 엄마를 챙기느라 여기까지 찾아와준 거 알아요."

그건 아니었다. 그녀가 챙기는 건 다른 가족이었다. 어머니는 언제 난감하고 어이가 없는 일을 저지를지 몰랐다. 칼리가 알기로 그녀의 어머니는 서커스 광대와 함께 라스베이거스로 도피할 수도 있는 성격이었다.

"칼리는 아빠 딸이에요." 그녀의 어머니가 뜬금없이 말했다.

"네?" 칼리는 어색하게 웃었다. "그건 아니죠, 엄마."

"어머, 맞잖니, 달링."

이 '달링'이라는 호칭은 어떻게 된 걸까? 도대체 어디에서 시작된 걸까? '칼리' 아니면 그냥 '너'라는 호칭은 어디로 사라진 걸까?

"저녁 다 됐어요. 식탁에 가서 앉읍시다." 셰핑턴 씨가 말했다. "제이미!"

칼리의 귀에 요란한 소리가 들렸고 어떤 남자가 《이상한 나라의 앨리스》의 토끼를 연상시키는 동작으로 복도를 허둥지둥 달려왔다. 그녀는 남자가 맥스와 많이 닮은 걸 보고 깜짝 놀랐다. 머리 색이 맥스보다 밝고 턱이 무성한 수염으로 덮여 있을 뿐이었다.

그는 칼리를 보더니 그대로 멈춰 서 빤히 쳐다보았다.

"제이미, 이쪽은 우리 친구 칼리야." 맥스가 말했다.

"아, 안녕하세요!" 칼리는 말하고 그의 셔츠를 가리켰다. "도그 쇼네요!"

제이미는 자기 셔츠를 내려다보았다. 다시 고개를 들고 그녀를 처다보았다. "도그 쇼." 그는 맞장구를 치더니 갑자기 몸을 돌려서 뒷문으로 다가가 문을 열었다. 헤이즐이 깡총깡총 들어와 칼리에게 일직선으로 달려들었다.

"안녕, 헤이즐." 익숙한 게 하나라도 있어 다행이었다. 그녀는 잠깐이나마 의지할 것이 있다는 데 감사하며 친구에게 제대로 인사하기 위해 의자에서 내려왔다.

"의리 있는 개." 제이미는 말했다. "똑똑하고 의리 있는 개."

"아, 맞아요, 맞아요. 정말 착한 아이죠." 칼리는 헤이즐에게 다정하게 속삭였다.

"이제 손 씻어야겠네." 칼리의 어머니가 말했다. "화장실은 바로 저기야." 그녀는 어느 문을 가리켰다.

누가 보면 칼리가 열두 살인 줄 알겠다. 칼리는 어머니를 째려보고 손을 씻으러 갔다.

그녀가 부엌으로 돌아가 보니 다들 식탁에 자리를 잡고 앉아서 셰핑턴 씨가 치킨 파마산을 덜 수 있도록 접시를 돌리고 있었다. 맥스는 별로 먹지 않고 깨작거리기만 했다. 그들의 부모님에게 레이저처럼 초점을 맞추고 있었다. 칼리가 지금까지 본 중에 그렇게 진지한 표정은 처음이었다. 에벌린과 토비가 함께 있는 그림을 뜯어보며 이해하려고 애를 쓰는 것 같았다. 반면에 제이미는 다른 사람이나 식탁 예절에 상관없이 곧바로 접시를 향해 달려들어 쩝쩝거리며 먹었다. 맥스는 칼리를 보며 겸연쩍은 미소를 지었다.

"천천히 먹어라, 제이미." 셰핑턴 씨가 말했다. "무슨 시합도 아니고 그렇게 빨리 먹으면 위에 좋지 않아."

"의리 있는 개, 의리 있는 아빠." 제이미는 입 안 가득 샐러드를 넣은 채 말했다.

"맞아." 셰핑턴 씨는 명랑한 목소리로 말했다.

칼리는 그게 무슨 뜻인지 의아했지만 맥스도 그의 아버지도 궁금해하지 않는 눈치였다.

"그래서, 음…… 엄마가 그러시는데…… 두 분 사이에 진전이 있다고요?" 칼리는 조심스럽게 물었다.

그녀의 어머니는 폭소를 터뜨렸다. "진전이 있는 정도가 아니지. 안 그래요, 토비?"

셰핑턴 씨는 빙그레 웃으며 왠지 모르게 와인 잔을 들어 맥스의 맥주와 건배하려고 했다. 맥스가 미끼를 물지 않았는데도 길게 손을 뻗어 식탁에 놓인 맥주병에 대고 부딪혔다.

"저는 전부 금시초문이라서요." 맥스는 말했다. "진전이라는 게 무슨 뜻인지 여쭤봐도 될까요?"

"그게 말이다, 맥스." 그의 아버지가 갑자기 끼어들었다. "네가 일이며 연구며 그런 것들로 너무 바쁜 것 같기에 때가 되면 얘기해야겠다고 생각하고 있었어."

"아." 맥스는 포크를 내려놓았다. "지금은 때가 된 건가요? 제가 지나다가 들르지 않았어도 아버지가 말씀을 하셨을까 싶거든요."

"내가 보기에는 때가 완전히 된 것 같은데. 안 그래요, 토비?" 칼리의 어머니가 물었다.

맥스와 칼리는 겁에 질린 눈빛으로 서로 흘끗 쳐다보았다.

셰핑턴 씨는 자기 접시를 쳐다보고 있었다. "토비?" 칼리의 어머니는 그를 부르며 허리를 숙여 그의 눈을 똑바로 쳐다보았다.

셰핑턴 씨는 갑자기 똑바로 앉았다. 에벌린을 향해 미소를 짓더니 그녀의 손을 잡고 맥스를 돌아보았다. "우리는 서로 사랑하는 사이다."

"의리 있는 아빠." 제이미가 말했다. "영리하고 의리 있고. 의리 있는 아빠."

셰핑턴 씨는 제이미가 그러는 걸 알아차리지 못한 눈치였지만 맥스는 알아차렸다. 그는 제이미의 팔에 손을 얹고 살짝 쥐었다가 손을 놓았다. "축하드려요." 그는 아버지에게 조용히 말했다.

"고맙다." 셰핑턴 씨가 얼굴을 어찌나 환히 빛내던지 칼리의 심장이 두근거리기 시작했다.

"우리는 정말 행복해요." 그녀의 어머니는 말하며 경악스럽게도 셰핑턴 씨에게로 몸을 기울여 입술에 입을 맞췄다.

"의리 있는 아빠!" 제이미가 언성을 높였다.

셰핑턴 씨는 겸연쩍게 폭소를 터뜨렸다. "괜찮아, 제이미."

그는 말했다. "우리 그냥 장난치는 거야."

"그럼요." 칼리의 어머니는 중얼거리고 얼굴을 붉혔다.

"맙소사." 칼리는 속삭였다. 그녀는 식탁 밑으로 기어 들어가 헤이즐 옆으로 웅크리고 싶었다.

그녀의 어머니가 맥스에게 말했다. "너무 갑작스럽다는 거 알아요. 하지만 내가 칼리한테도 얘기했다시피 그냥 느낌이 올 때가 있잖아요. 뇌의 관점에서 보면 그거 맞는 말 아니에요?"

"엄마." 칼리가 말했다. "그게 도대체 무슨 뜻이에요, '뇌의 관점'이라니?"

"맥스가 설명해주겠지."

맥스는 칼리를 쳐다보았다. 그녀는 그의 눈빛을 뭐라고 표현하면 좋을지 알 수 없었지만 그녀의 몸속에서 반향을 일으키는 것을 느낄 수 있었다. 경악과 반향과 '지금 당신 어머님이 장난치시는 거죠?' 하는 당혹스러움이 한데 어우러진 눈빛이었다. 그는 시선을 그녀의 어머니에게로 돌렸다. "그게 무슨 뜻인지는 잘 모르겠지만, 사랑을 생물학적으로 분석하자면 기본적으로 몸속을 흐르는 수많은 신경 화학 물질의 작용이에요."

그녀의 어머니는 그 말을 농담이라고 생각하는지 폭소를 터뜨렸다.

"도파민 회로가 취향을 조정하고 그러고 나면 시상하부핵으로 바소프레신과 옥시토신이 분비되죠." 맥스는 자기 머리를 향해 손가락을 흔들며 말했다. "아주 개략적으로 설명하자면 그렇고 실은 그보다 조금 더 복잡하지만 사랑은 단순한 화학적 반응이라고 볼 수 있어요. 예를 들면…… 알레르기와 비슷한."

칼리는 그 직전에 와인을 크게 한 모금 마셨다가 하마터면 사레가 들 뻔했다. 식탁 아래에서 맥스가 그녀의 무릎에 손을 얹고 세게 쥐었다.

그녀의 어머니는 냉랭하게 맥스를 쳐다보았다. 그의 설명이 마음에 들지 않는 것인데, 칼리가 보기에는 맥스가 그런 식으로 설명한 것도 그 때문인 듯했다. 그녀의 어머니는 맥스가 그녀를 지지하고 동의하며 맞다고, 가끔 그냥 느낌이 올 때도 있는 법이라고 말해주길 바랐다. 뇌과학자가 그렇게 말하면 맞는 말이 되지 않겠는가. 하지만 맥스는 그걸 허락하지 않을 작정이었고, 칼리는 그것 때문만이라도 그를 사랑할 수 있을지 모른다는 생각이 들었다.

그녀의 어머니는 입술을 오므렸다. "뭐, 뇌과학자가 하는 말이니 어련히 일리가 있겠지만 내가 하고 싶은 말은 가끔 누군가를 만나면 내 사람이라는 느낌이 올 때가 있다는 거예요. 토비는 내 사람이에요."

으웩. 그녀의 어머니가 또다시 〈배철러〉(연애 리얼리티 프로그램—옮긴이)를 보고 있었다.

"그리고 에벌린은 내 사람이지." 셰핑턴 씨가 덧붙였다. '내 사람'이라는 개념을 마음에 들어 하는 눈치였다. 셰핑턴 씨도 〈배철러〉를 보고 있는 게 분명했다.

"아버지의 사람은 어머니 아니었나요?" 맥스가 침착하게 말했다.

"맞아, 맥스. 그랬지." 그의 아버지가 말했다. "하지만 네 엄마는 세상을 떠났고 인생은 계속되고 나는 아직 줄 게 남았거든."

맥스는 포크를 내려놓고 식탁에 대고 팔짱을 끼며 물었다. "그러니까…… 하시고 싶은 얘기가 정확히 뭐예요?"

"하고 싶은 말이 뭔가 하면 우리가 라스베이거스에 가서 부부의 연을 맺으려고 한다는 거예요." 칼리의 어머니가 당당하게 선포하고 토비를 보며 환히 웃었다.

"의리 있는 아빠. 영리하고 의리 있는 아빠." 제이미는 말했다. 자리에 앉은 채로 몸을 살짝 앞뒤로 흔들기 시작했다.

"의리 있는 제이미." 맥스가 말하자 제이미는 말이 통하는 사람이 드디어 생겼다는 눈빛으로 그를 쳐다보았다.

"너무 성급하신 거 아니에요?" 칼리가 말했다. "죽음이 우리를 갈라놓을 때까지 서약을 하기 전에 시간을 두고 좀 더 서로에 대해 알아 나가면 안 되는 이유라도 있어요?"

"성급하다고?" 그녀의 어머니는 경고하는 눈빛으로 칼리를 노려보며 되물었다. "성급한 게 아니지, 우리 나이에는."

"하지만 두 분은 서로를 거의 모르잖아요." 칼리는 짚고 넘어갔다.

"글쎄다, 알아야 하는 건 안다고 생각하는데, 칼리." 그녀의 어머니가 말했다.

"아버지?" 맥스는 확인차 불렀다.

셰핑턴 씨는 에벌린을 쳐다보며 미소를 지었다. "내일 당장 떠나는 건 아니야, 맥스."

"하지만 가신다는 거죠?" 맥스는 딱 잘라 말했다.

"그전에 몇 가지 정리하고."

칼리의 어머니는 씩 웃었다. 이번 판은 그녀의 승리였다.

셰핑턴 씨는 포크를 집었다. "패션 디자이너 얘기 좀 들어봅시다, 칼리. 아주 희한하다고 하던데."

그녀의 어머니가 그런 얘기를 다 했을 줄 누가 알았을까? "사실은 기발한 천재예요." 칼리는 지금 가장 관심이 없는 주제임에도 불구하고 최선을 다해 빅터의 작품에 대해 설명했다.

칼리는 무슨 수로 저녁 식사가 끝날 때까지 버틸 수 있을지 눈앞이 캄캄했다. 믿기지가 않아서 머릿속이 빙글빙글 돌았고 맥스를 볼 때마다 심장이 아렸다. 그는 분위기가 가라앉아 있었고 표정이 평소와 다르게 어두웠다. 제이미가 헤이즐과 함께 자기 방으로 사라지자 그녀는 자리에서 일어났다. "저녁 감사했어요, 셰핑턴 씨. 내일 아침 일찍부터 일이 있어서 그만 가야 할 것 같아요."

"어머, 잘됐다. 네 차 얻어 타고 가면 되겠네." 그녀의 어머니가 명랑하게 말했다.

어머니를 집까지 태워다주려면 한참 돌아가야 해서 그녀의 집까지 가는 데 30분이 더 걸릴 것이었다. "아. 여긴 어떻게 오셨어요?"

"리프트(승용차 공유 서비스—옮긴이) 타고 왔지, 달링! 요즘은 다들 그거 타고 다니잖아. 이 길 막히는 오스틴에서 누가 운전을 하고 싶겠니?" 그런데 그녀는 칼리가 운전하는 차를 타고 가겠다며 즐거워하고 있었다.

가장 심란했던 지점은 맥스에게 작별 인사도 제대로 하지 못했다는 것이었다. 그녀는 의미심장한 눈빛으로 그를 보며 어색한 미소를 짓는 게 고작이었고, 그는 그녀의 손을 살짝 건드리며 잘 모르는 사람이 봤더라면 엄청 슬픈 일을 겪었나 보다고 착각할 법한 미소를 지었다.

그녀의 어머니는 집으로 가는 내내 끊임없이 종알거렸고 칼리에게 한두 마디 거드는 것 이상은 허락하지 않았다. 칼리는 어머니의 의도를 알았다. 그녀의 질문을 피하려고 일말의 틈도 허락하지 않는 것이었다.

칼리는 어머니를 내려준 뒤 미아에게 전화했다. "엄마가 재혼하신대." 그녀는 다짜고짜 말했다.

"나도 들었어."

"들어놓고 나한테는 얘기하지 않은 거야?"

"나도 얼마 전에야 알았어."

"우리 어떻게 해, 언니?" 칼리는 외쳤다.

"뭘이 그러는데 엄마 인생이니까 엄마가 원하는 대로 하시게 두래."

"그래, 엄마 인생이고 셰핑턴 씨의 인생을 망쳐놓는 것도 엄마 자유겠지. 엄마는 그럴 작정이라는 걸 언니도 알겠지만. 엄마가 재혼에 왜 그렇게 목숨을 거는지 모르겠지만 그 불쌍한 분도 엄마 때문에 아빠처럼 불행해질 거야."

"그런 소리 하지 마!" 미아는 외쳤다. "아빠는 엄마를 사랑했고 내가 보기에는 지금도 여전해. 솔직히 이 소식이 조금 놀랍기는 하다. 나는 두 분이 다시 합칠 줄 알았거든. 아니, 요즘도 계속 두 분이 대화를 나누고……."

"서로 성질 건드리려고 대화를 나누지."

"나도 알아. 하지만 내가 보기에는 그게 두 분만의 뭐랄까, 밀담이었어. 내 생각에는 아빠가 그 애랑 만나기 시작한 것도 엄마를 폭발시키기 위해서야."

"엄마는 이미 폭주 중이야, 언니."

"칼리." 미아의 말투가 갑자기 차분하고 침착해졌다. 자애로워졌다. "이유는 잘 모르겠지만 엄마는 이 분이랑 행복해 보여. 우리가 거기에 대해서 어쩔 방법은 없잖아? 받아들이는 수밖에."

물론 미아의 말이 맞았다. 칼리는 궤도를 이탈한 열차처럼 폭주하는 어머니를 막을 방법이 없었다. 그리고 솔직히 몇 주 전이었다면 엄마에게 잘됐다고, 잘해보시라고 했을 것이다. 어떤 신사분이 나타나 엄마를 거두어준다면 기뻐했을 것이다.

하지만 그 신사분이 꼭 그분이라야 할까? 꼭 맥스의 아버지라야 할까?

그녀의 집에 도착했을 때 미아와의 통화가 끝났다. 진입로로 들어섰을 무렵에는 어두컴컴했지만 콘래드가 자기 집 뒤 베란다에 앉아 있다가 일어나 그녀를 향해 손을 흔드는 것이 보였다. 그녀는 액셀러레이터를 살짝 밟고 진입로를 얼른 지나 집 안으로 달려갔다. 무사히 안으로 들어간 뒤에는 바닥에 핸드백을 떨구고 거실로 건너갔다. 마음이 무거웠다. 짓눌린 느낌이었다. 그녀는 구두를 벗어 던지고 소파 위로 엎어졌다. 개 발톱이 나무 바닥에 부딪히는 소리가 들렸고 잠시 후 부엌 구석의 자기 자리에서 있다가 나온 백스터가 등장했다. "안녕, 백스터." 그녀는 슬픈 목소리로 말하고 옆으로 돌아누웠다. 백스터는 두어 번의 시도 끝에 소파 위로 올라왔고 공간이 없는데도 불구하고 칼리 위로 자기 몸을 드리웠다.

"윽." 그녀는 말했다. "너 너무 살이 쪘다, 백스터." 하지만 그녀는 옆으로 몸을 돌려 그의 따뜻하고 냄새나는 몸을 끌어안고 털 속에 얼굴을 묻었다. "나도 사랑해."

그녀는 눈을 감고 백스터의 털을 멍하니 쓰다듬으며 백스터와 함께 그렇게 누워서 지난 몇 주 동안 있었던 일들과 그녀의 난처해진 입장에 대해 생각했다. 백스터는 가끔 한숨을 쉬며 감자 부대처럼 그렇게 누워 있는데 만족했지만 한번은 뒷다리로 격하게 몸을 긁는 바람에 하마터면 둘 다 소파에서 떨어질 뻔했다.

하지만 잠시 후에 누군가가 문을 두드리자 백스터는 급한 마음에 칼리의 배를 밟으며 몸을 날렸다. 그녀가 비명을 지르는 와중에도 그는 문을 향해 짖으며 복도를 미끄러지듯 달렸다. 그녀는 똑바로 누워 탁상시계를 확인했다. 10시 반이었다. 콘래드의 인내심이 바닥을 드러낸 모양이었다. 그녀는 지친 한숨을 쉬며 억지로 몸을 일으켜 문 앞으로 갔다.

18

칼리의 표정이 피곤에 전 체념에서 애교 만점의 미소로 바꿔자 맥스의 몸속이 후끈 달아올랐다. 그가 주머니에 손을 넣고 바보처럼 서 있는 동안 백스터와 헤이즐은 서로 발을 걸고 뒹굴며 평소처럼 인사를 건넸다.

칼리는 개들이 전혀 안중에도 없는 눈치였다. 그녀는 그의 팔을 잡고 놀란 눈으로 그를 올려다보았고, 맥스는 똑같은 생각이 자신과 그녀의 머릿속을 강타하고 있지 않을까 하는 생각이 들었다. "미안해요, 늦었죠?" 그는 말했다. "문자를 보냈는데⋯⋯."

"그랬어요? 언니랑 통화하느라⋯⋯."

"지금 불편하면 나중에⋯⋯."

"아니에요!" 그녀는 그의 손을 잡았다. "아니에요, 아니에요, 들어와요." 그녀는 그의 손을 잡아당겼다. "얼른 들어와요. 당신이 있어줘야겠어요."

그가 안으로 들어가자 칼리는 두 팔로 그의 목을 덥석 감싸고 꼭 끌어안았다. "와줘서 정말 고마워요. 아까 미쳐버리는 줄 알았어요, 맥스. 안 그래요?"

"정말 미쳐버리는 줄 알았죠." 맥스는 맞장구쳤다. 그는 그녀의 허리에 손을 얹고 그녀를 뒤로 살짝 밀어냈다. 그녀의 얼굴을 보고 싶었다. 까만 눈썹이 그녀의 눈 위에서 그리는 곡선을 보고 싶었다. 살짝 위로 들린 코도. 매혹적인 도톰한 입술도. 이렇게 보니 그녀가 거의 몽환적인 느낌이었다. 그는 그녀에게 입을 맞추었다. 오늘 저녁이 없었다면 느끼지 못했을 경건을 담아 오래도록 입을 맞추었다.

칼리도 마주 입을 맞추었고 두 팔로 더욱 세게 끌어안으며 그의 품속으로 파고들었다. 하지만 이내 피곤하고 슬프게 들리는 한숨을 내쉬자 그도 피곤하고 슬퍼졌다. "우리, 얘기 좀 합시다." 그가 말했다.

"그래요."

맥스가 휘파람으로 개들을 불렀다. 두 녀석은 흙발로 까불까불 달려 들어왔다. 땅을 파고 있었던 것이다. "이 녀석들이 정말." 그는 말했다. "내가 가서 얘네들이 뭘……."

"아니에요, 아니에요, 내가 내일 볼게요. 허브 텃밭일 거예요. 백스터가 바질 맛을 본 뒤로는 돌이킬 방법이 없더라고요. 들어가요." 그녀는 그의 손을 잡고 거실 안으로 들어가 소파까지 끌고 갔다. 그들은 방금 달리기 시합을 뛰고 온 사람처럼 털썩 주저앉았다. 헤이즐이 종종걸음으로 주변 탐험을 위해 나서자 백스터가 그 뒤를 쫓아갔다.

"뭐 마실 것 좀 줄까요?" 칼리가 물었다.

그는 고개를 저었다. 내일 아침 일찍부터 할 일이 있었다. 드레이크를 만나 프레젠테이션을 점검하기로 약속이 되어 있었다. 오늘 저녁에 그걸 손볼 생각이었는데, 그는 칼리와 에벌린이 떠난 뒤에도 남아서 아버지와 대화를 나누었다.

"맥스? 정말 미안해요." 칼리가 말했다.

그는 영문을 몰라 하며 미간을 찌푸렸다. "뭐가요?"

"'뭐가요'라니." 그녀는 눈을 부라렸다. "우선 첫째로 우리 엄마요. 그리고 이후에 벌어진 모든 일이요."

그는 그게 무슨 말인지 제대로 이해할 수는 없었지만 고개를 저었다. "당신은 사과할 필요 전혀 없어요. 이건 그냥…… 미친 짓이에요." 그는 그녀의 얼굴을 눈에 담으며 머리칼을 쓰다듬었다. "아버지랑 그 문제를 놓고 한참 얘기를 나눴어요."

"그랬어요?" 그녀는 소파 위에서 몸을 돌려 그를 마주 보았다. 그가 해결사라도 되는 듯 희망에 부푼 표정을 짓고 있었다. 하지만 그는 이번 사태를 해결할 수 없었다. 그녀를 위해, 그들을 위해 아무리 간절히 원해도 소용없었다. 그는 칼리가 원하는 거라면 뭐든 해주고 싶었다. 그녀를 위해 모든 걸 담당하는 사람이 되고 싶었다. 그는 진심으로 칼리를 좋아했다. 심지어 그녀를 사랑하게 됐을 수도 있었다. 어느 쪽이 됐건 그녀를 놓치고 싶지 않았다.

어쩌면 그녀의 어머니가 한 말이 맞을지 몰랐다. 인연을 만나면 느낌이 오는 걸지 몰랐다.

"아, 안 돼. 당신 표정을 보니까 안 좋은 소식이라는 걸 알겠어요. 맞죠? 두 분이 이미 혼인신고를 했대요?"

"아뇨." 그는 씁쓸하게 폭소를 터뜨렸다. "하지만 아버지가 그분을 진심으로 사랑하시더라고요. 그걸 어떤 식으로 받아들이면 좋을지 모르겠어요. 아버지는 제이미만 바라보며 오랫동안 외롭게 지내셨거든요. 그래서…… 그래서 나는 아버지가 사랑할 만한 상대를 찾았다는 데 감사할 수밖에 없어요."

"알아요, 이해해요." 칼리는 말했다. "하지만 우리 엄마는 안 돼요, 맥스. 우리 엄마만 아니면 돼요."

그는 코웃음을 웃었다.

"농담 아니에요. 당신은 우리 엄마를 몰라서 그래요. 엄마가……." 칼리는 알맞은 단어를 찾으려는 사람처럼 잠깐 다른데로 시선을 돌렸다. "엄마가 전부 망가뜨릴 거예요. 일부러는 아니겠지만. 하지만 엄마는 정말 즉흥적이거든요." 그녀는 앓는 소리를 내며 손으로 눈을 비볐다. "설명하기가 쉽지 않네요." 그녀는 손을 내렸다. "나는 엄마를 사랑해요. 진심으로. 하지만 엄마를 아무리 사랑해도 눈이 멀지는 않아요. 엄마는 감정적으로 결정하고 성급하게 실천하는 성격이고 그러고 나면…… 주변의 다른 사람들이 그 대가를 치러요."

"그러니까, 이게 그분 입장에서는 일시적인 변덕이라는 말이에요?"

칼리는 어깨를 으쓱했다. "아마도요. 어쩌면요. 잘은 모르겠어요. 다만…… 나는 엄마가 어떤 식인지 알거든요."

"나도 우리 아버지를 잘 아는데, 사람들 성격을 잘 파악하는 분이에요. 그런 아버지가 앞뒤 안 가리고 달려드는 상대라면 아버지에게…… 홀딱 반한 분이지 않을까요?" 그는 신중하게 말을 골랐다.

"맞아요." 그녀는 중얼거렸다. "우리 엄마는 그분께 푹 빠져 있어요. 적어도 지금은요." 그녀는 누가 씹어놓은 것처럼 보이는 쿠션 술을 잡아당겼다. "그러니까 당신이 보기에는 두 분이 진심이에요?"

맥스는 한숨을 쉬었다. "아버지는 상당히 단호해 보이세요."

"아버지를 설득하려고 해봤어요?"

맥스도 설득하고 싶은 마음이 굴뚝같았지만 아버지의 인생을 가지고 이래라저래라할 수는 없는 노릇이었고 그럴 생각도 없었다. 그리고 아버지가 그의 의견을 묻지 않았다는 것도 시사하는 바가 컸다. 아버지는 항상 그의 의견을 물었는데, 이번만큼은 아니었다. "서두르지 말라고 말씀은 드렸는데 솔직히 듣고 싶어 하지 않더라고요. 아버지는 오랫동안 무거운 짐을 짊어지고 계셨고 행복해지고 싶어 하세요. 나도 아버지가 행복하게 지내셨으면 좋겠고요. 그런데…… 누가 봐도 당신 어머님 덕분에 행복해하시니까요. 나를 보면서 어린애처럼 웃으시지 뭐예요."

칼리는 몸을 비틀어 앓는 소리를 내며 소파 위로 쓰러졌다. "라스베이거스에는 언제 가실 생각인지 말씀하셨어요?"

"말씀 안 하셨고 나도 차마 여쭤보지 못했어요." 그는 그녀의 등 뒤로 팔을 넣어 그녀를 자기 옆으로 끌어당겼다. "우리 둘이 의견 일치를 본 게 있다면 제이미 혼자 살 수 있는 시설로 옮길 때도 되지 않았느냐 하는 거였어요." 바로 '이 대목'에서 맥스는 그들 부모님이 심각한 사이라는 것을 알 수 있었다. 제이미에게도 자기만의 공간이 필요하다고 아버지가 마침내 인정한 것이었다.

헤이즐과 백스터가 거실로 돌아와 벽난로 앞에 나란히 누웠다. 백스터는 헤이즐의 몸 위에 머리를 얹고 만족의 한숨을 쉬었다. 이 단순한 제스처에 맥스의 가슴이 뭉클해졌다. 그도 칼리의 옆에 몸을 웅크리고 만족의 한숨을 쉬고 싶었다. "우리 그냥…… 계속 만나요. 두 분 사이에서 벌어지는 일은 상관하지 말고요." 맥스가 제안했다. 헤이즐과 백스터처럼 그러자는 말이었다.

"우리가 의붓남매가 될 수도 있어요, 맥스. 생각하면 오싹하지 않아요?"

"의붓남매가 되더라도 그냥 명목상이에요."

"실제로도 의붓남매예요." 칼리는 말했다. "아니, 생각해봐요. 가족끼리 저녁을 먹으러 나가면 우리 엄마가 이럴 거 아녜요, 이쪽은 내 딸이고 이쪽은 딸아이 남자친구 겸 의붓아들 맥스예요."

맥스는 살짝 움찔했다. "우리는 성인이잖아요. 같이 자란 사이도 아니고 전혀 문제될 것 없어요."

"엄청 변태적이에요."

"사람들한테 얘기를 안 하면 되죠."

"우리 부모님이 재혼한 사이라는 걸 절대 비밀로 하자고요?"

맥스는 그녀가 무슨 말을 하려는 건지 알았다. 정말이지 오싹하긴 했다. 패륜은 아니었지만 그래도 입맛이 썼다. "알았어요. 우리가 두 분의 관계를 이제 막 알게 됐잖아요. 그러니까…… 그러니까 당분간은 천천히 고민해보기로 해요. 앞으로 어떤 일이 벌어질지 누가 알겠어요?"

"하긴 그래요." 그녀도 맞장구쳤다.

"시작했을 때 그랬던 것처럼 금세 끝날 수도 있잖아요."

"우리가 시작했을 때 그랬던 것처럼 금세 끝날 수도 있고요." 그녀는 중얼거렸다.

"여보세요." 맥스는 그녀의 옆구리를 찔렀다. "나를 생각해서 긍정적인 모습을 좀 보여봐요."

칼리는 미소를 지었다. "긍정적인 모습을 보일 수 있게 노력해볼게요. 당신을 생각해서. 그리고 나를 생각해서." 그녀는 그의 품에 안긴 채로 몸을 돌려 그를 바라보았다. "제이미는 어떨까요? 이 새로운 현실에 잘 적응할까요?"

맥스도 같은 고민을 하고 있었다. "모르겠어요. 잘 적응했으면 좋겠는데."

"아." 그녀가 얼굴을 조금 환히 밝히며 말했다. "좋은 생각
이 났다. 당신 아버님께 우리 둘의 관계에 대해 말씀드리면 어
때요?"

"나도 그럴까 생각해봤어요. 그런데 아버지가 어떤 분인지
알기 때문에 내 말을 들으면 어떻게 할지 알아요. 당신 어머니
와의 관계를 정리할 거예요. 아버지의 인생을 희생하는 한이
있더라도 제 행복을 절대 가로막지 않을 테니까요." 그는 턱을
긁었다. "당신이 어머니한테 얘기해보면 어때요?"

칼리는 콧방귀를 뀌었다. "엄마는 끝내준다고 할 거예요. 내
행복에 방해가 될지 모른다고 생각하기는커녕 재미있는 일로
간주할 거예요."

맥스는 칼리의 이마에 입을 맞추었다. "오늘 저녁은 너무 진
빠지는 시간이었어요. 지금은 그 일에 대해서 아예 생각하지
않는 편이 좋겠어요."

"생각하지 않을 수가 없어요. 온 우주가 당신을 상대로 음모
를 꾸미는 것 같은 기분 느껴본 적 있어요?"

"왕언니 팬티는 어쩌고 이래요."

"그 팬티는 헤이즐이 가지고 있잖아요. 기억 안 나요?"

맥스는 그녀의 입술에 입을 맞췄다. "분위기를 띄울 좋은 방
법이 있는데."

"진짜요?" 그녀도 마주 입을 맞췄다. "훌륭한 방법이라야 할

거예요. 그리고 섹스가 수반되어야 할 거예요. 그것 말고 다른 방법은 효과가 없을 것 같으니까."

"그걸로 오늘 저녁의 기억을 씻을 수 있다면 내 몸을 기꺼이 기증할게요."

"그럼 나는 기꺼이 그 몸을 받을게요. 당신은 아직 내 의붓오빠가 아니니까요."

맥스는 그들이 처한 이 희한하고 신기한 세상에서 어떤 일이 벌어질지 알 수 없었지만, 문득 그의 관심사는 그녀와 사랑을 나누는 것뿐이라는 생각이 들었다. 그녀가 그를 소파 위로 쓰러뜨렸고 그녀의 손이 한번 스치고 지나갈 때마다 그는 점점 이성의 끈을 놓고 무아지경에 가까워졌다. 함께 있을 때마다 그의 안에서 그녀를 향한 갈망이 불타올랐다. 그녀의 입술이 닿을 때마다, 그녀의 손끝이 스치고 지날 때마다 불길이 점점 더 거세어졌다. 그는 다른 아무것도 생각할 수가 없었고 오늘 밤만큼은 이 순간을 놓칠 수가 없었다. 예감이라는 작은 새가 그의 뱃속에서 퍼드덕거리며 이번이 마지막일 수도 있다고 짹짹거렸다.

칼리가 갑자기 두 손으로 그의 머리를 붙잡았다. "이건 정신나간 짓이에요!" 그녀가 숨을 헐떡이며 외쳤다.

"아니, 아니, 아직은 아니에요. 아직은 정신 나간 짓이 아니에요."

"내 말은, 더할 나위 없이 훌륭한 침대가 있는데 우리가 두 마리의 관객을 두고 지금 소파에서 왜 이러고 있느냐는 거예요." 그녀는 벌떡 일어나 그의 손을 잡고 소파에서 일으켜 세웠다. 두 마리의 개가 기대하는 표정으로 고개를 들었다.

"기다려." 맥스가 단호하게 말했지만 효과가 있기는커녕 오히려 두 게으른 개를 유혹해 일으켜 세우는 역할을 했다. 칼리는 좋아서 비명을 지르며 개들보다 먼저 복도를 달렸다. 맥스도 쫓아오는 개들을 돌아보며 뒤따라 달리다 문까지 얼마나 남았는지 확인하느라 고개를 돌린 순간 문에 부딪혔다. 그는 개들에게 따라잡히기 전에 간신히 문을 닫을 수 있었다.

칼리는 문에 귀를 바짝 갖다댔다. "걔네들이 바로 문 앞에 있어요." 그녀는 숨을 살짝 헐떡이며 말했다. "백스터가 코를 킁킁거리는 소리가 들려요."

맥스는 폭소를 터뜨렸다. 그는 느닷없이 그녀의 허리를 잡고 위로 들어 올려 문에서 반대편으로 옮겨놓고 침대까지 뒷걸음질 치게 했다. 그들은 자신들의 바보짓에 폭소를 터뜨리며 함께 쓰러졌다. 문 저편에서 개 한 마리가 짖었다.

맥스는 일어나 앉았다. "쟤네들 줄 뼈다귀나 뭐 그런 거 없어요?"

"안 돼요! 백스터 간식은 당근……."

"맙소사, 아가씨, 언제쯤 정신 차릴 거예요? 개들에게는 간식이 있어야 한다고요." 맥스는 으르렁거리며 그녀에게로 몸을 던졌다.

칼리는 바지 허리춤에 끼워져 있던 그의 셔츠를 벗긴 다음 그를 떠밀고 그의 위로 올라갔다. 그는 이 명당에서 그녀의 방을 구경할 수 있었다. 터질 것 같은 붙박이장. 얇아서 비치는 커튼. 화장대 거울에 붙여놓은 포스트잇과 사진들.

그녀는 그의 허리띠를 풀었다.

맥스는 팔꿈치를 딛고 몸을 일으켜 바지 단추를 풀고 지퍼를 내리는 그녀를 지켜보았다.

"콘돔 있어요?"

그녀는 흘끗 위를 쳐다보았다. 그녀는 불현듯 그에게서 뛰어내리더니 화장대 앞으로 가서 그 옆으로 손을 뻗었다. 비닐 주머니를 집어서 침대 위로 던졌다.

맥스는 주머니를 열고 안을 들여다보았다. 탐폰 한 상자, 새 치약, 콘돔 한 상자가 들어 있었다. 그는 상자를 꺼내 쳐다보았다. "경제적인 용량." 그는 감탄하는 투로 말했다.

"오래도록 행복한 관계를 위해 준비했죠." 그녀는 머리 위로 원피스를 벗고, 몸을 흔들어 신고 있던 팬티스타킹을 벗었다. 등 뒤로 손을 돌려 브래지어 후크를 풀었다. "다른 질문 있어요?"

맥스는 신발을 벗어 던지고 청바지를 아래로 내리기 시작했다. "음…… 우리 뭘 더 기다리고 있는 거예요?"

칼리는 침대 위로 기어 올라갔다. 잠시 후 그의 손이 그녀의 몸 구석구석을 꼬집고 어루만지고 깨물었다. 그녀의 손이 발기한 그곳을 감싸자 맥스에게서 모든 것이 사라졌다. 그들은 손이 닿지 않은 부분이 한 군데도 남지 않도록 이리저리 몸을 돌려가며 한동안 이렇게 움직였다. 잠시 후 그가 더듬더듬 대용량 콘돔 상자를 찾았다.

칼리는 길게, 천천히 그 순간을 누렸고 그는 그 안에서 논리를 뛰어넘은 흥분을 만끽했다. 그는 그녀를 바라보면 둘 사이의 어떤 흐름과 무언의 소통과 상호 간의 기대와 배려를 느낄 수 있었다. 그 누구와도 느낀 적 없는 유대감이었고 그는 또다시 궁금해졌다. 이게 사랑일까? 화학 반응 어쩌고 하는 건 집어치우자. 이게 바로 모든 이성적인 사고를 옆으로 치워버리고 절대 하지 않을 짓을 저지르게 만드는 사랑일까? 이 순간이 소중하고 조금 필사적이며 저세상의 것처럼 느껴지게 만드는 사랑일까? 이건 단순히 육체적인 경험이 아니었다. 그 수준을 훨씬 뛰어넘는 어떤 것이었다. 이 사랑이라는 것은 묘했다. 실체를 본 적도 없고 내는 소리를 들은 적도 없는데 어느새 그의 안에 들어와 있었다.

이것이 믿기지 않는다면 그녀를 바라보기만 하면 됐다. 지금 그를 바라보는 그녀의 눈빛을 보면 믿을 수 있었다.

마침내 두 사람 모두 흥분이 가라앉았을 때 그들은 아주 한참 동안 아무 말도 할 수가 없었다. 그는 산을 굴러 내려온 심정, 현실 속으로 자유 낙하한 심정이었다. 하지만 한참 만에 그녀가 몸을 움직였다. 그녀가 그의 등을 쓰다듬고 그의 어깨에 입을 맞추며 물었다. "아까 그거 뭐였을까요?"

사랑. 사랑이었어요, 칼리.

"뭔지 몰라도 끝내줬는데." 칼리는 그러면서 그의 어깨뼈에 입을 맞추었다.

하지만 모든 게 끝내주지는 않았다.

맥스는 다음 날 새벽, 식은땀을 흘리다 두 개가 코를 고는 소리를 들으며 잠에서 깨어났다. 칼리가 두 녀석을 방 안으로 들인 기억이 희미하게 났다.

그녀는 그에게 등을 꼭 대고 옆으로 누워 있었다. 그녀의 살은 따뜻했고 놀랍도록 향긋했다.

맥스가 그녀의 팔을 어루만졌을 때 누군가의 목소리가 머릿속에서 들렸다. "의붓여동생이랑 만나는 건가?"

싸구려 포르노 영화처럼 들렸다.

19

맥스는 칼리에게 키스 세례를 퍼붓고 약속했던 대로 바킹 스프링스에서 만나자고 속삭인 뒤 동이 트기 전에 그녀의 집에서 나갔다. 칼리는 일어나 샤워하고 옷을 갈아입고 이메일을 체크하기 위해 자리를 잡고 앉았다.

칼리의 입에서 헉 소리가 났다. 라모나 맥닐이 보낸 메일이 있었다. 칼리는 이메일로 홍보를 전한 뒤 그녀에게서 아무 얘기도 들은 바가 없었다.

케네디 씨, 신예 디자이너 쇼케이스 사전 미팅 날짜를 조율하려고 하니 내 사무실로 전화 부탁해요. 보여줄 작품이 있으면 그때 들고 와주고요. 다음 주에 오스틴으로 사진기자 보낼게요. 기자 정보 첨부해요. 사진 촬영할 수 있게 작업실에 일정을 잡아주세요. 고마워요, 라모나 맥닐.

칼리는 화면을 빤히 쳐다보았다. "실화야?" 그녀는 속삭였다. 라모나가 정한 데드라인까지 빅터가 아무것도 내놓질 못했으니 당연히 까일 거라고 생각했던 것이다. 그녀는 당장 답장을 날렸다.

정말 감사합니다! 패션의 차세대 관점을 보여드릴 수 있게 돼서 영광으로 생각해요. 험난한 과정이었지만 실망시켜드리지 않을 게요. 빅터 앨런은 세 살짜리 어린애도 아는 이름이 될 거예요.

"끝내준다." 그녀는 자기 다리를 꾹 누른 채 누워 있는 백스터에게 말했다. "이게 어떤 의미인지 알아?"

백스터는 꼬리로 바닥을 때렸다.

"내가 결국에는 세상을 깜짝 놀라게 할지 모른다는 뜻이야!" 그녀는 수화기를 집어 빅터에게 전화했다. 당장 음성사서함으로 넘어갔다. "윽." 그녀는 말했다. 〈엔터테인먼트 위클리〉와 어렵게 잡아놓은 전화 인터뷰를 오늘 오후 일찍 진행하기로 되어 있었다. 그녀는 빅터의 레드 카펫 디자인을 호평한 모든 언론에 영상과 빨간색 원단 견본(여기에 대해서는 나중에 설명할 작정이었다)과 홍보팀 직원들의 환심을 살 수 있을 만한 선물을 발송했다. 그 전략이 주효해 2, 3주 전에 연락이 왔다.

빅터는 어제 전화 인터뷰 일정을 듣고 알겠다고 했다. 칼리는 〈엔터테인먼트 위클리〉와 〈쿠튀르〉를 잘 활용하면 분위기를 전환할 수 있을 거라고 확신했다. 그녀가 이 일을 사랑하는 이유가 그것이었다. 어려운 상황을 해결하고 온 세상에 진정한 천재를 선보이는 것보다 더 만족스러운 일은 없었다. 그녀는 침실에서 살짝 춤을 추다가 반려견 장난감에 발이 걸려서 화장대 위로 넘어졌다.

"괜찮아." 그녀는 고개도 거의 들지 않은 백스터에게 말했다. "안 다쳤어."

그녀는 너무 신이 나서 빅터 앨런 오리지널을 입었다. 통이 어마어마하게 넓은 바지와 뾰족한 어깨가 귀까지 닿는 흰색 재킷이었다. 그녀는 소지품을 챙기고 오늘 아침에는 같이 출근하려고 백스터에게 목줄을 채우고 현관문을 열었다가 놀라서 하마터면 비명을 지를 뻔했다.

콘래드가 현관 앞 베란다에 서 있었던 것이다.

칼리는 소심하게 웃음을 터뜨렸다. "놀랐잖아요!" 섬뜩했다. 그가 언제부터 여기 서 있었던 걸까? 그녀는 호신용 무기라도 챙겨야 하나 하는 생각이 들었다. 뭘 챙길 수 있을까? 깜찍하기 그지없는 케이트 스페이드 클러치?

"좋은 아침이에요, 칼리." 콘래드는 냉랭한 목소리로 말했다. 그는 허리를 숙여 백스터에게 제대로 인사를 건네고는 다시 몸을 일으켰다. "계약서에 사인하러 아직 오지 않아서요."

"저도 알아요." 그녀는 미안해하며 말했다. "솔직히 월세가 너무 뛰어서 아직 해결할 방법을 고민하는 중이에요."

그는 당혹스러워하는 표정을 지었다. "해결할 방법을 고민하다니요?"

"이를테면…… 어디에서 돈을 구해야 하나, 그런 거요."

"아." 그는 그녀의 말을 듣고 놀란 눈치였다. 마치 돈이 없다는 개념을 이해하지 못하는 사람처럼 그랬다. 그러고는 자기가 아는 그 사람이 맞는지 다시 한번 확인이라도 하려는 듯 그녀의 얼굴을 이리저리 훑어보았다. "그럼…… 언제쯤 해결되는지 알 수 있을까요?"

이건 1만 달러짜리 질문이었다. 하지만 계속 이런 식으로 그를 피해 다닐 수는 없었다. "2, 3주만 더 시간을 주실 수 있을까요? 뉴욕에서 빅터 앨런 패션쇼를 마치고 돌아오면 해결책이 생길 것 같거든요." 그때가 되면 무슨 수로 없던 해결책이 생길지 알 수가 없었지만 최소한 시간은 벌 수 있었다.

콘래드는 미간을 찌푸렸다. 백스터를 쳐다보고, 입고 있던 큼지막한 카고 반바지를 추어올렸다. "아마도요." 그는 말했다. "하지만 이 집을 감당할 여력이 안 되면 당신을 내보내고 다른 세입자를 들이는 수밖에 없어요. 비즈니스는 비즈니스니까요."

"그럼요. 비즈니스는 비즈니스죠." 의리와 칼 같은 입금과 나무랄 데 없는 관리는 앞으로 개나 주라지. 그녀는 좌절감이 심한 속쓰림처럼 점점 심해지는 것을 느낄 수 있었다. 그녀는 이 집을 진심으로 사랑했고 다른 데서 산다는 생각만으로도 헤아릴 수 없을 만큼 슬퍼졌다. "음……." 그녀는 손목시계를 확인했다. 다만 이번에도 손목시계가 없었다. 그녀가 베란다로 나가 문을 닫고 열쇠로 잠그는 동안 콘래드는 당혹스러워하는 표정으로 계속 그 자리에 서 있었다.

칼리는 그만 출발하려고 몸을 돌리며 물었다. "그럼 일단 얘기 끝난 거죠?"

"일단은요." 그는 대답하고 포니 테일을 긁적였다. 하고 싶은 얘기가 남은 눈치였지만 그녀는 듣고 싶지 않았다. 그녀는 미소를 지으며 말했다. "저 이제 출발하지 않으면 늦겠어요."

"그래요." 그는 옆으로 비켜섰다. 그는 차를 세워놓은 곳까지 걸어가는 그녀와 백스터를 바라보며, 뜻밖의 전개에 어떤 식으로 대처하면 좋을지 모르겠다는 듯 목덜미를 문질렀다.

콘래드는 칼리가 대문 밖으로 나설 때까지 계속 그 자리에 서 있었다.

그녀는 그 동네에서 빠져나오자마자 아버지에게 전화를 걸었다. "좋은 아침이다, 꿀단지!"

"네……."

"아니, 자기, 거기 말고. 다른 찬장."

칼리는 아버지가 해나와 함께 하루를 시작하고 있다는 생각에 움찔했다. 긴 다리와 손바닥만 한 티셔츠가 그려졌다.

"미안." 그녀의 아버지가 말했다. "전화 줘서 정말 고맙다, 꿀단지! 지난번에 마음 상했나 싶었거든. 그런데 있잖니, 내가 지금 좀 정신이 없어서……."

"아빠!" 그녀는 그에게 뭐 때문에 정신이 없는지 설명할 겨를을 주지 않았다. "지난번에 마음 상하지 않았어요. 그냥 좀 놀랐을 뿐이에요."

"그래, 이해한다. 내 관계도 그렇고 라스베이거스로 가겠다는 네 엄마의 황당한 계획도 그렇고……."

"그걸 어떻게 아셨어요?" 그녀는 물었다가 고개를 저었다. "됐어요. 제가 지금 좀 바빠서요. 그리고 아빠한테 부탁드리고 싶은 게 있는데요."

"그래! 무슨 부탁인데?"

"융자요." 그녀는 말했다. "제 일도 그렇고 사는 것도 그렇고 뭐가 잘 안 풀려서 이러다 집에서 쫓겨나게 생겼어요."

"저런. 이런 안타까운 일이 있나. 그런데 어떤 젊은 친구 일을 맡아서 하고 있다고 그러지 않았니?"

"그 친구 하나만으로는 다음 달부터 인상되는 월세를 감당할 수가 없어서요. 고든 로메로하고는 갈라섰고요."

"누구?"

"동그라미 만드는 사람이요."

"아. 그렇구나. 흠, 얼마나 필요한데?"

칼리는 항상 자기 앞가림을 하며 살았다. 지금까지 동전 한 닢 빌린 적이 없었기 때문에 이제 와 얘기를 꺼내는 것만으로도 속이 울렁거렸다. "혹시…… 다섯 장 가능할까요?"

잠깐 수화기 저편에서 정적이 흘렀다. "5백?"

"5천 달러요." 그녀는 조심스럽게 말했다. "큰돈이라는 건 알지만 다른 고객이 생길 때까지 좀 도와주세요. 돈이 들어오는 대로 갚을게요. 이자까지 쳐서요."

"음. 글쎄다." 그는 말했다. "확답을 못 하겠네. 공유 별장에 투자한 돈이 워낙 많거든. 그리고 해나가 추수감사절 때 바다를 보러 가고 싶다고 하고."

칼리는 전화기를 멀찌감치 떨어뜨리고 중얼거렸다. "젠장." 그녀는 전화기를 다시 귀에 갖다 댔다. 아버지가 계속 얘기를 하고 있었다. "천 달러? 그 정도는 융통할 수 있겠다. 네가 나 대신 몇 군데 전화를 돌려주면."

"전화요?"

"친구들이랑 가족들한테. 여기저기 판촉 전화를 돌리는 것도 좋지만 먼저 아는 사람들한테 싹 다 전화를 돌리자. 네가 원체 말주변이 좋잖니. 공유 별장을 팔면 잘할 것 같아. 네가 한 채 팔 때마다 커미션을 줄게."

칼리는 너무 놀라서 앞에서 급제동한 차를 피하느라 핸들을 옆으로 틀어야 했다. "아빠, 제 말을 오해하지는 말아주세요. 하지만 제가 공유 별장을 파는 일은 없을 거예요. 제가 하는 일은 홍보예요. 영업이 아니라."

그는 쿡쿡 웃었다. "전화해서 돈을 빌려달라고 한 사람은 너야, 칼리. 나는 너를 도우려는 것뿐이고."

"그건 감사해요. 하지만……." 하지만 뭘까? 이쯤에서 그냥 포기하고 나 죽었소 하고 공유 별장을 팔아야 할까? "하지만 다른 방법을 찾아볼게요."

"네 엄마한테는 물어봤니? 이혼하면서 한몫 크게 챙겼으니 허튼 데 쓰고 다니지 않았으면 제법 남았을 텐데. 새로 만나는 남자한테 다 줘버리기 전에 얼른 받아. 네 엄마가 무슨 짓을 저지를지 누가 알겠니? 원래부터 별로 절약하는 스타일이 아니었지만 어째 나 때문에 그렇게 된 것 같단 말이지. 내가……."

"제가 나중에 다시 전화드려도 될까요?" 칼리는 물었다.

"그럼. 그리고 칼리, 계곡이 있으면 봉우리도 있다는 걸 잊지 마라."

"그렇죠. 감사해요." 그녀는 전화를 끊고 눈시울까지 올라온 속쓰림을 삼켰다.

칼리는 빅터의 작업실로 향하며 난국을 타개할 다른 방법을 열심히 고민했다. 차를 팔까? 시내를 이동할 때는 우버를 이용하면 될 것이다. 하지만 출퇴근 시간대에 이 일대의 체증이 워낙 심하다 보니 할증 때문에 기름값과 보험료로 아낀 돈이 금세 탕진될 것이다. 길모퉁이마다 공유 전동 스쿠터가 있긴 했다. 하지만 과연? 여름이면 기온이 40도에 육박하는데?

핸드백을 몇 개 중고 명품점에 내놓을 수도 있었다. 하지만 얼마나 걸릴지 알 수가 없었다. 팔릴 때까지 6개월을 기다릴 수 있을까?

꽉 막힌 콩그레스 애비뉴로 진입했을 때 그녀의 전화기에서 알림음이 들렸다. 그녀는 신호등에 걸렸을 때 전화기를 집어 들었다. 문자가 줄줄이 와 있는데 모르고 있었다.

엄마: 좋은 아침, 사랑하는 딸들! 간밤에 내가 온라인 쇼핑을 좀 했는데, 엄마가 입을 웨딩드레스로 이거 어때 보이니?

어머니는 눈처럼 하얗고 엄청 블링블링한 웨딩드레스 사진을 첨부했다.

미아: 엄마, 엄마 나이가 거의 예순이에요. 수위를 좀 낮추세요.

엄마: 그래, 고맙다, 미아. 내 나이가 거의 예순이라고 해서 수위를 낮춰야 하는 건 아니라고 봐. 나는 예전만큼 활기가 넘치고 솔직히 훨씬 섹시해진 느낌이거든. 너 그러니까 꼭 네 아빠 같다. 그럼 이건 어때?

어머니가 첨부한 다음 사진은 하트 모양의 네크라인에 머메이드 스커트가 달린 민소매 드레스였다. 이후로 웨딩드레스 사진이 몇 개 더 이어졌지만 전부 재혼용으로는 적합하지 않았다. 솔직히 교회에서 열두 명의 들러리를 거느리고 성대한 결혼식을 계획하는 스물네 살짜리가 아닌 이상 어울리지 않았다.

미아 : 예뻐요!

칼리는 그 문자를 보고 미아가 대화를 얼른 끊고 싶은가 보다고 짐작했다. 그야말로 황당한 디자인이었던 것이다. 신호가 바뀌었다. 칼리는 전화기를 조수석으로 던지고 작업실로 차를 몰았다. 주차장에 차를 댄 뒤 전화기를 집어서 문자를 날렸다.

칼리 : 엄마, 교회에서 처음 결혼식을 올리는 신부한테나 어울리는 드레스로 보여요. 라스베이거스에 갈 거라고 하지 않았어요? 라스베이거스 하면 수줍어하는 신부가 아니라 칵테일파티의 이미지가 떠오르는데요.

엄마 : 어디서 결혼하건 무슨 상관이니? 내가 입고 싶은 드레스를 입으면 안 될 이유가 어딨어?

칼리는 핸드백 안으로 전화기를 던져 넣었다. 하지만 어머니는 그것으로 끝내지 않았다. 땡 하는 소리가 들리자 그녀는 좌절감에 인상을 쓰며 핸드백에서 전화기를 꺼냈다.

엄마 : 토비랑 내가 일요일 오후에 내 집으로 너희들을 모두 초대하려고 해. 그이의 아이들도 올 거고 트레이스도 주말 동안 다

녀갈 거야. 다 같이 만났으면 좋겠다.

칼리는 당장 답장을 보내지 않았다. 어머니의 발상에 적응할 시간이 필요했다.

그녀는 백스터를 차에서 내리고 작업실로 들어갔다. 문지방을 넘는 순간 그녀의 시선은 당장 벽에 걸려 있는 파란색과 라임 그린색 드레스로 향했다. 파란색 드레스는 하나뿐인 어깨끈에 손바느질로 만든 꽃이 몇 개 달려 있었다. 초록색은 치맛단이 비대칭이었다. 둘 다 흉측해 보였다.

백스터는 빅터가 한쪽 팔걸이에 발을 포개놓고 똑바로 누워서 전화기만 들여다보고 있는 소파 쪽으로 총총히 달려갔다. 그는 멍하니 손을 내려 백스터의 머리를 쓰다듬었다. 이제 보니 빅터에게 변화가 있었다. 머리를 밀었다. 무지개 색이 사라지고 없었다.

"머리 잘랐네요!"

"네." 빅터는 휴대전화에 시선을 고정한 채 말했다.

흠. 그는 까칠 모드였다. 칼리는 좌우를 두리번거렸다. "준은 어디 있어요?"

"모르겠고 관심도 없어요." 빅터가 말했다. "들볶이는 것도 이젠 지긋지긋하니까."

준이 그를 들볶는 건 사실이었지만 그래도 이건 뜻밖이었다. 칼리는 준 없이 빅터만 있는 것을 본 적이 거의 없었다. "알

414

앗어요. 그럼, 〈엔터테인먼트 위클리〉 인터뷰 준비 좀 할까요?"

"아뇨. 그럴 필요 없어요."

그녀는 핸드백을 내려놓고 팔짱을 꼈다. 지금 당장 뭐라도 발로 차야 직성이 풀릴 것 같았다. 빅터의 배를 향해 근사하게 가라테 발차기를 날리면 어떨까. 그녀로서는 뭐가 어떻게 된 일인지 알 수 없었지만 빅터는 분명 우울증 비슷한 것을 앓고 있었고 자신감이 바닥이었다. 그런데 그걸 어찌하면 좋을지 알 수가 없었다. 그녀는 벽에 걸린 드레스 앞으로 걸어가 그를 실의에서 건질 만한 멘트를 생각해보려고 애를 썼다. "이 디자인의 영감은 어디에서 얻었는지 같이 얘기해볼래요?"

빅터는 고개를 돌려서 드레스를 쳐다보았다. "네. 창작을 해야 한다는 압박감에서 영감을 얻었어요." 그는 다시 휴대전화로 관심을 돌렸다.

"몇 벌 더 만들 거예요?"

"모르겠어요. 그리고 지금은 그런 얘기하고 싶지 않아요. 숨좀 쉬고 싶으니까 다들 협조해줬으면 해요."

칼리는 하고 싶은 말을 모두 삼키는 수밖에 없었다. "나도 그럴 수 있으면 더 이상 바랄 게 없겠네요. 하지만 당신이 신예 디자이너 쇼케이스에 어떤 작품을 출품할 생각인지 알면 내가 일을 하는 데 도움이 되거든요. 다음 주 수요일에 출발하니까요."

"그렇게 얘기하니까 꼭 우리 엄마 같네요. 그때까지 시간 있어요."

칼리가 보기에는 시간이 없었지만 그래도 그녀는 옥신각신하지 않을 작정이었다. 그녀에게는 오늘 원대한 목표가 있었다. 〈엔터테인먼트 위클리〉와의 인터뷰를 무사히 마치는 것이 그것이었다. 주요 언론에서 그의 디자인에 열띤 반응을 보이면 그의 기분이 달라질지 몰랐다.

오늘의 두 번째 목표가 있다면 지원서를 접수할 만한 일자리를 좀 더 찾아보는 것이었다. 이 일로는 밥벌이가 되지 않을 것이 분명했다.

그리고 세 번째 목표는…… 흠, 세 번째 목표는 뭔지 잘 모르겠지만 무슨 일이 있어도 반려견 공원에 가겠다는 것만큼은 분명했다.

빅터가 대화도 소파에서 일어나는 것도 거부하고 있으니 칼리는 〈엔터테인먼트 위클리〉와 통화하기로 한 시각까지 몇 군데 전화를 돌리고 구인 사이트를 뒤졌다. 그러다 시간이 돼서 알렸지만 빅터는 그녀를 쳐다보지도 않았다.

"왜 이래요, 빅터, 제발요." 칼리는 말했다. "이 인터뷰를 따내려고 내가 얼마나 고생했는지 알아요?"

빅터는 무거운 한숨을 쉬며 소파에서 몸을 일으켜 기자와 화상통화를 할 수 있게 그녀와 함께 작업대에 앉았다.

크리스티 앤더슨은 눈 화장을 짙게 하고 환하게 미소를 짓는 유쾌한 금발이었다. 그녀는 빅터 앨런을 만나서 진심으로 홍분한 눈치였고, 그가 타린 파커라는 여배우에게 입힌 레드 카펫 디자인에 대해 줄줄 쏟아냈다. 빅터는 예의를 갖췄고 적절하게 호응했다. 자신은 아주 어린 나이부터 패션에 빠졌고 동네 교회에서 본 아주머니들에게 매료됐다고 밝혔다. 그들은 파스텔 톤의 옷과 독창적인 모자를 사랑했다. 바느질은 어머니에게 배웠다고 했다. 예술고등학교에 진학해 거기서 디자인의 기본을 배웠고 이후로는 위대한 디자이너들에 대해 연구하며 독학했다.

칼리는 흥분했다. 그의 최근 태도를 감안했을 때 그녀가 바랐던 것보다 인터뷰가 더 잘 풀리고 있었다.

잠시 후에 크리스티가 말했다. "당신의 레드 카펫 룩은 정말 환상적이었어요. 타린 파커도 그때까지 입었던 중에 가장 편안한 드레스였다고 했고요. 제가 보기에는 그녀가 입었던 드레스 중에서 가장 몸매를 돋보이게 하는 드레스가 아니었을까 싶은데요. 그 레드 카펫 드레스는 어디에서 영감을 받았고 그 결과물에 대해서는 어떻게 생각하시나요?"

빅터는 입을 꾹 다물고 화면을 응시했다. 정수리를 손으로 한 번 쓸어 넘기고는 이렇게 말했다. "영감의 원천은 돈이었어요. 결과물에 대해서는 어떻게 생각하느냐고요? 한심하고 시답잖았어요. 천박했어요."

"워, 워!" 칼리가 웃음을 터뜨렸다. "빅터가 농담을 한 거예요, 크리스티……."

"진심이에요." 빅터가 칼리를 쳐다보았다. "내 말을 듣고 실망한 거 알아요. 당신은 내가 나 자신에게 실망하지 않는 줄 알죠? 하지만 돌아보면 내 눈에는 예술이 아니라 돈에 영감을 받았던 사람밖에 안 보여요. 나는 예술에 영감을 받아야 한다고요." 그는 그 말을 끝으로 일어나 카메라 프레임 밖으로 나가버렸다.

칼리는 크리스티를 쳐다보았다. 크리스티는 놀람과 약간의 기쁨으로 눈을 동그랗게 뜨고 그녀를 마주보았다. "와우. 오늘 일진이 안 좋은가 봐요."

"제가 몇 분 뒤에 다시 전화해도 될까요?" 칼리는 물었다.

"그럼요!" 크리스티가 말했다. 그녀는 방금 우연히 맞닥뜨린 기삿거리를 아주 재미있어하는 사람처럼 함박웃음을 짓고 있었다.

칼리는 빅터와 대화를 시도해봤지만 안타깝게도 헛수고였다. 그는 자신의 어디가 문제인지, 왜 창작을 하지 못하는지 많이 생각해보았고, 거기에 대해서 아무 얘기도 하고 싶지 않다고 했다. 칼리는 그가 예술 작품을 만들고 있다고, 그가 만드는 모든 것이 예술 작품이라고 말했지만 빅터는 그런 말을 듣고 싶어 하지 않았다. 계속 '나불거릴' 거면 나가라고 했다. 칼리는 나불거릴 수밖에 없었기 때문에 거기서 나왔다.

그녀는 백스터와 함께 야외 벤치에 앉아서 크리스티에게 다시 전화했다. 크리스티는 그녀의 전화를 받았지만 빅터가 한 말을 한마디도 빠짐없이 실을 생각인 것이 분명했다. "젊은 디자이너들이 유명해지면 압박감 때문에 괴로워하는 경우가 많다고 들었어요."

아, 그래요? 그런 얘기를 들었어요, 크리스티? "빅터는 신예 디자이너 쇼케이스 준비를 너무 열심히 하느라 스트레스가 많아요. 이런 인터뷰도 부담을 가중하고요. 아티스트들은 창작을 하고 싶어 하지 거기에 대해서 얘기하느라 시간을 낭비하는 건 좋아하지 않으니까요."

"그렇죠." 크리스티는 말했다. "아무튼 인터뷰 자리 마련해 줘서 고마웠어요, 칼리!" 그녀는 종알거리고 전화를 끊었다.

"젠장, 젠장, 젠장." 칼리는 앓는 소리를 내며 벤치 위로 쓰러졌다.

백스터가 앞발을 벤치에 올려 그녀의 팔을 핥다가 그녀의 무릎에 머리를 얹었다. 그녀는 한숨을 쉬며 허리를 숙여 그를 끌어안았다. "너는 항상 언제, 무슨 말을 하면 되는지 알더라. 누가 착한 강아지냐고? 너는 최고의 강아지야, 백스터."

칼리가 반려견 공원에서 맥스를 만났을 무렵에는 날이 흐려졌고 공기가 습하고 차가웠다. 백스터와 헤이즐이 탐험을 나선 동안 두 사람은 벤치에 앉아서 묵상에 잠겼다. 맥스도 칼리만큼 지쳐 보였다. 그 역시 하루 만에 늙어버린 사람 같았다. 그녀는 사실 뼛속까지 피곤했다. 그녀의 삶이 사방에서 계속 무너져가고 있었고 맥스와 함께 타고 있던 조그만 고무 보트에 구멍이 생겼다. 그녀는 그의 분위기를 파악해보려고 했다. 그는 미소를 지었지만 억지로 짓는 미소 같았다.

그가 그녀의 손을 잡았다. "일요일의 그 자리 말이에요."

"네." 칼리는 말했다. "재밌어야 할 텐데." 그녀는 교수 분위기를 물씬 풍기는 그의 스웨터 소매에서 보푸라기를 떼어냈다. "엄마가 하루 종일 웨딩드레스 사진을 보내고 있어요."

"웨딩드레스요? 와우." 그는 그녀의 손을 꼭 쥐었다. "솔직히 말이에요, 칼리. 간밤에는 이 정도쯤이야 당연히 이겨낼 수 있다고 생각했어요. 그런데 오늘은 전혀 아무것도 이해를 못하겠어요."

"나도 그래요." 그녀는 그의 어깨에 머리를 기댔다.

"아버지가 어머니 아닌 다른 사람과 있는 걸 아무렇지 않게 받아들일 준비가 되지 않았다고 하면 이상해요?"

"전혀요. 우리 부모님이 아직 같이 살고 있었으면 좋겠다고 하면 이상해요?"

"아뇨. 우리 그냥…… 모르겠어요…… 개들 데리고 코스타리카나 그런 데로 도망칠까요?"

"바닷가에서 살고?"

"아침 메뉴는 코코넛."

"저녁 메뉴는 생선."

"불을 지펴 생선을 구우면서 나무 집을 어떻게 만들지 의논

하고. 두말하면 잔소리지만 반려견용 엘리베이터가 있어야겠어요."

"좋아요." 칼리가 말했다. "지금 당장 떠나요, 상황이 더 어이없어지기 전에. 아니면 일요일까지 참을까요? 이게 얼마나 어이없는 상황인지 두 눈으로 똑똑히 확인할 수 있게?"

"그래요, 좋죠." 그는 비꼬는 투로 말했다. "제이미가 내일 내 집에 오기로 했어요. 아버지가⋯⋯." 그는 손목을 휙 흔들었다. "⋯⋯데이트를 하셔야 하거든요."

"차라리 날 죽여줘요." 그녀는 중얼거렸다.

"안 돼요." 그는 팔로 그녀의 어깨를 감싸 안았다. "당신은 지금 내 하나뿐인 동맹이잖아요. 그리고 당신이 사무치도록 보고 싶을 거예요."

"나도 마찬가지예요." 그녀는 가만히 말했다. "제이미랑 같이 뭐 할 거예요?"

"도그 쇼 DVD 틀어주고 나는 프레젠테이션 준비하려고요. 오늘 이메일을 받았어요. 다음 주 목요일이라고."

"하지만 나는 수요일에 뉴욕으로 가는데. 내가 여기 없을 거라고요!"

그는 빙그레 웃었다. "걱정 말아요. 맥주로 슬픔을 씻어버리고 싶을 텐데 내가 술을 잘 못 마시니까 아마 진상을 떨 거예요."

"맥스, 길고 짧은 건 대봐야⋯⋯."

그는 그녀에게 일장 연설을 늘어놓을 기회를 주지 않았다. "하지만 대보지 않아도 아는걸요. 내가 운명론자라 그런 게 아니라 심사가 어떤 식으로 이루어지는지 알아요. 그리고 기본적으로 그녀가 나보다 막강한 후보고요. 나 때문에 슬퍼할 것 없어요." 그는 말하며 장난스럽게 그녀의 볼을 꼬집었다. "기운 낼게요. 학교에서 잘리는 것도 아니고 그냥 좀 돌아가는 것일 뿐이에요. 그나저나…… 당신이 맡고 있는 천재 소년은 좀 어때요?"

"어디에서부터 시작하면 좋을까요?" 칼리는 물었다. "알록달록했던 머리칼을 밀었어요. 그리고 폴로 셔츠를 입었더라고요."

"맙소사." 맥스는 말하며 손을 자기 가슴에 갖다 댔다. "어떤 사악한 기운의 영향을 받은 걸까요?"

"웃겼어요, 교수님. 당신한테는 그게 별일 아닌 것처럼 보일지 몰라도 빅터 같은 친구가 머리를 밀고 폴로 셔츠를 입는다? 자기 자신을 표현하려고 만든 옷이 아니라? 나는 진심으로 그가 걱정돼요. 쇼케이스가 다음 주 금요일인데, 지금 당장 뭐라도 만들지 않으면 보여줄 게 아무것도 없을 거예요."

맥스는 미간을 찌푸렸다. "옷을 일주일 만에 만들 수 있어요?"

"없죠! 아니 그러니까 잘은 모르겠지만 내가 보기에는 불가능하다고요. 빅터 말로는 가능하대요. 그 훌륭했던 레드 라인을 4일 만에 만들었는데 그때는 24시간 매달렸거든요. 이번에도 그럴지 잘 모르겠어요." 그녀는 이른 저녁의 잿빛 하늘을 올려다보았다. "내가 대기시켜놓은 모든 언론과 홍보매체가 하나씩 창밖으로 휙휙 지나가고 있어요. 그가 만들어놓은 작품이 없어서 몇 군데를 취소해야 했는지 몰라요. 그러다 오늘 〈엔터테인먼트 위클리〉와 화상 인터뷰를 했는데 레드 카펫 룩이 경박했다고 생각한다고, 돈 때문에 그 옷을 만들었다고 하지 뭐예요. 그 아이는 지금 만신창이고 나도 그렇다는 걸 알겠어요. 진심이에요, 그가 안쓰러워요. 하지만 그와 동시에 정말 화가 나요. 내가 정말, 정말 열심히 준비했거든요."

"내가 다 안타깝네요." 그는 부드럽게 말하며 그녀를 더 바짝 끌어안았다. "우리가 〈페이톤 플레이스〉나 뭐 그런 드라마 속으로 굴러떨어진 건 아닐까요?"

"설마요." 칼리는 한숨을 쉬었다.

그들은 다시 허공을 응시했다. 칼리는 그의 집에서 그의 침대에 누워 창문 너머로 그 예쁘장한 뒷마당을 내다보며 이번만큼은 그녀에게 극적인 사건이 벌어지고 있다고, 드디어 그녀의 차례가 돌아왔다고 생각했던 때를 떠올렸다.

그런데 전혀 그녀의 차례가 아니었다. 그녀의 차례가 오긴 할까 싶었다. "지구상에서 우리보다 더 운이 없는 사람도 없을 거예요, 그죠?"

그는 음울하게 빙긋 웃었다. "1등이 아니더라도 근소한 차이로 2등이나 3등은 될 거예요."

그들은 이후로 더는 아무 말도 하지 않았다.

더는 할 말이 없는 것 같았다.

20

일요일 오후가 되어 제이미와 함께 에벌린의 집으로 찾아갔을 때 맥스는 아버지와 에벌린이 사랑에 빠진 커플처럼 보인다는 사실을 부인할 도리가 없었다. 행복감으로 아버지의 얼굴이 몇 년은 젊어 보였고 맥스는 그래서 기뻤다. 하지만 칼리처럼 그 역시 조금은 분했다. 왜 하필 지금이란 말인가.

그와 제이미는 꽃을 들고 갔다. 제이미가 꽃다발을 아버지에게 내밀었지만 아버지는 이렇게 말했다. "이거 에벌린 주려고 들고 온 거 아니니, 제이미?"

"의리 있는 아빠." 제이미는 말하고 다시 아버지에게 꽃다발을 내밀었다.

"괜찮아요." 에벌린이 그러면서 꽃다발을 받았다. "어머, 예뻐라! 마음씨가 곱기도 하지!" 에벌린은 갑자기 돌진하더니 며칠이 아니라 수십 년 알고 지낸 사이라도 되는 듯 맥스의 뺨에 입을 맞췄다. 그러고는 제이미에게도 똑같은 걸 시도하는 실수를 저질렀다. 제이미는 놀라서 소리를 지르며 얼른 피했다.

"아. 미안해요." 에벌린은 말했다. 그녀는 몸을 돌려서 꽃다

발과 함께 집 안으로 사라졌다.

"그럴 것 없어, 제이미." 아버지는 경고하는 투로 이렇게 말했다. "들어가자, 너희 둘 다."

타깃 매장을 기둥 삼은 쇼핑센터에서 모퉁이만 돌면 나오는 에벌린의 집은 셰핑턴 가족의 집보다 훨씬 컸다. 마당은 새 모이통과 분수대로 가득했다. 맥스는 그의 아버지와 에벌린이 어디서 살기로 했는지 자신은 모른다는 데 생각이 미쳤다. 여기서 사는 아버지의 모습이 잘 그려지지 않았다. 그는 오스틴 구시가지에 어울리는 사람이었다. 오스틴 북부는 학부모회와 소매점과 근린 시설 제한으로 이루어진 세상 같았다.

집 안으로 들어가면 바닥이 낮은 거실에서 마당을 넓게 감상할 수 있었다. 에벌린의 취향은 누가 봐도 고풍스럽고 형식적이었다. 셰핑턴 형제의 기준에서는 너무 형식적이었다. 그의 어머니는 절대 사지 않을 것이 고급 가구라고 입버릇처럼 얘기했었다. 아이들이 망가뜨릴 게 분명한데 뭐 하러 그런 데 돈을 쓰느냐고 했다.

집 안 어딘가에서 아이들 소리가 들리는가 싶더니 느닷없이 세 아이가 튀어나와 그들 옆을 쏜살같이 지나갔다. 한 아이가 다른 두 아이를 향해 괴성을 지르고 있었다. 제이미가 맥스의 팔을 잡았다. 그는 혼자 콧노래를 흥얼거리고 있었다. 흥분을 가라앉히는 용도로 배운 방법이었다.

에벌린처럼 금발에 체구가 아담하지만 이목구비가 칼리를

닮은 여자가 키가 크고 몸이 탄탄한 아시아계 남자와 함께 부엌에서 나왔다. "안녕하세요!" 그녀가 손을 내밀고 앞으로 성큼성큼 다가오며 말했다. "저는 미아예요. 조만간 새로운 남매로 지내게 될!" 그녀는 웃음을 터뜨렸다. "이쪽은 제 남편 월이고, 이 세 명의 망나니는 핀, 보 그리고 밀리예요."

"만나서 반갑습니다." 맥스는 월과 악수했다. "이쪽은 제 동생 제이미예요."

제이미는 고개를 반대편으로 돌리고 시선을 피했다.

"누가 왔어?" 복도에서 어떤 남자가 외치는 소리가 들렸다.

"쟤는 우리 남동생 트레이스예요." 남자가 거실로 들어오자 미아가 말했다. 그는 칼리처럼 머리가 까맸고 체구가 다부졌다. "하지만 애써 기억하실 필요 없어요. 크리스마스에만 오는 애니까."

"지금 크리스마스도 아닌데 왔잖아, 안 그래?" 트레이스는 맥스를 쳐다보며 평가를 내렸다. "그러니까 토비의 아드님이시라고요?"

"저희 둘이요." 맥스는 제이미를 가리키며 말했다. 그는 제이미의 흥얼거림을 알아차린 사람이 아무도 없는 건지 궁금했다. 알아차릴 수밖에 없는 것이, 소리가 점점 커지고 있었다.

트레이스는 제이미를 잠깐 동안 빠히 쳐다보다가 문득 정신을 차렸다. "만나서 반갑습니다." 그는 맥스와 악수하고 제이미하고도 악수를 하려고 했다. 제이미는 맥스의 뒤로 숨었다.

"천천히 친해질 거예요." 맥스는 미안해하는 투로 말했다. "새로운 것에 적응하려면 시간이 걸려서요."

"맥스, 달링, 뭐 좀 마실래요?" 에벌린이 부엌 입구에서 명랑하게 지저귀었다.

이제는 그가 달링이었다. *축하해, 이제 새어머니의 달링이 되었네?* "아뇨, 고맙습니다." 맥스가 말했다.

트레이스의 전화벨이 울리자 그는 창문 앞으로 자리를 옮기며 전화를 받았다.

"진짜요?" 에벌린이 물었다. "축하하는 자리인데! 진토닉 어때요?"

"맥스는 술을 별로 좋아하지 않아요." 에벌린의 옆으로 등장한 그의 아버지가 말했다. "하지만 맥주는 마실 거예요. 그렇지, 맥스?"

"그럼요." 맥스는 말했다. 빌어먹을 맥주 따위는 마시고 싶지 않았다.

"내가 가져다주마." 그의 아버지는 말했다. 그가 에벌린에게 입을 맞추자 그녀는 희끗희끗한 그의 머리칼을 헝클어뜨렸다. 맥스는 기절하기 전에 어디 앉아야겠다는 생각이 들었다.

"두 분, 너무 노골적으로 애정 행각을 벌이시는 거 아니에요?" 미아가 말했다.

"사랑하는 사이끼리 그게 뭐 어때서?" 에벌린이 꿈을 꾸는 듯한 목소리로 말했다.

바로 그때 현관문이 열리며 칼리가 백스터와 함께 들이닥쳤다. 그녀는 여기까지 뛰어온 사람처럼 머리가 엉망진창이었고, 반짝거리는 연청록색 드레스를 입고 있는데 조그만 꽃 모양의 아플리케가…… 색달라 보였다. 늘 그렇듯 빅터 앨런이 만든 옷에는 여러 가지 의문이 따라다녔다.

"드디어 왔구나!" 에벌린이 말했다.

"죄송해요. 빅터한테 붙들려 있느라 늦었어요."

"그랬나 보네." 에벌린은 그녀의 의상을 보며 말했다.

아이 하나가 칼리에게로 곧장 달려들어 다리를 향해 자기 몸을 던지는 바람에 그녀는 하마터면 뒤로 넘어져 백스터의 목줄을 놓칠 뻔했다. "으악." 그녀는 넘어지지 않으려고 아이를 잡으며 말했다. "안녕, 보보."

"착한 아이." 제이미는 말하며 한쪽 무릎을 꿇고 앉았다. 백스터는 신이 나서 그를 향해 종종걸음쳤다.

칼리의 다리에 매달렸던 아이는 여동생이 자기 물건을 들고 있는 것을 보았는지 "그거 내 거야!"라고 소리를 지르며 다시 질주했다.

칼리는 허리를 똑바로 폈다. 입고 있던 옷의 매무새를 애써 바로잡고 맥스를 향해 따뜻하게 미소를 지었다. "안녕하세요, 맥스. 안녕하세요, 제이미."

바닥에 주저앉아있던 제이미는 칼리를 쳐다보지 않았다. 백스터가 제이미의 무릎에 대자로 엎드려 관심을 독차지하고 있었다.

"왔어?"

트레이스는 귀에 전화기를 댄 채 어슬렁어슬렁 거실을 가로질러 걸어와 한 팔로 그녀를 끌어안았다. 그는 그녀의 옷을 쳐다보았다. "잠깐만, 제리." 그는 귀에서 전화기를 떼고 칼리의 옷을 손짓했다. "그거 도대체 정체가 뭐야?"

"이런 걸 예술이라고 한답니다."

트레이스는 콧방귀를 뀌었다. "그건 아니라고 보는데." 그는 전화기를 다시 귀에 갖다댔다. "얘기 계속해, 제리."

"자! 이제 다들 모였으니 윌이랑 내가 발표할 소식이 있어요!" 미아가 명랑한 목소리로 말했다. 그녀는 남편의 허리를 감싸 안았다. 윌은 함박웃음을 짓고 있었다. "우리, 아이가 생겼어요!"

누군가가 비명을 지르자 백스터가 제이미의 무릎에서 뛰어내려 짖기 시작했다. 맥스는 어찌어찌 에벌린의 뒷마당으로 들어간 아이 중 한 명이 지른 비명이라는 것을 잠깐 시간이 지난 다음에서야 알아차렸다.

"내가 처리할게." 윌이 그렇게 말하고 밖으로 나갔다.

제이미는 비틀비틀 일어나 앞뒤로 몸을 흔들기 시작했다. "너무 시끄러워." 그가 중얼거렸다. "애들 너무 시끄러워."

"어머, 무슨 랩 같네요." 에벌린이 명랑한 목소리로 말했다.

"괜찮아, 제이미." 맥스는 부드럽게 말했다.

"여보세요?" 미아가 외쳤다. "아무도 나 축하해주지 않을 거예요?"

"언니, 진심이야?" 칼리가 말했다. "이미 낳아놓은 세 명도 제대로 감당하지 못하면서. 애가 너무 많다고 늘 투덜대잖아."

"칼리! 유난히 힘든 날이 며칠 있었을 뿐이야."

"뭐, 나는 신이 난다." 에벌린은 말했다. 그녀는 애피타이저가 담긴 쟁반을 들고 카프탄(소매가 넓고 헐렁하며 긴 원피스—옮긴이) 차림으로 거실을 한들한들 돌아다니기 시작했다. "손자는 많으면 많을수록 좋으니까."

"축하해요." 맥스의 아버지가 말했다.

"감사합니다." 그러면서 미아는 칼리를 노려보았다. "봤지, 칼리? 뭐 그렇게 어려운 일도 아니야."

"축하해." 칼리는 말했다. "좀 놀라서 그랬어. 넷이면 많은 거라."

"축하해요." 맥스가 덧붙였을 때 윌이 거실로 돌아왔다.

"고마워요." 윌이 말했다. 그는 여전히 얼굴을 환히 빛내고 있었다. 누가 봐도 이런 반전에 행복해하는 표정이었다.

에벌린이 이쑤시개에 꽂은 조그만 소시지와 파인애플을 쟁반에 담아서 맥스와 제이미에게 들고 왔다. 먼지 쌓인 1950년대 요리책에서 튀어나온 듯한 음식이었다. 제이미가 몇 개를 집는 걸 보고 맥스는 천천히 먹으라고 말려야 했다. 반면에 그는 애피타이저를 거의 거들떠보지도 않았다.

아이들이 다시 거실을 질주했다. 밀리가 자기 인형을 가져갔다고 핀을 향해 비명을 질렀고 핀은 미친 듯이 웃고 있었다.

"내 말이 맞잖아." 칼리가 미아의 아이들을 가리키며 말했다. 미아는 어깨를 으쓱했다.

"너무 시끄러워." 제이미가 말했다.

"토비, 햄버거 언제 구울 생각이에요?" 에벌린이 물었다.

"30분쯤 있다가요." 토비가 칵테일을 한 모금 마셨다. 또 다른 새로운 발견이었다. 아버지가 이제는 칵테일을 마시고 있었다.

"음, 그럼 지금이 딱 좋겠다. 그렇죠?" 에벌린이 물으며 쟁반을 내려놓았다.

"안 돼. 안 돼, 안 돼, 안 돼."

칼리의 목소리가 워낙 작았기 때문에 아무도 듣지 못했지만 맥스는 들었다. 그도 그녀의 생각에 동의하는 수밖에 없었다. 앞으로 벌어지려는 일에 딱 좋은 시점은 없었다.

에벌린이 그의 아버지의 손을 잡고 거실 한가운데로 끌고 갔다. "트레이스? 전화기 좀 내려놓겠니?"

트레이스는 고개를 들었다가 모두의 시선이 자신에게로 향해 있는 것을 보았다. "이제 끊어야겠다, 제리. 좀 있다 다시 전화할게." 그는 전화를 끊고 어머니에게 얘기 계속하라고 손짓했다.

"월? 애들 좀 불러주겠니?" 에벌린이 물었다.

"얘들아!" 윌이 큰소리로 외쳤다.

제이미가 손으로 귀를 막았다. "애들 너무 시끄러워." 그는 중얼거렸다.

아이들이 달려와—밀리는 아직까지 울고 있었다—엄마 아빠 앞 바닥에 자리를 잡고 앉았다.

에벌린은 관심을 독차지한 데 기뻐하며 두 팔로 맥스 아버지의 허리를 감싸 안고 그의 어깨 쪽으로 머리를 기울였다. "토비하고 내가 날을 잡았거든!"

"우리는 참석할 필요 없다고 하지 않으셨어요?" 트레이스가 득달같이 물었다.

에벌린은 고개를 들고 자기 아들을 노려보았다. "맞아, 트레이스, 참석할 필요 없어. 하지만 적어도 네 엄마의 결혼 날짜는 궁금해할 줄 알았지."

"아. 그럼요." 그는 전화기를 흘끗 내려다보았다.

"언제인데요, 엄마?" 칼리가 물었다.

한 쌍의 잉꼬 커플은 서로 흘끗 쳐다보았다. "다음 주말."

"다음 주말? 그러니까 7일 뒤요?"

맥스는 큰소리로 물은 사람이 칼리라는 걸 알았지만 그도 속으로 똑같이 고함을 지르고 있었다. 맥스와 칼리는 당황한 눈빛으로 서로 흘끗 쳐다보았다. 맥스가 물었다. "아버지, 그렇게 서두르시는 이유가 뭐예요?"

"좋은 질문이에요." 트레이스가 자기 전화기에 대고 말했다.

"애들 너무 시끄러워." 제이미가 중얼거렸다. 그는 앞뒤로 몸을 흔들고 있었고 맥스는 동생을 데리고 나갈 수 있게 이 자리가 얼른 끝나기만을 바랐다.

"저도 같은 생각이에요." 미아가 말했다. "이번 주말이면 너무 이른 것 같은데. 아빠도 아세요?"

"뭐라고?" 에벌린이 물었다. "도대체 뭐라는 거니, 미아?"

"아빠." 맥스가 말했다. "연기하시면 안 돼요?"

"왜 다들 반대하는 거야?" 에벌린이 물었다. "우리는 성인이고 우리가 원하는 게 뭔지 알아. 하루라도 빨리 함께 지내고 싶은데 연기할 이유가 없지."

"동생 때문에 걱정돼서 그런 거면 샌디 고모가 와서 같이 있기로 했다." 그의 아버지가 말했다. "자, 여러분. 너무 갑작스러운 소식이라는 거 알아요. 하지만 우리는 행복하고 서로 사랑하고 있고, 그리고 에비가 말했듯이 여생을 함께 하고 싶어요. 우리가 한 가족이 되었으면 해요. 우리의 결혼식과 새로운 가족을 자축하는 의미에서 추수감사절 파티를 제안하고 싶은데."

"맙소사." 맥스는 중얼거렸다.

"저희는 윌의 식구들과 추수감사절을 같이 보낼 거예요." 미아가 말했다.

"미아! 이번 한 번만이라도 나랑 같이 보내면 안 되니?" 에벌린이 물었다.

"방법이 있을지 몰라요." 윌은 협조적으로 나왔다가 아내가 험상궂은 눈빛으로 노려보자 놀란 눈치를 보였다.

"이제 일어나도 돼요?" 핀이 물었다. 그의 아버지는 고개를 저었다. 핀은 남동생을 밀쳤다.

"저는 안 돼요." 트레이스가 말했다. "일해야 해서."

"정말, 트레이스?" 미아가 말했다. "추수감사절에 약이 잘 팔리니?" 그녀는 어머니를 돌아보았다. "아빠는 어쩌고요?"

"아빠가 왜?" 에벌린은 뻣뻣하게 물었다.

"아빠는 새로 생긴 여자친구랑 바다 보러 간댔어." 칼리가 말했다.

"아닐걸?" 트레이스가 전화기에 대고 말했다. "그 계집애랑 헤어졌거든."

에벌린은 아들을 휙 돌아보았다. "너 지금 뭐라 그랬니?"

"괜찮아요, 에벌린." 그러면서 맥스의 아버지가 그녀의 팔을 토닥였다.

에벌린은 괜찮다고 생각하지 않는 눈치였다. 하지만 그녀는 칼리에게 시선을 고정했다. "칼리, 너는 올 거지?" 그녀가 물었다. "그리고 맥스도. 가족끼리 끈끈하게 지내야지!"

맥스는 칼리가 뻣뻣해지는 것을 거의 느낄 수 있었다. "저는, 음……."

에벌린은 갑자기 맥스의 아버지에게서 벗어나 성큼성큼 칼리 앞으로 다가갔다. "받아들이기 힘들다는 거 알아, 우리 딸. 하지만 잘될 거야." 그녀는 느닷없이 딸을 두 팔로 감싸고 꼭 끌어안았다.

이 갑작스러운 움직임에 놀란 제이미가 다음은 또 무슨 일이 벌어질지 겁이 난 것처럼 조그맣게 비명을 질렀다.

아이들이 웃음을 터뜨렸다. 핀은 자리에서 일어나더니 이제 빠르게 몸을 앞뒤로 흔들며 한 손을 퍼덕이고 있는 제이미 앞으로 다가가 쳐다보았다. "아빠." 핀이 말했다. "이 사람 왜 이래요?" 그 말을 듣고 호기심이 동한 그의 남동생과 여동생이 잽싸게 그 앞으로 달려갔다.

"어이." 그러면서 맥스가 핀을 제이미에게서 떼어내려고 했다.

"제이미!" 에벌린이 말했다. "겁내지 말아요. 나 때문에 놀랐다면 미안해요."

"에벌린, 그러지 말······." 그의 아버지가 말리려고 했지만 이미 늦었다. 에벌린이 뭘 어쩌려고 그랬는지 맥스로서는 알 수 없었지만 그녀가 다가오자 제이미는 그녀의 의도를 오해했다. 비명을 지르며 그녀를 떠밀었다. 하지만 제이미는 덩치가 컸고, 에벌린은 그런 그에게 떠밀려 뒤로 넘어지고 말았다.

그러자 너나 할 것 없이 모두 고함을 지르기 시작했다.

21

에빌린 케네디가 넘어진 이후에 벌어진 상황은 혼돈 그 자체였다. 어른들은 고함을 질렀고, 아이들은 울음을 터뜨렸고, 백스터는 짖었고, 칼리의 어머니는 조금 멍해 보였다. 칼리가 맥스를 도와 슬픔을 가누지 못하는 제이미를 차에 태웠다. 제이미가 몸을 동그랗게 말지 않은 딱 한 가지 이유가 있다면 다 같이 엄청난 모험이라도 떠나는 것처럼 옆자리로 올라타 제이미가 자기를 감싸 안도록 기꺼이 허락한 백스터 덕분이었다.

"백스터는 나중에 데리러 갈게요." 칼리는 어머니의 집을 돌아보며 말했다.

"정말 미안해요, 칼리." 맥스가 말했다.

"그럴 것 없어요." 칼리는 그의 뺨에 손을 댔다가 지금이 어떤 상황인지 기억하고─쳐다보는 눈이 너무 많은 건 두말할 필요도 없었다─얼른 뗐다. "나중에 만나요."

맥스는 고개를 끄덕이고 운전석 쪽으로 건너갔다.

그의 차가 멀어지는 동안 칼리는 얼른 집 안으로 들어갔다. 어머니가 소파에 앉아 있었다. 그녀는 제이미에게 떠밀렸을 때 뒤로 넘어지면서 소파에 반쯤 주저앉다시피 했다. 덕분에 머리를 부딪치는 사태를 막을 수 있었다.

다들 그녀의 주변에 모여 있었고 밀리가 그녀의 무릎 위에서 엄지손가락을 빨고 있었다.

"괜찮으세요, 엄마?" 칼리가 물었다.

"응, 괜찮아." 그러면서 에벌린은 칼리에게 떨리는 미소를 지어 보였다. "다른 것보다 좀 놀랐어."

"정말 미안해요, 에비." 셰핑턴 씨가 말했다.

"아니에요, 미안해할 것 없어요. 내 잘못이에요. 내가 아무 생각이 없었어요. 그 아이를 위협할 생각은 아니었어요, 토비. 그 아이가 괜찮아야 할 텐데."

"괜찮을 거예요. 시간은 좀 걸리겠지만." 셰핑턴 씨는 그렇게 말하고 살짝 움찔했다.

칼리의 어머니는 고개를 끄덕였다. 침을 삼켰다. "그래요, 공연은 끝났어요." 그렇게 말하더니 밀리를 내려놓고 소파에서 일어났다. "이제 햄버거 구워요. 자축 파티를 계속하지 않으면 안 될 이유도 없잖아요? 추수감사절 때 한 가족으로 다 같이 모일 테지만."

아무도 좀 전의 사건에 대해서 언급하지 않았다. 핀만 "아까 그 아저씨는 왜 그랬어요, 아빠?"라고 또다시 물었다가 월에게 끌려 나갔다.

햄버거를 다 먹은 뒤에 미아와 월은 아이들을 데리고 집으로 갔다. "내 임신 소식은 완전 찬밥이네." 윌이 아이들을 문 밖으로 데리고 나가는 동안 미아는 원망하는 눈빛으로 자기 가족을 쳐다보며 이렇게 말했다.

"엄마가 이 결혼식 문제로 세상을 들쑤셔놓지 않으면 좀 더 열심히 축하해줄 수 있을 거야." 트레이스가 말했다.

이제 트레이스가 떠날 차례였다. "저는 시내에서 잘게요, 엄마." 그가 선언했다.

"시내에서? 왜? 이 집에 더할 나위 없이 훌륭한 빈 방이 있는데."

"왜냐하면 이 집은 재미없으니까요. 그리고 6번가에 가본 지도 오래됐고."

"지금쯤은 남자들끼리 술 마시고 다니는 거 졸업할 때도 되지 않았어?" 칼리가 물었다.

"신나게 노는 걸 졸업하라고?" 트레이스는 고개를 저었다. "절대 그럴 일 없지." 그는 칼리의 어깨를 주먹으로 한 대 쳤다. "나중에 봐, 꼬맹이."

칼리와 그녀의 어머니는 떠나는 그를 지켜보았다. "쟤는 왜 저럴까?" 그녀의 어머니가 물었다. "왜 정착할 생각이 없을까?"

"아직 어려서 그래요, 엄마."

"저 나이가?"

칼리는 고개를 저었다. "받아들이는 편이 나을지도 몰라요. 트레이스는 아마 지쳐 쓰러질 때까지 술판을 찾아다닐 거예요."

"자, 아가씨들, 나는 이제 그만 가서 아들들 체크해야겠어요." 셰핑턴 씨가 말했다. 그는 거대한 가방에 짐을 챙겨놓았다. 위로 튀어나온 그릴용 주걱 손잡이로 보건대 요리도구가 가득 담긴 것 같았다.

"미안해요, 토비." 칼리의 어머니가 말했다. "이렇게 돼서 아쉬워요."

"성장통이에요." 그는 다정하게 말하고 그녀에게 입을 맞추었다. 그가 몸을 떼려고 하자 칼리의 어머니는 그의 셔츠를 붙잡고 더욱 힘껏 입을 맞추었다.

"정말 못 봐주겠네." 칼리는 속삭이며 그들을 뱅 돌아서 거실로 들어갔다.

그녀의 어머니는 꼬박 5분이 지난 다음에야 셰핑턴 씨를 놓아주고는 게슴츠레한 눈빛으로 멋쩍어하며 거실로 들어왔다. "자!" 그녀는 말했다. "너는 어떻게 생각하니?"

"너무 성급하다고 생각해요."

"아, 칼리." 그녀의 어머니는 한숨을 쉬었다. "너는 젊잖니. 내 나이가 돼봐. 너도 서두르게 될걸? 나한테 남은 시간이 많은 것도 아니고."

"엄마는 아직 예순도 안 됐잖아요. 누가 들으면 무덤 안에 한 발 넣고 있는 줄 알겠네."

"와서 치우는 거나 도와줘." 그녀는 말하고 부엌으로 들어갔다. "토비가 요리를 잘해서 얼마나 행복한지 몰라. 나는 요리 못하잖니. 관심도 없고 창의력도 없고. 너희 아빠가 그걸 가지고 계속 투덜거렸잖니, 너도 기억하겠지만. 나더러 요리를 배워서 가족들한테 좀 더 맛있는 음식을 만들어주면 얼마나 좋겠느냐고 항상 뭐라 그랬지."

"아빠는 요리를 배워서 제법 잘하시게 됐더라고요." 칼리는 무심코 내뱉었다.

"흠." 그녀의 어머니는 말했다.

칼리에게는 다른 할 말이 있었고 그 말을 꺼내자니 속이 울렁거렸다. "저기, 엄마……." 그녀가 지금까지 살면서 배운 게 하나 있다면 어머니에게는 아무것도 바라지 말자는 것이었다. 뭔가를 바랐다가는 항상 대가가 따랐다. 하지만 그녀는 이제 어른이었고, 어머니가 호기심 어린 눈빛으로 쳐다보는 동안 그녀는 그 사실을 되새겼다. 메건 먼로는 이렇게 말했다. *상대방이 거절하면 순순히 물러나는 순둥이가 되지 말아요.*

"부탁드릴 게 있어서요."

"아." 그녀의 어머니는 집었던 냄비를 다시 내려놓았다. "돈은 아니었으면 좋겠다. 웨딩드레스를 사야 하거든. 너희 아빠가 이혼하면서 어찌나 짠돌이처럼 굴었던지……."

아버지는 어머니가 돈을 많이 챙겼다고 했다. 아무튼. "당분간 엄마 집에서 지내야 할 것 같아서요."

그녀의 어머니는 눈을 깜빡였다.

"다시 일어설 수 있을 때까지 잠깐만 있을게요. 맹세해요."

"다시 일어설 수 있을 때까지? 그게 무슨 소리니? 너 그 집 좋아하지 않았어?"

"맞아요. 그런데 집주인이 월세를 올리겠다고 하고 고든 로메로와도 끝나서⋯⋯."

"뭐? 왜?"

"그냥 서로 잘 안 맞았어요. 엄마, 들어봐요. 콘래드가 월세를 올리고 1년 단위로 계약을 하고 거기다 반려동물 보증금까지 받겠다고 하는데, 제가 지금 가진 돈으로는 아껴 쓰고 또 아껴 써야 한 5개월 버틸 수 있을까 말까예요. 그래서 엄마가 5천 달러를 빌려주지 않으면 다른 살 집을 찾아야 해요."

"맙소사." 그녀의 어머니는 진심으로 심란해하는 표정을 지었다. "5천 달러는 못 빌려주는데."

"저도 그럴 줄 알았어요."

"타이밍이 안 좋네."

칼리는 실제로 콧방귀를 뀌었다. 타이밍이 안 좋은 쪽은 어머니였다. "하지만 결혼해서 셰핑턴 씨랑 제이미랑 같이 사는 거 아니에요?"

"아니, 그이가 여기서 살고 제이미는 자기 형이랑 같이 살 거야."

칼리는 속으로 휘청거렸다. "제이미가 맥스랑 같이 산다고요?" 왜 맥스는 그 얘기를 하지 않았지?

"토비 집은 작고 오래됐잖니. 여기서 새로운 삶을 훨씬 편안하게 시작할 수 있지. 맙소사, 타이밍이 진짜 안 좋다." 그녀는 미간을 잔뜩 찌푸리고 고민에 잠겼다. "너희 아빠한테는 물어 봤니?"

"아니, 농담이 아니라 엄마, 안 좋은 타이밍이라면 저도 잘 알아요. 글쎄, 아빠도 타이밍이 안 좋다고 하더라고요." 칼리 는 핸드백을 집었다. "남는 방 저 써도 돼요, 안 돼요?"

"당연히 되지, 우리 딸. 당연히." 그녀의 어머니는 웃으며 앞 으로 다가와 칼리를 감싸 안았다. "타이밍은 안 좋을지 몰라도 내가 항상 옆에 있을게." 그녀는 폭소를 터뜨렸다. "항상 그렇 지는 않았다는 거 나도 알아. 하지만 내 마음속의 1순위는 너 희들이야. 여기서 지내야 하는 상황이 닥치면 방법을 찾아보 자." 그녀는 칼리를 잡았던 손을 놓았다.

"고마워요, 엄마."

"하지만 딸, 토비랑 내가 결혼하기 전까지는 참아줘. 지금 당장은 너무 정신이 없거든."

"당연하죠." 칼리는 핸드백을 어깨에 멨다. "이제 갈게요."

"나중에 통화하자!" 그녀의 어머니는 명랑하게 외쳤다.

칼리는 마을을 적시기 시작한 엷은 안개 속으로 나섰다. 기 온이 떨어진 것을 느낄 수 있었고 오늘 밤에 이번 시즌의 첫 한 파가 찾아올 거라고 했던 게 생각났다. 그녀는 차에 올라타 잠 깐 가만히 앉아 있었다. 다시 눈시울이 화끈거렸지만 이렇게 무릎을 꿇지는 않을 작정이었다. 그녀는 패잔병이 아니었다.

443

칼리는 뺨으로 흘러내린 한 줄기 눈물을 씩씩대며 닦고 맥스의 집으로 차를 몰았다.

맥스는 문을 열고 칼리를 향해 두 팔을 벌렸다. 그녀는 그 안으로 들어가 그의 품에 안기고는 그의 가슴에 뺨을 대고 꼭 끌어안았다. "이 무슨 빌어먹을 사건인지." 그가 말했다.

"최악이었죠." 그녀는 고개를 들었다. "나 부탁 하나만 해도 돼요?"

"뭐든지요."

"혹시 나 빌려 입을 만한 트레이닝복 있어요? 이 한심하고 흉측한 드레스는 1초도 더 못 입겠어요."

맥스는 놀라워하며 미소를 지었다. "있어요. 들어와요."

헤이즐과 백스터는 당연히 소파 위로 올라가 제이미의 양옆에 앉아 있었다. 제이미는 몸을 앞으로 숙이고 텔레비전에서 나오는 도그 쇼 대회를 보고 있었다. "제이미는 좀 어때요?" 그녀는 조그맣게 물었다.

맥스는 어깨를 으쓱했다. "이제 괜찮아진 것 같아요. 환경이 바뀌면 서서히 적응해야 하는데 애들 때문에…… 살짝 놀란 것 같아요. 들어가요." 그는 그녀의 양쪽 어깨에 손을 얹고 그의 방 쪽으로 슬쩍 밀었다.

그의 방으로 들어갔을 때 칼리는 벽장 안으로 사라진 맥스에게 물었다. "'의리 있는 아빠'라는 게 무슨 뜻이에요?"

"제이미요?" 그가 안쪽 어딘가에서 물었다. "나도 잘은 모르겠지만 아버지의 새로운 만남에 대한 불안감을 그런 식으로 표현하는 게 아닌가 싶어요." 이리저리 뒤지는 소리가 들리는가 싶더니 그가 후드 스웨터와 트레이닝 바지를 들고 나왔다.

"그 아이가 어떤 식으로 '의리 있는 개, 똑똑하고 의리 있고'라고 하는지 들었죠?"

칼리는 고개를 끄덕였다.

"그 아이가 개에 대해 감탄하는 부분이 그거예요. 무슨 일이 있어도 의리를 지킨다는 거. 아버지도 의리를 지켰으면 좋겠다고 아버지에게 이야기하려고 그러는 것 같아요. 아버지가 의리가 없는 것처럼 느껴져서." 그는 어깨를 으쓱했다. "내가 짐작하기로는 그래요. 이거면 될까요?" 그가 트레이닝복을 들어 보이며 물었다.

"네. 정말 고마워요." 그녀는 트레이닝복을 향해 손을 내밀었다. "제이미 입장에서는 정말 혼란스럽겠어요."

"맞아요." 맥스는 말했다. "반려견이 도착하면 버림받는 기분을 느끼지 않아서 도움이 될 거예요."

칼리는 지퍼를 내려달라는 뜻에서 맥스에게로 등을 돌렸다. "개가 언제 오는데요?"

"다음 주쯤이요." 그는 말했다. "내가 헛다리를 짚은 건지 모르겠지만 이 웨어러블 예술작품은 다른 작품들에 비해 당신 반응이 심드렁하네요?"

"아주 예리하시군요, 교수님. 이 드레스는 끔찍해요. 예술작품도 아니고, 빅터가 발로 만든 거예요. 내가 오늘 이 옷을 입은 이유는 오로지 그에게 영감을 주기 위해서였어요. 모델한테 입혀보지 않았거든요. 그는 작업실에서 건성으로 일을 하면서 우주를 이해하고 다른 데도 아닌 인스타그램에서 단서를 찾으려고 하고 있어요."

그녀는 맥스가 보는 앞에서 얼른 옷을 갈아입었지만 둘 사이의 분위기가 후끈 달아오르지는 않았다. 체념의 분위기가 흘렀다. 그녀가 옷을 다 갈아입자 두 사람은 가만히 서서 서로를 바라보았다.

"어머님은 어떠세요?" 맥스가 물었다.

"괜찮으세요. 그 일로 속상해하셨어요."

맥스는 자기 발을 내려다보았다.

칼리는 몸속에서 신경 가닥이 한데 감기고 꼬이는 기분이 살짝 들었다. 뭐라고 말을 하면 좋을지 알 수 없었기에 얼굴에 들러붙은 머리칼을 치우며 고개를 돌렸다. 그녀는 셔츠와 재킷 몇 벌이 침대 위에 펼쳐져 있는 것을 보았다. "이게 뭐예요?"

"아…… 목요일에 프레젠테이션할 때 입을 옷을 찾는 중이었어요."

이건 칼리가 할 수 있는 일이었다. 생산적이고 통제 가능하며 그녀가 도움이 될 수 있는 일이었다. 그녀는 셔츠 몇 벌을 골라서 들어 보고 절대 아닌 것과—데님은 물론 여기에 해당

했다—봐줄 만한 것을 나눴다. "할 말이 있는데요." 칼리는 옷을 고르며 말했다.

"오늘 내가 희소식을 추가로 감당할 수 있을지 모르겠지만 그래요, 어디 얘기해봐요."

"집주인이 월세를 올리겠대요. 한 달에 2백 달러를. 그리고 백스터를 키울 거면 거기에 5백 달러를 더 내래요."

"뭐라고요? 왜요?"

"반려동물 보증금이요. 지금 당장은 내가 일거리가 없어서 그 집 월세를 감당할 수가 없어요. 그래서 뭔가 계기가 마련될 때까지 다른 데서 살아야 할 것 같아요."

"다른 데서 살다니…… 어디서요? 괜찮아요?"

그녀는 살짝 씁쓸한 웃음을 터뜨렸다. "아직 극빈층은 아니에요. 하지만 일거리를 찾아야 해요. 그런데 빅터는…… 내가 제대로 키울 수 있을지 자신이 별로 없어요. 고객이 없으면 효과적으로 SNS에 노출할 수도 없고 SNS 노출이 없으면 나는 이 업계에서 무명이나 다름없어요. 뒤로 한걸음 물러나서 상황을 재검점해야겠어요. 그래서…… 오늘 아침에 월세 계약서에 사인을 할 수 없겠다는 결론을 내렸어요. 지금으로서는 미래가 너무 불안해서요."

"상황이 많이 암울해 보이네요." 맥스는 그렇게 말하고 침대 위에 앉았다.

"맞아요. 그래서 오늘 모든 행사가 끝난 뒤에 엄마에게 결혼 후에 그 집에서 신세를 좀 져도 되느냐고 물었어요. 엄마가 당신 아버지랑 제이미랑 같이 살겠거니 생각했거든요. 그런데 엄마는 당신 아버지랑 그 집에서 살고……." 그녀는 서츠 하나를 침대 끝에 펼쳐놓으며 맥스를 쳐다보았다. "제이미는 당신이랑 살 거라고 그러시더라고요."

맥스는 그녀에게 뺨을 얻어맞기라도 한 것처럼 그녀를 빤히 쳐다보았다.

"당신은 금시초문이에요?"

"네." 그는 양손으로 머리를 쓸어 넘기고 고개를 돌렸다. "아버지가 나하고 거기에 대해서 의논할 생각은 있으실까요?"

"당신이 아버지에게 얘기를 꺼내기 전에 미리 짚고 넘어가자면 우리 엄마가 희망 회로를 돌린 것일 가능성도 충분해요." 칼리는 그의 벽장 안으로 들어가 바지를 훑어보기 시작했다. "엄마의 주특기거든요. 자기가 원하는 걸 꼭 사실인 것처럼 얘기해요. 그러면 그게 사실이라도 될 것처럼."

"그럴지도 모르지만 제이미를 어떻게 해야 하는 건 맞아요. 저 아이가 당신 어머니와 우리 아버지와 별다른 어려움 없이 잘 살 수 있을지 모르겠어요."

칼리는 날렵한 갈색 치노 바지를 들고 나왔다. 그걸 침대 끝에 펼쳐놓은 서츠에 더했다. 그런 다음 여기에 캐주얼 재킷을 더했다. "자. 프레젠테이션하는 날 이렇게 입고 가요."

맥스는 침대를 쳐다봤다. 그런 다음 그녀를 쳐다봤다. "칼리." 그는 중얼거렸다.

그녀는 아래를 내려다보며 뜨거운 눈시울과 가슴이 눈물로 변해 흐르지 않도록 막았다. "우리가 부모님 때문에 섹스를 못 하게 됐다니 믿기지 않아요."

맥스는 침대에서 일어났다. 그들은 침대를 사이에 두고 서로 바라보았다. 두 사람 모두 뭐라고 말을 하고 싶은 듯. 두 사람 모두 상대방이 이걸 해결해주길 바라는 듯. 두 사람 모두 이 사태에 대해 할 말을 잃은 듯.

그들은 제이미가 거실에서 뭔가를 보고 웃는 소리가 들릴 때까지 그렇게 서 있었다.

맥스가 닫힌 문을 보았다가 그녀에게로 시선을 옮겼고 칼리는 그녀 안의 모든 것이 북받쳐 올라 갑작스럽게 터져 나오려고 하는 것을 느낄 수 있었다. 그녀가 막을 겨를도 없이 눈물이 떨어졌다.

"아, 칼리." 그는 침대를 빙 돌아가서 그녀를 품에 안았다.

"정말 미안해요, 맥스. 내 사랑 호르몬이 전부 고장 난 모양이에요. 엄마 때문에 섹스를 못 하게 된 것보다 더 나쁜 게 뭔지 알아요? 천생연분을 만났는데 타이밍이 안 맞는 거, 그게 최악이에요."

그는 그녀의 머리를 손으로 감싸고 그의 가슴에 품었다.

"어떻게 하면 이 사태를 해결할 수 있을까요?" 칼리는 눈물 섞인 목소리로 물었다. "우리가 의붓남매라는 그 해괴망측한 관계는 극복한다고 하더라도 제이미가 있고, 나는 우리 엄마랑 당신 아버지랑 같이 살아야 하고, 정말이지 얘기를 하면 할수록 점점 더 끔찍하게 들려요." 눈물이 계속 흘렀고 그녀는 흐느낌을 참느라 딸꾹질을 했다. "나 울면 안 돼요." 그녀는 끙끙거렸다. "나 울면 엄청 못생겨진단 말이에요."

"당신은 뭘 하든 예뻐요."

"아니에요. 내가 대성통곡하는 걸 못 봐서 그래요. 바다 밑바닥에 사는 흉측한 생물처럼 변한다고요."

맥스는 풉 하고 폭소를 터뜨렸다.

"미친 소리처럼 들리겠지만, 맥스······." 칼리는 손으로 코밑을 닦고 그를 올려다보았다. "당신 같은 사람을 만난 건 처음이에요. 그리고 두 번 다시는 당신 같은 사람을 못 만날 것 같아요. 나는 그냥······ 나는 그냥 행복해지고 싶을 뿐이에요. 당신과 같이 있고 싶을 뿐이에요. 그런데 그럴 수 있을지 모르겠어서 억장이 무너져요." 그녀는 다시 흐느낌에 목이 메어 그의 가슴 위로 고개를 떨구었다.

제이미가 맥스를 부르기 시작했다.

나중에 칼리는 맥스의 집에서 나온 순간을 기억하지 못할 것이다. 하지만 번쩍번쩍한 연청록색 무도회 드레스를 팔에 걸치고 백스터와 함께 힘들게 자신의 집으로 들어가던 순간은 기억할 것이다. 백스터가 엄숙하게 그녀의 방으로 따라 들어왔고, 그 녀석과 함께 침대에 앉아서 노트북으로 콘래드에게 이달 말까지 집을 비우겠다고 이메일을 썼던 순간은 기억할 것이다.

22

월요일에 맥스는 아버지에게 새로운 주거 계획에 대해 따져 물었다.

그의 아버지는 당혹스러워했다. "그게 다 무슨 소린지 모르 겠다." 그는 머리를 긁으며 말했다. "제이미의 거처에 대해서 는 아직 의논한 적이 없는데."

그 말을 듣고 맥스는 짜증이 풀리기는커녕 더 심해졌다. "지 금 장난하세요, 아빠? 이 분이랑 이번 주말에 결혼할 생각이라 면서 아버지하고 제이미가 어디에서 살지에 대해서는 아직 의 논한 적이 없다고요?"

"그 말이 아니잖니." 그의 아버지는 맥스의 말투에 미간을 찌푸리며 말했다. "에벌린하고 내가 어디서 살지 정하지 않았 다는 거지. 하지만 제이미를 그룹 홈에 넣기 전까지는 우리가 데리고 있어야 한다는 건 에벌린도 알아. 그 아이는 애초부터 우리 관계의 일부분이었으니까." 그는 맥스의 팔을 토닥였다. "칼리가 잘못 알아들은 모양이다."

"그러니까…… 제미이랑 같이 그분의 집으로 들어가신다는 말씀이세요?" 맥스는 못미더워했다.

"사실 결정한 건 아무것도 없어. 하지만…… 그럴 가능성도 크다고 해야겠지."

맥스는 자기 귀를 의심했다. "아빠가 이 집에서 사신 세월이 35년이에요. 우리가 어린 시절을 보낸 곳이기도 하고요." 이제는 맥스가 반대하는 이유 가운데 제이미보다 자신의 감정이 차지하는 부분이 더 커졌다. 그의 어머니, 그의 부모님, 그의 어린 시절. 아버지가 회오리바람처럼 들이닥친 한 번의 연애로 이 모든 걸 삭제하려 하고 있었다.

"맥스, 진정해라." 그의 아버지는 침착하게 말했다. "이 집은 낡아서 수리를 해야 해, 그건 너도 알고 있지? 이 집을 팔면 목돈을 쥘 수 있어. 네가 그렇게 심하게 반대한다면 세를 놓아도 되고."

"하지만 제이미는 어쩌고요, 아빠? 걔한테는 엄청난 변화인데요."

그의 아버지는 한숨을 쉬었다. "걔를 전부터 보호 관리 시설로 옮기자고 주장한 사람이 너잖니. 그것도 엄청난 변화이기는 마찬가지 아닐까? 그게 이것보다 덜 심란한 변화일까? 나는 아니라고 본다. 나도 많이 고민했고 너도 잘 알겠지만 나는 그 아이를 위해 가장 좋은 길을 선택할 거야. 지금까지 죽 그래왔고 앞으로도 그럴 거다."

맥스는 그의 걱정을 근거 없는 것으로 일축하는 아버지의 말투가 마음에 들지 않았다. 그의 머릿속에 갑작스럽게 어떤 기억이 떠올랐다. 그와 제이미가 어렸을 때 학교에서 집까지 걸어갔던 어느 날의 기억이었다. 그때 맥스는 열두 살 아니면 열세 살이었고 친구들에게 홀딱 빠져서 뒤에서 졸졸 따라오는 제이미는 안중에도 없었다. 친구 하나가 맥스에게 그들보다 나이 많은 아이 두어 명이 제이미를 괴롭히고 있다고 알려주었다. 그들이 어디에선가 나타나 제이미를 등신이라고 부르며 놀리고 있었다. 맥스는 화가 나서 이성을 잃었고 그들에게 달려들었다. 제이미도 그를 따라 주먹을 미친 듯이 휘두르다가 실수로 맥스를 때렸다. 결국 맥스와 제이미는 집까지 절뚝거리며 걸어가야 했다.

그날 그가 느꼈던 무력한 분노가 지금 그가 느끼는 분노와 같았다. 하지만 이번에는 분노의 대상이 그의 아버지였다. "에벌린하고 자폐에 대해서 대화를 나눠본 적은 있으세요? 특히 제이미에 대해서요?"

그의 아버지는 그를 보며 험상궂게 인상을 썼다. "나를 도대체 뭘로 보는 거냐? 당연히 제이미에 대해서 이야기했지. 에벌린은 공부를 하겠다며 책까지 주문했다. 하지만 에벌린은 이 장애에 대해서 잘 모르잖니, 맥스. 너처럼 공부한 사람도 아니니까 좀 봐줘야 하지 않겠니? 차츰차츰 알아나갈 거야. 진득하게 기다려야지."

"진득하게 기다려야 하는 사람이 저란 말씀이세요? 그것 참

어처구니가 없네요. 아무 이유도 없이 라스베이거스로 날아가겠다는 분은 아빠잖아요."

"그건 네가 상관할 바 아니다." 그의 아버지는 쏘아붙였다. 그는 부엌으로 들어가 식기 건조대에 있던 그릇을 찬장에 정리하기 시작했다. "그나저나 너, 이번 주에 중요한 프레젠테이션이 있다 그랬지?"

맥스는 아버지가 화제를 돌리도록 허락하지 않을 참이었다.

"제이미 혼자 지낼 수 있는 곳을 찾아서 거기로 짐을 옮길 때까지 결혼을 몇 주 연기하면 안 되는 이유가 뭐예요? 장애에 대해서 이해하고 차츰차츰 알아나갈 필요가 없는 사람한테 맡길 수 있을 때까지요. 개를 데리고 들어갈 수 있는 곳, 버스를 타고 출근할 수 있고 집에 오면 그림을 그릴 수 있는 곳을 찾아서 제이미를 먼저 정착시키자고요. 그 정도도 못 기다리시겠어요?"

그의 아버지는 고개를 젓기 시작했다.

"왜 이러세요." 맥스는 짜증 섞인 투로 말했다. "에벌린은 그집에서 제이미랑 같이 살고 싶어 하지 않는다는 걸 아빠도 아시잖아요. 그리고 솔직히 제이미도 거기서 살고 싶지 않을 거예요."

"그 둘이 뭘 원하는지 너는 모르지." 그의 아버지는 쏘아붙였다. "너는 일주일에 두어 번 들락거리는 게 고작이면서 제이미가 뭘 원하는지 안다고 생각하는 거냐?"

455

뼈아픈 진실이었지만 그래도 맥스는 포기하지 않았다. "그래도 우리가 그 아이를 너무 싸고돈다는 건 알아요. 뭐든 다 해주잖아요. 그리고 그래왔기 때문에 그 아이로서는 이번 변화에 적응하기가 더 힘들 테고요."

아버지의 얼굴이 분노로 붉으락푸르락해지기 시작했다. "우리는 그 아이를 '싸고돌고' 있지 않아." 그는 맥스를 등지고 창가로 걸어가 주머니에 손을 넣고 창밖을 내다보았다. "지금은 이런 얘기하고 싶지 않다. 안 그래도 할 일도 많은데. 제이미는 아무 문제 없을 거야."

빈말이 아니었다. 아버지는 더 이상 이 문제에 관해 대화하려고 하지 않았고 맥스가 대화를 시도하려고 하면 화제를 바꿨다. 맥스는 하는 수 없이 그 집에서 나왔다. 드레이크를 만나 프레젠테이션을 마지막으로 한번 점검하기로 약속이 되어 있었다.

드레이크는 맥스가 지금까지 실시한 연구를 다양한 측면에서 설명하는 동안 지켜보았다. 이미 두어 번 반복했던 과정인데, 드레이크가 묘한 표정을 지었다. "왜 그러세요?" 맥스는 물었다.

"나도 잘 모르겠는데…… 자네는 대개 연구에 관해 설명할 때 신이 난 목소리거든. 그런데 오늘은 표정도 그렇고 목소리도 그렇고 꼭 기르던 개가 죽은 사람 같아."

"맞아요." 맥스는 시인했다. "집안에 일이 생겨서요. 그리고

······ 알라나에게 선수를 빼앗겼고요."

드레이크는 손에 쥐고 있던 종이를 내려다보았다. 맥스는 그걸 동의의 뜻으로 받아들였다.

"저도 잘 모르겠어요. 그냥 너무 많은 일이 한꺼번에 벌어지고 있어요." 맥스는 중얼거렸다. "다시 한번 해봐도 될까요?"

"물론이지." 드레이크는 말했다. "그렇지만 이번에는 최소한 표정만이라도 자네 연구에 관심이 있는 것처럼 보였으면 좋겠네."

맥스가 이런 표정을 짓고 있는 이유는 운명이라는 녀석에게 크게 골탕을 먹었기 때문이었다. 칼리의 말이 맞았다. 천생연분을 만났는데 타이밍이 안 맞는 것, 그것보다 엿 같은 일은 없었다.

아버지와 동생 때문에 걱정하고 정리해야 하는 일들도 많았다. 하지만 일에도 신경 써야 했다. 그는 이 캠퍼스를 사랑했다. 그의 일을 사랑했다. 그에게는 이루고 싶은 것, 연구하고 싶은 것이 많았고 텍사스대학교는 거기에 필요한 자금력을 갖추었고 적극적으로 협조를 아끼지 않았다. 하지만 종신 재직권을 부여받지 못하면 그의 연구를 본격적으로 파고들 수 있을 만큼 금전적으로 지원을 받을 수가 없었다.

그를 괴롭히는 일이 많고 많았지만 한순간도 그의 머릿속을 떠날 줄 모르는 존재는 칼리였다. 그는 신경 경로를 운운하면서도 그녀를 생각했다. 그런 옷을 입고 다니며, 그의 반려견을 돌보는 능력에 의문을 제기하고, 자기계발 팟캐스트를 들으며, 모든 상황에 대해 할 말이 있는 여자가 그의 마음속으로 들어올 줄은 몰랐다. 그와 같은 교수를 예상했지, 개에게 튀튀를 입히고 에비앙 생수를 먹이는 여자일 줄은 꿈에도 몰랐다. 하지만 바로 그런 여자였고, 아직 함께하고 있음에도 그녀가 벌써 그리웠다.

이 시점에서 그들이 어떻게 하면 좋을지 알 수가 없었다. 그가 어떻게 하면 좋을지 알 수가 없었다.

두 번째 리허설이 끝나자 드레이크는 똑바로 앉았다. "맥스, 내 말 잘 듣게. 자네 압박 면접이 며칠 안 남았어. 정신 똑바로 차리고 있어야지. 알라나가 강력한 후보라는 건 나도 알지만 자네도 마찬가지야. 자네 생각은 어떨지 몰라도 자네도 승산이 없지 않아."

맥스는 고개를 끄덕였다. 그는 드레이크의 배려가 고마웠고 입장이 바뀌면 그도 얼마든지 그만큼 베풀 수 있었다. 하지만 불길한 예감이 그를 떠날 줄 몰랐다. 모든 게 물 건너간 얘기가 되어버렸다. 종신 재직권도 그의 가족도 칼리도……

그래도 맥스는 그날 남은 시간 동안 변론을 준비했다. 맥스는 칼리는 그녀가 뉴욕으로 떠나기 전, 그가 프레젠테이션하기 전에 각자 할 일이 너무 많다는 데 암묵적으로 동의했다. 그녀는 고객이 정신을 차린 덕분에 떠나기 전까지 그에게 매여 있을 예정이라고 맥스에게 문자를 보냈다.

맥스는 프레젠테이션 준비에 모든 시간을 쏟아부어야 한다고 문자를 보냈다. 칼리는 출장 가 있는 며칠 동안 백스터를 맡겨도 되느냐고 물었다. 그는 물론이라고 말했다. 그녀는 화요일 아침에 녀석의 물품이 담긴 상자와 함께 백스터를 그의 집에 데려다놓았다. 남긴 쪽지를 보니 간발의 차이로 서로 엇갈린 모양이었다.

서로 말은 하지 않았지만 맥스가 느끼기에는 두 사람 모두 벌어질 일은 벌어지게 되어 있다고 결론을 내린 듯했다. 그렇게 일상은 계속된다고 말이다. 맥스에게 필요한 건 부교감신경계에 조만간 발동이 걸려서 흥분을 가라앉히고 그동안 힘들게 노력한 일의 성과를 거두는 데 매진하는 것이었다. 그 밖의 나머지 부분에 대해서는 며칠 동안 신경을 꺼야 했다.

맥스는 투지 하나만으로도 어찌어찌 버틸 수 있었다. 하지만 수요일 아침 일찍 휴대전화에서 알림음이 울렸다.

어이! 내일 본때를 보여줘요!

맥스는 전화기를 보며 미소를 지었다. 칼리에게서 연락을 받으니 말도 못 하게 행복했다.

행운을 빌어줘요.

행운을 빌게요. 그런데 행운 같은 거 필요 없을 거예요. 사람들은 어떤 상황에서 행운이 필요하다고 느끼는지 생물학적으로 설명할 방법이 있겠지만 당신은 잘할 거예요. 맥스 셰핑턴, 당신은 록스타니까!

"고마워요, 칼리." 그는 중얼거렸다.

백스터 맡아줘서 고마워요. 소파는 안 돼요! (농담이에요) 하지만 진짜로 맥 앤드 치즈는 안 돼요. 백스터가 사료를 거부하지 않는 이상. 아무튼 프레젠테이션 어떻게 끝났는지 알려줘요, 알았죠?

그럴게요. 당신도요. 몇 시 비행기예요?

나 지금 비행기 안이에요. 있잖아요, 토바이어스 셰핑턴 3세......

그는 기다렸다. 물결 모양의 점 세 개가 그의 화면 위에 떴다. 그러다 사라졌다. 그는 재킷을 입고 다시 화면을 보았다. 여전히 감감무소식이었다. 문자가 끊긴 걸까?
그가 머리를 빗고 있었을 때 점 세 개가 다시 떴다.

<왕언니 팬티> 팟캐스트를 진행하는 메건 먼로는 실망스러운

사태가 벌어지더라도 받아들이고 희망을 잃지 말고 그걸 발판 삼아 더 엄청난 일에 도전하라고 했거든요. 나는 지금 그 여자가 정말 싫어요. 어떻게 인간이 항상 캔디처럼 살 수 있겠어요? 아무튼 나는 당신을 발판 삼아 다른 데 도전하고 싶지 않아요. 내 평생 당신만큼 사랑할 사람은 없다는 사실을 알려주고 싶을 따름이에요. 너무 부담스럽다면 미안하지만 어쩔 수 없어요.

맥스는 두근거리는 심장을 달래며 문자를 빤히 쳐다보았다. 그의 심정도 마찬가지였다.

내일 잘해요. 잘해요, 잘해요, 잘해요. 당신은 최고의 성과를 누릴 자격이 있어요. 아, 승무원이 전화기를 탑승 모드로 바꿔달래요......

칼리는 조그만 비행기 그림으로 문자를 마무리했다. 그러고는 사라졌다.

맥스는 답문을 썼다. *나도 사랑해요, 칼리.* 하지만 그는 심장에 금이 가는 것을 느끼며 문자를 삭제했다.

23

칼리는 기진맥진한 몸을 이끌고 수요일 정오에 뉴욕에 도착
했다. 꼬박 이틀 동안 밤늦게까지 빅터 옆에 붙어서, 그가 레드
와 화이트 컬렉션에서 건졌나 싶은 천 조각을 서로 깁는 동안
모든 각도에서 돕고 온 길이었다.

일요일 밤늦은 시각에 빅터의 어머니가 문자로 SOS를 보냈
다. 빅터가 영 갈피를 잡지 못하지만 머릿속에 든 생각이 너무
많다는 것까지는 파악했노라고 했다.

칼리는 다음 날 아침, 그는 버리려 했고 그녀는 입어보려 했
던 레드 라인 정장을 들고 그의 작업실로 갔다. 그가 만들고
있었던 끔찍한 파란색과 녹색 옷 옆에 그걸 걸었다. 빅터는 그
걸 보았을 때 하던 일을 멈추고, 난생처음 보는 옷이라도 되는
것처럼 뒤로 물러나 이리저리 살폈다. 흰색 천 조각을 집어서
좁은 리본을 만들고 그걸 재킷 아래에 갖다 댔다.

"멋져요." 칼리는 그의 의도가 뭔지 알 수 없었지만 그래도
이렇게 말했다.

"그러게." 준도 똑같이 잽싸게 맞장구쳤다. 칼리는 준을 쳐

다보았다. 준은 칼리를 쳐다보았다. 그들은 여기서 무얼 해야 하는지 알았다.

"아직 늦지 않았어요. 알죠?" 칼리는 조심스럽게 말했다.

빅터는 한참 동안 그 자리에 서서 손을 들어 머리를 앞뒤로 문질렀다. "네." 마침내 그가 말했다. "하지만 화이트 라인은 거의 잘라버렸어요." 그는 손을 떨어뜨렸다. "나 때문에 전부 망가졌어요. 모르겠어요, 엄마. 정말 죄송해요. 전부 망가뜨릴 생각은 없었는데."

"아, 빅터." 그러면서 준은 아들을 두 팔로 감싸 안았다.

칼리는 그의 등에 손을 얹었다. "해결할 수 있어요. 당신은 스트레스를 받으면 능률이 엄청나게 높아지잖아요, 빅터. 하얀색 원단은 좀 더 사 오면 돼요."

"나도 재봉틀 돌리는 솜씨가 아직 녹슬지 않았어." 그의 어머니가 덧붙였다.

빅터는 한숨을 쉬었다. "네." 그는 천천히 말했다. "알겠어요. 알겠어요."

빅터는 당장 작업에 착수해 파란색과 초록색 비치웨어를 치우고 남은 걸 이어 맞추기 시작했다. 준이 재봉틀을 맡았고—미친 실력을 발휘했다—칼리는 청소 아니면 바늘과 실로 할 수 있는 모든 일을 맡았고 빅터는 밤을 새워가며 오리지널 컬렉션을 최대한 수선했다.

칼리가 화요일 새벽에 집으로 돌아갔을 때 그가 만든 작품

은 일곱 점이었다. 오리지널 컬렉션은 열 점이었지만 일곱 점
으로도 먹힐 것이었다. 그의 모델들은 여전히 예약되어 있었
다. 이제 그는 비행기를 타고 뉴욕으로 출발하기만 하면 됐다.

빅터가 7시 비행기를 타러 오지 않았을 때 칼리는 공황을
일으키지 않게 마음을 다잡았다. 〈쿠튀르〉 사진 촬영을 하는 4
시 전까지만 뉴욕에 도착하면 아무 문제 없었다. 그가 늦잠을
잤을 가능성이 컸다. 그녀도 하마터면 그럴 뻔했다. 그녀는 뉴
욕으로 가는 내내 속으로 계속 그렇게 되뇌었다.

뉴욕에 도착하자 칼리는 나오미의 아파트로 찾아가 공동 현
관 비밀번호를 입력하고, 지난번에 왔을 때 나오미에게 받은
열쇠로 문을 열고 들어갔다. 빅터에게 전화했다. 그는 전화를
받지 않았다. 그녀는 그걸 비행기를 타고 오는 중이라는 뜻으
로 해석했다.

하지만 빅터는 4시까지 뉴욕에 오지 않았다. 칼리는 〈쿠튀
르〉 사진 촬영을 취소하고 라모나에게 진심으로 사과하는 이
메일을 보냈다.

그 이후에도 빅터는 당연히 전화를 받지 않았다. 준도 마찬
가지였다.

칼리는 오늘 저녁에 입으려고 들고 온 깜찍한 초록색 바지
를 보았다. 오늘 저녁의 파티를 지난 2주 동안 손꼽아 기다렸
건만.

늦게 퇴근한 나오미가 날듯이 들어왔다. "얼른 옷 갈아입어

야 해. 우리가 발견한 첼시의 근사한 새 식당에서 탠디하고 줄리엣이 벌써 기다리고 있어. 쿠바랑 일본식 퓨전이야. 완전 미쳤지? 그나저나 거기까지 가려면 한세월 걸릴 텐데." 그녀는 칼리를 붙잡고 와락 끌어안았다. "네가 와서 정말 기뻐." 그녀는 말했다. "너 여기로 올라오면 엄청 재밌게 지내자. 얼른 그랬으면 좋겠다."

나오미가 출근복을 벗는 동안 칼리는 애써 미소를 지었다. "왜?" 나오미는 엉덩이와 어깨를 흔들어가며 몸에 딱 달라붙는 은색 원피스를 입으며 물었다. "왜 그런 표정 짓고 있어? 왜 옷 안 갈아입어?"

"나 못 가."

"뭐? 왜?" 나오미는 외쳤다. 그녀는 자기 방의 거울 앞으로 달려가 까만 머리를 부풀리기 시작했다. "지금 여기는 뉴욕이야, 칼리. 같이 가야지."

"나도 가고 싶어. 내가 얼마나 가고 싶은지 너는 상상도 못할 거야. 하지만 안 돼, 나오미. 내 고객이…… 협조를 하지 않아서."

나오미는 동작을 멈추고 뒤를 흘끗 돌아보았다. "그게 무슨 소리야?"

"아직 뉴욕에 오질 않았어." 이 말을 하는 것만으로도 그녀는 패배자가 된 기분이 들었다.

나오미는 혼란스러워하는 표정을 지었다. "왜, 뉴저지나 그런 데 있어?"

"아니, 아직 오스틴에 있어." 칼리는 실토했다. "내 생각에는. 아무튼 오늘 여기 오기로 되어 있었는데 오지 않았어."

나오미는 헉 소리를 내고 고개를 저었다. "솔직히 그 사람하고 왜 계속 같이 일하고 있는지 모르겠다, 칼리. 사고의 연속이잖아."

"뭐, 일단 지금 당장은 돈이 되는 고객이 그 사람 한 명뿐이기 때문이지. 그리고 두 번째로 빅터 앨런은 정말 엄청난 디자이너고." 칼리는 여전히 그렇게 믿었다. 지난 이틀 동안 그가 천 조각을 금세 예술 작품으로 둔갑시키는 과정을 지켜보며 그녀는 놀라움을 금할 수가 없었다. 그녀는 침대 너머로 몸을 숙여 라모나 맥닐에게 보여주려고 들고 온 사진을 몇 장 꺼냈다. 필이 헤이즐과 함께 찍은 오리지널 컬렉션 중에 빅터가 살려놓은 작품의 사진이었다. "빅터는 엄청나긴 하지만 아직 어려. 나는 가끔 그가 얼마나 어린지 잊어버릴 때가 있어. 하지만 재능이 있는 건 분명해. 그리고 너도 알다시피 인간은 누구나 가끔 길을 잃잖아. 그럴 때 누가 옆에서 살짝 도와주기만 하면 돼."

나오미는 사진을 들여다보았다. "옷 멋지다. 이건 좀 괴상하지만. 그 개 귀엽네."

"독창적인 천재들이 원래 그래." 칼리는 사진을 치우며 말했다. "그들이 만드는 작품이 전부 홈런은 아니라는 거. 시행착

오를 통해서 발전하니까."

나오미는 어깨를 으쓱했다. "그러게. 하지만 나한테는 오늘 저녁에 나가서 놀지 못하게 네 발목을 잡는 인간일 뿐이야. 알았어, 그만 출발해야겠다. 기다리지 말고 먼저 자." 그녀는 번개처럼 뛰쳐나갔다.

칼리는 중국 음식을 주문하고 빅터에게 두 번 더 전화를 걸었다. 11시가 되자 그녀는 포기할 준비가 됐다. 그녀는 할 수 있는 모든 조취를 취했다. 하지만 먼저 그에게 전화해 그가 얼마나 재수 없는 인간인지 알려주어야 했다.

지금까지 계속 그랬던 것처럼 당장 음성사서함으로 넘어갈 줄 알았더니 이번에는 빅터가 전화를 받았다. "나 미워하지 말아요." 그가 말했다.

칼리는 말문이 막혔다. 어느 정도 시간이 지난 다음에서야 정신을 차릴 수 있었다. "지금 뭐 하는 거예요, 빅터? 하루 종일 내 전화를 피하다니. 공짜로 화보를 촬영할 수 있는 기회를 날린 게 이번이 두 번째예요! 어떻게 된 거예요?"

"모르겠어요." 그는 나지막이 말했다. "내가 할 수 있을지 모르겠어요. 계속 토악질이 날 것 같다는 생각만 들어요."

칼리는 이것이 스무 살과 스물여덟 살의 차이라는 생각이 들었다. "하지만 빅터…… 엄청 열심히 만들었잖아요. 작품도 근사하고요. 당신 작품에 만족했잖아요. 어제하고 오늘 사이 달라진 이유가 뭐예요?"

"그냥 느낌이 오지 않아요."

칼리는 눈을 감고 신의 가호를 빌었다. 신의 가호가 내릴 때까지 기다리지는 않았다. "미안하지만 앞으로 한 번만 더 '느낌'이 오지 않는다고 하면 내가 아주 그냥 돌려차기를 날릴 거예요. 장난 아니니까 각오해요. 도대체 왜 그래요? 진짜로, 네? 무슨 하늘에서 빛이 내려와서 당신을 비추며 느낌이 오게 해줄 것 같아요? 일이 어떻게 될지는 아무도 몰라요. 날마다 집을 나설 때 앞으로 어떤 일이 벌어질지 아는 사람은 이 세상에 한 명도 없다고요." 그녀는 이번에는 종신 재직권 심사에서 떨어질 걸 알지만 그래도 내일 당당하게 프레젠테이션하러 갈 맥스를 떠올렸다. 빅터가 자신과 그녀를 위해 이 일을 잘해내고 말 거라고 굳게 믿으며 이번 주에 뉴욕으로 건너왔던 자기 자신을 떠올렸다. "느낌이 오지 않는 게 삶의 일부라고요."

"그렇긴 하지만 당신한테는 악플러가 없잖아요." 그는 조용히 말했다.

"그거 알아요? 그게 자업자득인거? 인터넷이 깨끗하다거나 인간의 탈을 쓰고 온라인을 배회하는 사악한 것들이 없다는 말이 아니라 당신이 반응을 보였잖아요. 당신이 그들에게 벌건 고기를 먹인 거라고요. 그리고 지금은 그들을 잊어야 해요, 빅터. 왠지 알아요? 6주만 지나면 그들은 다른 제물로 넘어가서 당신 이름은 기억도 못 할 거예요. 그런데 그때 당신은 어디 있을까요? 아무 데도 없어요! 당신 작품을 선보일 수도 없을 만큼 쫄아 있기 때문에."

"나한테 소리 지르지 말아요." 그는 투덜거렸다. "나 때문에 실망했다는 거 알아요."

그는 어린애처럼 굴었다. 칼리는 심호흡을 했다. "좋아요. 이제 내가 더할 나위 없이 친절하게 한마디만 할게요. 제발 썅, 철 좀 들어요. 인생은 노력의 연속이고 그 노력이 성공할 때도 있고 그렇지 않을 때도 있어요. 하지만 성공하지 않았다고 해서 당신이 노력하지 않은 게 되지는 않아요." 그녀의 고등학교 체육관에 걸려 있었던 포스터가 갑자기 생각났다. 그녀와 같이 크로스컨트리 훈련을 했던 친구들은 트랙으로 나설 때마다 그 포스터를 봤다. "승리는 그걸 가장 간절하게, 가장 오랫동안 믿는 사람의 몫이다." 그녀는 그 포스터에 적혀 있었던 말을 그에게 전했다. "당신 어머니와 나는 믿어요. 당신은 안 믿어요? 누구보다 당신이 가장 오랫동안 믿지 않았어요? 어떤 이름 모를 머저리들이 당신 약을 올린다고 이제 와서 때려치울 거예요? 당신에게는 훌륭한 컬렉션도 있고 엄청난 재능도 있고, 당신처럼 될 수 있으면 소원이 없겠다는 사람이 수백 명, 수천 명은 될 테고 그 사람들은 죽었다 깨어나도 이런 기회를 누리지 못할 텐데, 당신은 무섭다는 이유만으로 그걸 내동댕이치고 있어요. 그리고 나는요? 나는요, 빅터! 내가 얼마나 힘들게 따낸 기회인데! 그러니까 얼른 비행기 타고 뉴욕으로 날아와요. 그러지 않으면 당신을 도울 방법이 없어요. 이번이 성공할 수 있는 기회라고요!"

칼리는 그 옛날 크로스컨트리 코치처럼 얘기하고 있었다. 그녀는 빅터의 우는 소리를 더는 한마디도 듣고 싶지 않았기 때문에 전화를 끊어버렸다. 그러고는 나오미의 베개에 얼굴을 묻고 눈물을 흘렸다. 후회와 탈진과 상실의 눈물이었다. 이것으로 끝이었다. 그녀에게는 아무것도 없었다. 일자리도 고객도 없었다. 모든 걸 올바르게 처리해왔는데, 그걸 증명할 방법이 없었다.

칼리는 울다가 잠이 든 모양이었다. 그녀는 나오미가 들어오는 소리를 듣지 못했다. 그녀가 출근하는 소리도 듣지 못했다. 그녀를 깨운 건 문자가 도착했다는 알림음이었다. 그녀는 퉁퉁 부은 눈으로 비몽사몽간에 더듬더듬 전화기를 찾았다. 빅터가 보낸 문자였다.

저기...... 어디로 가면 될까요?

칼리는 고함을 지르며 일어나 앉았다. 빅터가 뉴욕에 왔다.

나중에 나오미와 룸메이트들이 빅터의 패션쇼가 어떻게 끝났느냐고 물었을 때 칼리는 아주 잘 끝났다고 대답했지만 사실은 폭풍이 지나간 것과 같았다.

그들은 목요일 아침부터 밤새도록 작업을 했다. 금요일 아침에 그곳은 아수라장이었다. 모델, 메이크업아티스트, 헤어스타일리스트, 재봉사들로 발 디딜 틈이 없었다. 여기저기서 다림질을 하고, 이리저리 뛰어다니며 신발이나 백이나 누군가의 머리에 꽂아야 하는 조그만 리본을 찾았다.

빅터는 자기 안에서 용기의 샘을 찾았다. 동에 번쩍, 서에 번쩍하며 마지막 순간까지 의상의 완성도를 끌어올렸다. 음향에 문제가 생겼을 때 칼리는 여기까지구나, 이렇게 끝나는구나 생각했다. 하지만 담당자가 먹통이 된 기기를 깨워 아슬아슬하게 시간을 맞췄다. 쇼가 15분 늦게 시작되기는 했지만 행사장 안이 꽉 찼고 조명이 꺼지자 새들이 날아다니는 여름 하늘이 런웨이 뒤편의 대형 화면을 채웠다.

음악이 시작되자 첫 번째 모델이 레드 라인의 정장을 입고 등장했다. 그녀는 새빨간 아이섀도를 발랐고 머리카락으로 정수리에 30센티미터쯤 되는 기둥을 만들었다. 그다음은 화이트 라인으로, 칼리가 입었던 그 긴소매였다.

칼리는 감동을 받았고 안도했고 행복했고, 일곱 점의 공개가 모두 끝나고 마지막으로 빅터가 등장해 런웨이를 걷자 말문이 막혔다. 그녀도 알다시피 그에게 이번 패션쇼는 직업적인 성공이라기보다 개인적인 성취였고, 그는 얼굴을 환히 빛내고 있었다. 자부심을 느끼고 있는 것이었다.

쇼가 끝나자 엄청난 박수갈채가 이어졌고 빅터에게 찬사를 전하기 위해 사람들이 잔뜩 몰려들었다. 예전에 〈프로젝트 런웨이)를 같이 했던 몇몇 참가자들도 쇼를 보러 왔다. 그녀는 그가 사람들과 함께 웃으며 떠드는 것을 지켜보았다. 그는 전혀 다른 사람 같아 보였다. 쇼에 대한 부담감을 드디어 벗은 듯했다.

모두 끝난 뒤에 칼리와 준은 같은 벽에 기대고 섰다. 준도 칼리만큼 피곤해 보였다. "당신이 해냈다니 믿기지 않아요." 준이 말했다.

"네? 아니에요. 어머님이 해냈죠. 빅터가 해냈고요."

"아니에요, 당신이 해낸 거예요, 칼리. 당신이 저 아이를 일으켜 세웠어요. 무슨 수로 그랬는지 모르겠지만 모두 당신 덕분이에요. 이 효과가 계속 이어지길 기대해보자고요." 그녀는 몸을 일으켜 빅터가 기자들과 대화를 나누고 있는 곳으로 다가갔다. 빅터는 자기 어머니를 보더니 두 팔로 감싸고 꼭 끌어안았다.

칼리는 미소를 지었다. 이야기의 전개상 그녀도 그 자리에 있어야 맞는 듯했다. 하지만 너무 피곤해서 아무 생각도 할 수가 없었다. 그녀는 이제 빅터와 어떻게 해야 할지, 그와 계속 일하고 싶은 마음이 있는지 알 수 없었다. 보수를 많이 주지도 않았고 그가 유일한 고객이기는 해도 그 불안을 감수할 만한 가치가 있는지 확신이 없었다.

맥스에게 전화해 그녀의 캘빈 클라인에 대해 이야기하고 싶었다. 끔찍했던 이번 일주일에 대해 이야기하고 싶었다. 그의 프레젠테이션은 어떻게 됐는지 알고 싶었다. 그녀는 전화기를 꺼냈다가 맥스가 지금쯤 수업을 하고 있겠다는 생각을 했을 때 누군가가 옆으로 다가오는 것을 느꼈다. 그녀는 왼쪽을 흘끗 쳐다보았다가 화들짝 놀랐다. 어디서 만나든 알아볼 수 있는 얼굴이었다. 라모나 맥닐은 실제 모습도 전화 통화를 했을 때처럼 무시무시했다. 한 손에는 서류 폴더와 전화기, 다른 손에는 라지 사이즈 커피를 들고, 정수리에는 안경을 얹었다. 칼리는 벽에서 몸을 일으켰다. "오 마이 갓, 맥닐 씨." 칼리는 말하며 손을 내밀었다.

"내가 지금 빈손이 없어서요."

"아, 그렇네요." 칼리는 손을 떨구었다. "뵙게 돼서 정말 반가워요."

"그러니까 당신이 칼리 케네디 PR 대표 칼리 케네디?"

"네!" 칼리는 웃으며 말했다.

라모나는 서류 폴더를 겨드랑이에 끼고 안경을 내려 칼리를 꼼꼼히 훑어보았다. 그녀는 예순다섯 언저리 내지는 일흔 살로 보였다. 샤넬 정장을 완벽하게 차려입었고 눈꼬리를 길게 뺀 메이크업은 흠잡을 데 없었다. 그리고 보톡스를 하도 많이 맞아서 표정을 전혀 읽을 수가 없었다.

"쇼 어떻게 보셨어요?" 칼리는 물었다.

라모나는 행사장을 가로질러 빅터를 쳐다보았다.

"감각이 엄청 아방가르드하지 않은가요?" 칼리는 물었다.

"어떤 작품을 선보이든 화보용으로 손색이 없다는 게 빅터의 장점이에요. 그리고 솔직히 크리스천 시리아노 말고는 그런 작품을 어디에서도 찾을 수가 없고, 그래서 빅터가 아주 흥미로운 디자이너라고 생각해요. 평범한 걸 엄청난 하이패션으로 둔갑시키는 놀랍고 특별한 재능이 있거든요. 실장님 입장에서 엄청난 기회가 될 수 있어요."

라모나는 콧방귀를 뀌며 칼리를 다시 쳐다보았다. "내 입장에서?" 그녀는 뒤를 길게 빼며 반문했다.

"네, 그럼요. 오늘 쇼가 끝나면 모두 그를 만나고 싶어할 테니까요."

라모나는 빙긋 웃었다. "칼리, 당신은 과대 포장하는 짜증나는 습관이 있네요? 그의 쇼가 훌륭하긴 했지만 그 정도로 훌륭하지는 않았어요. 솔직히 당신이 그를 여기까지 데리고 온 건 놀라웠지만."

"그가 살짝 자신감을 잃긴 했지만 다시 정신을 차렸어요."

"흠." 라모나는 칼리를 훑어보았다. "자기 자신을 믿지 못하는 아티스트와 함께 일하려면 힘들겠어요."

메건 먼로가 자주 하는 말과 비슷했다. *무엇보다도 자기 자신을 믿으세요!* "저는 빅터의 작품을 무척 좋아해요. 진짜로 엄청난 팬이에요. 그래서 바보같이 어린 그가 이번 기회를 날려버리도록 보고만 있을 수가 없었어요. 그 자신은 모르겠지만 그랬다가는 평생 후회할 테니까요."

474

라모나는 몸을 앞으로 기울였다. "저 아이 때문에 내 시간을 그렇게 낭비하게 했으니 당신을 여기서 쫓아내도 모자랄 판국이지만 그래도 나는 당신이 마음에 들어요, 칼리 케네디. 강단이 있단 말이죠."

그런가? 칼리는 빅터처럼 골치 아픈 문제를 해결하는 것을 좋아할 따름이었다. "네, 어쩌면 그럴지도요." 그녀는 미소를 지으며 핸드백을 어깨 위로 올렸다. "시간 낭비하게 해서 정말 죄송했어요. 그럴 뜻은 전혀 없었는데."

"이제 더는 낭비하게 하지 말아요. 우리 회사 홍보부서에 입사 지원서를 넣었던데."

칼리는 한숨을 쉬었다. "맞아요. 쓸 수 있는 컴퓨터를 찾는 대로 지원을 취소할게요."

"그럴 필요 없어요. 그 문제로 이야기를 좀 나누고 싶은데. 오늘 4시까지 사무실로 와줄 수 있겠어요?"

칼리는 그녀가 제대로 알아들은 게 맞는지 의심스러웠다. "네?"

"나는 당신의 그 포기할 줄 모르는 성격이 마음에 들거든요. 우리 회사에 당신 같은 사람이 있으면 좋겠다는 생각이 들어요. 나가서 젊은 인재를 찾아다니는 사람. 하지만 약속을 지키는 인재라야 해요." 라모나는 커피 컵으로 그녀를 겨누며 말했다.

칼리의 머리가 제대로 돌아가지 않았다. 라모나 맥닐이 그녀에게 같이 일을 하자고 하는 건가? "하지만…… 하지만 저는 오스틴에서 사는데요."

"뉴욕으로 올 수 없는 상황이에요? 입사 지원서를 넣었길래 여기서 살고 싶어 하는 줄 알았는데. 밑져야 본전이니까 같이 얘기 좀 해보죠, 칼리 케네디? 4시에 내 방에서. 그리고 제발 늦지 말아요." 그녀는 이 말을 끝으로 사라졌다.

칼리는 입을 떡 벌리고서 그녀의 뒷모습을 멍하니 바라보았다. 이게 꿈이 아니라 생시일까? 그녀의 소원이 이루어지려는 걸까? 적응이 되지 않았다. 그렇게 오래전부터 열심히 공을 들였던 일인데 이렇게 갑자기 수월하게 이루어지다니. 그녀는…… 당황스러웠다. 어리둥절했다. 그리고…… 기분이 묘했다.

그녀는 지금의 상황을 이해해보려고 애를 쓰며 멍하니 발걸음을 옮겼다.

"칼리!"

빅터의 목소리가 들리자 그녀는 걸음을 멈추고 고개를 돌렸다. "빅터! 쇼 훌륭했어요! 내 말이 맞죠? 잘해낼 줄 알았다니까요?" 거짓말이었지만 이렇게 얘기해야 맞는 것 같았다.

"고마워요." 그는 겸연쩍게 미소를 지었다. "저기…… 내가 못난이처럼 굴었어요. 미안해요. 당신이 날마다 나를 들볶지 않았다면 이렇게 해내지 못했을 거예요. 이번 일은 당신 덕분이에요."

칼리는 눈을 깜빡했다. 이것 역시 그녀가 예상하지 못했던 일이었고 그래서 접수가 잘 되지 않았다. "아. 와우!" 그녀는 씩 웃었다. "별말씀을. 하지만 두려움을 극복하고 이렇게 근사한 쇼를 완성한 사람은 당신이잖아요. 기분이 아주 끝내주겠어요."

빅터는 고개를 끄덕였다. "맞아요. 여기 오길 정말 잘했다는 생각이 들어요."

칼리는 미소를 지었다. "나도 그래요."

"오스틴에서 만나요." 그는 뒷걸음질 치며 말했다. "왓어버거 같이 먹어요." 그는 몸을 돌려서 사람들이 기다리고 있는 곳으로 다시 달려갔다.

칼리는 라모나와의 약속 시간에 늦지 않았다. 라모나도 같이 일하자고 한 게 농담이 아니었다. 보수는 제법 괜찮았다. 사실 지금 그녀의 상황에서는 어마어마하게 느껴졌다. 칼리는 다른 조건과 출근 날짜를 상의하고 어지러운 머리를 달래며 다시 나오미의 집으로 돌아갔다.

그녀의 꿈이 이루어지고 있었다. 오스틴에서 여러 해 동안 그렇게 열심히 일했으니 후회도 미련도 없었다. 하지만 몇 가지 걸리는 부분이 있다면 개 한 마리와 마음을 다치게 될 사람들이었다. 그녀 자신의 마음이 걱정이었다. 그리고 맥스의 마음이 걱정이었다.

24

맥스는 토요일 오후 늦게 칼리의 문자를 받았다. 오스틴에 도착했다고, 백스터를 데리러 가도 되겠느냐고 했다. 맥스로서는 반가운 문자였다. 그는 그녀의 뉴욕 출장이 어땠는지 얼른 듣고 싶었고, 그의 소식도 얼른 공유하고 싶었다.

백스터와 헤이즐은 맥스와 제이미보다 먼저 그녀가 오는 소리를 들었고, 짖고 꼬리를 흔들며 그녀를 맞이하러 현관 앞으로 달려갔다. 맥스는 그 녀석들 위로 팔을 내밀어 문을 열어야 했다.

칼리는 푹신한 재킷과 청바지에 어그 부츠를 신고 현관 앞 베란다에 서 있었다. 백스터가 기운차게 그녀의 다리를 향해 돌진했지만 빗나갔다. 헤이즐은 어찌어찌 칼리의 허벅지에 앞발을 얹었다.

"왔어요?" 맥스는 개들 너머로 어색하게 몸을 숙여서 그녀를 끌어안고 볼에 입을 맞췄다. "무슨 냄새가 이렇게 좋아요?"

"고마워요!"

제이미가 물감이 튄 앞치마를 입고 붓을 들고 등장했다. "듀크." 그가 말했다. "의리 있고 말 잘 들어요. 개들을 좋아해요."

칼리는 맥스를 쳐다보았다.

"오늘 제이미 개를 데려오거든요." 맥스는 말했다. "우리 집안의 일대 행사예요. 이름은 듀크고, 의리 있고 말 잘 들고, 한시간 뒤에 데리러 가기로 되어 있어요."

"래브라도예요." 제이미는 덧붙여 말하고 몸을 돌려 집 안으로 사라졌다. 백스터와 헤이즐이 얼른 그의 뒤를 따라갔다.

맥스는 칼리를 보고 씩 웃으며 그녀의 얼굴에 묻은 머리칼을 쓸어 넘겼다. "아름다운 아가씨. 컨디션은 어때요?"

"좋아요! 피곤하긴 하지만. 그나저나 우리 부모님한테서 무슨 소식 들었어요?"

"간밤에 결혼 사진을 수십 장 받은 것 말고는 전혀요. 당신은요?"

"나도 못 들었어요." 칼리가 말했다.

"두 분이 즐거운 시간을 보내고 있나 보죠."

"으웩, 그러지 말아요." 그녀는 장난스럽게 인상을 썼다. "언니 때문에 내 전화기에 불이 날 지경이었거든요. 엄마도, 심지어 아빠도 연락이 되지 않는다며 엄청난 음모가 진행 중인 게 확실하대요. 하지만 부모님 얘기는 됐어요. 당신 프레젠테이션이 어떻게 됐는지 궁금해 죽을 지경이니까." 그녀는 맥스와 같이 거실로 들어가며 말했다.

"잘 끝났어요." 맥스가 말했다. "생각했던 것보다 훨씬 잘 끝낳어요." 그는 자신이 뽑혔다고 얘기할 알맞은 타이밍을 기다리고 있었다. 기적적으로 그가 종신 재직 교수 후보로 선정됐다고 말이다. 그는 소파에 앉아서 칼리를 자기 옆으로 끌어앉혔다.

"그 다른 교수는요? 그 교수는 어땠어요?" 칼리는 물었다.

"잘했어요." 맥스가 말했다. "아주 흥미진진했어요." 알라나가 워낙 훌륭했기 때문에 그는 그녀의 프레젠테이션을 듣는 동안 침몰하는 기분을 느꼈다. 그 정도로 인상적이었다. 어제 오말리 학과장의 호출을 받았을 때 맥스는 그도 훌륭한 과학자지만 아직 종신 재직 교수 후보로 선정될 만큼은 아니라는 말을 들을 줄 알았다. 그걸 기정사실로 받아들인 상태였다. 그래서 맥스는 학부 수업을 가르치러 가던 길에 학과장실에 들러 책상 너머로 오말리에게 악수를 청하며 이렇게 말했다. "생각해주셔서 감사합니다. 어려운 결정이었겠지만 저는 기회를 주신 것만으로도 감사했습니다."

"나한테 고마워할 건 없지." 오말리 학과장은 말했다. "자네 능력으로 거기까지 올라간 거니까."

"네. 아무튼 감사했습니다."

오말리 학과장은 묘한 표정으로 그를 쳐다보았다. "다음 단계를 어떻게 진행하면 되는지 궁금하지 않은 모양이지?"

"다음 단계라니……?"

"셰핑턴 박사…… 내가 자네를 호출한 이유는 위원회에서 자네가 종신 재직 교수 후보로 선정됐다는 소식을 전하기 위해서야. 자네 서류가 학장에게로 넘어갔고 그가 동의하면 자네는 이 대학 종신 재직 심사 위원회 앞에서 프레젠테이션을 하게 될 거야."

맥스는 할 말을 잃고 멍하니 학과장만 쳐다보았다.

오말리 학과장은 그를 보며 여간해서는 짓지 않는 미소를 지었다. "내가 한 말 제대로 들었나? 우리가 자네를 종신 재직 교수 후보로 선정했다고."

인간의 뇌는 희한하게 작동했다. 전혀 이상할 것 없는 상황이 아주 어처구니없는 상황처럼 느껴지도록 인지 왜곡을 일으켰다. 그래서 이 모든 게 맥스에게는 어처구니없는 일처럼 느껴졌다. "알라나는……."

"맞아, 프리드먼 박사도 아주 훌륭하지. 하지만 자네만큼 연구의 폭이 넓지 않아." 그는 책상 너머로 손을 내밀었다. "축하하네, 셰핑턴 박사. 자네는 심사를 받을 자격이 있어."

맥스는 하도 어안이 벙벙해서 학과장실에서 나가는 길에 마침 학과장을 만나러 온 알라나를 마주쳤지만 하마터면 모르고 지나칠 뻔했다.

"하지만 나는 당신 출장 얘기를 듣고 싶어요." 맥스가 말했다. "어떻게 됐어요?"

"처음에는 끔찍했어요." 칼리는 말했다. "빅터가 수요일 일정을 펑크 냈거든요."

"설마." 맥스가 말했다. "어쩌다가요?"

"자기 SNS에 올라온 글을 또 읽고 멘붕을 일으킨 거예요. 하지만 우리 고등학교 때 크로스컨트리 코치님이 선수들을 자극할 때 했던 얘기를 들려주었더니 기가 막히게 효과를 발휘한 거 있죠? 내가 그 얘기를 들었을 때보다 훨씬 더 효과가 좋았지 뭐예요? 빅터가 목요일에 건너와서 어찌어찌 쇼를 준비했고 모든 점을 감안했을 때 제법 훌륭하게 끝났어요."

맥스는 씩 웃었다. "그럴 줄 알았어요. 당신이 어떻게든 그걸 성공시키려고 작정한 것 같았거든요. 하지만 궁금해요, 그가 만든 옷을 입고 행사장에 갔어요? 제발 그랬다고 대답해줘요. 그리고 어떤 옷이었는지 자세히 설명해줘요."

칼리는 장난스럽게 그의 팔을 꼬집었다. "당신 솔직히 그 소매 마음에 들었죠? 인정해요. 하지만 그 옷 입지 않았어요. 빅터가 결국 레드 라인이랑 화이트 라인을 올렸거든요. 그 라인 기억해요?"

"어떻게 잊을 수가 있겠어요?"

칼리는 폭소를 터뜨렸다. "그것 봐요. 빅터 앨런이라는 이름을 죽을 때까지 못 잊을 거라니까요? 하지만 그가 하도 많은 작품을 난도질해버렸기 때문에 무대에 올릴 옷이 부족해서 나는 평상복을 입어야 했어요. 그리고 맥스? 나는 평상복을 사랑하는 여자라고요." 그녀는 폭소를 터뜨리고 그와 손깍지를 꼈다. "또 다른 일이 있었어요."

그녀는 눈을 반짝였다. 행복해했다. "뭔데요?" 그는 물었다.

"내가 뉴욕에서 일하고 싶어 했던 거 알죠? 패션업계 홍보팀에서 아니면 다른 업계에서라도."

맥스의 숨이 목에 걸렸다. "그런데요?"

"홍보팀에서 신인 발굴하는 일을 하게 됐어요. 대박이죠?" 칼리는 그의 손을 꼭 잡으며 말했다. "내가 꿈에 그리던 일이에요, 맥스!"

맥스는 덩달아 환호하려고 열심히, 정말 열심히 노력했다. "뉴욕에서요?" 바보 같은 질문이었지만 그녀에게 직접 확인해야 했다.

그녀의 미소가 희미해졌다. "음…… 네."

"하지만 그럼……."

칼리는 그가 차마 묻지 못하는 게 뭔지 알았다. *그럼 우리 관계는요?*

"아주 오래전부터 해보고 싶었던 일이에요." 그녀는 말했다. "이번 기회를 잡으려고 얼마나 열심히 애썼는지 몰라요."

"알아요." 맥스는 지금 느껴지는 감정이 노여움인지 체념인지 아니면 뭔지 알 수가 없었다. 갑자기 공허해졌다. 그도 당연히 그녀의 목표가 뭔지 알았지만 최근 그녀의 운세를 감안했을 때 이건 뜻밖의 반전이었다. 분명 그로서는 예상치 못했던 일이었다.

"그리고…… 현재 내 상황을 감안했을 때 유일한 해결책이

기도 하고요. 엄마랑 당신 아버지랑 같이 살 수는 있겠지만 일이 없잖아요. 게다가……."

"설명하지 않아도 돼요, 칼리." 맥스는 그녀가 괜한 설명을 구차하게 늘어놓을 필요가 없도록 말허리를 잘랐다. "이해하니까."

"하지만 잠깐만요, 맥스, 잠깐만요." 칼리는 두 손으로 그의 손을 잡았다. "당신도 나랑 같이 뉴욕으로 가면 어때요?"

맥스는 조용히 웃음을 터뜨렸다.

"농담 아니에요! 여기서 종신 재직 교수로 임명을 받지 못하면 거기로 학교를 옮길 수 있지 않아요? 이를테면 뉴욕대학교 같은 데로."

"음, 내가 알리려던 소식이 그거였어요. 내가 종신 재직 교수 후보로 심사를 받게 됐다는 거."

칼리의 입이 떡 벌어졌다.

"네." 그는 서글픈 미소를 지었다. "맞아요. 내가 뽑혔어요."

"맥스." 그녀는 속삭였다.

"알아요, 그러게 말이죠."

칼리는 그의 목을 와락 끌어안았다가 두 손으로 그의 얼굴을 감쌌다. "당신이 정말 자랑스러워요."

"나도 당신이 정말 자랑스러워요." 맥스가 말했다.

그녀의 손이 그의 얼굴에서 미끄러져 내려왔다. "아, 우리 운명은 왜 이렇게 얄궂을까요?"

맥스는 그녀의 머리칼을 쓰다듬었다. "우리는 뭔가가 있는 게 분명해요. 우리는…… 젠장, 제이미 태우고 개 데리러 갈 시간이 됐네요." 그는 그녀 뒤편의 벽난로 선반에 놓인 시계를 보고 말했다. "내가 나중에 전화해도 될까요?"

"그래요." 그녀가 대답했다.

그는 일어나 소파 등받이에 걸어놓은 재킷을 집었다. "새 일은 언제부터 시작해요?"

그녀의 얼굴이 벌게졌다. "일주일 뒤요."

그는 팔을 떨어뜨렸다. 심장이 바스러지기 시작했다. "일주일이요?"

"내가 수입이 없잖아요." 그녀는 조용히 말했다. "빨리 일을 시작해야죠. 그래서 월요일에 다시 가서 살 집을 알아보려고 해요."

"맙소사." 그는 힘없이 말했다. "그렇게나 빨리요? 백스터는 어쩌고요?"

"우리 엄마랑 당신 아버지가 자리를 잡을 때까지 언니한테 맡기려고……."

"아니에요." 그러면서 맥스는 재킷을 입은 뒤 손을 내밀어 그녀를 일으켜 세웠다. "내가 맡고 있을게요."

"당신한테 그런 부탁은 할 수 없어요, 맥스."

"당신이 부탁하는 게 아니라 내가 요구하는 거예요. 나는 백스터를 사랑해요. 그뿐 아니라, 그러면 원할 때마다 당신한테 연락할 수 있는 핑계가 생기잖아요." 맥스는 그녀에게 입을 맞추었다. 하지만 짧게 끝냈다. 속이 조금 울렁거렸다.

"백스터를 뉴욕으로 데리고 가고 싶어요." 칼리가 말했다. "나도 그 아이를 사랑하고 그 아이 없이는……."

"의리 있고 말 잘 들어. 래브라도."

두 사람이 고개를 돌렸을 때 제이미가 거실에 들어왔다. 앞치마를 벗은 상태였다. "이름은 듀크."

"나도 얼른 듀크를 만나보고 싶네요." 칼리가 말했다. "백스터, 가자."

이름이 불려서 행복해진 백스터가 기대감에 꼬리를 흔들며 앞으로 나왔다.

"그 아이가 당신 보고 싶어 했어요." 맥스가 말했다. "우리 모두 당신을 보고 싶어 했어요."

"의리 있고 말 잘 들어. 듀크." 제이미가 말했다.

"칼리, 나 그만 출발해야겠어요." 맥스가 말했다. "나중에 얘기할 시간 되죠?"

"그럼요. 당연하죠. 난 그냥……." 그녀는 손끝으로 머리칼을 쓸어 넘겼다. "걔들한테 전부 안부 전해줘요, 알았죠? 사진도 보내주고요."

"걔 이름은 듀크." 제이미가 말했다. "다른 개들이랑 잘 지내요." 제이미는 그들보다 먼저 문밖으로 나갔다. 백스터가 그 뒤를 따라 달려갔고 맥스는 헤이즐에게 비스킷을 던져주고 칼리와 제이미를 따라 나갔다.

킬리는 백스터를 차에 태우고 맥스에게 손을 흔들어 인사한 다음 운전석에 앉았다. 맥스도 마주 손을 흔들었다. 하지만 그만큼 거리를 두고 있어도 그는 그녀의 눈빛을 알아차릴 수 있었다. 그녀는 알고 있었다. 그와 마찬가지로 알고 있었다. 그들 사이의 이것, 이 아름답고 뜻밖이며 놀라운 이것은 삶의 풍랑을 극복할 수 없었다. 그들 스스로 열심히 깔아놓은 길에서 그들을 이탈시키지 못했다.

"의리 있고 말 잘 들어." 제이미가 말했다.

"맞아." 맥스는 말했다. "이름은 듀크고."

듀크가 새집에 도착하고 사건이 없지 않았다. 너무 흥분해서 계속 껑충거리고 온 사방에 침을 흘리고 다녔던 것이다. 헤이즐이 웬일로 성을 냈고 누가 대장이고 누가 아닌지를 두고 당장 싸움이 벌어졌다. 듀크가 행복한 래브라도답게 얼른 꼬리를 내렸지만 첫날에는 긴장감이 감돌았다.

제이미는 좋아서 어쩔 줄 몰라 했다. 그는 듀크에게 형광 초록색 목걸이를 사주었는데, 듀크가 검은색 래브라도였기 때문에 밤에 불이 꺼지면 몸에서 분리된 목걸이가 집 안을 돌아다니는 것처럼 보였다.

맥스는 아버지도 듀크를 보고 제이미의 중요한 날에 동참할 수 있게 여러 번 영상 통화를 시도했다. 하지만 아버지가 계속 전화를 받지 않았다. 신혼여행을 즐기는 모양이었다.

칼리에게 문자를 보냈지만 그녀는 언니에게 문제가 생겼다고, 입덧이 심한데 애들을 봐줄 사람이 없다고 했다. 그리고 양쪽 부모님 모두 연락이 안 돼서 애를 태우고 있었다.

모든 게 너무 빠르게 돌아가는 느낌이었다. 숨 돌릴 틈도 없이 주말이 지나갔다. 칼리가 듀크를 만나고 백스터를 다시 맡기기 위해 일요일 저녁에 찾아왔다. 백스터가 헤이즐이 있는 집 안으로 달려 들어가자 듀크는 그가 오는 것을 보지 못하고 깜짝 놀랐다. 개 짖는 소리와 고함이 시끄럽게 이어졌고 제이미는 듀크가 의리 있고 말을 잘 듣는다고 악을 썼다. 듀크는 그 말을 알아듣지 못했다.

개들을 진정시킨 뒤에 칼리는 맥스에게 백스터를 맡겨도 되겠느냐고 다시 한번 물었다.

"돼요. 백스터는 우리 가족이나 다름없어요."

칼리는 길게 있을 수가 없었다. 짐을 싼 다음 양쪽 부모님 집을 찾아가 보아야 했다. 미아는 여전히 몸이 안 좋았고 부모님은 여전히 소식이 없었다. "우리 가족은." 그녀는 고개를 저으며 중얼거렸다.

"걱정돼요?"

"아뇨. 엄마는 어디 있는지 알고 아빠는 새파랗게 젊은 여자 친구랑 다시 만나는 것 같아요. 당신 아버지는 어때요?"

맥스는 고개를 저었다. "요즘 인생 최고의 황금기를 보내고 있을 거예요."

칼리는 고개를 끄덕였지만 어깨너머로 자기 차를 쳐다보고 있었다. 맥스는 이 틈을 놓치지 않고 그녀의 그 모습을 해마에 새겼다. 그는 주근깨 하나, 삐져나온 머리칼 한 올까지 기억에 담고 싶었다. 찬 공기 때문에 코끝은 발그스레하고 속눈썹은 길고 머리칼은 어깨 위에서 비단처럼 넘실거리며 모직 코트로 온몸을 휘감은 그녀의 이 모습을 잊고 싶지 않았다.

칼리가 그를 돌아보며 말했다. "이제 그만 가봐야겠어요."

"그럼 이렇게 끝인가요?"

"아뇨." 그녀는 말했다. "하지만 어느 정도는요. 조용히 지나가 주지 않으면 나 울어버릴 거예요."

"나도 같이 울어줄게요." 그러면서 그는 두 팔로 그녀를 감싸 안았다.

"정말 미안해요, 맥스." 그녀는 그의 코트에 대고 말했다.

"그러지 말아요. 이번 기회를 포기했다가 어느 날 아침에 눈을 떴을 때 여기 남았다는 사실이 미치도록 후회스러워지는 것보다는 낫잖아요."

"알아요." 칼리는 속삭였다. "이런 상황이 아니었으면 좋겠어요. 이런 상황이 아니었으면 정말 좋겠어요."

"나도요." 맥스는 슬픈 목소리로 말했다. "칼리, 내가……."

"아뇨. 안 돼요." 그녀는 그의 가슴에 묻었던 고개를 들었다. "당신이 뭘 하려는지 몰라도 나는 거부할 거예요."

맥스는 그녀의 뺨을 어루만졌다. "아무것도 하려고 하지 않았어요. 당신은 이번 일을 시도해볼 자격이 있어요. 나는 당신이……."

"네. 알겠어요. 그만해요." 칼리는 촉촉해진 눈으로 자신을 안고 있던 그를 떠밀었다. 벌떡 일어나 그의 뺨에 입을 맞췄다. "안녕, 백스터!" 그녀는 그의 어깨너머로 소리를 지르고 차를 세워놓은 곳으로 도망쳤다. "전화할게요! 개들이 있을 곳은 소파가 아니라는 거 잊지 말아요!"

맥스는 손을 흔들었다. 갑작스럽게 떠나는 그녀를 보며 마음 상해하지 않았다. 그도 백 퍼센트 이해했다. 안녕이라고 말하면 그 길로 끝이라는 것을 알기 때문에 두 사람 모두 안녕이라는 말을 피하고 있었다.

25

맥스가 도박꾼이었다면 돈을 잃었을 것이다. 그가 예상했던 것보다 더 일찍 끝이 찾아왔던 것이다. 그와 칼리도 그의 바람보다 훨씬 일찍 끝나긴 했지만 그들 얘기가 아니었다. 그의 아버지가 애인과 함께 라스베이거스로 도피한 지 딱 12일 만에 끝난 걸 두고 하는 얘기였다. 그 기간에 제이미와 듀크는 맥스의 집으로 이사했다. 딱 그 기간에 제이미는 세 마리의 개 뒤로 두 사람이 보이는 새로운 그림을 그렸는데, 두 남자는 제이미와 아버지가 아니라 제이미와 형이었다.

딱 그 기간에 맥스는 하루 월차를 내고 제이미와 함께 그룹 홈을 몇 군데 둘러보았다. 그중 공원과 가깝고 버스가 다니는 곳에서 제이미의 '서비스' 견을 받아주겠다고 했다. 비용이 비싸기는 했지만 맥스가 보기에는 아버지와 둘이서 감당할 수 있을 것 같았다.

맥스가 건조하고 서늘한 목요일 오후에 마지막 수업을 정리하고 있었을 때 제이미가 전화를 걸어왔다. 그가 전화를 받자 제이미가 악을 썼다. "너무 시끄러워!"

맥스가 아무리 물어도 제이미는 그 말만 반복했다. 뒤에서 듀크가 짓는 소리가 들렸다. 그는 보니를 실험실에 맡기고 달렸다. 아버지가 돌아가셨나 보다는 생각이 들었다. 심장마비나 뇌졸중을 일으키셨나 보다는 생각이 들었다. 그는 팔을 흔들고 다리를 흐느적거리며 차를 세워놓은 곳으로 달려갔다.

하지만 아버지의 집에 도착해 보니 아버지는 멀쩡히 살아 있었다. 지난주에 아버지가 천천히 짐을 싸서 에벌린의 집으로 이사할 준비를 하는 동안 제이미는 맥스와 함께 지냈다. 아버지는 에벌린의 것인 게 분명한 소지품을 챙겨서—그 짧은 기간에 많기도 했다—식탁에 쌓느라 정신이 없었다.

"지금 뭐 하시는 거예요?" 맥스는 물었다.

그의 아버지는 미친 듯이 그녀의 소지품을 정리하다 말고 멈췄다. "이번 딱 한 번만 얘기할 테니 잘 들어라, 토바이어스 맥스웰. 네 말이 맞았다, 내가 너무 성급했어. 그녀를 잘 알지도 못했으면서 말이지. 아니, 그녀를 전혀 알지 못했지. 하지만 이제는 다 끝났고 내가 두 번 다시 그녀를 만날 일은 없을 거다. 절대. 그녀가 내일 당장 죽는대도 상관없어, 나는 장례식장에도 가지 않을 테니."

"워, 워." 맥스는 두 손을 들고 말했다. "무슨 일인데요?"

"묻지 마라." 그의 아버지는 그러면서 쌓인 물건들 위로 브래지어를 던졌다. "그녀가 이 집에 싸질러 놓은 걸 싹 다 치워버리고 싶을 뿐이니." 그는 앞뒤로 몸을 흔들고 있는 제이미

쪽으로 휙 고개를 돌렸다. "제이미, 악 좀 그만 써라! 싸우는 소리 좀 들었기로서니 그게 무슨 대수라고!" 그는 그 말을 끝으로 씩씩대며 복도를 걸어갔다. 그의 방문이 쾅 하고 닫히는 소리가 들렸다.

맥스는 제이미를 쳐다보았다. 제이미는 가슴을 들썩이며 숨을 몰아쉬고 있었다. "너무 시끄러워." 그는 다시 주장했다.

"나도 알아." 맥스는 듀크를 흘끗 쳐다보았다. 그 녀석은 제이미를 달래고 있어야 하건만 한여름의 나른한 오후에 낮잠을 자는 것처럼 앞발 사이에 고개를 묻고 타일 바닥에 엎드려 있었다.

잠시 후에 방에서 다시 나온 아버지가 복도를 요란하게 걸어가더니 뒷문에 쌓아놓은 더미 위로 들고 나온 옷을 인정사정없이 던졌다. "이거 다 그 여자 집으로 들고 가고 내 물건 들고 와라, 맥스. 내가 그 여자를 보면 죽여버릴 것 같으니까."

"아빠, 이제 막 결혼한 사인데 살인 운운하지 말고 좀 진정하세요."

"혼인 취소하고 그런 다음 죽여버릴 테다." 그는 다시 몸을 돌렸고 복도를 걸어가는 내내 들릴락 말락 하게 중얼거렸다. 그러고 잠시 후 그의 방문이 쾅 소리와 함께 닫혔다.

맥스는 장바구니를 두어 개 찾아서 에벌린의 소지품을 쑤셔 넣고 제이미에게 다시 그림 그리고 개를 챙기라고, 전부 아무 문제 없다고 말했다. 더는 시끄러울 일 없다고 했다.

맥스는 20분 뒤에 에벌린의 집 앞 진입로에 들어섰을 때 현관 앞 베란다에 차곡차곡 쌓인 상자 안에 아버지의 소지품이 들어 있다는 걸 한눈에 알 수 있었다. 한 상자 위로 고개를 내민 프라이팬 손잡이와 그도 아는 햇빛 차단용 모자가 보였다. 그는 에벌린의 소지품이 담긴 장바구니를 베란다에 두고 아버지의 소지품을 챙겨서 얼른 도망칠까 고민했다. 하지만 그가 베란다에 장바구니를 놓고 첫 번째 상자를 든 순간, 에벌린이 하늘거리는 실크 카프탄을 입고 성큼성큼 밖으로 나왔다.

"안녕, 맥스." 그녀가 말했다.

"안녕하세요." 맥스는 상자를 차로 옮겼다.

에벌린은 팔짱을 끼고 다음 상자를 가지러 오는 그를 지켜보았다. "무슨 일이 있었는지 그이한테 들었어요?"

맥스는 얼굴을 찡그렸다. 이 일에 말려드는 사태는 절대 피하고 싶었다. 그는 고개를 저었다.

"저기, 미안해요. 이 모든 사태에 대해 사과할게요. 진심으로. 하지만 이렇게 될 줄 어떻게 알았겠어요. 나는……."

한 남자가 에벌린의 뒤에서 불쑥 등장했다. 그는 에벌린을 빙 돌아서 베란다로 나왔다. "자네가 맥스겠군." 그는 손을 내밀었다.

맥스는 그의 손을 무시한 채 정체를 파악하려고 애를 쓰며 그를 빤히 쳐다보았다.

남자는 손을 내렸다. "나는 폴 케네디요."

칼리의 아버지라고? 이게 지금 도대체 무슨 일일까?

"우리가 진심으로 사과를……."

"진정한 사랑에 대해서 사과할 필요는 없어, 폴." 에벌린이 말허리를 잘랐다. "과거에도 그랬고 앞으로도 그럴 테고 우리는 진정한 사랑을 했을 뿐이야. 잠깐 길을 잃어서 문제였지." 맨 마지막 말은 맥스에게 한 말이었다.

"무슨 말씀인지…… 모르겠는데요." 맥스가 말했다.

"미안해요." 케네디 씨가 말했다. "에벌린하고 내가 이 감정을 사이에 두고 빙글빙글 돌면서 서로 피하고만 있었어."

"이 감정이요?" 맥스는 성난 목소리로 말했다. "저희 아버지는 빙글빙글 돌면서 피하지 않으셨는데요. 이게 언제부터 두 분 사이의 문제가 됐죠?"

"전부 합해서 40년." 에벌린이 방어조로 말했다.

"대단하시네요. 두 분이 이 감정을 사이에 두고 빙글빙글 돌면서 우리 모두를 그 안으로 끌어들이고 우리 아버지를 이 롤러코스터에 태워서 결혼까지 하신 거로군요." 맥스는 그녀에게 짚고 넘어갔다.

"알아요. 그리고 거기에 대해서는 정말 할 말이 없어요." 그녀가 얼른 말했다. "안타깝게도 그런 다음에서야 우리가 하는 짓이 미친 짓이라는 걸 폴과 내가 알아차렸으니……."

"내가 두 사람을 말리려고 했어요." 칼리의 아버지가 말했다. "그런데 말리지 못했고 그러다 일이 복잡해졌고…… 그리고 뭐, 중요한 건 일이 이렇게 됐다는 거예요. 에벌린하고 나는 다시 합쳐서 우리 문제를 해결하기로 마음먹었어요."

맥스는 그들을 빤히 쳐다보았다. 그들은 양쪽 모두 멋쩍어하는 표정으로 그를 마주 보았다. "두 분은 양쪽 집안을 짓밟고 지금 그 자리에 서 계신 거예요." 맥스가 말했다. "그 무게를 잘 감당하며 사시길 바랄게요." 그는 마지막 상자를 들고 차를 세워둔 곳으로 걸어갔다. 마지막까지 뒤를 돌아보지 않았다. 그는 마트가 있는 쇼핑몰로 가서 주차장에 차를 댔다. 한참 동안 눈을 감고 거기 그렇게 있었다. 아버지가 가엾었다. 그리고 그런 부모 밑에서 자란 칼리도 가엾었다.

칼리.

그는 며칠 만에 처음으로 그녀에게 문자를 보냈다. 확실히 끝내기 위해 지금까지 일부러 연락을 피하고 있었다. 하지만 이건 알려야 했다.

칼리, 나예요. 잘 지내는지 궁금해서 연락해요. 소식 들었죠?

맥스! 연락 반가워요! 무슨 소식이요?

칼리는 모르고 있었다. 맥스는 그녀의 번호를 눌렀다.

26

칼리는 손바닥만 한 벽장에 있는 선반에 트렁크를 간신히 쑤셔 넣었다. 이제 핸드백 처분이라는 문제가 남았다. 그녀가 이 끔찍한 상황을 놓고 고민하고 있었을 때 휴대전화 벨이 울렸다. 그녀는 짐을 푸느라 지쳐서 헉헉대며 벽장에서 뒷걸음쳐 얼굴에 들러붙은 머리칼을 불어서 날리며 흘끗 내려다보았다. "맥스다!" 그녀는 기뻐하며 전화를 받았다. "여보세요!" 그녀는 침대 위로 폴짝 올라갔다.

"칼리, 나예요."

칼리가 뉴욕에 취직한 뒤로 그들은 어쩌다 한 번씩 문자를 주고받았다. 그녀가 짐작하건대 어쩌다 한 번씩일 수밖에 없었던 이유는, 두 사람 다 대놓고 말로 표현하지는 않았지만 이루어질 수 없는 관계에서 헤어 나오기 위해서였다. 하지만 그들 사이의 이 감정은 쉽게 끝낼 수가 없었다. 그건 진정한 애정이었다. 진정한 사랑이었다. 칼리는 그가 뉴욕으로 올지 모른다는 환상을 버리지 못했다. 혼자 시나리오를 만들었다. 그들은 비정상인 그녀의 가족과 멀찌감치 떨어져 지낼 것이다.

그는 매달 제이미를 만나러 갈 것이다. 백스터와 헤이즐은 가로수 주변의 풀더미에 배변하는 법을 배울 테고, 그들은 두 녀석을 데리고 공원을 산책하고 음식을 배달시켜 먹고 나가서 사 먹고 근사한 친구들을 초대해 파티를 열 것이다.

"어떻게 지내요?" 맥스가 물었다.

"나는……." 칼리는 말을 멈추고 생각해보았다. *인생은 익숙한 데서 벗어났을 때 시작되는 거예요!* 메건 먼로는 어제 팟캐스트에서 이렇게 외쳤다. "잘 지내고 있는 것 같아요. 뉴욕을 알아나가는 중이에요." 그녀는 사실 뉴저지의 허름한 구석을 알아나가는 중이었다. 그녀는 나오미와 같이 살지 않았다. 여자 넷이 살기에는 집이 너무 작았을 뿐 아니라 그녀는 진심으로 백스터를 데려오고 싶은데 나오미가 개는 안 된다고 했다. 그 개가 칼리의 세포에 이 정도로 각인이 됐다니 신기할 따름이었다. 그 점에 있어서는 헤이즐도 마찬가지였다.

"이사는 했어요?" 맥스가 물었다.

"사실 오늘 했어요. 뉴저지에 있는 집으로요. 대중교통으로 한 시간밖에 안 걸려요." 칼리는 웃음을 터뜨렸다. "다닐 만해요."

"아, 당신이 그렇다면 그런 거죠." 그는 피식 웃었다. "집은 어때요?"

칼리는 좌우를 둘러보았다. 침대에서 60센티미터 거리에 조그만 싱크대와 1구짜리 전기레인지가 있었다. 대형 가구 할

인점에서 사온 침대 때문에 의자 말고는 아무것도 놓을 수가 없었다. 한쪽 구석에는 개 침대를 두고 싶은 조그만 공간이 있었다. "코딱지만 해요." 그녀는 말했다. "창밖으로는 에어컨 실외기가 보이고, 화장실 세면대에는 샤워기가 달려 있고, 붙박이장에 핸드백을 넣을 데가 없다는 심각한 상황을 해결해야 해요."

"그건 해결이 불가능하게 들리는데요, 칼리."

"맞아요! 핸드백을 전부 넣을 수 있을 만한 다른 아파트도 봤지만 이 동네는 월세가 천문학적인 수준이에요." 그런데 콘래드가 제시한 월세를 터무니없다고 생각했다니. 그녀는 다시 웃음을 터뜨렸지만 실은 새로 월급을 받더라도 뉴욕 생활을 감당할 수 있을지 불안했다. 그녀는 단기 임대 전용 건물에 6개월짜리 계약을 했다. 지금으로서는 그 정도가 최대한이었고 이 끔찍한 닭장 같은 곳에서 그전에 탈출할 수 있길 진심으로 바라마지 않았다.

그녀는 예전의 그 집이 그리웠다. 맥스와 개들과 오스틴의 모든 것이 그리웠다. 뉴욕은 추웠다. 시끄럽고 복잡했고 녹지가 별로 없었다. 게다가 아침으로 먹을 만한 제대로 된 타코 가게가 없었다.

"일은 어때요?" 맥스가 물었다.

"재밌어요." 그녀는 이렇게 대답했지만 여기서 어떤 일을 해야 하는지 아직 파악이 되지 않았다.

"마음에 들어요?"

그런가? 알쏭달쏭했다. "일을 시작한 지 겨우 3일밖에 안 돼서 어떻게 평가해야 할지 잘 모르겠어요. 배울 게 엄청 많아요." 그녀가 말했다. "그리고 같이 일하는 동료들이…… 당황스러워요." '당황스럽다'는 건 사실상 순화한 표현이었다. 동료들은 대개 칼리를 보고 분개하는 눈치였다.

"왜요?" 맥스가 물었다.

"일단 라모나가 나를 채용했다는 얘기를 아무한테도 하지 않았어요. 처음 출근한 날, 내가 온다는 걸 아무도 몰랐어서 내 자리를 만들어줘야 했어요. 그러니까 몇 사람이 짐을 옮겨야 했단 말이죠." 그녀는 고개를 저었다. "끔찍했어요, 맥스. 한 남자 직원이 때려치우겠다며 비바람 속으로 나가버리더라고요. 팀장님 말로는 그가 전부터 불만이 많았다지만 모르겠어요, 나 때문인 것 같거든요. 그래도 '엄청난' 기회긴 해요." 그것이 그녀가 외는 주문이었다. 지금 당장은 하는 일이 마음에 들지 않았지만 결국에는 마음에 들게 될 것이었다. 서두르지 않고 열심히 일해야 했다. 모든 새로운 것에는 성장이라는 과정이 필요했고 진득하게 기다려야 했다. 메건이 팟캐스트에서 날마다 촉구하다시피 왕언니 정신으로 무장해야 했다. "이 잡지사에서 4월에 빅터를 특집으로 다룰 거예요. 그런데 그거 알아요? 그는 지금 로스앤젤레스에서 〈러블리 브라이드〉에 실릴 웨딩 컬렉션 작업을 하고 있어요."

"오, 그건 상상이 안 되네요."

그녀는 웃음을 터뜨렸다. "그래서, 우리 강아지는 어떻게 지내요? 내가 얘기한 캥거루 사료 찾았어요? 백스터가 그거 진짜 좋아하는데. 그리고 진짜로 걔 생수 먹여야 해요, 맥스. 수돗물에는 뭐가 들었는지 가끔 알 수 없을 때가 있잖아요."

"백스터 걱정은 하지 말아요. 잘 살고 있으니까. 애들 산책시켜줄 새로운 사람을 구했는데, 내가 아는 한 스티비 레이 옆에서 약을 팔지 않는 친구예요. 우리 집 뒤편의 개울길로 산책을 다니고 애들이 이 친구를 아주 좋아해요."

"걔네들은 아무나 다 좋아하잖아요. 하지만 괜찮은 사람 같아요. 학교는 어때요?"

"좋아요. 학장이 내 종신 재직 신청을 승인하고 위로 올려 보내서 심사가 계속 진행 중이에요. 한 달 안으로 최종 결론이 나올 거예요. 아, 그나저나 요즘 들어 어머니랑 통화한 적 있어요?" 그가 물었다.

칼리는 너무 바빠서 가족 내 드라마를 챙길 정신이 없었다. 미아가 양쪽 부모님 모두 전화를 받지 않는다고, 또는 전화를 받더라도 항상 너무 바빠서 통화를 제대로 할 수가 없다고 걱정하는 문자를 보냈었다. 뭔가 이상해, 칼리, 진짜야. 이렇게 문자를 보냈었다. 그러고는 여지없이 입덧이 심하다고 불평을 늘어놓거나 그 집안에서 가장 최근에 벌어진 참사를 소개했다. 핀이 차고에서 찾은 사다리 위로 올라가 슈퍼맨처럼 뛰어

내렸다가 팔이 부러졌다는 식이었다. 정말 보고 싶다. 미아는 이렇게 문자를 보냈다. 나한테 네가 얼마나 필요한 존재인지 이제야 알겠어.

칼리도 자신에게 미아가 얼마나 필요한 존재인지 이제야 알았다.

"며칠 못 했는데." 칼리는 말했다. "왜요?"

"그럼 두 분이 끝냈다는 걸 모르겠네요."

칼리는 미간을 찌푸렸다. "누가 뭘 끝냈는데요?"

"우리 아버지랑 당신 어머님이 결혼 생활을 끝냈어요. 갈라섰어요."

칼리의 숨이 목에서 걸렸다. 있을 수 없는 일이었다. 결혼한 지 2주도 안 됐지 않은가! 느닷없이 웃음이 터져 나왔다. "그거 농담이라고 한 얘기면 재미없어요, 셰핑턴 박사님. 왜냐하면 우리 엄마가 진짜로 벌임 직한 일이거든요. 내가 마지막으로 소식 들었을 때는 당신 아버님이 짐을 싸서 이사 올 거라고 그러셨는데."

"나도 농담이었으면 좋겠는데 아니에요. 끝났어요."

칼리가 예상하지 못했던 소식이기는 했지만 놀랍지는 않았다. 그녀의 어머니는 워낙 종잡을 수가 없었다. "왜요?" 그녀가 물었다. "어쩌다가요?"

"내가 그 부분을 알리고 싶어서 전화한 거예요. 당신 아버님이 음…… 컴백하신 것 같거든요."

칼리는 헉 소리를 냈다. 미아가 했던 말들이 머릿속에서 종소리를 내기 시작했다. "오 마이 갓." 그녀는 속삭였다. "확실해요?"

"그럼요." 그가 말했다. "당신 아버님이 그동안 있었던 일에 대해서 나한테 사과했어요."

어떤 감정을 느껴야 하는지 칼리로서는 알 수가 없었지만 제일 위로 솟구친 건 분노였다. "그럴 줄 알았어요. 내가 얘기했잖아요. 기억하죠?"

"맞아요." 그가 동의했다.

"그래서 이제 어떻게 해요? 아니, 우리 엄마랑 당신 아버님이랑 혼인한 상태 아니에요?"

"네." 맥스가 말했다. "아버지 말로는 혼인 무효 소송을 낼 거래요. 라스베이거스에서 벌어진 일은……."

"라스베이거스에 묻는다." 칼리는 중얼거렸다. "오 마이 갓. 맥스, 당신 아버님 딱해서 어떡해요? 어쩌고 계세요?"

"솔직히 엄청 화가 나셨어요. 당신 부모님 사이에서 계속 얘기가 오갔나 보더라고요."

"언니 말이 맞았네요." 그녀가 중얼거렸다. "제이미 반응은 어때요?"

"걱정할 것 없어요." 맥스가 말했다. "원래 두 분의 관계를 찬성하지도 않았으니까."

"나도 마찬가지였어요." 그녀는 침대 위로 드러누워 눈을 감왔다. 위쪽 어딘가에서 커플이 싸웠고 같은 층에서는 누군가가 음도 안 맞는 노래를 불렀다.

"안 좋은 소식 전해서 미안해요." 그가 말했다. "당신은 잘 지내고 있는 거죠?"

"나요? 아주 잘 지내요. 뉴욕 생활은 진짜 재미있어요."

"내 귀가 이상한 거예요? 어째 팟캐스트에 나올 만한 말처럼 들리는데."

칼리와 맥스는 알고 지낸 지 얼마 되지 않았지만 그는 그녀의 속마음을 읽는 재주가 있었다. 그녀가 본심을 감추고 신이 난 척하면 알아차리는 것 같았다.

칼리는 한숨을 쉬었다. "들켰네. 솔직히 힘들어요. 아는 사람도 아무도 없고 아파트는 회사하고 멀고. 하지만 그래도 방을 얻었고, 건강보험이 빵빵하고, 정말 좋아하는 분야의 일, 오스틴에서는 절대 해보지 못할 일을 하게 됐으니까요."

맥스는 잠깐 아무 말도 하지 않다가 피곤하게 들리는 잠긴 목소리로 말했다. "잘됐네요. 다행이에요."

"한번 놀러 와요." 그녀는 열띤 목소리로 말했다.

"나중에요." 그는 애매하게 말했다.

다시 정적이 이어졌다. "우리 타이밍 진짜 끝내주죠?" 칼리가 조심스럽게 물었다.

"엄청요." 그가 아주 멀게 느껴졌다. 이미 그녀의 삶에서 희미해지기 시작한 것 같았다. "어머니한테 연락드려봐요."

"얼른 통화하고 싶어요. 저기…… 조만간 백스터 데리러 갈 게요."

그는 한참 동안 아무 말도 하지 않았다. "헤이즐이 속상해하 겠네요."

"저기, 맥스? 진심으로……." 그녀는 침을 삼키며 알맞은 단 어를 찾았다.

"고맙다고 인사할 필요 없어요, 칼리. 나도 백스터를 사랑하 니까."

"아뇨, 나는…… 나는 당신을 진심으로 사랑한다고 얘기하 려던 참이었어요." 그녀는 속삭임에 가깝게 말했다. "사랑해 요. 아주 많이. 당신 옆에서 직접 들려줬으면 좋겠는데. 그래 도 당신한테 내 마음을 전하고 싶어요." 그녀는 그의 대답을 기다리며 눈을 감았다.

맥스는 앓는 소리를 냈다. "나도 사랑해요, 칼리. 당신은 언 제까지고 타이밍이 안 맞았던 천생연분으로 기억될 거예요."

칼리는 그의 대답을 듣고 기분이 좋아진 게 아니라 훨씬 우 울해졌다. "내가 나중에 전화해도 될까요?"

다시 긴 정적이 흘렀고 그가 떨리는 숨을 들이마시는 소리 가 들렸다. "우리 서로 통화를 하지 않는 게 좋겠어요."

칼리의 심장이 멎었다. 그녀는 천천히 일어나 앉았다. 공포 가 스멀스멀 그녀의 안쪽으로 스며들기 시작했다. "왜요?"

"너무 힘이 드니까요. 당신은 그렇지 않아요?" 그가 물었다. "당신은 거기 있고 나는 여기 있으니 당신과 함께 있고 싶다는 생각에 괴로워하며 지내는 시간이 하루의 반이에요. 우리 지금 뭐 하는 걸까요? 이 세상에서 우리보다 더 운이 없는 사람도 없겠지만 그게 우리의 운명이라면 이제 받아들여야 해요."

"그러니까 앞으로 두 번 다시 통화하지 말자고요?" 그녀가 물었다. "그냥…… 안부 확인도 하면 안 돼요?"

"칼리…… 우리 헤어졌잖아요. 그러면 그렇게 해야죠. 당신은 어떨지 모르겠지만 나는 시간이 필요해요. 이해할 수 있겠어요? 나는 가슴이…… 가슴이 너무 아파요."

칼리는 목이 메었기 때문에 그 말에 아무 대꾸도 할 수 없었다. 그녀는 그가 가슴 아파하는 줄은 전혀 몰랐다. 그녀를 그정도로 그리워하는 줄은 전혀 몰랐다. 그는 지금까지 계속 응원만 했었는데…… 그녀가 바보 같았다. 지금 그녀는 뭘 하고있나? 저런 남자가 그녀를 그리워하는데 닭장 같은 데서 살며큰물에서 노는 사람이 되려고 하고 있나? 하지만 어떻게 해야할까? 그녀에게 홀딱 반한 남자가 있다고, 스스로 일군 모든것과 모든 목표를 포기해야 할까?

"당신은 당신 인생을, 나는 내 인생을 살아야 해요. 그렇게하지 못하면 포기해야 해요."

"그렇게 얘기하니까 너무 끝난 것 같잖아요, 맥스."

"칼리…… 끝난 거 맞아요. 우리는 이미 끝났어요, 당신은 뉴욕에 취직하고 나는 학과 종신 재직 심사를 통과한 그날. 우리는 정반대의 길로 가고 있잖아요.”

그녀가 뭐라고 반론을 제기한들 그게 아닌 말이 되거나 대화의 분위기가 밝아질 리 없었다. 그의 말이 맞았다. 이건 아무에게도 도움이 되지 않았고 그녀가 어떤 말을 한들 그게 바뀔 리 없었다. “하지만 친구로 지낼 수는 있지 않아요?” 그녀는 울먹이며 물었다.

“당연히 그럴 수 있죠. 언제든지요. 다만 나는 시간이 필요해서 그래요.”

이것으로 끝이었다.

칼리는 전화를 끊고 닭장 같은 아파트를 둘러보다가 구역질이 날 것 같아서 베개를 안고 몸을 웅크린 채 위에서 싸우는 소리를 들었다.

그녀는 말도 안 되게 비싼 핸드백 중 하나를 들어 벽에 내동댕이쳤다. 말랑말랑한 재질이라 공중을 가볍게 갈랐다. 종잇조각 하나가 거기에서 펄럭펄럭 떨어져 침대 위로 내려앉았다. 그녀는 그걸 집었다. 야드 바에서 만났던 그 가수 이름이 적혀 있었다. 천상의 목소리로 쉽게 잊히지 않을 노래를 부르는데, 온라인에서 전혀 찾아볼 수 없는 여가수였다.

칼리는 그 종이를 벽에 붙이고 소지품을 챙겨 들고 술집을 찾으러 나갔다.

27

· 두 달 후 ·
뉴욕

진눈깨비가 내려서 차량이 꾸물꾸물 기어가고 있었고 칼리는 늦게 생겼다. 그녀는 계속 몸을 내밀어 택시 앞 유리창을 내다보았다.

"그래봐야 소용없어요." 택시 기사가 말했다.

"죽겠네, 정말." 칼리는 중얼거리다 휴대전화를 꺼냈다. 그녀는 오늘 어퍼이스트사이드에서 사진 촬영을 했다. 그녀는 뉴욕을 상징하는 명소로 머리 장식을 만드는 여자를 발굴했다. 제이미의 그림을 연상시키는 인상파 화가의 작품을 전시 중인 화랑 바로 옆에 그녀의 조그만 가게가 있었다.

머리 장식들은 깜찍했고 라모나는 무척 마음에 들어 했다. 그녀는 칼리가 하는 모든 일을 마음에 들어 했다. 칼리와 한 칸막이 자리를 쓰는 프리야나는 누구보다 풍성하고 윤기가 흐르는 머리칼과 누구보다 심한 우거지상이 특징이었다. 어느 날 라모나가 그들 자리에 들러 칼리에게 계속 열심히 해보라고 말을 하자 그녀는 눈을 부라렸다. "저분이 지금은 너를 예뻐하지만 두고 봐. 생각이 바뀌면 그길로 끝이거든."

라모나는 아직 달라지지 않았고 전문가에게 머리 장식 사진을 맡겨도 좋다고 칼리에게 허락했다. 그 디자이너가 유일하게 시간을 낼 수 있는 날이 바로 오늘이었다. 오늘. 맥스를 다시 만나기로 한 날.

그의 문자는 아주 기분 좋은 뜻밖의 선물이었다. 그들은 어쩌다 한 번씩 문자를 주고받았고 주로 개 이야기를 했다. 헤어지고 몇 주 뒤에 그가 뜬금없이 나예요, 어떻게 지내요 하고 문자를 보내자 그녀는 그가 드디어 마음의 정리를 끝냈나 보다고 생각했다. 그녀는 그에게 질문 폭탄을 던지지 않고 자제하는 엄청난 일을 해냈다. 자초지종을 알고 싶었지만 그를 그녀의 삶 안에 두고 싶은 마음이 그보다 더 컸다. 그녀는 여전히 그를 사랑했다. 그를 간절히 그리워했다.

그러고 얼마 지났을 때 맥스가 그녀에게 엄청난 행복을 선사했다. 백스터와 헤이즐이 나란히 서서 위를 올려다보는 사진을 보낸 것이었다.

오 마이 갓! 귀여워라! 그런데 백스터가 좀 투실투실해진 것 같아요. 맥 앤드 치즈 안 먹이기로 해놓고 어떻게 된 거예요?

그 녀석에게 맥 앤드 치즈를 절대 먹이지 않는다는 건 당신이 주장한 원칙이죠. 내 원칙은 헤이즐이 먹으면 그 녀석도 먹는다는 거고. 그래야 공평하잖아요. 다음 주 수요일에 저녁 같이 먹을래요? 강연이 있어서 뉴욕에 가거든요. 얼른 올라갔다가 내려 와야 하지만 혹시 당신 시간 되면 얼굴 보고 싶어서요.

지금 장난하나? 그가 원한다면 그녀는 높은 빌딩 사이를 단 박에 뛰어넘을 수도 있었다.

시간 되는 정도가 아니라 꼭 만나고 싶어요. 내가 근사한 음식점 알거든요. 쿠바랑 일본식 퓨전이요! 가보진 알았지만 근사하다 고 들었어요. 내가 예약하고 주소 문자로 보내줄게요. 7시?

완벽해요. 그날을 기대할게요.

설마 그녀만큼 기대할까! 그녀는 촬영장에 옷을 들고 가 뒷 방에서 갈아입었다. 사진 촬영은 당연히 예정보다 늦게 끝났 고 택시가 죽어도 잡히지 않았다. 하지만 드디어 음식점 앞에 도착하자 그녀는 안으로 달려 들어갔다.

칼리는 그를 한눈에 알아보았다. 그는 긴 트렌치코트에 니 트 모자를 쓰고 카운터 테이블 앞에 서 있었다. 니트 모자는 못 보던 것이었다. 수염을 거뭇거뭇하게 길렀고 안경을 쓰고 있었다. 칼리의 심장이 두근거리기 시작했다. 그녀는 놀랍게 도 긴장이 됐다. 맥스는 그야말로 눈이 부셨다. 그가 그런 남 자라는 걸 그녀는 과연 진작부터 알고 있었을까? 눈부신 그의

510

진가를 그녀는 과연 진작부터 알아보았을까? 그녀뿐만이 아니었다. 음식점 여사장마저 눈을 동그랗게 뜨고 그에게 말을 걸고 있었다.

"맥스." 칼리가 그를 불렀다.

고개를 돌린 그의 눈빛이 환하고 부드러워졌다. "칼리." 그는 팔을 벌렸고 그녀는 오스틴을 떠난 적 없는 사람처럼 그의 품속으로 곧장 걸어 들어갔다. 그는 친구처럼 뺨에 살짝 입을 맞추고는 그녀를 내려다보며 미소를 지었다. "머리 잘랐네요."

"네! 이제 긴 단발이에요."

"모자 예뻐요." 맥스는 재미있어하는 표정으로 웃으며 말했다.

칼리는 머리에 손을 갖다 댔다. 파란색 티파니 상자처럼 생긴 장식을 쓰고 있다는 걸 깜빡했던 것이다. "아. 음, 사연이 있죠."

맥스는 씩 웃었다. "얼른 듣고 싶네요."

갑자기 샐쭉해진 여사장이 그들의 외투와 맥스의 모자를 받아주었고, 칼리는 맥스가 모자를 벗자 머리칼이 샴푸 광고처럼 쏟아졌다고 장담할 수 있었다. 다만 그만큼 길지 않았을 따름이었다. 그는 종신 재직 심사 프레젠테이션하는 날 입고 가라고 그녀가 코디해준 옷을 입고 있었다.

그들은 자리에 앉아서 음료를 주문했고 맥스는 맨 먼저 하는 일은 어떠냐고 물었다. 그들의 대화는 끊길 줄 몰랐다. 음식을 주문할 때조차 거의 그랬다. 하지만 칼리는 먹는 데 관심이 없었다. 그녀는 머리 장식을 발굴한 사연과 라모나가 그녀가 하는 일을 아주 마음에 들어한다는 얘기를 했다. 그는 보조금을 받게 돼서 연구비와 수입이 늘어나게 될 거라는 얘기를 했다.

칼리는 제이미에 대해서 물었다. 그는 잘 지낸다고 대답했다. 딸이 다운증후군을 앓는 은퇴한 부부가 운영하는 그룹 홈에서 다른 다섯 명의 성인 장애인들과 함께 지내고 있다고 했다. 주방은 같이 쓰지만 방은 1인실이고 듀크를 풀어놓을 수 있는 마당이 있었다. 콜리를 키우는 다른 입주자가 있었고 듀크와 몰리(콜리 개의 이름―편집자)는 금세 떼려야 뗄 수 없는 사이가 되었다. 제이미의 작품이 이미 그 집 벽을 장식하기 시작했다. 그는 날마다 버스를 타고 ACC로 출근했고 주말에는 아버지의 집에 갔다. 지금까지 한 번도 결근한 적이 없었다.

"어퍼이스트사이드에 제이미의 작품과 잘 어울리는 화랑이 있는데." 칼리는 말했다. "떼돈을 벌 수도 있어요."

맥스는 웃으며 자기 접시에 놓인 음식을 바라보았다.

"아버님은 어떻게 지내세요?" 칼리는 물었다. "그…… 일이 있은 뒤에요."

"회복력이 뭔지를 보여주는 분이더라고요." 맥스는 윙크하며 말했다. 그들 부모님의 혼인 무효 소송이 다음 달로 잡혀서 그의 아버지는 그 참에 친구들과 함께 라스베이거스로 주

512

말 여행을 다녀올 예정이라고 했다. 다시 예전으로 돌아가 잠깐 정신을 잃었던 시절을 두고 농담을 늘어놓았다. 칼리는 그녀의 부모님이 재혼을 계획 중이지만 자식들은 아무도 초대하지 않고 단둘이 치를 거라고 그에게 알렸다. "비평꾼들은 사양하고 싶은가 봐요."

맥스는 얼마 전에 〈오스틴 아메리칸 스테이츠맨〉에 실린 빅터 앨런의 특집 기사와 웨딩드레스 옆에 서 있는 그의 사진을 보았는데, 긴치마를 입고 있더라고 전했다.

칼리는 폭소를 터뜨렸다. "빅터도 금세 그리고 훌륭하게 회복할 줄 아는 친구죠. 자기 일을 맡기려고 나를 계속 설득하고 있지만 이미 눈코 뜰 새 없이 바쁜 일을 하고 있어서요." 그녀는 미아가 드디어 베이비시터를 구했다고, 이번 임신으로 힘들었기 때문에 다행이라고 말했다.

맥스는 백스터와 헤이즐이 산책시켜주는 새로운 사람을 아주 좋아한다고 말했다. 그러고는 백스터를 데려가겠다는 생각에 변함이 없느냐고 물었다.

칼리는 그 말을 듣고 한없이 슬퍼졌다. "모르겠어요." 그녀는 말했다. 그렇게 말을 하고 나니 가슴이 너무 아팠다. 그녀에게 가장 좋은 길이 백스터에게도 가장 좋은 길은 아닐 수 있다는 걸 인정하려니 가슴이 너무 아팠다. "그 아이가 당신이랑 아주 행복하게 지내고 있는 것처럼 보여서요. 나도 없는 손바닥만 한 아파트에서 지내면 과연 행복할까 싶어요."

513

맥스는 이해한다는 듯 미소를 지었다. "양쪽 모두에게 힘든 일이 되겠죠."

식사가 끝났을 때 칼리는 포크를 내려놓고 물었다. "내가 개인적인 질문 하나 해도 돼요? 오지랖성 질문인데."

"왜요, 미리 인터넷 검색 안 해봤어요?" 그는 놀리는 투로 물었다.

"당연히 해봤죠. 하지만 당신은 새로운 소식을 포스팅하지 않기로 악명이 높더라고요."

"그건 인정. 뭐가 궁금한데요?"

"그 다른 교수랑 만나고 있어요?" 그녀는 불쑥 물었다. 그의 갑작스러운 문자를 받은 이후로 줄곧 그것 때문에 불안했다. 그가 다른 사랑을 시작했기 때문에 그들의 결별을 극복할 수 있었나 싶었다.

맥스는 어리둥절한 표정을 지었다. "다른 교수라뇨?"

"그…… 종신 재직 심사 후보였던 다른 교수요."

맥스는 눈을 깜빡였다. "알라나요?" 그는 갑자기 씩 웃었다. "아뇨. 첫째, 그녀는 러트거스로 학교를 옮길 예정이에요. 둘째, 그건 절대적으로 원 나이트였어요." 그의 시선이 그녀의 얼굴을 훑었다. "당신은요? 누구 만나는 사람 있어요?"

칼리는 고개를 저었다. "아뇨. 다들 마지막으로 만난 남자의 발끝에도 못 미치더라고요."

맥스는 아무 말도 하지 않았다. 영원처럼 느껴지는 한순간 동안 그녀의 눈을 똑바로 쳐다보았다. 그가 테이블 너머로 손을 내밀었다. 그녀는 그의 손에 자신의 손을 맡겼다. 헤어진 날 하지 못했던 모든 말들이 그들 사이에서 소용돌이치는 것 같았다.

하지만 잠시 후에 맥스가 손목시계를 확인했다.

"가야 해요?" 칼리는 철렁 내려앉는 심장을 달래며 물었다.

"내일 꼭두새벽에 비행기를 타야 하고 오후에 수업이 있어서요." 그는 고개를 들고 미소를 지었다. 그녀의 손에서 자기 손을 뺐다. "행복한 시간 보냈네요. 얼굴 볼 수 있어서 정말 좋았어요."

칼리는 미소를 지으려고 했지만 속이 약간 불편했다. "우리 이제 친구인 건가요?"

"언제까지나요, 칼리."

맥스가 계산을 했고 그들은 외투를 입었고 그는 비니를 썼다. 그들은 창문 앞에 서서 딱딱한 진눈깨비가 내리는 것을 바라보았다. 칼리는 몸이 덜덜 떨렸다. 맥스가 한 팔로 그녀를 감싸 안았다. 그녀는 잠시 눈을 감고 그 느낌을 만끽했다. 이 얼마나 그리워하던 느낌인가.

"택시 잡을게요. 가다가 내려줄까요?" 맥스가 물었다.

"아뇨, 한 블록만 걸어가면 집까지 가는 열차가 있어요."

"지금 갈 수 있겠어요?" 그가 물었다. "계속 떨고 있어서요."

칼리는 추워서 떠는 게 아니었다. 이번 작별 역시 견딜 수 없기 때문에 떠는 거였다. "가요." 그녀가 말했다.

그들은 길거리로 나섰다. 맥스는 길가로 다가가 손을 들었다. 근처 신호등 앞에서 택시 한 대가 깜빡이를 켜고 택시 등을 껐다. 맥스를 태운다는 뜻이었다.

맥스는 칼리를 돌아보았다. "칼리, 나는……." 신호등이 초록색으로 바뀌었고 차량이 네거리를 지나기 시작했다.

"나는 당신이 그리워요." 그가 말했다.

"네?"

"나는 당신이 정말 그리워요." 그는 말했다. "나도 그렇고 개들도 그래요. 우리는 줄곧 당신 생각을 해요."

택시가 와서 섰다. 맥스는 문을 열었다가 칼리를 돌아보았다. 겁에 질린 표정을 짓고 있었다.

"맥스, 나는……."

"아니, 내가 얘기할게요." 그는 말하며 그녀의 손을 잡았다. "진작 이 말을 했어야 하는 건데. 아니면 아무 말도 하지 말았어야 할까요? 모르겠어요. 하지만 뭔가가 달라진다면…… 아, 나는 역시 이런 데 젬병이에요." 그는 그녀의 양손을 잡았다. 택시 뒤에서 누가 클랙슨을 눌렀다. "나는 당신이 미치도록 그리워요. 나는 당신을 사랑해요. 나한테는 이게 끝이 아니에요, 절대 끝일 수가 없어요. 그리고 나는 당신이 머리를 자른 것도, 건물이나 상자 같은 옷을 입고 다니는 것도 알았어요. 인터넷에서 계속 검색을 하거든요. 검색을 멈출 수가 없어요, 당신이 이제 그만하라고 얘기해주지 않는 이상."

"맥스!" 그녀는 장갑을 낀 손으로 그의 얼굴을 감쌌다. "왜 그렇다고 얘기하지 않았어요?"

"당신은 여기서 일하고 있고, 달라진 건 아무것도 없고, 나를 위해 당신의 인생을 포기하라고 할 수는 없으니까요. 이건 그냥 희망 사항이지만 나는 희망의 끈을 놓을 수가 없고 계속…… 계속 당신이 내 곁에 있었으면 좋겠다는 상상을 해요."

칼리의 심장이 부풀어올라 갈비뼈를 눌렀다. 그녀는 그를 끌어안고 입을 맞추었다. 맥스는 그녀의 허리를 끌어안고 한숨을 토하며 마주 입을 맞추었다. 달콤한 키스였다. 아름다운 키스였다. 그런 키스는 그녀의 평생 처음이었다.

잠시 후 그는 불쑥 그녀를 놓고 택시를 타고 사라졌다.

나중에 칼리가 아파트로 돌아가 벽에 붙여놓은 쪽지를—그 가수의 이름이 적힌 쪽지였다—물끄러미 바라보고 있었을 때 그가 문자를 보냈다.

아까는 미안했어요. 감정을 주체하지 못해서. 그리고 내가 워낙 분위기 파악을 잘 못 해요.

분위기 파악 잘하는데 왜요. 기회가 없어서 얘기하지 못했지만 나도 당신이 그리워요. 나도 계속 당신이 내 곁에 있었으면 좋겠다는 상상을 해요.

오스틴 내려오면 연락해요. 다시는 어색한 선언 같은 건 하지 않
겠다고 약속할게요.

28

또다시 지루한 금요일이었다. 오늘은 원더 도그 보니가 맥스의 실험실을 찾았고 학생들이 그 개와 실험을 진행하는 동안 맥스는 데이터를 입력하기로 되어 있었다. 하지만 그는 또다시 칙칙하게 비가 내리는 창밖을 멍하니 내다보고 있었다.

요즘 맥스는 매일이 칙칙하게 느껴졌다. 그는 폭우가 쏟아진 날 교내 종신 재직 심사 위원회 앞에서 프레젠테이션을 했다. 그들은 그를 적극 추천했고 이제 그의 서류는 교무처장에게 넘어갔다. 오말리의 말로는 확정된 거나 다름없다고 했다.

살을 엘 듯이 추웠던 날 맥스는 오말리에게 그의 연구 범위를 획기적으로 넓힐 수 있는 보조금이 지급된다는 얘기를 전해 들었다. 연봉이 두둑하게 오르는 건 말할 것도 없었다. 그리고 구름이 캠퍼스 위로 낮게 드리웠던 날, 그의 연구에 흥미를 느낀 독일 과학자들이 한 달 뒤에 방문 예정이라는 소식이 전해졌다.

궂은 날씨에도 불구하고 모든 게 잘되고 있었다. 그런데 왜 이렇게 우울한 걸까?

실험이 끝나고 ACC 자원봉사자가 보니를 데려가고 학생들은 진행 중인 실험에 대해 신나게 떠들어가며 삼삼오오 밖으로 나가자 맥스는 소지품을 챙겨 들고 집으로 향했다.

백스터와 헤이즐이 문 앞에서 그를 기다리고 있었다. 두 녀석은 거기로 나와 있어야 하는 타이밍을 항상 아는 눈치였다. 맥스는 갈색 눈을 반짝이며 똑같이 꼬리를 흔드는 녀석들을 보고 한숨을 쉬었다. 오늘은 파비언이 오지 않는 날인데 녀석들이 나가고 싶어 했다. 그는 덕분에 걷게 됐으니 고마워하기로 했다. 녀석들이 없었다면 그는 맥주와 감자 칩을 들고 소파에 퍼졌을 것이다. 또다시.

맥스는 전에도 몇 번 관계를 정리한 적이 있었고 두어 주가 지나면 대개 충격을 극복하곤 했다. 심지어 플라비아와 헤어졌을 때도 금세 일상을 회복했다. 그런데 칼리는 그렇게 되지가 않았다. 3개월, 아니 4개월이 지났나? 게다가 뉴욕에서 갑자기 심금을 토로했을 때 말고는 잊으려고 열심히 애를 썼건만. 과학자의 관점에서 보면 그의 심리 상태는 이상했다. 그들은 그렇게 오래 만나지도 않았다. 하지만 그들은 모든 면에서 죽이 잘 맞았고 그도 칙칙한 마음속 한구석에서는 떠난 쪽은 그녀라는 걸 알았다. 그는 이유를 설명할 수가 없었다. 그의 뇌는 느릿느릿 움직이는 뉴런 덩어리였다. 비과학적이고 말로 설명할 수 없는 상심의 증상일 수도 있었다. 하지만 그는 그걸 파헤쳐볼 의욕이 전혀 없었다.

맥스는 니트 모자를 눌러쓰고 두 개에게 목줄을 채우고 말했다. "나가자. 얼른 해치우게."

개들은 그가 행복하든 슬프든 상관하지 않았다. 길을 지나 개울길 입구로 그를 열심히 끌고 갔다.

다들 잘 살아가고 있는데 맥스만 제자리에서 쳇바퀴를 돌고 있었다. 그는 발을 헛디뎌 이 도랑으로 굴러떨어졌는데 거기서 빠져나올 수가 없었다. 그는 칼리 생각을 너무 자주 했다. 급기야는 오로지 그녀의 근황을 알아보기 위해 인스타그램을 들락거리기까지 했다. 그녀는 피드를 아주 많이 올렸다. 행복해 보였고 예뻤고 뉴욕에서 최고의 삶을 즐기고 있는 것 같았다. 그는 파티에 참석한 그녀의 사진을 보았다. 친구들과 찍은 사진에서는 항상 웃는 얼굴이었고 항상 나돌아다녔다. 그녀가 일하는 공간과 먹는 음식 사진도 있었다. 인정하기는 싫지만 거기가 그녀에게는 딱인 것 같았다.

여기가 아니라. 그의 곁이 아니라.

그는 그 사실을 받아들일 방법을 찾아야 했다.

맥스는 두 녀석과 함께 완벽하게 한 바퀴를 돌고 녀석들이 앞장서는 대로 집으로 향했다. 점점 저물어가는 햇빛 아래에서 나무들이 긴 그림자를 드리운 도로 입구로 다가갔다. 물이 범람했을 때 녹지대에 들어가지 말라는 경고판 옆에 공원 벤치가 하나 있었다. 누군가가 그 벤치에 앉아서 신발 끈을 묶고 있었다. 그 옆을 지나가자 두 개 중에서 한 녀석이 낑낑대기 시작했다.

"어머, 안녕. 꽃미남."

맥스의 심장이 멎었다. 그는 걸음을 멈췄다. 공원 벤치에 앉아 있는 여자를 돌아보았다. 그녀는 그가 아니라 백스터에게 한 말이었다. 양쪽 개 모두 달려들자 그녀는 녀석들 위로 허리를 숙이고서는 깔깔대고 웃으며 녀석들의 뽀뽀를 받았다.

"칼리?"

그녀는 벤치에서 일어났다. 두 눈을 반짝거렸다. 그녀도 니트 모자를 쓰고 있었고 얼굴 주변으로 머리카락이 넘실거렸고 한마디로…… 한마디로 눈이 부셨다. 그의 심장이 쿵쾅거리기 시작했다. 혀가 잘 움직여지지 않았다.

"오! 산에서 동면하고 내려오다가 나를 만난 거예요?" 그녀는 그가 더는 귀찮아서 깎지 않는 수염을 건드리며 물었다. "멋져라. 풍성하고 보송보송하고 뭐랄까, 아주 섹시해요."

"여긴 어쩐 일이에요?" 그는 간신히 물었다.

칼리는 팔을 내밀고 흥분한 두 마리의 바셋하운드를 헤치고 그에게 다가갔다. "안녕, 맥스. 얼굴 보니까 정말 좋네요." 그녀는 그를 두 팔로 감싸고 꼭 끌어안았다.

그는 처음에는 긴장했지만 그녀의 향수 냄새를 맡고 얼굴에 닿는 그녀의 머리칼과 온기를 느끼자 눈을 감고 이것이 꿈이 아니기만을 바랐다.

그녀는 포옹을 풀고 뒤로 한걸음 물러났다.

맥스의 안에서 밧줄로 묶여 따개비들이 들러붙고 암초로 발전했던 무언가가 풀려나 표류하기 시작했다. "온다고 미리 알려주지 그랬어요. 오는 줄도 몰랐네."

"올 수밖에 없었어요. 당신한테 개를 맡겨놨는데, 그 개가 필요하게 됐거든요."

맥스의 심장이 철렁 내려앉았다. "백스터를 찾으러 온 거예요?"

"그런 셈이에요." 칼리는 명랑하게 말했다. 그녀는 그의 손을 잡고 당겨 자기와 나란히 걷게 했다. "우리가 야드 바에서 만났던 그 가수 기억해요?"

"네?"

"목소리가 정말 예뻤고 노래가 계속 귓가에 맴돌았잖아요."

"아니…… 그랬죠. 하지만……."

"그 가수가 온라인 마케팅에는 젬병이더라고요. SNS에 관한 한 동굴인간 수준이에요."

"그게 무슨……."

"그 가수를 머릿속에서 지울 수가 있어야 말이죠! 그렇게 훌륭한 재능을 갖추었는데 아무도 모른다는 게 말이 돼요? 그나저나 그녀의 이름은 수재너 하퍼예요. 아무튼 내가 연락해서 홍보가 너무 형편없는 거 아니냐고 했거든요. 처음에 그녀는 내 솔직한 평가를 듣고 고마워하지 않았지만 대화를 나눈 뒤에는 도움을 받는 것도 괜찮겠다는 데 동의했어요. 그래서 내가 이렇게 왔어요. 그녀를 돕기 위해서.”

“잠깐. 지금…….”

“그리고 데자 브루.” 그녀는 그의 손을 꾹 누르며 말했다.
“데자 브루라고 들어봤어요? 그 회사가 콩그레스 애비뉴에 플
래그십 매장을 필두로 오스틴에 여섯 개의 신규 매장을 오픈
할 계획인데, 홍보 캠페인 입찰 공고를 냈어요. 스타벅스를 이
기려면 도움이 필요할 테니까요. 그쪽에서는 내 아이디어를
좋게 봤고 내 아이디어가 사실 훌륭하긴 했는데 내가 그랬어
요, 내 장점은 절대 포기할 줄 모르는 거라고. 그러면서 메건
먼로가 한 말을 전했죠. 원하는 게 있으면 요구해야 하지 않겠
느냐고, 내가 그래서 그걸 요구하고 있는 거라고. 그랬더니 그
쪽에서 이러더라고요, 아, 됐어요, 당신 참 성가신 성격이에요.
당연히 실제로는 이렇게 얘기하지 않았죠. 그래서 내가 이랬
죠, 맞아요, 그러니까 내가 얼마나 입소문을 잘 내겠어요. 아!
하마터면 깜빡할 뻔했다! 나는 심지어 빅터의 일도 맡고 있어
요. 그의 SNS를 전부 관리하는 일. 그가 SNS를 끊겠다고 맹
세했거든요. 드디어.”

맥스는 걸음을 멈추고 그녀에게 자기를 쳐다보게 했다. “이
게 다 무슨 일이에요? 당신 지금 무슨 소리를 하는 거예요?”

“새로운 고객이 둘 생겼다고요!” 칼리는 행복해하며 말했다.
“보수는 많지 않아요. 사실 형편없는 수준이라 당신을 다이아
몬드로 치장할 수는 없을 거예요. 하지만 일단 그럭저럭 먹고

살 만큼은 돼요."

맥스는 사방으로 울려 퍼지는 어떤 소리를 이제야 느꼈다. 심장이 그의 귓전을 때리는 소리였다. "그럼 오스틴으로 다시 내려올 수도 있겠네요?"

칼리는 폭소를 터뜨렸다. "오스틴으로 다시 내려올 거예요. 당신이 나 뉴욕에서 이사하는 거 도와주는 대로. 도와줄 거예요? 아빠가 살던 집을 매물로 내놓을 준비를 하는 두어 달 동안 그 집에서 살기로 했거든요. 알다시피 아빠는…… 엄마랑 같이 살고 계셔서요. 아! 그리고 이 자리에서 강조하는데, 내가 계약한 아파트에서 대신 살 사람을 찾지 못하면 통장에 남아 있는 돈을 집세로 전부 날리고 완전 거지가 될 거예요. 그런데 코딱지만 한 방구석이라 살 사람을 찾기도 힘들 거예요. 온 세상의 메건 먼로를 총동원해도 그 집의 미래를 긍정적으로 포장하기 어려울 거예요."

맥스가 잃었다고 생각했던 모든 것들이 사방에서 비온 뒤 새싹처럼 불쑥불쑥 고개를 들었다. 희망을 상징하는 새싹이었다. 그와 칼리, 그들의 개. 그들의 삶. "당신 일은 어쩌고요? 예전부터 하고 싶어 했던 일이잖아요."

"우습게도 알고 보니 내가 하고 싶어 했던 일이 아니더라고요. 라모나는 두 번 다시 나와 말을 섞지 않겠지만, 내가 좋아하는 건 문제를 해결하는 일이라는 걸 깨달았어요. 책상 앞에 앉아 있는 건 싫어요. 그리고 이건 비밀인데, 뉴저지 생활이 내가 생각했던 것과 달랐어요. 게다가 숨을 쉴 수가 없더라고요."

"너무 복잡해서요?"

"그것도 그렇지만 당신이 없었기 때문에 숨을 쉴 수 없었어요, 맥스. 당신은 그런 기분 느껴본 적 있어요? 뭔가가 나를 짓누르고 있는데, 뭔지는 모르겠고 아무튼 숨을 쉴 수 없다는 것만 아는 기분. 나는 당신이 없으면 숨을 쉴 수가 없어요."

백스터가 짖으며 자기에게도 관심을 가져달라고 했다.

"그래! 너를 위해서 내려온 것이기도 해, 이 운 좋은 녀석아. 네 팔자 좀 봐, 간식에 헤이즐에 맥 앤드 치즈라니!"

맥스는 어안이 벙벙했다. 수많은 시간 동안 그녀를 생각하고 바라왔는데, 어디에선가 난데없이 그녀가 이렇게 떡하니 그를 구원하기 위해 등장하다니.

칼리가 그의 손을 꼭 쥐고 입으로 가져가 손마디에 입을 맞췄다. "뭐가 너무 많아서 적응이 안 된다는 거 알아요. 그리고 당신은 드디어 마음의 정리를 했고 제2의 칼리가 대기 중일지 모른다는 것도요. 하지만 그렇다면 나는 당신을 사이에 두고 그녀와 싸울 마음의 준비가 되어 있어요. 나는 싸움에는 젬병이라 추한 사태가 벌어질 테고 내가 다칠지 모르지만 그래도 맥스, 세상에 당신 같은 남자는 없어요. 진짜로. 당신은 싸워서 쟁취할 가치가 있는 남자고 나는 당신이 너무 그리웠어요. 그리고 제2의 칼리가 없다면 지금 이 자리에서 얘기할게요. 나는 당신을 사랑한다고, 나를 그 치마에서 끄집어내준 순간부터 사랑했다고요. 그리고 나는 앞으로 다른 누구도 당신을 사랑한 것처럼 사랑할 수 없을 테니 만약 당신도 여전히 나를 사랑한다면……."

"제2의 칼리는 없어요. 제2의 칼리는 있을 수가 없어요. 지금 제정신이에요?"

"확실해요? 왜냐하면……."

"칼리. 더는 아무 말도 하지 말아요." 맥스는 그녀를 와락 붙잡고 입을 맞추었다. 지난 몇 개월 동안 가질 수 없다고 생각한 것을 원하느라 느낀 절망과 갈망과 바람을 담아서 입을 맞추었다. 그는 그녀의 이마에 자기 이마를 대고 눌렀다. "당신이 떠난 뒤로 내 꼴이 말이 아니었어요. 하지만…… 하지만 당신이 그동안 열심히 노력했던 걸 포기하지는 말았으면 좋겠어요."

"하지만 제일 좋은 점이 그거예요, 맥스. 내가 아무것도 포기하지 않는다는 거. 내가 원하는 걸 이룰 방법은 여러 가지예요. 그리고 나는 이 일을 위해서 열심히 노력했어요. 내가 원하는 게 이 일이거든요. 그러니까 당신 생각도……."

"네." 그는 당장 말했다. "당신이 여기 있어줬으면 좋겠어요. 사랑해요."

"그리고 그거 알레르기 반응 같은 거 아니고요?"

맥스는 폭소를 터뜨리며 그녀의 손을 잡았다. "내가 당신을 얼마나 사랑하는지 과학적으로 설명할 방법은 없고 그래도 상관없어요. 궁금하지도 않아요. 내가 당신을 얼마나 미친 듯이 그리워했는지 칼리, 당신은 절대 모를 거예요." 그는 다시 그녀에게 입을 맞추었다. 두 개 중 한 마리가 그들 사이로 끼어들려 하고 다른 한 마리는 지나가는 사람을 향해 짖을 때까지 계속 그랬다.

"우리 때문에 시끄러워졌네요." 칼리가 중얼거렸다.

"신경 쓰지 말아요. 하지만 맞아요, 집으로 자리를 옮겨서 당신이 지금에서야 나한테 이 얘기를 꺼낸 이유를 듣는 편이 나을지 모르겠어요." 맥스는 한쪽 팔로 칼리를 꼭 감싸고서 집으로 데려갔다.

나중에 칼리와 둘이서 하고 싶었던 모든 얘기를 소진하고, 침대 위에서 이 세상 느낌이 아니었다고 하면 진부하다 싶을 정도로 짜릿한 재회의 기쁨을 누린 뒤에 그는 행복과 안도와 기대감이 무럭무럭 자라나는 것을 느끼며 백스터가 정말로 운 좋은 녀석일지 모른다는 생각을 했다. 덕분에 칼리가 그의 인생 속으로 들어왔으니 백스터야말로 맥스가 지금까지 맞닥뜨린 중에서 가장 효과가 좋은 행운의 부적이었다.

그는 백스터와, 브랜트라는 이름의 마약쟁이에게 죽을 때까지 고마워할 것이다.

초봄의 어느 날, 수재너 하퍼는 사우스 콩그레스 애비뉴에 새로 문을 연 데자 브루 커피하우스의 널따란 뒷마당에서 공연을 열었다. 칼리가 새로운 고객 수재너 하퍼를 위해 준비한 이벤트였으니 칼리와 맥스 그리고 제이미와 듀크가 귀빈이었다.

데자 브루의 창문에는 수재너 하퍼의 특별 공연을 알리는, 근사하고 감각적인 포스터가 붙어 있었다. 여기에는 작은 글씨로 그녀가 해마다 열리는 사우스웨스트 뮤직 페스티벌에 출연 예정이라는 정보와 공연 날짜도 적혀 있었다. 수재너에게는 홈페이지도 생겼다. 아르바이트를 찾던 맥스의 대학원생이 저렴하게 만들어준 것이었다.

문 반대편 창문에는 이보다 작은 포스터가 붙어 있었다.

최고의 반려견을 찾아라!
* 6월 개최 예정 *

참여하는 모든 매장에서
가장 마음에 드는 반려견을 후원금과 함께 투표해주세요!

칼리의 다른 새로운 고객인 데자 브루 커피하우스에서 연례 모금 행사에 동참하기로 했다. "귀여운 아기나 강아지보다 더 효과적으로 사람들을 가게로 유인할 수 있는 건 없죠." 칼리가 자신만만하게 말했다.

칼리와 맥스와 제이미와 듀크는 커피숍을 가로지르다 말고 걸음을 멈춰 벽에 걸린 제이미의 그림을 감상했다. 모두 세 점이었고 판매용이었다. 원래는 네 점이 걸려 있었다가 한 점이 제법 비싼 값에 팔려 듀크에게 최신식 도그하우스를 사줄 수 있었다. 칼리가 가장 최근에 영입한 고객이 제이미였다. 그는 그녀에게 보수를 전혀 지불하지 않았고 가끔은 자기 작품이 판매되고 있다는 걸 아는지 알쏭달쏭할 때도 있었다. 그가 원하는 건 그저 그림을 그리는 것뿐이었다.

"멋지지 않아요, 제이미?" 칼리가 물었다. "사람들이 당신 작품을 좋아해요."

"바쁜 사람 바쁜 일." 제이미가 말했다.

뒷마당에서는 수재너가 벌써 무대에 올라 살아 있는 참나무에 달아놓은 반짝이는 전구와 중국식 초롱불 아래에서 기타 튜닝을 하고 있었다. 칼리는 맥스에게 공연장이 꽉 찬 이유가 "기가 막힌 홍보 덕분"이라고 속삭였다.

맥스는 칼리의 손을 꼭 쥐었다.

그들은 제이미와 듀크가 가게를 드나드는 사람들 때문에 신경 쓰이지 않도록 뒤쪽 테이블에 자리를 잡고 앉았다.

미아와 월도 온다고 했기에 다들 출입문 쪽을 처다보며 기다리고 있는데, 한 남자가 들어왔다. 흰색 티셔츠 위에 검은색의 두툼한 스웨터를 입었고 조그만 쇠테 안경을 썼고 퉁퉁한 남자였다.

"우와, 꼭 내가 아는 사람 같아요." 칼리가 말했다. "어디서 여러 번 본 것 같은데." 그녀는 사람들 사이를 지나오는 그를 잠깐 유심히 들여다보다가 헉하고 숨을 토했다. 그녀는 맥스를 돌아보았다. "알겠다!"

"펭귄맨." 맥스가 말했다.

칼리는 폭소를 터뜨렸고 그들은 하이파이브를 했다. 그들은 지금까지 〈배트맨〉과 연관 있는 퀴즈를 놓친 적이 없었다.

칼리는 새로운 삶이 미치도록 행복했다. 아주 미치도록 행복했다.

그녀와 맥스는 서로 사랑했고 그녀는 그것만 알고 있으면 아무것도 필요 없었다. 그들은 아직 미래에 대해서는 이야기하지 않았다. 둘 다 예를 들면 결혼처럼 부모님이 관여하게 될 일을 저지를 마음의 준비가 아직 되지 않았다. 그 단계로 넘어가려면 약간의 수완이 필요했다. 하지만 지금 당장은 상관없었다. 칼리와 맥스는 자신들이 어디로 향해 가는지 알았다. 그들은 함께 미래를 향해 가고 있었다.

"왔네요." 맥스가 말했다.

먼저 아이들 셋이 제집인 양 뒷마당으로 달려 들어왔다. 밀리는 한 테이블로 다가가 어른들을 빤히 쳐다보았다. 그 테이블에 앉아 있던 사람들은 꼬맹이를 귀엽다고 생각했다. 아직은 그랬다.

"너무 시끄러워." 핀과 보가 달려오자 제이미가 말했다.

듀크가 제이미의 허벅지에 머리를 대고 그의 손을 핥았다. 제이미가 내려다보고는 듀크의 머리에 손을 얹었다. "너무 시끄러워." 그는 똑같은 말을 반복했지만 지나치게 흥분한 것처럼 보이지는 않았다.

"애들을 데려왔어?" 미아가 9개월로 접어든 몸을 이끌고 뒤뚱뒤뚱 걸어와 의자에 털썩 주저앉자 칼리가 물었다. 윌은 맥스와 서로 인사하고 제이미에게 인사를 건네고 핀에게 그만 쳐다보라고 했다.

"그럼 쟤네들을 버리고 왔어야 했니?" 미아가 쏘아붙였다.

"버리라는 게 아니라 베이비시터한테 맡겼어도 됐잖아. 베이비시터 어디 갔어?"

"관뒀어! 웨스트 레이크 힐스에 자리가 났다고. 그 동네 사람들은 떼돈을 주거든. 네가 돌아와서 정말 기쁘다. 있는 도움, 없는 도움 다 끌어다 써야 할 판이거든. 밀리! 밀리, 이리와!" 그녀가 날카로운 목소리로 쏘아붙였다.

"모두 와주셔서 감사합니다." 수재너가 마이크에 대고 말하고 기타를 쳤다. "오늘 날이 참 좋네요, 그죠? 첫 번째로 부를 노래는 이 세상의 모든 연인을 위해 만든 곡이에요. 누구를 위한 곡인지 아시겠죠?" 그녀가 연주를 시작했다.

칼리는 맥스를 흘끗 쳐다보았다. 그는 그녀를 보며 미소를 지었다. 그가 그녀를 한 팔로 감싸고 자기 옆으로 끌어당기는 동안 미아는 뛰어다닌다고 밀리를 야단쳤고, 제이미는 들릴락말락 하게 중얼거렸고, 윌은 두 아들 사이에서 벌어진 싸움을 못 들은 척했다. "이야말로 개판 5분 전인데요. 후회 안 돼요?" 맥스가 속삭였다.

칼리는 그가 이 자리에 관해 묻는 건지 아니면 인생 전반에 관해 묻는 건지 알 수가 없었다. 하지만 그녀는 어떤 것에 대해서든 아무 후회가 없었다. 뉴욕을 떠난 것에 대해서는 분명 그랬다. 그녀는 지금 하는 일을 사랑했다. 그리고 메건 먼로가 약속했던 것처럼 문 하나가 닫히면 왕언니 정신으로 무장하고 다음번 문을 열고 들어가면 그만이었다.

칼리는 하루하루가 기다려졌고 놀랍게도 오늘이 어제보다 나았다.

그녀가 바로 운 좋은 녀석이었다.

◊

감사의 글

이제 내 이름으로 책을 낸 지 몇 번이 되다 보니 내 책의 탄생에 기여한 모든 사람에게 큰 소리로 고맙다고 인사하는 걸 가끔 깜빡할 때가 있다. 내가 맡은 부분은 쉽다. 생각난 이야기를 쓰기만 하면 된다. 그걸 독자 여러분의 손에 전달하려면 내게는 없는 능력을 갖춘 대부대가 있어야 한다.

맨 먼저 고맙다는 인사를 전해야 할 사람은 에이전트 제니 벤트다. 우리 둘이 함께 일을 한 지도 한세월이 지났지만 그녀는 여전히 으뜸가는 치어리더이자 믿음직한 고문이자 팩트폭력 전문가다. 나는 그녀를 진심으로 사랑한다. 나를 출판사와 연결해주었고 아주 예리한 편집적 시각을 갖춘 케이트 시버도 마찬가지다. 그녀는 어마어마하게 매력적이라 정신을 차려보면 원고를 여기저기 엄청 고쳐놨는데 내가 화를 내는 걸 깜빡했다는 사실을 깨닫게 된다. 내 책을 제작해 이 정신없이 돌아가는 시끄러운 세상에서 주목받을 수 있게 만드는 메리, 브리태니, 제시카 그리고 이름 모를 많은 분. 이건 초인적인 위업이다. 표지 디자인을 하신 분, 당신은 천재예요. 사랑해요. 원고

534

가 아주 깔끔해질 때까지 헐렁한 부분들을 꼼꼼하게 다듬어준, 이름도 모르고 얼굴도 모르는 교열 담당자도 그렇다.

내가 글을 쓰는 동안 SNS를 돌려주었고 내가 클로락스 살균 티슈가 어딨는지 못 찾겠다고 하자 자기가 사놓은 걸 보내줄 정도로 쿨한 린다. 그동안 그녀와 함께 일하면서 아쉬운 게 딱 하나 있다면 가까이 살지 않는다는 것이다.

같은 일을 하는, 단 하루도 내 삶에 없어서는 안 되는 친구들. 이 업계가 얼마나 특이한지 아는 사람은 작가들뿐이고, 와인을 들고 같이 온라인으로 만나서 일에 관해 이야기할지 시간을 서로 맞출 때면 '언제 봐도 질리지 않는다'는 데 동의할 사람도 작가뿐이다. 테리, 사샤, 셰리, 트레이시, 로라, 마니, 베키, 자넌, 코니, 크리스티나, 줄리, 디 그리고 셰리. 당신들이 지난 세월 이 아이를 키운 마을이었어요. 고마워요, 친구들!

내 모든 가족에게는 천 번의 고맙다는 인사를. 나를 너무나 자랑스럽게 여기는 우리 가족! 미안하지만 미안하지 않아요. 모두 정말 사랑해요.

유 러키 도그

지은이 줄리아 런던
옮긴이 이은선
펴낸이 정규도
펴낸곳 황금시간

초판 1쇄 발행 2022년 9월 1일

편집총괄 권명희
편집 조창원
디자인 날마다작업실

황금시간
Golden Time

주소 경기도 파주시 문발로 211
전화 (02)736-2031(내선 360)
팩스 (02)738-1713
인스타그램 @goldentimebook

출판등록 제406-2007-00002호
공급처 (주)다락원
구입 문의 전화 (02)736-2031(내선 250~252)
 팩스 (02)732-2037

한국 내 Copyright © 2022, 황금시간

값 16,500원
ISBN 979-11-91602-29-6 (03840)